# 江 郎 传

赵子安 著

浙江工商大學出版社
ZHEJIANG GONGSHANG UNIVERSITY PRESS
· 杭州 ·

图书在版编目(CIP)数据

江郎传／赵子安著. — 杭州：浙江工商大学出版社，2020.10

ISBN 978-7-5178-4127-2

Ⅰ．①江… Ⅱ．①赵… Ⅲ．①长篇小说－中国－当代 Ⅳ．①I247.5

中国版本图书馆 CIP 数据核字(2020)第 188739 号

# 江郎传
## JIANGLANG ZHUAN

赵子安 著

| | |
|---|---|
| 责任编辑 | 沈明珠 |
| 封面设计 | 林朦朦 |
| 责任印制 | 包建辉 |
| 出版发行 | 浙江工商大学出版社 |
| | (杭州市教工路 198 号　邮政编码 310012) |
| | (E-mail：zjgsupress@163.com) |
| | (网址：http：//www.zjgsupress.com) |
| | 电话：0571-88904980,88831806(传真) |
| 排　　版 | 杭州朝曦图文设计有限公司 |
| 印　　刷 | 浙江全能工艺美术印刷有限公司 |
| 开　　本 | 880mm×1230mm　1/32 |
| 印　　张 | 14.25 |
| 字　　数 | 383 千 |
| 版 印 次 | 2020 年 10 月第 1 版　2020 年 10 月第 1 次印刷 |
| 书　　号 | ISBN 978-7-5178-4127-2 |
| 定　　价 | 70.00 元 |

# 江山如此娇与神

## ——《江郎传》序

    江山是江山人的江山。江山又是祖国的江山。江山是我们每个人心目中永远搬不走的故乡和家园,因此江山其实是一种神往的境地和诗意的天空。江山必定是我们每个人心灵间的图腾,不知江山者犹如一个找不到方向的寂寞的孤独者。

    浙江衢州的江山,是唯一以这样一个气盖天下的名字命名的地方。这里有个世界著名的奇观,叫"江郎山",亦称"三爿石",它奇妙无比地耸立于此,构成了独特的景观与神话的滋生地,也因此自古以来吸引着无数文人墨客倾情而来,驻足而不归。山是天造的,地是人居的,因为这"三爿石",万亿年来始终如一地在天地人间高扬着自我独立和独特的形象,以及无畏的风骨,所以连同这块土地也就有了一个不可替代的名字。

    江山如此多娇。而江山之娇在于它的神和神的话题,历史的长河中不断有人在向后人诉说,一直到把对自然和天象以及内心的禅意,融合在一种欲与天公作对话的姿态之中,并让后人萌发对这片土地的赤诚之爱和敬畏之心。

    《江郎传》属于这样一部把上面的这般赤诚之爱和敬畏之心,用想象中的人物、走兽以及时空所编织出的神话小说和浪漫史话。山是不会说话的,但赋予说话的山就有了生命,有了生命的山就一定是有血有肉有情感和能区分善恶的"山神"了!

    山的神,是我们人想做又做不到的"附魂体"——精神与理想、梦想与幻想所寄托的"另一个我",于是我们希望公正与邪恶、善良与丑恶、真情与假意之间做一场残酷的较量,从而实现我们价值观支配下的或胜或败、或悲或喜的结果。现代的神话小说,是由此而来的,它与古代人写的神话传说不太一样,因为古代人没有能力解释自然和天象间的因果关系,而现代人早已对雷电、暴风、地震等有了科学和合理的清楚解释。所以古人写的神话,多数是敬畏自然和惧怕自然又想战胜自然以及服从自然的一种精神与情感的寄托与延伸。而现代人写的神话,更多是赋予其一些生活与现实中不易抵达的情感与价值观,以朝理想的境界推进,或者是为了使不完美的生活和现实、不美妙的生活与现实,趋于更加完美、更加浪漫、更加合理的产物。

《江郎传》是一位对故乡土地充满挚爱者的一部极其重要的浪漫的"爱情宣言书",它借助人、鬼、仙、魔、神之间发生的爱与憎、丑与美、善良与卑鄙、正义和邪恶的纷争,穿插姑蔑、中唐、北宋三个朝代中楚灭姑蔑、黄巢起义、方腊揭杆等真实的历史事件,运用虚虚实实、游思飞神、腾龙驾雾、出没无常等诸多传统编年体和现代魔幻相结合的手法,演绎了一个个骇人胆魄、催人落泪、惊心动情的传奇故事,最后告示人们"忠于人民为忠,义于人民为义"的深刻道理。作者虽是年轻之辈,但对儒、道、佛学研究颇深,深谙其中之高妙和玄机。更熟悉和懂得江山大地上的每一块山石的生根起源和性格风凌,自然也对生长在此地的人情世故,尤其是在把握与推进人、鬼、仙、魔、神之间的感情纠葛与命运结局方面,可称得上相当的娴熟,这是十分难得的,也是这部《江郎传》成功的关键所在,因为它完成了对"三爿石"物景迄今为止最美妙和交接班最完整的拟人化表达与讴歌。

江郎才不尽,须女活显灵。

爱恨是渊源,奇峰亘古立。

看完《江郎传》的人,一定和我一样想去仰望一下心中的那座神灵般的三爿石,因为它稀世天造,无与伦比……

让我们一起走吧,目的地——江郎山!

何建明

2019.4.26

# 目录

# 第一回　弘祖乘舟游双塔　三爿石下找三郎

　　泰昌元年(1620)四月初八,徐弘祖游历雁荡过衢,乘舟于大溪滩奔江山去。江山始建于唐武德四年(621),历受文人墨客青睐,更是人杰地灵,广出俊才。弘祖闻得三爿石坐落于此,有仙霞岭八百年古道,盖仙山奇山异石更是绝伦。遂出窑里乘舟十里有余:

　　　　绿丝垂下千万青,双边阡陌紧相连。

　　　　弄得小农蓑衣戴,细细耕作开笑颜。

　　一路尽是平川沃野,弘祖顺水而入。虽无万壑争流,千崖竞秀,却是鸟啼花落,天赐江南。远处江畔有山,船夫告知此为入江水门。入门而去五里有余便是江城,两山宛如醉汉,昂首而视。却见两塔分立,塔身挺立,两侧杜鹃争奇,几处松篁斗翠。高三十丈,宽两丈之多。寻得塔名,左侧名曰百祐,右侧名曰凝秀。两塔有六百年历史,如门神二将,任风雨侵蚀不倒,旱洪肆虐不惧。弘祖近观之,有一石碑,镌刻诗一首:

　　　　浑天罗地造东南,乾坤一锁定江山。

　　　　三郎降世开石门,人间兴旺有千年。

　　有宋人陆游诗曰:

　　　　暮江初涨浪翻狂,一叶轻舟泛渺茫。

　　　　我愧人非跛男子,安能与世作津梁?

　　船夫道:"官家虽形容典雅,体段峥嵘,但难掩高大猛壮,定不是这江南人士,寻思应是从北面而来?"弘祖道:"正是,今初次造访,观之,物华宝地,风水自然!"船夫道:"此地名曰江山,又称礼贤,建城一千年有余。虽比不得苏杭,但也算是别有洞天。"弘祖道:"不可比拟,各有奇特。只是顺水乘舟而来,见两塔分立,可有说法?"船夫道:"两塔建于何年何月,何人而建,历经多久,老朽亦不得知。打小作谢妮之时,江山便有三塔,北有百祜、凝秀,南立景星。"

闲聊之余,船已到江心,风平浪静。弘祖听此甚为好奇,追问,船夫想来整日渡船,也有些疲倦。遂放了船桨,提了水壶,斟了一杯茶。船摇三分,茶满七分,十全十美,恰到好处。此茶谓之奇茗,正德皇帝赐名仙茗,其色欺绿柳纯,味胜桂花香,苏东坡曾戏作一诗:

> 禅窗丽午景,蜀井出冰雪。
>
> 座客皆可人,鼎器手自洁。
>
> 金钗候汤眼,鱼蟹亦应快。
>
> 遂令色香味,一日备三绝。
>
> 报君不虚授,知吾非轻啜。

品味之余,见船夫端坐中间,整了衣裳,稍作休息,便细细道来:"相传老子一气化三清,阐教大胜截教,将世间之贪欲、怨气、嗔痴压在石大门之中,历经千年化成魔族。中唐之时,世道混乱,混元魔转世,欲夺女娲补天三块精灵石,解除魔咒。三块精灵石又唤作三神珠,供奉在保安龙王庙,由安娘、金凤仙子护佑。先有混元魔为抢夺神珠与仙族大战,祸乱三界,后有寒武大帝将混元魔封印在碓边山天界处。然……"弘祖哪容得船夫停言续茶,急迫不已,道:"然之如何?"船夫遂道:"官家,莫急,莫急,且听吾细细说来。北宋末年,世道混乱,混元魔重生,欲夺三神珠,便与众仙大战,三神珠在雌牡山孕育真身,练就通天法术,持劈天神斧,降妖除魔。"弘祖道:"你这船家只言片语,弄得吾摸不着头脑,还望详说。"船夫道:"所谓道生一,一生阴阳。混元魔乃不死不灭之身,三郎奉天帝法旨,化作三爿石将混元魔压在阳极之中。此后几百年四时康泰,风调雨顺。"弘祖见船两边清水见底,折折衣袖,动动身子,掬起一口水,未及入喉,已是甘甜十分,不禁问得此河雅名,船家道:"此河唤作须江,须江之上便是峡江。"

此去三爿石约有三十里,弘祖沿江而上。至清溪,黄昏已尽,后宿客栈。翌日,弘祖引路而上,午时过舍山拜普明寺,内置普明佛神像,边上香烛几许,偶遇多人前来祭供,两侧布帐斜披,内无他物,清空幽静。有西湖醉老杜庠诗一首刻于内壁：

> 软红尘里倦闲行，寻向禅房适宦情。
>
> 诗句偶从眠处得，离愁不记客中生。
>
> 池边鹤影随僧影，墙外滩声杂磬声。
>
> 怪底隔花蝉噪午，惊回清梦不曾成。

弘祖寻道过和睦入石门：

> 十里坪地三峰起，欲拔山河天地间。
>
> 大道通途无石门，只缘身在石门中。

后言：仰望而去，三峰矗立，直插云霄，四壁横空，高耸峻拔，巍峨形势，无山可比，无人可登，万古不磨，出没白云之外；千秋常在，参差碧落之中。弘祖亦记道："山渐合，东支多危峰峭嶂，西伏不起，悬望东支尽处，其南一峰特耸，摩云插天，势欲骞腾。问之，即江郎山也。望而趋，二十里，过石门街，渐趋渐近，忽裂而为二，转而为三。已复半岐其首，根直剖下；近之则又上锐下敛，若断而复连者，移步换形，与云同幻矣！夫雁荡灵峰、黄山石笋，森立峭拔，已为瑰观。穹然俱在深谷中，诸峰互相掩映，反失其奇。即缙云鼎湖，穹然独起，势更伟峻，但步虚山即峙于旁，各不相降。远望若与为一，不若此峰特出众山之上，自为变幻，而各尽其奇也！"

宋词人辛弃疾诗曰：

> 三峰一一青如削，卓立千寻不可干。
>
> 正直相扶无依傍，撑持天地与人看。

宋诗人陆游诗曰：

> 奇峰迎马骇衰翁，蜀岭吴山一洗空。
>
> 拔地青苍五千仞，劳渠蟠屈小诗中。

弘祖徒步至三爿石中开明禅寺，内供三郎神像，大郎惊天霹雳真神江峰，二郎怀柔显圣真君江秀，三郎道回灵精真人江灵。道匾左侧：神珠显圣累劫修得太平人间。道匾右侧：三郎得道舍身唤作真君神人。时至清明，民众甚多，香火永续。

弘祖欲登郎峰顶，难至，引白居易诗：

　　林虑双童长不食,江郎三子梦还家。

　　安得此身生羽翼,与君来往共烟霞。

　　下山,过安基、界牌、大坞,至灵岗口。遥望而去,高山秀丽,林麓幽深。山中无风吹不断,飘然恋落沸穹石。只见一瀑布倾倒而下,名曰剑瀑,王安石有言:

　　淙淙万音落石巅,皎皎一派当帘前。

　　清风高吹鸾鹤唉,白日下照蛟龙涎。

　　浮云装额自能卷,缺月琢钩相与县。

　　朱门欲问幽人价,翡翠鲛绡不直钱。

　　山下一寺庙,名为仙居寺,赵镗《仙居寺复田记》云:石门十里之南,有寺曰仙居。四山环翠,万木蓊郁;水帘洞当其前,泉声松籁,隐隐云间;仰观俯听,恍若揖安,期偓佺而与之逍遥也,故名之曰仙居。宋清漾进士毛注诗云:

　　潇洒仙居院,楼台烟霭中。

　　夜泉清浸月,午铎冷摇风。

　　转目已成昨,累名俱是空。

　　一尊林下醉,此兴与谁同。

　　入前堂,左右一对联,左联:钟声磬声松竹声声声相应。右联:山色水色烟霞色色色皆空。横构五间,左右有楼。堂前升三级,为石砌庭院,明净宽旷。前立弥勒笑迎八方来客,内供仙居真人神像。东西走廊塑有十八罗汉,形态各异,憨态十分,或斜倚,或盘坐,或起立,或奔走;有闭目酣睡,有手舞足蹈,有眉飞色舞,有怒目圆睁,可谓千姿百态。左偏有环书阁,右偏有介川亭,宋词人毛塝建言修建并题诗一首:

　　织水连珠未足奇,舒王留咏得天机。

　　神光已比箕星立,文焰长依舜目晖。

　　一沼蛟龙诞半积,两檐鸾鹤势双飞。

　　名山从此流传水,自昔因人自发挥。

　　抬眼望去,高峰连绵。左方一高峰,居下可遮日月,登高可摘星辰,名曰银台绝顶。沿剑瀑右侧小路,拾级而上约三里,有屋五六间,乃是明代文人赵一斋隐居种菊之所,号曰"渊明别墅",再上三四里,便可一览众山小,感慨万千中,毛育鲁诗言:

> 禅房起天半,寥廓俯崆峒。
>
> 树色连高枕,钟声没晓空。
>
> 人行飞鸟外,僧定乱云中。
>
> 听法归来晚,寒泉落万峰。

隐见一山,好似一门。山中多竹林,风吹动,犹如流水,亦如飞云。长年无人登高,竹林甚密高大,隐约处见得模样,高百丈之多,宽有五十余丈,深几十丈,乃是一大石门。弘祖颠簸崎岖而上。至于门下,突显平阔,已是置身于石门洞中:

> 水珠散落成迷雾,天地合成亦一线。
>
> 耳闻深处有悲音,预知由来已成空。

有水沿巅而下,散列万缕,垂蔽洞户,巧出天机,逢雨水盛,水帘成瀑,帷幔高挂,意趣亦然,清漾系孙毛渐有诗言:

> 一派寒泉几丈长,终年挂在翠岩旁。
>
> 低垂岂逐风摇动,清莹偏宜月透光。
>
> 漱石散开珠落落,穿云飞上玉锵锵。
>
> 真仙欲与尘嚣隔,不卷从教掩洞房。

弘祖因景壮观,赞不绝口,又睁大了眼睛,神情不移半步,不差毫厘,犹如孩童一般。有一樵夫正下山,见状,笑道:"东南易有太极,始生两仪,谓之阴阳,此处为阴,乃贪欲、怨气、嗔痴汇聚之地。石门下原有一魔,唤作混元魔,只因仙居真人云游四海,混元重生,祸乱三界。"

弘祖曰:"阴阳八卦生两仪,此为阴,何处为阳?"

樵夫道:"阴阳八卦,左右对嵌,此地为山之北,山之南便是阳,三峰脚下便是!"

弘祖感叹奇观,久久不离。只因天色渐晚,凉气逼人,遂作罢下山。翌日,弘祖向南,午后阵雨相伴,两岸清风徐来。弘祖探外而视,无不惊讶。只见须江犹如那倾城之女,挪一舞姿,飘絮三千,细腰及第,妖娆神迷。弘祖道:"甚美!甚美!"后至茅坂走凤林。午至,寻得一家酒楼,名曰翠仙楼。楼高两层,甚是热闹,弘祖想来这一路美景甚多,真可谓赏心悦目,喜不自胜。遂唤来酒保,问道:"不知此处有何美酒?"酒保道:"此地产一美酒,名曰红曲酒,因是金凤仙子所创,又曰仙霞黄酒,此酒可谓是生性温和、风格雅致。"有诗佐证:

> 酒星神授古杜康,润及三军佑炎黄。
>
> 轩辕右角南三星,狂做世间一酒王。
>
> 人间滴下万般泉,古道沧桑有仙霞。
>
> 生性温和似儒家,凤林有一火凤凰。

弘祖道:"如此说来,可与绍兴黄酒媲美。只是方才诗中言及凤林有一火凤凰,不知这其中何意?"

酒保道:"相传凤林原是凤集之地,水族侵姑蔑,金凤仙子助安娘护三神珠,封印龙门峡谷两百年。三神珠转世金身,金凤仙子助其降魔,后为解除魔咒,道化石大门内。"

弘祖吃了一壶酒,备了些干粮。日落行至廿八铺,此处虽是深山一隅,可谓是四山环拱,水漾三回,却甚是繁华,来人皆是五湖四海,福建、浙江、江西三省交界之地,内陆外海贸易经商之处,商人挑担穿梭于仙霞岭之中,北通衢州,南通浦城,互换有无,方言十种有多,有江山腔、浦城腔、广丰腔、灰山腔、岭头腔、溪下腔、河源腔、下浦腔、洋田腔,行当十家有余,有蜡烛坊、制陶坊、铁匠坊、酒坊、染坊、油漆坊、金银坊、缝纫坊、箍桶坊、木匠坊、水碓坊、造纸坊、糕点坊。弘祖遂宿之,投一客栈,名曰四海楼。门头刻四字,唤作"瑞气临门"。两边一对联,左边:一窗佳景赏得楼外风声天外峰。右边:四壁青山静处屋内清幽心如钟。门槛五丈之高,左右两边各一门当,奇石而立,内设三开间一天井,天井甚为开阔,可谓是:

> 五黄六月可通风乘凉,岁暮天寒可听风赏雪。
>
> 平日采光屋内格外亮,闲暇静坐修身心舒畅。

闻得盖仙山往前几里路,遂饭后徒步而至。夜空无际,月光皎皎,繁星眨眼,盖仙山石犹如面镜,天地相应,星石相惜,上有流星闪闪过,下有仙石群坐。后记载:攀乱碛而上,雾瀚棘铦,苄石笼崖,狞恶如奇鬼;穿簇透峡,窈窕者益之诡而藏其险,岮嵲者益之险而敛其高。弘祖初登盖仙山惊喜万分,游记所载:余每南过小竿,北逾梨岭,遥瞻丰采,辄为神往。

宋人祝銮诗称:

作镇东南肖岳灵,峭崖绝壁欲奔星。

浮空高展神仙盖,列障长开水墨屏。

春瀑练飞千丈白,晓林蓝染万株青。

寻真自喜攀云集,洞府由来不掩扃。

宋人陆游诗曰:

吾生真是一枯蓬,行遍人间路未穷。

暂听朝鸡双阙下,又骑羸马万山中。

重裘不敌晨霜力,老木争号夜谷风。

切勿重寻散关梦,朱颜改尽壮图空。

徘徊久之,复上跻重崖,二里,登绝顶,为浮盖最高处。踞石而坐,西北雾顿开,下视金竹里以东,崩坑坠谷,层层如碧玉轻绡,远近万状。

弘祖心神俱往,痴迷不已,遂夜梦三郎镇魔王……

# 第二回　混元转世惊天地　琚家岗梁缵偷心

混沌未分天地乱，茫茫渺渺无人见。

自从盘古破鸿蒙，开辟从兹清浊辨。

无名天地之始，有名万物之母。太极生阴阳，盘古开天地，女娲造人间。神、人、魔三界本应各自持道，相安无事。

古语言："国之将兴，必有祯祥；国之将亡，必有妖孽。"只因乾坤混沌，轮回不序。又天界之神疏于管制，魔族封印，阴气重聚。世传人间正道无存之时，便是魔族重生之日。今世有混元魔被封于东南石门洞中，有仙界守神仙居真人封印于此，已有千余年。

八月十五夜，天色巨变鬼狼嚎，地动山摇杀气逼。石门洞开，魔鬼破封印，天地黯然失色。疾风骤起，雷鸣电闪，一束阴气冲天而出。混元魔人面兽身，鼻尖眼黑，晦气色脸，手持啰鬼锤。见双锤一击，风雨交加，雷电并行，仙居寺没于乱石猛水之中，魔直奔龙王庙而去。其状可谓是：

苍天霞雾尽消荡，遍地风云尽散稀。

江山地陷两半天，山河破碎万物死。

乾符五年(878)，唐军守将唐丙坤奉朝廷之命，阻黄巢军于江山。三军由衢进江，分三路急行而进。副将张葵为左军，从水路过大溪滩而入。梁缵为右军，过四都山而进。三军整军十万驻守清溪口。其军每到一地，无不搜刮民脂民膏，致民怨沸腾。

话说清溪口有一石碑，相传姑蔑国时已有。但不知何人所立，又不知何人题词。任风雨千年侵蚀，已是破碑残字。唐丙坤甚是好奇，抓了乡民地主老财，凡是识得一二字的，调来研读，勉为其难凑了两行三字。识得仙霞岭处戴村有一龙王庙，本是龙王降东海雨水点卯之处，后留有三神珠，此三神珠乃女娲补天精灵石所化，可保天下风

8

调雨顺。姑蔑国后裔安娘镇守此珠,传言得三神珠者,清俗道人可修成正果,世间凡人可得永生。

　　唐丙坤喜不能寐,留足御敌之兵。心想小小龙王庙,无须重兵前往。遂率部前往。夜已二更,伸手不见五指,出脚不知路处。山路崎岖,草木丛生,寸步难行。遂露宿廿八铺,副将张荬心机已起,心里念叨:"这边陲之地、险关之处却能尽显福气,若果真有这等天赐神宝,得之可永生,能得来独占,岂不甚好?"命亲兵十余人,计三更过后收拾行装,潜伏出营。又至唐营前主动请令夜巡,唐未见端倪,准其所请。待三更之后,弃乌纱幞头圆领衣,头戴笠子帽,身披黄蓑衣,脚穿草麻鞋。率数十人至马厩,脱了缰绳,就要离去。突现几十兵士,手持火把,围将而来,水泄不通。张荬欲逃不能,只能佯装镇定。心想无证无据,又能奈何,又观察了围兵样貌行装,定是梁缵使的计谋。

　　正思索之时,梁缵从中走来,剑已出鞘,直指张荬,怒目而视,道:"尔等这是何为?"张荬笑道:"吾等奉命今夜巡逻,今着便衣,若有敌军,断然不知,吾等便可出其不意。此等巡逻,吾军历来常有,此等良计,梁将军是否识破?"梁缵道:"计谋是好,恐张将军另有所图?牵了马,换了装,若是让你取了神珠,一则可以便衣快走,无人察觉。二则所挑之马乃精良马匹,吾等即使发现也未必追赶得上,此计可谓一举两得。"张荬辩道:"梁将军有劳了,吾等今夜巡逻至此马厩,一则恰好经过,二则顺便查看,就怕敌军毒害吾军马匹,又恐军中小人偷窃马匹,那时失职是小,害了唐将军大计是大。"梁缵道:"张荬,分明是尔等图谋不轨,却在此巧舌如簧,今日吾倒要绑你去见唐将军。"

　　说罢命众军士一哄而上,张荬等人见寡不敌众,纷纷卸器抱头,无不诚降,被捆绑至唐军帐前。

　　唐丙坤大怒,暴跳如雷,令将士捆绑了张荬,哪容分说,不解恨即赏了五十军棍。叫得梁缵手舞足蹈,无比欢喜。唐丙坤手起一剑,问道:"张荬,你随本将多年,今日却背令本将,险些害吾大事,该当何罪?"张荬见唐丙坤有斩杀之意,深知唐性情暴躁,吓得满头是汗,望空似捣碓的一般,磕头礼拜。心想事已至此,莫不如置之死地而后生,理直气壮道:"将军视吾等为己出,吾等誓死效命,岂有悖逆之事,今日奉将军之命,巡夜不寐。便衣出行乃常规动作,只是巡逻至马厩前,查看马匹,看是否无恙,遂命军士牵马活动筋骨,以便不时之需。怎奈见梁将军带几十军士突闯马厩,每军士手持兵器,极凶极恶,细细想来,按例,梁将军所属军营今夜应憩息休整,为何不好生休息,半夜行如此之举。莫不是梁将军另有急事,不能详说,只得半夜出行。依照军法,擅自违抗军令者,理应问斩。"

梁缵听后拔剑而起,哪容得这厮如此陷害,疾步上前,双眼怒视,道:"将军,莫要听信此人信口雌黄,张将军奸计甚多。一路行军,多好吃懒做,捡便宜行事,小人见张将军今夜主动请令,心生怀疑,恐有不测,遂不能寐。今日果见张将军鬼祟于马厩之内,属下觉得奇怪,这才下令让人请张将军至将军帐前,是非评判由将军定夺,末将问心无愧。"

唐丙坤听二人之意,深知二人乃非善之徒,素来不和,争权夺利。若办了张荛,则日后恐难牵制梁缵,且大战在前,不宜帐前杀将,张荛诡计甚多,日后攻打黄巢还需此人。若不办张荛,众将士不服是小事,只怕梁缵御前告状。梁缵是亲王之侄,上头若怪罪,怕是不好应付。思来想去,遂令张荛将功折罪,梁缵为督军,前往龙王庙查看虚实。若顺利,则计梁缵头功,张荛免罪。

二将见唐丙坤将令已出,心想若僵持下去,讨不得好处,遂埋怨作罢。张荛率部为前,梁缵督军为后。次日日落之时,二将行至龙王庙前,话说龙王庙虽是陈年破旧,却威严不逊:堂外烟霞散彩,日月摇光。千年古樟,万节修篁。松林丛簇,树木森罗。堂门古深静,石坎青苔生。真可谓:

> 龙王点卯行雨处,千年古刹落黯然。
>
> 安娘神像威严怒,大道幽深鬼惊骇。

内置一堂,宽十丈,高四丈,上挂一牌匾,曰安娘堂,堂中奉安娘神像,神像虽是陈年历久,却:

满堂锦绣,似那未经得岁月,未受得风雨,一屋威严。千年般寂静,万年来空无;辉煌宝烛,条条金焰射虹霓;馥郁真香,道道玉烟飞彩雾;这女极像月里嫦娥极纯极美,那神绝是南海观音大慈大悲。

香火永续却不见一人,张蓁心生畏惧遍体酥麻,两腿酥软,不敢靠前。行至庙门,硬是不敢过门槛。只见空中白光一道从天而落,光分五彩,瑞映千条。传来神音,原来是一女子,此女便是那姑蔑国郡主安娘,轻尘而落:

蛾眉横翠面生春,气若幽兰赛芙蓉。

若比当年西子貌,无娇无弱定绝尘。

灵山江里真处子,心奉尘刹舍身利。

修得清静无作为,人间不知此仙子。

后跟另一白衣女子,便是那金凤仙子。原是姑蔑国郡主安娘的丫鬟,水族灭侵之时,王族遭追杀之苦,金凤仙子护主心切,不曾半步之离。后修道于凤林,唤得乾坤绢,时常陪伴安娘左右。安娘含辞未吐却已洪音扑来:"来者何人?"张蓁双脚软得已是站不住,倒退几丈之外,连爬带跪,怕得硬是一时回不过神来,抖抖瑟瑟得只言片语,道:"娘娘宽恕,小人张蓁。因贼人黄巢兴风作浪,祸害天良。朝廷对其百般容忍,屡次诏安。其愚智未开,不识天数。朝廷顺应天命,执天子之诏,率威武之师,誓要荡平黄巢流寇,还天下太平。上月黄巢溃败于饶信,逃窜于越州等地,一路烧杀抢掠无恶不作,可谓是人神共愤。正是如此,其被拒于东海之滨,无奈逃于此地。吾等奉朝廷之命,跟随吾家将军镇守江山,今日路过宝刹,深闻龙王庙乃娘娘修道养生境地,吾等断断不敢打扰。怎奈秋风寒凉,地上冰冷,实属难耐,遂与部下欲进庙借宿一宿。心想翌日择早静出,事前已是吩咐下去,切不可惊动娘娘,小声行走,微息而栖,却不知娘娘神通,因此惊扰了娘娘,望乞恕罪。"

安娘道:"吾且问你,今世谁当朝? 黄巢何处人士?"张蓁道:"当朝国号大唐,天子李儇,懿宗第五子。而叛贼黄巢,小人就不知其生于何地,落于几时了。"安娘道:"今日为何而来?"张蓁道:"娘娘有所不知,黄巢生性残暴,上不知天灵,下不识地杰。所到之处,虽辨不得财宝何物,但凡值些钱的,能拿则拿,拿不走的,一把火烧它个底朝天。吾家将军深知龙王庙供奉娘娘尊像,有龙王行雨点卯法器三神珠,特命吾等前来守护,将军有言,誓死守护,绝不能落于黄巢贼儿之手。"金凤仙子道:"你家将军倒是有心,龙王庙乃天神之庙,岂容尔等凡夫俗子随进随出。"张荽礼拜道:"正是,正是,吾家将军虽说愚钝,不知二位娘娘神威,可赤心凛凛昭日月,望娘娘详察。"

话说梁缵等部埋于庙堂之外,见张荽进庙,久而不出,恐张荽夺珠而逃。若是贸然进庙,得罪了神灵,计谋未成是小事,只怕是丢了小命,拿捏不准,心情不悦。问计左右护军,其右曰:"将军,昔日张荽得宠,不把吾等看在眼里,今日可谓是绝好良机,不容错过,吾等可埋伏于庙前,待张荽率军而出,且不管是否得珠,定杀他个片甲不留。"其左曰:"所言极是,若除了张荽,吾等便可取而代之。唐将军即使知晓,也只能依附将军神武,待灭了黄巢叛军便可在御前邀功,封个大将军亦是自谦了。"其右曰:"将军,三神珠乃天赐神珠,得其便可永生,今日若不取,只怕来日后悔不已哩!"其左曰:"正是,只怕是张荽窃取了三神珠便在庙内吞食,就此永生,吾等为时晚矣。如若于此,一不做二不休,杀将进去,一则灭了心头之恨,二则夺取三神珠,功德圆满,永登极乐呀!"其右曰:"若未成,吾等便可在唐将军面前告得一状,说其暗藏私心,夺珠私吞,那时唐将军必然大怒,查办张荽,正所谓螳螂捕蝉,黄雀在后哩。"

见左右护军无不支持,梁缵遂生歹意。命属下,左右围之,步步紧逼。殿内,安娘道:"既是如此,就请歇息,龙王庙乃道家仙地,切勿久留,明日速速离去。"话音未落,白光亦去,庙里一片漆黑。

张荽命人点了火把,令人四处搜索,闻言三神珠就藏于此庙之内,却肉眼凡胎未能寻得,前后左右无不翻遍,未得其果。遂灰心丧气,气喊收兵,欲将离去。只见梁缵等部冲杀进来,张荽等人猝不及防,纷纷束手就擒。张荽道:"梁将军好生计谋,今日又不知奉谁指令,使的又是哪家主意?怎这般无礼,依令将军应在门外屯军以防不测,为何杀气冲天,兵刃相见。"

梁缵见张羡手中无宝,又狼狈不堪,想必是一无所获,此时又是手无缚鸡之力,心中大悦,道:"今日奉的是天子之意,使的便是张将军平日惯用之伎俩。"张羡道:"如此说来,卑职倒要听听,平日卑职所用是什么伎俩,让梁将军为之效仿?"梁缵道:"昔日攻打信州,吾部为主力,战前斩杀。尔部奉命率部前来助吾守营,可吾部凯旋之时,你却擒拿吾守营将士,逼吾献功于你。"张羡道:"看来梁将军要报当日之仇,索吾等性命,方可罢休?"

梁缵听罢,颊面发狠道:"你这东西甚是啰唆,平日要不是你阻挠,还能容得他唐丙坤嚣张。你若识相,此时归顺,不算晚矣!"张羡道:"吾等食天朝俸禄,皆因忠于天子,梁将军乃皇亲国戚,殊不知有何大志?况且今夜大闹龙王庙,你就不怕娘娘怪罪?"梁缵道:"大唐气数已尽,黄巢军坐拥半壁江山,若此时不占一山头,日后如何混得好处?"遂命属下举刀斩杀,顷刻之间人头落地。

话说解了心头之恨,梁缵一声大笑,好不痛快。突然,张羡首级飞跃而起,安回颈部,活生生一人重现在众人前。吓得将士跑散各处,骨软筋麻,痴痴哑哑,纷纷晕了过去。梁缵更是百思不得其解。疑惑之时,张羡手举刀落,梁缵亦人头落地,将士见此都滚爬了出去,走得精光,不见踪影。蹊跷的是,梁缵亦是人头回原处,两人立于庙堂之中。一黑衣人横空而出,摘了帽子,便是那混元魔。张梁二人被施了法术,这才起死回生。三人变化而去,龙王庙空无一人。

待三魔离去,安娘和金凤仙子便从安娘神像后走来,金凤仙子亦是不解:"娘娘,这混元转世,人间定有大难。若此时不将其擒住,日后恐难制服矣?"安娘道:"金凤仙子有所不知,混元转世非一朝而就,其集天地阴气而聚,法力亦在你吾之上,日后自有神灵降服。"金凤仙子道:"混元转世,今日前来,定是要取三神珠,既已到此,为何不取?"安娘道:"三神珠乃女娲补天精灵石,纯阳之物,天性神力,与混元魔阴阳相克。混元魔元气未定,碰不得神珠,待日后法力增进便会来取。"

话说张梁二人去了龙王庙迟迟未归，唐丙坤闷闷不乐。侍从询问为何如此，亦未做理睬，待一细作回报，道："见张梁二人在龙王庙厮杀，久久未出人影。"唐丙坤顿时跳起，甚是大悦，众将士不解。唐丙坤道："张梁二人虽是吾部下，却心怀鬼胎，屡抗军命。吾深知二人不和，遂派去龙王庙，想必会因三神珠之事相互残杀，吾好坐收渔翁之利，解决了这二贼。"

须臾，张梁二人入帐而来，面无颜色，默不作声，跪拜跟前。唐丙坤见两人并无私斗痕迹，心中不免疑惑，慌忙斥问："两位将军前去龙王庙探得虚实，今已过时限，该当何罪？"梁缵道："将军恕罪，非吾等办事不力。只因那神庙安娘有天大的本事，吾等凡人岂是对手。"唐丙坤道："放肆！小小安娘，怎把尔等汉子吓得如此不振作，想必是尔等私窃了三神珠，故而隐瞒不报。"说罢命卫士上前捆绑欲处决了，想来快意，可谓是一箭双雕。

说时迟，那时快，一阵冷风而入，吹得众人睁不开眼，纷纷躲避。一束黑光急冲而来，松了绑，退了兵，立于帐内，便是那混元魔。帐内各将士见其状，出刃而待，却见其怪模怪样，想来蹊跷，不费吹灰之力便可解绑救人，想必有些法力，遂不敢靠前。

唐丙坤道："你是何人？胆敢擅闯本将军帐。"混元魔道："本尊非人也。"唐丙坤道："笑话，既不是人，为何立于吾帐中？"混元魔道："唐将军贵为万军统帅，想必奇珍异宝无数，今日特来相借一物，不知可否？"唐丙坤道："所借何物？"混元魔道："此物甚大，恐将军给不起。"唐丙坤道："但说无妨？"混元魔道："将军金身。"唐丙坤道："非人，难不成是条大蟒蛇？"混元魔道："区区小蛇岂能容得将军金身。"唐丙坤道："究竟是何物，如此放肆。"遂命人合围而上，混元魔小小施法，已是倒下一片，抽身而出，好一个擒贼先擒王，化作一缕青烟，硬是从唐丙坤脑门而入，未见唐丙坤镇定，只见张芙、梁缵已是上前叩拜："参见魔尊。"真是：

一个是千年魔王，一个是当世骁将。这边是道家混元，那边是心怀鬼胎，两家合一处，正好恰当。从此领了军，耀武扬威，也就成了魔。上天入地。手指一挥，千军万马。邪气一出，地动山摇。

混元魔附身于唐丙坤，传法力与张梁二人。数日后，二人亦是法力了得，张唤得一罗鞭，一鞭而下，扬尘播土，倒树摧林，上可呼风唤雨，下可地动山摇。梁使得一掌棍，一棍而下，乾坤暗淡，日月暗沉，左可巴蛇吞象，右可变换阴阳。混元魔在清溪口设立魔帐，想来这清溪口原是景色如画，有诗佐证：

> 楼上春阴覆晓云，一河天净碧沄沄。
>
> 雨宜不骤风宜细，闲倚阑干看水纹。

今日之景可谓是：

> 柳岸已成灰焦土，清水更是截断流。
>
> 往日飞禽飞那处？当时走兽定何山？
>
> 门内多时无人烟，门外更是鬼当道。
>
> 往日繁景何处在？楼台亭阁无员外。

却说混元魔一令张荑敛财聚宝，二令梁缵偷抓孩童之心。不日，梁缵行至琚家岗村，欲偷得孩童之心，见一徐家，府邸百丈之大，墙高两丈。门前雄狮威武，两扇大门皆是名贵桃木之材，围墙藤攀葛绕，墙内樟翠松青，想必是万贯之户。见得门上刻有两门神，袒胸露乳，黑髯虬须，眉发耸互，头生两角，面目狰狞，执圭朝日。左边是那神荼，手执金色战戟。右边是郁垒，身背桃木剑。后有诗曰：

> 东海桃都山，盘曲三千里。拱形树梢门，魍魉出难来。
>
> 天地鬼作祟，神荼郁垒来。生性能捉鬼，往来御凶魅。
>
> 桃符鬼怖木，立于门顶间。金鸡日报晓，白虎亮金眼。
>
> 驱鬼辟邪路，一走是千年。终年门望前，立名在人间。

梁缵闻得今日千金分娩，生一男孩，甚是欢喜。遂手持掌棍率军欲破门而入，未到离门三丈之余，桃门雄光四射，神荼郁垒二神立现眼前，神荼问道："来者何方妖孽？竟敢擅闯本府。"梁缵道："吾乃混元帐下弟子梁缵，论起辈来，尔等还得管吾叫一声师叔，今日好生无礼。"郁垒道："尔等妖气冲天，非吾道中之人，分明是鬼精妖魔。若再不走，休怪吾等不客气。"

"是神是鬼，较量了便知。"说罢，梁缵恶气而起，挈棍从天而下，二神分开两边去，神荼道："你这厮凶气不少，今日一决雌雄。"说罢，二门神摆阵而起：

显恶魔，守门神，两人相敌琚家岗。这个是混元帐下一魔将，那个是万千门户一守神。本是道家门下徒，今日兵刃相碰见高低。这一魔挈棍直来直去捣空虚，那两神避来避去找时机。两边齐相迎，夹击无处生。这边金色战戟要他命，那边桃木神剑收他魂。

梁魔扑倒在地，望空似捣碓一般，叫他个魂消神气泄。斗敌不过，气怒无法，只好退去。神荼欲追赶去，郁垒连阻带拦，道："吾等职责乃守门护家，今日这等妖孽已知深浅，溃败逃去，想必定是不会再来，吾等切不可恋战，失了分寸。再者，若是妖魔使的调虎离山计，如此追赶，岂不中计？"神荼听其言，二者收兵归位。

这厮逃出五里之外荒凉地，惊得一身汗，想来侥幸。哪知这门神二将如此凶悍，可惜本事不到家，交不了差，回不了职，前后为堵，左右为难。思来想去还是就此作罢，可又不得回去，狂躁无比，拎起军士便是一顿狂揍。这死的死，伤的伤，匹夫哪受得了这魔这般肆虐，哭天喊地。这边正要痛打，那边已是屁滚尿流，急匆匆哭丧道："将军，前门进不得，可从后门入，徐家院子大，门神二将断然不会发现。"

梁缵一听颇有道理，大夸妙计。遂俟至深夜，徐行潜入，至徐家后门，见门无人看守，看来是怕了。这厮令左右两侍卫持一细杆撬开了门，自己又不敢靠前。遂令众多军士在前，待全部进入，梁缵畏首畏尾，右脚一跨，身后不知哪来的一只手将其强行拉扯出来，扑倒在地。这厮更是火冒三丈，叫嚣道："是哪个混球，作弄本尊？"不知何处传来之音："你这小鬼，枉称本尊，前门进不得，便要进后门，更不识得规矩，理应左脚先入。"梁缵道："你是何处神魔？既然如此无礼，狂放言辞，却不敢抛头露面，速速现身自来。"

说罢，身后走来一老者，其貌端详，和蔼亲善，手持诛妖剑，道："吾乃魏徵，你是何方妖魔？报上名来。"梁缵道："本尊名头可大了去了，谈阳间，吾乃李氏之亲，也算半个皇亲国戚；论阴间，吾乃混元帐下梁缵。倒以为是谁呢？不想得你一朝宰相竟给人看起后门来了，想必是活着得罪了人，到了阴间图了这个差事。"

魏徵道："你既是皇族贵人，理应匡扶正道，今日沦为鬼魔，更应持节修道。今日你擅闯徐家后门，定是图谋不轨。念你是皇族后裔，感恩李家昔日厚恩，今日饶你一次，速速离去。"梁缵道："不愧是进谏之臣，今日受教，名不虚传。可惜了，今非昔比，本处阴间，轮不到你撒野。如若胆敢阻挠，吾定将你打出九幽之外，永世不得超生，今日念你是李姓家奴，望你好自为之。"魏徵道："自古正邪不能两立，看来今天非要有个了断了。"说罢诛妖剑一路挥使过去：

那一个是自称唐王李家后，一棒擎棍脑浆去，分外不见情；这一个号称千古一谏臣，一剑直穿魔心来，对内不徇私。一个放毫光，如喷白电；一个生锐气，如进红云。一个是混元麾下一大将，一个是幽冥界一门神，银龙飞舞，黄鬼翻腾。大战在云端，小歇落草丛，小魔手软筋麻，魏君身强力壮。

梁缵抵敌不住，飞起擎棍，落荒而逃。

话说梁缵前后战败，已是筋疲力尽，无路可去，恐魏徵一路追来，孤立无援，遂直奔清溪口，向混元魔一一诉苦，好落个既无功又无过，混元魔听罢更是暴跳如雷，道："神仙佛陀尚且拦不得吾去路，倒是这些小喽啰门神自不量力了，待吾前去收拾一番，免得阻吾去路。坏了吾大计。"遂领梁缵、张羡一路直奔徐家。

话说神荼、郁垒二神归位，见魏徵君到来，双双现身行礼。魏徵道："今日有一魔自称混元帐下，唤作梁缵，擅闯这徐家后门，被吾拦截。其口气甚大，法力不赖，想来混元魔已出世作乱，吾等不可大意。"神荼道："正是，早些时辰，这厮要过正门，被吾等打发了。想来这厮定是不甘心，偏要走了后门，殊不知贵相法力高深，定是打了他个措手不及。"郁垒道："话虽如此，但不可不防。"魏徵道："郁垒君，此话何意？"郁垒道："魏君方才所言，这厮背后定有混元魔作乱，尚且只是个跑腿的料子，今日较量见这厮法力不赖，想必混元魔法力极深。若是这厮引了混元魔前来，吾等皆不是这混元魔对手。那时，让其奸

17

计得逞,后果不堪设想。"

魏徵道:"所言不差,老夫所虑便是在此。"郁垒道:"吾等奉天命为民间看守门院,但这万千灯火,纵使有分身之术,亦是忙不过来。若混元魔声东击西,吾等亦无应对之策。再者,吾等不可擅离职守,不可离门院百丈之远,即使法力再大,只要那混元魔退出百丈之远,吾等也束手无策。"魏徵道:"为今之计,混元魔祸乱人间,吾等应速报天庭,派天兵天将速速前来擒拿。"神荼道:"可吾等职卑位低,上不得南天门,这可如何是好?"魏徵道:"莫虑,定有神灵带话,且看。"说罢魏徵使唤法术道:"灶王、土地公速速现身。"

说时迟,那时快,那灶王风从空中来,影在眼前过,身在身后出,可谓:人间灶王送吉利,护宅天尊降神灵。司命腊月二十三,除夕旋驾无禁忌。再看这土地公,从那地下来,走错了路,一恍惚,撞在了徐家看门石狮上,直叫喊爹娘那个疼。真是:慈眉善目披白发,矮小三尺护土地。乡里生死管户籍,年年月月守太平。话说这土地公身长三尺,后跟一土地婆却有七尺之高,扭扭捏捏,慢慢吞吞尾随而来,纷纷向门神二将、魏徵行礼,土地公道:"不知今日诸位神君唤吾三人前来所为何事?若有吾等可效力之事,定当尽犬马之劳。"

魏徵见土地公如此盛情,便将事情原委一一讲明,灶王听完,行礼道:"此事虽大,事关人间兴衰存亡,但诸位神君有所不知,灶王并非可以随意上天禀事,要待到腊月二十三方可奉旨上天。不然,贸然面见玉帝,只怕是不妥。"土地公连声问道:"那如何是好?要不你吾连同上奏,想必玉帝得知此事,定不会怪罪吾等。"

未及土地公说完,就被土地婆连拉带扯到一边,怪罪道:"上天禀事乃灶王之事,你倒好,瞎掺和!若是此事有虚,待玉帝查明怪罪下来,如何交代?"土地公道:"婆娘息怒,这神荼、郁垒、魏徵都是邻里常往,皆为天庭共事,哪有弄虚作假之事?且放宽心。"土地婆道:"既然此事不假,灶王一人上天禀事便可,功劳也归他,你去作甚?"土地公道:"话虽如此,但如若吾二人共同禀事,想必玉帝势必会急速交办此事,岂不是更好?"这一番劝慰难消土地婆所虑,不依不饶,真是常言道:公做事公平,婆苦口婆心。土地公向诸神君行礼道:"吾与灶王这就上天禀告,望诸位在此等候!"说罢,这二神施法一蹿便已是无影无踪,土地婆见状,只得埋怨,直往地里钻。

　　欲知结果如何,请看下回分解。

# 第三回　门神力战混元魔　张荚计偷姜家子

　　话说明月盈亏，星辰失度。混元三魔径直而来，气势汹汹。张荚道："将军，虽斗得这三斯，取其性命易如反掌，但切不可恋战。"混元魔道："为何？"张荚道："将军元气未定，来的路上，见得灶王、土地公升天而去，想必是向天庭禀报，待天兵天将赶来。虽无可畏惧，但缠身难离，稍有差池，或许吃了亏去。"梁缵生怕张荚抢了功劳去，驳斥道："张将军神机妙算，却不知不铲除了这等小喽啰，日后百般纠缠，每每要烦劳将军临阵显威。"张荚道："将军，只需与这些小喽啰少些缠斗，这凡人必将被吓醒，哪能不往外跑。那时遣些军士抓来便是，事成之后，吾等诈败离去便可。"梁缵哑口无言，不能辩驳，一脸怨气，只好作罢。混元魔见此良计，大赞甚好。说罢三魔按云而落，径直冲去。

　　那边按，这边落，神茶、郁垒、魏徵见三魔赶来，便摆阵以待，神茶道："混元魔，你千年转世不易，修道之事不在一时，切不可急功近利。本尊奉劝你好生修道，切莫行偷鸡摸狗勾当。"混元魔道："念尔等皆为人臣，死后登仙封官不易，如若此时离去，本尊不予计较，敢讲个不字，定叫尔等灰飞烟灭！"郁垒道："放肆！如若强来，定然冒犯天条，玉帝如若知得此事，定将你封印九幽之外，万劫不复。"混元魔道："尔等神仙，岂能知得魔界苦难？千年熬辛，只为有生之日可以长生不老，今日倒要看看天界如何奈何得了吾。"神茶道："万物皆因天定，因果皆有报应，今日切不可为一己之私一错再错。"混元魔道："道不同，何须多言？"

　　说罢，啰鬼锤直面扑去，张荚罗鞭挥起，梁缵挈棍直冲，这边也不赖，神茶、郁垒忙招架，魏徵也不输，神魔混战一片。悲风飒飒，阴云四合，惨雾迷漫，黑夜变白天。这边房倒，那边屋塌，惊得鸡飞狗跳，吓得牛窜鹅飞。梦中醒来的凡人哪敢看热闹，丢了魂，破了胆，踪影全无，这神魔大战百余回合，未定胜负，难论高低。魏徵道："不好，这可中了计。"神荼、郁垒闻言，退出阵来，两边对峙。魏徵道："混元魔法力高深，吾等绝非对手，今日与吾等鏖战，想必定有他计。"神荼道："依理应速战速决，难不成待天兵天将来？"

正说三神不知何解，地里蹿出了土地婆，这土地婆真是来得及时，道："众位神君，不可战，不可战！"郁垒道："你这土地婆，方才劝土地公不助吾等，现又来阻吾等灭魔行道。"土地婆道："混元魔元气未定，不可大动干戈，这魔意在窃取童心。此前尔等守门看院，这魔王进不得，今日尔等这般打斗，弄得这百姓无不外出逃窜。方才遁地行游之时，听得混元帐下鬼罗之言，张茭已令千百小鬼路伏设障，守株待兔，不费吹灰之力，只怕再行纠缠，只会害了无辜。"魏徵道："如此说来，岂不是助纣为虐，帮了倒忙。只可惜这魔纠缠，天兵天将一时半会儿未到，救不得无辜百姓，如何是好？"

混元三魔哪容得这三神君久久私语，急攻而来。土地婆见来势汹汹，又麻溜地钻地里去，眨眼不见了踪影。三神君只好应战，激战之时，张茭退了阵去。魏徵见状，欲前往阻拦，只见那梁缵极恶难休，纠缠而来，硬是脱不开身去，旋斗几十回合。

不时，三神君已落下风，纷纷败退，身疲力尽。梁缵道："将军，想必张将军已收网回营，倒不如做个干净，收拾了这些神君。"混元魔听罢，道："甚好，待吾施些法力，教这些神君形灭身毁。"说罢，收了啰鬼锤，定了心元。须臾，天地俱暗，风起四周，阴阳合聚，力若洪荒，瞬时而出。三神君被锁了身，封住了法力，个个难受不堪，心力交瘁，兵器化了去，身子轻了去。须臾，从天而降一道闪电，破了阵，未等混元魔回过神，只见两来者现眼前，一个是：

秦家世出马鸣关，一条虎头鏊金枪。

忠君效王战疆场，凌烟阁二十四郎。

魏徵睡梦斩老龙，临危受命宫门守。

双铜破得铜旗阵，今日要做人间神。

另一个是：

> 铁鞭戎马屡立功，朔州平鲁鄂国公。
>
> 试问哪来不世功？破郑灭夏又玄武。
>
> 抱得美人黑白配，为救薛君撞柱死。
>
> 祈福求安避驱邪，昭陵英魂谥忠武。

混元魔见一个英姿魁梧，一个黑脸狰狞，问："来者何人？速速报来。"只听得这边一一报来，一个道："齐州历城秦琼。"另一个道："朔州平鲁尉迟恭。"魏徵等上前行礼，道："今日幸得两位将军相救。"秦琼道："昔日魏相梦斩老龙，唐王令吾等护卫左右，百姓皆封吾等为门将，世代供奉。今日这混元魔作乱人间，吾等未能察觉，惭愧，惭愧！"尉迟恭道："有劳三位神君，今日助吾二将诛杀这混元魔。"魏徵道："依老臣之计，当务之急，吾等应阻止张羡作乱，切不可与混元魔恋战。事前灶王、土地公已上天禀报，求得援兵。"郁垒道："正是，苦在一时想不出计来。"尉迟恭道："这混元魔竟如此作恶多端，残害无辜，尔等看得过去，老牛吾犟脾气，今日定要斩杀了这厮。"

说罢，挥使铁鞭而上，诸神君急忙阻拦，劝之不可冲动，秦琼道："吾等法力定不及那混元魔，若是硬战，恐难占上风，何谈取胜？为今之计，吾等应分开行事。"郁垒道："若是分开行事，可谓势单力薄，更不是对手，将军莫要开玩笑。"秦琼道："势单力薄不假，但纵然混元魔法力再强，也不能三头六臂，吾等分开逃去，如此便可破计逢生。"魏徵道："将军果然身经百战，计谋韬略胜人一筹，吾等依计行事。"秦琼道："如此，如若混元魔追及吾等其中一者，必将死战，吉凶难测，望诸位保重。"

说罢，五神君摆开阵来，未等混元魔、梁缵回过神来，已是将其团团围住，佯装而上。又左先右后，又前仆后继，弄得这两魔来回招架，左右难顾，前后不及，头昏脑涨，不知方向。五神君又施了障眼法，幻化而去，梁缵急忙上前道："皆是些胆小之辈，不战而逃。"混元魔道："此等雕虫小技，奈何不了本尊。"遂施法而去，不知所终，硬是弄得梁缵不知何处去。

话说五神君逃至各处,或灭小鬼灵妖,或搭救百姓。张荄纵然诡计甚多,亦无济于事,秦琼可谓功德一件。常言道,邪不压正,哪容得这魔王作乱;又常言道,道高一尺,魔高一丈,混元魔追及神荼、郁垒二君,拦其去路,狂言灭了此二君。神荼、郁垒奋战难敌,大战几十回合,纷纷败下阵来,一时无御敌之策,着实没有了办法。说时迟,那时快,电光一道从中来,混元惊吓忙抽身,未及回神,亦是不见二君踪影,怨道:"都是这般胆小如鼠之辈,不战而逃,倒是没有个像模像样之辈,能与本尊大战几百回合。"遂施法离去。

秦琼等三神君平了乱,为防妖魔卷土重来,遂守于门院前后。片刻,院内突降几位神君,便是那安娘、金凤仙子、神荼、郁垒,众神作揖行礼,安娘道:"混元转世人间难,尔等神君不惧危险,挺身而出,日后必呈玉帝,嘉奖尔等。"诸神君齐声道:"多谢安娘仙子!"安娘道:"混元转世非一日之久,其聚天地阴气而生,真身难灭。如今转世,须再派神将,大战混元魔,压其于聚阳之下,阴阳相克,使其难以转世。"神荼道:"且不知天庭哪位神将可有此本领?"安娘道:"天庭自有打算,如今神荼、郁垒二君重伤在身,须回桃都山安心修道养伤。守护门院之事不可懈怠,以防群魔再作乱。秦琼、尉迟恭、魏徵你等三神君应力担重任,拒鬼神于门外,护百姓于院内。"秦琼、尉迟恭、魏徵齐声道:"谨遵娘娘法旨。"遂化身离去,各自站位。

神荼道:"想必那混元魔定不会善罢甘休,娘娘可有应对之策?"安娘道:"混元魔法力高深,吾等难敌,唯有周旋才是良计。吾自有打算,尔等只管静心养伤,不必多虑。"神荼、郁垒听完,心有所安,这才化身离去。

混元魔心事难成,难消心头之恨,直奔清溪口,可谓魔颜大怒。抓了张荄,怒道:"都是你这厮想出的名堂,如今偷鸡不成蚀把米。"张荄道:"将军不必烦扰,末将有一计,可谓一箭双雕。"梁缵道:"不知张将军还有何等计谋?只怕又是吃力不讨好罢了。"混元魔道:"休得再作弄本尊,否则定要你好看。"张荄道:"将军莫忧。"梁缵道:"休要卖弄关子,有计说来便是,无计自当受罚。"张荄道:"且看吾如何施计。"

　　话说张羡率军士来到一处，名曰潭边，打听知得有一户人家姓姜，前些时日产有一男婴，落个好时辰，生个好风水。怎奈这门堂高，院子深，进不得。

　　话说守在附近多时，见后院门开，一男子被赶了出来，未见门内人，但闻其声，道："你这酒鬼，若不是老爷念你贫苦，你这整日酗酒不做事，哪能留你。今日你为了酒钱，竟然恩将仇报，偷了少奶奶手镯贱卖。没有将你押送衙门已是格外开恩，不知好歹的东西，还想死皮赖脸不走。"说罢，又一扫帚挥使过来，这男仆不留神，滚倒在地。见院门关上，方才起来离去。

　　张羡见机化作平民身，起身追去，至其身前，硬是将这男仆吓住了，道："你这厮好生无礼！"张羡道："兄台姓甚名谁？"男仆道："本人姓姜，单名一个冲字，乃这潭边人士。"张羡道："方才见那院内人霸道横行，兄台受惊了，不知所为何事？"姜冲道："吾在这姜府做事，怎奈工钱无几，不够养家糊口。今日酒瘾又犯，往日见这姜家少奶奶有一手镯，时而挂在手上，时而摘下置于柜中，想必定是值钱之物，遂动了念头，想偷取来换些酒钱，只因行事之时，手脚不麻利，碰倒了瓷瓶，摔得叮当响，这才被抓了个正着。你问这些做啥？难不成又笑话吾不成。"张羡道："吾见兄台富贵之相，竟然虎落平阳被犬欺，愚弟实属看不过去。愚弟这里倒有些银两，兄台可拿去权作一些酒钱，再不受那欺凌之苦。"

　　那姜冲见白花花银两，两眼瞪大发亮，连忙接过手，又迟疑道："吾与你素不相识，为何赠予吾这些银两？"张羡道："兄台多虑，路见不平，慷慨救助而已。"姜冲道："无功不受禄，吾虽是一介穷书生，些许道理还是懂的，不知有何事可为你效劳？"张羡道："真无事所托，只是吾与这姜家有些过节，姜家早些日子侵占了吾家良田不还，姜老爷还霸占了吾妹，闹到了府衙。怎奈姜家财大气粗，定是塞了银两，告他不成，反被诬告。一家人走投无路，经那算命的得知，姜家如此财源广进，风调雨顺，皆因其家门贴了那门神像，这才没有了报应。"姜冲道："世道悲凉，又逢老天有眼无珠，折煞了好人。今日收你银两，若有吾可用之处,尽管说来。"张茭道:"那姜老爷到吾家欺田占妹之时,吾曾与其家奴争理厮打一番。若是贸然前去,定被识得,恐事难成,兄台可否替吾行事,摘了门神像,如此便可,事成之后必有重谢。"姜冲连声道:"好说,好说!"说罢收了银子,满心欢喜,朝姜府大门走去。

姜冲蒙了脸,直往姜府大门走去,见府门内外无人,便伸手欲撕,那秦琼、尉迟恭二神君虽身心灵敏,遇凡人却无计可施,遂做了一阵风。好大的风,直吹府内,这姜府老爷跑到堂前,好生奇怪,怎会无端生起风来,命下人急忙关门去。说时迟,那时快,姜冲刚要撕了去,前来关门的几个下人见有人鬼祟,大喊一声:"贼人哪里跑!"姜冲见状撒腿就跑,待那几个下人赶来之时,已是鬼影子都见不到了。

姜冲丢了魂似的径往家里去,路上时不时回头观望,待看无人追赶,这才松了一口气。嘴里直念叨:"为了些钱财,险些丧命。"又唠叨:"吾也算尽力了,怪不得吾。"抖抖袋里的银两,分了两份,一份放进了内袋,进了家门。另一份交于妻子,叮嘱看好了。其妻问得一句:"银两从何处来?"姜冲不耐烦地说道:"婆娘啰唆,平日里无银两,念叨瞎了眼,嫌弃吾家贫无志,今日给你银两,反倒起疑心了,且放宽心,这银两来得正,来得正!"

说罢,抱起小儿子直逗乐,其妻退至内房。外面传来一声:"姜兄,别来无恙啊。"姜冲见是张茭等人,心里一阵惊慌,故作镇定道:"张兄所托之事,吾已办妥,不知今日登门造访所为何事?"张茭道:"如此便是极好,但不知姜兄如何办得此事?"

姜冲道:"今日吾受你所托,前去姜府大门。今日里姜府大门无人看守,无人来往,吾便急冲而上,一顿狂撕,三下五除二便已解决。此等小事,何足挂齿?"未及说完,张茭已是罗鞭三下,疼得姜冲直叫爹娘,其妻闻声匆忙从里屋跑了出来,未及应声,张茭便命人连妻带子一摞捆了,架了刀子。姜冲见状,怒斥道:"一人做事一人当,欺负眷小,算不得本事。给吾那些银两,退还给你便是。"张茭道:"你这厮好不懂礼,吾且杀了你妻和子,再和你赔罪可否?"姜冲道:"这退钱退不得,杀了吾全家于你无用,寻的是哪家意思?"张茭道:"见你倒有些骨气。也罢,念你如此眷顾家小,吾倒可给你个将功补过的机会。"姜冲道:"只要不伤及吾妻儿,上刀山下油锅,均听使唤。"张茭道:"姜家儿媳今日产下一男婴,你且混入宅内,将那男婴偷取出来。"姜冲:"万万不可,吾虽平日游手好闲,干得些偷鸡摸狗之事,但那全是一些鸡毛蒜皮之事,这等伤天害理之事,没有做过啊。"张茭道:"你若不从,你妻儿性命难说。"姜冲见张茭所言非虚,亦不敢再言,硬是应了这门伤天害理的差事,直往姜府去。

话说这姜冲直走后门,敲了半天。忽见里头走出来一人,正是总管。只见姜冲上前有说有笑,直往里头塞些银两。那总管也是好财之人,俱收囊中。开了门,放姜冲进去,领着到了姜府外厅,姜老爷正逗着小孙子,姜冲连忙跪地求饶,见总管旁边帮着说话,姜老爷也就仁慈宽恕了,道:"知错能改,善莫大焉,吾这孙涌泉如潮,这奶娘准备的尿布都不够使,你且帮着洗,晒干了送进里屋去。"姜冲连忙应声,便提起箍桶直往溪里跑。想来闷闷不乐,胡乱洗一通,待晒干了折叠一下,便直冲里屋,见奶娘陪着姜家孙子已入睡。见无人,便脚轻手慢抱起孩子径直往外走,跑出内宅,过了后院,到了竹林,寻思前头就是后门,倒有些宽心了。怎奈林中来两者,便是那安娘、金凤仙子。姜冲道:"尔等非姜府之人,与吾无冤无仇,难不成要挡吾去路?"安娘道:"且不知你怀中是何物?"姜冲道:"关你何事?"安娘道:"你这厮好生无礼,见你行色匆匆,定是不干好事,如此时吾等林中大喊,想必你插翅难逃。"金凤仙子更是乾坤绢落,打得姜冲倒地难起,怀里孩子险些摔了出去,好在金凤仙子机敏,顺手接了起来。安娘道:"分明是做了伤天害理之事,若报于府衙,按大唐律例,该当斩首。还不从实招来。"姜冲见事已败露,听得屁滚尿流,连说带哭将事情原委一一道来。

安娘见姜冲诚心悔改,道:"吾念你事不由己,今日之事暂且饶你一命,要挟之人乃非凡人,你且在门前挂上秦琼、尉迟恭二将门神之像便可应对。"姜冲道:"谢两位菩萨不杀之恩,小生这就买两位神君门像贴于家门,逢年过节定当供奉。"遂起身连滚带爬径直向后门去。常言道:做事莫要欺心,做人莫要行凶。待姜冲走后,金凤仙子道:"娘娘,这张羡诡计未成,岂能善罢甘休?"安娘道:"仙子,你且将这姜府的孙子放回原处,吾自有妙计。"金凤仙子:"计出何处,还望安娘赐教。"安娘道:"将计就计。"

那边张羡见姜冲进了姜家后门,想来事已成七分,但恐有仙人阻挠,若是打斗起来,竟做了吃亏的事。遂去魔帐前请援,要那梁缵名为先锋,权作替死鬼。梁缵想来功劳不能让张羡全占了去,遂帐前请命,一同前来。这事巧了,刚到后门设伏,就见那姜冲从后门而出,怀中抱一男婴,后面一丫鬟拿着洗衣棍追赶出来,这洗衣棍平时皆是妇人洗衣敲击之物,今日却成了追凶夺命之器,真是有趣了。

二人你追吾跑,梁缵携棍紧追,顺道一声:"张将军,这等小事不劳你大驾,待吾速速擒来。"张羡紧跟其后。不到两里开外,便已追上,梁缵命军士将这两人围了起来,道:"交出男婴,饶你不死。"那姜冲道:"如若不交,能奈吾何?"梁缵:"真是不知爷的厉害,你可知弹指之间爷便要你灰飞烟灭。"那姜冲道:"再大的本事不过是行凶杀人,人头落地罢了,难不成你有天大的本事不成?"

这边张羡静而观之,下有兵士道:"将军,切莫让这梁将军独占功劳。"张羡道:"这姜冲前后举止判若两人,想来这二人定是神仙变化而成。若吾贸然上前,只怕吉凶难定,且看他们如何争斗,吾坐收渔翁之利,以逸待劳便可。"

那边梁缵见这二人好生无礼,怒气横生,举起挚棍,点头打去,只见两人急闪而过,现了原形,这般打斗:

> 两个是人间神女,一个是显恶之身。
>
> 上有阴阳生与死,下有雌雄反与复。
>
> 前得法术照天地,后变阴阳锁时空。
>
> 念善初动世物生,万恶临暗虫俱灭。
>
> 混沌未分天地乱,摄法隐遁幌动根。
>
> 霞光瑞气亮瞎眼,只叫爹妈难在前。

梁缵败退数十丈，七窍流血。安娘、金凤仙子紧追不舍，打斗至一处，名曰贵山。此地有一河，自南向北，河道弯曲，水流湍急，两边茂密丛林难进难出。梁缵躲一深处，四处探望，不久便见那安娘、金凤仙子立于水上，悬于空中，到处查看。梁缵想这娘儿俩是何方神圣？竟如此厉害，与其等死，不如出其不意，打他个措手不及，趁机逃之夭夭。遂见稍不留神，棍出林处，变换阴阳，河水涨起数十丈，倒向安娘、金凤仙子，只可惜这二神君只顾寻找梁缵，未来得及防身，大水硬是从头倒下去。顷刻间，安娘飘落于地，满目盈血，脸色发白，手脚无力。金凤仙子急忙扶身离去，梁缵欣喜若狂，捡回小命又立了大功。遂跑到混元魔跟前，一五一十地告知安娘惧水之事。

混元魔惊喜不已，又苦于无计，这安娘行踪不定，可如何拿水降服？张荄道："末将倒有一计，不知可否？"混元魔道："张将军足智多谋，快快道来，莫要卖弄关子。"张荄道："这安娘、金凤仙子不现身，吾等可主动攻之。离龙王庙三十里之外有一坑，名曰白水坑，坑中积水深约千丈，若打开白水坑，放水淹了龙王庙，只怕安娘不现身都不得。"梁缵大赞妙计，道："此计甚好，待吾去使人泄了白水坑。"张荄道："白水坑之水非寻常之水，乃流落凡间之弱水，每每龙王降水，取之不尽用之不竭。但有一黄龙，此龙原乃阴间差役，专抓厉鬼，此龙手持镇水须，法力甚是厉害，若是在水中争斗，只怕吾等法力不及，无功而返。"混元魔道："这可如何是好？"张荄道："小人听得，此地有一鞑姆绝鬼，青面獠牙，一身乌黑犹如烧窑的一般，筑煤的无二，从不作声，却懂人语，此鬼为厉鬼中阴气极重之物，法力可与黄龙相抗，只因法力不及之时被黄龙压在弱水之下，无处翻身。其心中怨恨丛生，为黄龙法力所限于水中，若使得调虎离山之计于水中引出黄龙，吾等一则便可灭了黄龙，破白水坑；二则可收服鞑姆绝鬼，可供将军差遣。"混元魔道："那如何唤得此鬼？"张荄道："将军莫急，将军乃魔道之人，幽冥之事未必详知：

阳间枉死三四十，阴间做鬼难投胎。

怨气难去魂不灭，一心求得有轮回。

"此地人因惧怕厉鬼,多不祭祀供奉,因此靫姆绝鬼亦成了饿死鬼。因阳寿未尽,不可投胎,多游历阴阳之间。若吾等以食而诱,便可招来。"梁缵按捺不住,道:"将军,末将请命。"张茭道:"梁缵将军,你且派人夜间供奉食物于十字道口,待靫姆绝鬼到来,吾便收了他,那时梁将军亦是头功。再者切不可夜间而来,人鬼两道,阴阳相反。人间为夜,阴间为日,人间为日,阴间为夜,靫姆绝鬼惧怕阳气,多夜间出动,故应黄昏之时投放。"梁缵道:"只怕是吾等未及坝前,黄龙已察觉,这可如何是好?"张茭道:"梁将军使得挈棍变换阴阳,可使本地干旱,百姓怨声载道,引得黄龙开闸放水,到时便会无暇顾及靫姆绝鬼,吾使得罗鞭弄得地动山摇,投食于弱水之下。靫姆绝鬼必然现身,那时将军便可收了靫姆绝鬼。就是不知此头功,梁将军可愿领得?"梁缵道:"吾且再信你一次。"混元魔大赞此计甚好,满心欢喜,遂分头行事。

　　欲知结果如何,请看下回分解。

# 第四回　白水坑计收厉鬼　金凤仙子浴火生

梁缵置于白水坑前三十里棒打天地,瞬间阴阳转换,暗无天日,万物枯死。后乌云退去,又是骄阳似火,河水蒸发,田地干裂,森林处恶火起,百姓死伤无数,真可谓:

> 挈棍棒打天地间,日月无情骄阳艳。
>
> 梁魔作恶计混元,不知张芰走中间。

黄龙见此掩面悲啼,怒道:"尔等恶魔休要害民。"遂使得法力,坑中弱水顺流而下,浇灌田地,救护百姓。见梁缵依旧不肯作罢,遂腾旋空中,来来往往,战上三百回合,自卯时布阵,混杀到日落西山,可谓是:

> 阴差黄龙,显恶梁缵。相逢真对手,性急如本源。那一个守得弱水,这一个虎帮混元。欺心难骗镇水须,挈棍直去往来滚。翻波跃浪乾坤暗,吐雾喷风日月昏。苦争数回无高下,梁心中不肯休。

此时张芰撒网以待,鞑姆绝鬼见弱水处有缝隙,乃千年绝机,不可错过。遂纵身一跃,滑辣地钻出,此鬼獠牙如尖刀,红发乱蓬松。穿黑铁甲,前后皮条交加绑紧。腰广十围,身高三丈五,甚是吓人。见美酒佳宴,吃了个杯盘狼藉,饫甘餍肥,却不知已落入大网之中,纵然逃不得身去。

话说梁缵与黄龙大战不见天日,安娘和金凤仙子前来助阵,三人使得法力,数招之下,梁缵不敌,遂溃败而逃,重伤而不得自愈,已是奄奄一息,枯骨之余,来回急蹄,溜之大吉。安娘道:"切不可让显恶魔再害人间,金凤仙子,速速追擒。"这边说来那边追去。

话分两边说,混元魔见鞑姆绝鬼已出深谷,哪顾得梁缵死活,操其啰鬼锤,直奔白水坑口,依张芰之计,当头一锤直劈下。鞑姆绝鬼也不赖,既吃得美食,又急躲急闪,这可惹怒了混元魔,道:"你这厉鬼,不知好歹,救你重见天日,你却不降服。"鞑姆绝鬼哪管得了这么多,急跳而起,直奔兴墩。按云而下,未见得追兵,稍松了一口气,见田地里谷粮尽无,性情顿时暴躁,抢劫房舍,凡是可吃的,都尽归其口中。食量实属惊人,进到一户人家,这家人早就不见了踪影,翻来倒去,见一大木盒子,上面一开盖,半身高,两腰粗,当地人谓之米瓮,多用装米之用,鞑姆绝鬼开了盖,见里头有几斗米,甚是欢喜。哪顾得这么多,尽弯腰,头朝下,犹如那蠢猪一头,直往里头拱。

这不拱还好,一拱可坏了事情。只见整个身子都被扯了进去。看似不到半身的米桶,却犹如那万丈深渊,直滑而下。那鞑姆绝鬼一头栽进米里,钻了起来,方才只是几斗米,这下却深处米世界,惊喜万分。横着吃,竖着拱,弯着啃,好生惬意。突然传来一四壁洪音,道:"你这饿死鬼,好生无礼。"鞑姆绝鬼硬是从米堆里钻了出来,咬牙切齿,怒目四壁。那又传来声音:"昔日阳间饿死难投胎,做了那不清不楚的鬼。今日误闯误撞进了这米桶,却不知谢恩。"

鞑姆绝鬼不能说话,困顿了片刻,便使劲地磕头,头都扎进米堆里去了。不时抬头一看,见一小毛孩悬于空中,犹如那哪吒三太子,牛魔红孩儿,手持一米勺,棒长三尺,甚是调皮。其趁鞑姆绝鬼一时不注意,落了下去,往腰间一蹿,挠了痒痒,折腾得这鞑姆绝鬼满地打滚,嬉笑难耐。又立于空中,满生欢喜,道:"你食量大,吾这米瓮之米取之不尽用之不竭,吾日日在这米瓮生来无人与吾说话,很是寂寞,你倒不如留在此瓮之中,这瓮中之米你尽可享用,陪吾玩耍便可。"只见那鞑姆绝鬼甚是高兴,又是一阵的磕头,又道:"他日若有人问及吾的名字,你且告知他,吾唤作米灵子,乾元山金光洞太乙真人门下,师兄是那莲藕化身的哪吒三太子。"见鞑姆绝鬼不出声,想必是不会开口说话,又道:"也罢,让你报名甚是为难,吾且将法号刻在那米瓮壁上,待有人问及,你指便是。"说罢倒持米勺,棒刻瓮壁,潇洒一行字:乾元山金光洞米灵子。说罢,驾云而去。

话说混元魔急追而来,四处寻去,不见鞑姆绝鬼踪影,这事也巧了,正好见那米灵子从米瓮里奔出来,便围了上去,大声喝道:"小毛孩,可见得獠牙如尖刀、红发乱蓬松、穿黑铁甲之人。"米灵子道:"这人不曾见得,这鬼倒是有一个。"混元魔道:"可知其身在何处?"米灵子道:"不知道,就是知道,也不告诉你。"混元魔道:"你这毛孩,你可知吾是谁?如此放肆。"米灵子道:"你是谁不重要,重要的是你知道吾是谁?"混元魔这下来了气:"小小毛孩,见你乳臭未干,本尊不想灭了你。你倒好,狂言不遮,好不礼貌,今日权当是你爹娘,且教训你一顿。"米灵子道:"你问人在先,吾只是不告诉你罢了,却斥吾好生无礼,谁不懂得礼数?再者吾生来无爹娘,你权当甚?"混元魔道:"难不成是石头里蹦出来的哩?"米灵子道:"你才石头里蹦出来,听好了,说来怕吓到你,吾乃是乾元山金光洞太乙真人门下,莲藕化身,莲子化心,吸天地真气而成,识趣的叫声爷爷。"混元魔道:"哪吒三太子可是你师兄。"米灵子道:"你这厮倒有些见识,但这哪吒三太子名号岂是你叫得的。"混元魔狂笑道:"吾倒以为是师出何处呢?论辈分,你且该叫吾一声师叔。"米灵子道:"你又是何方神圣?"混元魔道:"吾且问你,你师父可是那天道圣人元始天尊门下五弟子,昆仑十二金仙。"米灵子道:"正是,莫非你识得吾家师。"混元魔道:"当年你家师大战碧霞宫三霄仙子,那三霄仙子仗着混元金斗,你家师与其大战三百回合难分高下,吾且助你家师得胜归来。你说吾与你家师识不识得?"

米灵子见其说来头头是道,心想这怪物倒是实诚,再想那厉鬼历来作恶多端,若不告知去处,岂不是助纣为虐,他日家师面前告吾一状,岂不是自讨苦吃?若将那厉鬼交予他,日后无人玩耍,又是无聊之极,思来想去道:"那厉鬼已被吾收服,困于那米瓮之中,出不得,已无再害人之力,师叔大可放宽心离去。"混元魔道:"贤侄天资聪慧,法力高深,师叔自然深信不疑,只是不见得那厉鬼深陷米瓮,心里终究是不安。不妨让师叔瞧一瞧,一来安心,二来见识一下贤侄威风,不知可好?"米灵子道:"师叔有理,吾且打开米瓮,师叔切不可低头细看,那米瓮有万千吸力,法力再高之人,也难以抵挡。"混元魔道:"无事,无事,不妨,不妨。"话未说完,却一头栽了进去,顺着瓮壁掉进了米堆里,见到那鞑姆绝鬼正享用着,怒道:"今日本尊非收了你不可。"操锤而上,好惊人也:

秋风飒飒,怪雾阴阴。昔日不服心,今日鬼魔争,本应心相惜,只因强好胜。一边唤使啰鬼锤,一边念咒阴阳符,翻来覆去如冰山压地,前赴后继似火球滚路。啰鬼锤,飞云掣电;阴阳符,度雾穿云。惊得空中无鸟过,吓得水中无鱼行。煞煞威威混元道,惊惊悚悚绝鬼悲。那壁混气图天暗,这壁胆缩不敢言。堪羡混元真本事,厉鬼吃败又降服。

鞑姆绝鬼倒也识时务,知得斗不过,也就束手听从,这可急坏了米灵子,道:"师叔说好只瞧上一瞧,为何收了这厉鬼?"混元魔哪管得这般讲理,道:"贤侄莫怪,一时性急。"米灵子道:"师叔有所不知,家师命吾守这凡间粮谷,算来也有千年,闲来无事,好生寂寞。平日里只能和那些鼠蚁虫鸟打趣,不曾见过厉鬼这般有趣,原本想留个伴,师叔倒好收了去,叫吾如何是好?"混元魔道:"贤侄莫虑,吾有一法宝,唤作金蝉笛,只要吹得此笛,可见得凡间盛景,可唤来玩耍之人,应有尽有。今日助吾收了这厉鬼,吾可赠予你。"米灵子道:"师叔,此话当真?"混元魔道:"岂有欺骗之理?"米灵子道:"快快给吾,快快给吾。"混元魔道:"贤侄有所不知,这米瓮乃神器,若不出此瓮,吾法力难使,恐难以将金蝉笛变化出来,且让吾出了此瓮,便可变出于你。"米灵子道:"那是,此瓮虽比不得吾师兄的乾坤圈、混天绫,倒有些用处,不管哪路子神仙佛陀进了此瓮,若不知秘诀,恐难出矣!"混元魔道:"知得贤侄厉害,快快救吾出去。"米灵子道:"出口不在上面,在师叔脚下。"混元魔道:"只见得到处都是米,深不可测,不曾见得出口。"米灵子道:"师叔有所不知,这凡间四月天,梅雨天气,湿气过重,凡是谷物皆会发霉,为保通气,又防鼠蚁偷食,凡人便在这瓮下置一洞,洞小且排气,谷物自然就不会发霉,鼠蚁自然不能偷食。师叔须钻过这米层,找到洞口,便可出去。"混元魔道:"多谢贤侄。"说罢头朝底,犹如那蹿天鼠,直往洞口去,逗得米灵子捧腹大笑。

不出半个钟,混元魔化作一缕青烟冒了出来,米灵子上前道:"师叔,那米层可厚?"混元魔道:"何止是厚?"米灵子道:"师叔,你方才钻米之势犹如那蹿天鼠,甚是好玩。"混元魔:"你这小毛孩,好生无礼,竟敢取笑于吾。"米灵子:"师叔莫怪,小侄知错。"混元魔道:"你这小毛孩,愚蠢之极,想不到太乙真人教得这般徒弟。"米灵子甚是迷惑,道:"师叔打从米瓮里出来,好似变了个人。"混元魔道:"吾不是你家师之友,而是与你家师不共戴天。"说罢挥使锤子,一锤而下,只见米灵子被打成了一条米虫缩在米堆里,混元魔道:"当年你家师太乙真人阻吾等攻打姜尚,害得吾被困于石门之下。今日要你偿还,待啃完这瓮中之米,找到洞口,便可重见天日。"说罢转身幻化而去。

待到白水坑时,只见那黄龙已在施法收水,鞑姆绝鬼直冲而上,手持阴阳符,叱咤如雷吼,奔波似滚风。设一阴门罩于白水坑,黄龙大战鞑姆绝鬼数百回,因黄龙长久未得水滋润,身躯久而干之,法力渐失,弱水未收,水势渐猛。可谓是浪涌如山,波翻若岭,千万良田被淹,无数房舍尽倒,直逼龙王庙而来。

话说金凤仙子奉安娘之命追捕梁缵数日,这日梁缵逃至延龄桥,往金星方向而去。穿岗越岭,误进一山洞,东西难辨,误闯误撞以至洞内,只见洞壁刻有三字:蛇蛟洞。下有机关石门。梁缵意欲寻找藏身之处,遂开了石门快速而入。

洞中幽光一道,四壁无音,死寂一片,不知所措之时,听来悬音,道:"来者何人,速速报来!"梁缵未见其人却闻其声,很不痛快,道:"你是何方妖孽?速速现身,你梁爷大驾到来,还不磕头请安。"

未及说完,硬是见不得的一巴掌直劈过来,未及转身,又有另一巴掌打另一边横扫过来。来回几个回合,真是把这梁魔打得心服口服,直哆嗦道:"高人饶命,吾乃混元魔将军麾下梁缵,今日被那金凤仙子追杀,无奈闯了贵处,还望手下留情。"

余音未去,一蛇一蛟盘旋而下,幻化成两美貌女子,肌肤若冰雪,绰约似神仙,教梁缵傻愣一番。蛟精手持播鼓,蛇精手捧古琴,蛟精道:"那金凤仙子可曾追随龙王庙安娘?"梁缵道:"正是,吾若不是身负重伤,亦不至于败于此地。"蛇精道:"休得胡言,那金凤仙子与安娘乃得道高人,岂会置你于死地,想必定是你作恶多端,自作孽不可活。"梁缵道:"神仙娘娘,真是误会了吾,那金凤仙子为求道升天,偷窃三神珠,吾等奉安娘法旨,前去捉拿。怎奈其法力高深,本想就此作罢,无奈那金凤仙子紧追不舍,这才迫不得已误闯贵洞。"蛟精道:"当年主仆二人情同手足,今日却反目成仇,真是一出好戏。"梁缵听罢心慌得很,道:"莫不是尔等与那金凤仙子是故交?"蛇精道:"非亲非故,此地不宜久留,你且速速离去。"

梁缵见蛇精逐己出去,无奈。蛇精道:"今日这魔是非善恶尚且不知,切不可引那金凤仙子到此,再造事端。"蛟精道:"今非昔比,今日你吾法力未见得逊于她们,况且这二人已是反目成仇,此时此刻便是你吾报血海深仇之时。"蛇精道:"冤冤相报何时了,姐姐万万不可。安娘仁慈,吾等这才可活到今日,在此修炼数百年。"蛟精道:"若不是安娘、金凤仙子滋事,吾等岂会在这暗无天日之地苟且偷生。"

梁缵心想必定是有怨恨之事,若是能让这蛇蛟二精助自己一臂之力,岂不是甚好。遂道:"蛟姐姐说得有理,这蛇蛟洞终年不见日月,若能改天换地,也做了那一方之主,何须受得这窝囊气?"蛇精道:"纵然要改天换地,只需潜心修炼,一心从善,自当有那一天,无须操之过急。姐姐莫听得这妖贼胡言乱语,乱了心元,枉修了这么多年道行。"蛟精道:"妹妹,你吾修炼数百年,可曾见得日月,今日良机已在,为何不据此一搏?妹妹可曾记得,吾水族攻打姑蔑国时,无数水灵死于安娘法咒之下,逼得吾姐妹二人在这深洞躲藏千年。今日不负苦心人,只要夺取那三神珠,便可得道成仙,本是你吾姐妹二人夙愿。"蛇精道:"是吾水族之人弄得姑蔑国国破人亡,触犯天条在先。安娘念及轮回不易,放你吾姐妹在此修炼,本应各持各道,互不侵犯。"蛟精道:"妹妹,无须再劝,此仇不报,何以面对死去的千万水族精灵。蛇神盘古大仙开天辟地,先祖女娲伏羲蛇身人面,抟土造人,统治三界的本应是你蛇族,如今如何如何?"蛇精道:"姐姐自有道理,妹妹不再劝阻,且看那金凤仙子是否来此,待到来时,再做决定不迟。"

梁缵心想这蛇蛟二妖能与安娘、金凤仙子缠斗数百年,功力定是深不可测,自己今日已是身负重伤,若是再与那金凤仙子缠斗,定是必输无疑。何不借刀杀人,坐收渔翁之利?遂道:"小的虽无本事,愿助两位姐姐一臂之力。"蛟精道:"如此甚好!"说罢,默念法咒,只见一法绳捆绑而去,将那梁缵捆于洞壁之上,弄得梁缵满头雾水,道:"神仙姐姐,这是为何?"蛟精道:"且给吾老实地待着。"说罢,蛇蛟二精施法隐身而去。

话说金凤仙子追至蛇蛟洞,探得脚印知得梁缵已入洞中,见得洞名,心想若蛇蛟二妖捉拿了梁缵便是极好。未到洞口,洞门已自开,金凤仙子顺道进去。至洞内,见梁缵捆于壁上,道:"梁魔,今日本仙子送你上路,免得你再行祸害之事。"说罢挥使乾坤绢,径直而上,说时迟,那时快,只见洞门速闭,四处烛光尽现,擂鼓之声响彻两耳。霎时,一道闪电而过,金凤仙子急闪而躲,倒退数十尺。只见蛇蛟二精飘落于前,蛟精道:"金凤仙子,数百年不见,别来无恙。"金凤仙子道:"这梁魔穷凶极恶,乃显恶魔转世,今日不灭,恐后患无穷。"蛟精道:"分明是金凤仙子窃取三神珠在先,如今又做得这栽赃陷害肮脏事。"金凤仙子:"切莫听其胡言,如今混元转世,欲取三神珠,引白水坑之水,大水冲倒龙王庙,这梁魔便是混元手下。今日与吾大战不敌,故躲在你这洞中,请将梁魔交予本仙子,押往龙王庙听候娘娘发落。"蛟精道:"哪有这般无礼,上门索要东西,竟然空着手来。"蛇精道:"姐姐,这梁缵原是混元魔手下,定是心怀不轨之人,倒不如做个人情,交予金凤仙子,也算功德一件。"

金凤仙子见蛟精无意交出梁缵,道:"望交出梁魔,切莫一错再错。"蛟精道:"交出梁魔可以,且取来三神珠,吾自当放人。"金凤仙子道:"本以为你蛇蛟二精修道数百年,能一心从善,却不想仍不知悔改。今日本仙子就替天行道,免得尔等日后出了洞口,害了人间。"

说罢,乾坤绢甩将出去:

乾坤绢飘似如风,蛇蛟二精招架来。一个擂鼓震天地,一个琴音扰地府。这位姑蔑丫鬟转凤凰,那厮水灵余孽藏洞中。不分时空,难辨宇宙,左遮右挡招不住,见得绢出无形处,击得犹如铁棍穿心痛,万千路,叫尔等自作自受。

蛟精喷火而出,此火名曰修罗冥火,乃祝融大战共工之时洒落人间星火,不比六丁,不输三昧。顷刻间金凤仙子已被烈火围之,金凤仙子天性惧火,不到片刻,法力尽失,显现原形,萎缩一团,已是无力而逃。梁缵暗中自喜,不承想张荛借刀杀人不成,自己却因祸得福,待火烧金凤后,也算立了大功一件。

大火已烧个把时辰,仍不见金凤仙子灰飞烟灭,蛇蛟二精上前观望。只见火中白光一道,直射四方。烈火愈烈,蛟精被击退十丈有余,梁缵亦是从墙上活生生地摔了下来。金凤仙子羽翼缓缓展开,神爪挺立,昂首一鸣,翎毛五色彩云光,可惊日月:

**浴火撕裂心肺胆,蛇蛟二妖助金身。**

**脱胎换骨涅槃造,历经磨难获重生。**

见此,梁缵睥睨良久,毛森立,如霜被于体。蛟精恍然大悟道:"大事不妙矣,浴火重生,凤凰涅槃,世间果真有此事!"蛇精道:"姐姐,你且速速离去。"蛟精道:"妹妹不可,你吾姐妹情深,吾岂能置你于不顾,你法力尚欠,断不是这金凤仙子对手,快速离去。"说罢双手擂鼓,摆下阵来。

梁缵见蛇蛟二精尚且如此惧怕,心生胆怯,浑身颤抖,故作镇定退出洞口去。只见得金凤仙子变回人形,蛟精擂鼓而上。顷刻间,洞内振声彻四壁,凤蛟大战数十回。这蛟精不知有否悔改之意,但已是败下阵来,垂死将至。蛇精只身而挡,金凤仙子猛抽身收手,道:"你姐姐已犯下弥天大罪,本仙子念你心存善念,今日放你一马。"蛇精道:"姐姐虽罪不可恕,但已知罪过。如若仙子今日非要置姐姐于死地,吾可代之,还望仙子给姐姐一个生还机会。"蛟精道:"妹妹,万万不可,今日之事本是吾与金凤仙子之间宿怨,与你无关,本不想连累于你,只怪姐姐本事不到家。你且速速离去,望你照顾好水族精灵,不负先祖重托。"金凤仙子道:"你这蛟精虽万死难抵其恶,但倒也重情重义,只因你死心不改,本仙子先收了你,再请安娘发落,吾定当替你说情。"蛟精道:"不必了,今日非你死便是吾亡,无须怜悯。"金凤仙子道:"终究难成正道,本仙子今日便送你轮回。"

说罢,默念法咒,乾坤绢起,阴阳变换,蛇蛟二精已是痛苦不堪,梁缵见状吓得直哆嗦,扶墙半摔半倒地溜出去,金凤仙子见状伸手一抓,掐住了梁缵脖子,叫其动弹不得,生死一瞬间。梁缵支支吾吾,上气不接下气道:"仙子尽管杀得,只是那白水坑之水已淹没龙王庙,安娘惧水,此时恐怕金身难保。"说来也是,金凤仙子这才醒悟过来,念闭法咒,速速抽身离去,瞬间不见了踪影。

蛇蛟与那梁缵便就此躲过一劫,深感万幸。蛇精见梁缵有欲走之势,想来今日横之祸全是这梁魔引起,如今弄得姐妹二人重伤难愈,心恨难平,道:"梁贼,哪里去?"说罢默念法咒,梁缵硬是被拽到跟前,见蛇精怒气难平,便求饶道:"两位姐姐饶命,饶命!"蛟精道:"方才所说混元魔转世,此事当真?"梁缵道:"千真万确,吾家魔尊乃截教门下混元之气而化,如若能与两位姐姐联起手来,定能铲除了安娘和金凤仙子,夺取三神珠便指日可待。"蛟精道:"可否带吾引见?"

梁缵见蛇蛟二精已无杀意,手舞足蹈道:"甚好!甚好!"蛇精道:"姐姐,那混元魔乃截教门下,岂会与吾等小妖为伍。如今吾等又负重伤,毫无用处,只怕是取笑都来不及,怎能收留吾等?再者这混元魔背道而驰,不行天道,只怕终不得善果,吾等切不可自寻死路,做了那陪葬品。"蛟精道:"妹妹,无须多虑,如今金凤仙子凤凰涅槃,只怕混元魔成不了事,此时亦需人手。"蛇精道:"姐姐又怎能知道那混元魔成不了事?"蛟精道:"妹妹有所不知,凤凰乃祥瑞之物,凡到之处,且不管人祸,纵使天灾,所佑亦会逢凶化吉。"说罢,命斥梁缵牵头带路,径直朝戴村去。

话说黄龙已是法力尽失,无力与鞑姆绝鬼缠斗,飞至龙王庙,见安娘神像已被洪水淹没,便舍身化作铜墙铁壁护住神像,弱水近不得半步。张羑见状,罗鞭一挥,电闪雷鸣,却不见得有效。混元魔使尽浑身气力,双锤一击,犹如惊天一斧劈头而去。顷刻间,黄龙法力全无,身首异处,葬于洪流之中。值此千钧一发之际,见天空彩虹一道,七彩色聚成一道屏障,将弱水直逼白水坑。金凤仙子羽翼横扫而来,见安娘困于龙王庙中,径直而下,两爪抓起了,抬头径直朝上而去。

欲知结果如何,请看下回分解。

# 第五回　王重隐计战江波　安娘魂归塔岩峰

十月,黄巢率军攻占饶信出越州进江山:

> 金甲披戴征饶信,过道仙霞下岭南。

> 方戟平起冲天跃,开山保民忠义全。

大军行至龙丘县九峰山。不日,黄巢正与军师王重隐帐内商议行军议程,帐外探报道:"禀将军,前方有一江阻吾军去处。"黄巢道:"此江状况如何?"探报道:"此江名曰灵山江,江宽百丈之多,深多则几十丈,江水湍急,如若落水,犹如鸿毛一片。"

王重隐道:"江岸两头可有敌军埋伏?"探报道:"江前有一峰,名曰塔岩峰,敌军有几万之多,领军者为江波,敌军正扎营于峰前两侧。"王重隐道:"敌军可占领塔岩峰?"探报道:"山上有一土族,号称姑蔑国后裔,正大战敌军于峰下沙头处。"王重隐道:"再探!"探报应声退出帐外。黄巢道:"军师,不知可有良计?"话音未落,帐外走进一人,此人名曰朱温,宋州人士,人称朱阿三。后跟一谋士,名曰谢瞳。朱温道:"将军,三军将士集结完毕,等候将令。"黄巢道:"朱将军将才大略,犹如关云长、张翼德在世,吾军有如此骁勇善战之将,胜过敌军十万。"朱温道:"末将愧不敢当,如今九峰山下唐军区区几万,末将请命,速歼敌军,过灵山江。"黄巢:"朱将军,莫急,自有建功立业之时,且听军师如何御敌。"

王重隐道:"朱将军神武,区区几万敌军自然不在话下。只是如今这区区几万敌军围困塔岩峰,峰上乃姑蔑国后裔。如若吾军强行攻打,敌军前有吾军压境,后有灵山江天堑阻挡去路,势必退至峰顶。那时,姑蔑国后裔一族难免灭族之灾。"朱温道:"军师,行军打仗岂能如此顾及左右? 待吾等杀其片甲不留,方知吾等厉害。"谢瞳道:"朱将军所言极是,如若吾等重兵压境,敌军势必与姑蔑国后裔一族生死一战，吾军便可坐收渔翁之利，不战而屈人之兵，此等为上上之计，何乐而不为？"

王重隐道："将军所言不差，但这姑蔑国后裔，一则乃王族血脉，虽灭于敌军之手，但吾军难逃干系，不免遭惹天下人唾弃。二则当地人多奉姑蔑国后裔为神族，如今神族被困，百姓必当同仇敌忾，而愚智未开，民风彪悍，岂会分得清吾等是敌是友。那时，即便拿下敌军，吾军若想过得灵山江，难矣！"

朱温道："大丈夫成大事，岂能如此瞻前顾后，如若遇百姓阻挠，一概剿之。"王重隐道："如此，无异于屠杀，与暴政有异乎？"朱温道："这打也不是，不打也不是，该如何是好？"王重隐道："如今姑蔑国后裔一族战事吃紧，与其雪上加霜，倒不如雪中送炭。"朱温道："如何雪中送炭？"王重隐道："如若取得姑蔑国后裔一族信任，吾军可与其里外夹击。"

黄巢听罢，思虑三分，道："军师，以为何人可担此大任？"谢瞳道："自然军师当仁不让！"黄巢道："军师身系三军将士安危，不可，不可！"王重隐道："微臣愿领此命！"遂作揖行礼退出帐外。

话说王重隐只身赴塔岩峰，乔装躲过了敌军巡查。路遇一樵夫，遂向前问路，樵夫道："先生，近日似有血光之灾，凡聪慧之人皆不上此山矣！"王重隐道："此言差矣，凡聪慧之人应上此山。"樵夫道："此话怎讲？"王重隐道："今有外贼入侵，凡有志之士皆应匡扶正道，拒敌抗争，岂能为一己之私而置大义于不顾，故吾明知山有虎而偏向虎山行。"

樵夫道："何来的应敌之策？"王重隐道："实不相瞒，着实无计可施。"樵夫道："既然无计可施，为何还冒死上山？"王重隐道："众人拾柴火焰高！"樵夫道："不愧是冲天王的军师，临危不惧，风度依然！"王重隐道："过奖，想必老先生定是贵族老者裘真机。"樵夫道："正是，吾这就领你前去见吾国主。"说罢，裘真机领王重隐上塔岩峰。

话说塔岩峰高冲云霄，王重隐至山顶。见三步一岗，每岗皆有两名军士守卫。其往前穿过几个洞，爬过几座岩，见一洞名曰塔岩洞。

洞宽百丈之多,泉水涌流两侧,溶石影像,万千变化犹如仙境,外坚不可攀,内空旷幽深,见中堂摆三尊神像,中间神像身穿袈裟,乃一僧人,左右两侧神像乃女子神像,王重隐不解。

裘真机道:"这中间神像乃姑蔑国国主鲁厉王,自水族入侵后,姑蔑国国力不济,越国发兵吞灭姑蔑国。因越王敬重鲁厉王,故而保留其王位,赐塔岩峰给后代族人永久居住,后鲁厉王巡游四海。相传玄宗年间,托梦归来,族人皆梦得,鲁厉王已遁入空门,遂立此僧像供后人祭拜。"

王重隐道:"这左右侧又为何人?"裘真机道:"这左侧乃安娘神像,安娘原为姑蔑国郡主,右侧乃金凤仙子。郡主为救族人,率族人大战水族精灵,后元气尽失,与金凤仙子一齐被俘于塔岩峰下。吉人自有天相,有一上仙,名曰五显大仙,救得两人并传授道法。后安娘、金凤仙子奉五显大仙法旨镇守龙王庙,守护龙王三神珠,族人为祭拜两位真神,故立此神像。"

王重隐道:"姑蔑国皆是仁人志士,重隐敬重不已。"话未说完,见内堂走来一簇人,人未到,却闻其声,道:"好一个敬重不已。"王重隐见一年过中旬者,威猛力壮,乃国主鲁行王。遂向前行礼道:"小人王重隐,拜过大王。"鲁行王道:"免礼,不知先生从何而来,所为何事?"王重隐道:"吾乃冲天王帐前军师王重隐,近日拜访宝地。一则吾家将军向来敬仰贵族,因军务缠身,特命小人前来叩拜。二则得知塔岩峰下敌军围困,又阻吾军去路,特来商议对策。"鲁行王未来得及开口,边侧一谋士,名曰邹天,道:"那唐王军队分明是尔等引来,吾族人世代与世无争,久居深山之中,论他朝代更替,都相安无事。如若尔等未行军至此,岂有近日围困之势。请求大王押解此人至敌军营中,以示诚意,便可依附于彼,可进可退,亦可以保全宗社。不知王意何如?"

鲁行王见王重隐未露声色,道:"吾家谋士此话有理。"遂命左右侍卫捆绑,王重隐道:"大王且慢。"鲁行王道:"军师,还有何言?"王重隐再拜,道:"大王有所不知,凡王者,岂有偏安之道?"鲁行王道:"成王者,岂有偏安之理。"王重隐道:"既无偏安,该当何为?"鲁行王道:"大丈夫应志在四方,图霸业,定千秋。"王重隐道:"若已称王,该当何为?"鲁行王道:"平定四海,千秋万代。"王重隐道:"未称王者欲图四海称王之,已称王者欲图四海平定之,不知两者可否相容也?"

见鲁行王哑口无语,道:"今江波率军五万,屯军塔岩峰两侧,一者阻吾军去路,二者围困峰下,大有清除之意。"邹天道:"大王,不可听信胡言,此人如此挑唆,意在激起大王动怒,与唐军生死一搏,待两败俱伤之时,便可坐收渔翁之利,正所谓螳螂捕蝉,黄雀在后,居心叵测矣!"

王重隐见状,急忙说道:"大王,如若敌军只是阻吾军去路,不应在此屯军。"鲁行王道:"此话何意?"王重隐道:"灵山江江水湍急,乃吾军必经之路,吾军定将定制竹筏,虽可渡江,但每只竹筏只可乘三五军士,敌军但可摆阵灵山江另侧,待吾军将士过江之时,犹如跳进麻袋,敌军不需吹灰之力,便可取胜。今摆阵塔岩峰下。一则贵族之士通水性,擅长水面作战,惧怕吾军与贵族联盟。二则可顺势剿除贵族,解天子心患。"

邹天道:"大王,如若听信此人谗言,联合对抗唐军。那时,唐王朝必将集结重兵压境,以叛乱之命,血洗塔岩峰,吾族将临灭顶之灾。"鲁行王见两谋士针锋相对,唇枪舌剑,不分高下,难辨是非。又见裘真机一言不发,坐于偏侧,知其向来稳重。今日一言不发,定是心有主意,遂问道:"不知裘老先生可有解困之策?"

裘真机向前拜礼道:"大王明鉴,老夫以为,冲天王诚心相邀,匡扶正道,不可怠慢。"鲁行王道:"还请老先生赐教。"裘真机道:"凡朝代开国者,君王皆励精图治,故国泰民安。至中叶,治国者如若贪图享乐,无心治理,久而久之,积重难返,元气尽损,民心尽失。如今唐王不思国忧民怨,但凡有异者,以武驱之,非圣君之所为。由此,亡之将不久矣,今日冲天王揭竿而起,吾等何不顺势而为,助其一臂之力。"

鲁行王道:"裘老先生所言甚善,正合吾意,先祖当年不受屈辱,迁移至此。后受水族入侵，朝不保夕。为图族人安定，投靠楚王，这才战胜水族，保族人千百年安宁，如此大义，望尘莫及。今日吾辈之人绝不可为一己之私，置万千百姓于不顾。"邹天道："请大王三思，塔岩峰不过是弹丸之地，今若以石投水，立见倾危。"鲁行王道："邹先生不必劝阻，本王心意已决。"遂请王重隐谋计布阵。

话说这江波屯军在沙头处，有左右二将，左右将军皆姓廖，左将军号称霹雳虎，右将军号称地头蛇，宿营左右两侧。此二将虽骁勇善战，但素来不和，这夜，左军帐中来一使者，递呈一信，后退出帐外离去。霹雳虎拆信阅之，大怒又大喜，持信来中军帐递呈此信，说与江波，江波听罢，大怒道："此贼如此无礼耶！"便唤右将军地头蛇到帐下，道："近日将军可肃管军士？"地头蛇道："将军明鉴，吾右军军士皆虎狼之师，日夜操持武艺，不敢有所怠慢，只要将军一声号令，军士无不战场报效。"

江波道："将军，这九峰山前有黄巢一军，后有塔岩峰姑蔑国后裔一族，朝廷命吾等一概剿之，不知将军有何计谋？"地头蛇道："将军，依末将之意，这黄巢一军有数十万之众，吾军若与之死战，恐难有胜算。末将以为当务之急应北拒黄巢而不战，前有灵山江，一时之下，亦是难渡矣！再遣使者和信书一封规劝姑蔑国后裔，以防不测，待朝廷大军到来之时，便可一概剿之。"

霹雳虎道："姑蔑国后裔族人向来不掺和外事，现如今吾等屯兵左右，其必大怒。若派使者前去，恐有去无回。不知将军有何人选？"地头蛇道："吾愿前去，修两家之好。"

话未说毕，江波喝武士推出斩之，须臾，献头帐下，江波方省悟曰："吾中计矣！"真是疑心多误事。众将见江波怒斩右将军地头蛇，纷纷缩头如龟，怯不敢出声，江波道："明日五更造饭，左将军霹雳虎随吾亲率三军攻打塔岩峰。"众将领命，各自退去。

翌日，三军齐毕，倾巢而出，江波号令合围塔岩峰，可谓是水泄不通，步步为营，逐步推进。姑蔑国后裔军士见此，纷纷后退，概不抵抗。须臾，探报道黄巢追兵正袭后方，军士多措手不及，纷纷败下阵来,损兵三千,遂号令三军掉头攻袭黄巢军。又须臾,探报道后有姑蔑国后裔军士正扰后军将士,神出鬼没,待吾军回过神来,已是人头落地矣,又损兵六千!再须臾,江波号令三军先取塔岩峰,不时,探报道后方遭袭,已损兵九千,逃者更是不计其数也!江波大怒,道:"匹夫休得诈吾!"遂号令三军分前后两军各自攻击,怎料已是败军之势:

> 刀来枪架,马蹄下人头乱滚;
>
> 剑去矛挡,战甲上血水淋漓。
>
> 棍刃相用,马前小卒尽倾生;
>
> 斧劈箭穿,将士无不皆丧命。

不到一晌午,已是溃不成军,败下阵来。弃兵卸甲,不分南北,落荒而逃,不知东西,至一山丘处。江波甚是大怒,问计将士,霹雳虎道:"这黄巢军与那姑蔑国后裔蛇鼠一窝,暂得一势,吾等不可与之死战,眼下之际,走为上计。正所谓:留得青山在,不愁没柴烧。"江波令将士往灵山江赶,至江头苦于无船,心急如焚。突见江中速来船数只,船头有一书信,江波阅毕大怒,喝武士斩杀霹雳虎,乘船灰溜而去,叹:"姑蔑族人,大义可昭日月!"

后传令鸣金收兵,各自回营,黄巢亲率三军前来犒谢鲁行王,升殿坐下,饮酒庆功,赏劳有功诸将,席间,邹天遂问王重隐,道:"将军神机妙算,吾等刮目相看,此前多有得罪,望乞恕罪!"

王重隐道:"鲁行王英勇决断,众将士奋力杀敌,这才有今日之功,愚只是略施小计,不足为道。"邹天道:"黄巢将军得军师王重隐,如周公得吕望,汉王得张良,大事可成矣。"鲁行王道:"今日之功皆乃军师运筹帷幄而得矣!吾等与之相比,犹如繁星比日月,不能比也。如今乱世当道,黄巢将军又率军南下,吾族不免遭来横祸,今日吾等聚此庆功,望将军可赐教一二,吾等聆听详记,日后也可派上用场,不求大业,只求自保。"邹天道:"将军可否将此番算计江波之谋略传于吾等?"王重隐道:"大王如此夸赞,在下恕不敢当,也罢,吾且将今日算计江波之事一一禀告大王。"

遂命人抓来两只猫、一只鼠,置于箍桶之中,请众人观之,只见鼠在中间，两猫位于左右，鼠欲窜，两猫寻机而动，左右相击，鼠前后难顾，不用多时，鼠累不能动，两猫群而攻之，得之。

众人回席而坐，王重隐道："江波左右两军将领，左霹雳虎，右地头蛇，此等二将若在此，便可分派两军前后迎击，若除去其一，便难左右兼顾。这江波虽贵为一军之将，却疑心多虑，难信将士，吾且小施离间之计，送一书信回应右将军地头蛇联盟之事，又命人将此书信误送左将军帐内，霹雳虎必将借机除去地头蛇，至此可令江波斩杀一将。后命吾方将士前后夹击而不取，使其左右奔波，数回之下已是疲惫之师，如此便可轻易取胜。再者恐朝廷降罪于贵族，或整兵复仇，或请兵益将。遂特命将士遣船江头，并书信一封言和罢兵，告知利弊，想必这江波晓得厉害，遂又斩杀霹雳虎，不留口舌之争。如此，一来吾军无须损兵折将便可取胜，二来日后贵族可免于朝廷怪罪，不遭杀身之祸。"

邹天道："军士真乃神人，只是在下闲来也读得一些兵书，不知此计源自何处？"王重隐道："此等小计岂能与兵书大计可比，不足为道。"邹天道："军师乃经天纬地之才，只怕是前无古人，后无来者，只是望军师赐一计名，吾等日后便可习之。"王重隐道："此计源于猫戏鼠而得，且称之为二猫戏鼠如何？"

众人大笑畅饮，正热闹之际，忽然风吹南边来，军师王重隐道："此时正值秋冬之际，理应风从北边来，吹向南边去，此风怪异。"众人纷纷不解，只见塔岩洞内天降两女子，便是那安娘和金凤仙子，可谓是：

**光从南边一线出，金凤展翅缓缓来。**

**火精本是同一体，梧桐不栖换清风。**

鲁行王道："来者何人？"邹天率将士合围而上，道："何方妖孽？竟敢擅闯姑蔑圣地。"金凤仙子道："安娘在此，还不跪拜？"鲁行王等听此一言，细细一看，果真与那洞内神像万分相似。须臾，内堂一侍从慌慌张张出来禀报，内堂安娘神像、金凤仙子神像已不见，裘真机道："果真是安娘郡主。"说罢，众人急忙跟前跪拜，鲁行王道："仙姑在上，小王未能远迎，罪该万死。"安娘回声免礼，便已是弱柳扶风身，芊

手荡空中。香唇裂如壑,慈心泪满空。道:

**乾坤混沌惊世变,魔道重生祸人间。**

**待到英雄得道出,尽数阴阳造化功。**

鲁行王道:"恕小侄愚钝,仙姑此话何意?"金凤仙子见其不解,遂一一述与知晓,鲁行王道:"如今仙姑蒙难,小侄定当讨回公道,且不知这混元魔身在何处?"安娘道:"易有阴阳,相生相克。如今之计需将三神珠封印于龙门峡谷处,切莫让混元魔夺了去。"黄巢道:"如今贵族临难,吾辈岂能坐视不管,黄某愿效犬马之劳。"

安娘道:"不知将军何人?"鲁行王道:"仙姑,有所不知,此人便是人称冲天王黄巢将军。"安娘听罢,甚是欢喜道:"三神珠有救矣!"众人不解,安娘道:"黄巢君,原是天界忠义神。只因天性过激,不听调遣,故被贬投人间。如今世道浑浊,混元转世,已是附身唐军守将唐丙坤,更有显恶、伪善二魔及蛇蛟二妖和鞑姆绝鬼助力,实为人间大灾,尔应助力仙界,共同铲除恶魔,换得人间太平。"黄巢道:"黄巢谨遵娘娘法旨,可是不知吾应如何助力娘娘?"

安娘道:"本道将全部法力传授于你,助你恢复金身。龙门峡谷有一龙洞,洞中有九龙,乃龙王之子,千年修炼于此。尔等可将神珠交付九龙守护。洞中有一方天画戟,乃二郎显圣真君杨戬的法器,待你到那龙门峡谷处,此等法器自会现身,传授于你,助你降妖除魔。"

说罢,安娘化作真气流入黄巢元神之内,便香消玉殒。只见那黄巢肉身化圣,可谓是:金光万道流红霓,瑞气千条喷紫雾。

这时,内室又传来惊叫:"安娘像安矣。"众人急忙进至内室,供香烧纸,顶礼膜拜,拜毕,黄巢道:"如今混元转世重生,吾等须急速下山斩妖除魔,恕不能久留。"说罢,行礼告退。鲁行王道:"安娘乃吾族先人,今为战混元不幸罹难,吾愧为族长,岂能坐视不管。自当率领族人,讨伐混元。"王重隐道:"大王不可,此番大战,三军须休兵整顿。再者,今安娘神像立于此地,尔等族人自当护佑左右,片刻不离。"邹天道:"大王,军师之言极是,吾族之人应守山护佑。"鲁行王道:"不可,不可,身为族人不可不报此等大仇。"裘真机道:"大王,以老臣之

46

见,邹天先生智勇双全,可派其助忠义神一臂之力,如此一来既可护佑先人之神,又可助黄巢忠义神灭魔过江。"邹天道:"请大王准允!"鲁行王见众人皆有此意,便只好作罢,尊听悉从,准允邹天下山助黄灭魔。众人纷纷作揖行礼后下山去,黄巢命朱温、谢瞳率军过江,同金凤仙子、王重隐、邹天等径直朝龙门峡谷去,鲁行王待众人走后,便令武士道:"今日起,吾族之人不可下山半步,山下之人一概不得上山半步,有违令者,定斩不赦。"这边朱温、谢瞳等奉命率军撤出九峰山,渡灵山江,数十万军士一时间难以渡得。着急这边唐军疾奔而来,这等苦差,甚是苦恼,帐内商议如何御敌过江。帐外来报,凌晨之际,江岸来一信使,呈递一书信,朱温拆信阅之,怒道:"如此雕虫小技,逆贼休要诓吾!"令武士推出去斩首。

谢瞳见此惊吓不已,连忙阻挠,道:"自古两军交战,不斩来使。将军万望息怒,不知所谓何事? 令将军如此大怒不已。"朱温道:"江山有唐军数万,守将者便是那唐丙坤,此人差人递此书信要吾等言和罢兵,待朝廷招安,便可保吾等荣华富贵享用不尽,真是气人矣!"谢瞳道:"将军,此等小计定是瞒不过将军法眼,只是这渡江易,进江难。"朱温道:"不知谢将军何意?"谢瞳道:"微末之士不可多言!"朱温道:"将军尽说无妨。"

谢瞳道:"如今混元转世,附身唐丙坤,想必江山已尽在其手,黄巢将军奉安娘法旨誓讨混元魔,要知道那混元魔乃不死不灭之身,可见法力高深莫测。黄巢将军虽为忠义金身,一无神佛助阵,二无天地良器,只怕是凶多吉少。倘若吾军贸然进江,与妖魔殊死一战,只怕是以卵击石。那时,三军尽毁不言,只怕是敌军坐收渔翁之利,将吾等斩首邀功。"

朱温道:"吾辈岂是贪生怕死之徒,休得胡言?"谢瞳道:"将军神武,但将军可为三军将士着想?"朱温道:"你倒是说来听听。"谢瞳道:"黄巢自起义以来,率军数十万,征战南北,横跨东西。将士长年奔波在外,或战死,或受伤,其意何为? 无不想讨得一安身立命之处,上以孝父母,下可养家眷。现如今占越州,进龙丘,过江山,走岭南,水土不服不说,只怕是过了仙霞岭便有去无回。将军怎能忍心?"

朱温道:"何来'有去无回'一说?黄巢将军意在进岭南后稍作休整,待三军兵锋正盛之时,便可挥师北上,直击朝廷,如此便可改天换地,功成名就,衣锦还乡。"谢瞳道:"将军有所不知,那江山绝非一城一地,可曾听说江山有过天灾人祸?"朱温道:"这倒未曾听说。"谢瞳道:"听人言,江山乃阴阳汇聚之地,道家仙地,千百年来风调雨顺,不曾遭受雷击风袭,也未曾地塌山陷。这混元魔想必定是那阴气而化,困于江山,今日可以重生,可见其法力无边。吾等这凡夫俗子无疑是送死难免,吾辈并非贪生怕死之徒,只是大业未就,功名未取,百姓依旧处于水生火热之中。吾等起事以来,奉天道,除暴政,如今切不可逞匹夫之勇,一时之快,断送了大好形势,便宜了贼军,却苦了百姓。"

朱温道:"如此,不知将军可有良计?这江可渡否?"谢瞳道:"末将倒有一计不知可否?"朱温道:"速速说来。"谢瞳道:"将军可书写一信与那送信者回复,若能让吾军安然过仙霞,吾等定不骚扰,互不侵犯。称待时机成熟之时,朝廷可降旨招安,那时自然水到渠成。"朱温道:"此乃妙计,但不知将军别有用心,另有所图?"谢瞳道:"项羽乃悉引兵渡河,皆沉船,破釜甑,烧庐舍,持三日粮,以示士卒必死,无一还心,此为勇猛乎?"朱温道:"西楚霸王自当勇猛。"谢瞳道:"勾践曾败于吴,屈服求和,后卧薪尝胆,发愤图强,终成强国,此为勇猛乎?"朱温道:"越王勾践自当勇猛。"谢瞳道:"如此,取胜之道未必仅此一路。"朱温道:"就依你所言。"遂命人书信回复。

话说混元魔听闻安娘以身化法于黄巢,并传万年之功,不知黄巢功力如何,自己元神未定,又法力消耗殆尽,只能敬而远之。张羕道:"将军,黄巢已得道成神,若让他取了方天画戟,恐法力无边,吾等断然不是对手,须将其拦住。"蛟精道:"不知张将军有何良策?"张羕道:"龙门峡谷中间道路狭长,两边悬崖峭壁,蛟蛟二君,可使得九蛇变幻成九龙,周旋于峡谷中,梁将军及鞑姆绝鬼可埋伏于崖壁两侧高处。待时机成熟,趁其不备而攻之,里外结合,纵然有天大的法力也是难逃一劫。"混元大赞其计甚妙,众妖魔依计各自就位,蛟蛟唤出九条小蛇妖变成龙形在龙门峡口处等候,梁缵及鞑姆绝鬼立于两壁,气势汹汹。

欲知结果如何,请看下回分解。

# 第六回　龙门峡谷封神珠　王重隐吊桥吟诗

　　话说黄巢一行奉安娘之命前往龙门峡谷,过衢州。问道当地樵夫得知,龙门峡谷位于紫薇山和水门尖之间,悬崖嶙峋,涧谷纵横,众人甚是小心。经数日跋涉,终见峡谷,只见高山两边突兀,中间峡谷一缝间,雨雾缭绕,仙气逼人。

　　但这路着实无人可走,寸步难进,实乃仙家重地。但凡有文人墨客皆望而止步,樵夫渔民叹而却步。为难了黄巢这等天界真神,逼苦了王重隐那些凡夫俗子。每踏一步,皆有丧命之险;每走一段,都是九死一生。前后不间断两个时辰,至峡谷底处,却是阔地开来,脚下一片平途,前面一条大道,两边峭壁难攀,抬头一线接天,放眼望去,苍穹无限,真可谓是:

> 山前有崖峰峭壁,流水潺潺鸟回音。
>
> 谷天福地人间有,未见此般雄霸气。
>
> 朝出云封峡谷顶,幕观日挂两壁间。
>
> 丹青妙笔画时难,仙子天机描不就。

　　黄巢道:"果真是龙生之地,名不虚传。"邹天道:"安娘命吾等将三神珠安于此地,吾等应速速入谷,以防不测。"众人道:"所言极是,快速前进。"说罢众人径直而去。须臾,闻声而来,抬头一看,见九龙立于峡谷入口处,众人见是龙族之人,纷纷作揖行礼。

　　黄巢道:"小神黄巢,今日奉安娘之命将三神珠护送至龙门峡谷,放于龙洞之中,望九龙大仙守护三神珠,免流入魔王之手。"传来一声,原是蛟精,道:"三神珠现在何处?"金凤仙子道:"三神珠由吾护着,望领吾等入龙洞,封印三神珠。"蛟精道:"金凤仙子,龙洞乃龙族之地,不便进出,请将三神珠交予吾等手中便可,吾等自会护佑三神珠入洞封印。"金凤仙子道:"待人间又将遭受劫难,三神珠将转世为人,故安娘降旨命吾与三神珠一体封印,日后护送三神珠投胎转世,还望诸位龙神见谅。"蛟精道:"敢问金凤仙子修道何处?"金凤仙子道:"凤林。"传来一声道:"如此,金凤仙子可回凤林修道,待三神珠转世之时,可来吾处护送三神珠。"

想来也有些道理,金凤仙子道:"也罢,如此就有劳诸位龙神了。"说罢,运功施法,只见三神珠浮出凤口,自带仙气,金光四射。说时迟,那时快,只见狂风一阵,一束黑光从背后急速而至。黄巢等猝不及防,被击倒在地,一时重伤难以起身。鞑姆绝鬼挥使阴阳符,趁黄巢等未回神之际将其镇住,梁缵施风逐电,挈棍直冲而去,混元魔从天而落直取三神珠,本是唾手可得。却见九龙现出原形,蛟精双头并进,八尾甩摆而至,混元魔惊慌之余退却数十丈。混元魔说道:"小小蛟精,道行不深,却诡计甚多。"蛟精道:"得三神珠者,增千年功力,三界之内,无不垂涎三尺。"

说罢,擂鼓作响,八尾化利剑,直刺而去,混元魔双锤而震。顿时,妖魔混战,辨不清谁是魔,谁是妖。倒是冲破了阴阳符咒,得黄巢等人自由身,这才脱了梁缵挈棍棒打之险。见蛟魔混战之际,黄巢同金凤仙子奋起冲杀,大战鞑姆绝鬼、梁缵。蛇精见蛟魔混战,不忍自家姐姐挨打,坐弹琵琶,运功发力,鼎力助阵,可谓是:

> 龙门峡谷处,本是龙王道。
>
> 妖魔抢神珠,正邪两难立。

混战之际,峡谷处:

> 千年云雾难散去,丈外不见山林影。
>
> 九龙隐身空觅音,道化自然藏天地。
>
> 见得妖魔乱空门,心生正义欲现形。
>
> 穴风吹得一道清,神去来兮风亦静。
>
> 排行八卦生两仪,各持法器围将去。
>
> 且看精灵真本事,大龙使得翻天印。
>
> 二龙手持金刚镯,三龙变幻无形中。
>
> 四龙肩背南明剑,五龙玩弄五火扇。

六龙端捧玲珑塔，七龙腰系锁妖绳。

八龙紧握灵葫芦，九龙舞动轻拂尘。

　　黄巢见真龙灵现，万分欣喜。领金凤仙子收回三神珠，三人躲于九龙之后。混元魔见三神珠被收，施法避开蛟精，欲取珠而去，却见九龙挡住去路。

　　九龙个个威风凛凛，杀气逼人。混元魔道："龙族之人，本应隐世修道，雨润天地，为何插手魔道之事？"大龙龙吟道："三神珠乃天界宝物，尔等妖魔不识上天恩德，潜心修炼，却为祸人间，扰乱三界。"混元魔道："神界私心无度，为求统领三界，压魔族于万窟之中达千年，是时候改天换地了。"二龙龙靖道："函关初出达昆仑，一统华夏属道门。吾体本同天地老，须弭山倒性还存。一万三千年前，通天教主摆诛仙阵于昆仑山下，与神界势不两立。太上老君一气化三清，这才化解了人间大灾。通天教主修炼于万窟之中，以天地阴气为生，便有了尔等魔族。太上老君念尔等魔性未定，尚可教化，令尔等在不周山潜心修炼，怎乃尔等不听教化，为祸天地三界，这才将你压于石门之中。"混元魔道："石门岂能奈何得了吾，今日可以转世重生，此乃天意。"大龙龙吟道："混元魔，你有今日之修为实属不易。望你顺从天意，潜心修道，除去魔性，自有得道升天之日。"混元魔道："三神珠乃天地精华，得之便可得道升天，逼吾修炼，何不如将三神珠送于吾，助吾一臂之力，来日可为天庭效力。"二龙龙靖道："得道成仙岂是一朝之事。"混元魔道："今日既不助吾，又挡吾去路，好生无礼。"

　　说罢，混元魔双锤而击，阴气积聚而出，周边山地无不粉碎。龙吟手举翻天印，见金光而围，抵住阴气。龙靖挥使金刚镯于空中。此金刚镯乃金炉童子手镯，因千年炼丹，此镯沾得火气，固可放猛火，只见火流急速而下，蛇蛟精见状大惊失色，落荒而逃。

　　三龙龙轶见状，变幻至跟前，斥道："妖孽，哪里去？"说罢幻化数十身，团团围住。四龙龙明手持南明剑直刺蛇蛟精，蛇蛟精见招拆招，却脱不开身去。鞑姆绝鬼默念阴阳咒，龙门峡谷地动山摇。五龙龙芯使得五火扇将其逼退，六龙龙奇举起玲珑塔欲将其收进塔中，只

见梁缵掌棍背后击来,龙奇躲了个身去,七龙龙时见状解出锁妖绳直绑梁缵,顷刻间:

> 龙门峡谷齐天斗,山崩地裂虎狼奔。
>
> 试问忠义何处在?炮云起处荡乾坤。

话说留下八龙龙炳和九龙龙州,二龙护送黄巢等人进峡谷处,一路好不小心,疾速而进,峡谷深处沟壑纵横,洞林密布,此洞进便不知哪洞出,一鬼影紧随其后,便是那常使得奸计之人张荚,不到片刻,众人过一瀑布,名曰龙潭飞瀑,诗云:

> 从天而降千丈滴,雾深云尽银娟落。
>
> 流音缘自龙门处,白虹平淌是琼浆。

已到龙洞前,此洞上方刻有一小篆,唤作龙灵洞。内有万万层,上九千九百层,下九千九百层,意喻九天九地,每层皆是劫难,修满劫难便可得道成仙。见八龙默念法咒,龙门开,众人进,张荚化作一缕青烟而入。

八龙龙炳道:"上方便是二郎显圣真君法器方天画戟,安娘降下法旨,忠义神黄巢可取方天画戟,降妖除魔。"旁道处张荚偷听得有如此好事,寻思夺了法器,自然无人能敌。遂不作声,待无人时,化一鸟兽飞了上去。王重隐道:"诸位龙神正与妖魔大战,望速速将三神珠封印洞中,取了方天画戟前去助战。"九龙龙州道:"军师所言极是,这就施法。"

说罢,舞动轻拂尘,只见万万层劫难中开一门,金凤仙子作别众人,护送三神珠入门中,此门迅速封住,恢复成原来样子。王重隐道:"在下有一疑,不知可否问之?"八龙龙炳道:"军师但说无妨。"王重隐道:"若他日妖魔得知龙珠在此,来寻,可否找得?"

九龙龙州道:"此洞乃人间劫难之洞,有万万层,每层有万万洞,洞中有万万门。若无方天画戟,劈开龙门峡谷,恐难寻矣!"说罢,众人退出龙灵洞。

众人至门口,八龙龙炳道:"吾兄弟二人奉命守住龙灵洞,今日便要化作一道门于此,恕不远送。"王重隐道:"今混元魔作乱,安娘曾下法旨,授忠义神方天画戟。二位上仙,可否告知方天画戟现在何处?"
九龙龙州道:"方天画戟乃忠义之法器,待行忠义之事时,方天画戟自
然出现,望忠义神好生使用。"说罢,二龙化作白光,印入洞门:

**神珠封于洞门中,二龙舍身守峡谷。**

**历身劫难为正途,成神成仙在其中。**

黄巢及军师王重隐行礼拜别二龙,遂速去峡谷出口处助七龙大
战混元魔。话说张羡见众人出了洞门,无不欣喜若狂。遂化作一鸟
兽往上九千九百层飞去,未至一层便被神力打下,见得方天画戟却不
可及,屡试几次未果,却已遍体鳞伤。愤怒之极,使出罗鞭击打,只见
二龙现于空中无不偷笑。

八龙龙炳道:"小弟真是调皮,这小妖恐怕要陪吾等在此修炼
了。"九龙龙州道:"听得大哥说神珠再现须百年之多,吾兄弟二人便
要守在此处百年之久,岂不寂寞? 这伪善魔自以为聪明,常使得借刀
杀人、调虎离山之计,却不知正道无处不在,今日只能自食其果。"遂
又道:"伪善小妖,你进洞之时,吾龙族神须便已察觉,见你如此贪婪,
今日将你连同神珠封于此处,也算万幸。望你潜心修道,否则,有你
好受。"张羡越加愤怒,暴躁乱跳,觍面发狠骂道:"不承想龙族之人亦
使得奸诈诡计,与吾这等妖魔有何区别?"只听传来一声:"邪正尽从
心底判。你吾邪正两道,不在术,在心。"说罢,二龙幻化而去。

话说黄巢、王重隐行至龙门峡谷出口处,见七龙与众妖魔大战,
一时难见胜负,遂施法而上,只见龙门峡谷飞来一物,原是那方天画
戟,威力四射。这方天画戟乃天界神器,原是三神蛟化身而成,妖魔
界无不闻风丧胆。只见众妖魔被威力击退数十丈,忠义神手持方天
画戟,一时却不知如何使得,众妖魔见状,便纷纷退去。

七龙见妖魔已跑远,恐有诈,便不再穷追。又见黄巢手持方天画
戟,上前行礼道:"吾等拜见忠义神。"黄巢行礼道:"如今世道沦丧,正
义难存。小神原是凡夫俗子,揭竿而起为百姓,怎奈这魔道之人作乱
人间,今日多亏了尔等诸神鼎力相助,这才将三神珠封于龙灵洞。"

大龙龙吟道:"安娘曾传法旨于吾等,要吾等在此等候忠义神,将

吾龙族宝物三神珠封于洞中。说起此事，吾等还要感谢忠义神护珠之功。"黄巢道："三神珠乃天界神物，你吾皆有此责任，无须言谢。只是如今小神有一事烦扰。"大龙龙吟道："忠义神，尽可说来，吾等自当鼎力相助。"王重隐道："吾几十万大军困于龙门峡谷不远处，要进入江山境界，必过此龙门峡谷，可龙门峡谷地形诡异，可谓是千分难走，万载难行啊。如今粮草已尽，敌军逼近，可如何是好？"黄巢道："吾等神人，过此龙门峡谷尤为难矣，何况肉身凡夫，只怕是即使过了峡谷，亦是损兵折将。"二龙龙靖道："忠义神无须担心，安娘早下法旨，要吾等助你渡过此关。"黄巢喜出望外，作揖行礼道："如此便是好极，想必定有逢山开路，遇水叠桥之能。但这龙门峡谷甚是奇怪，开路不好，乘船不佳，莫不是有腾云驾雾之功，恐难过了这神谷。今日见诸位龙神豪爽答应了，只是不知，诸神如何助吾等将士过龙门峡谷？"

大龙龙吟道："吾等龙族与生俱来皆有一神器于身，此神器便可助众将士过龙门峡谷。"黄巢道："世间竟有如此神器，可接天地，可通八方，若能目睹一眼，可谓三生有幸。"二龙龙靖道："吾龙族之人擅长水性，多饮食海中之物，世间法器到了水里都不好使，故吾龙族练就随身神器，此物名曰龙须，乃龙尾所化而成，但凡猎物旁过，只需挥一挥那龙尾巴，龙须便可擒住那猎物，将其绞死，今日变作了栈道，助尔等过去。"王重隐道："如此一来，便是天助吾等，当年汉王便是千里过栈道，成就千秋功业。可敌军将至，亦可过此栈道，吾军乃疲惫之师，敌军过了栈道便可追及，这可如何是好？"大龙龙吟道："军师，大可放心，此栈道可过正义之师，可过寻常百姓，但不可过邪门歪道之人，不可过妖魔鬼怪之人，将军若是过了此关，便可无后顾之忧了。"

七龙遂升于空中，现出龙形，舞动于天，龙须飘然落下：

**苍龙在天成一线，龙须吻崖解天堑。**

**试问何人有此缘？正邪两立一念间。**

栈道长千八百丈之多，高千丈之余，宽一丈之多。其可并排过两人，五座龙桥、七个龙亭，飞天索桥一架，下有波涛汹涌东海龙宫，险峻神化，世人惊叹不已，真乃鬼斧神工！

不出两日,大军全然而过。后敌军到,却未见得,闻言有栈道,却不曾见得真面目。出谷之时,朱温、谢瞳领兵在前,黄巢、王重隐在后与七龙一一告别,大龙龙吟道:"忠义神,此去三十里,路过一峡谷,曰忘情谷。谷间有一吊桥,曰无情桥。对岸有一行宫,曰广元行宫,内有一仙子,曰青藤仙子,乃千年树藤所化,性情古怪,但法力超群,皆在吾等之上,忠义神见到此仙子,须谨慎而行,切莫怠慢无礼。"黄巢道:"借过宝地,自当登门谢礼。"大龙龙吟道:"吾等须立即上天,面呈玉帝今日之事,故不能一路同行,望乞恕罪!"遂再作揖行礼,驾云而去。

话说大军过栈道行至峡谷处,两峡谷之间峭壁直立,即便是鸟兽也难飞。遥望而去,对岸却有一行宫。只见门梁上刻有小篆,曰广元行宫,两边丹鹤而立,四周松柏围绕,幽深人静,却见得香火飘然,犹如仙境一般。想来七龙所讲不假,但却不曾见得吊桥,也不曾见得青藤仙子。顿时,众将士不知所措,心想躲过了追兵,却又陷入峡谷绝境,想要逢生难矣!

朱温道:"若非听了那神龙之言,今日岂能如此狼狈?"语音未了,见两壁青藤破石而出,粗壮不已,径直而延伸。不到半刻钟,青藤混搭一起,成了一吊桥。藤叶铺漫,藤茎扶手,长千丈,宽两丈之多。谢瞳道:"竟有此等神奇之事,乃天降神兵啊!"朱温道:"吾等将士速速过桥。"遂整军欲过,只见两边青藤向中间伸去,断了桥头路,几个军士一踏空,掉落下去,细看犹如夜空一星,黯然而无,定已是粉身碎骨,不知何处寻去。众将士惊慌不已,缩项而退。

朱温道见众将士仓皇而退,目瞪口呆,甚是恼火,道:"何来的妖孽,竟敢戏弄吾等,速速现身受死。"只见藤桥一茎抽打而来,狠狠地给了朱温一巴掌,打得朱温倒地难起,众将士忙将其扶起,朱温道:"如此缩头乌龟,算不得本事。"

只见藤茎又抽打而来,硬生生地再给了一巴掌,这回打得朱温滚地不已,众将士都被甩出一丈之外。只见藤桥中现身一女子,清雅秀丽,双目圆润,长发飘然,脱俗不已,便是那青藤仙子,道:"你这厮,怎么这般无礼?"朱温道:"顺吾者昌,逆吾者亡,今日你挡吾去路,吾定要抽了你的藤,摘了你的叶。"

青藤仙子道:"本座倒要看看你是如何抽了吾的藤,摘了吾的叶?"想来这朱温只是气话,吓唬吓唬,这倒好,反倒愣住了,一时不知如何回话。令弓弩手齐射万箭,箭飞如雨,却难伤其身,只见万箭射到跟前便择边而去,纷纷掉落悬崖,令人匪夷所思,一时束手无策。

青藤仙子见这伙人惊吓不已,不免耻笑一番,道:"本座在这峡谷处千年修道,好不寂寞,今日见得尔等尤物,自当玩耍一番。"说罢,施法而起,只见两壁微抖,山石树木纷纷掉落悬崖,将士歪倒横躺,头昏脑涨,逗得青藤仙子笑弯了腰,乐坏了心,直叫:"好玩,好玩!"

那边直叫好玩,这边却苦了这些玩物,谢瞳道:"将军,此妖孽乃天木而化,依五行而论,火克金,金克木,如若火攻,定能奏效。"朱温听罢甚感有理,遂命军士点燃火器,抛向藤桥,青藤仙子见烈火而至,慌忙驾云而起,只见藤桥尽烧不止,心生怒火道:"尔等如此奸诈,想必定不是好兵良将,今日本座定要尔等死无葬身之地。"言毕,默念咒法,只见两壁青藤破土而出,捆绑将士而去,令人动弹不得,这青藤是越绑越紧,使人窒息难喘,只见一些将士口吐白沫,脸色发白,已是奄奄一息。可谓是:

> 千军万马齐奔来,欲借他家过路桥。
> 骄横妄作起冲突,有勇无礼是阿三。

不言这般将士为何活该,只言黄巢急忙赶来,见将士深陷困境,施法而起,方天画戟直冲而去,青藤仙子躲闪开来,这才解了众将士之困。只见那些青藤钻地踪影全无,青藤仙子道:"你是何人?"黄巢道:"小神姓黄名巢,有幸得安娘点化,封忠义神,今日率军路过宝地,不承想下人如此无礼,惊扰了仙子,望乞恕罪!"

青藤仙子道:"原来是忠义神,竟带些没有家教的奴才,本座倒也不怪罪,且自寻他路去。"黄巢道:"仙子有所不知,已无路可走。"青藤仙子道:"竟落得如此田地? 也罢,但本座有一事可愿如吾意?"黄巢道:"仙子但说无妨,只要是小神能力所及,定当万死不辞,竭尽全力。"青藤仙子道:"本座自春秋以来,便在此修道,闲来无事也爱读这人间诗文,难得今日遇到尔等凡人,能成大事者皆是饱读诗书之人,如若能与吾吟诗作对,赢吾者,吾自当送尔等过桥去。"黄巢道:"此话当真?"青藤仙子道:"果然,就不知军中何人能与吾吟诗作对?"王重隐道:"小生愿领教。"青藤仙子道:"如此极好。"便出口一对:

> 记得春秋烽烟起,青藤化作修道路。
> 如今不知多少载,孤身一魂劳心苦。

王重隐对:

> 吾等皆是唐王民,饱读诗书求功名。
> 只因奸臣误王道,为民求生揭竿起。

青藤仙子对:

> 庙堂远事匹夫忧,安良除暴是豪杰。
> 亲率天兵踏风尘,问从天地何处去?

王重隐对:

> 兴兵讨贼征饶信,挥师南下越州来。
> 过得龙门峡谷处,绝境求生无情谷。

青藤仙子对:

> 此生要得千秋业,定是一难又一劫。
> 恐年华争得无限,怎奈万事难齐全。

王重隐对:

> 风餐露宿离家远,真情热血是男儿。
> 待得改天换地时,告老还乡忆从前。

青藤仙子对:

> 尔等誓要换天地,吾自搭桥放生去。
> 他年若得功圆满,烧香还愿禀天帝。

王重隐对:

> 将士鲁莽已无礼,不计前嫌助吾去。
> 直捣长安功成时,立像庙堂表诚心。

青藤仙子欢心甚悦,道:"尔等仁义之师,日后必成千秋伟业,今日本座搭桥助尔等南去,望忠义神好生用兵,仁义待民。"黄巢道:"谨遵仙子教诲!"说罢,只见青藤两边去,扎进石壁,将士依次而过。

话说混元魔败退龙门峡谷,退至清溪口运功疗伤,却不见得张荚身影,问道:"张荚何在?"梁缵道:"张将军乃贪生怕死之徒,谄媚之辈,岂能与魔尊同甘共苦,定是大战之时,逃之夭夭,此时真不知去向何处?"

混元魔道:"尽是些不中用之计,三神珠不得,反倒令本尊元气大失。"梁缵道:"现如今三神珠封印龙洞之中,可如何是好?"混元魔道:"传言龙灵洞内有万万层劫难,每层有万万门,贸然强取,恐难以寻得。"梁缵道:"不知大王有何打算?"混元魔道:"现如今可打开龙灵洞封印的唯有方天画戟,待吾取了方天画戟,便可撬开龙灵洞,取得三神珠,无奈吾元神未定,法力有限,需些时日,运功疗伤。"

话未毕,见蛇蛟二精入帐内,道:"强攻不得,唯有智取,仙霞岭纵横七百里,蹊径回曲,步步皆险,行军困难。若在此摆阵,便有一线生机。"梁缵见蛇蛟飞落,这边道:"大胆蛇蛟,如此放肆,看吾如何收拾尔等。"

那边擎棍直落,蛇蛟二精急闪而过,躲了开去,回一个身,朝梁缵背上两掌而去。只见梁缵滚倒在地,怒气甚旺,捡起棍子,且不管三七二十一,照头打去。蛟精擂鼓而作,鼓音四射,犹如万剑穿心,四边军士无不吐血而倒。梁缵更是被逼出数十丈之外,也难怪,龙门峡谷一战中其可谓尽忠尽职,浑身皆是伤不说,元气尽失,法力也折了一半。

蛟精道:"你这梁魔不识得好人,吾今日前来献计献策,你倒好,进门客不迎倒也罢了,居然还不分青红皂白。"说罢举鼓而作,一鼓,心破肝裂;二鼓,柱倒房塌;三鼓,草枯虫死。只见啰鬼锤起,照蛟精背后劈头打来。蛇精在旁甚是心惊胆战,万急之下,一把推开蛟精,受了那混元怒气一锤,可谓魂散魄飞。换了那凡人,恐怕即可见了阎王,连阎王都分不清这脑袋瓜子是何模样。

蛟精欲与之争斗,怎奈措手不及,被混元一手掐住了脖子。混元道:"本尊不找尔等麻烦,尔等却自寻死路,找上门来了,真当这地儿是自己家,来去随便不成?"蛟精无力反抗,法力皆失,挣扎不得,只能屈服,道:"魔尊,吾等知错矣!请饶了吾等性命。"

梁缵道:"违逆之辈,岂能留之?"混元魔道:"出尔反尔之徒,岂能信之?"蛟精道:"魔尊大可不必忧心,那方天画戟乃天降神器,岂是吾等小妖可以使唤,如若他日魔尊取得方天画戟,再杀吾等不迟。"混元魔道:"方天画戟吾自当会取,无须尔等操心。"蛟精道:"魔尊元气未定,又经此番大战,想必伤势不轻,吾等愿为效劳。常言道,得绥山一桃,虽不能仙,亦足以豪。"混元魔:"如此助吾,尔等定有所图。"蛟精道:"此话不假,魔尊夺取三神珠之后定能位列仙箓,得永生,不再受那魔窖之苦,还望魔尊带吾等跳出火海,永享极乐。"

混元魔想来黄巢若是出了仙霞关,再取方天画戟甚是难矣。如今蛇蛟二精虽意在神珠,却能用之,待取得方天画戟后,再将其除之亦不迟。道:"若要胡来,定将尔等剥皮挫骨,贬魂魄于九幽之处,万劫不复。"蛟精道:"吾等定将效忠魔尊。"混元魔道:"是何妙计?速速道来。"想来这蛟精真是诡计多端,有诗佐证:

> 蛇蛟摆阵仙霞岭,六岭六阵六玄机。
> 窑岭妖怪三十六,茶岭阡陌无交通。
> 竿岭诡计万箭穿,梨岭见得鬼心机。
> 坞岭悬崖峭壁路,仙霞岭处翻天印。
> 问得世间何为术,本是一物降一物。

欲知结果如何,请看下回分解。

# 第七回　黄巢义女战年方　冲天王进军窑岭

　　弱水虽回白水坑,但所淹之处达方圆百里,无数生灵已遭涂炭。黄巢令军士助百姓搭房舍,整良田。到石门,过峡口,进戴村,大军困于仙霞群山之下,一则无路可走,二则适作休憩。待商议良策,定行军之路。

　　一日,帐内商议。邹天道:"如今大水冲倒了龙王庙,无数良田房舍尽毁。百姓流离失所,无家可归,人心惶惶,终不得归。望将军能上顺天意,下恤民情,重建龙王庙,立安娘神像。一则百姓有所归依,二则取民心得天道,助吾军过仙霞进岭南。"谢瞳道:"邹先生有所不知,吾军自北而来,长途奔袭,已是疲劳之师。如今被困于这仙霞岭之下,尚且不能自保,将军又开仓放粮,救助百姓,可知军中将士已是多日食粥,连日无肉,怨声载道,如此再令军士造庙立像,只怕军心不稳。"朱温禀黄巢道:"谢瞳所言不差,今日各营之中多有怨言,逃兵日益增多。"王重隐道:"不知军中有何怨言?"朱温道:"军中将士多言前有崇山峻岭,后有朝廷追兵。自起事以来,接连败退。如今落入这南蛮之地,无不痛苦不已,又言罢兵归田,更有甚者,欲行受招安之事。"王重隐道:"以将军之意,该当如何?"谢瞳道:"如今已是山穷水尽,吾等应从长计议。"王重隐道:"既是山穷水尽,又何来的从长计议?"谢瞳道:"为今之计,路有两条:一则受招安,以待时机;二则卸兵甲,授田而耕。"黄巢道:"吾自起兵以来,追随王仙芝。怎奈其不思初心,行分裂之事,受那降将裴偓之诱,欲降唐军,吾将其痛斥一顿。难不成尔等今日要吾学那贩盐之徒,贪生之辈?"谢瞳道:"将军恕罪,吾等绝非劝降。如今两军兵力悬殊,百姓遭殃。若不诈降,只怕战事一开,更是哀鸿遍野,寸地皆尸,惨不忍睹。望将军念三军将士及百姓安危,速速决断。"黄巢见王重隐未言,想来这谢瞳之言并非无道理。若是就此动怒，只怕一则内讧不止，二则动摇将心，遂道："容吾再三思虑。"说罢，走出帐外，与众将士前去戴村巡视灾情。

话说这戴村有一士绅，名曰戴荣。其家世代有良田千顷，房舍无数，粮仓爆满，佣人成群。水灾之后，命人挨家挨户收租纳粮，抢夺钱财，可谓是无恶其不作。一日至一廖家，乃外族之人迁徙至此，门房破旧，残垣败壁，毫无人气。只见一老翁抱一小女，衣衫褴褛，两眼无光，身瘦体弱，双脚无穿，两膝盘曲而坐于墙角，缩成一团。

再看这戴荣，锦罗玉衣，两颊肥垂，大腹便便。耳戴金丝玉，手拿玳瑁扇，两眼死盯着这一老一小，两侧几个打手仗势欺人，甚是凶悍，此前多有行凶杀人，谋财害命之事。只见左边一人道："廖老汉，这两年的田租何时交来？"右边一人道："若不赶紧交来，定打断了你的腿。"老汉道："众爷息怒，不是不交，只怪那天灾人祸，弄得颗粒无收，这都要饿死了，拿什么交？"

戴荣听罢，火冒三丈，大怒道："行朝廷之令，授田尔等，尔等就须向朝廷缴纳田租赋税，如今尔等耕种无收，岂能怪之朝廷？"老汉道："闻言朝廷早已下诏，减税免租，为何还需交租，莫不是欺负吾等外乡老汉？"戴荣哪容得这等辩说，道："甚是啰唆，若是交不起也罢，你这小女倒有几分姿色，且做了本爷小房，吾自当减你田租。"老汉道："尔等趁危难之际，行落井下石之事，就不怕天打五雷劈，得了报应？"戴荣笑道："吾就是天，天就是吾。"遂命左右将二人捆绑起来。

这边如何捆不言。只言那老汉之女只身未动，面不改色，又怒目而视，煞气逼人。戴荣倒是十分好奇，道："吾见你有几分姿色，带你回府中，用不完金银细软，享不尽荣华富贵，怎奈你为何如此不高兴，你且告诉吾，你姓甚名谁？"老汉之女道："小女无名，乳名唤作洋洋，打小无父无母，无依无靠，跟了这老汉，做了他的养女，也是图个安身之处。想来这多年的照顾，小女若是从了老爷，还望老爷放了这老汉，算是报了恩情，再者这老汉体弱多病，就是捆绑了去，浪费了钱粮不说，要是死在贵府多是晦气，不知老爷意下如何？"戴荣道："虽是年幼，所言倒是中听。"

说罢,令左右将老汉轰了出去,洋洋又道:"如今已是老爷房中之人,敢问今年收成如何?"戴荣道:"都怪那天灾人祸,水淹了不说。那黄巢军来犯,官府衙门逃得比兔子还快,躲得比鬼还深,怎奈吾等这些穷苦百姓,没有了主心骨,没有了着落。"洋洋道:"小女听说,那黄巢军所到之处,草偃风从,匕鬯无惊,倒是不像老爷说的。"戴荣道:"你有所不知,那黄巢军打着'均民'的旗号,无视法令,强取豪夺。令吾等怛然失色,纵使心里恨之入骨,亦不敢出声。只能是献点钱粮,以求自保。"洋洋道:"老爷所言极是,就是不知这黄巢老贼身居何处?何时能走?"戴荣道:"吾等避之都来不及,岂敢打听这等事?"洋洋道:"如若让小女混进那军营帐中,定能为老爷探得消息,不知可好?"戴荣道:"不可,不可,还是做了吾那小房便是,一个小女孩子家,堂堂军营你如何去得?"洋洋道:"如若吾能潜入军营,为老爷探得行军消息,老爷可否放吾一马?"戴荣道:"小小年纪,倒有些志向,且说说你如何混入军营?"洋洋道:"且不管吾如何做得,只管叫人将吾送至军营门外。"戴荣道:"要是不答应,又该当如何呢?"洋洋道:"如若不允,吾且撞死在你府门之上,又当如何?"

戴荣这才醒悟过来,此女方才使的是苦肉计,让老汉逃了去。想来这女子性情刚烈,若是留了做小房,岂不是闹翻了天,无规无矩,留之无用,倒不如成全了她,说不定真能探得消息。气道:"也罢,且信你一回。"遂令左右将其捆了送去军营,挥手而去,叹言:"真是晦气!"

话说黄巢与众将士正出了中军帐,径直朝戴村去,行至黄井坑,路遇两丁抓着一小女正走来,心生怀疑,命军士抓了过来,询问来意。这边洋洋见这些人有模有样,想必定是黄巢的人,常言道,来得早不如来得巧,急忙大喊救命,左右二人见其嘶喊,前头两名军士正追来,便撒腿就跑。须臾,便不见了踪影。

两名军士如何吓跑两小哥不言,只言洋洋被两名军士带至黄巢跟前,告明原委。谢瞳道:"将军,这戴族之人欺人太甚,吾等岂能坐视不管。"朱温道:"请将军下令,吾等率领军士抄家抓人。"黄巢见洋洋长跪不起,将其扶起,道:"令军士将戴荣等人抓来军中问问。"朱温、谢瞳领命前去。黄巢遂回军营中，王重隐、邹天紧跟其后，道："将军乃仁慈之君也！"邹天道："将军生性仁慈，恐日后被奸人迷惑，只怕误入歧途，还望军师多多操心啊。"王重隐道："吾军劲旅多半归朱温部，此人生性残暴。其谋士谢瞳常思招安，日后恐后患无穷。"邹天道："军师如孔明在世，只得其主，不得其时。"王重隐道："事在人为，尽在天意。朱温、谢瞳等人方才如此举措，想必要挑起吾军同本地士绅冲突，借机造乱，阻吾大军过岭。"邹天道："既是如此，为何军师方才不禀明实情。"王重隐道："此二人句句在理，吾等又无凭无据，如何令将军信之。再者，吾观那小女，其临危不惧，从始至终，其用三计。"

邹天听罢，一时惊讶不已，道："何来三计？"王重隐道："苦言相劝戴荣轰走老汉，此为苦肉计。与戴荣周旋，使得老汉可以离去而不被追及，此为声东击西计。再者借吾等之力助其脱离险境，并使得将军下令捉拿戴荣军前问罪，此为借刀杀人计。此女天资聪慧，若能加以调教，定能成事也！"邹天道："军师一言，令在下迷雾散去，如梦初醒。"王重隐："吾等且回至帐中，静观其变。"二人遂不言，回账中去。

话说朱温令军士将戴荣一撮人押至军中问罪。这戴荣甚是狡猾，拒不交代，道："深闻将军爱民如子，今日吾等叩首乞望将军秉公办处。"朱温道："尔等欺民盗世，岂能留之？"谢瞳见黄巢未动声色，道："将军，此等刁民，为害一方，若不问斩，恐难服众。百姓将视吾等为帮凶也。如此一来，军心难稳，仙霞岭难过。"戴荣道："将军，吾等身为本地士绅之族，今日戴某死不足惜，只怕其他士绅不能视而不见，定是坐卧不安。如此必将恳请朝廷重兵压境，那时将军必然危在旦夕。若是今日放吾等归去，定能安民心，顺民意，吾等定将俯首称臣，献粮供草，助将军一臂之力，望将军三思。"

黄巢见王重隐、邹天不动声色，常言道，旁观者清，当局者迷，便问邹天如何是好。邹天道："将军，今日之事皆由这小女引起，解铃还须系铃人。"黄巢道："邹先生说笑了，此小女年不到破瓜之时，如此大事，岂有良策？"王重隐道："将军不妨问她一问，有无良策说来便是。"

黄巢听罢，令人押戴荣等退出帐外，问之。洋洋作揖行礼，道：

"此人非良善之徒,若就此放其回去,恐再生祸端。若除此隐患,必招士绅之族反抗。"黄巢道:"所言极是,如何是好?"洋洋道:"小女之意,以好酒好肉款待,并加以重赏,令军士护送其回去。"黄巢等听罢,好不生疑,王重隐道:"将军,此女想必胸有成竹,倒不如就依她而言,且看如何?"黄巢遂命人照做就是。弄得戴荣神采奕奕,风度翩翩,傲然回去。

话说这戴荣回去,毫发无损且不说,黄巢还给其配了马匹、钱粮,军士贴身护送,众士绅好生疑惑。问及为何如此,戴荣亦答不上来,众士绅生怕其是奸细,避而远之,不与其来往。更有甚者,报到上头那里去,派人下手。果然,深夜了结了这厮,众士绅见状纷纷来降,求冲天王保佑,献出牛马钱粮,犒劳三军。黄巢甚是喜悦,大赞计妙。帐内,邹天道:"军师,可知其所用何计谋?"王重隐道:"离间计是也。"遂欢聚一堂,舞剑把酒,交相庆贺。

宴后,谢瞳道:"禀将军,连日来,吾军粮草将尽,众士绅遂鼎力相助,仍相差甚远。当务之急,应思如何渡过此关,解燃眉之急。"朱温道:"且近日来,多地灾民蜂拥而至,乞讨粮食,现已进入军营之中,偷盗之事时有发生。虽说实属无奈,只是如此一来军心不稳,又恐瘟疫横行,那时敌军便可不攻自破,望将军定夺。"谢瞳道:"再者,如今已是入暑之际,热潮将至,南方蚊虫甚多,吾军将士多有不适,恐横生瘟疫。"黄巢道:"所言极是,前有险山峻岭,后有唐王追兵。近忧粮草将尽,远虑天灾横行。若不及时决断,恐多有事端,不知各位可有良策?"

谢瞳道:"此处仙霞岭绵延千里,自古乃兵家重地,唯有一路可过,但其宽不足一丈,山中飞禽猛兽居多,行军极其艰难,又恐恶魔作乱,必设计于此,此路艰辛矣。"王重隐道:"谢先生,不知可有良策?"谢瞳道:"将军,为今之计,应从长计议。"王重隐道:"莫不是又在想那招安之策?"朱温道:"军师言过矣!谢先生念及军士安危,才出此策,绝非另有所图。"黄巢道:"军师有何良策?"王重隐道:"近日闻得百姓言,仙霞岭通闽南,此地百姓日常挑担穿梭于此岭。只因道路险峻弯曲,挑夫多葬送于虎狼之口,多摔死于悬崖峭壁之中,民怨非一日之寒,唯有率军开辟仙霞岭。一则吾军安然过岭,二则可便于百姓行商,可谓是一举两得。"

朱温道:"末将以为,此事万万不可,开辟仙霞岭无疑是加重吾军负担。军师亦是明知,如今将士疲惫至极,军心不稳。开岭工程浩大,劳力无数,只怕事不成,反倒溃军。"王重隐道:"将军所言不无道理,但一则此地西面、东面及北面三面唐军压境,吾军已是无出路,若不开岭辟道,唐军即使守而不攻,数日后粮草也将殆尽,只怕不攻自破。二则吾军若下令开岭辟道,亦是解了此地百姓行商来往不便之困,百姓定会衷心拥护,誓死牵制唐军。古往今来,君王行天道坐天下,其根在于百姓力护,故吾等应集百姓之力。如此一来,便可撒豆成兵,成军无数。"黄巢道:"军师所言极是,本将已定,令三军明日开山辟道。若亡吾黄某于此处,天意如此。若有再议招安者,定斩不赦。"众将士领命行礼纷纷退去。诗曰:

> 行商挑担仙霞中,古往今来几人回?
>
> 开山驱邪七百里,冲天王保境安民。

话说大军开进窑岭,此岭林木纵深、葱葱茏茏、密密层层、严严实实。见得中间一窟,高千丈之多,宽百丈,尖石滑壁,不可攀岩。挑夫或行人多绕道而行,山中猛兽或藏身于此。百年修炼,小妖不计其数,长年以过路挑夫阳气为生。闻言忠义神黄巢开辟仙霞岭,无不闻风丧胆,若往深处去,则难续阳气。为此,唤来狼虫虎豹、猩猩熊鹿、狐狸神獒各三十六山妖怪,叽叽喳喳,誓要守山灭黄,但千嘴难定一计,众筹无措,其中一虎大王道:"离此处三十里外有一洞,曰皓月洞,洞中有一怪,曰年方,乃上古时期年兽。若能请得此兽,定能降服忠义神。各路大王纷纷点头同意,遂来到皓月洞请年方。话说这年方:

黑额圆头,漆黑长条。六只蹄,粗猛有力如天柱;三十爪,钩弯锋利如刀削。锯牙爆口如钉耙,长耳细毛如巴扇,狰狞壮若大熊怪,猛烈雄如葵花豹,刚须直直横如筷,尖舌骍骍喷恶气。果然是上古大怪兽,抖一抖,山破河倾;震一震,天崩地裂。

话说黄巢领众将士开山辟路，忙得不亦乐乎。这时来一军士连滚带爬，口齿不清，乱了神，失了魂，道："有妖怪，有妖怪!"黄巢道："如此惊慌，妖怪且在何处?"那军士报："山脚处。"王重隐道："其形如何?"军士报："既不是虎，又不是豹，且看像熊，又看像龙。"朱温道："竟是些胡言乱语，且领吾去会会那妖怪。"说罢，行礼拜退，随路而去。

前事不言，只言黄巢心中无策，道："闻言仙霞岭崇山峻岭，不知有几难，这倒好，头难便已难克服。"众将士皆无应对之策，只见那洋洋揆扶廖老汉一路走来，作揖行礼。老汉道："承蒙大王相救，洪恩万福。老汉倒是听说过此怪，多夜间活动，每到三更时刻便神出鬼没般，不是这家没了谢妮，便是那家丢了娜妮。据说这妖怪年方害怕那鞭炮声，故时常用些鞭炮吓唬它去。"王重隐道："想来这妖怪倒是怕了，可终归不是长久之计。"廖老汉道："军师所言极是，一来鞭炮价高难买，二来此物乃火药而制，不善用者，引了火种，烧山烧房屡见不鲜，故难矣!"朱温道："将军，如今那妖怪着实吓人，吾等肉身之躯只够它塞了牙缝，不惹也罢。"王重隐道："朱将军，此言何意?"谢瞳道："占地为王，分庭抗礼。"王重隐道："此地虽物华天宝，人杰地灵，但方圆不足百里，三面环山，吾军困于一隅，若待得那敌军追来，岂不是以逸待劳?"说罢，众人无计，不言。

话说这年方也正巧来了，十里开外便能听得响声。守营的将士未见其身，却早已难忍不下，吐了白沫，喷了鼻血，又倒了身子，丢了小命。众人纷纷赶出帐外，见那妖怪张牙舞爪，腾旋在空中。正是吼声彻天地，杀气震心碎。军士吓破了胆，丢了魂魄，卸甲弃械，纷纷逃了去，可谓是出了营不管东西，进了山不分南北。

黄巢默念法咒，只见那方天画戟从天而降，杀将而去，与那妖怪大战几十回合，且只战了平手，无功而返。只见那妖怪再进三步，邹天道："将军，这妖怪甚是厉害，想必一般的刀枪近不了身，倒不如令军士捡些石头，朝头砸去。"黄巢道："只能如此，待百姓躲入山林中，再行他法。"遂令军士捡石而击。霎时，碎石直落，虽见那妖怪左右抵挡，却再难有心进得半步，然丝毫不见其伤，吼声依旧，怒气更甚。须須臾，脚底下已是碎石堆积一片。众人别无他计，黄巢再令军士捡石而击，只闻噼噼啪啪的碎石相击声。须臾，那妖怪突然狂奔离去，不见了踪影。

众人甚是奇怪，退至帐内。黄巢道："这妖怪甚是奇怪，莫不是挡不住这碎石相击？"谢瞳道："将军神威，那妖怪定是怕了。"众将士纷纷称赞道贺，突见洋洋行至跟前，道："将军，小女不以为然。"朱温道："你这娜妮，好生无礼！"遂命人轰将出去，却被王重隐生生拦下，道："正所谓童言无忌，朱将军切莫放在心上。倒不如听她一说，且看是不是胡言乱语？"黄巢道："你且说来，本将赦你无罪。"洋洋道："将军神功护体，大战年方，妖怪自当惊吓不已。然这妖生来愚钝之极，空有一身莽力，岂能识得将军神猛，没有果子吃岂会空了手去。将军又命人拾石而击，这妖物虽不得近前半步，却也不曾见得退却一尺。如若细察，那妖物闻得碎石相击之声，两耳颤抖，面目狰狞，六爪无力，心神不定，故灰溜而去。"谢瞳道："凭说无据，岂能信之？"洋洋道："先生若是不信，待妖物再来，一试便知。"朱温听罢，倒不像以前那么阵前逞能，也许是怕了这妖怪，前后判若两人，也难怪，毕竟是那妖怪手下败将，道："这妖怪好生厉害，怎敢怕得再来？"洋洋道："也罢，倒是可给吾几百敢死军士，吾便领了他们前去收拾那妖怪。"朱温道："真是大言不惭，吾等数十万之众断不能拿那妖物如何？你这般一个筋多骨少的瘦鬼，骨头都长在外面，有甚本事，你敢说拿妖魔之话？"洋洋道："如若制服，该当如何？"朱温道："如若不能制服，又当如何？"洋洋道："如若不能制服，吾自当了结自己，权作那妖物口中之物。"朱温道："将军，此女大言不惭，坏吾军计，末将建议军法处置。"王重隐道："此女非军中之人，岂能加之军法，且俗语云：尿泡虽大无斤两，秤砣虽小压千斤。倒不如听其计，看看如何？"朱温道："自作孽不可活，吾且舍你数百军士，看你如何。"遂请命离去，不言。

不日，洋洋领数百敢死之士，穿梭于沟壑山林之中，行至峭崖绝壁之间。数日未见得那妖物踪迹，只寻得那大便坨坨，脚印深深，偶见猛兽骸骨残留，吓退了军士，寒了敢死之心。走过一片丛林，见一三面环山空旷之地。只见那妖物于一坑中酣睡不醒，呼气犹如狂风兴作，呼声恰似猛虎狂吼。趁未醒之际，命军士三五一组，排开而去，团团围住，手捧坚石，一声令下，击石发声。

　　顷刻间，只见那年方醒将过来，狂躁不已，左了去，右了来，来来回回，满地打滚。上天不得，下地不能，痛苦不堪，挣扎不止。折腾半刻，倒在坑中，已是无力。洋洋又命弓箭手射箭于其眼，只见箭入妖眼，跳起蹦去，只见其东闯西撞，撞于那峭崖绝壁。须臾，已是三尸神咋，七窍喷红。再须臾，已是奄奄一息，断无生机。遂令人持刀卸其躯体，这家伙不说多大了去，只记得一只胳膊亦需三五壮士肩扛棍撬。黄昏之时，只见数百将士带风而回，黄巢等人闻讯出军帐百步相迎，称神勇也。

　　帐内，黄巢大悦，道："想吾大军进山，此为第一关，这年方甚似惊天猛兽，吾等束手无策，苦思无计。不承想这廖老汉之女聪慧，识破那年方惧怕击石之声。今日之功，乃洋洋所得，要何赏物？尽管道来。"邹天道："将军，此女天生乃将帅之才，与其赏些金银财宝，倒不如赐其军职，一来不再受那奴役之苦，二来可追随将军，创不世之功。"谢瞳道："邹先生此言差矣，行军作战，留此女子，多有不便。"朱温道："此女年纪尚小，经不起行军之苦，万万不可。"王重隐思索许久，见众人意见不一，道："将军，此女无名无姓，下等之人，昔日智斗戴荣，幸得将军搭救。而今日又报恩于三军，铲除年方，解吾军之困，其情义之重，不可不察。又见将军喜爱万分，讲来定是前世的缘分，想来将军膝下无女，倒不如收其为义女，赐姓赏名，来日其定当感恩戴德，造福一方。"

　　黄巢见众人相持不下，只好从了军师计，道："吾军自越州而来，行军此地，若不是安娘、金凤仙子等众位仙人相助，岂有今日？只可惜安娘早逝，今日吾见此女，自然想起安娘，莫不是神灵再现？此女又有勇有谋，忠肝义胆，且唤作安娘，将戴村更名唤作保安，如何？"众人听罢，无不赞同。安娘父女拜辞退去，不言。

　　话说年方被除，山中妖怪无不惊慌失措，挠的挠，跳的跳，急的急,躁的躁。眼看着忠义神步步紧逼,着实无策。虎大王更是被小妖们吵得不耐烦,正坐卧难安之时,见群妖中走来蛇蛟二精,道:"你是何山管事?"蛟精道:"无山无名。"虎大王道:"既不知何山,且问何路而来?"蛟精道:"无路无心。"虎大王道:"尔等无山无路,来此何意?"蛟精道:"助虎大王一臂之力。"虎大王道:"力从何处?"蛟精道:"来时见得此山桑树甚密,蚕虫不多,但所见桑叶残败不堪,可曾知晓为何?"虎大王道:"不曾晓得。"蛟精道:"蚕虫虽少,桑叶虽多,倘若步步进食,岂有不尽之理?"虎大王道:"上仙以为如何?"蛟精道:"可令三十六路大王各守要道,或为路,或为树,或为壁,或为流,或为果,待黄巢军士开山,行路踏空,粉身碎骨;砍树辟径,血肉模糊;取水止渴,七窍流血;取果为食,腹涨脑空。到时必将损军数千,折将百人。"

果不其然,众将一时不知如何对付。着急万分之时,七龙至于帐前,黄巢喜不自胜,问计于其,大龙龙吟道:"窑岭有一窟,名曰万骨窟,如今之计,可将这三十六路妖怪驱至此窟之中。"王重隐道:"若将这些小妖赶至窟中,则永世不得超生,亦不免涂炭生灵。"大龙龙吟道:"军师所言极是,如今唯有六弟的玲珑塔和七弟的锁妖绳方可平了此乱。"六龙龙奇道:"玲珑塔乃阴阳八卦合气而成,位居四方之中,可服阴阳之物,可收邪恶之气,窑岭多为小妖,涉恶不深,多无太大的罪过,可收入塔中,允其修炼,不再为害,亦是善事。"七龙龙时道:"锁妖绳乃元始天尊腰系之物,所困之妖都将灰飞烟灭,万劫不复,此次三十六怪各路妖灵群而攻之,必是蛇蛟精所为,若不铲除,只怕后患无穷。待吾使得锁妖绳,收了那蛇蛟二精。"

黄巢喜出望外,道:"今日有众位龙族神灵相助,乃吾三军之幸、百姓之福,且不知小神可有力所能及之事?"大龙龙吟道:"忠义神,你且使方天画戟将众小妖赶至空旷之地,蛇蛟精必然在山林隐蔽处。那时,吾六弟便可举塔收怪,七弟可解绳锁妖。"

遂稍作商议,便齐赴窑岭。忠义神黄巢挥使方天画戟,威力四射。忽时,江河波翻鱼蟹滚,山林树折虎狼奔。众小妖纷纷被威力震慑而出,都跑至空旷之地。亦不知何方神圣,如此神力,一片茫然。

六龙龙奇托举玲珑塔,各路妖灵无不被吸入塔中,几个道法深的,飘浮于空中,缩头缩颈,大声叫喊。又见七龙龙时锁妖绳已出,甚是厉害,缠一会儿,也都进去了。

那方七龙龙时解开锁妖绳:

> 蛇蛟诡计藏洞中,三十六怪玲珑塔。
>
> 原生侥幸脱逃时,锁妖绳下系山中。
>
> 现形毕露满身麻,原来本事不到家。
>
> 头顶七尺见幽冥,求得菩萨求佛家。

交战之时,混元魔见方天画戟空中施法,欲寻机夺了去,径直而去,见得五龙现眼前,个个威武又高大,邪恶心中念,胆边生开花:

> 黄风滚滚遮天暗,魔锤敲得地罩昏。
>
> 五龙大战混元魔,各使道法各拼家。
>
> 挈棍棒打边上走,一心行恶倒添忙。
>
> 好生使得障眼法,饿死鬼偷玲珑塔。
>
> 倒塔放生妖灵现,窟窿中央乱喳喳。
>
> 本是善念劝造化,如今只能送回家。
>
> 见得方戟直面下,挈棍还击不可挡。
>
> 蛇蛟二精趁机杀,正道依旧似坚磬。
>
> 无奈使得妖魔法,妖灵齐向冲天王。
>
> 七龙见得恐有诈,变法拨转心扑向。
>
> 放得妖魔逃路去,只怪众神太纯良。

黄巢见万千妖灵直面而来,挥使方天画戟迎面而击,七龙尾追而来,里应外合,犹如老妪吃柿子,顺手得当。玲珑塔压窟窿中,万千妖灵万劫不复。

欲知结果如何,请看下回分解。

# 第八回　蛟精使得离间计　邹天孤军葬茶岭

　　窑岭妖灵剿灭日,二道茶岭进军时。相传茶岭盛产绿牡丹茶,此茶乃天贡珍品,三千年发一次芽,九万年结一次果。细枝润叶与众不同,绿中有白丝,叶头微泛红。饮茶者,心顺气爽,体健身轻。食果者,终年无病,延年益寿。做工道序繁杂,摊放、杀青、轻揉、理条、轻复揉、初烘、复烘,更有诗曰:

> 花开一日历千年,朝暮结果九万次。
>
> 润瓣细芽如牡丹,色泽翠绿体潇洒。
>
> 白毫显露色诱人,入味鲜醇香气高。
>
> 万林山中存香茗,不知人间有珍品。

　　茶岭深处有一洞,名曰静茗洞,洞中有玉岭仙子,原是天庭天帝近身侍女,常随天帝巡游四方。行至仙霞岭处,见一户人家有一老者旧病在床,无药可医,身边一男子姓赵名曰于心,丰姿英伟却不失儒雅,伺候榻前不离半步。

　　床上是其母,于心寻得一偏方,须亲子血气为药引,便割腕滴血。老母含血入喉,这才开了嘴喝了药。玉岭仙子见此甚为动心,感念其大孝至极,便化作一大夫上门访病,得知病情便写了一药方,后救活赵母。然日久生情,可谓是:

> 每美鸳鸯交颈,又看连理花开。
>
> 君子好逑淑女,佳人贪恋多才。

　　奈何好事不长,被灶王爷状告了天帝。天帝念其慈悲之心,只削去仙籍,令其守护茶岭。每逢茶叶正当时,清明前,谷雨后,提一竹篮,穿梭于茶行之中。一则供奉天帝,将功折罪;二则修身养性,勿要再生事端,说来已有上万年。

　　话说蛟蛟二精深知原委,蛟精命蛇精化回原形,藏于茶行之中,故作受伤可怜状。玉岭仙子除草之时，见得一小蛇蜷缩茶丛中，身皮刮破，分明受伤。心生怜悯，便上前拾起回屋，为其疗伤。蛟精化作一老媪，装病路过，敲门而至。名为行山辛苦，寻得半杯茶吃吃，实为居心叵测。平日茶岭多有挑夫来往，玉岭仙子便会不吝送茶，今日未曾觉得异样，疗完伤便入厨烧茶去。

话说这一带人惯用灶烧茶，不到半刻，便端上茶来。可谓是两眼温纯而视，双手迟迟不收。怕老媪烫着了，便拾了一块布垫着端至老媪手中，嘴上不忘叮嘱："且慢吃，慢吃。"蛟精道："姑娘可是久居此地？"玉岭仙子道："小女家世代居住此地，以采茶为生，凡有路过商人，换些细作之物，自汉中以来便是如此。"

蛟精道："姑娘天资聪慧，何不寻一人家，图个富贵，免受这深山之苦。"玉岭仙子道："闲来无事之时，倒也下山入市，买些细软，但不识得半甲八丁，久而无趣，便无事不再下山去。"蛟精道："原来如此，怪不得姑娘乍一眼看去，岂是寻常百姓家娜妮可媲美，气质脱俗，犹如那仙子下凡。"话说这玉岭仙子正如诗言：

**水剪双眸俏可爱，蛾眉淡拂春意浓。**

**恰似织女下瑶台，浑似嫦娥离月殿。**

玉岭仙子道："老婆婆甚是会说话，吾只不过是那寻常百姓家之女，岂敢与那天仙美姿相比，只是这世代久居深山，吃的是山水，住的是草屋，见不得世人喧嚣，自然心静无物，有些不同而已。"

蛟精道："姑娘是欢快了去，只是这人间遭了难，百姓甚是苦矣！"玉岭仙子道："为何？据吾所知府衙还算得清明，不曾听说天灾人祸。"蛟精道："姑娘不曾下山去，自然有所不知。"玉岭仙子道："不妨说来听听？"蛟精道："这北边来一匪军，头子唤作冲天王黄巢，太平日子不过，净做些大逆不道之事，烧杀掳掠，无恶不作。"玉岭仙子道："官家不管？"蛟精道："这官家哪管得了，那贼唤来数十万之众，官家是闻风丧胆，降的降，跑的跑。"玉岭仙子道："天子朝廷可曾派兵剿贼？"蛟精道："派是派了，可老媪听说，那黄巢路过龙门峡谷之时，收了九条龙，抢了龙王庙，取了三神珠，手中有一法器，唤作方天画戟，甚是厉害,过那窑岭之时,三十六路妖怪且不是其对手。"玉岭仙子道:"方才所言九龙,可是那龙王之子久居龙门峡谷处?"蛟精道:"莫非姑娘识得?"玉岭仙子有意隐瞒,道:"那时听家父说起一些,吾且问你,黄巢为何斩杀窑岭三十六路妖怪?"蛟精道:"朝廷派兵压境,黄巢欲过仙霞岭,进岭南。遂下令挖山辟道,所到之处,残杀不止。"

玉岭仙子道:"据祖辈所言,龙王庙乃安娘修道之地,安娘神通广大,岂能容这黄贼行凶?"蛟精道:"姑娘有所不知,安娘生性仁慈,怎能识破这黄巢老贼诡计?"玉岭仙子道:"如此说来,这黄贼将遭天谴,其命不久矣。"蛟精道:"姑娘莫说大话,要是隔墙之耳听了去,恐惹来麻烦。"玉岭仙子道:"不怕,不怕,若要论怕,只怕其不来。"

蛟精道:"你这姑娘看去文雅贤淑,说起话来毛毛糙糙,大言不惭啊。换了寻常百姓,即便不丢魂失魄,也已是腿脚发软,如坐针毡。莫不是姑娘有些本事,降得住那黄贼?"玉岭仙子道:"老婆婆,你可识得玉岭仙子?"蛟精道:"识得,识得,相传那玉岭仙子本是天帝跟前的仙女,只因怜悯世间苦难,触犯天条。天帝便命龙门峡谷九龙擒拿仙子,将其夫君压于这茶岭之下,其子拜师于黎山老母门下,法号广灵子,誓要学得本事,救得父亲,今日姑娘提起这玉岭仙子,莫不是与仙子相识?"玉岭仙子道:"夫君压于这茶岭之下已万年之久,终日不见天日,吾那孩子也随黎山老母修道于峨眉山之下,母子未曾见得一面。"

蛟精道:"方才所言,莫不是姑娘便是那玉岭仙子?"说罢,起身下跪,嘴里唠叨着:"有眼不识得仙子,罪该万死。"玉岭仙子扶起身,道:"天帝念昔日之情,令吾在此修道,下得法旨,待到茶叶摘尽时,便是与吾夫君相聚日。可茶岭之茶采摘不尽,三千年一次,不知何时是个尽头?又深知触犯天条,罪不可恕,无奈只能在这深山老林中,度日如年,好在虽与夫君相隔一层厚土,倒也不离不弃。"蛟精道:"老媪深知仙子大义,只是如今九龙助纣为虐。若能将其降服,捆送天庭,将功赎罪,天帝定当开恩,宽赦于你。那时便可与你家夫君团聚,岂不是两全其美?"玉岭仙子道:"妙计!妙计!当年,九龙奉旨将吾与夫君拆散,想来是受人之命,吾无话可说。只是今日其违犯天条,无心修道,管起人间之事,就怪不得本仙子替天行道了。"蛟精道:"不知仙子有何良计?"玉岭仙子道:"老婆婆,你有所不知,本仙子在此修万年之道,早已与这茶岭合二为一,待吾略施法术与你看,你便知晓,你且坐稳了去,免得伤了你。"

　　说罢,走出屋外,默念法术,顷刻间,可谓是地动山摇,巫山突起,峭壁耸立。弄得蛟精是瞠目结舌,回不过神来。心中暗喜,便使了眼色,那蛇精便溜出竹窗外。须臾,只见玉岭仙子进了屋来,道:"老婆婆,你见吾这法术可与那九龙相比?"蛟精道:"仙子法术超群,那九龙的雕虫小技岂能与仙子相比。若那九龙不知好歹地来,定叫他有来无回。"

　　玉岭仙子道:"那九龙现在何处?"蛟精道:"已过了窑岭,正往这处赶来,可黄巢老贼窃得方天画戟,威力甚是了得,恐吾等不是对手。"玉岭仙子道:"无妨,方才使的法术不过是本仙子微末之术。待那黄贼杀将过来,若识时务,本仙子与他无冤无仇,倒是可以饶其一命。倘若执迷不悟,休怪吾那茶行术,定要了他老命。"遂摇身一晃,已至茶行中,默念咒,只见:

> 三行五列千条龙,纵深有序成交通。
>
> 仙子不明事中理,心中只恨杀夫仇。
>
> 施法唤得猛龙醒,阴阳八卦乱行中。
>
> 纠缠成网设诡计,待到恶龙冲先锋。

　　话说黄巢大战三十六路妖怪,虽不在话下,但也损了些元气,稍作休憩。邹天见蛇蛟精径往深山里逃窜,岂能善罢甘休,主动请令做先锋,率五千军士开山辟道,径往茶岭处来,王重隐道:"邹先生,切莫孤军深入,以防有诈。"邹天领命前去,不言。

　　待邹天扎营茶岭山下,遵军师之命,一派军士前去探路,二派信使回营禀报。话分两边说,这边信使报于黄巢:"邹先生已率军入山五十里,扎营茶岭山下,未见异样。"军师道:"将军,可派遣一军行至三十里处,一则可就地扎营,二则做个策应,若前方有变,也可施援。"

黄巢道:"军师所言极是,不知哪位将军可行此令?"

只见朱温立于帐中,道:"末将愿前往。"王重隐道:"朱将军所部乃吾军精锐,断不可孤军三十里,若后方敌军进发,谁来护军?"谢瞳道:"将军,军师所言不差,末将愿前往,不知可否?"王重隐道:"谢先生足智多谋,王某望尘莫及,只是统兵还需武将,方可震慑三军。"谢瞳道:"军师方才所言,只是安营扎寨,此等小事,不足为虑。"朱温道:"请将军准许谢先生率军进山,若有不测,吾即刻发兵救援。"黄巢道:"军中武将皆已安排至各营各寨,着实再无人手,今日谢先生挺身相助,解吾军之难,实属过意不去。"谢瞳道:"将军之言,末将难当。若不是将军信任,岂有谢某今日,正所谓滴水之恩,当以涌泉相报。"遂请命离去。那边军士回报茶岭无恙,邹天大喜。翌晨,辟岭巡山,左右道:"报于军师否?"邹天道:"军士探得前方无恙,只是例行行军,有何甚事?"

翌晨,邹天行军至茶岭,岭上,空旷不已,所见皆是茶树,绿幽幽一片,若要过岭,将士需穿过茶山。遂下令军士顺茶行而行,待军士行至中间,只见茶树两头包围起来,封住去路。须臾,茶树移动,形成八卦图,军士被逼至中间,未回过神来,转眼又见茶树移动,形成方格,每一方格皆有三五军士困于中间,蛟精见状问道:"仙子,此阵出自何处?"仙子道:"此阵乃本仙子所创,名曰天圆地方阵。"蛟精道:"甚好,甚好!"话未毕,只见茶岭深处无数小蛇蹿来,咬住了军士脖颈。须臾,军士纷纷倒下,中毒而亡。

玉岭仙子道:"甚是奇怪,虽说盛夏将至,不至于如此之多小蛇出来行凶,吾本意无心伤害这些军士,只是意欲将其困住,此乃罪过。"蛟精道:"仙子仁慈,这些军士平日里烧杀掳掠,死不足惜。"玉岭仙子道:"话虽如此,但终究是人命,轮回实属不易。"

话说邹天见军士死于天圆地方阵,心急如焚,这可如何是好,急忙派军士求援谢瞳。谢瞳见信使来报,听其原委,道:"吾这就发兵救援,请转告你家将军,好生用兵。"信使退去,谢瞳道:"茶岭有一山,名曰齐山,此山峡谷两道,易伏兵。"遂令左右领兵埋伏于此,自率一军前往茶岭,待到茶岭之时,邹天正领兵溃败而来,见邹天形色慌张,心中暗自欣喜,道:"将军辛苦,军师命吾前来接应,将军好生休息。"邹天道:"烦劳将军。"谢瞳道:"前面便是齐山,过了此山,可安枕无忧。"

众将士遂入山,山中一小道,两边峭壁纵横交错,硬将众将士分离开来。邹天领军在前,谢瞳护军在后。至谷中,只听得空中黑鹰嘶吼一声,万箭齐发而下,碎石滚落,邹天所部将士或箭穿而亡,或死于乱石之中。邹天遂率部多次突围终不得逞,只得躲于谷凹处,将士以身护体,待箭停石止。左右曰:"此番定是谢贼所为,待吾等杀将出去,护送将军出山回营。"邹天道:"众将士衷心可昭日月,但本将决心已定,谢贼杀将过来,尔等快快冲出齐山,回营报于军师。"

众将士见邹天死令,不得已纷纷冲杀出去,待谢瞳赶到之时,只见邹天一人立于谷中,道:"邹先生不愧姑蔑风度,临危不惧,谢谋佩服。"邹天道:"谢瞳小儿,意欲何为?"谢瞳道:"昔日你派信使向吾求援,吾便告知要你好生用兵,怎知你溃不成军,岂能怪罪于吾?"邹天道:"大丈夫可杀不可辱,要杀要剐,悉听尊便。"谢瞳道:"今日之事只怪你好生无礼,多番阻挠吾等心中之计,全算你咎由自取。"遂下令万箭射死,不言。

待众将士杀出齐山,回到营中,面见军师。军师道:"若来日将军问起,众将士皆需回禀将军,邹先生回军途中,不慎摔落山谷身亡。"众将士领命退回各自营中。

翌日,谢瞳率军回营,报于黄巢道:"将军,邹先生率军苦战茶岭,怎奈对茶岭地形不熟。那里妖魔鬼怪横行,邹先生纵使机智勇猛,终归肉眼凡胎,不顾军师之命,贸然进军。结果溃不成军,归来途中发病,不慎摔落谷中身亡。"黄巢道:"可有余部归来?"王重隐道:"昨夜已归来,正立于帐外等候发落。"黄巢遂令归来将士进帐问事。来将道:"谢瞳将军领吾等过齐山,只因邹先生途中发病,心力交瘁,不慎摔入谷中身亡。"黄巢道:"邹先生真乃姑蔑第一勇士,鲁行王将其交付于吾,如今却令其死于非命,吾之罪也!"王重隐道:"将军切莫悲伤,当务之急,是如何解茶岭之难。"黄巢慨叹:"厌浥行露,岂不夙夜?

谓行多露。"

话未毕,帐外来报,道:"帐外有七人,说是龙门峡谷旧友。"众人不解,王重隐笑道:"茶岭之难解矣!"黄巢道:"军师,此话何意?"王重隐道:"那七人绝非他人,是龙族之人。"黄巢这才恍然大悟,令众人帐外迎接,不言。

迎至帐内,龙吟道:"茶岭之主并非山中妖怪,乃天帝侍女玉岭仙子。"遂告知原委,龙靖道:"玉岭仙子不守天帝法旨,摆弄天圆地方阵,阻大军过仙霞岭。如今又残害凡人军士,罪不可恕也!"龙轶道:"玉岭仙子乃天帝侍女,虽触犯天条,被贬人间为奴,但其生性耿直善良,绝非残害无辜之徒,想必定有缘由。待查清事情原委,再作定论不迟。"龙吟道:"三弟所言极是,吾等切不可错怪玉岭仙子。"谢瞳道:"无论因出何处,终究是杀吾军士五千,其弥天大罪,岂能饶恕?"朱温道:"与其在此议论不定,不如你吾仙人两军攻杀茶岭,待攻下之后,便能查清原委。"龙吟道:"朱将军有所不知,吾等昔日奉旨捉拿玉岭仙子夫君,将其压在茶岭之下,玉岭仙子痛不欲生,今日吾等贸然前去,恐有不妥。"龙轶道:"大哥所言不差,再者窑岭之战,蛇蛟二精侥幸逃脱,便不会善罢甘休。现如今指不定已在茶岭摆下阵来,吾等若是此番前去,只怕是吃亏难说啊!"龙吟道:"极是,极是! 玉岭仙子不惜再犯天条,这其中定是受人指使。"

黄巢见众人议论未休,各执一见,不知如何是好,问道:"不知军师有何良策?"王重隐道:"如今之际,倒有一计,不知可否?"黄巢道:"请军师速道来,解吾军之困矣!"王重隐道:"差一勇士前往茶岭探得究竟,再做定论!"黄巢道:"不知军师心中可有人选?"王重隐道:"朱将军神勇盖世,计谋超群,可担此重任。"朱温听罢,惊怵不已,想来先前自告奋勇战年方,险些丢了性命,这回算是长了心眼,道:"论战场杀敌,吾自当效命,可这探风之事非吾在行,无功而返是小,坏了军师之计是大。"王重隐道:"既然军中无人可担此重任,唯有区区在下走一遭了。"黄巢道:"军师非习武之人,这山中猛虎野兽不绝,妖魔鬼怪丛生,恐恶鬼纠缠,魔障侵身。"王重隐道:"将军,在下自有办法。"遂退出帐外。

话说邹天余部将领皆在帐外恭候,见王重隐走出帐外,纷纷上前行礼,道:"将军,为何要吾等欺瞒黄将军,未道出邹先生死因,便宜了那谢贼。"王重隐道:"众位将士奋勇杀敌,王某深感佩服。吾且问于众将士,昨日如若邹先生奋勇杀敌,可否突围?"众将士道:"昨日待敌军射箭扔石过后,谢瞳等率军追杀过来,距离百八十步。若那时邹先生与吾等奋力拼杀,定能冲出重围。怎奈吾等苦劝无果,邹先生执意留于齐山,要吾等定要出山回营报于军师。"王重隐道:"众将士,谢瞳等人一心招安,将军心中自有定数,只因朱温手握重兵,倘若此时与之抗衡,定损三军,坏了将军南下大计。故而吾要尔等今日谎称邹先生因摔落谷中致死,一则避其锋芒,韬光养晦,二则保全众位将军,望众位将军好生用兵,今日之事切勿再提。"众将士听罢,纷纷道:"多谢将军救命之恩。"王重隐抽身离去,到廿八铺置办些祭品,差两军士前往,至茶岭处,点了香烛,烧了纸钱,便长跪不起,号啕大哭。

欲知结果如何,请看下回分解。

# 第九回　赵于心再见天日　神佛竿岭战混元

《诗经·汝坟》：

遵彼汝坟，伐其条枚。未见君子，惄如调饥。

遵彼汝坟，伐其条肄。既见君子，不吾遐弃。

鲂鱼赪尾，王室如毁。虽则如毁，父母孔迩。

《诗经·葛生》：

葛生蒙楚，蔹蔓于野。予美亡此。谁与？独处！

葛生蒙棘，蔹蔓于域。予美亡此。谁与？独息！

角枕粲兮，锦衾烂兮。予美亡此。谁与？独旦！

夏之日，冬之夜。百岁之后，归于其居！

冬之夜，夏之日。百岁之后，归于其室！

玉岭仙子见王重隐跪地叩拜，问道："来者何人，为何哭丧家夫？"王重隐道："你是何人，弱弱女子为何居此山中？"玉岭仙子道："你所拜之人，便是小女子夫君。"

王重隐听罢，急忙起身行礼。玉岭仙子回礼，心想：此人不曾面熟，又是凡夫一人，当年赵家并无太多亲戚。即便有，事过千年，散的散，死的死，早已老死不相往来。俗话说得好，这好事传千里，坏事众人去。再好的亲戚见此灾难，哪会送上门来？遂道："不知先生为何祭拜夫君？"王重隐道："这一哭赵郎，实为赵郎之死深感痛心，想赵郎引血救母，堪称古往今来第一孝子，其至孝之德天地可鉴，为何却死于天灾？"玉岭仙子道："只因本仙子触犯天条，连累夫君。"王重隐道："在下二哭一故友。"玉岭仙子道："先生故友可曾遭难？竟令先生如此悲痛欲绝。"王重隐道："仙子可曾识得姑篾郡主安娘？"玉岭仙子道："识得，识得，安娘乃本仙子恩人，昔日若不是安娘在天帝跟前求情，今日本仙子早已被贬九幽之外，夫君早已六道轮回，吾那犬子岂能拜于峨眉黎山老母门下。"

王重隐道:"吾故友名曰邹天,乃姑篾后裔鲁行王重臣,受鲁行王之托,助忠义神黄巢开山辟道。遂领兵来此茶岭,擅闯仙子修道之地,领了教训。回军途中,遭那阴险小人陷害,死于乱箭之下,惜哉!惜哉!"

话说王重隐与玉岭仙子说话之时,那蛇蛟二精生怕计谋败露,慌张不已,倒也不失马脚。蛟精瞪了眼色,那蛇精溜出窗外。须臾,王重隐身后突现千百条蛇来,巨蝮蛇、西鳞蛇、钩鼻蛇、红环蛇、绿巴蛇等千奇百怪,一字排开。颈脖升六寸之高,血舌出三寸之长。玉岭仙子见状,道:"吾本摆下茶阵,为难那些兵士,使其知难而退,本不想取其性命。却不知哪里来的毒蛇,咬住兵士,未等吾前去施救,早已气绝身亡,一命呜呼。想来虽说天渐酷暑,但未曾见过山中之蛇如此之多,今日算是领教了先生本事。"

王重隐见仙子话转急下,这才回过身来,见状险些丢了魂,千军万马不曾少见,这千百条毒蛇可是头一次见得,不过倒是一个惊喜,遂起身退走。玉岭仙子本想施法将其困住,但心想此人竟有如此本领。顷刻间,便可唤来千条毒蛇,其功力自然不在话下。若是打斗起来,虽不吃亏,但也占不了什么便宜,遂就此作罢。蛟精见王重隐退去,生怕玉岭仙子查出异样,便不再加害。不言。

玉岭仙子回了屋,心想那人定是黄贼派来的奸细,幸得驱赶下山。遂安顿了老媪住下,做了斋饭共吃。席间,蛟精道:"如今,黄贼杀将来,姑娘有何良策?"玉岭仙子道:"天地各有道法,谅他法力高强,吾且变幻茶阵,黄贼即使过了去,几十万大军可寸步难进,逼得七龙束手就擒,去了翻天印,让夫君重现人间,方可罢休。"

这边军师王重隐回了帐内,禀告全委,谢瞳道:"想来这仙子也是不通情理之辈,要想过得此关,可谓是艰难险阻。"龙明道:"身为仙界之人,本应洁身自好,却与妖魔为伍。昔日触犯天条,天帝开恩,不思悔改,屡犯死罪。"龙吟道:"玉岭仙子日夜思君,不问世事,今受蛇蛟二精唆使,情有可原。"王重隐道:"所言极是,玉岭仙子本不想杀害吾五千军士,想必是仙子施法困住军士时,那蛇蛟二精唤来毒蛇咬死军士,此乃蛇蛟二精所为。"龙吟道:"俗话说得好,解铃还须系铃人,要使玉岭仙子开山让道,还需吾等走此一遭。"

说罢,七龙拜别,径飞茶岭而去。须臾,便至茶岭。见玉岭仙子正潜心揉茶,龙吟上前行礼,道:"小龙拜见玉岭仙子。"玉岭仙子见是龙吟,没些好脸色,放下织空,起了身去,瞪眼怒目,道:"昔日各位龙神将吾夫妇二人拆散了去,难不成今日来看吾笑话,休怪吾御前告一状。"龙吟道:"仙子有所误会,今日到访有一事相求,还望玉岭仙子成全。"玉岭仙子道:"真是怪了,尔等法力在吾之上,害吾夫君,今日却有求于吾?"龙靖道:"忠义神领安娘法旨,率军开山辟道,如今军行岭下,望仙子高抬贵手,放其过去。"玉岭仙子道:"忠义神手持方天画戟,还有众位龙族之人竭力相助,别说这茶岭,就是那泰山,也可翻越过去。"龙吟道:"如今混元转世,恶魔当道,人间遭此劫难,吾等责无旁贷。"玉岭仙子道:"混元魔本与吾教同门同宗,为何将其压于魔窟之下,不见天日?"龙吟道:"混元魔违天背道,自当受罚,压于那魔窟之下,待其修道期满,自然得道升天。"玉岭仙子道:"俗话说得好,站着的怎知蹲着的苦。尔等龙族之人,天生于仙家,可曾念及那些可怜人?"龙吟道:"仙子莫要执迷不悟,你触犯天条,本应贬于九幽之外,永世不得超生。只因天帝念及旧情,你家夫君又自愿为你赎罪,这才令你在此修道。"

玉岭仙子见理论不过,道:"莫要多言,看本事说话。"说罢,默念法咒。茶行犹如群龙,行串无序,却将真龙分散开去,慌了神,迷了路,腾空而起。为人切莫贪心,前缘分定,道情相并苦相劝,怎奈情深难分辨,本是同宗同道,如今祸害相侵,争夺利,为自由,到头虚老一片空。

只见龙吟抽开身来,道:"玉岭仙子,莫要执迷不悟,如今混元重生,妖魔当道。若是混元魔夺了方天画戟,其法力大增,神魔两界必将恶战,人间必再遭一劫。为天下苍生计,望你放下私怨。"玉岭仙子道:"自古强者言,弱者从。三界皆是此道理,今日且看个高低,也不枉吾这些年修行。"顿时：

> 强龙变作银丝带，上天入地如电闪。
>
> 播土扬尘乾坤暗，飞沙走石鬼神惊。
>
> 茶行换形似八卦，阴阳锁定断恩仇。
>
> 欺心搅乱黄巢计，求得天道面夫君。
>
> 中得蛇蛟离间计，定要亏输定要赢。
>
> 自遭私欲自遭罪，似梦方觉已是迟。

龙明见状，怒道："若不是念你曾受安娘点化修行，今日便取了你性命，奈何你竟如此难以彻悟。"说罢，南明剑出，直刺玉岭仙子。龙吟见状，急转而去，抢下南明剑，道："玉岭仙子，人神不能私情，此乃天禁，错便是错，容不得你半点辩解。若不死心，吾且使得翻天印，叫你夫君与你理论。"说罢，高举翻天印，默念咒语，顿时茶岭地动山摇，见中间一道劈开，一男子隐隐而现，便是那赵郎：

> 儒家书生一骨气，当朝孝子一正心。
>
> 寒门无卑脊梁骨，煞风而来魂已去。

玉岭仙子见此惊喜万分，又痛哭不止，满脸垂泪，想得千年离别，今日得以相见，相思苦，心情累，哭喊夫君，赵郎神色未定，见妻子突现，激动不已，道："夫人，可好?"玉岭仙子道："甚好，甚好!"二人泪水交加，哭成一团，泣不成声，又爱又怨，有《诗经·殷其雷》佐证：

> 殷其雷，在南山之阳。何斯违斯，莫敢或遑? 振振君子，归哉归哉!
>
> 殷其雷，在南山之侧。何斯违斯，莫敢遑息? 振振君子，归哉归哉!
>
> 殷其雷，在南山之下。何斯违斯，莫或遑处? 振振君子，归哉归哉!

一片黏情之后，那赵于心便领玉岭仙子至众位龙神跟前行礼，道："夫人可知这茶岭地下犹如冰狱，冷若冰霜，纵是那神仙也是经受不住，亏得这么多年众位龙神阳气为吾护体。如今蛇蛟二人使得离间计。常言道：来说是非者，就是是非人，夫人切莫中得离间计。"玉岭仙子道："可若就此放他们而去，你吾便又阴阳相隔，今生恐难得见面?"

话说黄巢等前来助阵，见状，道："诸位龙神，玉岭仙子私情人间触犯天条,在此受罪千年。今日若能助吾军将士过了茶岭,亦是大功一件,望能请旨让其夫妇团圆相聚,吾等亦是功德一件。"龙吟道:"忠义神有所不知,若将容易得,便作等闲看。修满劫难并非一朝之事,天帝当初令吾等将赵于心压于茶岭之下,而非取其性命。便是望能修尽劫难,得道成仙,如今时辰未到,即使请旨也未必奏效。"听得此话,玉岭仙子亦是无奈,昔日咬牙切齿,恨得天帝绝情,不承想天帝良苦用心,但时辰未到,难数未满,与赵郎匆匆一面,又要别离,难舍难分,心如醋倒,酸的不是滋味。

话说混元魔等妖魔集聚屋内,本想坐收渔翁之利。却见得如此情景,急如星火,率众妖魔冲杀而来,让众人措手不及,将赵于心掳了去,见啰鬼锤立于头上,说道:"玉岭仙子,如今你家赵郎在吾之手,若能降于吾,从此做得三等人,不受天管,不受地辖,自由自在,无量之福。"玉岭仙子道:"尔等竟糊弄本仙子,本仙子私情人间,自然遭受天罪。但绝不容许你如此藐视三界,正邪自古难立,休得再使奸计。"混元魔道:"那就休怪本尊锤下无情,断了你家夫君性命。"蛟精见状,心想着这混元魔定可脱身离去,但自个儿性命堪忧,遂道:"大王,若是将赵于心除掉,他们必将联手,吾等恐不是对手,即便可以逃脱,玉岭仙子摆下的茶阵,吾等亦是一时出不去。"混元魔道:"那如何是好?"蛟精道:"茶岭过后是便是竿岭,竿岭绵竹万千。当年姑蔑国为抵抗吾水族侵袭,便在竿岭处以竹为箭,可谓万箭穿心,所到之军无不闻风丧胆。今日何不以其人之道还治其人之身,将其引入竿岭,纵使再好的本事也是有来无去。"混元魔听此,称道所言极是,便逐一退去。玉岭仙子只能紧跟其后,寻机而动,有诗佐证:

> 千年守候一朝见,情郎却陷魔王尊。
>
> 守得天道不变节,救得赵郎不羡仙。

话说混元魔挟持赵于心一路前往竿岭,此地方圆十公里,乃仙霞岭第三关。此处绵竹万千,古有战事,多采之为弓箭所用,取之不尽,用之不竭,历来兵家守岭之器多用此。地形复杂崎岖,极凶极险、阴阴暗暗,易守难攻。若据为己有,便可坐视天下,素有一夫当关万夫

莫开之势,诗曰:

> 青竹挺直叶渭渭,牯鸟轻飞鸣肃肃。
>
> 葛藤攀缘盖荆条,菣草蔓延满山坡。
>
> 万箭难辨正与邪,不叫鸿毛过天险。
>
> 雄岭不问来路人,自古英雄止于前。

玉岭仙子未寻得良机,唯有紧跟其后,一时不知所措。见得七龙悬于空中,龙眼怒视。王重隐道:"虚心量敌休妄矣,刻意求和戒急攻。欲闻其声反默,欲张反敛,欲高反下,欲取反予。"黄巢道:"军师何意?"王重隐道:"若是就此相持下去,恐赵于心体力难支。"玉岭仙子道:"军师所言极是,吾那夫君脸色苍白,气色全无,怎经得住这般折腾,望军师助吾!"王重隐道:"混元得势,应从长计议,其挟持赵于心,断然不会放手。若此时强攻只会适得其反,应散其心,分其力。"龙吟道:"如何分散其力?"王重隐道:"自混元转世附身于唐丙坤,在清溪口设一魔帐,收尽啰妖啰怪,净做些要人性命之事。各位龙神可前去清溪口,收妖灭怪,吾等在此与混元魔周旋。"黄巢道:"如此一来,如若混元魔强攻,吾等恐不力敌,只怕难以应付,救赵于心不成,反倒败下阵来。"王重隐道:"混元魔见吾方势已显弱,必然夺取方天画戟,定然对赵于心有所松懈,玉岭仙子便可趁机解救。若不夺取,也必然有所骄纵懈怠,吾等便可见机行事,为此好过僵持之局面。"龙吟道:"军师计出良策,吾等依照便是。"说罢,辞别众人,腾云而去,直奔清溪口处。

话分两边说,这边七龙驾云而来,路遇一道光,腾云驾雾走来一僧者,其貌不凡:

> 灵通本讳号普明,其像福寿似弥勒。
>
> 父是清漾毛员外,家是江南一赫族。
>
> 前世原是地主命,施财行善邻里群。
>
> 苦读圣贤哲理书,立誓献功家与国。
>
> 一朝中得状元郎,武后跟前领幞头。
>
> 不识天朝有女王,罢官回乡农耕桑。

> 一心不爱求荣华，只愿修持换寂灭。
>
> 悟得度亡脱苦道，修得不坏金身果。

见其佛光普照，七龙合掌拜揖，僧人道："老衲乃清溪口普明寺人，历来云游四方，今日归来见得混元魔在清溪口设一魔道口，拆了吾那普明寺不说，还残害百姓，烧杀掠夺，取人性命。又闻得这魔向仙霞岭去，夺取那忠义神黄巢神器方天画戟，欲前去助阵。"龙吟道："吾等助忠义神黄巢过仙霞岭，只因混元魔挟持赵于心于竿岭，相持不下，依军师王重隐计，吾等特来清溪口，剿除那些啰鬼妖孽，免得再祸害人间。"普明佛道："吾已将那些啰鬼妖孽扫清，愿助忠义神一臂之力。"七龙这边开路，普明佛驾云跟来，不出百步，见一仙人按落云头而来：

> 南国一卜生，知凶定吉辨生死；
>
> 水族侵姑蔑，算得亡国无安邦。
>
> 被指妖言祸，狱中善明世外情；
>
> 山倒水流时，青天还日大无冤。
>
> 施法换变天，奈何劫数难避去；
>
> 驱雷掣电行，救得安娘张大仙。
>
> 得道归仙居，受旨群战混元魔；
>
> 千年寻得乐，无奈魔祟脱缰去。

普明佛合掌作揖，此人便是仙居真人，奉天帝法旨镇守石门，今日混元转世，仙居真人云游四海，定有失职之责，想寻得混元魔，捆去天庭，见天帝，将功赎罪。遂一一道明来历，同去仙霞岭。

那边王重隐行至玉岭仙子跟前，轻言道："仙子，欲救汝家夫君乎？"玉岭仙子一诧异，不知军师何出此言，王重隐便细细道来："七龙前去清溪口，混元魔定以为吾方势力显弱，欲以强攻，若此时再以激将，定能使得混元魔自行前来。"玉岭仙子道："依军师计，该当如何？"王重隐道："待吾家将军激将混元魔，你且哭泣不能救得赵郎，心生恨意，欲助混元魔，有意打伤吾家将军，取了方天画戟。混元魔求方天画戟心切，必然中计，你便可借机救得赵郎，更可背后而击，混元魔定

86

措手不及。只是蛟精诡计多端,恐识破此计,请速速定夺。"

玉岭仙子道:"此计虽好,然有损吾仙人威严,万万不可。"王重隐道:"仙子神威,只因混元邪恶,正道无存。再者蛇蛟二精诡计多端,屡次欺吾家将军,何不以其人之道还治其人之身?"

玉岭仙子见得夫君面色已是苍白如冬日新落雪,腰似春前细柳条。心中阵阵作疼,救夫心切,且不管得三七二十一,道:"依军师之计,待救得夫君,吾自跪求天帝,以降责罚。"王重隐见仙子从计,报于黄巢,见黄巢道:"如今尔等久困竿岭,已是笼中之鸟,七龙已赴清溪口,想必此时已是剿除残余,不出片刻,便前来助阵,若能归善,便是正果。"混元魔道:"即便七龙归来,也不见得尔等能奈吾何?"蛟精道:"玉岭仙子,你与夫君天造地设一对,不羡鸳鸯不羡仙,为何不与吾家大王共同一道,逍遥自在?"玉岭仙子道:"若能放吾夫君,吾定当效力,只是尔等奸诈,只恐信任不得。"混元魔道:"你若能依从本王,本王定当保你二人好生快活。"蛟精道:"大王,玉岭仙子出尔反尔,不见得归顺实属其真心诚意,待吾试探一下,便知真假。"混元魔听此一言,甚感有理。蛟精道:"今方天画戟就在尔等眼前,吾家大王见你诚心不足,若空手而来,不免失礼。若能取了方天画戟献于吾家大王,便可领一大功,可否?"玉岭仙子心中无计可施,口中无言可对,黄巢道:"仙子,为何今日大变如此?"玉岭仙子道:"黄巢小神,欺人太甚,你吾本是天庭中人,皆因触犯天条,为何你可转世还身,而吾却要遭此劫难,实属不公,如此天庭,威严何在? 此乃愚忠,今日混元转世,吾遇得明主,必将择木而栖。速速交出方天画戟,吾便可饶你小命,若不依从,断叫你永堕沉沦地狱。"

这边黄巢深知其意,遂手举方天画戟,直劈仙子而去,纵使心中万般不愿,可知方天画戟乃真君神器,这一刀而下,要是凡人已是肉酱,即便是神人,也是伤筋断骨,那边仙子见招拆招:

忠义神,天仙女,二君大战闹竿岭,一边是方天画戟柔情义,一边是玉岭仙子救夫急,怎奈孽畜诡计,都从了军师计,天光撒开两边去,倒退三丈引身来,虽无伤筋动骨力,假情假意真如戏。

数战之下,仙子节节败退,退至混元魔跟前,混元心动抽身起,蛟精狡猾立功急,擂鼓而作:

一妖二神天空斗,皆因凡人是赵郎,这壁电目飞光艳,那壁雷声震四方,黄巢急转身将去,动得干戈,劳得征战,誓要擒得妖精,捉得鬼魅,那个道放了赵郎聚团圆,这个道要了方天画戟共上天。往往来来,叫得边上人急眼。

混元见蛟精已是招架不住,方天画戟神威慑人,不由得心动。若不此时夺取,待七龙回来,亦是难上加难,便随后一掌将赵于心推给了梁缵,唤得啰鬼锤起身而去,鞑姆绝鬼紧跟其后,顷刻间四妖魔急冲而上。黄巢见状,急忙抽身而去,众妖魔紧追不落,玉岭仙子见梁缵紧捆赵于心,此时若不救得,更待何时?遂施法而上:

一个良家贤妇,一个魔王忠臣,一个救夫心切,一个急于求功,切莫问得高与下,数回便知谁英雄,本是三道共天伦,怎奈鬼祟魍魉,邪魔作耗,可谓翻江搅海,裂石崩山,誓要天翻地覆,做得那天地同寿。怎奈命不该此,行不该果,上不了凌霄殿,下得了枉死狱。本事不如她,一手擒拿凡人赵郎,一手难挡仙人神法,只能拿了于心挡在前,叫得仙子两为难。

战罢多时,梁缵已是力软筋麻,无计可施,百步而退,鼠蹿于草丛之中,蜷缩于密洞之内,人间哪有这般敌,斗法果真是仙子。一边是逃,一面是追,至一丛林中,摔倒于地,本是怯了玉岭仙子,跑急了些,气喘吁吁,口里唧唧哝哝地怨道:"这般蛮缠,吾叫你生死难圆。"说罢急忙之中拎起赵郎直往竿岭悬崖处扔去,却自身又负重伤,滚落于草丛之中,声声叫喊,痛苦难禁,碰撞于乱石之间,进一窟洞,未回过神来,已是粉身碎骨,恰得摔于一石柱之上,此柱原是万箭穿心柱,扳动此石柱,竿岭瞬间万箭齐发于山林之中,犹如大雨倾盆而来,密密麻麻,遮住了天,吓着了地,玉岭仙子见夫君落悬崖而下,便直飞而去,怎奈万箭飞过,即便是虫身亦是难以穿过,若是强行闯过,恐不坏之身亦难保全,无奈止步于此,痛苦不已:

**从计脱得混元口,怎奈梁魔恶作祟。**

竿岭深处有万箭，未伤皮骨却伤心。

无心而活为赵郎，缘来缘去却难聚。

若换金身得于心，阴阳别离亦是情。

话说混元施法，蛇蛟做诡，鞑姆绝鬼左右进攻，忠义神即使神通广大，也是难以抵挡四面而功，断是分不开身，遂逃之而去，飞至梨岭，此岭：

霞谷斐地，三面环山中间口，如刀尖，直插云霄，如水波，蜿蜒不尽，问尽何处有出路，山里樵夫直指往来路。溶石路，底下是那彩云宫，碗盆口，山林密麻如穿孔，古往鸟兽栖身地，今来神魔切磋显忠义。

前无通途，后有追兵，黄巢却心神镇定，想与那混元魔同归于尽，也算是功德一件，便施法于坞口之内，混元魔见黄巢已是无路可去，心中大悦，便仔细察看了地形，吩咐蛇蛟二精摆阵于出口，鞑姆绝鬼布网而下，一拥而上，顷刻间：

上下天地不分，左右八方不灵。方天画戟定方圆，怒妖雄魔阴阳来。前挡得蛇蛟轮番进，后抵得厉鬼枉死攻。硬是天神招不住，混元见机中间路，啰鬼锤三下，黄巢倒地，伤不能自起，守不能御敌，心念死守天地门，誓要与戟共存亡。

此时，诸仙佛赶至竿岭，见王重隐前来迎驾，听其细细道来，遂兵分两路，七龙同王重隐前往坞岭解救赵于心，普明佛同仙居真人一道奔梨岭而去，恰巧见得那番情景，黄巢已是败下阵来，仙居真人大声喝道："混元魔，且给吾住手！"混元魔道："吾倒以为是谁，原来是仙居真人和普明老祖啊，念辈，吾是你祖；念道，吾与你先，难不成今日要欺师灭祖，坏吾好事？"说罢，举锤而下，黄巢元气大泄，真身脱体，神气外露，只见普明佛与那仙居真人施法而上，逼得混元魔退出百丈之外，运功按住真身归位，哀道："性命可保，只怕神气无矣！"普明佛道："此乃天数！"只见黄巢元神归位，苏醒过来，道："这混元甚是厉害。"仙居真人道："混元之道本是吾门大道，源自截教，乃你先祖通天教主所创，本欲发扬光大，怎奈先祖听信弟子谗言，与元始天尊、道德天尊斗法斗阵败下阵来,怨气集汇而成今天的魔族,当年姜太公封神之时,心生怜悯,望魔族好生修道,将尔压在石门之中,尔等不诚心念过修道,却集聚天地阴气,行歪门邪道,试图卷土重来。"普明佛站起身去,道:"寂寞无尘真寂寞,清虚有道果清虚。混元施主,望你放下屠刀,切莫因邪念蒙蔽双眼,识不得大无之道,走不得通天之路。"混元魔道:"今日之事本是吾教之事,与你佛门何干,若要阻挠,见佛杀佛。"普明佛道:"大道苍生,行凶作恶之徒,岂能留之。"说罢,起身而去,佛光无限,犹如万把穿心箭,仙居真人亦是见状抽身而来:

一员魔王将施威,锤起锤落,见佛即杀,见神即灭。这边侧身而闪,那边急架而迎。一个是天庭真神,道高龙虎伏,只因疏职功过补;一个是菩提真身,德重鬼神钦,只为家毁公道讨。这看混元好不怕,那看佛神心元定,杀得满空中雾绕云迷,坞里崖崩路堵。一个为成神,怎肯善罢甘休,两尊为正道,断然不怕。

混元魔见得佛仙两家道行极深,大战百回合,硬是分不开身去。遂令靼姆绝鬼、蛇蛟夺取方天画戟而去,自身寻机而逃。普明佛同仙居真人见黄巢已是性命垂危,元气尽失,若纠缠下去,虽说不分上下吃不了亏,但恋战不止,无人前去施救,得不偿失。故一鼓作气,又即时脱身而去,直奔岭谷处,无奈方天画戟已被那靼姆绝鬼夺去。混元魔见佛仙两家退去,心想方天画戟已得,不战也罢,遂抽身而去。

话说靼姆绝鬼手持方天画戟一路直奔仙霞岭,途中方天画戟威力四射,靼姆绝鬼难以把持。蛟精见此,道:"方天画戟乃天蛟化身而成,威力无比,岂是你这等妖灵可以驾驭,若让方天画戟逃脱了去,休怪混元魔打你个魂飞魄散,叫你永世不得超生。"靼姆绝鬼生性愚钝,不知蛇蛟诡计。听得有些道理,生怕守不住这方天画戟,愣是交给了蛟精,说来也奇怪,蛟精手握方天画戟,或许同性相吸,本分了许多。蛟精笑道:"兄台高风亮节,吾姊妹佩服不已。混元魔为救吾等,拖住那些神佛,只因吾俩先前大战玉岭仙子,身受重伤,无法前去施救,此时不知如何是好?"靼姆绝鬼想来倒是明白,欲前去助战,速速抽身而去,转身之际,不到十步之隔,蛟精道:"妹妹,且让你看看姐姐的看家本领。"遂运功猛吐修罗冥火，顷刻间：

好火！好火！红焰腾腾，黑烟漠漠！上比得过老祖开炉，下抵得过红孩儿泼洒。这边飘起彩焰，甚是千丈余高；那边亮起火星，恰似爆竹庆丰年。处处通红，处处通红！

好计！好计！心机重重，诡计端端！前看司马懿作黄雀，后惊起混元魔闹翻天。这厮惹祸凶灾，枉作得替死鬼；那厮喜得金宝，疯想夙愿今日现。生生快意，生生快意！

蛇精见鞑姆绝鬼须臾间身心俱灭，问道："姐姐，鞑姆绝鬼与吾等无深仇大恨，其天性愚钝，使得小计便可骗取。即使见得混元魔，又不会言语，断然不知吾等去处，今日为何将其灭身？"蛟精道："古人云，人没伤虎心，虎没伤人意，他不碍吾，吾又怎会杀他？"蛇精道："若让混元魔知道吾等今日之事，定要了吾等性命也。"蛟精道："吾的傻妹妹，你是不知，混元魔生性恶毒，一心求得正果。哪会顾得这厮小命，再者现如今方天画戟在吾等手上，何惧也？"二精遂朝北而去。

话说混元魔一路追来，却不见得蛇蛟二精踪影。心中一惊，方才慌乱之余，不承想那蛇蛟二精诡计多端，想必此时已是得刀而去。混元魔急得三尸神咋，七窍烟生，双手一挥，念出去向，寻北而去。

欲知结果如何，请看下回分解。

# 第十回　彼岸花开见鬼魂　黄泉路上断今缘

坞岭,名曰崖岭,又称达坞。过竿岭而下,万丈峭壁,鬼灵出没,终年无往来人。一说是幽冥界,一说是别洞天,古有诗曰:

> 朵朵祥云崖前开,滔滔流水涧下走。
>
> 青松碧桧在山南,绿柳红桃落山北。
>
> 青鸾彩凤展翅起,玄鹤锦鸡鸣天地。
>
> 虎豹虫狼往来行,灵兔精狸称王去。

有一灵兔,名曰百花兔,称得百花仙子。终年食得万花果,沾清晨仙露,浴黄昏霞光。跃于莲花祥雾中,奔于细雨落叶下。不服三界令,不受阴阳辖。源自广寒宫,怎奈难寂寞。幸得仙子外出游,心念人间走一遭。天上一日,地上一年,清福无尽,好生快乐。

那日正行时,见一凡人落于山脚之处。脸样俊俏却面色发黑,身材苗条而形无气色。此人便是那赵于心,百花仙子令侍女向前认看,确属凡人。见其魂魄出窍,飘忽不定。仙子心生怜悯,施法一弄,元神归位,双眼微开。山谷之中,风呼哧哧,水冰清清,地冻凌凌,不宜久留,便命人带其回府,其府名曰雨柔涧:

> 叠嶂尖峰那边有,花草小道里边去。
>
> 谷深幽处飞瀑来,仙雾迷染误山中。
>
> 绿柳红桃相称应,亭阁楼台总宜时。
>
> 仙鹤双双半空飞,幽禽对对从中跃。
>
> 寂然不见裸虫来,细雨飘然出碧霄。
>
> 试问谁主此仙境,百花仙子涧中王。

侍女扶赵于心于宫内,这宫好比那女娲殿,殿前华丽,五彩金妆。玉钩斜挂,宝帐婆娑。金童执幡幢,玉女捧如意。

置于榻上,这榻也是金丝纠织,银边镶嵌,金炉瑞蔼,银烛辉煌。

细心照料着数日，百花仙子运气而上，口吐一珍珠，闪闪发光，一侍女上前阻拦，说道："娘娘不可，寒灵珠是你的护身之宝，若将此用来救人，必损娘娘元气，望娘娘三思。"另一侍女道："正是，正是，娘娘，此人与吾等素不相识，况且来者福祸不知，若是来者不善，只怕吾等吃了亏去啊。"百花仙子道："此人样貌端庄，面相慈祥，况且手无缚鸡之力。若是不善，到时驱逐出去便罢，太阴星君昔日教诲，尔等不可忘却，要积德行善。"

夜半时分，百花仙子未曾离榻半步，悉心照料。时时擦拭额头冷汗，次次轻盖龙凤蚕被。屋外黑风一阵，来两者，行如飘浮，动若鸿毛，便是那黑白无常：

> 南台桥下倾盆雨，为信舍命是无咎。
>
> 哭斜桥柱三行泪，伸长舌头吊死鬼。
>
> 一个是高瘦面白，一个是短胖脸黑。
>
> 这顶是一见生财，那顶是天下太平。
>
> 都说人固有生死，天地善恶是分明。
>
> 盼荣华富贵正好，怎奈恨无常又到。

百花仙子心想：这二者乃阴间勾魂摄魄差使，虽说不受管辖，但今日为何而来，心里自然清楚。遂心生一计，令人在那宫殿门口设一磨，磨里放些钱财。众侍女不解，百花仙子笑道："常言道，有钱能使鬼推磨，如此给些钱财倒也体面，打发去了，免了刀枪剑棍，噼里啪啦的坏了宫殿。"众侍女照做，不言。

常言道：鬼神无私，明彰报应！只言那黑白无常到了宫殿门口，见石磨一副，上面有些银两，便你上吾下，你前吾后推起磨来。待那侍女钱财舍尽，黑白无常便收手径往宫里去。百花仙子见状，遂变得一棺材，将赵于心放进棺材里，钉了钉，贴了符，下头摆了双鞋。

黑白无常见赵于心元神封印于棺材内，无法勾取，取了棍子，绑了绳子，却不知哪来的神力，就是扛不动这木棺材，逗得屋角柱后的仙女们捧腹大笑。

百花仙子见状，笑道："虽说是那阴间差使，却这般的不靠谱。凡人尚且晓得,已故之人躺于棺材内,为不被孤魂野鬼唤了去,便会在棺材板上钉了钉,封了条,元神难去,棺材底下留一双鞋,棺材便会重如泰山,再天大的力气,亦是寸步难移。"

此番话不说倒好,一说被那黑白无常听了去。百花仙子故迎面而上,道:"二神君大驾光临,未能远迎,还望宽恕。"黑无常道:"今日这事倒是奇怪了去,平日吾等勾魂摄鬼,上到妖魔鬼怪,下到狼虫虎豹,尤其是这中间万万的裸虫,见到吾等,无不脸色剧变,心惊胆战,魂魄自然丢了出去。吾等便可收差,故人人惧怕吾等。在阴阳两界,名声好不到哪里去。可今日还是头回见得迎头客,怪事,怪事。"百花仙子道:"黑无常君,真是笑话了去了,谁不知阴曹二君神威,人间地狱皆是苦,百般滋味自己尝。"正所谓:

说是阳间好,喝过孟婆汤,忘了前世,来了今生,哭哭啼啼、折折腾腾、喧喧闹闹、哀哀怨怨、凄凄惨惨。品过了酸甜苦辣,尝过了荣华富贵,经过了千山万水,历过了生老病死,到头来,棺头一盖,功德圆满。

说是阴间好,扯过黄泉路,别了今生,换了来世,凄凄惨惨、是是非非、真真假假、嗔嗔恨恨、清清淡淡。看过了彼岸花,见过了幽冥狱,走过了奈何桥,踏过了生死狱,回首望,双目一合,大路朝去。

百花仙子道:"二位鬼君,日夜操劳,想必甚是辛苦,今日来吾这雨柔涧,恰巧昨日摘得铜锣花,人泡了两杯茶,不妨品尝品尝,也作休息。"白无常说道:"吾兄弟二人上天入地,走南行北,世间奇珍异宝无所不见,无所心动。但是这铜锣花,不曾见过,今日有幸,可否得知一二。"百花仙子道:"不急,且待二位鬼君瞧上一眼,品上一口,小神再细细道来不迟。"说罢,命人呈上来两杯:

> 杯是和睦彩陶碗,双鱼戏水呈吉祥。
>
> 茶是坞岭铜锣花,未见何处芳自香。
>
> 圆帽似那小蘑菇,花色如那黄山菊。
>
> 叶瓣沾水似珍珠,颗颗镶嵌莲花蓬。

百花仙子道:"不知两位鬼君品尝如何?"白无常道:"此茶果然与

众不同,细细尝来,味入口有点微微苦涩,入喉确是极度甘甜,此乃好茶。虽名不见经传,却可比那皇家贡茶。正应了那句话,甘水出山间,高手在民间也。"

百花仙子道:"二位鬼君有所不知,当地人将铜锣花做了配料,和了糯米,加了佛耳草、百年丹桂、茶油,唤作铜锣糕。此糕既可充饥,也算美肴一份,上献于庙堂,下传于江湖。"这边说时,那边已是香喷喷而来,其状如那十五的月亮,其色如那清晨出水的绿叶,好不诱人。黑白无常品尝一二,无不称赞。

想来苦差无日夜,今日好生休闲,又尝得美食,竟忘了来由,顿时恼火,黑无常怒道:"百花仙子,切莫蛊惑吾等,交出赵于心,吾等定不为难。"百花仙子道:"不知黑无常君言出何意? 吾这里花虫鸟兽,豺狼虎豹,数不尽数。若是哪只不听话的,不服生死安排的,为难二位鬼君的,吾定将不饶。但黑无常君所称赵于心,吾倒是不曾听说是何之物。"白无常道:"莫非百花仙子不识得赵于心?"百花仙子道:"确属不知,切莫怪罪。"遂白无常向其一一道来。

听罢,百花仙子道:"如今玉岭仙子身在何处?"白无常道:"正往这处赶来,赵于心阳寿已尽,奉阎王旨令,吾等需将其收魂散魄,让其回归六道重生。"百花仙子道:"传言世人死后过鬼门关,走黄泉路,上下各有九重天,冰冷至极,待到阴曹地府,论得功过是非,下了地狱,斧剁锤敲、刀砍剑刺、火烧雷打,不知是否有此事?"黑无常道:"正是!"

百花仙子道:"此等酷刑,岂是凡人所能承受?"黑无常道:"世人作恶,理应受罚,岂容更改?"百花仙子道:"方才听得白无常君所言,赵于心乃高德行善之辈,理应不受罚,不知其魂魄归于何处?"白无常道:"世间魂魄归于六道重生,行善升华仙道,尽忠超生贵道。行孝再生福道,公平还生人道。积德转生富道,恶毒沉沦鬼道。"百花仙子道:"依白无常君所言,赵于心应归于仙道,为何不在阳间,非要走这一遭?"黑无常君道:"除神佛之外,世间万物皆要往那阎王殿走一遭。"百花仙子道:"本仙昔日身处广寒宫,侍奉太阴星君,不曾理会这些。"白无常道："天有神而地有鬼,阴阳轮转;禽有生而兽有死,反复雌雄。生生化化,孕女成男,此自然之数,不能易也。既已知此事,又知后果。切不可违天地之理,犯轮回之道,交出凡人赵于心。"

百花仙子心想若是让黑白无常将赵于心带了去,玉岭仙子寻到此处,不见其夫而又思夫心切。若是非要交出赵于心,该如何是好?且这些日来,榻前陪伴,不免心中有些不舍。若是不交出赵于心,黑白无常君定要在御前告吾一状,私自下凡已是触犯天条不说,恐怕泥菩萨过江自身难保,姑且拖住黑白无常。遂道："曾听凡间老人之言,若遇命不该绝又枉死之人,有钱人家都会烧点纸钱,黑白无常君前通融通融,今日宫前石磨所赠钱财甚多,望两位神君网开一面,找个替死鬼,随便交了差,量那阎王察觉不出。"黑无常道："生死有命,阳寿已尽,此乃天意,岂能更换,今日非带走不可。"白无常道："仙子,切莫阻拦,若是斗起来,伤了和气是小,到时只怕天庭怪罪,仙子有过啊。"百花仙子见黑白无常君如此绝情,甚是无计可施,说道："既然两位神君不给面子,本仙子亦不是吃素之辈,雨柔涧也绝非尔等想来就来想走就走之地。"说罢,口吐寒灵珠,杀气而去:

寒灵原来名誉大,本是太阴星君物。

吴刚伐桂得天宝,又唤月下桂花珠。

人间火热甚流金,嫦娥高处不胜寒。

含在腹中生祥瑞,幸有此物避冰冷。

今日黑白无常君,阴阳路上似无情。

赵郎魂魄不定时,难舍分别鬼门关。

阴阳二路使浑力,百花仙子难招去。

声如霹雳动山灵,云暗天昏鬼神伏。

自从广寒宫门下,养成灵性一神兔。

雌雄双煞本事大,不敢大胆自称夸。

来来往往有百回,怎奈月精失元气。

地动山摇坞岭震,鸟鸣狼嚎仙霞倒。

恨得常言见鬼愁,今日不幸难再逃。

双目含泪送赵郎，奈何桥上忘今生。

话说七龙及军师王重隐寻得玉岭仙子，寻一地，唤作化龙溪，运功为其疗伤。些许几日，玉岭仙子已是身子渐佳，思夫心切，不免忧伤，道："昔日错怪各位龙神，仙子在此赔不是。今日多亏众位自损元气为吾疗伤，实属惭愧。"龙吟道："玉岭仙子大义凛然，吾等佩服不已，遭此劫难实属命中造化，望仙子莫要悲痛坏了身子。"

王重隐道："当务之急是要寻得仙子夫君，这荒山野岭，豺狼虎豹甚多。虽说吉人自有天相，但难免不测。"仙子道："命是民间一女子，中得如意郎，不求三媒六证，茶红酒礼，只愿惜惜相守。"

说罢，起了身，振了神，道："望各位龙神助吾一臂之力，寻得夫君，生要见其人，死要见其尸。"龙吟道："算得天意，此番前去，仙子必将与那阴间关联，龙族之辈与地府管事之人多有恩怨，不便多涉。今日吾等夜观天象，吉神暗，凶煞明，此地又唤作化龙溪，寓意吾等就此归土。"王重隐道："生当陨首，死当结草，唯恐义不倾尽，智有所穷，各位龙神匡扶天道，人神共敬。"

仙子见七龙去意已决，便不再强求，遂一一道别，道："各位龙神助吾夫君于寒地之下，使其身躯不腐，魂魄不散，仙子没齿难忘。今日在此告别，后会有期。"遂转身离去，龙吟道："仙子且慢，天神位居高位，但阴曹地府绝非等闲之地，若无像样点的法器，恐难行走，吾等七位每人皆有一样得心应手的法器，如今决意归土，再无用处。但如此上上法器随吾等而去，岂不可惜哉！"遂七龙唤出法器，分别是那翻天印、金刚镯、南明剑、五火扇、玲珑塔、轻拂尘、锁妖绳，化作碧血剑，三龙将那幻化术口述于仙子，齐备之后，只见七龙变幻原形悬于空中，化一缕白烟飘浮而去。不言。

玉岭仙子与军师王重隐直奔坞岭而来，到处探访寻去，才知是百花仙子将赵于心掳了去。二人直奔雨柔涧，加快了脚步，不足半个时辰，近处观来，雨柔涧山水破碎，亭败园倒，破烂不堪。正迎来百花仙子，已是劳力不满，面容憔悴，仙子遇仙子，曾是天上神，今日人间走一遭，可谓百感交集：

一个是御前仙子,一个是广寒灵兔。一个是眷恋人间,一个是厌恶天庭。同是上天仙籍名,今日人间正相逢。不欺骗,不枉然,吾是要寻得百年夫君,尔是要享尽人间四月。本是各家自有原因,却是缘分作祟,且看是争是和,是善是恶。

想来玉岭仙子真是个急性子,未曾行礼,急问道:"吾家夫君何在?"百花仙子见其如此无礼,心中大有不悦,说道:"仙子笑话了,你家夫君自在你家,却到吾处来寻,莫不是怪吾偷了你夫君?"玉岭仙子道:"坞岭前无大道,后无小路,难不成吾家夫君飞了天,入了地?"百花仙子道:"知得那人间有栽赃之事,却不曾听说神仙有污蔑之德,无凭无据,你能奈何?"玉岭仙子道:"晓得这人间有愚蠢之辈,却不曾闻言天人有智障之流,真凭实据,骗得几时?"百花仙子道:"若不是念在你吾曾是旧相识,今日如此冲撞,休怪吾不客气。"玉岭仙子道:"你私下凡间,若让玉帝知晓,定将你除去仙籍,打入万劫不复之地。你小小仙子犹如繁星陨落,不曾有什么,主子太阴星君受牵连可是大,此等逆天之罪,如何担当?"百花仙子上天不怕,下地无惧,平日威风多靠主子威名,唯有怕上面的主子知晓私下凡间之事。太阴星君向来正直无邪,定将她捆绑押至御前,轻者被贬九幽之外,重者永世不得超生,便无心再与纠缠,道:"方才黑白无常前来索魂,吾欲救你家夫君,但法力不及,硬是让黑白无常抢了去。"

玉岭仙子说道:"黑白无常乃阴间差役,吾夫君非短命之鬼,两者岂能拉扯了关系,定是你将吾夫君藏着掖着,若不及时还与吾,决不轻饶。"百花仙子委屈,不知如何辩解,边上侍女硬是沉不住气,上前说道:"你这厮好生无礼,且不看看,目前吾家主子救你家夫君,将其带回雨柔涧,好生照顾,不离榻前半步,斋食茶水样样齐备。为保你家夫君元气,舍了寒灵珠,自伤元气。又碰得那黑白无常前来勾魂索魄,吾家主子无奈之举,只能行缓兵之计,大战几十回合。昔日这雨柔涧是何等秀色,今日已是花草俱无,烟霞尽绝,峰岩倒塌,林树焦枯。吾家仙子伤了身体不说,得罪了黑白无常,只怕阎王面前告一状,吾家主子吃不得好果子,素昧平生,却出手相救,试问今有几人?"

王重隐见玉岭仙子欲还口,见势不妙,上前阻拦,道:"尔等贵为仙人,皆是忠义正直之人,你且看这雨柔涧已是破烂不堪,想必定是有所争斗。如此一来,愚以为所言不虚,当务之急,是要寻得那黑白无常,找到你家夫君,问得一二,便知详情,不知可否?"

玉岭仙子听得有些道理,回想起来,只知与百花仙子辩嘴,却忘了夫君已是魂魄堪忧,心中不免懊悔,泪珠洒落,痛声哭泣。百花仙子见状,心生怜悯,恨已了结,气已消。想来这玉岭仙子心急如焚,可见对其夫君一往情深:

> 字字听得皆是血,寻夫寻得不寻常。
>
> 如今浮生罒奔忙,千年一梦尽荒凉。

遂道:"黑白无常所走之路谓之曰黄泉路,此路只有他俩走得,但凡有阴阳元气之人,别说走得,就连路口在何处都不知。"玉岭仙子听罢,伤心欲绝,哭道:"这可如何是好?私情凡间乃吾之罪,为何为难吾家夫君,今日吾夫妻二人行天道,助黄巢过了茶岭,为何不能将功折罪?"百花仙子道:"昔日在广寒宫,听得太阴星君说起,人间有一花,名曰彼岸花。此花可通阴阳,可知鬼事,不知真假?"玉岭仙子道:"此花长在何处,花貌如何?"百花仙子说来:"此花乃千年之花,不受风雨侵蚀,不受季节变换,但难以寻觅,早年闻得,此处三十里外有地名曰姚家坞,坞口有一洞,名曰祈生洞,洞中四季如春,但无一生物,相传彼岸花就在此洞中。"玉岭仙子闻言喜出望外,全然不顾道谢,径直乘风而去。

一路径走姚家坞,此坞两面环山,中间一小溪,迷雾茫茫,望不见尽头。更无陆路可通,不知如何进去,好生奇怪。忽见小溪尽头驶来一小舟,忽隐忽现,径直而来。船上一小哥,身穿一蓑衣,头戴一斗笠,背后一道剑,面带神光,额头发亮,儒生文雅,质朴单纯,嘴上哼一小诗:

> 草铺横野六七里,笛弄晚风三四声。
>
> 归来饱饭黄昏后,不脱蓑衣卧月明。

王重隐笑道:"此诗意欲深重,可见彼岸花果真在此。"玉岭仙子不解，问道，王重隐细细道来："此诗出自吕洞宾，居庐山仙人洞，又名吕岩。"玉岭仙子说道："莫不是那八仙子，传言三戏白牡丹之人。"王重隐道："正是，黄粱一梦，看尽人间疾苦，参透生死之道，誓要一断贪嗔，二断爱欲，三断烦恼，但不知彼岸花与其又有何干？"玉岭仙子道："问问便知。"遂向前行至水边，待那小哥摇船而来，未及表明来意，那小哥便向前作揖行礼，道："小徒在此恭迎二位。"玉岭仙子问道："莫不是晓得吾二人今日来此？"小哥道："小徒姓徐名凯，此处人士，早年因家贫，为救母，卖身于士绅之家，本想好生伺候，讨些饭钱。怎奈那家子人行得苟且之事，吾看不过，报了官府。无奈那家子财大气粗，塞了银子，打了招呼，吾告其不成，反被诬告，受了那莫须有之罪，家母含辱而终，吾自暴自弃。"玉岭仙子道："这天上人间，原是一般脸色，都有冤屈了去。但不知小哥为何如今这般打扮，又为何逍遥于此？"徐凯道："后迷酒成性，终日浑浑噩噩，也不知是哪日，梦得一仙人，收吾为徒，渡过劫难，潜心修道，这才在此。"

玉岭仙子道："方才听小哥所言，为何知晓吾等今日要来？"徐凯道："昨日家师托梦，今日有一道家仙子前来寻那彼岸花，故令吾在此恭迎二位。"二人闻言喜出望外，想来一路艰辛，今日遇见贵人相助，玉岭仙子道："尊师善解人意，不愧是纯阳祖师，烦请小哥带路，领吾等寻得彼岸花，救了吾家夫君。"徐凯道："彼岸花非寻常之花，亦非常人所识得，可通阴阳，见故人最后一面，可说终别之言。"玉岭仙子道："黑白无常已将吾家夫君魂魄勾了去，今日就是想借彼岸花，在黄泉路上找寻，只怕已到奈何桥，喝了孟婆汤，了断释然，还望小哥速速领吾去。"徐凯道："人生一世，几十春秋亦是苦短，死亦重生，断了七情六欲，岂不痛哉！仙子深情至赵于心，天地可鉴，相濡以沫，更是人间一美谈，如今劫难如此。想来赵于心为爱困于茶岭千年之久，受尽磨难，心力交瘁，不妨脱胎换骨了去，重新做人，亦是至真至爱！"玉岭仙子说道："吾与夫君本是快乐神仙，怎奈天公不作美，硬是拆散了去，不得已，如今夫君重回人间，吾岂能弃之。"徐凯道："仙子位列仙班，可得永生，但凡人短短几十载，即使今日救活了你家夫君，又能如何？

终将是生死离别，常言道长痛不如短痛，今日黑白无常君将你家夫君勾魂摄魄，想必阳寿已尽，为何仙子不顺应天道，送夫六道轮回？"

　　玉岭仙子何尝不知小哥之言颇有道理，无奈不知如何，王重隐道："小哥所言不差，只是仙子与赵于心情深意重，若是就此阴阳相隔，难免仙子痛不欲生。如若见了最后一面，做了别离，也算善始善终，不知意下如何？"徐凯道："家师嘱托，如若仙子果真要见得夫君最后一面，便领尔等寻得彼岸花，先前之言只是劝说，还望仙子再三思虑，吾这就领尔等进了洞。"说罢，三人上船，未见划桨，船自行入洞。至洞前，抬头望去，洞壁题一小篆，名曰祈生洞，渐行渐远，水面雾气横生，犹如仙境，有诗佐证：

　　　　别样世界姚家坞，祈生洞内阴阳路。

　　　　闻得世间痛与苦，生来死去往不复。

　　　　来世哭啼死亦是，苦过春秋几十载。

　　　　寻得故人留生面，黄泉路上彼岸花。

　　进洞，并无见得甚花，只见滑溜溜洞壁，水光映射。水波一动，洞壁影子晃动，可谓洞欲静而水不让，心欲焚而花不在，仙子问道："你这小哥，带吾到这处来，却不见彼岸花，莫不是不知路？"徐凯道："仙子恕罪，彼岸花就在洞中，吾这就施法，彼岸花现，望仙子一路走好，早去早回，切不可惹那孟婆，切记！"

　　说罢，徐凯施法，顿时洞口封住，黯然无光，隐约处，一路铺开而来，两边无尽黑幽。只见黑白无常君在黑幽处，中间夹带赵于心，往前直走。玉岭仙子顾不得甚多，急忙追赶，嘴里喊着，心里念着。赵于心听见其声，回头急喊却无声。却见黑白无常君头也不回，加快了脚步，玉岭仙子见状追赶至前，可视若迟徐，而走马不及。遂抽出碧血剑，黑白无常君愣是被止住，惊叹道："碧血剑！"玉岭仙子道："既然知晓是碧血剑，就请速速交出吾家夫君。"白无常道："仙子息怒，你家夫君赵于心阳寿已尽，吾等奉命前来差你家夫君前往往生殿，见了阎王，好投个好人家。"玉岭仙子道："若是本仙子今日不肯，尔等又将如何？"黑无常道："仙有仙道，鬼有鬼路，今日若强行阻挠，御前一状只怕不光彩。"玉岭仙子道："想不到黑白无常君乃贪生怕死之辈,今日不是本仙子对手,却要行那告状之事,传扬出去,多是笑话。"白无常道："仙子莫怪,凡人寿命自有天定,若逆天而行,只怕即使你家夫君回到阳间,也是劫难难逃,不如顺应天理,送其六道轮回。"

玉岭仙子见白无常亦是通情达理之人,绝不是黑无常那般凶恶急煞,想来此黄泉路上,其二鬼熟门熟路,若发生争斗,多有不利,恐怕吃亏。遂作揖行礼道："吾知晓吾家夫君之命数,望二鬼君多多包涵,容吾与夫君作别。"白无常道："锁魂散魄之事非吾二鬼所为,这黄泉路上多是消磨之事,只奈魂魄走过这黄泉路,已毫无阳气,元神多已不在,恐仙子与你夫君难续旧情。"

仙子听此,突感伤悲,想来这阴间也来了,到头来一场空悲喜,两行泪落下,心中如刀割。黑无常见状,道："可将碧血剑用于护体,保住元神。"白无常一听连忙点头示意,仙子可谓是一惊一喜,连声致谢,想来这黑无常看似无情之辈,多是职责所在。今日所见,也并非世人所言不通情不达理,只怪世人愚昧无知,只怪仙子莽撞冲动,多有惭愧。

世上万般哀苦事,无非死别与生离!不到半个时辰,已是黄泉路尽,见远处一河,名曰忘川河,河上一座桥,名曰奈何桥,桥边见一老媪,摆弄汤勺,白无常指着奈何桥道："这前路便是后世,这后路便是今生,待喝了孟婆汤,这前路便是今生,这后路便是前世。"玉岭仙子搀扶夫君,果真是凡人,已是魂魄经不起折腾,隐约可见,嘴唇发白无一血丝,四肢冰凉无一暖处,披头散发,全然是个鬼魂。玉岭仙子道："与夫君识得千余载,同床共枕不过几年,试问天底下谁家有如此悲,今日黄泉路上分别离,这一去不是一生,是无缘,道不尽红尘恋,诉不尽人间苦,纵使五百次回眸,也无换得擦肩而过。"说罢,无语泪下,痛哭不已。正所谓:

凡人世间过一生,酸甜苦辣终需有。

仙子莫怪鬼无情,生死自有其天命。

阴阳变换要来世,六道轮回天地顺。

苦了白人白相思，是相思便害相思。
人间寂寞锁千秋，九天御风只影游。
但愿同是来世人，不羡鸳鸯不忧愁。

欲知结果如何，请看下回分解。

# 第十一回　寒武大神定公元　朱温火烧枫岭关

　　话说混元魔一路追赶而来,蛇蛟二精不知何去何从,犹如那无头苍蝇,到处乱窜。慌乱之余,筋疲力尽,二妖躲于山岭草丛中苦思去处。蛟精叹道:"本想那仙居真人与普明佛可战胜混元魔,却不知打了个平手,真不愧是通天教主门下。若是吾等与之交战,不到几十回合,败下阵来不说,只怕是性命都要搭进去。现如今方天画戟在吾等手中,混元魔自当不会善罢甘休,神界之人自然不会置之不理。若是轮番招来麻烦,吾等哪吃得消! 你且速速逃命去!"蛇精道:"瞧姐姐说的是什么话,自打小得姐姐照顾,情同姐妹,甚似骨肉亲生。本要同甘共苦,今日却要吾离你而去,小妹断断不敢听从。"蛟精道:"好妹妹,你本水族灵物,只因跟从了姐姐,出南海,战姑蔑,如今取三神珠不成,落得如此狼狈,都是姐姐的过错。"蛇精道:"姐姐莫要再言,今日若要亡命于此,皆是吾等宿命。"

　　话未言毕,那混元魔从那半山腰径飞而来,怒气冲天,道:"尔等小妖,看今日如何逃脱。"说罢,举锤而下:

　　这厮唤作混元转世魔,啰鬼锤砸天地;那厮唤作千年水族妖,擂鼓敲山河。斗一斗,知道谁高谁低;比一比,看看谁是谁非。这边卷起万千云墨,那边掀来层层烈火,一个在上,一个在下,斗得昏天暗地,斗得八方不识,转眼间又隐迹潜踪,渺然不见。来来往往,几十回合,不见强弱,难分胜负。再战几十回合,混元气更旺,蛇蛟力愈弱。三战几十回合,这边压出魂,那边丢了魄,落地而逃,混元紧追。

　　蛟精见混元锤扫一片,蛇精法力弱些,震出百丈之外,遂抽身离去,道:"混元魔,有本事的,空中斗去。"说罢,腾空而起,默念法咒,换回原形,见那空中蛟龙:

　　　盘古开天地,阴浊造虚空。

南瞻一小虺,修道幻化龙。

放荡心不足,水族侵姑蔑。

今日抢神宝,不做小人物。

只因力不及,本事不到家。

未曾梦实现,性命甚堪忧。

化作镇元绳,捆将魔王去。

试问为何败? 心急道不正。

这边蛇精见蛟精惨死锤下,愤怒不已,琵琶声起,那边混元怒目三分,啰鬼锤直下:

一个清修于金星山洞中,一个压于仙居石门下,一不服今生命,二不服天地管,都念神仙事,皆望一朝成。这边琵琶弹声起,犹如万箭穿心;那边啰鬼锤横扫,恰似风滚天地。杀气凶声吼,日月不见光,只道混元威风长,刚灭小龙野性狂。不言蛇精法力浅,久战混元气欲绝,只看三锤定弦音,不瞧琵琶魂飞灭。

话说这仙居真人、普明佛安顿黄巢回营,给了仙丹妙药,又前来索混元。一看蛟精空中灰烟灭,道一声自作孽。再看混元战蛇妖,出一手保心元,道:"混元魔,休要再行凶作孽。"混元魔道:"今日方天画戟已在吾手中,尔等岂能胜吾? 若是识趣的,速速离去。"仙居真人道:"魔障,休要胡来!"混元魔道:"今得方天画戟,定可劈开龙门峡谷,取出三神珠,解救吾魔族之人。"普明佛道:"前世今生缘已定,如今劫难万般苦,若要来世重做人,今生俯首修得苦。"混元魔道:"尔等皆是狂言,全然不知吾等苦处。"说罢,收刀藏锤而去。仙居真人欲上前追去,普明佛拦住,道:"混元魔得此神器,法力远在你吾之上,此时应从长计议。"遂离去,不言。

话分两边说,这边黄巢与王重隐同归军营帐中,见玉岭仙子按云而下,道:"黄将军,吾已摆开茶岭,辟出百里山道,扫清两旁孽障,大军可安然过矣!"说罢,腾云而去,王重隐急问道:"仙子,去往何处?"虽已不见仙子真身,却闻得其声:"如今赵郎魂归六道,本仙子自当回天庭请罪。"众人感佩,不言。

只言黄巢休整三军,帐内听话,朱温道:"将军,前方来报,唐军闽南守将萧军重兵压境枫岭关,总计二十万兵马。"黄巢道:"军中士气如何?"朱温道:"这些日来,唐军由北而来,逼近保安。好在仙霞岭易守难攻,加之吾军将士奋勇抵抗,虽有些许伤亡,但无大碍。"黄巢道:"如今前有围军,后有追兵,吾等又困于此山中,只怕敌军围而不攻,粮草殆尽之时,如何是好?"王重隐道:"将军所言极是,兵法云,不战而屈人之兵,可谓上上之策。"朱温道:"军师向来足智多谋,不知可有良策?"谢瞳道:"如今将军神籍不存,法力尽无,恐插翅难飞矣!"王重隐道:"在下倒有一计,不知可否?"黄巢道:"军师只管道来。"王重隐道:"为今之计唯有诈降,引敌军入山中,将其分散去,围于山谷之中,歼于狭道之内。"朱温道:"方才听得军师妙计,真是大开眼界。"王重隐道:"不知有何不妥之处?"谢瞳道:"军师有所不知,吾军将士御敌于山外,宁可断了头颅,洒了热血,不敢失一寸之土,军师却要吾等开门放敌入山,不知军师何意?"

王重隐道:"如今吾军困于山中,不可救也,要不引敌入山,山中地形险要吾军自然熟知;要不率军下山,犹如羊入虎口,不知何种办法妥当?"谢瞳道:"倘若引敌入山,这北面的敌军便会通知南面的敌军,那时,两面夹击,吾军岂不是被动不已。在下以为,应寻得天机,夜袭枫岭关,冲出重围。"

王重隐道:"南面之敌多达二十万之众,又是以逸待劳,而吾军将士开山辟道,多身心疲惫,粮草不足,军心不稳,为数仅仅十万之众。以以往为例,若无决胜把握,断断不可突袭,谢先生之计无疑贸然置吾军于危险之地,犹如累卵。"朱温道:"东西两面丘陵沟壑,峭壁无数,前不着人家,低头又见虎狼,南北两面强兵劲旅,古来者无此胜战之辈。"王重隐道:"以将军之计,该当如何?"朱温道:"如今若杀将回去,将士多有回土之意,倒不如举旗南下,血战萧营,杀他一个措手不及。"黄巢道:"军师之计引敌入山,逐一歼灭,朱将军之计意在偷袭,杀出重围,众位将士以为何计可成?"

这不问倒是安静,一问帐内像是炸开了锅,文臣武将议论不休,终究难定一计,黄巢道:"这可如何是好?"谢瞳道:"既然军师与朱将军各献一计,文臣武将又难以决断,在下以为,将军可分兵御敌,一则依军师之计,引北面之敌入山中,将其歼之。二则朱将军率一路人马出重围于南面,两相呼应,岂不是甚好?"这时文臣武将皆称此计甚妙,王重隐见状只好作罢,黄巢道:"就依谢先生所言,吾与军师留此营中,朱将军率军南下。"遂各自排兵布阵,不言。

那边混元魔手持方天画戟,喜不自胜,却不敢往南面去,因过了枫岭,到了建州,便是那南海菩萨之地。只好往北去,直往括州而来,按落定村,稍作歇息,见定村有一山,名曰定元山,山中有道观,名曰祥光观,远处看去:

> 日月星云送光去,山水石龙衬映景。
>
> 福禄寿喜刻木壁,吉天丰乐化太极。

近处看来:

> 左傍青龙钧歌出,右俯白虎樵夫入。
>
> 碧坛清桂丹洞松,阔台金鹤榭亭钟。

混元魔见一道士正盘坐堂中,上前问道:"道长,此地何处?"道士起身,道:"此乃定元山祥光观。"混元魔听罢,欲走。道士将其拦住,道:"施主且慢。观主知得施主今日在此路过,特命吾在此等候,有言若是见到施主,烦请施主观中一歇。贫道自早便在此处候着,果真见得施主。请施主莫要推辞,免得观主怪罪。"混元魔听罢,新奇万分,道:"不知观中供奉是何神君?"遂入观,只见灵宝天尊像威立堂中,金光闪烁,座下夔牛怒目,苍身而无角。混元魔道:"教主在上,弟子混元,拜见教主。"果真是通天教主下凡,道:"孽障,你可知罪?"混元魔道:"弟子何罪之有?"通天教主道:"你不修本道,却祸乱三界,干涉凡间之事。"混元魔道:"世间本无魔,只因贪怨恨! 吾等魔族压在石大门内千年,遭受苦难,难见天日。身为魔族之主,自当解救魔族,誓与天神一斗。"说罢,离去。那尊像金光暗淡,原是灵宝天尊苦劝无果,自返仙山。观外道士本是座下童子,也跟着去了。

话说这混元魔一路寻来,忽见方天画戟金光闪烁,震颤不已,一时飞了起来,径往北处去。混元见状,诧异得很,遂紧追。须臾,便到一处,两山傍一湖,湖中莲花开,塘水浑浊,虾蟹乱蹦。望去,雨雾弥漫,混元魔飞身入中,至一开阔地。八面崔巍,四围险峻,古怪乔松,枯摧老树。寒气透人毛发冷,清风射眼梦魂惊。鸟时而鸣,虫时而吼。只见方天画戟朝天而去,混元魔欲起身追去,见得天上祥光四射,万朵彩云争灿烂,千般金流急怒眼。

乍一看,真是那灌江口杨二郎,可谓是:

　　　　金甲披身光灿烂,明盔绣带映飘风。

　　　　贯会降妖捉鬼怪,邪祟精灵影无踪。

左边有一神犬,名曰哮天犬。后跟两人,便是那禀报天帝的土地公和灶王,只见众神按下云来,这边天上神仙落,那边地下婆娘来。土地婆硬是一把抓住土地公,唠叨道:"你这一去好些日子,也不曾念叨吾?"土地公道:"婆娘息怒,这天上一天,地上一年,这才上天几个时辰,不敢造次。"土地婆道:"为何天帝迟迟不捉拿混元魔,竟让这混账东西作孽?"土地公摇摆着脑袋,道:"天机不可泄露!"土地婆更是气上加气,拎起土地公耳朵径往灶王那里评理去,只见那灶王躲闪不及,道:"自家相公且不得说,吾更不得说,天机不可泄露。"说罢化身而去,土地公趁土地婆不注意,"嗖"的一声,遁了地去,土地婆道:"你这死鬼,看老娘如何收拾你。"遂寻去,不言。

话说这时,那普明佛、仙居真人也已尾随而来,众仙摆阵,杨戬道:"这混元本是天地至阴之物,易伏难灭矣!"仙居真人道:"阴阳相生相克,至阴之物当须纯阳之体,方可将其制服。"杨戬道:"真人所言极是,奉天帝法旨,令吾将其赶往碓边天界处。"普明佛道:"何处是碓边天界处?"杨戬道:"此处名曰莲塘,莲塘往西南之地便是碓边天界处。"仙居真人道:"派何路大神镇守?"杨戬道:"只听天帝言,混元压于天界时,自有天神下凡。"遂众仙佛施法捉拿混元魔,混元魔也不甘示弱,这一战便是昏天暗地,斗尽其法,用尽其力,自辰时布阵,混杀到日落西山:

这边是昭惠灵显王,那边是混元真气魔。这个天帝贤甥听调不听宣,那个教主真徒自信不认理。两个乍相逢,皆是同门宗。从来未识浅和深,今日才知轻和重。神刀赛飞龙,啰鬼锤如舞凤。哮天犬,撕咬急先锋;通天眼,万映金光出。更坏那混元,吐雾遮三界,喷云照四方,大战相轮百十回,两家本事一般样。

只见杨戬虚晃一枪,抽身而起,道:"这魔狂性,法力甚是了得,自与那行者孙花果山水帘洞赌斗一场来,未曾遇得此等对手,斗得吾好生痛快。"说罢,收了方天画戟,唤出斩仙剑、缚妖绳,道:"混元真气难灭,天帝又降得法旨,只需将你捉拿至天界处。"

说罢,斩仙剑劈去,混元急躲闪,趁其不注意,缚妖绳捆将去,硬是捆绑不得松身,这混元魔哪会就此败降,折腾不已,不折腾倒好,越是折腾,缚妖绳捆得越紧,动弹不得。仙居真人、普明佛见状,齐道:"真君英勇!"便纷纷告别而去,杨戬遂绑着混元魔径直往碓边天界去,话说这莲塘碓边界,可谓:

高山峻极,大势峰铮。根接仙霞脉,尖顶霄汉中,白鹤来栖,古猿来顾,鹰凤集千禽,麒麟携万兽。峰威风凛凛,石突突跃跃,水清清澈澈,树高高密密。仙山真福地,人间天界处。

只见杨戬捆那混元魔一路寻来,又见寒武大神按下云来,原是天帝命太白金星径往东海神州请来,可谓是:

道袍长褂飘虚带,面相真如脱世尘。

左手持拿寒冰棍,右手紧握敲冰锤。

怒目三分有神威,疾风如电无慈祥。

领天法旨镇混元,东海神州真寒武。

杨戬道:"有劳上仙。"寒武大神道:"烦请真君报于天帝,本尊将封印此魔于天界处。"说罢,化作寒武山,矗立群山之中,将混元魔封印住。那天上降下一道天山印,贴在山尖处。杨戬见妖魔已平,遂上天复命。不言。

黄巢依王重隐之计,引敌入山,逐一歼灭。令朱温等南下御敌,不出十日,便一一剿灭山中之敌。帐内商议合兵之计时,帐外来报:"禀报将军,有一个自称清溪口普明寺的和尚求见。"黄巢、王重隐一听便知是谁,令人沏茶,道:"快快请进帐中。"

须臾,普明佛进帐合掌行礼,黄巢还礼,道:"昔日圣僧救命之恩,黄某没齿难忘。"普明佛道:"区区小事,何足挂齿?"黄巢道:"仙居真人现在何处?"普明佛道:"引道归仙居山中。"黄巢道:"混元魔可曾降住?"普明佛道:"真君下凡战混元,寒武大神定公元。"遂起身离去。

帐外又来报:"安娘父女求见。"黄巢惊喜万分,再令人沏茶,之间安娘搀扶廖老汉进入帐中,下跪行礼,道:"拜见义父。"黄巢连忙扶起身,安娘道:"照义父吩咐,如今保安再无乱事,百姓安居乐业,特来禀报义父。"黄巢甚是高兴,道:"义女聪慧。"又道:"可与义父南下,共图大业?"安娘道:"五刑之属三千,而罪莫大于不孝,如今家父年迈,小女愿榻前照顾。"黄巢道:"大孝之至,甚是感人,为父不做勉强。"遂父女辞别退去。王重隐道:"将军,今朱将军率军南下,军士来报,已占领萧军军营。"黄巢道:"甚好,谢先生果真机智过人。"王重隐道:"将军慧眼识才。"黄巢道:"令军中将士,明日五更开拔,南下枫岭关。"不言。

翌日,黄巢领军至盖仙山,其山怪石林立,天地所造。正值酷暑之日,整军休憩。边上有一溪绕建州入信州,将士取其饮,清凉甘甜,军士来报:"朱将军已行军至枫岭处,恭候将军大驾。"王重隐道:"朱将军所带人马几何?"军士道:"随身武将几十人。"王重隐道:"山中可有异样?"军士道:"并无异样。"黄巢道:"军师多虑,朱将军岂会害吾不成?"王重隐道:"常言道,谨慎能捕千秋蝉,小心驶得万年船。"

黄巢遂进军枫岭关。时过二日,黄巢领军至枫岭山中。这枫岭处衢州、信州、建州三州地带,终年无人烟,往来无商旅。三岔路皆沿小溪而伸,却不见朱温何处。黄巢命来军士道:"方才所言,朱将军在此恭候本将,为何不见其人?"军士道:"前日探报,朱将军等人皆在此地。"王重隐道:"将军,此处往南便是建州,望西便是信州,在下以为朱将军不知所终,必有蹊跷,可令三军退回盖仙山。"黄巢道:"军师所言极是,速速退去。"

话未言毕,只见西南两路飞尘扬起,两队人马杀出,领头大旗一个"萧"字，便是那唐军。黄巢道："不好，中计也，朱将军未曾攻下枫岭关，只怕是被歼灭在这枫岭关。"王重隐道："那日帐内分兵之计本就不妥，无奈将军听信谢瞳，如今这敌军为何而来尚且不知。"

遂仓促应战，待两军拼杀难分之时，只见东、西、南三面火起，火箭如雨，不分敌友，一概射杀，须臾大火烧断了去路，真是雄火烧尽英雄路，又见朱温率军从南面杀来，大声吼道："将军休要惊慌，末将救驾来迟，速速从吾背后离去，待吾杀敌后与你会合。"黄巢慌忙之余见状，骑马冲出重围，道："朱将军，幸得来救，吾先行告退，军师在后，还望救其归来。"朱温道："将军放心退去，吾自当舍命相救。"

大火烧了个把时辰，黄巢已退至盘亭，只见谢瞳已恭候多时，道："将军恕罪，在下有罪。"黄巢道："先生何罪之有？"谢瞳道："吾与朱将军南下御敌，排兵布阵，剿灭敌军十万之多，那萧军逃至信州，吾本以为穷兵莫追。遂在枫岭关恭候将军大驾，却不曾想得那援军兵至信州，与萧贼合兵一处。昨日反扑而来，打得吾军措手不及。这才退至盘亭，今日一想，将军行军将至枫岭关，定是不知萧贼埋伏。遂与朱将军商议，领军前来援助。"黄巢道："先生无罪，救吾一命，功不可没，待朱将军归来，吾等重整旗鼓，南下岭南，待三军兵盛，直捣长安。"

话毕，只见那朱温杀将而来，道："禀将军，敌军已退！"黄巢道："军师何在？"朱温道："末将罪该万死，方才敌军死战，吾等抽不开身去，待敌军退去，吾等打扫战场，不见军师踪影。"黄巢听罢，怒火烧天，道："你这混账东西，军师堂堂一活人，居然不知所终，本将非要撤了你。"谢瞳道："将军息怒，想必军师吉人自有天相。朱将军救驾，已身负重伤，即便无功劳，也有苦劳，还望令其将功赎罪。"黄巢听来有些道理，不再责骂。须臾，一军士来报，敌军又杀将过来，黄巢道："萧贼匹夫，欺人太甚，看吾如何将你剁成肉酱，为吾家军师报仇。"谢瞳连忙阻拦，道："将军不可，此战吾军伤亡甚大，应避其锋芒，留得青山在，不愁没柴烧，望将军三思。"

众将士皆下跪恳求退兵，黄巢便不得已，领头率军离去，朱温、谢瞳领军在后，朱温道："留此黄贼作甚？"谢瞳道："萧军已将吾等接受招安之信送于朝廷,朝廷何意尚且不知,若朝廷同意吾等招安,朝中必要闲语,不杀贼头难泄心头之恨,留得此人,可做那替死之人。"朱温道:"军师所言极是。"不言。

话说军师王重隐何去何从,混元压于天界可否重生,三神珠如何转世镇魔王?

欲知结果如何,请看二道分解。

# 第十二回　张婆子谋杀亲夫　詹妙容尽受冤苦

> 试看人间繁华处，嫣红姹紫最江南。
>
> 才子贵人何处去，阁楼屈里是朱砂。
>
> 江城夜景十三里，庭院楼台须江岸。
>
> 酒醒更静芳尊落，情怀入眠无人知。
>
> 商人寒冬五更起，樵夫霜结冲上山。
>
> 邻妇鸡鸣淘米去，孩童开窗风自来。
>
> 谢妮换衣进学堂，娜妮提针绣花作。
>
> 年底春花将开至，去年祈福鞭炮起。

江山自唐武德四年(621)建县，直至北宋时期，下设乡里。北宋熙宁四年(1071)，乡以下设都，都以下设保，合计四十四都。自北向南，由东至西，临近龙门峡谷处为一都，又曰上余。有一处名曰雁塘，塘边有一处人家，姓徐，世代务农田耕。三代以来，留得十亩良田，百亩荒山，算是半户人家。虽不是钱过北斗，米烂陈仓，但也有些钱财，权作糊口营生之用。虽说刻薄名于乡间，倒也勤快不偷懒。

当家的唤作徐来，其妻张氏，娘家出自天坪，自打八年前嫁到徐家来，知得这官人好生欺负，便横梁立起，操持家事，里里外外，人称张婆子。寒梅开花时，生得一儿子，唤作徐梅进。好生溺爱，花得银子，请了私塾，常言道：生妮不怕生得迟，就怕生得呆。怎奈生来愚钝，支支吾吾。见那天上的鸟儿从树上展翅而飞，便要家奴弯下身来，垫起身去，好不容易爬到了树枝。双手展开，连飞带摔，脸朝地，满嘴泥灰，鼻梁崩塌，双目充血。自打那时起，就念不得书，识不得字。这教书匠是换了一个又一个，乡间邻里都笑话：

> 试问哪有读书郎？雁塘边处徐梅进。
>
> 八年读死教书匠，休让烂泥扶上墙。

这年底将至,张婆子正闹心梅进无能。她是四处求得良方,怎奈无术,独坐家中,见其儿抓得起鸟儿,钓得起鱼儿,却不知何时需小解,何地可方便。心中大怒,不知道往哪撒气,又见得小儿硬是从里屋扯来一夜壶正闻着,急忙抢过身去,一把抓了夜壶往地上扔,这不扔倒好,一扔洒得满身的尿味,吓得小儿直发抖。乱得碰倒了茶杯,滚倒了圆凳子,整个是一出母子戏尿的大戏。怒道:"是何人教你如此之举?"其儿道:"先前先生教得,夜壶所装之物乃夜香,儿夜间见得母亲方便之时,便是蹲于夜壶之上,百思不得其解。遂举壶闻之,想探究个明白,香自何处?"这一番话真是令人哭笑不得,张婆子只得叮嘱下人,切勿外传出去。众人听罢各自忙去,不言。

正收拾时,下人来报,府衙来人,张婆子道:"可是郑官人一行人?"下人道:"正是。"这张婆子一听,高兴极了,急急忙忙道:"且带那官爷前厅饮茶,好生伺候,待吾换得新衣裳再来招待。"须臾,乔装打扮一番:脸是三月的桃花别样红,眉是初春的柳叶更加长。纤腰袅娜,勾引得神魂颠倒,眼色微动,迷惑得左右难辨。常言道:酒色能误国,美色可欺君。

张婆子忙给郑官人倒了茶,一阵地献媚,眉来和眼去,色胆大如天。张婆子笑道:"昨日听得那墙头喜鹊叽喳,常言道:喜鹊叫有客来,谁知郑官人莅临寒舍。"郑官人整了衣裳,回过神来,道:"徐夫人,贵府今年所欠二税至今未缴,吾等今日是奉了府衙李大人之命,前来收税,还望徐夫人行个方便,不要为难吾等差役。"张婆子道:"这是哪里的话?所欠官府二税早就该遣人送于府衙之上,只是这入冬以来,霜冻冰封,下人们不听得使唤,围着火炉不走,卷着大衣不动,小身琢磨着等春暖之时,带上所缴二税自行前往府衙向李大人禀明实情。"

郑官人道:"常言道,择时不如撞时,今日吾等既已来此,徐夫人可将二税交给吾等,付吾等一些支移和脚钱,吾等便回府复命。"张婆子道:"瞧郑官人说的,且坐下喝杯茶,暖暖身子,今日甚是巧了,吾家官人外出到县城置办年货,此时应是在李大人府上,他俩原是同窗旧友,今夜断然不会归来。这家里农作之事,吾等妇道人家岂能晓得,且让这些官爷先行回去,明日郑官人与吾家官爷点好谷物,再派人送到府衙,支移和脚钱分文不差,不知可否?"郑官人听此,道:"既然徐老爷不在府上,又是李大人同窗旧友,想必定是不会少吾等一分一毫。今日且依徐夫人所言,尔等先行回府,明日计算谷物,登册送官。"众官爷听罢退去。不言。

张婆子领郑官人至客房,令下人倒些茶水,关上门窗,说是有要事商议,待众人退去,张婆子便屁股一翘,郑官人棍子粗的双手硬是搂了起来,脱衣解带,共枕同饮,真是:

> 前堂厅里官与民,后房床前男与女。
>
> 养花家中有水性,恶狼入室甚是虎。
>
> 歪来斜去倒果盘,左拥右抱撕帐来。
>
> 床上笑声迎奸叫,窗外风声依旧吹。

衣裳尽无,乱发披散。云雨欲开,昏暗将至。只见张婆子一把推开了郑官人,气道:"官爷,就知道欺负小身。"郑官人道:"娘子,何出此言?"张婆子道:"昔日所托之事,至今音信全无,想必官爷早已忘得干净利落,只管在小身身上翻山倒海,却不知小身心中苦不堪言。"郑官人道:"娘子误会矣,昔日要吾在那城中找寻一娜妮,且做了你家儿媳,伺候贵公子,此事早已办妥。此女虽有薄色,然不知可否入眼。虽今日借索要二税之名,一来多日与娘子无聚,甚是想念,二来正要与娘子说起此事。娘子切不可着急,坏了春花柳月之事。"张婆子听罢,甚是欢喜,又是含情脉脉,又是感恩戴德,真是:

> 一双秋波涎澄澄,两舌相交情浓浓。
>
> 一弯新月惹人醉,一头黑发遮他羞。
>
> 恰似那鸳鸯戏水,又看这鸾凤狂扬。
>
> 汗香滴落无情意,酥胸荡漾有春心。
>
> 方圆片地如战场,背夫偷情滋味美。
>
> 不知三尺神灵在,到头时来因果还。

已是下午的时分,蜡烛光起。二人相依,各整衣襟,又是一阵甜蜜,不舍离去,正所谓欢娱嫌夜短,寂寞恨更长。遂早到了厅堂,安排了茶饭,以礼相待。茶余饭后,熄了灯灭了火,下人们一一歇息去。这郑官人带着张婆子,唤来两副轿子,一前一后,抬起直往城郊赶去。

话说这城北有一岔口,口子的左边有一草棚,谁想这郑官人早已将那挑选好的徐家媳妇安落在这草棚里,草棚上有一缺口,张婆子看了一眼,直叫道:"甚好!甚好!"

这郑官人一听,更是喜上加喜,邀功道:"这可是官人吾花了三两银子从那衢城燕莺阁赎来的。"张婆子一听,怒道:"到头来还是低头碎步的芽儿,吾家徐郎岂能娶这种媳妇。待些年后,只怕风骚无比,吾儿将她不住,岂非赔了儿子又折财?"郑官人道:"娘子莫慌莫急,此女虽是那红尘中人,但至今未曾临身,却又练得琴棋书画,诗词歌赋无一不通。如此,贵公子岂不是得一宝?"

张婆子听得三分道理,便唤那女子出来。只见衣衫褴褛,双面蒙尘,嘴唇撕裂,鼻子通红,愁蹙蹙,瘦怯怯,张婆子仔细打量一番,道:"你且姓甚名谁?"那小女子低头细语道:

> 小女姓詹名妙容,打小无父又无母。
>
> 幸得鸨母自幼带,学得诗词与歌赋。
>
> 神女生涯原是梦,万里桥边女校书。
>
> 此生无事便无求,抱得琵琶待闺中。

张婆子道:"听来倒有些才华,古人云,归门看八字,你好生福分,今日随吾回去,做了吾那儿媳妇,伺候左右,不得有所怠慢,吾自当管你饭饱。"那女子抬头看去,见得张婆子虽说妖娆万分,但额中带凶,道:"小女自幼收养在那燕莺阁里,由那鸨母管教,识得一些字,懂得些许的道理。今日蒙徐夫人怜爱,自当服勤致力,好生伺候贵公子,以报厚德。"三人遂离去回府。不言。

翌日,得知徐来昨夜五更时分已归,吃了素斋,正坐于正堂之内品早茶。张婆子与那郑官人从内堂出来,着实吓了一跳,那心头一似十五个吊桶,七上八落地响。徐来见状,迎上来道:"昨夜与李大人小喝几口,不胜酒力,倒头便睡,今晨听下人说,郑官人与吾家夫人外出办事,多有怠慢,还望郑官人好生见谅。"张婆子道:"官人真是没心没肺之人，前些日吾曾托郑官人为儿寻一媳妇，昨日郑官人逢巧前来催缴二税，说是找得一女子，甚是不错。小身琢磨先替官人打量打量，若是不中意，扔些碎银，打发走便是。若是中意，就领来给官人过目，若是官人觉得不错，再商成亲之事。"徐来道："有劳郑官人，只是吾儿尚属龆年，不到娶亲成家之时，夫人未免有些操之过急。"

这边说那边闹，只见那张婆子哭闹起来，道："俗话说得好，鸡鸣早看天，未暗先投宿。非要等到火烧脚片底，官人才想起吾们娘儿俩，想必定有他欢。"徐来急忙道："夫人这是甚话？为夫是何许人也，自幼读那圣贤书，平日里也不曾管得那些杂碎事，只与旧友吟诗续情，何来他欢？"张婆子道："既然如此，何不观瞧观瞧那女子？"徐来只好答应，下人领了詹妙容从客房前来。

前来之时，只见一下人端来一火盆，烧着炭冒着烟置于堂中间。詹妙容遂向徐来报了家门，徐来并无二话，张婆子说道："既然徐老爷同意你嫁入徐家，就要遵循这徐家的规矩。"詹妙容行礼，道："日后定当孝敬二老，服侍官人。"张婆子道："你可知这火盆是何用处？"詹妙容沉吟良久道："听言有污不干净之人，进门且要祛除身上脏气，皆要过火盆，洗浴身子。"说罢只见詹妙容挽衣过盆，跟着下人入堂洗浴身子而去。正所谓：

长夜孤枕梦醒，游船何时有官家？浮生飘蓬，人静酒醒。绿杨风吹惹人意，鸾镜照得雪月哀。情怀渐觉，人老珠黄已不复，沧海尽成空。

今日沐浴重生，不曾谋面有姻缘？余花落处，灯残泪盈。别来几向梦中看，回头往事眉上头。寒心将至，罗带同心结未成，斜阳已落幕。

片刻，换得一身新鲜布衣，脚下穿上麻鞋草履，缓缓而来，未曾浓妆，不经粉黛，嘉其美异，非常人之容，可谓是：

沐浴芙蓉无雕饰，衣裳飘舞怪冬风。

媚眼含射已朦胧，丹唇抿笑春风拂。

只见张婆子说道："乖乖，活生生一个勾栏美人，一尘不染，百媚俱生。"郑官人道:"与贵公子真是天设地造一对,何不择日完婚?"遂令人叫徐梅进入堂来。

须臾,下人拉着徐家公子自正厅门而入,扭扭捏捏,嘴里唠叨着:"外面鹅毛大的雪,吾要与伙伴玩耍,为何将吾拉扯到此?"见张婆子两眼一瞪,便又缩了回去。躲在下人后,钻进两腿间,徐来道:"犬儿,今日你郑伯伯与你相得一门亲事,还不叩头拜谢。"徐家公子萎缩一团,支支吾吾道:"爹爹真不让吾背诵诗文?"张婆子道:"瞧吾家小儿,满脑子尽是些圣贤之书,倒也好,詹姑娘也懂得诗文,日后可吟诗作对,真是祖坟冒了青烟,他日徐家旺了香火,指不定要出状元秀才。"

徐家公子见无人要他背诵诗文,慢吞吞地从那下人两腿间溜了出来,一不小心绊了个跤,半个跟头倒在了地上,抓搔腮颊,揪扯耳朵,问道:"亲事是何事?"张婆子道:"打小见那吴家的公子四岁便有了媳妇,就吵着、念着要媳妇。今日倒好,你这撑死的儿,明摆着的媳妇不要?"徐家公子道:"媳妇何在,儿要瞧瞧。"话未毕,见偏右客椅有一女子背对着,便徐步而去,上下左右打量,像个傻子般的笑吟吟正瞧着,詹妙容高出两尺之多,见徐家公子徐步而来,便转身迎面而笑,本想着定能喜出望外。却不曾让徐家公子顷刻倒地,哇哇直哭,像似丢了魂似的只抖擞,犹如滚入万丈地穴,面色如土,叫苦不迭,嘴里念道:"鬼妮子,鬼妮子!"徐来连忙将其抱起,怒道:"八岁孩童,垂髫之际,道一声爹娘听不清,讲一句是非无人信,本是书堂诵读子,却要结妻生儿成家业,真儿戏,真儿戏。"张婆子更是好生奇怪,这詹妙容容貌相当,未见得丝毫异样,为何小儿见其如此惧怕,这可了得,便连忙唤人拉扯下去。

徐家公子不见好转,叫来大夫诊断,一连换了几个,都束手无策,这可急坏了徐家上上下下,像那锅里的蚂蚱,炸开了一般,一下人进言,怕是惹了脏东西,张婆子道:"胡说,那詹妙容虽说出于青楼之地,但不曾临身,走过火盆,沐浴净身,样貌堂堂,仪态自然,断不是那肮脏之物。"下人道:"夫人差矣,凡是肮脏之物,皆借那红衣之身,吸人阳刚之气。"张婆子听罢,半信半疑,道:"这可如何是好?"下人道:"请

个道士,给少年抽个光。"遂徐家派人到那观里请来了一道士,只见那道士:

> 身穿长道褂,台设银手炉。
>
> 点上三根香,手拿索命符。
>
> 油盏盛糯米,包裹贴身衣。
>
> 对天喊声爹,对地喊声娘。
>
> 另点三支香,左右各三圈。
>
> 手挥桃木剑,口念驱魔咒。
>
> 叫儿屋外站,内设一口缸。
>
> 缸中七分水,悬镜挂在上。
>
> 掀衣看盏米,凹凸知缘由。
>
> 试问徐郎魂,至今无着落。
>
> 取来百家米,巧做寿桃锥。
>
> 供在香台上,善赐乞丐食。

法事足足做了两个时辰,徐家公子这才喝了茶,气色稍佳,徐家人奉了银子,问个源头,那道士不应,拿了银子便走。

话分两边说,这边这詹妙容被徐家下人拉扯到牛房内,心中惊怪,肚里踌躇,念道:"莫不是与那徐家公子天生无夫妻缘分,如此犯冲,竟惹得这徐家公子吓坏了魂魄,罪过不已,罪过不已。"突然传来一句:"并非人祸,只怕是天灾!"詹妙容环顾四周,并无一人,再看棚内,只一黄牛,无他,遂惊吓不已,慌忙叫了人开了门直往客堂里冲。

那边徐来领了徐家公子后屋休息,这张婆子耍了性子,待道士走后,怒道:"定是那詹妙容,不吉祥之人,常言道,好嬉勿嬉,窟臀给虫锥,回头叫人报与官府,就说是深夜潜入府中的贼,吓了徐家公子,给她一段杖罚,待不收留她。"郑官人道:"若是如此,恐有不妥之处。"张婆子道:"那该当如何?"郑官人道:"那女子已入徐家门,外人皆以为是徐家人,如若此时将其驱逐出门,恐他人闲话。为今之计,令其不可靠近贵公子,令其内务农作,不给其工钱,那时,便自然离去。"

话说之际,只见那詹妙容连走带跑地进来,张婆子更是气上加气，怒道："你这娜妮，好生无礼，倒作笑话儿打觑吾，俗话说得好，蚯蚓无骨，也有三分气，简直是欺人太甚。"詹妙容见状，连忙下跪磕头无数，道："婆婆恕罪，方才在牛棚念叨为何惊吓公子时，旁无一人，却闻一声：并非人祸，只怕是天灾！小女观顾四周并无他人，这才惊慌不已，特来禀报此事。"张婆子听罢，浑身冒冷汗，捉颤不住，恨不得一记耳光抽了过去，暴躁道："妄生怪事，煽惑众人。"詹妙容连跪带拜道："句句属实，不敢妄言！"张婆子道："今日之事，徐老爷甚是生气，断断不敢留你在这府中滋生非事，更不可与吾儿同结连理，但念你生来无父母，回去万丈深渊，怪生可怜，只要你在这府中勤恳务事，吾便不再见责。"詹妙容听罢只好叩头谢恩，解膝下场。不言。

午后时分，张婆子令人清点了谷物，支付了支移和脚钱，送那郑官人至门外，道："这一别，真不知何时可以与官人再聚。"郑官人道："若要长相厮守，还得从长计议。"张婆子道："小身可干不得那谋杀亲夫之事，再者那徐来待吾不薄，若不是你强来，吾定然不会随了你。"郑官人道："那徐来好似木头一块，怎能与吾相比。"张婆子道："自当无法与你相比，只怪这命如此。"郑官人道："只要夫人点个头，示个意，吾定能周全。"张婆子道："莫不是早已心中有计？"郑官人道："还需夫人里外接应。"张婆子道："若能周全，定是不错，只怕官爷朝三暮四，另寻他欢，到头来落个凄凉。"郑官人："夫人无须这般忧虑，若有他欢，叫那五雷轰顶，不得好死。"遂离去。

话说詹妙容做不得徐家的媳妇，成了下人，更是低人一等，粗重之活都要这弱女子来使，每日扯衣揩泪，常言道，一日之计在于晨，且看：

> 四更天未亮，水担双肩挑。
>
> 露霜覆盖去，少女挑水来。
>
> 身穿薄单衣，脚无好草履。
>
> 桶满结成冰，担起夜中行。
>
> 五更鸡未鸣，田中割天萝。
>
> 牛羊鸡鸭鹅，屋角群满地。

铡草拌米糠，锅里炖米汤。

捡火烘炭炉，洗地在客堂。

六更日未出，麻布擦房梁。

片刻无闲来，清水洒弄花。

卧房起声叫，磕头行早安。

折衣又递鞋，端水加送茶。

张婆子闲来无事，心想那城里的郑官人。这多日不见，甚是想念，便差人捎信一封，问道，那日相约之计安排妥当否。不日，那郑官人速来，两人客房甜蜜，张婆子道："今日徐来外出催租，明日归来，行事便是在今夜，不知计出何来？"郑官人道："吾自取来一包药粉，徐来喜好喝酒，将这药粉撒入酒中。此药药性缓慢，至人迷糊不清，身乏体弱，终年病殁。那时这徐家上上下下皆归你使唤，可谓是要风得风，要雨得雨。"张婆子道："此计虽好，但死得蹊跷，官府定然追究起来，仵作定能查明死因。那时便知死于毒药，查实起来，可如何是好？"郑官人道："若行此计，定要差使一人，若官府追究起来，自当做了那替死鬼。"张婆子道："如此害事，世人避之不及，纵然千金万两，也免不去杀头之罪，无福消受，岂会有人敢行得此事？即使使得，棍棒之下，岂不招供，说吾等唆使？"郑官人道："夫人且宽心，心中自有一人，可行得此事。"

张婆子道："姓甚名谁？"郑官人道："下人詹妙容。"张婆子甚是疑惑，郑官人道："这詹妙容本是徐家少爷夫人，只因自沾晦气，惊吓徐家公子，天生克夫之命。本应驱逐家门，徐夫人念其孤苦无依，心生怜悯，留其在家中做个长工。只奈不念恩情，博宠徐大当家不成，心生旧恨，私藏毒药，灌入酒中，至徐大当家抱病而终。"张婆子听罢，心甚是宽慰，道："事成之后，官人不可欺负吾孤儿寡母。"郑官人道："自当宠爱有加。"遂商议此计。不言。

言罢，张婆子将詹妙容叫到正堂内，詹妙容躬身拜揖，张婆子大声呵斥道："吾好生留你在府中，你却装病不起，农务不做，内勤不理。"詹妙容道："小人怎敢，确实患病未愈。"张婆子骂道："既然害病，如何来得?"詹妙容道:"夫人呼唤,安敢不来?"张婆子大怒,令手下粗夫捆绑去,道:"给吾吊在那梁上打醒到有分寸再说。"说罢,众粗夫一哄而上,数十棍下,皮肉绽开,体无完肤,气若游丝。张婆子道:"知得分寸与否?"詹妙容无力回应,道:"知得,知得。"张婆子遂令人将其拖至牛棚,好生看管。

话说詹妙容被关在牛棚内,动弹不得,严寒北风,犹如刀割一般,疼痛难受。又滴水未进,饥饿难耐,若是常人,死的心都有。突来一声:"如若门开,可愿离去?"詹妙容抬头四顾,未见有人,却闻其声,令人匪夷所思,有气无力地问道:"是何方神圣? 可否现身?"又来一声:"并非何方神圣,只是野牛一头,从未藏身,何来现身?"詹妙容回头一望,说话竟然是那徐家一头老黄牛。这人说话,再凶尚且不怕,这牛说话,还是头一回得知,瞠目结舌,支支吾吾不敢有半句,那老黄牛道:

> 混元转世乱天地,黄巢护珠辟仙霞。
>
> 二郎真君开天界,寒武大神定公元。
>
> 老牛本是一坐骑,修道参理在碓边。
>
> 人间无事太平年,伴随麋鹿守天界。
>
> 只因贪念走人间,令吾熬这苦修年。
>
> 看尽世间乱是非,如今已有三百年。

詹妙容道:"神君在此,请受小女子一拜。"老黄牛道:"徐家夫人非善类,若要活命,还望早早离去。"詹妙容道:"吾虽是那未拜堂的徐家媳妇,但也算是过了门的。若就此离去,吾心何忍,情理何在? 神君莫要再劝吾离去。"老黄牛不好再劝,只好作罢。

不日,詹妙容奉了那张婆子的令,伺候徐来卧榻跟前,断不敢有半点闪失。每日按照吩咐,饭后煮一壶茶。再些时日,这徐来病情加重,已是床前难起。请了大夫,多半说是虚了身体,需静心调养。这徐来好生奇怪,向来身体无恙,这入冬之际,田间无活,多半是在家看书写字,为何近来得病不起。遂闷闷无言,自言自语道:"天意亡吾!"想徐来这些时日,待詹妙容不薄,粗重之活多半唤使他人,詹妙容心中自然感激，说道："前些时日，夫人念叨老爷旧病又犯，便请人到城里抓了一些药回来，磨成粉。特命吾每日取些撒于那茶水之中，便无苦味，已是服食多日。本以为老爷可免去那旧病之苦，没想到，病情愈加严重，这才好生奇怪，一一说来。"徐来听罢，问道："夫人可曾说起，那药是何人所抓？"詹妙容："听说是托郑官人顺路带至府中。"徐来问道："那些药粉至今在何处？"詹妙容道："夫人每日煮茶之时，便会命人将药粉用纸包起来，塞在那门缝之中。"徐来道："今日药粉可曾取来？"詹妙容道："还未煮茶，不曾去取？"

徐来想来定有蹊跷，如今患病未愈，不便行走。若真有蹊跷，亲身查究，不免打草惊蛇，遂问道："吾待你如何？"詹妙容道："犹如再生父母，大恩大德，没齿难忘！"徐来道："既然如此，你且取了那药粉，今夜出门到城里一趟，城中巷有一口三眼井，有一郎中唤作廖化，师出药王山，医术高明，定能知晓此药乃何物。你且将药粉予他，他自然会书信予吾，你且带那书信归来，不可声张。"詹妙容应声离去，一一照办。

俗话说：隔墙有耳需轻声。这一席之话，自然是被耳目给听了去，知得这事情已是败露，待那詹妙容出了门去，合计扯了被子将徐来闷死在房中。报了案，说是那下人詹妙容行的凶，作的案。正所谓：

　　一介书生无才干，张婆风情惹外狼。

　　亲夫却教奸夫害，淫毒皆成一套来。

欲知结果如何，请看下回分解。

# 第十三回　无处申冤撞柱死　须江河里斗水猴

诗曰：

风情月意冬如春，蜂狂蝶乱玉生香。

情色由来多无意，咎由自取陷忠良。

话说詹妙容出了徐家，心心念念，自往城中巷而来。有一樟树，高三十丈有余，枝叶茂盛，下有三穴，称之为三眼井。井口圆状，直径三尺之多，皆一般模样。井内相通，清澈见底，樟树根脉清晰可见，左侧有一石壁，镌刻一诗：

古来圣德赐三泉，甘霖雨露千古冽。

三穴朝天成玉井，潜通伏涧赤丹心。

见得三眼井，却不见郎中，四处寻去，只见三井之间有一书信。开之，曰："若要救得徐公命，根在三泉底。此井深十丈之多，峭壁不可攀，且井下多有魔障，水性不善者，有去无回，望自重。"詹妙容念叨："徐老爷待吾恩重如山，滴水之恩，自当涌泉相报。"遂纵身而下。须臾，不见身影。

詹妙容潜至井底，犹如闯入龙宫一般，正行间，忽见一壮汉，顶盔贯甲，罩一领赤焰焰的丝袍，手持七星剑，行似流云，声如霹雳。挡住问道："来者可是仙子詹妙容？"詹妙容一脸诧异，道："小身詹妙容，并非仙子。"那壮汉道："此地唤作东宫口，再往前去，走两万里，便是东海龙宫。吾乃夜莺子，吾父王本是千年樟树精，唤作老道子，得龙王教化，镇守此入海水门。今日得父王令，在此恭候，却不知仙子今日前来所为何事？"詹妙容遂将徐来求药一事一一详述，那壮汉听罢，道："仙子且随吾来。"转身之际，只见那千年樟树精领一群徒子徒孙出门迎道："上仙，请进请进。"

直至宫里相见，上坐献茶毕，连忙命人取出上等灵参奉送，道：

"此水参乃天地甘霖雨露所化,服之可延年益寿,上仙可将其带回徐府,救那凡夫徐来一命,免去你不白之冤。"詹妙容道:"难不成徐老爷已遭人毒害,扶杖西行?"那千年樟树精道:"小儿自小便想往那世间走一遭,怎知世间是这般险恶。望仙子多加保重,日后定能功德圆满。"詹妙容领了水参,作揖行礼后便抽身离去,只见那千年樟树精喊道:"水参乃水中之物,出水便会化雾而散,仙子须将那水参含于口中,待到那徐家,再行取出。"

见詹妙容浮水朝天而去,那壮汉问道:"父王,听闻此女子原是那个中人,为何如此厚待,将府中之宝馈赠予她?"千年樟树精道:"三眼井存世三百年之久,世间无一人所知。此女能得知并入得吾府中,想必定有仙人指路。吾等乃妖孽之辈,受龙王点化,修行在此不易。此番相助,一则报上天恩情,二则待人为善,休惹来杀身之祸。"遂闭门进洞。不言。

那边张婆子诬赖詹妙容谋杀徐来一事已是满城风雨,闻言其出没城中巷,衙役便围捕而来。集三眼井之边,未见其人,甚是奇怪。听人言,已是跳井身亡。张婆子得知,便在衙役跟前哭丧,跌脚捶胸道:"官人向来与人为善,今日却遇如此歹毒心恨之人,想那詹妙容自打到了徐家,官人待他不薄,常言道:青脚的鹁鸪养不熟,无情又无义啊。死得冤枉,死得冤枉!"衙役道:"如此歹毒之人,何不将其尸首捞上来鞭笞一番,一则解心头之恨,二则教化保民。"

说罢,令人索绳俯下,只见那张婆子慌忙阻挠,道:"不可,不可,那低头碎步的伢儿本就是肮脏之物,小身不愿再沾那等晦气。且让其孤魂野鬼冻在深井之中,叫其永不超生。"郑官人搭话道:"杀人偿命,本是天经地义,只是便宜她了去。"众人听罢,甚感有理,作罢,收绳回府结案。

众人正欲抽身离去,突闻水中冒泡,众人再围观而来,左曰:"定是那詹妙容见吾等离去,这才浮上来,欲逃。"右曰:"莫不是那詹妙容有冤屈,这才以此示人,为其申冤昭雪。"衙役有些惧怕,道:"若是这詹妙容未死,潜逃藏身于此,吾等便可将其捆绑至于堂前问罪。若是死于这深井之中,冤魂抽身,冒了这等水泡,这可如何是好?"

未言罢,只见那詹妙容渐出水面,是人是鬼且不管,众人唬得魂飞魄散,骨软筋麻,扑地跌倒在地,不敢吱声。待詹妙容浮出水面,道:"吾非那杀人行凶之人。"遂将前因后果说与众人听。

听罢,只见张婆子跳出来,道:"所说之言甚是荒唐,吾家官人昔日并未告知有一郎中在此行医,这三眼井存世百年之久,并无异样。分明是你这泼人,畏罪潜逃,无处藏身,遂隐于井中,待吾等离去,便可浮出水面,抽身逃去。"郑官人道:"所言极是,还不速速跪去府衙受罪!"衙役见詹妙容未死,依律将其带至衙门,堂前受理。

衙役将詹妙容如何押至府衙堂前不言,只言那审案之人是那李大人,原是徐来同窗旧友,今日闻徐来遭此凶手,定是心如刀割,声泪俱下,不等仵作验身查明,便给了那詹妙容三十板子,真所谓:

**十年寒窗苦读一书生,殿前挥墨拜得一方官。**

**本是直道清心为治本,为何不分青红和皂白。**

这三十板子,板板真活,就算是汉子,也是皮肉绽开。詹妙容这般弱身子,已是气若游丝,挣扎不得,再行审问,岂不是水到渠成?堂前定案,莫不是纸上画押?李大人好生判案,句句在理,遂下令收监,报于刑部,待秋后问斩。

这堂前容不得半点辩言,那狱中更是严刑拷打,尽受剥肤之痛。夜中,又闻得一声:"如若门开,可愿离去?"詹妙容道:"神君何在?速救吾离去!"传来一声:"明日提审,自当逃生。"

翌日,李大人提审詹妙容于公堂之上,道:"本案案犯已画押认罪,依律当斩!詹女氏,你可有冤屈?"詹妙容道:"既已画押,何来冤屈?"李大人道:"如此,供认不讳?"詹妙容道:"难不成大人还想三十大板,招认他罪?小女身子弱,经不住那虎刑伺候,将死之人,不愿癞头添醋,祸上加祸。"

李大人见詹妙容无他言,传张婆子,道:"徐夫人,徐老爷之死,凶犯已画押认罪,你身为夫人,若能伺候左右,事不至此,只怪你钤束不严,故本官罚你十个板子,教化示人,以安家眷。念你妇道人家,经不住如此拷打,且打你六个板子可否?"张婆子道:"李大人说言嘉论,小身心悦诚服,今日明镜高悬,亡夫自当泉下安息。这些板子,受得,受得!"说罢,李大人命人抬了八仙凳,只见那张婆子轻身趴了上去,又令那郑官人举了棒子:

> 一棒,打你个张婆子风骚无比无良心。
> 二棒,打你个徐来不知风情枉丢性命。
> 三棒,打你个詹妙容衷情难言遇薄郎。
> 四棒,打你个郑官人风情万种害人命。
> 五棒,打你个牛君好言相劝今又何在?
> 六棒,打你个李大人不分是非枉断案。

那郑官人不过是做样子罢了,李大人唤他行杖罚,定是吃了好处,这才草草了事。

常言道:有理言自明,负屈声必高!詹妙容见世道黑白难辨,又不见神君灵验,心中无意久活,道:"且一腔热血,撞它个大宋王朝底朝天!"说罢,起身直撞那府衙梁柱,顿时,冤血四溅,众人连忙躲开,道:"好生晦气,好生晦气!"李大人忙命人将尸首扔进了须江河里,打道回府,不言。

话分两边说,这边张婆子和那郑官人自当高兴,回了家中,甜甜蜜蜜,再无阻碍,后人常言道:水不流要臭,刀不磨要锈。要怪只怪那徐老爷床底耍锄头,水蛇游河溪,弯弯曲曲,张婆子怎受得了那般寂寞。

这边詹妙容被扔进了那须江河里,这须江绵延几十里,宽百丈之多,河流湍急,自古兵家据此天险,可保一方无忧。话说定在了那河中间,如梦初醒,好生奇怪,只记得撞了那府衙梁柱,为何不死。再看这周围,四壁围来,镌一小篆,曰:须冉洞。欲起身探去,又身体不支,只能趴伏。

未来得及看清,只见一女子走了进来,姿颜容体,状若飞仙,瑞气盘旋,道:"你是哪里人氏,为何落入这河中来?"詹妙容遂泪滴腮边谈旧事,愁攒眉上诉前因,道:"仙君今日救命之恩没齿难忘,还望仙君告知尊名,日后定当香火供奉。"

那女子道:"贫道姓严,单名一个君字,人称严君子。早年是那新塘边严麻车人,一心行善,六百年前须江洪魔肆虐,祸及百姓。受金凤仙子点化,领安娘法旨,剿灭洪魔,镇守须江,故在此洞中修炼至今。"詹妙容道:"严君子壮举!请受小女一拜。"说罢,跪身拜去。

严君子道:"贫道有一事不明?"詹妙容道:"严君子请讲?"严君子道:"前些日吾巡游河中之时,见你沉定在那水中,尚有气息,吾遂将你带回洞中。这须江水流湍急,人不得渡,但凡世人,如若跌入水中,皆是命丧于此,为何你却可复活不死?"

詹妙容道:"小女也甚是觉得奇怪,那日明明撞死在梁柱之上,为何到此地,扰严君子清修。只是些许记得落水之时,那嘴里灌了水,将那三眼井下樟树大仙赐予吾的水参冲进了肚里。"严君子道:"莫不是那水参救了你,常言道:既来之,则安之。你且住在这洞中好生休养,吃些素斋,安寝洞中。日后吾教于你一些护身的本领。"

詹妙容再拜谢恩,一夜无话。些许时日,詹妙容受以神方,得秘法神符,法性颇通,道术成行。根源亦渐坚固,便可在那水中来去自如,能劾百鬼众魅,令自缚见形。但凡遇见那落水的人,救起送至岸上,转身落水离去。

平日里,这江城百姓洗衣做饭,农耕作业,皆取水于须江。近日来,民众溺毙事件屡有发生,百姓远处打水,绕道而行。官府恨不得抽干了河水,查个明白,怎奈这须江之水取之不尽,用之不竭,苦于无计可施。遂在河边处粘贴告示。更有甚者,言是那詹妙容怨恨难消,再次害人,还需请那道士做法,佛徒超度,府衙之人一听,甚有道理,便请了一行道人和佛徒做法超度,这不弄还好,一弄有去无回,顷刻,江城风雨交加,人心惶惶。

詹妙容得知此事,日益加紧巡逻,未觉异样,遂径直来须冉洞拜见严君子,道明来意,那严君子掐指一算,道:"这江中有怨气所在,且不知在何处?"遂领詹妙容游江寻去,正值元宵十五夜,月清光皎洁。玉宇深沉,一轮高照,大地分明,寒风呼啸,霜冻万物,清冷至极。近来闹鬼,未等日落,城中百姓皆已闭门不出,熄灯抱暖。

　　须臾,忽闻江边之处有人言语,急忙趋步径直而来,只见一妇人奔走于江边,后跟一男子,听得这妇人口中啰唆,念叨:"这没日没夜的熏酒寻欢,家底子都被掏空了,日子是没法子过了。"严君子欲探究竟,挡其去路,那妇人着实被吓了一跳,乖乖地傻站着。须臾,故作镇定地骂道:"这花酒喝到家里来了不成,要杀人灭口,取而代之不成?有些招数,且尽管使来罢了,吾们官府评理去。"詹妙容道:"你这人毫不讲理,近日水妖出没,吾等见你孤身一人独走江岸,念及你安全,这才前来问个究竟。"言未罢,那男子紧追而来,发了酒疯,手持一根棒。这棒是那些妇人平时洗衣敲打之物,取木而制。长两尺之多,粗如手臂,前扁后圆,前粗后细,今日却成了这泼洒酒气的家伙。

　　见那男子持棒而来,詹妙容上前阻拦,却被喷了一鼻子酒气,只见那男子怒道:"自个家的媳妇管不得教不得?你是何人?就是那官爷也管不着。"想来也是,常道言:家家有本难念的经,不可多管。只见那男子追那妇人逼至江边,狂言道:"若有些本事,大可跳江去。明日再娶一房,胜过你这等怨妇。"相距甚远,只听得这般争吵,耳热眼跳,甚感不安之意。

　　言未罢,突闻婴儿般叫声传来,甚是悲悯,又闻"嗖"的一声,只见那水怪大爪径直伸来,还没等来得及,那夫妇二人已被拖入水中,不见了踪影。好家伙,牙尖峭立过鼻梁,眼球暴突似混元,好一副凶恶相貌!严君子、詹妙容紧追而上,遁入水中,只见那水怪在那水中好生厉害,手抓两人,穿行无碍。严君子、詹妙容合围而上,又见那水怪冲天而去,片刻钻进那河泥之中。顿时,江水浑浊,难辨左右,待寻得藏身处,只见那水怪已将那夫妇二人吃得干干净净,残骨不留,尺布不存。近看,这水怪遍体长毛,红目黑面,着实吓人:

> 试问何来鬼冤魂? 千年水怪一泼猴。
>
> 皮厚皱多如黑窑,牙稀齿疏却发亮。
>
> 尾藏魔爪似钢钉,双腿毛粗如梁柱。
>
> 这边顷刻妖来到,那边须臾鬼无影。

这水怪见两神君立于此地,甚是泼欢,抓耳挠腮,眉开眼笑。忍不住手舞之,足蹈之,道:"这常言道,福不双至,都怪世人太贪心,无心便会自得,何须他处寻去,这天赐的娘子,地造的夫人,倒是自个儿送上门来了。"严君子道:"是何怨鬼,为何作乱?"只见那水怪纵身一起,晃至跟前,俏皮道:"你这娘子好生凶悍,待吾报上名头来,且吓吓你,你可听好了,若有那日,吾那西山上的哥哥要是来家里做客,切不可生面了。"詹妙容道:"奈你有何本事?"那水怪道:"吾乃鬼王之弟,十凶之首。这山川任吾平,这天地由吾踏,为夫唤作鬼哭子。"严君子道:"都是些唬人的把戏,今日吾等除了你这孽障,看你如何再害人间。"说罢,只见那严君子默念法咒,腰间顿时闪现一把剑,直劈而去。那鬼哭子也不示弱,莫看它独臂难支,手握降妖杵,且看这般打斗:

七星剑,降妖杵,须江河里斗胜负。这个疾恶如仇真君子,那个翾眼凶如黑杀神。仙子护河保一方平安,鬼猴索命吃人换阳气。剑斩水魔出水花,杵打河神搅混泥。两家这般凶恶仇,二处每怀生愤怒。只杀得天昏地暗,再斗得星灭烟浓。咬牙锉玉钉,怒目真无情,一来一往是英雄,不住翻腾杵与剑。

这剑也唤作七星剑,与那三眼泉里樟树精之子手持之剑模样一般,剑风无二。这般百回合的打斗令人瞠目结舌,好生痛快。只是心里痒痒,又无机可入,只见本事似那一家的师父,不分胜负,难分高低。詹妙容着实着急,突闻一声:"这水猴入水力大无比,上岸则无缚鸡之力。"

詹妙容回过神来,一眼看去,除了这吓跑的鱼虾,再无他物。只见那水魔推一座山横冲而来,过了个侧身伸出手来,耍了一杵,劈头压住严君子。严君子见状,回头要走,那水魔岂能放过,当头挡住。詹妙容也顾不得那么多,且信他一回,叫道:"师父,将这水猴引上岸去。"严君子听罢,想来也是,这水猴到了岸上,不是它的存生之地,法力定是要弱些。遂虚晃一剑,佯输诈败,转回头往岸上直奔而去,那水猴紧追不舍至岸上。

话说这取胜之道,音出何处尚且不言。只见那水猴魔杵问天,丝毫不生怯意,詹妙容便紧守水门,摆开架子,随时迎战。须臾,那水猴便软弱难扛,回头要走。见詹妙容寸步不让,惹急了这水猴,龇牙怒目,狂躁无比,使了浑身解数,逼退詹妙容,蹿入水中,顷刻水面无漾。

严君子按下路来,怒道:"为何让那鬼哭子钻入这水中?"詹妙容道:"师父恕罪,那水魔甚是厉害,小徒法力不及,抵挡不住。"严君子道:"为师并非怪罪于你,只是那水魔在岸上吃了亏,损了元气,再叫上岸来,并非易事。如今隐迹潜踪,渺然不见,这须江地下泥潭巨多,深沟无数,何处寻去?"詹妙容道:"这怪深潜水底,可如何是好?"严君子道:"别无他法,今日那水猴元气大伤,近日断然不敢再伤人。你吾轮班守住这河边,等那水猴饥饿难耐,定然上岸觅食,吾等便可守株待兔,抓他个措手不及。"詹妙容道:"师父妙计,妙计!"

这鬼哭子耳通八方,晓得这严君子和詹妙容看得紧,自身又伤了元气,唠叨道:"好生狡猾,若是真枪真刀在这水里干,定要了尔等小命。再也做不得那岸上的勾当。"暗回洞里好生歇息,思来想去,念道:"若是不除此二人,日后这须江河里谁是主难说,若是再行与其纠缠,定是吃亏不赢,待吾到岸上唤那伥鬼兄前来助阵。"说罢,吃了些骷髅,饮了一些冷血,径直冲岸上去。

待到岸上时,见詹妙容奉命巡逻江边,丝毫不敢懈怠,严把水门。别说一只猴子,哪怕是一只螃蟹,也纵然是插翅难飞,这水猴无奈,游荡江边,心想:"这詹妙容再世为人,被那官府判了杀人之罪,堂前喊冤撞柱而死,世人皆以为是毂觫服罪,含耻而终,这等忘恩负义之徒,自当扔进那河里,喂了鱼虾。若是此时告知那世人,说是近来都是那冤魂作的祟,造的孽,定叫这詹妙容不得安宁,那时便可溜之大吉。"

遂翻波伸出头来,笑盈盈,上前作礼道:"小娘子,今日别有风趣。"詹妙容道:"谁与你是夫妻?这偌大的水面还照不出你的丑样,自个儿撒泡尿也是可以的。若是识趣的,自卸兵甲,好擒拿你前去问罪,念你有心悔过,待吾那师父气消时,吾可求她送你六道轮回。"鬼哭子道:"娘子甚是贤惠,为夫这后路都已是早有打算。"

詹妙容大怒,默念法咒。只见剑光闪去,鬼哭子疾闪而过。降妖杵从天而降,杵打天灵盖。詹妙容回身而躲,转身又扑将上去,前如狡兔般抽身,后如猛虎似压境。鬼哭子倒退两步,道:"干不得这岸上的勾当,待吾去请了吾的兄长再与你较量一番。"说罢,一个佯攻,放了阵烟雾,"嘘"的一声,溜之而去。詹妙容躲闪不及,未及分清左右,便认不得鬼影子去处,遂速速入了水门禀示于严君子。

话说这鬼哭子窜入这寻常百姓家,幻化成詹妙容模样,怒道:"都是你们这般愚民,害吾撞柱含冤而死,做了那落河伤生的冤屈之鬼,今日取尔等性命,全作是咎由自取。"遂使了一阵风,奔西山而去。不言。

自詹妙容禀报详情,严君子大怒,跳出水面来,找寻鬼哭子。这江城的百姓甚是筋力酥软,毛骨悚然,皆以为詹妙容冤魂索命,请了道行的法师,在那江边摆了香台,供品齐全,日夜香火不灭,祈求河神收服,昼夜焚香祈祷。

詹妙容欲前去理论,严君子上前挡住,道:"如若此时现身,只怕是多半吓坏城中百姓。再者,这鬼哭子指不定又在哪里行凶作乱。"詹妙容道:"师父,弟子该当如何?"严君子道:"你吾兵分两路,鬼哭子上了岸,法力定当减弱,假以时日,定不是你的对手,你且前去收服于他,如若不成,可将其诱至江边。那时吾早已在江边设伏,定叫他有来无去。切忌不可苦战,以免再中圈套。"说罢,各自行事。

江城西面有座山,名曰西山。山南有一座峰,其状如雄鸡矗立,故又曰鸡公山。山中有一洞,名曰圭峰洞。洞门紧闭,树木遮天,往来樵夫不曾遇见。夜,鬼哭子至洞前,默念法咒。须臾,洞门两开。径直往里走,只见洞内火光闪现。可谓是怪雾愁云漠漠,妖风怨气纷纷,只见一伥鬼坐立其中:

鼻尖眼突牙暴立,撮发雄起似烈焰。

身如黄泥墙筑起,双手把斧变化凶。

鬼哭子作揖拜礼,道:"兄长倒是在这洞中好生修炼,尽享清福,真是山中无甲子,寒尽不知年,全不管小弟在外面遭罪。"伥鬼道:"贤弟,可曾有哪路神仙为难与你?"鬼哭子道:"若是死在那神仙手里,倒也不亏了,只是如今尽被那些小人弄得无处安身,无奈跑到你的洞中求助。"伥鬼道:"竟有此事,是哪个不知死活的孽障,尽欺负贤弟你来了?"

鬼哭子遂将前因后果一一告知,伥鬼听罢,虎颜暴怒,道:"贤弟尽管在吾洞中安眠稳睡,此处虽不是仙山福地,古洞神州,倒也清静,可谓刮风有处躲,下雨可存身。芝麻点大的小河神,不知天高地厚,也不打听打听,这片地归谁吱声。"说罢,操起巨斧,欲出洞外。

见伥鬼持斧欲打不平,鬼哭子怡然跳跃,癫狂跃舞,刚至洞外,伥鬼突然止住脚步,笑盈盈道:"今日暂且不能。"又转身回洞中,叹气三声,鬼哭子道:"兄长,为何收手,难不成怕了那小仙子?"伥鬼道:"岂是怕了,只是今日先天法象不足。"鬼哭子道:"如何不足?"伥鬼道:"贤弟有所不知,天地规绳讲究阴阳变化,月至三十日,阳魂之金散尽,阴魄之水盈轮。此来天赐修炼之机,不可错过。"鬼哭子道:"何时可出此洞中?"伥鬼道:"至初三日一阳现,初八日二阳生,名曰上弦,你吾皆是鬼魂,定是斗不过严君子,至十六日一阴现,二十二日二阴生,阴气渐盛,名曰下弦,可与之斗,至三十日阴备足,当晦,便可再回洞中存真气。"说罢,端坐不语,鬼哭子见状,可谓是进退两难心问口,三思忍耐口问心。不言。

欲知结果如何,请看下回分解。

# 第十四回　鬼哭子西山求援　严君子拾得真宝

降龙伏虎雄卧峰，西南峭壁似鸡公。

山重峰叠疑无路，看尽雨雾半山中。

晚烟袅袅遮禅寺，余晖焰焰照坡路。

一江烟水南北去，江城被斜阳披尽。

话说这江城西山，长千丈之多，宽百丈有余。似一条巨龙俯卧，犹如巨虎猛坐。山中峭壁丛生，山谷林立，树藤纠织。虽青山依旧，可禽鸟难栖，更泉水叮咚，不见虾鱼。詹妙容自山中寻来，闻婴儿声，终不见鬼哭子。

再走半个时辰，至半山腰，隐约见得有一洞，刻一草书，唤作清福洞。此洞无门，两侧草木丛生，洞内无光。心想："这几日寻来，不曾见得那水猴，自古毒魔狠怪，必居幽深邪洞，难不成钻了这黑洞，躲了起来。"

遂趋步而入，至洞内，点了火把，可谓惊了天地鬼神一般，风起声来，道："来者何人？"詹妙容岂敢怠慢，道："须江严君子门下詹妙容。"声来道："所为何事？"詹妙容心想着荒山野岭，非妖魔鬼怪，岂能在此居住，道："闻得那鬼哭子有一兄长，你是何方神圣？为何居此山中，莫不是找对了地方。"

话未说完，传来怒声，道："小小娜妮，竟不知礼数，进吾洞中，扰吾清修。今又将吾同那啰鬼小妖一般比较。"说罢，不知哪来的利器，詹妙容被戳了一下，甚是疼痛。这才回过神来，道："并非在下妄议贵尊，只是那鬼哭子狡猾难敌，其兄想必定是奸诈无比。进入此山已是多日，找寻无果，这才误闯贵处，今日多有冒犯，还望恕罪！"这边道："吾乃山中清福道人，居此山中，不问世事，不求名利，不惹是非，不招福祸。还望速速离去，还贫道清修之处。"詹妙容道："小女自当速速离去,只是可否告知那鬼哭子去向何处?"那边道:"望风谷圭峰洞。"说罢音去。

詹妙容出了清福洞,探得望风谷,见一老牛立于坡路之上,好生奇怪。若是牛娃放的牛,却不见人影,走上前去,只见那牛开口道:"别来无恙。"詹妙容着实被吓了一跳,问道:"吾等可是旧识?"那牛道:"做了严君子的徒弟,竟是这般贵人多忘事。"詹妙容道:"肉眼凡胎,未曾识得,多有得罪,还望见谅。"

那牛道:"那日你在徐家饱受欺凌,沦落牛棚。吾与你谈话,劝你离去,怎奈你愚昧,不知凶险,做了撞柱而死的冤魂。"詹妙容这才恍然大悟,作揖行礼道:"昔日狂妄自大,不曾听取牛君一席之话,屡遭劫难,今日又不识贵尊,多有冒犯,还望恕罪。"那牛君道:"前来圭峰洞所为何事?"詹妙容道:"那须江有一水猴,作恶多端,如今逃窜在此山中,到这圭峰洞找其兄长。吾奉家师之命,前来擒拿水猴。"牛君道:"大话,大话!"詹妙容道:"牛君何出此言?"牛君道:"你可知那水猴与那伥鬼的来历?"詹妙容道:"只知那水猴是饿死的厉鬼,却不知这伥鬼何等角色?"牛君道:"那伥鬼,驱虎驱豹者也,自古江河边多伥鬼,往往呼人姓名,应之者必溺,乃死魂者诱之也。你若此番前去,定叫你魂飞魄散,自寻死路。往年间,又修道盖仙山下,取那天石炼一神斧,神力无比,从此便踞此山中,勾魂魄,食人肉。"

詹妙容一听,才晓得如此厉害,斗勇不可量,斗智不可比,低声问道:"该当如何,请牛君指一明路。"牛君道:"三十六计,走为上计。"詹妙容道:"牛君这般笑话,小女虽法力有限,但亦不是贪生怕死之徒。自家师须江里救吾一命,又深受教化,学得一些本领,自当效劳,替天行道。"牛君道:"那伥鬼法力在你之上,你昔日幸得樟树大仙水参,逃过死难,再生不易。"詹妙容道:"吾自知法力不及,蒙严君子教化,如今决要见功,管取打杀妖魔,扫荡邪物。"牛君笑盈盈道:"严君子真不愧江河之神,竟能教化出这般徒弟,乃天道有幸。"说罢,默念法咒,摇身一变,成了个大活人,虽模样一般却气质不凡,身形不高却强壮结实。道:"詹妹子,今日之起,你吾可否兄妹相称?"詹妙容:"甚好,甚好，只是哪有这般福气，与哥哥兄妹相称。"牛君道："吾原是那碓边村人，姓刘，名俊宏。只因与邻家小女青梅竹马，怎奈那小女的老爷子贪慕虚荣，为求自家良田不缴税，攀结富贵，将小女许配财主老爷。自家又屋漏偏逢连夜雨，家母暴病而去，吾余生无念，今生无欲，这才寻了短见。幸得家师寒武大神救于悬崖之边，做了凌云童子。"詹妙容道："只知哥哥死里逃生，拜寒武大神门下，本应好生修炼，却不知为何化作黄牛，在那徐家受尽苦难？"凌云童子道："家师门下弟子无数，有三十六樟树子，七十二桂花仙。吾等出身卑贱，生性愚钝，岂能入流，只是家师门边的小童而已，做不得高徒。"詹妙容道："话是如此，但也应好生修道。"

凌云童子道："只因吾与师妹紫薇童子喜好玩乐，不听教化，待家师梦游之际，便悄悄溜下山来，看不惯那老财主，梦里暴打了一番。怎奈这老财主经不住敲打，死在梦里，到了阎罗殿里告了一状。害家师蒙羞，故将吾点化成老黄牛，将吾那师妹点化成鹿，待吾等渡尽劫难，以恕罪责。"詹妙容道："哥哥既倾心听从尊师教诲，又为何在此山中？"凌云童子道："你有所不知，吾自在家师门下学得一些请仙扶鸾、问卜揲蓍之术，能知趋吉避凶之理。昨夜梦中接家师法旨，要吾在此搭救于你。"

詹妙容听罢，作礼启谢，道："鬼哭子行凶作恶，吾等束手无策，如今又有伥鬼相助，如何是好？"凌云童子道："此事还需从长计议，吾等先行下山，将这圭峰洞之事禀告严君子，再行定夺。"詹妙容道："正是，正是！"遂下山。

话说这严君子在须江岸边，设下水符，凡人尽可挑水洗衣，下水玩要，但凡其他脏污之物，皆碰不得。见詹妙容领一黄牛前来，不知甚解，便问之来历，得知是寒武座下弟子，礼敬三分。道："寒武大仙奉玉帝法旨，镇压混元魔于天界处，如今已有三百余年，吾等曾多次拜访，未曾见得其真神。"

凌云童子道："家师素来清修，吾等亦是未曾见过其真神。"詹妙容道："哥哥，尽是大话，若是不见得，你又何来学得请仙扶鸾、问卜揲菁之术,切莫诳吾?"凌云童子道:"家师只是梦中传授,并未现身指点。"严君子道:"寒武大神法力无边,定有降服这水猴之计。"凌云童子道:"严君子乃江河之神,为何区区一水猴却拿他不住。"严君子道:"实不相瞒,若是论这水中法力,吾定是高他一等,只是这水猴诡计甚多,又加害百姓,来去无踪,吾等分身乏术。"詹妙容道:"如今这水猴求援伥鬼,若是两鬼齐作乱,可如何是好?"凌云童子道:"既是如此,何不到碓边山下,拜见家师,请他出山降服那二鬼?"詹妙容道:"哥哥又诳吾,方才说那寒武大仙只是梦中赐你仙法,素来清修,不曾谋面迎客,如今又叫吾等拜山求神。"凌云童子道:"所言不差,只是如今这水猴作乱,祸害人间。家师定当不会坐视不管,且吾等诚心相求,即使不曾接见,亦会传授降妖伏魔之法。"严君子道:"所言极是,若能得寒武大仙指点一二,定能降住那水猴。"说罢,齐往碓边处。不言。

话说这碓边处,可谓是:

> 巧石山峰青松缀,怪木山林路不平。
> 高在顶上接青霄,低在涧中似深沟。
> 山前常见雾蒙蒙,山后更是云中处。
> 鸟鸣惊得飞禽起,兔跃叫得昆虫窜。

严君子道:"此番仙境,人间少有。"可谓是:

> 天界古道幽还静,风月更听凤凰弄。
> 混雾透出满金光,流水飞溅冲开壁。
> 枝枝开得灵苗秀,叶叶卷起真性空。
> 林海深处有鸿雁,花丛瓣里有珍珠。

众人过一桥,名曰仙意桥,刻一诗:

> 道高一尺魔更高,禅机本静静生妖。
> 不问道在何处有,莫过此山仙意桥。

詹妙容道:"这里终年无人踪迹,此诗定是寒武大仙所写,劝化吾等不可扰其清修。"凌云童子道:"非也,非也!"严君子道:"此诗之意,莫不是告知世人,问道者方可过得此桥,进得此山。"凌云童子道:"不全是,不全是!"詹妙容道:"哥哥尽是卖弄关子,好不痛快。"凌云童道："家师之意，过此桥者，定是问道者。"詹妙容道："吾等今日前来既不问道，又非求学，这可如何是好？"

话未言罢，只见严君子叩首礼拜，道："弟子乃须江河神严君子，今日冒犯仙境，跪求大仙赐吾等仙法，助吾等降妖除魔。"詹妙容、凌云童子见状，也是"噗"一声齐跪在地。众人磕头未起，须臾，听得传来风声。抬头望去，只见那仙意桥伸直了去，延长至无尽处，闻得一声："入桥来。"众人闻音而去，其状可谓是初登上界，乍入天堂：

> 雄山闻音两边去，藤萝吱声架桥来。
>
> 苍摇崖壑烟霞散，远列巅峰更可攀。
>
> 这边凤凰飞去远，那边野猿亲近来。
>
> 手扶仙柱求圣法，云步香飘上天台。

登上峰来，仙意桥入云而去，往下看来，有千丈之高。再望远处去，云雾处隐约见得有一观。正要前去，突见一只猛兽扑将而来，众人急忙躲闪，着实惊吓不已。正要比画刀剑，与那猛兽对阵搏斗，只见凌云童子急忙拦住，道："莫慌，莫慌！"又上前呵斥道："师妹莫要调皮，伤了贵客。"

这才见得那猛兽安分下来，乍看竟是一只花鹿，转身变化成一小娜妮。见得师兄现眼前，更是眉开眼笑，喜不自胜，欢呼雀跃般地径直而来，又故作委屈，缠道："师兄这般离去，都已好多年，竟不知吾在这观里好生孤寂。"凌云童子道："这观里的师兄弟们少则百十号人，昔日尽陪你玩耍，今日为何这般孤寂？"

只见这娜妮道："师父言人间将有劫难，三年前便令众师兄弟下山去。"凌云童子道："可曾告知为何下山？"那娜妮道："不曾告知。"凌云童子道："可知是哪些师兄弟下山去。"那娜妮道："皆去，皆去，有云虚宫三十六樟树子，万花宫七十二桂花仙。故而师父命吾在观中守候，说近日师兄将归来，想必师父念吾独自一人，终年孤寂，便饶恕吾等，唤你回来，与吾作伴。"凌云童子道："原来如此，苦了师妹。"那娜妮道："不苦，不苦，想来也曾下山一次。"凌云童子道："莫不是师妹又调皮，趁师父闭关时，溜下山去。"那娜妮道："非也，非也，那日师父命吾持一封书信到江城，本以为将此书信送于某人家，师父却要吾将书信放在那梅泉处。好生奇怪。"

言未罢，詹妙容抢话来，道："可是城中巷三眼泉。"那娜妮道："正是，正是，说来那三眼泉好生奇怪，底下分明是一口井，为何这岸上却是三个口？"严君子道："三眼泉原是东海龙宫口，龙王点卯降雨取水之处。"詹妙容道："救命之恩，没齿难忘，不知姑娘可否告知姓字，家住何处，好让吾日后烧香供奉。"那娜妮诧异，上下打量一番，道："吾与你不曾谋面，亦不相识，何来救命之恩？"詹妙容遂将跳井一事细细说来。

话说那娜妮知晓书信之事，好生欢喜，蹦来蹦去，嚷嚷道："吾竟能救人性命，善哉，善哉！"凌云童子见状，欢笑道："昔日吾与师妹因贪玩，受师父责罚。今日师父巧做因缘，得此善果，实属不易。"詹妙容道："可否告知你这师妹姓字。"还未等凌云童子道来，只见那边传来一声，道："吾本姓傅，单名岚，家住白水坑。"言未罢，又变化至跟前，真是动如狡兔，只见其一把拉起凌云童子的手，道："师兄，快随吾到观里去。"此山名曰寒武山，观曰寒武观，众人进入观中，一眼望去，可谓是：

此地胜蓬莱，道观显福灵。竹径清幽，看不尽万化自然；青松风扶，理不明道德玄经。左有古洞，麒麟辖万兽；右有深林，鹰凤聚千禽。绿的槐，斑的竹，青的松，三春争艳丽；白的李，红的桃，翠的柳，四月抢头花。恰似清虚人事少，更胜寂静道心生。

未进大堂，便听见那紫薇童子到处嚷嚷，高兴坏了，凌云童子忙上前制止，生怕扰了家师清修，这边严君子上拜堂上玉皇大帝，烧香祈祷，跪求不起，詹妙容一旁陪同，丝毫不敢怠慢。须臾，只见侧堂走来一穿道服的老者：步法轻如尘，白发过双肩；袍带飞将去，三须飘如丝。严君子心想此人定是寒武大仙，便起身上前作揖行礼，道："大仙恕罪，多有冒犯。"那老者道："仙子多虑，吾并非寒武大仙，吾只是前来与寒武大仙下棋的樵夫。"严君子道："既是与寒武大仙下棋，尊者可否代吾等引荐。"

那老者道:"仙子抬爱,只是这寒武大仙并不在山中。"严君子道:"既不在山中,又为何说是下棋?"那老者道:"棋在心中,道法自然。"严君子道:"既在心中,又为何上山而来?"那老者道:"棋在手里,万化有根。"

说罢,那老者扬长而去,这边凌云童子走来,见状,道:"老者是那上仓坞人,常来山中与家师下棋论道,世人称其为仓坞老者。"严君子道:"仓坞老者法力如何?"凌云童子道:"倒有些法力。"严君子道:"与尊师相比如何?"凌云童子道:"十二分之一不及。"詹妙容道:"可胜得过山下那二鬼?"凌云童子道:"那是自然。"严君子道:"既是如此,吾等无须求道寒武大仙,以免扰其清修。只求那老者助吾等一臂之力便可。"遂疾走而去,追奔而来。

话说这仓坞老者健步如飞,须臾便到山下,坐一落亭,名曰定元亭。严君子与詹妙容过了好些时辰才追上来。只见老者双眼合闭,盘坐在石凳之上,严君子便叫詹妙容亭外静候,不可打扰。过一时辰,仓坞老者参悟醒来,见二人亭外站立,道:"尔等一路跟随,不知是何缘故?"

严君子上前行礼,告知前来本意:"近日须江河里一水猴,号称鬼哭子,欺虐百姓无数。如今逍遥于天地之间,作乱于江城之内。上贪食无辜,施法施威;下不服教化,恃凶恃势。提兵施法斗水猴,日夜苦战终不力,不能取胜,甚为难制。今启奏老者,伏望显神通。"

说罢,只见那仓坞老者起身走来,道:"方才寒武大仙下棋之时,托吾告知尔等。那水猴与那伥鬼乃冤魂之物,阳界难存,冥界不收。收那西山下的水猴、伥鬼容易,但只要这世间冤屈尚存,便会一生二,二生三,无穷无尽。"严君子道:"如此,岂不是只除其表而未尽其根?"仓坞老者道:"正是,正是!"严君子道:"既然尊者知晓这水猴、伥鬼命数,定然知晓克制之法,还望尊者教化一二,好让吾等施法阻其残害江城无辜百姓。"仓坞老者道:"世间法术皆在微妙之处,愈是简单之物,愈是克敌之利器。"严君子道:"弟子愚钝,还望尊者再行教化。"仓坞老者道:"天机不可泄露,自往水岸山边处寻去。"说罢,变幻而去。

不言仓坞老者如何离去，只言严君子与那詹妙容下得山来，寻往水岸山边处。自从严君子在那须江设了水符，岸边多有老媪洗衣物，人手皆有一根洗衣棒，棒打衣物，以除污渍。严君子道："莫不是这洗衣棒之物便是制那水猴法器？"便前去探得，这洗衣棒又名烂锤棒，收来一二，便往山边去。只见樵夫上山，人手皆有一副笤扫，这笤扫似人手抓，当地人称杉叶抓，扫尽那山中秋落的杉叶。詹妙容道："师父，这等器物真有如此厉害？"严君子道："仓坞老者所言不假，你见那百姓常往水岸山边处，或洗衣物，或捡柴火，皆不闻有人死于那水猴、伥鬼之手，想必定是那水猴、伥鬼惧怕这等器物。"说罢，径自往那圭峰洞去。

话说这水猴在那圭峰洞按捺不住，却又欲罢不能，好不抱怨，嚷嚷道："莫不是兄长怕了那两个弱女子不成，分明是山中一大王，如此缩颈藏头，竟成了吾平时玩弄的缩头乌龟。"这伥鬼性情暴躁，一听，怒气横生，道："小小河神能奈吾何？看吾如何收拾他们。"说罢，操起石斧，开了洞门，冲下山去。

话说那凌云童子与那紫薇童子逍遥在那寒武山中，这边驾驭那麒麟、金凤山中跑，那边追逐狡兔花丛中闹，或参禅打坐，戒欲持斋；或扫地锄园，挑水运浆；或采阴补阳，攀弓踏弩。竟忘了严君子一行何时下的山。一日，两小无猜盘坐在那道阶之上，只见那紫薇童子趁凌云童子静心闭目之时，挠其痒痒，直教得这凌云童子惊吓不慎，竟是跌跤滚了下来，脸朝地，吃了足足的一口尘灰。

这紫薇童子乍一看，捧腹大笑，叫道："师兄，可是那土地公的贤婿，扮起来了。"这凌云童子拿师妹没辙，只能赔笑一二，见紫薇童子不注意，变幻其身后，以其人之道还治其人之身，弄得紫薇童子好不痒痒，满地打滚，求饶道："师兄，饶了吾，饶了吾。"

须臾，嬉笑未完，闻得天地之间有宏音，呼喊"徒儿"一声，两弟子便立身无地，只能跪着磕头，朝天礼拜，口中只道："参见师尊。"想必定是那寒武大神，不见真神，只见祥云缥缈，传来一声："严君子可曾来过吾观中。"

　　凌云童子不敢怠慢,遂将事情由头到尾一一说与家师,寒武大神道:"如今严君子欲大战那山妖水鬼,胜负难定,尔等下山,助其一臂之力。"紫薇童子道:"师父真是糊涂,徒儿一无定胜的法力,二无打赢的兵器,如何助一臂之力。"

　　话未说完,未见真身,只听得那紫薇童子直叫一声"哎哟",道:"师父,疼!"原来是那脑袋瓜子被敲了,又听得寒武大神道:"尔等今日之起,唤作那严君子、詹妙容坐骑,好生服侍,待功德圆满之日,还一个仙籍神户。"又见那紫薇童子道:"师父,这洞中麒麟无数,林中金凤满堆,为何偏是吾等,硬是要拆散吾和师兄。这活不干也罢,在这观中看家守院岂不快活?"凌云童子见紫薇童子这般顶嘴,怕是惹怒了家师,忙磕头应诺,紫薇见状,也只好作罢,磕头遵服。收拾停当,别了道观,下山去也。

　　欲知结果如何,请看下回分解。

# 第十五回　师徒西山战二鬼　真言寺里遇雨神

常言道:无巧不成书。严君子与那詹妙容上山来,正遇那水猴、伥鬼下山去,真是:

一个是须江河神须江女,一个是徐家弃仆弱女子,水岸山边识法宝,誓要斩妖除魔;一个是河中吃人鬼哭子,一个是西山鬼妖老伥鬼,圭峰洞里气难消,定要称王霸道。西山何其大?却是冤家路窄;勇者何其多?更是狭路相逢。

鬼哭子道:"这自家的媳妇就是好,为夫在外,在家定是安心不得,莫不是想念万分,这才上山寻夫来了?今又见着,不行参拜之礼,可谓无管教也。"严君子道:"你二鬼祸乱凡间,随意取人性命,今日本仙且收了你。"伥鬼诡笑一番,道:"贤弟,常言道,娶媳无目睛,挑粪无鼻头。弟妹好生凶悍,要不得,要不得。"鬼哭子一听,羞怒至极,道:"兄长且放宽了肠子,待吾处理一些家务。"说罢,降妖杵挥使过来,真是:

晓出江城西,分围江山底。严君子河神威,鬼哭子恶声大。一个直挺七星剑,一个横举降妖杵。火焰射四方,黑雾压天地。杀气凶声震日月,鬼哭狼吼吓精灵。剑来威风长,杵架野性狂。这边魔爪似钢钉,怒目横生;那边条身如丝带,气度不凡。

鬼哭子使了身法,闪过剑头,轮起降妖杵,直捣背后而来。严君子也使身法,让过降妖杵,道:"鬼哭子,看剑!"遂又使神通,一会儿跳在云端里,顷刻间落入草堆中,大战几十回合。

不时,这鬼哭子势头渐弱,败下阵来,丢盔弃甲,仓皇而逃。这倒不是在水中自在,几度费劲,这才躲了过来。逃至伥鬼跟前,求饶乞援。伥鬼又诡笑一番,道:"贤弟家事,为兄不方便矣!"鬼哭子知得这伥鬼吃硬不吃软,分明是一个贱骨头,要使得那激将之法,又不可言辞过激，见那严君子剑指而来，遂道："那严君子法力高强，只怕兄长与她一战，即使不败降，也只可遮拦隔架，全无攻杀之能。"伥鬼一听，暴怒，道："贤弟莫慌，且看为兄如何。"遂默念魔咒，只见那巨斧金光耀眼，树木山禽无不遮眼逃散：

刚走水中猴，又来山中虎，严君子好忙！两边皆藐视，巨斧劈将来，老伥鬼好凶！这一个专收人间鬼，那个要做城中王。真是正道一君子，当真精神棒，绝对洞中一鬼王，果然多猛壮。剑斧相拼火哧哧，两家本事一般样。

话说这严君子大战已久，体力不支，渐战渐退。这可眼红了那鬼哭子，心想功劳不能让兄长全占了去。遂又挥使降妖杵，迎剑而上。一旁的詹妙容岂是无情草木，喝道："鬼哭子，那里逃？"那鬼哭子倒是不慌不忙道："不跑，不跑，正来，正来！"两者又是一番厮斗：

凡女挺身去，泼猴魔杵迎。一个是护师心切小徒，一个是助纣为虐顽鬼。这边法咒念起施威武，那边怒目冲气发野性。神功运化，震谷漫天，雄威响若雷奔走。恶气逼人，穿山透石，猛怨状如雪崩塌。

那鬼哭子降妖杵直扑而来，每回落空。蛮力使完，上气接不得下气，心里念叨："这可如何是好？"心生一计，使了个障眼法，抽身溜走，径直往须江河岸去。严君子见状，连声喊道："那鬼哭子要是蹿入水中，犹如鱼龙得水一般，再难抓住。"又将那烂锤棒扔给詹妙容，便无暇顾及，引那伥鬼往山南而去。

话分两边说，这边鬼哭子逃窜不及，那边詹妙容追赶不舍，追逃至山西之处。鬼哭子饥渴不已，见山谷处有水坑，直径两丈之多，直冒仙气，井水清澈见底。这可乐坏了水猴，纵身一跃，跳入水中，好不自在。

见那詹妙容追赶而来，道："为夫在此等候多时，娘子莫慌。且入得井中，与夫释闷。"那詹妙容听罢，怒道："泼猴，有本事的，跳上岸来，与吾再战百回合，看吾如何把你剥皮抽筋。"鬼哭子笑道："娘子甚是不知，吾虽是水中一猴，但乃人间鬼魂，没有身躯，何来的皮筋？"詹妙容道："既无皮无筋，吾便要你魂飞魄散！"鬼哭子又笑道："娘子果真是凡间女子,不知吾等水鬼在那水中万般痛苦,不能超度往生,不得六道轮回。若能魂飞魄散,形神不在,了无牵挂倒也省心。"詹妙容道:"既是知得这般痛苦,为何掳去凡人之命,且做替死之身?"鬼哭子道:"这神有神道,人有人道,鬼便有鬼道。常言道,家家有本难念的经,这和尚念的是《金刚经》,道士念的是《南华经》,吾等念的自然是'鬼门经'。"

詹妙容道:"尽是油嘴滑舌,倒是有人能信你。"鬼哭子道:"不信无妨,这世间之道皆是宿命,天地之大,总有容身之处,娘子不也在那徐家死里逃生?凡人眼里,你是那忘恩负义、卑劣之徒,恨不得将你碎尸万段,好在阴差阳错,堂前撞柱死,做了严君子的高徒,可谓是走了正道。"詹妙容听罢,心想倒是有些道理,这水鬼说来也是可怜。思索不语。

只见那水猴又道:"若能修道成仙,超出三界外,不在五行中,不服天地管,不受阎王辖,吾等岂会做得水底怨鬼?只奈上辈子死得早,阎王不收,就那无常君都不曾看得一眼。"詹妙容道:"你若能幡然醒悟,吾且替你家师门前求情,归顺天恩。"鬼哭子道:"若能如此,极好,极好!"詹妙容道:"你且上岸来,吾这就领你见家师去。"鬼哭子道:"不得,不得!"詹妙容道:"这是为何?"鬼哭子道:"先前仙子紧追不舍,吾又饥渴难耐,见这山谷之处有一水井,便不假思索,蹿入这水井之中,本可以来去自由,可如今动弹不得。难不成冒犯了这井中神灵,困吾在此?"詹妙容道:"这可如何是好?"鬼哭子道:"倒也简单,仙子可否拉吾一把?吾乃鬼魂之躯,鄙陋不堪,轻如鸿毛,用不到三分力。"

詹妙容听罢,便倾身向前,伸手拉住鬼哭子。正用力往上之时,只见那鬼哭子纵身一跃,翻身跳起,两腿伸直,直面将那詹妙容踢下井中。又借力飞到岸上,回头见詹妙容扑通一声,摔入井中,须臾便沉下井底,暗笑道:"常言道,姜还是老的辣,跟吾斗,你还差一截。"说罢,满面春风,大摇大摆离去。

未离百米之远,鬼哭子只听得后面传来一阵爆炸之声,转身看去,只见那詹妙容犹如喷泉一般飞上岸来。鬼哭子见状,道:"倒是能折腾,常言道,一日夫妻百日恩,也罢,今日为夫助你轮回。"

说罢,降妖杵直劈,正要行凶之时,见那井中漩涡漾起,巨浪如碎石般滚打而来。鬼哭子临场招架不得,退却三丈之外,心想:定有神灵在此,吾若在此久留,定然吃亏。遂收了降妖杵,攀树挂藤,正要离去。奇怪的是这身子越是往前,腿脚越不听使唤,硬是往后退。又见这水井四周树藤飞起,捆得鬼哭子脱不开身去,满地打滚。只见那水井深处仙气直冒而来,隐约可见一白衣人缓缓展现:

> 千条瑞霭铺天地,万道祥云降世尘。
>
> 梅泉涌滚出仙子,金光无限尽煞眼。
>
> 花迎宝扇红云绕,日照白袍翠雾光。
>
> 孔雀开屏驱邪气,金鱼摆尾清混浊。

那鬼哭子满是不服,折腾一番,怒道:"且不知何方神圣,竟有如此法力?"只见那白衣人转身而来,乍看肌肤白如雪,浓眉甚似墨,一道乌黑发,两眼如灵珠,飘飘有出尘之姿,冉冉有惊人之貌。道:"新塘边恩深处,紫极宫仙子姜楚。"鬼哭子道:"如此俊秀,却是那小人之辈。看似白衣,更是阴险之徒。"姜楚听罢,甚怒,道:"你这水鬼不知好歹,吾不绑你,你早已一命呜呼矣!"鬼哭子道:"此话怎讲?吓得三岁孩子,可唬不住吾。"紫极宫仙子道:"这梅泉之水源自那西山清福洞,此水非寻常之水,乃至阳之物。"

还未说完,只见这水猴已是胆战心惊,问道:"遇阴如何?"紫极宫仙子道:"阴阳相克,遇之,阳强阴弱。如若就此离去,不出半个时辰,即已遭受灭身之灾。遂令这山中树藤将你捆之,实则救你于水火之中。"鬼哭子道:"竟是一派胡言,吾虽一水鬼,这世间之道多有闻之,却不曾闻这泉水乃至阳之物,分明是糊弄于吾。"姜楚听罢,无语。话到此时,只见詹妙容醒来,起身行礼,恭谢救命之恩。

鬼哭子见紫极宫仙子无放解之意,便道:"仙子搭救之恩,没齿难忘,吾有一兄长,居此山中。说来是你邻居,恳请仙子速速放吾离去,莫伤了和气。来日再行登门拜谢。"紫极宫仙子心想此话在理,正要默念松解咒。

只见詹妙容跪求道："仙子莫要。"紫极宫仙子问何缘由，詹妙容一一道来，正说之际，鬼哭子见紫极宫仙子脸色渐变，心想这可倒好，一个变俩，恐怕今日难逃一死，便狂躁起来，要撕人一般。吓得紫极宫仙子和詹妙容退却三丈，紫极宫仙子道："要降服这水猴倒也容易。"詹妙容道："望仙子赐教。"紫极宫仙子道："你手中那烂锤棒便是制胜之物。"詹妙容道："昔日家师悟得这克敌之道，今日果真印证。且看吾如何收拾这泼猴。"

说罢，棒杵相拼，怎奈这水猴脱不开身去，烂锤棒一棒打下去，这水猴便矮一节，再一棒下去，又矮一节，直至玩偶一般。詹妙容一把抓起这水猴，道："今日再容不得你狡猾。"紫极宫仙子道："不可，不可。"詹妙容不解，问道："为何？"紫极宫仙子道："这水鬼乃怨气而生，成了冤魂孽鬼，已是身不由己，今日既已收服，何不交付于吾，令其好生修道，祛除怨气。"詹妙容道："仙子慈悲，小女望尘莫及。"

说罢，将那水猴放进梅泉之中，只见那水猴淘气道："娘子真善美，为夫且在此等候。"詹妙容听罢，微笑说道："你开心就好。"说罢，告别紫极宫仙子，寻找家师严君子去。

那边伥鬼紧追严君子至山南之地，欲战于山谷之中，只听得那山中传来一声："冤冤相报何时了，得饶人处且饶人。"伥鬼手举巨斧，怒道："又是哪路的神仙，且现身吾这巨斧之下，定将尔等剁成肉酱。"

说罢，巨斧挥使过来，严君子急忙迎架，这边躲，那边闪，逃于草丛之中，避于山林之内。这伥鬼哪肯放过，放了火烧山，举起斧劈石。严君子躲闪不及，一斧而下，两半身去。伥鬼笑道："都说神仙法力无边，今日过招，才知不过如此，不成仙也罢。"说罢，转身即要离去，只见这山谷两侧由外至内挪动，犹如两手围抱而来，不知哪路神仙使得法天象地的神通。

又见严君子合身而起，手举笤扫，犹如天蓬元帅钉耙，横空掘来。伥鬼措手不及，惊恐万分，不慎跌入谷中，摔了个粉身碎骨。再见严君子笤扫撩起伥鬼，一甩尾将那伥鬼扔进了须江河里，定入底中。严君子正要下水,只见元神出窍,纵然使得定神之法,难再回身,不知如何是好。这时,山中来一道人,威严端肃,相貌轩昂,道:"严君子莫要慌张,待吾使得法力将你元神附身。"说罢,默念法咒。

须臾,严君子见元神归位,这才虚惊一场,神情安定。严君子拜谢道:"不知高人道名?"那道人道:"吾乃清福洞清虚道人,严君子不必言谢,方才施法只是暂时保住严君子元神,待法力渐失,恐难保矣!"严君子道:"不知可有仙法一试?"那道人道:"贫道法力有限,难保周全。"话未毕,只见远处来一女子,正是詹妙容,见家师严君子气若游丝,元神不定,扯衣揩泪,又急忙扶身,细心照顾。

那清虚道人思索一般,道:"若要那定元神之术,这世间倒有一人。"詹妙容道:"请道长告知,救吾家师一命。"清虚道人道:"县南九百里处,有一处名曰广渡,有一山名曰嵩峰山。山上有一寺,名曰松山寺,有一隐士,自唐而来,修道二百余年,在那寺庙边,结茅庐三间,隐而居焉。"詹妙容道:"那高人可有施救之法?"清虚道人道:"嵩峰山盘旋而上凡十八曲,极难登攀。峰顶有一龙井,井中有一泉,名曰冲霄泉,此泉可救你家师。"詹妙容道:"若能取得这泉水自然是好,只是这一去,路途跋涉不说,家师恐无人照料。"

霎时间只听得北处飞来二人,便是那凌云童子与紫薇童子,按下祥云,连忙俯伏行礼,拜见清虚道人。凌云童子道:"受家师之命,前来相助二位仙子。"詹妙容道:"那伥鬼已被打入须江河里,水猴也已被紫极宫仙子收入梅泉之中。"紫薇童子道:"师父真是老糊涂,还说二位仙子胜负难定,真是多此一举。"凌云童子道:"严君子伤势如何?"詹妙容道:"吾家师大战伥鬼,怎奈那伥鬼狡猾无比,使得一把巨斧,将家师打出了元神。好在清虚道人施了道法,定了元神。若要元神保住,还需前往松山寺取得冲霄泉。只是吾学得水中遁术,这腾云驾雾本领不曾学得,此去路途甚远,又恐多灾多难。"凌云童子道:"既是如此,由吾助严君子回到须江河府中,紫薇童子可助你前往松山寺。"话未说完,可急坏了紫薇童子,道:"不得,不得,临行之时,师父只是命吾等助其灭敌,可不曾要吾等松山寺走一遭。"凌云童子道:

"师妹莫要淘气，如今严君子危在旦夕，岂有不搭救之理。"

紫薇童子听罢，撅着嘴，一副白眼瞪了瞪，忍不住腮边坠泪，道："真是山有木兮木有枝，心悦君兮君不知，去松山寺也罢，只说去，可没说回，吾且将她带到嵩峰山。"詹妙容道："紫薇童子有劳了。"

众仙人相辞出西山，凌云童子幻化成黄牛，驮着严君子径直往须江河来。到岸边，倾身落下严君子，又变幻成人形，扶起严君子，潜入水中。严君子见状，连忙道："不可，不可！人间传言，黄牛入不得水。"凌云童子道："来去个把时辰，碍不得事。"严君子道："当真无事？"凌云童子道："无事，无事。"遂又前行，一路潜来，果真不见异样。凌云童子将严君子安置妥当，招呼了河中虾蟹小喽啰，令其好生照顾，喝道："若有半点差池，便将尔等扒皮抽筋。"这些虾蟹小喽啰无不连声应诺。后拜别严君子，径直往岸上去。须臾，凌云童子便已到岸上，须臾，面上起红云，心头如火烧，坐一旁，运功休憩。不言。

话说紫薇童子听清虚道人言，踩着云头径直飞坳头去，又辨不得东西，识不得南北。行到一处，只见两山凸起，高千丈有余，长万丈之多，中间铺一岭，山石铺路。山脚之下有一石碑，刻一碑名，名曰大陈岭，按落云头，见一樵夫，自岭那头而来，问得鳌头何处去，樵夫道："往南走十里，有一寺，名曰真岩寺，又东北向走二十里，便可到坳头。"詹妙容俯身行礼，道："老神仙，小女多谢。"樵夫道："何须言谢，吾拙汉衣食不全，怎敢当神仙二字？只是这山后人家，姓汪，自徽州而来。"说罢，转身离去，只听说声去，就不见踪影。

紫薇童子驮着詹妙容又驾云往南走十里，落下云头，见有座寺庙，想来疲倦，倒不如在此一歇。遂趋步而上，不见得有人，遂盘膝而憩。寺庙虽陈旧，但不失威严。抬头一看，刻有草书四字：真岩禅寺。后有诗佐证：

> 一炷清香一解颜，几生修得在林间。
> 朝无事也夕无事，坐看扇兮行看山。
> 梅玉破香供宴寝，松风奏曲度禅关。
> 静思四海五湖客，虽有黄金无此闲。

醒来,至后堂,可谓是:

> 殿阁凌空清风吹,雪晴春色照大堂。
>
> 玉燕归来留枝头,双乌戏耍艳桃花。

后院非院,乃是一山,左有一碑,有三丈余高,宽有八尺余。刻有三字:筋竹山。往前几十步,隐约可见有一洞,洞前无门,洞内无光,静悄悄杳无人迹。再往前走,洞火闪现,詹妙容见紫薇童子进洞无音,恐有不测,遂紧随而至。

话说这石洞虽无名,洞内却别有洞天,只见两尊石人像盘曲坐于洞中。细观之,左侧一男者,面相慈祥,仪态得体;右侧一女者,秀丽端庄,温文尔雅。两者中间摆一棋盘,只见紫薇童子说道:"早年听得家师念起,此棋名曰围棋,始于烂柯山,为何出现在此?"

詹妙容环顾洞壁四侧,见石壁刻有一诗:

> 信安郡下石室山,晋时樵夫王质去。
>
> 童子棋时未曾语,含枣不知肚中饥。
>
> 棋中问到何不去?醒来斧柯已烂尽。
>
> 游者皆寻烂柯梦,日迟亭后一石桥。

詹妙容好生奇怪,道:"此诗乃述烂柯一梦之事,为何作诗于此?"紫薇童子道:"你这凡间女,岂知神仙事。"詹妙容道:"仙子见多识广,岂是小女可比?"紫薇童子装了腔,鼓了调,说道:"这左侧之人乃号左圣南极南岳真人左仙太虚真人,神农大帝时雨师,上可呼风唤雨,下可翻江倒海;这右侧乃其小女,名曰少姜,本在石室中修炼,只因来一对童子下棋于山中,扰其清修,遂又至此洞中,无事之时,父女二人便下得一盘棋,其间悟得真道,遂在此升天,其身化作石人像。"詹妙容道:"既是如此,吾等应速速参拜。"紫薇童子:"只是两尊石人像,有何拜乎? 说出去岂不笑话。"

詹妙容拜毕,道:"此乃上天尊神,岂有不拜之理?"紫薇童子道:"家师寒武大神,奉玉帝之命,镇守天界,其尊岂是这等神仙品级可比。不拜,不拜。"话未言尽,只听得一女童之声,道:"大胆孽畜,在此狂言乱语。"紫薇童子着实吓了一跳,念来定是个孩子,便道:"你又是何方妖孽,在此蛮横撒泼。"

霎时间,那女童现身其后,只见右手持一虎鞭,一鞭抽过来,抽得紫薇童子倒地不起,应声而泣。那女童道:"吾乃雨神之女少姜,你又是何人?"紫薇童子一听,想起方才口出狂言,惹怒这小鬼,便不再出声,恐又遭这虎鞭之痛。

詹妙容一旁连忙劝阻,道:"仙子息怒,此乃寒武大神之徒紫薇童子,本同门同宗之人,莫伤了和气。"少姜道:"你又是何人,为何在此?"詹妙容道:"吾乃严君子之徒,前往嵩峰山松山寺请取冲霄泉。只因路途遥远,遂在此停歇。方才误闯宝地,扰仙子清修,此乃罪过至极,还望恕罪。"

少姜听罢,稍有消气,道:"寒武大神乃是天界真神,如今却收了这般劣徒。"紫薇童子道:"顽童,吾本有意让你,这才不慎吃了一鞭。竟不知你这般任性,目中无人,今日姐姐教训你一番。"说罢,幻化鹿形,只见鹿角直撞而来,那少姜也不是吃素的,虎鞭撩起:

这边是寒武真神之徒,碓边山下一白鹿;那边是广元大仙之女,真岩寺里一顽童;一个金角成对来,誓要你休得辱吾师门;一个虎鞭挥将去,定让她低头认得规矩。狡鹿窜行空,虎鞭横切路。这边怼作弄,那边逼胡来。你不服,吾不肯。这要打得天地昏,那要抽得泣鬼神。

詹妙容见两仙子打得不分胜负,来去几十回合,像似前世仇家狭路相逢,又似戏台做戏真真假假。道一声:"真是孩子一般,不知疲,不知倦。"又见得大战一番,本想劝阻,怎奈法力不及,倘若贸然插手,恐劝阻不成反被仙气所伤,遂站立一旁见机行事。

少姜见紫薇童子不肯罢手,心想再这番打斗下去,自个家的洞府岂不被毁,若是让家父知道,岂不受罚?好在家父仙游四方,未曾归来,何不就此收手,将其骗出洞外,再与那孽畜厮斗一场,分个高低,见个强弱。遂收起虎鞭,使了个障眼法,溜出洞外。紫薇童子见状,笑道:"想是怕了吾不成,今日便要你乖乖给姐姐磕头认罪。"见詹妙容前来劝阻,道:"待胜了这顽童,自当送你去嵩峰山松山寺请取冲霄泉,若要再拦,连你一起打。"遂出了洞外,詹妙容见紫薇童子兵锋正盛,遂不敢再言。

　　只见两仙子又相互挑衅一番,少姜见紫薇童子行身如兔,虎鞭每每抽空,心生一计,使了个定身之术,道一声:"定。"紫薇童子听罢,心想:好在师父教得如何分解这定身之术,这顽童定是见吾风樯阵马,似流星赶月,捉拿不住,何不将计就计,诈弄一番。遂立而不动。只见那少姜满心欢喜,道:"经不住这般折腾,使个定身术,就将你定住,看吾如何戏弄你一番。"说罢,默念法咒,虎鞭化作一撮鹅毛,作弄痒痒,好不痛快,欢呼雀跃。

　　霎时间,紫薇童子见少姜不注意,来个急转身,将其抓住,又推了出去,凌空而起,两腿一踢,少姜倒飞了出去,扑倒在地。又见紫薇童子两鹿角顶撞过来,正仓皇之际,詹妙容挺身而至,两鹿角穿心而过,应声倒地。紫薇童子见状,怒道:"都说上船盼船浮,你倒好,胳膊子往外拐,帮了他人。"詹妙容道:"仙子,切莫害人。"紫薇童子道:"活该你挨吾两角,可见你命不善终,待你死后,吾自当埋了你,也早早回去找吾师兄。"詹妙容道:"小女命不足惜,烦扰仙子前往嵩峰山松山寺请取冲霄泉救吾家师。"紫薇童子道:"你若不死,便带你去。"

　　话说少姜免遭一难,听得紫薇童子这般无情之言,甚是暴怒,道:"你这般恶徒,岂能容你久活。"说罢,纵身一跃,空中虎鞭直抽而来,紫薇童子靠得太近,不好施展法力。遂退出几丈之外,正要厮杀,只见一道人凌空而来,略施小法,将两仙子分开两边去。待站立而定,见少姜忙叩首参拜,道:"罪女拜见父亲。"紫薇童子见广元大仙真神下凡,亦不敢造次,只得乖乖行礼。

　　欲知结果如何,请看下回分解。

# 第十六回　詹妙容得道升天　龙川桥上遇金花

话说詹妙容受穿心之痛,已是命悬一线。广元大仙见状,忙将其扶起身来,默念法咒。只见口里吐出一水珠,晶莹剔透,金光耀眼,命少姜将其放入詹妙容口中。紫薇童子道:"这又是甚宝贝?"少姜道:"真是有眼无珠,此乃弱水神珠,可救世间万物之性命。"

须臾,见伤口愈合,詹妙容渐渐清醒,遂起身行礼,道:"承蒙广元大仙救命之恩,今日实乃吾等冒犯,还望恕罪!"广元大仙大笑,道:"此乃劫数,今日之难乃命中注定。"少姜道:"常听师父言,生死寿夭,本诸自然,刑德威福,系人之主。莫不是这詹妙容生来多祸,死不安宁?"广元大仙道:"不然,不然!昔日吾曾教与你,舜发于畎亩之中,傅说举于版筑之间,胶鬲举于鱼盐之中,管夷吾举于士,孙叔敖举于海,百里奚举于市。故而成事者,正如孟子言,天将降大任于斯人也,必先苦其心志,劳其筋骨,饿其体肤,空乏其身,行拂乱其所为,所以动心忍性,曾益其所不能。"紫薇童子道:"这天下太平无事,不见有何大难,又何来的大任从天降?"广元大仙道:"大难不久矣!"紫薇童子道:"难从何处来,又从何而起?"广元大仙道:"缘起缘灭,自古有道。"紫薇童子听得有些不耐烦,道:"你这道士,净说些不明不白之话,弄得本仙子好生糊涂。"少姜道:"天有多高,地有多厚,岂是你等小仙知得。"紫薇童子道:"且不与你师徒论理。"说罢,欲要离去。

广元大仙道:"仙子莫要离去,吾这洞中有一宝物,可赠予你。"紫薇童子一听可乐坏了,心想:广元大仙乃神农雨师,所赠之物绝非一般,倒不如取了宝物,再去找师兄也不迟。遂道:"宝物在何处? 莫要诳吾。"广元大仙道:"就在洞中,仙子自去取。"紫薇童子一听,自然高兴,忘乎所以,奔进洞中,未见得有何宝物,正要出去与那广元大仙一番理论,霎时间,见得这洞壁伸出四条大铁链子,硬是将紫薇童子手脚一并绑了去。

　　见手脚动弹不得，使了些法力，铁链锁得更紧，紫薇童子暴怒，骂道："你这臭道士，妄你贵为天师，竟使得这些下作的手段。"广元大仙师徒与詹妙容站在洞外，并未出声，紫薇童子又怒道："你认不得吾，可认得家师？快快松了绑，听吾道来；若敢道半个不字，伤吾半根毫毛，家师定与你算账。"未听得洞外传来应声，道："今日恩怨，你吾可做了断，这等作为，凡人尚且不齿。"仍未听得洞外传来应声，道："你这臭道士，上不顺天意，下不知礼数，迟早定有报应。"依旧未听得洞外传来应声，再骂。不言。

　　话说詹妙容好生奇怪，心想：如若广元大仙不放紫薇童子，如何去得松山寺，便问道："不知广元大仙所为何事，为何将紫薇童子困于洞中？"广元大仙笑道："仙子莫怪，贫道自有深意。"詹妙容听罢，不语。

　　广元大仙问道："仙子可是那严君子门下？"詹妙容道："正是，正是！"广元大仙道："学的又是甚本事？"詹妙容道："弟子愚钝，虽潜心修道，日夜操练，终不成事，只会耍些小法力，不言也罢。"广元大仙道："可愿拜吾门下？"詹妙容道："若能得大仙教诲，自然是好，只是家师危在旦夕，弟子此番前去松山寺，便是要取冲宵泉，救吾家师。"广元大仙道："贫道倒是会一些占卜之术，算得严君子元气未消，命不止于此矣。再者此去松山寺，必经十八曲，那里豺狼虎豹成群，妖魔鬼怪作乱，只怕凶多吉少。"詹妙容道："如此，还望大仙教吾防身之术。"广元大仙道："你既已拜吾门下，便需尊吾门号。"詹妙容道："师父所言极是，还望赐个薄名，以便呼唤。"广元大仙道："你心善道存，德容四海，吾便赐你号为善德真人，教你万象法门之术。"詹妙容道："凭尊师意思，弟子倾心听从，只是不知何为万象法门之术？"广元大仙道："万象法门之术，有三十六般变化，可兴风降雨，可动土移山；可隐身遁身，上天有路，下地有门；步日月无影，入金石无碍；水不能溺，火不能焚。"詹妙容道："师父，可胜得过那十八曲的豺狼虎豹，斗得过嵩峰山的妖魔鬼怪？"广元大仙道："胜得，斗得。"詹妙容道："如此甚好，吾自当潜心修道。"遂与少姜修道于真岩寺,空闲拾些斋饭送于洞中。

　　说破根源,道尽真理,广元大仙传了口诀,教了法术,詹妙容一一学得。说来也有些时日,正当寺内与少姜讲经论道。说来那少姜本事无几,倒是能说会道,说得詹妙容捧腹大笑,惊动了广元大仙,广元大仙便问道:"为何在此喧哗?"二人慌忙检束,整衣向前,叩首礼拜,少姜道:"启禀尊师,吾与善德真人正讲经论道,谈到妙处,喜悦不已,故而惊扰。"广元大仙道:"这般不受定术,全不像修道之人,但凡修行之人,口开神气散,舌动是非生,切忌!"又问道:"善德真人,这万象法门之术可学得?"詹妙容道:"弟子日夜勤学苦练,虽不精深,倒也在手。"广元大仙道:"也罢,那万象法门之术非一日之功,也非一朝之事,日后多加修炼,自当精深。"詹妙容应声,不语。

　　广元大仙将詹妙容引至一处,见一棋盘排在中间,棋子四散五落,看似无序,却是道门排开,此棋名曰围棋,棋盘为方,三百六十道,仿周天之度数。棋子为圆,分阳白阴黑,各一百五十枚。广元大仙道:"早年吾曾与少姜在此下棋,留此棋状,原是少姜一冲一跳,又行镇棋之法,待吾外围设一上虎,置一下虎,断点难接。待少姜落棋已是无棋可走,至今难破。"说罢,少姜好生惭愧,道:"家父时而跨在其中,时而拆棋其间,道行深远,无法破矣!"詹妙容道:"师父棋艺超绝,恐无人能及。"广元大仙道:"你既已学吾万象法门之术,可曾知得万象法门之术便是源于这围棋。今日你若能破棋,可谓精深法门,道破天地,霞飞升天。"詹妙容道:"弟子学棋时日不多,此棋乃绝妙之笔,破不了,破不了。"少姜道:"一试无妨。"詹妙容道:"只怕是班门弄斧,闹个天大的笑话。"广元大仙道:"棋艺之深不在棋局,在棋心。"听罢,詹妙容不好推脱,只能观棋思盘,不语。

　　须臾,只见詹妙容捡一白棋落于黑棋棋头之处,霎时间,广元大仙惊叹道:"妙!妙!"少姜道:"乖乖,好一个鼻顶!"广元大仙问道:"可否告知贫道,为何下此棋也?"詹妙容道:"世人只知此棋乃害诈争伪之术,凡下棋者皆着眼于棋局布面,下一棋者,皆是争利去害,围而不通。愚以为此棋乃天圆地方之道,若能出棋而观全局,互利而行,便可胜棋。"广元大仙道:"你已悟道矣!可得道升天!"说罢,只见詹妙容光芒四射,彩云缭绕,飞天而起。

须臾,按下云头,拜谢师恩,广元大仙道:

> 生逢乱世天地倒,混元魔将破天界。

> 待得三神珠灵转,化作江郎除魔去。

詹妙容道:"除魔匡道本是天神之责,只是不知这混元魔身在何处,法力如何?"广元大仙道:"真人自当前往松山寺取得冲霄泉救你家师,后续之事自有安排。"詹妙容道:"吾也在此呆了好些日子,虽是念家师命危,但念师父厚恩未报,不敢去。"广元大仙不语,令少姜取了虎鞭予詹妙容,道:"那紫薇童子生性刚烈,不服管教,若能从善,日后定能助你,且赠你一虎鞭,好生管教。"詹妙容道:"使不得,使不得,那紫薇童子乃寒武大神门下一爱徒,更是吾救命恩人,岂能待如牲畜,执此虎鞭,管教一二。"广元大仙道:"仙子莫忧,只需严加管教,待其得天地造化之功,许她一个仙箓之名。"詹妙容道:"如此倒也算是宽慰,只是不知这虎鞭如何管教,若其在旁,言语告知便可;若其不在旁,只怕是鞭长莫及。"广元大仙道:"此鞭乃炎帝系腰之物,通天地神灵。执一鞭,定叫她乖乖顺从;执二鞭,定叫她扒皮挫骨;执三鞭,定叫她万劫不复。无论远近,不计轻重。"不言,已去,詹妙容再拜。

话说紫薇童子被困于洞中多日,身心俱疲,见广元大仙、少姜、詹妙容径直而来,怒气横生,广元大仙道:"紫薇童子,你可知吾为何将你困于洞中。"紫薇童子:"知得,知得。"广元大仙道:"既然知得,且说来听听。"紫薇童子笑道:"常言道,来者是客,竟有这般待客之道,不言也罢。"广元大仙道:"虽顽皮不化,倒也机灵,也罢,吾且放了你。"说罢,念个咒,铁链应声褪去。

紫薇童子道:"你这臭道士,教得这般无能徒弟,斗不过吾,传出去又怕坏了你名声,遂师徒设计害吾。若是让家师得知,定上天庭御前告你一状。"广元大仙道:"你可知锁你的四条铁链为何物?"紫薇童子道:"难不成是金是银,你一个臭道士,食天地精华,吃日月之灵,要这些金银财宝何用?"广元大仙道:"此言差矣,那铁链原是那黄帝锁四大僵尸之物，可去除内心邪性，令其道法自然。"紫薇童子听罢，暴怒，道："臭道士，你欺人太甚，将吾与那四大僵尸混为一谈，今日吾绝不饶你。"说罢，默念法咒而起，詹妙容挺身前去，挥使一鞭，正打在紫薇童子脸上，只见那紫薇童子应声摔在洞壁上，又滚落至地，疼痛不已。欲起身再斗，只觉得浑身无力，虽咬牙切齿，但又不敢言。

广元大仙道："孽障，今日你做善德真人一坐骑，好生服侍，待得天地造化之功，自当还你自由之身。"说罢，父女驾云而去。不言。

话说拜别广元大仙，詹妙容便扶起紫薇童子，道："此去路途遥远，还有劳仙子。"紫薇童子道："广元大仙既已降下法旨，吾岂有不从之理。只是你这虎鞭甚是厉害，疼得吾无法驮你，可如何是好？"詹妙容道："无妨，你吾一路同去，做个姐妹如何？"紫薇童子道："甚好，甚好，这就走，这就走。"说罢，二人同出洞外，离了真岩寺，后有诗佐证：

**当年得道访乾坤，透出人间生死门。**

**地水火风无处着，俨然仙踪镇长存。**

一路来，其风光秀丽。至东北二十里处，二仙子自是有些疲劳，见有界碑，刻有二字，名曰坳头，詹妙容甚是奇怪，道："吾等可是去鳌头？"紫薇童子道："正是。"詹妙容道："可为何此处名曰坳头，非鳌头也？"紫薇童子道："定是那樵夫分不清，才这等糊弄吾等。"詹妙容道："若能见得行人，一问便知，怎奈不见人家。"紫薇童子道："仙子莫急，且在此等候，吾腿脚利索，这就问路去，顺便借点斋饭，充充饥。"说罢，未及詹妙容应声，已是来去无踪。

时过晌午，已去两个时辰，未见得紫薇童子归来，詹妙容本打坐不语，怎奈腹中叽咕，这才念起紫薇童子已去多时，心想：莫不是趁吾打坐之时，逃了去。又念起广元大仙之言，执起虎鞭。一鞭而下，虽不重，却空中划过，犹如烈风疾呼，又见地有痕，霎时间，只见那紫薇童子"嗖"一声径飞而来，跪地求饶，道："不承想这虎鞭竟是如此厉害，越是远去，越是疼痛。"詹妙容道："你若不逃，吾自不会抽你。"紫薇童子道："再也不敢，再也不敢。"詹妙容道："此去可曾问得去路？"紫薇童子道："问得，问得，鳌头并不在此处，应往西四百里。"詹妙容

157

道："既是如此，吾等收拾前去，片刻耽误不得。"说罢，二人自北往西而去。

话说这紫薇童子逃走不成，又惧虎鞭，自当卖力，驮着詹妙容一路西来。过大山坞，只见大风而起，阻挡了去路，只好按下云头来。见虎狼成阵走，麋鹿作群行，千尺大蟒计算，万尺长蛇算计，道一声："真是九死一生。"

刨开山路，上了高崖，下了峭谷。路头处，睁眼观看，见有一牛状巨石置于山脚之下，甚是奇怪，便近前观瞻，紫薇童子道："这般牛状巨石，为何立于山坞之中？"霎时间，只见那牛状巨石应声而破，妖雾而起。从中走来一老婆子，驼着背，拄一拐杖。

紫薇童子道："何来的妖怪？"那老婆子道："老身并非妖怪。"紫薇童子道："此路甚寂寞，多逢树木，少见人烟。常言道：山高必有怪，岭峻却生精。"老婆子道："娜妮竟是这般不近人情，若是妖精，吾自当逍遥这山中，为何缩于巨石之内？"詹妙容在一旁，见老婆子弱不禁风，连忙扶身去，道："老婆婆，且慢慢说来。"紫薇童子道："既不是这山中妖怪，倒是要问问府上在何处？是何人家？"老婆子道："老身本是那龙川桥人，两百年前，吾与家夫定居于此。日子倒也是清闲，只怪肚子不争气，生不得一子半女。一日，家夫外出砍柴打猎，见一娜妮，孤苦伶仃，无依无靠，便将其带回家中，做得那膝下娜妮，本想老来也有个依靠。"紫薇童子道："你这老婆子，净扯些没用的，拣重点的说。"老婆子倒也不紧不慢道："那娜妮起初甚是乖巧，寻柴造饭，扫地挑水，讨得欢心。"詹妙容道："如此便是极好的，二老自然求福得福。"

老婆子道："可惜年景不长，那娜妮睡在舍房，半夜经常鬼哭狼嚎一般。家夫开门一看，那娜妮竟是一个大狐狸，硬生生地把吾那老汉吃了去，见吾晕倒在地，也不知变得什么法子，把吾困于这巨石之中，说吾薄待了她，要吾生不如死。"紫薇童子道："你竟这般糊弄人，话说那小女将你困在这巨石之中，如今又为何行动自如？"老婆子道："娜妮你不知，虽身子骨来去自如，但这阴魂还在巨石之内。早些年，阳寿已尽，那黑白无常来勾魂摄魄，也拿这巨石无奈，只好离去。老身便成了这深山孤魂。"紫薇童子道:"那狐狸可曾欺负于你?"老婆子道:"倒也没有。"紫薇童子道:"如此,既不受天地管,又不受人间辖,好生自在,为何又这般叫苦。"老婆子道:"娜妮你不知,虽是活生生的人,但也与那孤魂野鬼一般,千般忍受,万般皆苦。"

**冤情说到伤心处,**

**铁石人闻也断肠!**

詹妙容道:"有甚法子,可解这巨石之困?"老婆子道:"唯有那狐狸手中金花可解这巨石之困。"詹妙容道:"老婆婆且宽心,吾等这就前去索要那金花,救你出石。"老婆子道:"那狐狸法力了得,尔等此去,恐无定胜的把握。"紫薇童子听罢,连声道:"既无定胜的把握,烦劳另请高明。就此别过。"说罢,拉起詹妙容欲走。

话说这詹妙容怎肯离去,道:"想来寒武大神也曾教于你,修道者理当舍身救困,为何今日见死而不救?"紫薇童子道:"这老婆子话有蹊跷,未闻得这世间有如此法术,将一凡人困于巨石之中,令其魂魄不散。想必是这老婆子生来祸事,不知哪来的报应,令其化作巨石成精,莫当作是个好人。"詹妙容道:"这老婆婆面目慈善,说得句句在理,这般可怜,你怎么说她是个妖精?"紫薇童子笑道:"仙子哪里认得,这世间的怪物,要是想害人,或变金银,或变庄台,或变醉人,或变女色。有善心者,便迷他上钩,你若再随她,定叫你入了她套子。"

詹妙容哪里肯信,只说是个好人,道:"今遇一老者,不好生伺候不说,竟说她是妖怪。你若是不敢,吾自当前去。"紫薇童子被这么一激,更是火冒三丈,道:"常言道,自古深情留不住,总是套路得人心。吾自当与你前去,若是有个不测,你可自个儿认命,怪不得谁。"

说罢,二仙子自寻龙川桥去,紫薇童子心想:好心当了驴肝肺,若是取了金花,也好弄明白是何方妖怪;若是取不得金花,才不愿这般陪死,自当离去。

须臾,只见一条河挡住了去路,有一界碑,刻着三字,曰龙川河。紫薇童子道:"那妖怪言,此处有一桥,名曰龙川桥,如今只有湍急的河水,丛生的草木。别说桥了,连块木板子都不曾见得。定是上了当,挂了勾。"詹妙容道:"你这般没耐心,岂能静心修道?"紫薇童子道:"吾好言相劝,你竟不知好歹。"詹妙容道:"不曾见得那狐狸,就这般怯弱,若是有命上了十八曲,遇了那妖魔鬼怪,定是逃之夭夭,岂可托付于你?你回去吧!"紫薇童子道:"你不要吾相随,只怕你过不了这龙川河。"詹妙容道:"即使命该如此,也怨不得天地,只念家师临难,若是知得此事,定不怪罪于弟子。"

说来这龙川桥甚是异样,水流如绵,岸草青而不软。詹妙容见岸边水底清澈尚浅,便近观之。这一脚下去,却浮在水面,活生生撑起一个人,心想:这妖怪好生了得,想家师严君子都不曾有这般法力。便叫道:"河里的狐狸,千年的妖精,枉你修道,却又这般害人。今日若能归顺,定饶你元神俱全,若要个不字,教你顷刻化为齑粉。"紫薇童子听罢,笑道:"你倒是能吹。"

正叫骂之时,只见那龙川河里水波泛起,卷起千层浪;山川抖动,掀来巨石崩,唬得二仙子顿口无言,只得退却数丈之外。那水中漂浮出一朵金花宝座,金光四射,中间坐一女子,詹妙容骂道:"你这泼狐,休得撒野,快现了本相,好教化于你。"

紫薇童子在一旁躲闪,说道:"古人云,今世之人,惑者多以性养物,则不知轻重也。看这金花宝座,就知不是好惹的人,且让她吃点亏,免得一路上争吵不休。"说罢,只见那詹妙容默念法咒,施法在空中,紫薇童子叹道:"好仙子,风发了,这般神经,才成道,就胡作非为了。"

却说那金花女躲闪开来,并未应招,待詹妙容口里无咒,心中稍息,便按下座来,道:"姐姐,可曾认得吾?"詹妙容道:"谁与你这般妖精做得姊妹?想必定是怕了,这才不要脸地求饶。"紫薇童子听罢,心里暗想:"莫不是自家的亲戚?这倒好,越打越亲了。"正想之时,见那金花女好生劝来:"你吾本是瑶姬大仙种下的姊妹花,吾是金花,你是那芙蓉。只因一心向道,但感化不深,被昆仑山西王母下放人间,降旨吾等受尽人间疾苦之时,便是得道升天之日。"詹妙容听罢,道:"你这妖怪,说得有模有样,且听你再言,若是露点破绽,小心你的脑袋壳子。"

金花女道："本逃荒至此，见一樵夫，愿认吾做得干女儿。过了这龙川河，山垅出去，拐两个弯，便到了那樵夫家，家中有一夫人，待之如亲生爹娘。"詹妙容道："你既有父母在堂，就应好生照顾，招个女婿，做个圆满。"金花女道："怎奈那夫人量小苛刻，容不得人，纵使吾起早摸黑，鸡鸣起身打水烧饭，夜深洗碗刷锅缝衣，没得空闲。烧柴时，在那柴上泼冷水；做饭时，要吾用酒盅量米；猫儿扳翻一只碗，硬说是吾打破；小狗叼去片肉，非说吾偷吃。"

詹妙容道："这般凄惨，这倒是与吾在那徐家相似，说来都是泪，道明都是苦。"金花女道："一日，那夫人要吾过河摘菜，若是迟了，定要吾断脚伤骨。"詹妙容道："那夫人也不太尽人情，你若能及时归来，不要遭那皮肉之苦，也算万幸。"金花女道："妹妹这就出门去，却见着那龙川河上桥不见了，若绕道行走，恐赶不回来，若穿河而过，那河水湍急，不免有些胆怯。"詹妙容道："妹妹，后来如何？"

金花女道："怕那夫人再行责怪，只好赤脚渡河，不知哪来的一片树叶，被吾踩在脚下。霎时间，那树叶变成一小舟，助吾过河。如此过了三年。一夜，梦见西王母令金甲天神宣吾赴登仙岩得道升天。"詹妙容道："既是天命如此，妹妹为何作弄那夫人？"金花女道："并非吾有意而为，那日离去之时，这夫人便日夜腹胀，渐成巨石。"詹妙容道："如此说来，你果真是那天上的仙子，前世的妹妹？"金花女道："正是，正是。"

欲知结果如何，请看下回分解。

# 第十七回　嵩峰山上喇嘛石　二仙大战黄鼠狼

　　话说这詹妙容认得了妹妹，又命金花仙子放生了那冤魂孤老，可谓是一喜一善。姐妹相逢自当甚喜，话休絮烦，细语多时，全然不知紫薇童子在旁半天，这可惹怒了紫薇童子，暗中嗟叹道："这生来的好命，祸不自来，喜从天降。也罢，上了十八曲，只怕妖魔鬼怪吃了去，隔着肚皮看你如何好说话。"

　　且说这姊妹花日夜不离，三仙子共赴十八曲。不日，按下云来，径走山边，风头散了，灰尘息静，渐入山中。崎岖山岭，寂寞孤村，披云雾夜宿荒林，带晓月朝登险道。只见云雾弥漫，山峦重叠。中有一幽道，蜿蜒于山中，可谓是识得这入山之门，却不知路去何方。再往前几里路，抬眼看不到三尺之外，低头识不得垫脚之石。

　　金花仙子见状，道："姐姐，这地好不阴森。"詹妙容道："妹妹何出此言？"金花仙子道："姐姐，且看，路前杂树密森森，山中林遮暗幽幽；听得鸟鸣兽吼声来，不见细毛野货跃起。"詹妙容道："听得广元大仙言，这嵩峰山日有豺狼虎豹横行，夜有妖魔鬼怪作祟。今日一看，那山峰挺立，远远的有些凶气，暴云飞出，渐觉惊惶，满身麻木，令人深思不安。"

　　紫薇童子道："这还不简单，只管一路打去，遇妖斩妖，见魔降魔。"詹妙容道："仙子且慢，吾等几经周折，赶到这里，寻了这会，才见通路，又不知深浅。如若山中妖魔作祟，鬼怪行凶，吾等又未防备，那时只怕上山不成是小事，枉送性命才是大事。"紫薇童子道："这不上也不是，上也不是，真不知你这葫芦里卖的是什么药。"詹妙容道："二位姐妹在此稍息片刻，待吾进山打听打听，查个有无虚实，却好行事。"紫薇童子一听，心中甚喜，道："好！好！好！正是粗中有细，果然急处从宽。仙子自当小心，吾等在此恭候佳音。"金花仙子道："姐姐吾与你一同前去。"詹妙容道:"不可,人多事杂,行事多有不便。"金花仙子见詹妙容意绝,不再强求,道:"姐姐此去千般小心,若有异样,只管逃生出来。"詹妙容道:"妹妹放宽心去,吾自当小心便是。"遂化作一花鹊飞入山中。

话说这詹妙容化作一花鹊飞进山中,只见得乌烟瘴气,只好尽往低处飞去,远处看去只见几个秃头的和尚在山坳处,正挥使着棍子。再往前看,原来正搬移一块巨石,这巨石说来也奇怪,长得木鱼一般。为探个究竟,未等众僧察觉,便又化作一行者,一路直来。

众僧见一行者前来,便惊恐万分,道:"吾等未曾见过圣僧,不知圣僧何处远来?"詹妙容道:"贫僧法号普济,今日迷路于此山之中,见众位在此忙碌,特前来一探究竟。"领头的一老和尚见无大碍,心想:正瞅着无得力的人手,这倒是巧逢天缘。便者者谦谦道:"小僧是这不远处心经寺的住持,法号慈航,长老有所不知,此石名曰喇嘛石,不知何年何月,此石从天而降,落于此处。那山中村里的百姓可遭了殃祸,连年干旱不济,可谓是禾穗不青丝发黄,桑条无叶土生烟。百姓是死的死,逃的逃。今日吾等苦念苍生,慈悲为怀。特命寺里大小僧徒,齐整了木棍,尽使了力气,怎奈这巨石庞大,吾等僧徒昔日只管敲钟念经,这等苦力未曾做得。自日出而来,已至黄昏,都未曾搬动一步,实乃惭愧之极。"

詹妙容道:"贫僧见此石不足五百斤,尔等十来号人,又有械棍硬实,绳索干练,为何搬动不得?"慈航说道:"圣僧有所不知,这喇嘛石看似不重,形体不大。只是吾等棍敲绳拉硬是不得。"詹妙容本想施法相助,又想未明了事,若是贸然得功,只怕惊吓了这群僧徒,便道:"贫僧倒是有一法子,不知可否?"慈航上前恭礼,道:"望请圣僧赐教。"詹妙容道:"这棍敲绳拉不行,尔等可除去这四周的泥土,直至石底,使其无处着力,再绳子紧绑,棍子起底。"众僧徒一听,都言计好,就行此法。不承想十几号僧徒吃不掉这百来斤的石头,这一锄头泥挖走,那地底下硬是又长了一把泥土出来。只见一小僧徒暴跳如雷,骂道:"这到底是天上来的石头,不是娘胎里来的东西,没有骨头,却比骨头还硬,指不定哪个茅房来的。好生伺候,竟不识抬举,不听使唤。"

詹妙容见状,道:"莫急,莫急!吾且帮尔等一把。"众僧徒听罢,纷纷嗤笑一番,那小僧徒更是笑坏了肚子,道:"吾等僧徒虽不是猛如粗汉,倒也是吃那五谷杂粮长大,见你瘦如柴骨,弱不禁风,无济于事也罢,只怕搬不起石头却砸了脚。"说罢,众僧徒又是一番嗤笑。唯独那领头的慈航未曾言笑,道:"圣僧不计累力,不嫌脏身,吾等莫不感激。"詹妙容道:"小僧力如小蚁,虽不能撼树,却愿倾覆。"说罢,二人撸起袖子,阔开双臂,搬移起来,众僧徒见状,纷纷使力。

搬移之时,詹妙容暗施法术,默念口诀,只见其道一声:"变小。"果真那喇嘛石变小一圈,再道一声,再小一圈。这么几声下来,果真变成木鱼一般大小,曰:

**天降神石号喇嘛,僧徒蛮横恐难搬。**

**仙子巧言施法术,得来全不费工夫。**

这下可惊呆了众僧徒,乐坏了领头的老和尚,道:"圣僧神力。"詹妙容道:"喇嘛石真乃神石,可大可小,犹如那齐天大圣的定海神针,吾等不可怠慢。"慈航一听,有些惶恐,道:"仙子意欲如何?"詹妙容道:"自当请到庙里,香火供奉。"慈航一听,心中惊喜,道:"吾等便是此意。"说罢,众僧徒领着詹妙容进了山中寺庙。

这庙无名,那佛无光。詹妙容甚是惊讶,虽不是佛家弟子,却需虔诚。想来是家师严君子教诲,不免伤感,若不是这喇嘛石害人,定然不会在此逗留。这边想那边看,老和尚道:"今日得圣僧相助,这才将神石请回佛堂供奉,来不及问圣僧为何而来,又将去往何处?"詹妙容哽咽一番,整衣行礼道:"贫僧惯于游历,居无定所,今日恰巧路过宝地,明日随处可去,随地可安。"边上一小和尚道:"今日天色已晚,想必定是鞍马劳倦,何不在此住一宿,明日再走?"话未言罢,那老和尚两眼并作一眼瞪了过去,令小和尚顿时木讷,詹妙容看出端倪,便解围道:"今日天色已晚,贫僧不再多留,打扰宝刹清静,这就下山去。"说罢,作揖行礼退去。

话分两边说,这边老和尚命众僧徒收了喇嘛石,压在地窖里,道一声:"教你害人。"

说罢走出地窖,又一番思虑,对众僧徒说道:"那普济虽说清秀无二,但实属道貌岸然。此人身怀法力,定是这山的妖魔,那山的鬼怪。若如此放下山去,只怕惹生事端。"众僧徒听罢,甚感其是,问:"该当如何?"老和尚道:"吾等须派人盯紧了不是?"遂领一二僧徒下山一路紧追。

那边詹妙容帮了人反倒没喝到一杯水,自讨没趣,想来也是消灾之事,也就不怨心上,化为原形,一路离去。次日,行至山脚之下,只见人影甚多,多是老幼伤残,甚是奇怪,遂一问之。

那答话的是个知天命的老头,道:"姑娘有所不知,这地唤作喇嘛山,只因有一喇嘛石,此等神石天降祥瑞,村中多年无病灾,每逢时节,附近的村民皆前往喇嘛山供奉神石。"詹妙容听罢,心生怀疑,方才这老头所言与那山中僧徒所言如同南北,差距东西。心想此中定有蹊跷,遂问后来如何。那老头又答道:"只是不知哪年来了几个强盗,扮成了僧徒,说是要替天护法,强行霸占了喇嘛石,吾等时节供奉还得交门槛钱。时而久之,村民无钱,神石无光,这才连年旱涝不断,瘟疫不止。可谓是时来富贵皆由命,运去贫穷亦有由。这逃的逃,逃不了的死,吾等阳寿未尽,黑白不收,只奈食这山中野草,啃那泥中藤根。"

人说悔恨不过是烂了肠子,这助纣为虐的事情就不知不觉地做了。詹妙容顿时心中暴怒,火气直逼脑门,道一声:"这天杀的,着实可恶。"转头就回喇嘛山,誓要讨个说法。

也真是无巧不成书,说法还没有讨到,祸事却是惹上身。那老和尚一行早已蹲得脚麻,这就围了上去,詹妙容道:"你们这班强盗,不图生计,却做这般伤天害理的事情。"老和尚道:"仙子这是什么话,仙子若不相助,吾等岂撬得动喇嘛石。"詹妙容道:"只怪吾道法尚浅,有眼无珠。今日尔等若是将喇嘛石归还,本仙子便可饶恕于你,若不然,定叫尔等有来无回。"老和尚道:"仙子今日这是怎么了,这般怨怒。方才那老头一派胡言,仙子莫不是信以为真?"詹妙容道:"这老头好端端为何装得这般可怜骗吾?"老和尚道:"仙子,你且理会,此处名曰嵩峰山,此山左右百里,悬石峭壁遍地,狼豺虎豹横行。若是这般老骨头,为何还能立命于此而保全身?"

这一说倒有三分道理,詹妙容便回头问那老头的话:"你且说说从何处来,为何不惧那狼豺虎豹?"老头道:"老朽这般骨头虽不硬朗,倒也争气,那狼豺虎豹虽穷凶极恶,却也未食吾之命。"詹妙容道:"可登悬石峭壁,可挡狼豺虎豹,如此说来,断不是凡人可为,又是何方神圣?"

说罢,只见那老头道一声:"仙子请看。"只见那老头变化一番,成一道人,头绾双髻,身着道服。这未停稳,那老和尚一行笑得腰酸,指指点点道:"人说老来如童,果真这般天真。"詹妙容也道:"尽弄些把戏,还是原貌。"老头道:"这都怨仙子糊涂。"詹妙容道:"不清不楚未讲明,无缘无故却怪吾?"那老头道:"仙子莫急,且听老朽一一说来:

女娲补天炼火石,石破天惊降凡尘。

落地生根九十六,风来雨去千年秋。

吾本无心降落来,只祈润泽赐民生。

奈何凡人不心满,两三贼秃要吾死。

倒也不惧离石去,唯忧作乱害众生。

仙子见吾无变化,只因施法收仙石。

周公恐惧流言日,王莽谦恭未篡时。

向使当初身便死,一生真伪复谁知。"

詹妙容道:"你若是那喇嘛神圣,这般僧徒岂能如此嚣张,这般欺凌?"老头道:"仙子有所不知,这凡间尚且文官武将,各司其职。若论润泽众生,仙子不如小神;若论施法行功,小神不如仙子。"詹妙容道:"既然如此,当报于土地神,求天帝惩处。"老头道:"此地土地神、山神皆被这帮僧徒捆绑了去,小神如何报得?"

话犹未了,那老和尚听得不耐烦,道:"且不管尔等是哪路的神仙,挡了吾等财路,常言道,虎落平阳被犬欺,误入此山被妖收,临死之前让你看看吾等的真面目。"只见妖烟平地起，怪声山中来，好一个黄二大爷，身披裹金生铁甲，怒道："识相的快快离去，莫要挡了你黄爷爷的去路。"詹妙容道："吾以为是什么妖魔鬼怪，原来是个臭屁囊。"黄鼠狼精道："好大的口气，你是哪座山头的？报上名来。好叫下人给你报个丧。"詹妙容道："你给姑奶奶听好了，吾乃善德真人，你这黄鼠狼精，好好道行不要，却要在这山中光天化日之下做贼行窃，好不害臊。"

俗话说：人怕揭丑，黄鼠狼怕羞。听此一说，黄鼠狼精顿时火冒三丈，手持一铁叉，空地当中，使了旗鼓，怒道："敢笑话于吾，看叉。"只见一叉横来竖挑，詹妙容躲开去，黄鼠狼精见詹妙容无兵器，便甚是猖狂，急冲而来。左一叉，右一叉，不是要穿眼孔，就是要掏心窝。

詹妙容起身飞起，这边黄鼠狼精扑个空，那边詹妙容转身来，横抽一鞭，应得黄鼠狼滚倒在地。只教个疼不叫疼，痛不叫痛，心如焦裂，身如洞穿。又见詹妙容一鞭虎虎来，这黄鼠狼精头一缩，尾巴翘起挂树枝，响响的一个臭屁，如五雷轰顶般，石碎草木死，又似狂风席卷，吹得人倒树木歪。詹妙容硬是被击退三丈之远，乍一看，那黄鼠狼精与两小妖不知去向何处，那喇嘛老者已是头晕目眩，昏倒在地。

詹妙容道："休走！"说罢紧跟而去，这边黄鼠狼精丛林窜行，那边善德真人仙路开来。须臾，到一山脚处，见一窟，洞门紧闭，那黄鼠狼精定是在此洞中。遂施法开门，三鞭下去，毫发无伤。正不知所措，那洞门倒是开了，只见里面钻出来一群鼠精，各个拴束衣甲，手持棒棍锤枪，分开两边列队，凶神恶煞，横眉怒目。詹妙容硬是惊呆一时，这常言道：黄鼠狼生耗子，一窝不如一窝，果真如此。

詹妙容立身不动，虎鞭横空扫去，那些鼠辈左右逃窜，来回挑衅，数鞭而下，丝毫未能伤及，只怪这些东西太过机灵。本不想害其性命，便大声怒道："妖怪，莫要做那缩头的乌龟，钻缝的螃蟹，且出来比个高低。"

话音未断，只听脚底下一声震响，"轰"的一声，那黄鼠狼精从泥土中蹦出，从脚跟处冲来。詹妙容未及回神，便被甩出半空，重重着地,正要起身回挡,那鼠辈的兵叉早已架在脖子上,缴了虎鞭,捆进洞去。

话说洞内灯火照明,只见那黄鼠狼精端坐在虎椅上,下面小鬼抬酒送肉,无不庆贺,其左右道:"大王,这女子果真是那天上的神人?"黄鼠狼精道:"莫不是神人,岂有这般威力,撬得动喇嘛石?"左右道:"该当如何?"黄鼠狼精思虑三分道:"吾亦不知如何是好。这换了那些凡夫俗子,大可抽打一番,放了回去。这善德真人颇有法术,吾等费了九牛二虎之力将其擒住,若是这么放了,只怕给了她自由,吾等不自由啊。"左右曰:"既然放也不是,倒不如杀了?"黄鼠狼精一听,顿时怒气横生,回头便是一脚,直叫那左右鼠辈疼痛难耐,纷纷跪地求饶。

黄鼠狼精道:"吾祖辈本是上仙,乃修道戒杀之士,只是世道嬗替,这才落此为妖。吾等岂能就此堕落,做了那伤天害理的勾当。只是这喇嘛石神力威猛,可治狐娘的病,这才千般用计,万般索求。"遂命众人看紧詹妙容,独自离去。不言。

话分两边说,詹妙容这一去已是多个时辰。若是平安,早已探路回来;若是遇险,恐遭不测。这可急坏了金花仙子,便要起身找寻。紫薇童子道:"真是个不要命的无知小辈。你家姐姐不归,定是被那妖怪擒去,生死未卜。此时前去,只怕凶多吉少。"金花仙子道:"吾与姐姐本是命同一体,生死共存,今日姐姐有难,吾岂能袖手旁观。"紫薇童子道:"死也不是你这个死法。"金花仙子道:"仙子若是心生胆怯,可不必去也。"

紫薇童子听罢,三分气来,道:"吾是见你不识局面,这才好心劝你,你倒反将言语伤吾,本仙子法力无边,这等孽障能奈吾何?只是你在左右,施展开来怕是伤了你。"金花仙子激将道:"既是如此,仙子先行,小仙尾随紧跟如何?"紫薇童子见难以推托,只好一同前往,嘴里唠叨道:"若不是那日在筋竹山救了吾一命,吾才懒得这般费力。"

无巧不成书,途中遇到喇嘛老者,各自道明事情原委,紫薇童子道:"乖乖,这下栽了吧,这俗话说得好:船翻阴沟,人死鼠狼。看你这回还逞能不?"金花仙子道:"仙子净说些风凉的话,要是有些本事,计量如何救吾家姐姐。"紫薇童子道:"这喇嘛石安放何处?"喇嘛老者道:"在那寺庙地窖中。"紫薇童子道:"那黄鼠狼精定是将你家姐姐捆锁在洞府之中,有救矣。"遂计出细语,且看表演。

这边黄鼠狼精离开洞府之后,到了后山脚下。只见搭着蓬茅,门板当床,躺着一女子,仔细一看,竟是一只幻化成人形的狐狸:

> 麻苎当衣裳,鬈发入焦炭。
>
> 体态弱似风,腰细柳条弯。
>
> 本是春风客,绊惹斗轻盈。
>
> 无奈命长短,今生无福旺。

黄鼠狼精轻声道:"狐娘莫要伤心,今日吾已将喇嘛石请回寺中,待天黑之时,吾便带你前去,借助那喇嘛石神力,为你运功疗伤。"狐娘道:"大郎糊涂。喇嘛石天降祥瑞,自当可治愈吾病,只是这四方百姓再无神石护佑,如何是好?"黄鼠狼精道:"狐娘莫怪,吾等费尽周折,只奈这神石难运,幸好今日有一仙人助吾一臂,这才搬动那神石置于地窖中。"狐娘道:"这山中早闻有仙人居所,吾自中了那蜈蚣精之毒,你吾便来此地探访仙人,多年以来未曾寻得,更别说谋面。今日你做了行窃之事,本是伤天害理,竟有仙子相助,大郎莫要诓吾?"黄鼠狼精道:"此事千真万确,待你他日康复,定领你拜访。"狐娘道:"大郎诓吾也罢,欺心也好,狐娘今生愿常伴左右,不离不弃。"黄鼠狼精道:"狐娘快些休息,天黑之时便动身出发。"说罢抚着狐娘安睡,伺候左右不离片刻。

话说黄鼠狼精不杀詹妙容,这话自然被詹妙容听了去,这才安心不疑。心想:早知这山中妖怪盛行,却不知这般狡猾。今日失手栽了跟头,定教那紫薇童子笑话。这一想还真把紫薇童子想来了。只听见洞府门外传音来。

紫薇童子早已探寻这妖怪洞府,便在洞府门口大喊一番,道:"人家都说这黄鼠狼精的屁响彻天地,今日你姑奶奶到访,好不礼貌,屁都不放一个。"话音刚落,只听传来一声:"今日大王不在,你是何方神圣,报上名来。"紫薇童子一听,整整袖,道:"你且听好了,吾乃寒武大帝座下弟子紫薇童子,识趣的,开了洞府,抬着轿子,恭迎你姑奶奶。"只听又传来一声:"未曾听过这名号,想必认错了门,速速离去,莫要打扰。"这一说可气坏了紫薇童子,心想若不是詹妙容在洞里,早就大闹这妖洞,弄他个鸡犬不宁,道:"不恭迎也罢,且放了那洞中仙子,吾便不计较。"

那洞中的耗子,门边的鼠辈,见洞外之人纠缠不去,正商量如何是好?叽叽歪歪,吵吵闹闹。须臾,只听得"轰"的一声,好端端的一个洞门被撞得稀巴烂,原来那紫薇童子性急暴躁,幻化回鹿身,鹿角直撞而来,这才搞得这群小妖狼狈不堪,七离八散的。紫薇童子变回人样,叫道:"仙子捆在何处,若不从实招来,定将尔等扒皮油炸。"

这洞门一开,真是损了元气,这死的已死,活的有一口气的,哪敢怠慢,岂会撩拨,说了去处,便灰溜而去。量将死之物不敢诳人,果真在里处救下了詹妙容,詹妙容道:"真是惭愧,空有一身法力,却教这群鼠辈欺负。"紫薇童子道:"常言道,马善被人骑,人善被人欺。"詹妙容道:"今日多谢仙子搭救,感激不尽。"紫薇童子连忙打住,道:"莫要谢吾,你吾萍水相逢,自当交情不深。"二人不言,遂离去。

话说天黑将至,黄鼠狼精早已将狐娘带至洞中,运功疗伤。只听得洞外急匆匆跑来一鼠精,连喘带咳将紫薇童子如何撞破洞门,如何救走善德真人一一道来。黄鼠狼精正闭气运动,难以抽身,便不予理会,那鼠精便急忙退下。

鼠精前脚走,詹妙容后脚来。见金花仙子和喇嘛老者躲在洞外,问清了详情。道:"这黄鼠狼精虽说作恶多端,倒也真性情。昨日吾虽被擒住,但未伤吾毫发。"紫薇童子道:"这秀才遇到兵,有理没处说也罢,倒是没有见过同情妖精的。"说罢,只身闯入洞中,嚷嚷道:"妖怪,快快夹着尾巴出来受死。"黄鼠狼精见状,收了功,一掌推向地窖,原来那地窖本就有另一扇门,又一掌将那狐娘顺着推出地窖外。再行施法,巨石早已封死了洞口。

黄鼠狼精道一声:"狐娘先走!"便转身手持铁叉直冲而来,这般打斗：

一个是疾恶如仇真仙子，一个是真情真意黄大郎。这边铁叉叉又要害，那边鹿角角角直逼。谁叫紫薇童子神力助，定要除妖扬威名。一上一下，使一个真本事。莫问黄鼠狼精为何拼，誓要涉险救狐娘。一左一右，晃一下假动作。

来回几十个回合不分胜负，黄鼠狼精铁叉叉是从天而降，身子一转身，溜到紫薇童子后身，钻进地洞，不知去向。紫薇童子挡了铁叉，架起了身子，正观测之时，黄鼠狼精从地里直钻而出，两只爪直取紫薇童子脖颈而来，又伸长了尾巴夹紧了紫薇童子身子，令其动弹不得。

那边热闹，这边着急。只见詹妙容按捺不住，唤了虎鞭，腾空而起。只见一鞭而下，硬是将黄鼠狼精与紫薇童子分离开来。直教个措手不及，紫薇童子硬是侧翻倒地，那黄鼠狼精却不见得有何大碍，詹妙容又是一鞭，这招唤作釜底抽薪，那黄鼠狼精急忙躲开去，急抽身甩开了尾巴，犹如铁棍一般，横扫而去。

正见那詹妙容与黄鼠狼精正打得不亦乐乎，紫薇童子怒道："你这天杀的，胳膊肘拐哪里都不知道。竟是拿这虎鞭吓唬人，奈上祝下的，分明是占功心切，也罢，全不能教你一个人拿了去。"说罢。又摆开了阵势，直冲而上。黄鼠狼精哪分得开身去，躲闪不及，只见鹿角背后直冲而来，这前头又有善德真人苦苦相逼，无奈侧身避闪，却又为时晚矣。鹿角直直撞向了黄鼠狼精屁股，这不撞倒是还好，一撞足足逼出了个响屁，直叫紫薇童子这回闻了个够，应声便已倒下，黄鼠狼精更是声声叫喊，痛苦难禁，灰溜溜地跑走。

欲知结果如何，请看下回分解。

## 第十八回　郎情狐义羡众仙　三番缠斗喇嘛收

话分两边说，这边狐娘自离开了地窖，直奔狐仙岭来，想来黄大郎只怕是凶多吉少，自身伤病又未痊愈。若前去搭救，只怕是帮了倒忙，可谓是心急如焚，突然计上心头，道一声："有了。"遂离去。不言。

那边詹妙容唤醒紫薇童子，一行直追黄鼠狼精而来。黄鼠狼精在狐仙岭未见狐娘，正要四处找寻，詹妙容一行早已站立跟前。黄鼠狼精深知无处可躲，"噗"的一声，应声跪倒在地，道："各位娘娘，莫要再追了。小奴在这山中修行不易，偷窃喇嘛石只是救狐娘之命，如今已归还。上天有好生之德，且放了吾，大恩大德来日必报。"

未及詹妙容发话，只见紫薇童子晕头转向，走上跟前，硬是一巴掌横扫而下，有气无力道："瞧你这屁熏得，眼神晃晃的。"话说到此，詹妙容一行听了不免"扑哧"地笑出声来。紫薇童子更是火冒三丈，道："你这妖怪，今日要是不除了你，来日定将是个祸害。"

正运功正果之时，只见那黄鼠狼精"嗖"的一声，不知去处，又见那紫薇童子花了脸，突兀嘻哈起来，手舞足蹈，踉踉跄跄，一步一癫，撒欢不止，顿时又哭丧不已，嘴里叽叽歪歪道："吾几时偷了你家鸡，为何堵了吾的去路。"如此反复，众神仙一时诧异，只听得喇嘛老者道："那黄鼠狼精作怪了，紫薇童子只怕是妖魂附体，得了状克。"

詹妙容道："这病甚是奇怪，难不成黄鼠狼精附体？"喇嘛老者道："仙子所言不假，紫薇童子妖魂附体，恐一时难以脱身。"金花仙子道："这可如何是好？"喇嘛老者道："为今之计，唯有捆绑了紫薇童子，安处歇息。待想出法子，再行解救。"说罢众人拿了绳索，捆了起来。

一时，不知何来的风吹，只见狂沙四起，草木杂错。这哪分得清东西，更不知南北，只见一群狐狸乱奔而来，这边百般纠缠众仙家。那边十几只狐狸咬断了绳索，活生生地将紫薇童子拖起而去，好一个声东击西之计。

众仙家闻风而来,只见狐娘现身,那黄鼠狼精早已脱身,紫薇童子虚弱无力,倒地在旁。詹妙容道:"妖怪,速速交还紫薇童子,可饶你不死。"黄鼠狼精道:"手下败将,还敢狂言。"说罢,詹妙容虎鞭抽起去,黄鼠狼精摆开了阵势,顺手将狐娘推去一侧,这般打斗又是百个回合,不怪詹妙容手艺不精,就怕黄鼠狼太狡灵。

金花仙子见状,道:"姐姐虽有万象法门之术,三十六般变化,但也是明日看姑娘,年夜隔的间,技艺不熟,套路又生。再看那黄鼠狼精这左进右出,避而不打,分明是在耗力去性,这百回合下来,姐姐恐力不支撑,再行纠缠,只怕中了圈套,凶多吉少。"说罢,正要搭把手,却被喇嘛老者拦住,道:"仙子莫要着急,善德真人正与那黄鼠狼精打得声色,来回追逐,左右奔波。此时若是相助,只怕法无入门,力不从心。"金花仙子道:"老者有所不知,叵耐那黄鼠狼精生性狡猾,姐姐虽说道化成仙,依然是女流之辈,这般疲打,只怕吃亏。"老者道:"仙子莫要忧虑,这生死有命,祸福相依,今日之战,若能取胜,善德真人日后方能稳心定性,不畏艰险,无惧困难。"金花仙子听罢,俯首作揖,道:"老者一言,令小仙茅塞顿开,且看斗战如何。"

黄鼠狼精见詹妙容穷追不舍,便道一声法令,变幻出金刚圈,道:"本不想与你一般纠缠,怎奈这般不知死活,且看自家本事。"说罢,两手一挥,尾巴一甩,那金刚圈飞至空中,宽大自如,形同桶箍,力压而下。詹妙容见状,挥手三鞭,只见那金刚圈紧围而来,不承想有这般厉害。遂不吃那眼前亏,收了虎鞭,逃了去。逃至一山脚处,本想歇息,抬头只见那金刚圈缩箍而来,顷刻间被捆绑住,动弹不得。詹妙容心念一声,变成树干,变成布条,变成苍蝇,都许这般变化,就是脱不开。

黄鼠狼精道:"都说神仙法力无边,今日一战,真是大失所望。"詹妙容道:"妖怪,这是那里偷来的圈圈,见不得真本事,行这些奸计,待吾施法,看你如何擒得住吾?"黄鼠狼精道:"仙子莫要诓吾,若能脱开,岂会这般挣扎。此圈乃是本族神器,能圈万物,能锁宇宙。"詹妙容心想:这金刚圈虽不说有些厉害,就这般缠住,法力施展不开来,只怕性命不保,道:"妖怪就是妖怪,吾若不能降你,来日定有仙人收你。"黄鼠狼精道:"吾辈本是地仙,与天仙无二,都受天福地禄,怎奈世间鬼怪纵横,妖魔乱世,才这般躲躲藏藏,不见天日。"詹妙容道:"既是神族,又这般苦难,倒不如放了吾,待到松山寺,为你上请天命,降旨招安,从此不惧鬼怪,不怕妖魔,行于天地之间,走在生死之外。可好?"黄鼠狼精听罢,思虑三分,心想:世间竟有这般好事,只怕黄粱一梦。若能不再纠缠,便是足矣,自打斗以来,狐娘不知安否,定是被那两仙子挟住,倒不如一命换一命。遂道:"这人有人道,妖有妖路,今日若能放吾和狐娘归山,定保你周全。"詹妙容道:"如此甚好。"遂黄鼠狼精便将詹妙容捆住回去,不言。

如何调换不言,只言那詹妙容脱身之后,道:"黄鼠狼精虽是可恶,倒也诚实无欺。"紫薇童子道:"难不成仙子也被那臭屁给熏了,竟是这般袒护,尔等可先行去也,待吾擒住那黄鼠狼精,定将它扒皮挫骨。"说罢,变幻而去,众仙子见状,未能拦住,便紧跟其后。

话说紫薇童子到了一洞门前,心想:都说这黄鼠狼精狡猾,这洞定有二门,待吾寻了后门封住,再来个瓮中捉鳖,岂不是甚好。遂寻尽山洞,堵了去路,又回洞口,道:"妖怪,快快出来受死,不然吾施水淹洞,放火烧山了。"三声之下,未见回音,暴怒,道:"你这妖怪,三岁的谢妮不听话,看为娘的如何打得你屁股开花。"遂闯进洞中,未见甚状,不听妖音,已是金刚圈下无仙子,妖魔洞中似鱼肉。

众仙得知紫薇童子被绑,都束手无策,金花仙子道:"怪不得那黄鼠狼精,只怪紫薇童子太过轻敌,这般莽撞,只怕吃不到好果子。"詹妙容道:"仙子虽生性刚烈,倒也直率,一路护吾前来,功不可没。今日落难,吾等行个法子,搭救出来便是。"金花仙子道:"那黄鼠狼精金刚圈甚是了得,吾等若是强攻,定然不是对手。"喇嘛老者道:"那金刚圈能大能小,定有暗语,若能知晓,便能搭救仙子。"詹妙容道:"如何知晓暗语。"喇嘛老者道:"仙子有万象法门之术,三十六般变化,这点小事岂能难住?"詹妙容领会,便闯入洞中来。

黄鼠狼精安顿好狐娘，教她放心，且作休息，走到洞殿内，叫小罗头押了紫薇童子前来问话，道："吾已放了善德真人，恩怨已了。为何还要这般不放过。"紫薇童子道："这事怨不得她，是本姑奶奶要擒拿你这山中妖怪。"黄鼠狼精听罢暴怒，道："都说上辈是神族，地仙之王，还要这般污蔑。"紫薇童子道："害人的便是妖精，拦路的就是鬼怪。管不得你哪个石头蹦出来，哪个鬼胎里育孕。"黄鼠狼精道："死到临头还不知趣，都说笨的人是猪脑子，神仙亦不过如此。"说罢，命小喽啰将其捆绑在洞中，自身躺在座榻之上歇息。

　　詹妙容见状，急中生智，默念法咒，变成狐娘模样，从洞中端了酒水，歪歪斜斜行至榻前，道："大郎，听说这紫薇童子乃寒武大神门下弟子，今日吾等将其擒住，来日她师找上门来，可如何是好？"黄鼠狼精道："狐娘莫要担心，吾这金刚圈乃本族神器，就是那玉帝的十万天兵天将也奈何不了吾。"狐娘道："这神器这般厉害？"黄鼠狼精道："狐娘昔日不曾见过，定然不知。"狐娘道："方才见大郎擒住那紫薇童子，却不知大郎是如何施法，那金刚圈又为何这般好使。"黄鼠狼精道："娘子有所不知，这金刚圈可大可小，全在暗语，吾默念那暗语，要大便大，要小便小。"狐娘道："大郎这般神物，吾也想玩耍一番，不知可否？"黄鼠狼精道："狐娘美如天仙，心善如水。愿与吾归隐山中，海誓山盟，芙蓉并蒂。今日吾便将这暗语传授于你。"说罢，套了近乎，细说一番。

　　正说之际，突见那洞床之上狐娘走了出来，一真一假，黄鼠狼精瞠目结舌，詹妙容急中生智道："何来的妖怪，这般欺人？"黄鼠狼精道："定是善德真人，狐娘且一边歇息，待吾施法收了这善德真人，好教吾等一番清静。"

　　不容狐娘辩言，那黄鼠狼精手持铁叉直冲而来，那狐娘虽躲开了去，却体力不支，应声倒下。黄鼠狼精正要一叉击中要害，只听得那狐娘哭声道来。话说这世间凡夫俗子、妖魔鬼怪，各有不一，但逢伤心之事，皆会哭泣，其声一般无二。但这狐狸哭声却是万分低吟，令人沉迷。黄鼠狼精这才辨得真假，收住了叉子，道："不好，中计也。"

急忙抽身带了狐娘离去。

詹妙容得了暗语，收了金刚圈，搭救了紫薇童子，一同出了门。不言，直往松山寺去。行过半个时辰，见山岭中有一寺庙，门上有一匾，刻有三字：松山寺。众仙喜悦不已，径直往寺中走去。寺内未见神像，空无一人，传来神音："大胆狂徒，入吾寺中，竟携带凶器，暗藏杀机。"

众仙子听罢，纷纷丢弃兵器，跪拜行礼，詹妙容道："尊者在上，小仙詹妙容，今日拜访，打扰尊者清修，实属无奈。"那边道："甚事？"詹妙容道："家师严君子昔日斗战伥鬼，身负重伤，受清虚道人点化，前来松山寺借冲霄泉一用。"那边道："既是如此，在此等候。"众仙子应诺，不敢出声，原地待着。

不出半刻，众仙子稍有倦意，顷刻间只听寺门紧锁，窗户紧闭。未回过神来，只见顶梁之上喷泉袭来。泉水不泄，淹过屋顶，众仙子困在水中，施展不开。紫薇童子水性不好，挣扎不得，已是定入水底，冒泡不已。喇嘛老者蜷成一团，龟缩一旁。詹妙容敲不开寺门，掀不开房顶，正是着急万分。须臾，见金花仙子满身金光，幻化作金花一朵，如菩萨莲座，泉水收至殆尽。众仙子坐在花中，紫薇童子这才呛醒过来。

这边喘息不已，那边媚音传来，喇嘛老者又缩成一团，道："狐媚音功，可致人神情混丧，心智迷退。快些遮住双耳，莫听，莫听。"众仙子急忙遮耳闭目，金花座浮在空中，万千花片紧紧包住。媚音声强，花片逐一凋落，只听得金花仙子游魂浮起，道："姐姐，这媚音功甚是厉害，吾已无力再挡，待吾撞开寺门，便逃开去。"

说罢，金花仙子座撞向寺门，寺门破。众仙子出，金花仙子回了身。黄鼠狼精与狐娘现了身，铁叉直冲而来，媚音围将而去。顷刻间，众仙子百般招架，来回几十回合，难分胜负。

且看詹妙容虎鞭鞭鞭抽来，再看黄鼠狼精铁叉叉叉要害，这边打斗不相上下；再看狐娘狐媚音功声声裂心，紫薇童子鹿角角角冲天，那边纠缠难言胜负。

金花仙子与那喇嘛老者只得缩头一旁,喇嘛老者唉声叹气一番,道:"此事皆因吾而起,缘起缘灭,终须有个了结。"说罢,抖了衣裳,整了衣袖,遮眼闭目,运功施法,只见喇嘛石开,蟾蜍声来,其声可谓撕心裂肺,万念俱灰。震得黄鼠狼精和狐娘魂不附体,紫薇童子顺势而上,一手掐住了狐娘脖颈,詹妙容更是虎鞭捆住了黄鼠狼精。

紫薇童子道:"害人的便是妖精,拦路的就是鬼怪。家犬尚且改不了吃屎,留着终究是个祸害。"狐娘道:"仙子在上,吾等再也不敢。"紫薇童子道:"鬼信你,仙子不信。"狐娘道:"奸不厮欺,俏不厮瞒。若不求生计,怎会这般累。都怨生来妖,无福更是祸。"詹妙容道:"你是狐狸,他是黄鼠狼,都是些害人的虫子,若是潜心修道,吾自当放尔等一条生路,可尔等不念上苍好生之德,为非作歹,岂能饶你?"紫薇童子道:"这装可怜的终究是可恨的。"狐娘道:"仙子有所不知,吾等虽为狐妖狼精,却从未取人性命。只是生来可怜,惨遭劫难,这才弃了修行。"

詹妙容道:"话虽如此,且说说你怨在何处,难在哪里?"紫薇童子听罢,怒道:"你倒是做起包大爷来了,你家师严君子的死活不管了?"詹妙容道:"家师自然心有牵挂,但也不能枉杀了冤鬼。且辨别一二,依实而定,若是诓人,再杀不迟。"紫薇童子竟是无言以对,道:"也罢,你就这脾气,好也不好,坏也不坏,权当还了你救命之恩。"詹妙容行礼言谢。

狐娘道:"吾本是一只千年修行的赤尾狐,只因贪恋人间繁华,爱慕林家云山公子,愿长相厮守。无奈好景不长,云山公子赴京赶考,吾便陪伴左右,行至长台蜈蚣山,不知哪里来的蜈蚣精,抓了云山公子。吾欲前往搭救,一时性急,现出了原形,着实吓昏了众人,皆以为云山公子被吾害。那蜈蚣精又幻化成一道士,说是要驱魔降妖,将吾抓住,扔进了蜈蚣山。那蜈蚣精要纳吾为妻,吾不从,便唤来无数的蜈蚣,对吾百般折磨。"

詹妙容道:"能不惧狐媚音功,那蜈蚣精想必法力了得,不知又是如何逃脱?"狐娘道:"那日,那红头怪与他兄弟喝酒助兴之际,吾便脱了绳索，逃将出去。只是那洞中机关密布，险些中了圈套，正要离去，又被那红头怪发现，吾与他三兄弟打斗一番，施尽了法术，这才负了重伤，逃出洞外。"紫薇童子道："这蜈蚣精又称百足虫，没有手，何来的持盏托杯，又有什么本事，能难住你的狐媚音功？"狐娘道："仙子有所不知，那蜈蚣精百足便是百手，手手持剑，犹如千军万马，纵然本事到家，也是寡不敌众，再言那蜈蚣精有两兄弟，分别是那青头怪、黑头怪。"紫薇童子道："这倒是稀奇了，这蜈蚣精还分青红黑白？"狐娘道："捉吾的是红头蜈蚣精，法力一般，那青头怪手持锣鼓，鼓声一起，可山崩地裂，那黑头怪手持冥血挝，勾勾要人心脾，最为厉害。"

詹妙容道："遇暴不失节，徇人以至死，异物之情也！只是教吾等如何信你？"狐娘道："仙子既是这般不信，吾等又何必这般装相？若是体健身壮，岂会辜负此山好景，断然享受日月，乐在这崇山峻岭里，悦在那早年岁月中。"紫薇童子道："一个是黄鼠狼精，一个是狐狸精，都是些欺世骗人的妖精，信不得，信不得。"

一个要留，一个要杀，这可如何是好？喇嘛老者道："倒不如将其收进喇嘛石中，逢机遇会之时，再行定夺，可否？"詹妙容道："老者所言甚是，就当如此。"说罢，喇嘛石开，便收了二妖，众人一路径直往松山寺去，不言。

话说有人相伴不寂寞，谈笑风生路好走。一路来甚是欢喜，正走进一山谷处，见草丛内稀稀落落，尽是元武之宿，虚危之星。詹妙容道："深山老林处，蛇横鼠纵不足稀奇。吾等小心便是。"紫薇童子怨道："吾等皆有腾云驾雾的本事，却要这般遭罪。"詹妙容道："今日前来松山寺有求于人家，自当心诚礼至。"紫薇童子听罢，心想：真不愧是燕莺阁的处子，懂得规矩。遂不言，听从便是。细走片刻，回头却不见喇嘛老者，待回路瞧个究竟，只见那老头正与群蛇缠斗。

詹妙容急忙解围，喇嘛老者这才脱身，道："这些长虫，竟拦吾去路。"紫薇童子道："若不是你缠斗，岂会如此？"詹妙容道："这蛇虫本是慵懒之物，吾等路过之时，尚且不予计较，为何老者经过，却是舌头伸千丈，厉牙垂毒汁。"金花仙子道："姐姐有所不知，这喇嘛石形如蟾蜍,蟾蜍本与那蛇虫是天敌,今日吾等未经允许,擅闯宝地,自当起了冲突。"

紫薇童子道:"俗话说,见到蛇蜕皮,不死也要脱层皮。这些寒物令人毛骨悚然。吾等不可久留,自当速速通过。"金花仙子道:"所言极是。"

说罢,众人不语,速速离去。正行百步,"哐"的一声,只见喇嘛老者掉进一坑中,众仙子急忙施救,却见群蛇围住洞口,一时无措。

欲知结果如何,请看下回分解。

# 第十九回　花姑子擒喇嘛石　三仙大闹娘子坞

　　却说唤了土地神方知,此地界名曰小娘子坞。坞口百丈,峭壁尽是大小的石洞,大不过碗,小不过筷子粗细。远看如蜂窝,近看皆是长虫洞。长虫满山是,毒汁壁上流,众仙子见状无不惊寒退却,詹妙容道:"这定是那妖洞。"金花仙子道:"只见得这些小虫子,不曾见蛇妖府洞。"紫薇童子道:"管不得洞大小,虫多少,且看一把火,烧他个魂飞魄散,休要烦扰。"说罢,紫薇童子凌空而起,念个咒语,嘴里喷火而出。顷刻间,万丈烈火,熊熊不尽,真个是熯天炽地。烧得这些虫子洞中不好躲,出去尽是灰。

　　詹妙容道:"妹妹这火非凡间的火,却不知从哪里学来的本事?"紫薇童子听罢,收了火,道:"此功名曰冰火功,此火名曰丹心火,乃家师所传。"詹妙容道:"甚是厉害,却不知为何唤作冰火功。"紫薇童子道:"姐姐有所不知,这水火阴阳,冰乃至阴,本与火相克,家师苦练多年,终练得这相生之道,故而造就此功。吾本贪玩,无心练功,家师却叫吾严加练习,言他日定有用处。"

　　詹妙容道:"常言道,严师出高徒。妹妹这般修为,来日定道,望不负师恩。"紫薇童子道:"都怪吾生性暴躁,又好贪玩,学不得精深。"詹妙容道:"妹妹谦虚了,都已是炉火纯青,登峰造极了。只是这般烧法,不免害了一些无辜,生了罪孽。"金花仙子道:"姐姐,这些蛇虫向来作恶多端,那蛇妖更是为害嚣甚,留不得半点仁慈。"正说之际只见身后峭壁裂开,雷声震坞,顷刻间,一条巨蟒晃荡而出,尾巴甩将而来,将紫薇童子重重一击,紫薇仙子应声倒地,再不能行火。

　　金花仙子立刻现了金身,护住了紫薇童子。詹妙容虎鞭抽起,三鞭下去,这才击退了巨蟒。只见巨蟒悬空而下,吞噬天地。瞬时昏暗不已,一时僵持难定。紫薇童子道:"这妖怪着实大。"詹妙容道:"仙子与妹妹先行离去,吾与他斗战一番。"紫薇童子道:"不可,这巨蟒虽威猛难挡,但也是些蛇虫,必定怕火,两位姐姐可佯攻它,待吾运功施火。"詹妙容道:"妹妹冰火功纵使厉害,只怕伤了元气。"紫薇童子道:"吾这冰火功乃家师所传,从未施展,今日巧逢敌手,自当不可错过。待吾行火之时,姐姐们可伺机击杀那畜生。"詹妙容道:"妹妹之勇可比匹夫,实乃敬佩。也罢,只能如此。"说罢,众仙子摆开阵势来。

这边金花仙子现了金身,万片金瓣化作刀片,刀雨般横切了过去。詹妙容更是腾空而起,变化成巨蟒一般大小,抽起了虎鞭。那边巨蟒鳞片护身,尾身甩起,一时间天地浑浊,日月无光。紫薇童子道:"快快还吾人来,不然叫你火海里求生不得。"见那巨蟒不通人性,不知人语,遂道一声:"畜生!"说罢,万条火棍,更似金枪,硬是令那巨蟒左右难顾,上下不敌。

眼见斗胜之际,正要乘胜追击,又见那巨蟒耳根处金光一闪,万般闪电可谓刺眼戳耳,甚是难受。众仙子退下阵来,詹妙容回了原身,欲要探个究竟,只见巨蟒缩了身,如同人形一般大小,蛇尾立足。蛇耳处爬出了一条小蛇,如同蚯蚓般大小。紫薇童子道:"倒以为这蛇妖是尾巨蟒,不承想竟是条蚯蚓,可笑之极。"詹妙容道:"妹妹不可轻敌,如此身小,竟能摆弄大蟒,方才那万条金光,足显了这到家的本事。"紫薇童子道:"姐姐,莫要长了别人的威风,吾姐妹也不是好惹的。"

说罢,冲在了前头,又道:"你是何来的妖怪?"只见那小蛇幻化作一女子,妖媚至极,倾城无二,道:"你是何来的妖怪?"紫薇童子笑道:"你且站好了,怕听了直抖抖,吾这大姐姐乃瑶姬大仙座下弟子芙蓉,法号善德童子,二姐姐乃瑶姬大仙座下弟子金花仙子,吾乃寒武大仙座下紫薇童子。"那妖怪道:"才不管哪里来的神仙,这山乃吾开,这路乃吾管,花姑子是也。"

紫薇童子道:"害人的便是妖精,拦路的就是鬼怪。你这骚里骚气的定不是好东西。"花姑子道:"闯山搅扰已是不当,烧吾族类更是尔等,枉称仙人,却这般生性残暴,礼数不懂。"詹妙容道:"两位妹妹,这花姑子言之极当,可如何是好?"紫薇童子道:"蛇妖多迷惑,姐姐不可被她诓了去。"金花仙子道:"这蛇妖如此呼来喝去,土地山神闻之怛然失色,想必厉害得很。今日不问个来历缘故情由,拥了喇嘛老者,其间定有些误会,若是说个明白,定个安计,再好不过。"詹妙容道:"妹妹所言不差,吾等不可鲁莽坏了事情。"遂放下了阵势,走上前来。

詹妙容道:"吾等今日本想借过,无意烧山毁灾。只是阁下怕是有所误会,拥了喇嘛老者,这才起了冲突。"花姑子道:"乃受吾所命,怪不得他们。"紫薇童子道:"你这眼拙的,那喇嘛老者不是蟾蜍,何必如此为难?"花姑子道:"吾自当有用。"紫薇童子听完,不屑道:"这喇嘛老者都这般年纪,你也真不嫌老。"话未说完,那花姑子已是暴怒七分,道:"若再胡言,让你们成了盘中餐,口中食。"紫薇童子道:"赶人不要赶上,休要得逞精神。比试比试才知道。看吾如何掀翻了你的山场,躐平了你的洞府。那时何须与你这般理论,定叫你服帖送人。"

这边说,那边早已摆开了阵势,花姑子摆开一古琴,琴音四射,所到之处,无不穿孔成碎,众仙子急忙躲开身去,这一仗又是:

三仙子,一蛇精,这场相敌实非轻。都要拿人不讲理,各施神功要输赢。善德淳厚功力深,紫薇性急显猛威,金花审时展身手,蛇妖冷眼弹古琴。神通多变化,左右互为功,胜负两相平,寡众不敌过。一边是初出茅庐三童子,一边是深居古山老蛇妖。这个是虎鞭抽起烈火功,那个是琴音掀来翻山倒。

且看且行且斗,打将来去。花姑子见上中下各路各有一攻,法力难以施展,又脱不开身,便冷笑一番,道:"三打一,算不得本事。"紫薇童子道:"本仙子向来与妖不讲理,也罢,今日且与你单独一战,免得胜之不武,要是传了出去,坏了名声,狂惹天下人笑。"詹妙容道:"妹妹方才施展冰火功,多少耗了些元气,那巨蟒又是身后偷袭,有了些伤。若是孤身赴战,只怕吃亏。且让吾与她斗战一番,两位妹妹尽可近旁观战,若这蛇妖漏了破绽,也好知会于吾。"说罢,詹妙容站向前来,道:"妖怪,可敢与吾一战?"花姑子道:"有甚不敢? 只怕管塞牙缝,打得不痛快。也罢,如今你是一人,斗法斗术任你挑。"詹妙容听罢,暗自窃喜,心想:吾有三十六般变化,能及者非神即佛。小小蛇妖,何惧也!便道:"吾且与你斗法。"

说罢,念一咒语,化作雄鹰,展翅腾空,鹰嘴如刀尖,两爪似铁耙。那花姑子钻入石头缝中,回转身来,摇身变化成猛虎,震吼惊天地,抖身吓鬼神。鹰虎缠斗,唬得那满山仙妖战战兢兢,藏藏躲躲。来回几十个回合不分上下,只见詹妙容变化成一缕青烟,溜进密林中,化为虚无。花姑子急身回转,见不知去向,暗自道:"这仙子法力甚是了得,变化无形,来去无影。吾这猛虎身子进了如此密林,只怕不方便。"遂念一咒语,回了蛇样,钻入枯叶丛中,闭息不出声。

却说詹妙容溜烟攀枝,俯视一番,未见蛇妖,心生一计,化作一只蟾蜍,叽叽呱呱叫了一阵。花姑子早闻声从何处来,潜伏绕行,欲将背后一击。詹妙容早已察觉,抽身变成呼风的口袋,正巧花姑子急纵身冲上前来,钻进袋中。只见袋口密封,花姑子在袋中百般折腾。紫薇童子、金花仙子见状无不拍手称欢。

不多时,只见那袋中无吱声,詹妙容心想:多半是闷坏了,昏死了过去。抖擞两下,不见应答,道:"此番与你斗个输赢,却不想要了性命。"遂解了绳索,开了口子。不料这花姑子逆风抽身,冒在空中。詹妙容急忙追赶,只见那花姑子纵入溪水之中,于碎石青苔内游走。詹妙容摇身变成溪鱼,四处找寻。花姑子见状,又变成一螃蟹,见詹妙容正游过来,蟹脚叉子着头就来。詹妙容鱼身硬是被钳制住,脱不开身去。又灵机一动,化作个石头,那花姑子两钳子夹得酸痛,遂不敢再用力。詹妙容见机逃脱身去,急上岸来,待花姑子追来,已是渺无踪迹,一时愕然,四望更无形影。

花姑子道:"吾既寻不得不打紧,自有你现身处。"遂变化成詹妙容模样,见了紫薇童子、金花仙子,统统地说了一番。紫薇童子道:"那孽畜可被降服?"花姑子道:"吾与那蛇妖打至水中,蛇妖潜入碎石青苔中,吾便化作了螃蟹,趁其不留神,钳死了。"金花仙子道:"那蛇妖可曾道出喇嘛老者的下落。"花姑子道:"未曾盘问,就一命呜呼了。"金花仙子道:"这喇嘛老者身不知在何处,这可如何是好?"花姑子道:"蛇妖已死,喇嘛老者定能脱离磨难,吾等大可不必忧虑。如今还是早些去松山寺。"紫薇童子道:"姐姐所言极是,此地不宜久留,快些去,快些去。"遂离去,不言。

话说詹妙容回了原地不见两位妹妹,心生着急,心想:莫不是那蛇妖使了调虎离山之计,引吾入山缠斗,这边使诈,将吾两位妹妹掳了去。想来悔恨不已,遂急忙入山中来,正四处找寻,只见身后有一异物跟随,便来个急转身。虎鞭一把捆住,抽到近来一看,原是一只白鼠精。只见那白鼠精急忙求饶,道:"神仙奶奶,饶命,饶命。"

詹妙容道:"吾与你既无缘无故又无冤无仇,为何如此鬼祟。"白鼠精道:"神仙奶奶有所不知,吾本是这山中修行千年的白鼠,鼠辈但凡修行的,百年得金身,千年得人形,万年得永生。"詹妙容道:"你即已修行千年,为何还是这鼠身怂样。"白鼠精道:"三百年前这来了一蛇一蛟,占山为王,要吾等小妖呈上真气供其修炼。这才毁损了修行,至今还不得人形。"詹妙容道:"那蛇妖可是唤作花姑子?"白鼠精道:"非也,花姑子与那蛇妖原是孪生姊妹。只因那姐姐贪恋快途,跟了混元魔,欲取三神珠得道升天,因抢夺方天画戟,命丧混元之下。"

詹妙容道:"你又姓甚名谁,为何一路跟随?"白鼠精道:"吾唤作金鼻鼠。居嵩峰山无底洞。今日见众仙子与那花姑子大战一番,本想拈枪弄棒,理索轮刀,诚然拔刀相助,却怕伤了仙子。故而忍耐良久,一路随从。"詹妙容道:"今日那花姑子本与吾斗法,不相上下,怎奈狡猾至极,使了调虎离山之计。这边与吾缠斗不离左右,那边唤了小喽妖将吾两个妹妹掳了去,这才四处找寻。你既得知此事,想必知道花姑子去向。"金鼻鼠道:"知得,知得。"詹妙容道:"既是知得,烦请引领,待吾救了人,定请功于你。"金鼻鼠道:"仙子委以相求,自当引领便是。"遂一同前去,不言。

话说金鼻鼠带着詹妙容前来一处,看见一石洞,门前跳出旗杆,挂着旗旆,漾在空中飘荡,写有六字:"嵩峰山无底洞。"洞貌破落不堪,詹妙容不免嗤笑一番,金鼻鼠道:"仙子莫笑,吾等小妖,有如此居住之地已是万福之福。"詹妙容道："不笑，不笑，只是这般小洞，你进得去，吾可进不得。"金鼻鼠道："仙子法术炉火纯青，这点岂能难得住。"詹妙容道："你这白鼠精，明明说好带吾找长虫洞，却到这，你这居心何在？这般破洞，不进也罢。"白鼠精道："仙子莫急，仙子有所不知，那蛇妖所居洞府称娘子洞，洞门长曲幽深，机关密布，不识路者，闯进这洞，即使是神仙活菩萨，也是在劫难逃。"詹妙容道："若是果真这般吓人，该当如何？"

白鼠精道："仙子，小身倒有个法子，不知可否？"詹妙容道："且说来听听。"白鼠精道："吾等鼠辈虽无这上天入地的法术，却有这遁地寻方的本能。吾且在洞中地下遁出一条道来，直至那长虫洞中，自然就神不知鬼不觉。"詹妙容道："此计虽好，却是下下之策，非君子之所为。"白鼠精道："救人要紧，救人要紧。"遂只见那白鼠精"嗖"的一声，遁入地中，不见了踪影：

一尾直冲天，两爪磨厉尖。

尘泥飞外出，地中现通途。

顷刻间，半人大小般的道开了出来。詹妙容顺路跟着，破了地，只见长蛇洞富丽却幽深，僻静还诡异。白鼠精见詹妙容瞠目结舌一般，道："仙子莫要逗留，随吾来。"说罢，径直朝一洞内走去。

这不进还好，亲眼看了，着实吓人一跳，洞中蛇虫百千万，缠织成麻团，头尾两难分。白鼠精道："喇嘛老者就在此洞。"詹妙容道："莫要诳吾，这分明是满洞的蛇，哪来的喇嘛老者。莫不是已在那蛇腹之中？"白鼠精道："仙子错矣！喇嘛老者在此不假，只是那花姑子为防有人来偷，这才令这群蛇守洞。只需吓退这群蛇虫，自然救得。"詹妙容道："吾且施火吓它。"说罢，詹妙容念一咒语，化作一火球，滚进蛇堆。须臾，只见那些蛇虫纷纷退去。

却说喇嘛老者困在蛇群中不得抽身，见火球作法，群蛇退去，这才睁开双目。见詹妙容回了原形，得知了真相，便急忙行礼言谢，又暗叹冤屈。詹妙容道："那长虫虽目无见识，将老者请入这洞中，今日得以解救，甚是欣慰，为何如此不悦，那般不爽。"喇嘛老者道："仙子有所不知,那长虫虽擒了吾,不是吾与它有天大的冤仇。"白鼠精道:"没有天大冤仇,那长虫犯不着这般较劲。定是哪日起了冲突,生了误会,只是你这老者记性不好,不记得罢了。"喇嘛老者道:"非也,非也!却也实属不知这般为何?"

话说之际,早被小妖听了去,但凡有些法力的都围攻上来。詹妙容见状,护喇嘛老者进了洞中,白鼠精在前走,那喇嘛老者身子矮小墩胖,缩了头,风一般滚在地道中。詹妙容虎鞭抽起,蛇妖栗栗危惧,占不得半点便宜,纷纷落荒逃走。

话分两边说,这边那花姑子变化成詹妙容模样,一边是哄骗两仙子上山,一边是寻思着如何脱身。金花仙子见异,支开了詹妙容,道:"姐姐今日好似换了个人,不同寻常,话多理细。"紫薇童子道:"虽说有些异常,倒也正常。"金花仙子道:"此话何意?"紫薇童子道:"姐姐生前本是凡人一个,生性善良,却也啰唆。如今得道升天,修为大进,正所谓气沉丹田,道法自然,自然心静如水,故而话说少了些。再者,这一路前来,路上聊得甚欢,哪来这么多话哩!"金花仙子道:"姐姐所言不差,只是今日观之,詹姐姐举止不适,言语不多,吾多有疑虑。"紫薇童子道:"妹妹如若顾虑难消,倒也好办,试试便可。"

未及金花仙子拦住,紫薇童子便道:"听闻姐姐昔日被徐家婆娘冤枉杀了人,曾在三眼泉下借到了水参,本想救那徐来一命,只怪徐来命浅,未曾救得,可有此事?"花姑子道:"正是,正是!"紫薇童子道:"妹妹好奇,那三眼泉是何样貌,底下住了什么神仙?"花姑子道:"一口甘泉而已,无他。"紫薇童子道:"仙子那日与鬼哭子大战西山,曾有一仙子相助,姐姐谈及时不曾告知吾等那仙子姓甚名谁,原来是哪里人氏?"花姑子道:"那仙子有曾提起,至今太久,记不得了。"紫薇童子听罢,笑道:"姐姐,昔日为能降住吾,广元大仙赠予你虎鞭一条,如今你吾姐妹相称,可否借鞭一看?"花姑子听罢,甚是一惊,吞吞吐吐道:"方才与那花姑子缠斗之时,不慎掉落窟崖之下。如今你吾姐妹相称,自然无须此物。"

紫薇童子听罢,摆开了道,道:"姐姐既已扔了虎鞭,吾便不再怕你。这一路来，你欺人太甚，吾早已忍无可忍。今日吾便解决了你，好找吾师兄去。"正要施法，金花仙子急忙劝住，那花姑子看出了端倪，"嗖"的一声溜走，不知去向。紫薇童子道："妹妹糊涂，若真的是姐姐，吾岂敢这般无礼？"金花仙子道："如何辨得不是？"紫薇童子道："三眼泉乃通往龙宫之道，老樟树精乃吾门大师兄。那救姐姐的仙子乃新塘边恩深处紫极宫仙子，姓姜名楚。广元大仙所赠虎鞭乃天赐神器，即便掉落窟崖，念一口诀，便可回身。吾再行吓唬，这蛇妖想必定察觉端倪，这才逃了去。"金花仙子道："方才怕你伤了姐姐，如今这可坏了大事哩！"紫薇童子道："可不是，如今姐姐不知生死，这妖怪去向何处又不知，如何是好？"说罢，二仙子只得回头再寻找一番。

那边詹妙容一行出了娘子洞，在那无底洞歇着，詹妙容道："如今二位妹妹不知生死，这妖怪去向何处又不知，如何是好？"喇嘛老者道："找二位仙子难，找花姑子易。"詹妙容道："莫不是再探娘子洞？"喇嘛老者道："正是，那花姑子掳吾到洞中，却未伤吾，只怕是另有蹊跷。想必定会回到洞中，滋事找茬于吾。"白鼠精道："这般千辛，那般万苦，这才救你出虎口。如今倒好，常言道，明知山有虎，偏向虎山行。"詹妙容道："今日多谢金鼻鼠施救，只是不寻得花姑子，救不了二位妹妹。"说罢，与喇嘛老者原路回去，真是：

这条路，那条路，路路不相逢；
这边空，那边空，空空又对空。

却说花姑子逃离后，自叹道：再不抽身，那詹妙容追来，又是一番打斗，只怕吃定了亏。遂速速回了娘子洞。进到洞中，群蛇围身，禀明了事情原委。蛇妖暴怒，道："且待吾看看这暗道去。"说罢，左右群拥尾随，一路径直往地道处来。

无巧不成书，正遇詹妙容与喇嘛老者从地道中来。花姑子道："吾与你斗法，胜不过吾。竟做了这般下等的事。"詹妙容道："妖怪，吾本将你困在索风袋中，只因念有好生之德，本想放了你。怎奈你其中使诈，逃溜而去，如今掳了吾二位妹妹。"花姑子道："你二位妹妹正赶往松山寺，吾不曾掳了他们。倒是你，好一个釜底抽薪，趁吾不在家,偷了吾的人。"喇嘛老者道:"分明是你不讲理,强行将吾困在洞中。有何阴谋,今日说个明白。"

花姑子心想,若是在此与詹妙容斗战一番,胜负难分倒是其次,只怕毁了家园,下边小的就无处可去,只能四处逃散。道:"也罢。今日你二人可走,但须留下二人。"詹妙容与喇嘛老者听罢,两眼相望,迷惑不解。喇嘛老者道:"你这妖怪说话真是颠三倒四,分明只有吾二人,却说吾二人可走,又说留下二人,好不奇怪。"花姑子道:"老者真是老糊涂。不曾记得你这喇嘛石中还有两位。"喇嘛老者这才想起喇嘛石里压着黄大郎和狐娘,心中暗暗道:"莫不是这二妖与这花姑子是一伙?若是这就放了,三妖合起来,岂不是插翅难逃。"便道:"喇嘛石中并未压着何人,只怕是错以为了。"

话说之际,那黄大郎与狐娘虽押在喇嘛石中,却早已听得事情原委。黄大郎道:"二位仙子莫要惊慌,此事因吾而起,还望老者放吾出石,待吾了却此事,自当回到石中来。"喇嘛老者见其心诚无欺,便念一口诀,那黄大郎与狐娘便立于跟前。

黄大郎道:"容禀二位仙子,花姑子与吾是旧相识,只因吾与狐娘押在这喇嘛石中,虽说是吾等咎由自取,但花姑子想必设法救吾等,故而冲撞了众仙子。"花姑子道:"真是自作聪明,吾本不是救你,只想杀你这个薄情郎与那个狐狸精。"黄大郎道:"花妹,狐娘心地善良,吾与她本就两情相悦。若你非要怪罪,且拿吾是问。"花姑子道:"你吾本是这山中快活的鸳鸯,却不料你被这狐狸精迷惑了本性,勾搭上了当。"黄大郎道:"吾与花妹在娘子坞修炼百年,情同兄妹,生死相依,却从未有过非分之想。"花姑子道:"大郎莫要胡说,定是被这狐狸精迷惑了,今天吾就帮你除了这祸害。"说罢,古琴音起,形同利剑一般,刺人心脾,狐娘顷刻间倒地难起,黄大郎见状,转身护着狐娘,身受重击,已是伤痛难耐。

詹妙容正要施救,却被喇嘛老者阻拦住,道一声:"自家事,外人插手不得。"詹妙容心想不无道理,遂作罢。却说花姑子见黄大郎已是神志不清,不做反抗,心生不舍,遂停了琴音,道:"吾与君今日起,

188

永不相见。"黄大郎与狐娘搀扶起身,行礼言谢。又见花姑子向詹妙容行礼道:"吾愿拜仙子门下,一同前往松山寺,望仙子玉成,幸甚!"詹妙容道:"好极了,好极了。"黄大郎与狐娘同求。正是道心无处不慈悲,詹妙容怜恤此二人多年道行,数载功夫,便应允了,遂一行前往松山寺,不言。

欲知结果如何,请看下回分解。

# 第二十回　众仙误闯峡里洞　松山寺里见军师

　　话分两边说，这边紫薇童子与那金花仙子一路寻来，见远处火起，打听得知花姑子烧了府洞，随詹妙容去了松山寺。紫薇童子道："姐姐已往松山寺，吾等该回了方向，紧跟上去。"金花仙子道："姐姐所言不差，只是这山中鬼怪甚多，若是能与姐姐团聚是再好不过了。"紫薇童子道："吾等且往松山寺去，途中多注意，指不定能遇见。"说罢，二仙子径直离去。

　　那边花姑子从了道，一心跟随，便遣散了满洞群蛇，好生叮嘱不得祸害。又火烧了娘子洞，一路径直往松山寺去。不日，行至峡里岗，一行人暂作歇息。詹妙容道："不知吾二位妹妹今在何处？莫要走丢了去。"喇嘛老者道："仙子莫忧，嵩峰山虽群山峻岭，云雾拦山腰，紫薇童子却生性聪慧，定不会迷了路，错了道。"詹妙容道："山中怪事奇多，磨难不尽，只怕二位妹妹招架不住。若有个不测，便是否罪孽了。"花姑子道："常言道，吉人自有天相。紫薇童子乃寒武大神门下，生来富贵吉祥，虽难免横祸枉灾，却能逢凶化吉。"金鼻鼠道："仙子且放宽心，待吾行遁地之术，寻得踪迹。"说罢，只见金鼻鼠遁入地中不见踪影。

　　须臾，西边风起，渐入狂卷之势，且看树折藤飞，根起茎断。众人坐立难安，顾了四周，地形怪异：

　　　　脚下虽是岗，两边竟是坞。

　　　　犹如口袋状，行者立在中。

　　再过片刻，风来凶猛，众人使了定心术，再看沙石滚翻，群山错位。喇嘛老者道："这是何来的妖风，吹得这般厉害。"花姑子道："吾也不知，只听人说此山有一处名曰峡里坞，有一神风洞，又曰峡里洞。洞大里宽，如一米袋。方才定了方位，见了地形，想必定是此处。"话未言尽,只见一阵狂风卷来,将众人卷进洞中。顷刻间又见风停,万般寂静。

众人无不惊慌失措,起了身四处探寻,只见洞如碗口。再往里走,未见端倪,只见得石壁开了两半,里面是漆黑一片。道口极狭,才通人,行数十步,见一洞口,从口入,豁然开朗,山川四布,河流不息,犹如桃源深处。喇嘛老者道:"这峡里洞虽魔风四起,令人望而生畏,却不知暗藏世外桃源,此乃人间极地,在此度日,可尽享天年。"

惊叹之际,忽听悲吟之声,随声去,见一瀑布之下,一男子跪在溪石之上,面圆耳大,鼻直口方,尽受水击,再望去,瀑布高百丈之长,激流直下。众人生疑,不知因果,便不敢搭救。怎知那男子魂魄出窍,随风浮动。喇嘛老者道:"你是何人?"那男子见问话,急忙飘至跟前,行礼跪拜,道:"小生姓江名甫,家住凤林。"花姑子道:"今日见你好似被锁住一般,困在这瀑布之下。"江甫道:"仙子所问极是,说来羞愧至极,吾祖上多是秀才。本想寒窗苦读,金榜题名,有朝一日,可拨乱诛暴,平定海内,匡扶天下。奈何天不恩赐,科考三次均未中榜。"花姑子道:"这富贵祸福之事,多是命中注定。你既无立庙堂之福,倒不如择一业谋生。无须如此牢骚,更不必自残寻孽,在此生受。"

江甫道:"仙子错怪了,吾因知名落孙山,遂一日醉酒于此洞中,突感峡里风起,深感悲凄,故而起笔乱书,狂草一番:

峡口吹,起潭中,久晴欲雨天无风。

雨久风声雨即止,碌碌老龙困洞中。

风所被处田稻丰,是天所赐龙无功。

安得此风吹处处,麦头双穗禾无虫。

"怎奈祸不单行,这洞中神龙,见吾诗言,气杀也!特降罪吾在此洞中。"

花姑子道:"若是如此,罚你几日自然气消,如今却将你久困于此,定是你惹了他祸。"江甫道:"仙子明鉴,常言道,百无一用是书生。吾一弱书生能惹甚祸,即使因此降灾于吾,定是事有蹊跷,从中有误。"花姑子道:"自古读书人多半是喙长三尺,满舌生花。且看吾使得回真术，真假是非便可知晓。"喇嘛老者道："何为回真术？"花姑子道："回真术可知晓过去真假，可占卜见时福祸，可聆听人心善恶。"说罢，念一咒语，众人突感心神不定，魂魄不一，渐入梦中来：

梦中来一白衣书生，醉熏难辨，起卧不定。入峡里洞，风咆哮。白衣书生便执墨挥洒，含沙射影之庙堂，肆意诬毁之朝纲。正值神龙梦醒，见此狂徒，心火怒生，降罪人间。峡江即时狂风暴雨，肆虐房舍田地。此事被土地神报了玉帝，玉帝降了旨，神龙化作山川流水，白衣书生跪于瀑布之下，受尽千年之罪，直至皮烂骨碎，心死神灭。

梦醒，花姑子道："这玉帝不知缘由，竟这般绝情。"江甫道："仙子不知，峡江洪魔兴，百里无人烟。小身深知罪孽深重，甘愿受罚，只是不知何年灾满，几时自由。"喇嘛老者道："方才梦中所言，须皮烂骨碎，心死神灭。"江甫道："小生自知命薄福浅，死不足惜。只是凡间尚有老母。只知进京赶考时，老母已是年近花甲，积劳成疾，步履蹒跚。如今春秋几时不知晓，亲人安在更不知。"说罢，哽咽难语。

詹妙容见状，念起家师，更是落泪不止。花姑子道："你既闯祸受灾，乃天命所致，吾等救不得，救不得哩。"话未说尽，只见洞口走来一老者，手持十节龙头杖，举手行礼，道："善德真人久违了。"詹妙容道："先生莫不是识得吾？"老者道："仙子可曾记得，昔日你在徐家做了那徐大公子媳妇，那徐来遭自家夫人下毒之祸，命你前往三眼井寻找廖大夫，可有此事？"詹妙容道："记得，自然记得。只是那日未曾见得廖大夫。"老者道："老夫本是那廖化，只因一生行善，救人无数，幸得寒武大仙教化，得道成仙。那日吾腾云驾雾欲要离去，见一女子立在三眼井边，今日一见果真是你。"

花姑子道："老者莫不是在此等候吾等？"老者道："非也，非也！"花姑子道："既不是等候吾等，又为何在此？"廖大夫持着龙头杖，指着江甫道："为他而来。"喇嘛老者道："莫不是这书生与你有渊源？"廖大夫道："非亲非故。"詹妙容道："莫不是寒武大神授命于你。"廖大夫道："正是，正是。倒是这书生与仙子有莫大关系。"詹妙容道："何来的关系？"廖大夫道："天机不可泄露。"喇嘛老者听罢，意会一番，笑道："廖大夫果真神人。"

花姑子道："这书生受玉帝法旨，受刑于此，已无出头之日。方才廖大夫所言，为此书生而来，不知有何计策？"廖大夫道："虎项下金铃，何人解得？"詹妙容道："系者解得。"廖大夫道："仙子所言极是。若要救得这书生，还须他自己。"花姑子道："廖大夫尽是拐弯抹角，不吐真言。这书生乃一瘦弱书生，如何脱身？"廖大夫道："不知，不知！"

正说之际，洞口传来一声："姐姐也真是啰唆，举手便可救得，何须如此麻烦？"众人随声望去，正是那紫薇童子与金花仙子。詹妙容道："两位妹妹，这峡里洞甚是隐蔽，尔等是如何寻来？"紫薇童子道："姐姐只知抽起虎鞭可叫吾言听计从，却不知这虎鞭可与吾感应。"詹妙容道："妹妹莫要生气，那日未曾见到妹妹，自当着急万分，四处寻找，这才误入洞中，本想挥鞭知会你前来，就怕虎鞭无情，伤了你。"紫薇童子道："姐姐莫要诓吾，那日分明是这花姑子变化成你的模样，这才令吾等姐妹走散。可今日所见，姐姐倒是与这花姑子好生相处。"

花姑子听罢，急忙说道："仙子莫要怪罪你家姐姐，是小女莽撞了仙子，在此赔罪。"紫薇童子道："这常言道，一朝被蛇咬，十年怕井绳。既然姐姐收了你，你吾还是离得远些好。"花姑子见状便不再多言。紫薇童子又见江甫困于水中，说道："廖大夫，你既是家师点化，即为吾门中人。"廖大夫道："仙子所言极是。"紫薇童子道："你又是这行医之人，懂些岐黄之术，今日且说来听听，如何救得这书生？"

廖大夫道："神龙咆哮，掀江毁堤，良田房舍尽毁。那江水冲毁堤坝，水中妖孽四处作乱，凡间灾难不已。"紫薇童子道："这神龙多半是个混账东西，不分是非，胡作非为。"廖大夫道："玉帝得知神龙作乱，便下旨，令神龙化作山川流水，保风调雨顺。"紫薇童子道："玉帝既已知此祸乃神龙所闯，应当降罪于神龙，为何为难这一书生，真是无道。"詹妙容道："妹妹莫要说这等逆话，叫土地神听了去，往上告一状，恐遭事端。"紫薇童子听罢，噘着嘴，作罢。

廖大夫道："并非玉帝作为，这书生前身乃佛家之人，曰千担佛，因参禅不解，遂转世为人。那日峡江堤毁，洪水肆虐，众生危在旦夕。

千担佛为赎罪孽,便横躺而下,阻了水魔,降了水妖,故而难以再立。后被玉帝所知,要这江甫舍身消灾,助千担佛功德圆满,再塑佛光。"

詹妙容:"果真金身,若是凡人,早已身死心灭。"花姑子道:"既是磨难消灾,岂不是救不得?"廖大夫道:"救得,救得!"詹妙容道:"如何救得,烦请老者示下。"廖大夫道:"东海龙王原有十子,九子练道于龙门峡谷,另一子名曰荆名,就是这条神龙,因不服管教,生性好玩。龙王只好降旨令其镇守峡江,修道于峡里洞。如今虽闯祸至深,却又是系铃之人。故而还需请出神龙,固守峡江,那时千担佛便可起身回形,灾满难消。"

紫薇童子道:"这一下要赎罪孽,一下又要走捷径,看来这佛家心也不诚哩。"詹妙容道:"妹妹莫要胡说,佛家言,救人一命胜造七级浮屠,今日若是能除了灾险,终生无忧,亦是功德圆满。"喇嘛老者道:"仙子所言极是,只是不知如何请神龙现身?"廖大夫道:"瀑布深处有一道符,揭了道符,神龙便可回法相。"詹妙容道:"何人可揭得?"

紫薇童子听罢,急忙说道:"方才问及如何救得,还说不知,这回又说出法子来,且信你一回,区区一道符,岂难得住吾等,待吾去去就来。"说罢,念一咒语,飞将而去。待行至瀑布中,那瀑布犹如砌好的墙,紫薇童子硬是撞得咚当响,头晕目眩,飘落谷底。詹妙容急中生智,抽了虎鞭,捆住紫薇童子身子,拉了回来。

花姑子道:"想必是要深谙水性之人,待吾去去就来。"说罢,化作蛇身,游进瀑布中。这进是进了,见一道符立在内壁之上,欲要揭下。殊不知那道符法力极深,碰不得,遂无功而返。

詹妙容见状,道:"廖大夫,寒武大神可曾教会如何揭下道符?"廖大夫道:"不曾教会。"紫薇童子道:"师父真是老糊涂,既要吾等救人,又不告知这其中之窍门。"詹妙容道:"妹妹,莫要着急,吾且试试。"说罢,抽了虎鞭,定住内壁,飞了进来,果真见一道符贴于壁上。遂跪拜行礼,虔诚祈求。须臾,只见那道符自然脱落,众人无不喜悦。

顷刻,忽听得山崩石裂声,只见那瀑布水流断,峭壁悬石开,金鼻鼠见状,急忙说道:"快些跑,快些跑,天崩地裂了哩。"众人急忙出洞离去,詹妙容见那书生江甫依然被困于谷底,脱不开身,魂魄不定,恐遭不测。遂扑至谷底,虎鞭锁住其身,带之出洞。

待众人回过神来,只见神龙已立在空中,又化作人形,行至跟前跪拜,道:"小龙荆名叩拜仙子救命之恩。"詹妙容道:"莫言谢,烦请龙君镇住峡江,助千担佛灾满难消,也算大功一件。"荆名道:"此事皆因吾而起,待吾施法镇住峡江再行赔罪。"说罢,只听"轰"的一声,跳至空中,令众人着实吓了一跳,紫薇童子怨道:"好大的脾气。"

话说那荆名回了龙形,腾云吆喝,只见那峡江之水退去,岸堤浮出。片刻,只见下流处佛身出水,金光再塑。荆名自当前来谢救命之恩,道:"小龙受寒武大神点化,在此等候真人搭救。真人身系降魔之任,日后定逢磨难,吾今化作峡泉剑,助仙子斩妖除魔,报搭救之恩。"遂龙身化作宝剑,龙须化剑须,金光闪烁,耀眼无比。紫薇童子道:"这宝剑虽好,只是显眼,若是遭逢山贼,被不识相的劫了去,只怕罪过。"言毕,众人笑之。

却说众人出了峡里洞,江甫欲别,詹妙容道:"公子此番劫难,想必定有所悟,不知日后有何打算?"江甫道:"若非恩人垂救,怎能够有今日。只如今年近而立之时,未成家业。家中有一母不知尚在否?余生愿榻前菽水,不离左右。待母百年之后,尘世艰辛,情愿弃俗出家。"詹妙容道:"公子满腹才华,当为社稷之想。他日得一功名,受一方之职,亦能造福苍生。正如诗言,世人切莫闲游荡,游荡从来误少年。"江甫道:"仙子所言不差,只是多次科考,终是无果。如今遭逢此灾,久未熟读,焉能考否?"廖大夫道:"常言道,大难不死,必有后福,公子若是有心,自会有结果,故而切莫灰心。"江甫思索三分,久而不语。

詹妙容见状,道:"先生有所不知,吾原是徐家一丫鬟,只因被诬陷是那杀人之人,捆于公堂之上。若是那衙门之人能明辨是非,秉公办案,吾便不会行那撞柱之事。"江甫道:"仙子所言极是,如今朝堂昏暗,小生着实不愿与之为伍。"詹妙容道:"公子若是考取功名,只管清白做人,廉洁奉公。若能为事一二,百姓定能爱戴。"江甫道:"仙子一言,如雷贯耳。也罢,如今大宋内忧外患,吾辈自当保家卫国。若能考取功名,必文定民生,武安天下;若不能考取功名,亦世俗顺善,退重谨信,退让爱人,安守本分。"说罢,离去,不言。

话说众人朝松山寺来,不日,只见朝晖渐起,见那山头处有一寺庙,众人欣喜,遂急步登来。近来一看,只见那松山寺空无一人,内无一物。众人好生奇怪,紫薇童子道:"此庙破落不堪,毫无朝气,定不是仙家之地,何来的隐士。只怕是竹篮打水一场空。"花姑子道:"小身久居此地多年,不曾见过隐世之人。"紫薇童子道:"只怕是那清虚道人怕姐姐与那妖魔缠斗,毁了他家园,故而借口说是到这松山寺,取了冲霄泉可救严君子。"

詹妙容道:"妹妹莫急,既已到了松山寺,自当叩拜。"说罢,众人依次跪拜不语。片刻,那紫薇童子按捺不住性子,起身靠在一边,道:"姐姐,莫要怪吾,吾既奉师命,护送你一路来松山寺,如今事已成。非妹妹不陪伴左右,只因吾那师兄现不知何处,这松山隐士又不知几时能来,故而只能先走一步,待吾寻了师兄,自当前来回合。不知可否?"詹妙容道:"妹妹所言极是,若不是妹妹一路极力相助,吾岂能到了松山寺,定叫那妖魔鬼怪收了去,豺狼虎豹吃了去。"

紫薇童子正要离去,只见云端处行来一人,细看正是那凌云童子,紫薇童子欣喜若狂,又好生抱怨,道:"师兄寻着快活,不管妹妹死活,好在命好,若不然只怕再见不到了哩。"凌云童子道:"师妹莫要笑吾,此番之行,师妹可是立了大功,师兄羡慕都来不及。"紫薇童子道:"你这蠢牛郎,尽不知吾意。"说罢,嘬着嘴,闪了一边去。众人见状无不"扑哧"地笑出来,又怕紫薇童子再生气,又作罢,只管跪拜不语。凌云童子见状,亦跪之。片刻,紫薇童子无处可去,只好乖乖跪拜,不语。

时过正午,炽热难耐,众人可谓是汗流浃背,口干舌燥。詹妙容见状,于心不忍,遂劝说一番,道:"今日权因家师严君子病重,故而跪求仙人恩赐良药,与众仙家无关,众仙家莫要再遭罪,速速起身。"花姑子道:"姐姐昔日手下留情,留吾一命,妹妹誓报不杀之恩。"詹妙容见花姑子铁了心，便不再劝阻，见喇嘛老者与廖大夫已是久跪难耐，遂道："两位长者年事已高，再行跪拜恐难以支撑，若有闪失，小仙恐担当不起。"喇嘛老者道："仙子多遭磨难，救老身于危难之间，老身即使是舍命也难报救命之恩。"又听廖大夫道："吾本是行医之人，救死扶伤，理所当然。"遂又拜，不言。

片刻，紫薇童子闲着无事，便玩耍了起来，凌云童子道："师妹莫要这般无礼，若是累了，尽管到边歇息去。再这般耍闹，怕是要不尊了，那时仙家不应，吾等岂不是白费了功夫。"紫薇童子道："若是有仙人，吾等如此心诚，早该现身了。这等破落之地，与吾那碓边山相比，可谓云泥之别，不啻天渊。量没有什么神仙，更无仙水。还是早些离去，想其他法子，才是上策。"詹妙容道："妹妹昔日难违师命，一路护送，姐姐在此谢过，来日待吾救了家师，必报恩情。今你既无心在此，可回碓边山复命去。"紫薇童子听罢，深知詹妙容有赶走之意，道："姐姐莫怪，姐姐莫怪，吾且跪拜就是！"

正说之际，闻听室内走来一老者，身穿白袍，苍发披肩，寒骨挺立，面颊消瘦，引了梦得先生的话："山不在高，有仙则名。水不在深，有龙则灵。斯是陋室，惟吾德馨。"詹妙容见状，急忙跪拜行礼，尊称上仙。只见那老者回礼道："老身久睡寺中，未曾察觉，这才怠慢，还望见谅。"紫薇童子道："你这一睡都可赛过天蓬，斗过悟能了。"凌云童子听罢，怒道："师妹，不可无理。"又闻那老者说道："紫薇童子所言极是，吾在这寺中已睡两百多年。故而这寺破落不堪，无人打理。"

詹妙容道："不知上仙法号如何称呼？"老者道："老身无法无号，乃此山中隐士，姓王名重隐，家本濮州。"廖大夫道："先生可是冲天王帐下军师？"王重隐道："正是老身。"众人听罢，无不喜悦。詹妙容道："家师严君子因斗战伥鬼，身负重伤，幸清虚道人点化，特来松山寺求取冲霄泉，还望上仙恩赐。"王重隐道："既是救人，理当奉上，只是这冲霄泉在那龙井之中，千百年来未曾有人下过此井，其深浅尚不知。"詹妙容道："家师待吾恩重如山，今日哪怕丢了性命，亦要求取冲霄泉，为此还望上仙引吾一去。"王重隐听罢，遂引众人入寺中来。

众人进寺中,满地找寻,别说是井,都不曾见一条缝。花姑子道:"这地挺严实的,未见地缝丝毫,又何来的龙井一说。"王重隐笑道:"众仙家莫急,此井上接天阳,润泽万物,自然不在这地下。"紫薇童子道:"尽说些诓人的话,这井不在地下,难不成在墙上了?"王重隐道:"非也,非也!"詹妙容听罢,作揖行礼道:"还望上仙指点。"王重隐回礼道:"众仙家且抬头看去。"正所谓鬼斧神工,世间无所不有。这龙井果真立于屋顶之中,房梁之边,井内旋涡幽深,惊涛骇浪,却未曾落水一滴。众人无不惊讶,咂舌攒眉。

詹妙容道:"这井离地三丈之多,又无楼梯,可如何是好?"紫薇童子道:"姐姐真是糊涂,你且行三十六般变化,遁入井中,自然要多少有多少。"詹妙容道:"妹妹机智。"说罢,念一咒语,"嘘"的一声,遁入井中。

却说这龙井之水乃上上之水,弱如风,浮不定。詹妙容捧手捞了水,又念一咒语,出了井,本是满心欣喜,怎奈展手一看,竟没有水,众人无不叹奇。花姑子道:"姐姐,莫不是手掌没有合实,定是漏了。"詹妙容听罢,遂又入井取水,再出再看,无果,着实奇怪。

喇嘛老者道:"这弱水乃天上之物,果真到了这凡间寂然不见。"詹妙容道:"莫不是小仙法力甚微,取不了这弱水。"王重隐道:"差矣!龙井之水乃水精所化,此物遇阳则散,仙子虽小心捧着,亦难免不见光焉。"

欲知结果如何,请看下回分解。

# 第二十一回　金花舍身取圣水　江甫落难蜈蚣山

　　话说詹妙容一时取不得圣水,自然着急万分,众仙家亦是不知所措。王重隐道:"仙子既无取水之法,此乃天之宿命,还望莫要强求。"喇嘛老者道:"军师既已在此修道百年,定当熟悉这圣水之性,还望看在善德真人苦心哀求的分上指点迷津。"凌云童子道:"老者所言极是,还望军师指明一二。"王重隐道:"众仙家错怪吾矣!"紫薇童子道:"你这臭老头,有话就直说,这个时候还犯糊涂。"廖大夫道:"仙子莫急,吾自行医多年,悟来一道理,世间万物皆有定数,如今圣水难取,定是未找得奇妙之法。军师若是知晓而不说,定当是有难言之隐。"王重隐道:"廖大夫果真深明大义,老身敬佩。"遂作揖行礼。

　　詹妙容见王重隐不吐取水之法,一时着急,便又跪下磕头不止,道:"军师莫怪,只因家师于吾恩重如山,若能取得圣水,即使舍弃身家性命,也是在所不惜。若是军师忧虑上天怪罪下来,小女子自当受过,绝不连累军师。"

　　王重隐见詹妙容诚信难却,一时焦虑难耐。道:"并非老身有意为难,只是唯独一人可取得圣水。"詹妙容道:"军师且告知与吾,吾定当找得此人。"王重隐道:"此人无须找寻,近在眼前罢了。"众仙家听罢,互为视之。喇嘛老者道:"老朽可不通水性,若是下了水,只怕是泥菩萨过江,自身难保。"凌云童子道:"吾乃老黄牛,断断下不得水,那日驮严君子入了江。待上了岸,已是浑身难受,有气无力了。"廖大夫道:"吾乃一凡人,无上天入地的法术,别说通水性了,这冲霄泉且上不得,上不得。"花姑子道:"众仙家所言极是,在场之中,唯独吾通得水性,莫不是军师所言取水之人?"王重隐道:"非也,非也!"

　　紫薇童子道:"乖乖,难不成是吾。倒也好,待吾取了水,定捣毁这口怪井。"王重隐道:"仙子勇冠天地,只是并非那取水之人。"紫薇童子一听更是火冒三丈，道："你这老头子，有完没完，这般拐弯抹角，诚心不说这取水之法。"王重隐道："众仙家莫怒。这取水之人非金花仙子莫属。"

众仙家听罢，皆喜。金花仙子道："军师莫要诓吾，论这斗天的法术，姐姐自然在吾之上，论这水中走动，花姑子也不在吾之下，吾岂有这等福分，可进得此井，取得圣水。"王重隐道："仙子乃金花护体之身，上不惧天灾，下不怕地魔，可承天地万物，可受世间奇变。"金花仙子道："若是如此，还望军师指点，如何取水？"王重隐道："取水之法甚是简便，只是这一路护水，恐仙子吃不消。"詹妙容道："军师此话何意？"王重隐道："金花仙子虽有金身护体，只是这弱水杀伤力极强。只怕取了圣水，救了严君子，亦是性命堪忧。"

金花仙子听罢，思索三分，道："军师只管教吾取水之法，若能救得严君子，死又何难？"詹妙容道："妹妹万万不可，你吾姐妹情深，岂能为救家师之命，而害了你。"众仙家听罢，皆泣不成声，叹息不止。

金花仙子道："姐姐且宽心，你吾姐妹情深，这才天赐万福，容你吾相聚，便已足矣。今日若能救得严君子，乃修道之人福气。"詹妙容道："妹妹莫要净说些傻话。且容姐姐再想他法。"遂再拜王重隐，道："军师法力神通，定有他法，还望赐教。"王重隐道："别无他法，还望仙子定夺。"詹妙容听罢，哽咽难言，可谓是剥床及肤，摧心剖肝。须臾，只见金花仙子纵身一跃，跳进了冲霄泉之中。詹妙容急忙抽身拉扯，却已晚矣。遂又是阵阵哭泣，难言悲痛。众仙家急忙搀扶，各自落泪。

话说金花仙子跳落井中，金花原身尽显，水浸润泽，一时难出。众仙家在井外等候，喇嘛老者见王重隐闭目念决，道："军师，这等两难之事，可是苦了善德真人。"王重隐道："老者所言不无道理，只是这善德真人日后需担大任，故而需磨其心志，劳其筋骨。"喇嘛老者听罢不语。

王重隐见詹妙容扑倒在地，泪洗双眼，道："此乃金花仙子之定数，善德真人莫要过度悲伤，乱了道行。"詹妙容听罢，起身回礼，道：

"军师见笑了,只是姐妹情深,实属难掩悲痛之情。"

话毕之时,只见王重隐腾空驾云而起,手托法旨。众仙家见状无不跪拜磕头,王重隐道:"传寒武大神法旨:今混元欲重生,望众仙家齐力,往龙门峡谷处寻得三神珠,以镇魔王。"众仙家领旨。王重隐道:"受寒武大神之托,赐众仙家法器。点善德真人玉女剑,可斩妖魔鬼神;点紫薇童子金刚圈,可起风雨雷电;点凌云童子达摩扇,可劈山开地;点廖大夫仙草三株,可起死回生;点喇嘛老者丹书一卷,可逢凶化吉。"

众仙家领了法器,拜了口诀,各自归位。片刻,只见井中泉水涌动,波涛浪起,又见金花仙子跳井而出,浮在半空。詹妙容急忙念一法咒,将金花仙子收入袖中,道:"妹妹辛苦了。"遂欲离去。王重隐急忙说道:"仙子请留步。"詹妙容道:"军师赐水之恩,容来日再报。"王重隐道:"仙子莫忘肩上重任,救了严君子,望急赴龙门峡谷处,老身定在峡谷处恭候。"詹妙容听罢,行礼应诺,驾云离去。众仙家随去。王重隐见喇嘛老者紧随其后,道:"喇嘛老者可否留步?"喇嘛老者道:"不知军师有何吩咐?"王重隐道:"那江甫如今赴京赶考,此时应到长台蜈蚣山处,算得有一难,你吾前去搭救。"喇嘛老者道:"谨听吩咐。"说罢二人离去。

话分两边说,这边江甫听众仙家之言,誓要讨个功名,以谢救命之恩。又念善德真人搭救负伤,心生愧疚,终日难悦。走了几日路,过了清溪口,没了盘缠,免不了饥食渴饮,夜住晓行。逢地主老财家做喜事,求人写对联,这才应了个活,凑了盘缠。又到铺子里点了些米糕和薯花,这才急匆匆上了路。不日,过了须江,走了灵山村,只见前路愈加狭窄,再看更是崇山峻岭,欲回头,不见来时的路。只得寻一树干,赶草撇枝,颠仆行走。

时至夜落,山影将沉,柳荫渐没。断霞映水散红光,日暮转收生碧雾。突感饥饿,提了腰带,解了布兜,拿些米糕充充饥。那米糕乃米粉粗糙而成,虽能解肚,却令人口渴三分。密林山腰之处,不闻泉水之声,不见崖缝露珠,这可如何是好?忽闻吱吱声,抬眼望去,未见异常。心想这丛林处蛇虫出没,自然正常不过。须臾,又闻声近,端详查看一番,声无。

江甫心想怪事,便匆匆提了包袱,欲要离去,只见那树枝自根处而起,盘绕而来。须臾,便裹了江甫,令其动弹不得。那江甫急声喊救命,纵使声竭力尽,深山老林无人影行踪,也是枉然。片刻,江甫便被连卷带拖进了洞中。

未等江甫清醒,又被倒吊着。睁开眼朝地上看去,顿时吓晕了去。那半昏半暗的洞中盘旋着一条粗如房梁大的蜈蚣。只见那蜈蚣精幻化成一个姑娘,淡妆素服。又使障眼法,洞中骷髅成了桌椅盘盏,好一般喜庆。

片刻,江甫醒来,已是床榻之上,换了新装,只见那妖变的女子,递茶送水,好生伺候。江甫斗胆问了一声姑娘芳名,那姑娘好生妩媚,道:"小女子姓姜名龙霞,乃这山中人氏。"江甫心想:今日之事断非凡人作为,又亲眼见得那百足的怪物。莫不是这女子乃那蜈蚣所变。道:"姑娘容禀,吾乃一介书生,因赴京赶考,途经此处。不想惊扰了姑娘,待来日归来,定当登门拜谢。"说罢,急着起身离去,只见那妖不允,江甫急促道:"姑娘莫要害吾!"那妖使了定身术,道:"相公莫要惊慌,此去京都,路途遥远。路上多有妖魔鬼怪,只怕见不得皇帝见阎王。"江甫道:"姑娘一人,独处山中,不惧豺狼虎豹,定是修道之人。还望姑娘放吾离去,免得惊扰姑娘修行。"那妖听罢,暗地一笑,道:"不惊扰,不惊扰。只需相公与吾成亲,在这山中同修行便好。"

江甫听罢,一脸惊惧,道:"吾与姑娘素不相识,更是无缘。成亲之事使不得,使不得哩。"那妖道:"此山名曰蜈蚣山,凡人听得此山都闻之色变,肉跳神惊,丧胆亡魂,皆不敢涉地半寸,取水半勺。唯独相公只身赴山,又恰巧与吾相见,若不是这前世修来的缘分,岂能在这洞中相会?烦请相公随了缘分,早些装扮,与吾速速成亲。"江甫道:"姑娘莫要相逼,小生心中自有念想。若是强扭着成了亲,只怕洞房难续,孽缘不断哩。"那妖听罢,怒道:"相公果真决绝,吾好生救你性命,怎奈不知恩图报。"江甫道:"姑娘搭救之恩,小生谨记在心。来日若有吩咐,定当赴汤蹈火,在所不辞。只是这姻缘之事,还需你情吾愿为好,还望姑娘三思。"

那妖不知何来的缘故,定要和这白脸的书生成亲。见之不从,暴怒,道:"世间男人皆是薄情寡义之人,该杀。"江甫一听,顿时汗浃股栗,捻神捻鬼。只见那妖回了原形,青汁般头颅,百足腾舞,极恶穷凶,道:"敬酒不吃吃罚酒,待吾吃了你。"顷刻,又见那洞门破开,一兵器旋风而来,那妖躲开了去,江甫更是退缩一角,惊吓难安。见那洞外又来一人,念了口诀,兵器又回了手中,见是一把青龙刀。只见这人红脸火发,凶气逼人。那青头蜈蚣回了人形,怒道:"金师弟,莫不是来笑话吾?"

那洞外之人果真是同类,定是妖怪不假,只见其大声一笑,道:"师姐果真要成亲?"青头蜈蚣精道:"真是没大没小,倒许你与那狐狸精暧昧不清,还不允吾嫁与凡人。"红头蜈蚣精道:"若果真要成亲结缘,师弟倒是可以做个媒人。只怕这凡人阳寿不过几十,又瘦弱不堪,时日不多。那时思君如百草,缭乱逐春生。"青头蜈蚣精道:"不劳师弟麻烦,这堂前摆设一一俱全,若是赏脸吃个酒足矣。"

红头蜈蚣精听罢,使了法术,撩起了江甫,道:"可愿与吾那师姐喜结良缘,丝萝春秋?"江甫道:"断断不可,这凡人如何娶妖为妻,传出去岂不是笑话?"红头蜈蚣精道:"你若是不从,定叫你残骨不存,魂魄不生。"江甫道:"吾虽是一介书生,但存三分骨气。"红头蜈蚣精听罢,扔了江甫,道:"师姐怎能行这等为难之事? 即使强磕了头,应了天地,只怕日子到头过不了。"青头蜈蚣精听罢,气无处撒,道:"能且过,过不了吃肉,金师弟莫管闲事。"红头蜈蚣精道:"这成婚之事,师弟可管不得。但这吃肉,只怕师姐不敢独享,好歹与大师兄吱一声。这蜈蚣山多年不见一凡人,那些蛇虫鸟兽都吃腻了。这白脸书生,肉嫩血鲜,正好换换口味。"

青头蜈蚣精笑道:"那狐狸精肉愈加鲜嫩,师弟又为何放走了呢?"红头蜈蚣精道:"那日若不是吾与大师兄醉酒一番,弱了法力,岂能让那狐狸逃了去。"青头蜈蚣精:"这喝醉酒失了法力是假,动了情有意放走是真。"红头蜈蚣精道："师姐莫要胡言,若是被大师兄误会了去,可叫吾吃不了兜着走。也罢,若是今日那书生与你成亲,师弟莫不祝福。若是事与愿违,烦请让师弟捆了去见大师兄。"

江甫听罢,心虚肉迸,叹道:倘若与那青头蜈蚣精成了亲,只怕哪日不讨欢,亦是个死,这横竖都是死,倒不如一了百了。遂道："二位大王,今日既要小生性命,岂敢不从。只是小生生来是读书人,惜节重名,还望走时干干净净,完完全全。"那青头蜈蚣精听罢,蹿至跟前,道："都说百无一用是书生,你这人竟是如此冥顽不灵。今日与你成婚,只是气气吾那师弟。你若从了吾,吾自当日后放了你。若是不从,只怕吾那大师兄啃得你尸骨无存。"江甫听罢,道："放了又如何,这荒山野岭,妖魔丛生,横竖皆是死。佛家言,吾不入地狱,谁入地狱,倒不如今日成全了众位。"话未言尽,只见那红头蜈蚣精提手就来,掳了江甫奔出洞外,青头蜈蚣精紧跟随去。

未等半盏茶的工夫,那红头蜈蚣精行至一山崖处,只见那峭壁当立,一人正行走如平地。忽闻红头蜈蚣精召唤,便纵跳而下。现了原形,便是那黑头蜈蚣精,一路疾风爬行而来,行至,变回人形。红头蜈蚣精说了原委,只见那黑头蜈蚣精一声吼起,提了江甫,扔出半空。又念了口诀,回了原形,张大口子,正欲吞了江甫。

顷刻间,见空中来一混球,直搠将来,硬是撞开了那黑头蜈蚣精,又回旋而来,接住了江甫,轻落至地。那混球舒张开来,满身是刺。那江甫正好臀坐正中,一刺不落,刺得满身痛,叫得阵阵音。

那混球急抽身,掘地滚了出来,幻化成一童子,虽有善心救人,却是形貌十分丑陋,如有诗言:

**面黑浑如锅底,眼圆却似铜铃。**

**牙齿真金镀就,身躯顽铁敲成。**

童子见江甫一时愕住,道："吾本想救你,怎奈大意,竟是伤了你。"江甫听罢,本想起身言谢,却疼痛难耐,只好拱手相言,以示谢过,道："今日承蒙上仙救命,感激难尽,只是那蜈蚣三怪甚是厉害,快些逃去。"那童子道："怕他个鸟,不就是脚多而已,何足惧矣!"真是:

忠胆悬刺仙人衣，陈仓献礼化瑞兽。

巧逢江郎遇蜈蚣，飞身夺命陷险中。

不听书生一回劝，敢叫日月换新颜。

且看如何斗蜈蚣，裂脑迸浆铁蒺藜。

那黑头蜈蚣精岂肯放过，丢了这般的脸。吼道："哪来的混球，竟这般不识礼数，待吾抓了你，定掐破做了浆水。"那童子道："真是这般大言不惭，可否与吾一番较量，定叫你服服帖帖，乖乖巧巧。"红头蜈蚣精道："真是小鬼胆大，不知天高地厚。你可知吾等乃何方神圣？"那童子道："莫要诓吾，这险山恶岭，终年无人迹，四处无生机，神仙佛陀哪会眷顾，妖魔鬼怪必当久居。且乖乖降了本君，自个儿退去。敢说半个不字，可知吾是吃人脑浆成精，尔等虽身长脚多，三个脑子加起来还不够吾塞牙缝的。"

这蜈蚣三怪哪受得了这般言语相击，面目狰狞，气无可泄。只见那红头蜈蚣精道："师兄与师姐且旁观了去，看吾如何收拾这混球小鬼。剥了皮，做一身好衣裳给师姐；掏把肉，献一餐美佳肴送师兄。"说罢，操起了锣鼓，鼓鼓相击，音音逼人，那童子滚起了球，满身可都是那扎人刺，根根是厉害之物。可谓是：

一个是凶神恶煞，一个是鬼泣滔天。这般计较比厉害，那般打斗论辈分。一个锣鼓震天要人命，一个金针银刀除祸害。这边音射声回无死角，那边斗在其中难进退。怒一怒，实力当下少说话；斗一斗，心知肚明快回家。

那童子见招架不住，钻进泥中，不知了去向。道一声："自求多福吧！"遂不见了踪影。那红头怪紧追不舍，穿走于乱石之中。久寻未果，只好作罢，自当回去，怒道："都怪师姐花痴，非要寻人成亲，惹了这一麻烦。"青头蜈蚣精道："师弟自当法力不济，抓不住那偷瓜的獾，竟这般嫁祸于吾。"二精争执不下，皆不服输。只见那黑头蜈蚣精吼道："莫要争吵，快些将那白脸书生掳回洞中，洗干净烤着吃。"说罢离去，不言。

那童子原是一只刺猬，由人参演化而来，号称玄天子，有遁地嗅物之能。这才行了脱身之计,行至一山谷处,找了些野果子吃,嚷嚷道:"若不是吾肚皮不争气,岂会便宜那怪物。"遂又推石撅根,寻些白蚁,享受一番。

不时,闻声,回头见两人林中来。自叹道:"都是些不怕死的,去了一个又来了两个。待吾吓吓这二人,好过寻死。"遂变成一幽灵,飘浮空中,道:"来者何人哩!"话毕,见两人不曾听见,心想是不是声轻了。并起了音,道:"来者何人哩!"又不见那二人作何反应,怒道:"来者何人哩!"三声下去,未见其果,这玄天子硬是气不打一处来,道:"到底是聋子还是哑子? 也罢,能在这山中行走,定不是瞎子,且晃至眼前,吓个魂飞魄散。"遂顷刻间,现身跟前,支手拦道。那二人见此,不言不怒,撇道另行。

玄天子更是怒道:"愚人,好生无礼。"说罢,取出两根针,此针名曰金银穿骨针。只听"嗖"的一声,那针竖立在那二人前。见那二人未察觉,脚踩针而过未见异常。玄天子甚是怪异,道:"莫不是山中的妖魔,河里的水怪?"遂又使出双针,只见那二人回身躲开了去,继续行走。玄天子见状,叹道:"有些身手,此番前去亦是个死,不较量一番岂不是可惜了?"

遂默念法咒,只见万针齐发如雨。又见那二人施了法,起了金钟罩,虽针雨未断,却不曾伤及毫毛。这可急坏了玄天子,变化至跟前,道:"尔等何人,可知此处是何地界?"话说这蜈蚣山无人敢闯,能上山之人断然不是凡人,正是那军师王重隐和喇嘛老者。王重隐道:"吾等初登此山,不知是何地界?"玄天子道:"此山唤作蜈蚣山,山中有蜈蚣三怪,法力超群,作恶多端。你二人只怕有去无回。"王重隐笑道:"小兄弟真是会说笑话,方才说这山中有蜈蚣三怪,吃人连啃带骨头。却不曾见小兄弟伤在何处?"玄天子听罢,笑道:"吾乃这山中大王,法力自然在那三怪之上,伤不了吾,伤不了吾哩!"王重隐道:"小兄弟甚是诳人,方才小兄弟略施小计,阻吾等去路,不曾伤及吾等,又说法力在那三怪之上,说吾等此番前去只怕是有去无回,岂不是自相矛盾?"

玄天子听罢,好生糊涂,逞强道:"总而言之,尔等切莫上山便是。"王重隐又笑道:"小兄弟,如此惧怕那蜈蚣三怪,莫不是昔日曾是那蜈蚣三怪手下败将?"玄天子道:"非吾法力莫及,只是那三怪诡计多端,吾分不开心,寡不敌众,这才让其得手,好在吾那遁地之术无人可比,自当伤不了吾,论起来只是个平手而已。"

王重隐道:"原来如此,小兄弟可否引吾等进山?"玄天子听罢,上下打量一番,道:"尔等非要进山,究竟为何?"王重隐道:"寻一书生。"玄天子道:"莫不是那白衣书生江甫?"王重隐道:"正是,正是。"玄天子捧腹大笑,道:"甚好,甚好!尔等算是来得及时了,那青头蜈蚣精正要和白衣书生成亲呢,这回去指不定可以讨杯酒喝。"王重隐笑道:"若是成亲,定当是好事。贫道算上一卦,只怕是凶多吉少。"

玄天子道:"道人此话不假,那白衣书生未应成亲之事,险遭杀身之祸。今日吾巡山游玩,见那三怪欺负如此弱小书生,实在看不过去,便搭救一番。无奈那蜈蚣精狡诈,这才孤身脱阵离去。"王重隐道:"小兄弟如此大义,吾等在此谢过。不知小兄弟可否引吾等进山,找寻蜈蚣三怪?"

玄天子听罢,思虑三分,道:"这蜈蚣三怪穷凶极恶,若是引尔等入山,定是险象丛生,性命堪忧,使不得,使不得哩!"王重隐道:"小兄弟救急于危难之间,可见忠肝义胆。今日不愿山前带路,亦是情有可原。贫道两袖无宝,唯有手镯一对。"玄天子听罢,双眼发亮,又心生犹豫,心想两个道士,衣衫褴褛,定无值钱的宝物,道:"果真如此,可否一看?"

王重隐听罢,遂手入袖带,果真拿出一对手镯,纯玉打造,晶莹剔透。玄天子见之,无不欢喜,道:"世间真有如此奇物。"王重隐道:"若能山前引路,此物当自归小兄弟。"玄天子道:"此话当真?"王重隐道:"定然不假。"遂不言,入山。

欲知结果如何,请看下回分解。

# 第二十二回　三怪大闹周家庄　文曲星搭救江甫

　　**而今轻命重黄金，利嘴斯凿又欺心。**

　　**贪爱沉溺即苦海，利欲炽燃是火坑。**

　　话说玄天子领着二仙人上了蜈蚣山，至一洞，刻有一小篆，曰玄光洞。玄天子道："这便是蜈蚣三怪居所之地，二位上仙理应允诺，将那玉手镯给吾。"王重隐笑道："既是答应了你，那是自然。只是这玉手镯乃天降祥物，自然是那些金银玉器所不能比。"玄天子道："如何不能比？且说来听听。"王重隐道："此手镯乃太上老君八卦炉七七四十九天锤炼而成，这凡人佩戴，可登云浮水；这幽灵佩戴，可强心增力。"玄天子道："如此厉害，莫不是舍不得了？"王重隐道："非贫道舍不得，只是这手镯一经戴上，骨血相连，便摘不下来了哩！"玄天子道："如此金贵之物，贼偷贼惦记，盗抢盗寻思，哪敢摘下来。"王重隐道："这金镯子若遇有缘之人，定当护佑安康；若入无缘人之手，只怕灾祸不已。"玄天子道："不打紧，不打紧！吾乃吉祥之人，上不欺天，下不负地。平日里吃的都是些害虫，偶尔也吃点野果子，不曾伤及无辜。"王重隐道："既是如此，贫道且放宽心去。"

　　话未言毕，只见那玄天子伸手夺了去，藏着掩着。又不时偷眼一看，小心翼翼般穿戴。抬起手，喜出望外，蹦蹦跳跳。道一声谢谢，说一句受让。生怕被要回去，露个笑脸，转身离去。怎知三步有多，五步有余，那玉手镯愈加收紧，动弹不得。

　　玄天子怒道："臭道士，前世与你无仇，今生更是无怨，为何陷害于吾。"说罢，使上浑身的劲，又见那玉手镯更是紧了，道："快快念上口诀，松了这破镯子。"王重隐道："此镯与肉身相连，松不开来。"玄天子道："本尊好心领尔等上山，尔等却恩将仇报，是何天理?"王重隐笑道："阴阳相生，福祸相惜。今日应了吾一件事，来日必当还你一功劳。"玄天子道："好说,好说!"只见那王重隐默念法咒,果真那玉手镯松了些。

玄天子趁个不注意,本想溜之大吉,遁入泥中,随地乱窜。须臾,只见破地而出,一头撞在石壁间,晕头转向,有气无力道："都怪吾贪心,惹了这般虐戾。"王重隐见状,笑道："你若好生修道,功成之时,自当还你自由身。"玄天子听罢,寻思一番,诡笑道："本是山中自由身,何来还哩?"遂作罢不语。

话说那江甫被掳进玄光洞,那黑头蜈蚣精邀了群山妖头。架起来一口大锅,柴烧正旺,酒喝三分,唤小罗头到那洞里水池中捞人下锅。片刻,只见一小罗头慌慌张张前来哭道："大王,那白衣书生也不知是不是淹死了,吾等不曾捞着。"

黑头蜈蚣精甚怒,道："是何人如此大胆?"遂环顾四周,见那狮子精抱坛入醉,金豹怪口水成汁,未见异端,无处异样。恼羞成怒道："莫不是那玄天小二作怪。"遂唤了红青二怪出洞寻来。

天下之事,无巧不成书。黑青红三怪这边洞中怒气杀出,巧逢了三仙洞外待兔。这一撞,明了事,惑了心。黑头蜈蚣精道："小毛孩,你吾本久居在此山中,素来无怨,更是无仇。今日为何屡番刁难? 如今还找了帮凶,莫不是要拆了门,捣了洞。见你三毛不齐,却是这般狡诈。"

这玄天子向来也是火辣辣的脾气,怒道："枉你成精多年,也这般糊涂。那白衣书生分明是被你掳了去,正架着火煮了吃了,还要这般栽赃,那般陷害,害不害臊?"红头蜈蚣精道："分明尔等候于洞外,想来法力不济,这才行了诡计。都是吃肉之辈,何须这般遮掩,那般巧辩。"说罢,青龙刀操手就起,直劈而去。

大刀无情,留个心眼,二仙躲开去,那玄天子唤出金银穿骨针,万般抵挡,道："乖乖,这生意做得裤衩都赔了去。"又见那青龙刀横竖一路扫来,玄天子硬是浑身法术,也是难以脱身,臂挡足跌,险些摔了去。红头蜈蚣精更是穷追恶迎,刀刀直往那身子上砍去,玄天子法力殆尽,回了原形。

这边力挡,那边心急。喇嘛老者见状,急念法咒,欲搭救。王重隐道:"老者莫忙,那玄天子自有护身之法。"说罢只见那玄天子手中金玉镯金光闪烁,耀眼了去。顷刻间,已是金甲护身,任凭青龙刀如何威风,红头蜈蚣精已败下阵来。

黑头蜈蚣精道:"且让你瞧瞧真本事。"只见其摆开阵来,空中闪现一把冥血挝,横空刺来。玄天子见状,深知这冥血挝厉害,黑头蜈蚣精又是千年精怪,遂卷起身来,钻地而去。那黑头蜈蚣精岂肯饶恕,直追而去。

二妖山中斗去,青红蜈蚣精便掳了二仙进洞,唤了小罗头好生看管,又直奔洞外,寻了黑头蜈蚣精去。这捆的捆,绑的绑,动弹不得。喇嘛老者道:"此三怪虽说法力极深,但吾等若要脱身倒也不难,为何任其摆布,落个伸长了脖子待杀的鹅,自找不归路哩!"王重隐道:"老者莫虑。那白衣书生江甫在这洞中消失,不知去向,此事定有蹊跷。若要查个明白,还需到此洞中走一遭。"喇嘛老者笑道:"故而军师将计就计,那青红蜈蚣精误以为吾等手无寸铁,身无法力,便捆绑一番,就去了。"王重隐道:"待这些小罗头酒多困乏,青红二怪离洞甚远,吾等再行脱身之计,以免惊扰,惹了麻烦。"喇嘛老者道:"这可累坏了吾这身老骨头。"二仙大笑,不言。

话分两边说,这边玄天子一路逃去,蜈蚣精三怪更是紧追急赶。些许时辰,玄天子便逃至一平地处,见有茅屋一间,院子些许栅栏围着。心想:这三怪追得甚是厉害,倒不如先到这户家中躲躲,找些吃的,垫垫肚。遂行至院内,见三分薄地,种了些瓜果,哪顾得逃身,回了原形,直往地里捣弄,吃个撑肠拄腹,这才倒地歇息一番。不想被人拎起,甚是不悦,道:"何人如此大胆,扰吾清静。"乍一看,见是一老妪,虽是耄耋之年,却鹤发童颜,不见衰老,自当不是等闲之辈。遂道:"想必你是这院子之主,今日啃你三块瓜果。实属肚中无物,他日定当许还。"那老妪道:"你这小怪,吃吾瓜果,还要诓吾,看吾如何收拾你。"

说罢,正要施法。玄天子心想:这老妪孤身居此山中,定是世外高人，若是得罪了，只怕没有好果子吃。若能讨好，就不怕那蜈蚣三怪。遂合手求饶道："老嬷嬷，莫要动怒。吾乃这蜈蚣山中修道的小妖，只是不知哪年来了三蜈蚣精，行凶灭道，欺吾小辈。这才落难于此。"那老妪道："此山原是吴公山，现倒成了蜈蚣山。吾多年隐世闭关修道，未曾打听这山中事务，不承想这妖怪横行，正道泯灭。"玄天子道："不怪上仙，只是那三怪正要寻来，想来都是小孙子惹的祸。"老妪道："你且藏于吾那茶馆之中，待吾会会这三怪。"说罢，领了玄天子进屋。玄天子道："不知老嬷嬷如何尊称，今日搭救之恩，小孙子来日必报。"老妪道："吾那老倌唤作周庄主，不想去年梦游了去，留吾孤身一人，你且唤吾周庄主也罢，倒能思念几分。"玄天子道："古有言，须臾不相离，无以异鹣鲽。正是情深意切，难割难舍。"老妪道："你这小妮，一看便知，岁数超不出双掌，年轮比不过黄口。竟知道这褵帨之事，若是为人，定是博浪之色。"玄天子笑道："老嬷嬷久居山中，又终日思夫，自当不知那人间桃色之事。吾虽修道于此，平日也好生寂寞，遂每到冬日，山中无果子，常窜入闺阁之内，寻些果子垫肚，自然听得琴瑟之音。"

老小正说些常话，那三怪却门前叫嚣，果真来势汹汹。只见黑头蜈蚣精挥着冥血挝，怒道："玄天子，快些交出江甫，本尊可饶你一死，要不然冥血挝下难全身。"那老妪道："江甫又是何人？"玄天子道："本是一白衣书生，进京赴考，路过此山。被那青蜈蚣精掳去，逼婚不成，反倒要吃了他。吾看不过，便搭救一番，故而得罪了这三怪。后不知何处来的二位仙人要吾寻山找洞，这才又撞见了三怪。本可以脱身离去，只是不知为何，那江甫不翼而飞，三怪怪罪于吾，这才这般纠缠。"老妪道："你这小妮，净惹是生非。"玄天子道："这般欺凌，就是看不过。"老妪道："也罢。这蜈蚣三怪山中作祟，祸害不止，今日且收了，也还夫君情意。"说罢，走出屋去，行至院内，道："是何人在此吵闹？"

黑头蜈蚣精道："在此山中多年，却不曾见过此处有一处人家，怪哉，怪哉！"老妪道："魔尊今日所为何事，来吾寒舍，若不嫌弃，家中清茶伺候。"红头蜈蚣精道:"常言道,死蜂活毒样。莫要狡辩,快些交出玄天子。若是敢讲半个不字,休要活着出去。"老妪道:"常言道:七十三,八十四,阎王不请自己去。都是这把年纪了,莫要诓老身。"青头蜈蚣精道:"那江甫本是吾郎君,无奈这玄天子生性恶毒,见了细皮嫩肉的,都要生吃。"

正说到此,那玄天子在屋内好生听着,想来蛤蟆垫桌,只怕是撑不住,遂冲出屋外,嚷嚷道:"分明是逼婚不成,要吃了人家。怎么就怪起吾来了,真是欲加之罪,何患无辞。"老妪见状,万分生气,道:"大人曰事小妮听,小妮曰事叮人精。轮不到你这黄口小儿插嘴,快滚回屋里去。"玄天子听罢,嘬着嘴,只好回了屋里去。

老妪见三怪不罢休,道:"魔尊息怒,这小妮虽调皮捣蛋,倒也不敢得罪魔尊,想必定有蹊跷。"红头蜈蚣精道:"话都是你家说的,这山中百里无人烟,论起妖灵,没些造化的,也无此能耐,有些造化的,皆纶音佛语,那敢这般造次,难不成神仙下凡,佛陀临世?"老妪道:"魔尊息怒,这白衣书生不过是一凡人,粗皮糙肉,享用起来也是嘴里挑鱼刺,不顺溜。老朽倒有一宝贝,若是三位魔尊可饶这小妮一过,定当跟前奉上。"青头蜈蚣精道:"二位师兄,不要入了套子。且看这老婆子打扮,上无金簪玉环,下无锦罗绸缎。再看那房舍破旧,门窗漏风,何来的宝贝。即便是有,也是贴身护佑,岂能舍得?"

三怪思来也对,只见那黑头蜈蚣精怒道:"你这老婆子,常言道,井水不犯河水。今日本念你年迈,不想取你性命,却不想被你戏弄。那玄天子与你非亲非故,为何如此袒护?"老妪道:"魔尊错怪哩!同修一座山,本是缘分来。这小妮子虽多有得罪,倒也是邻里左右。常言道:远亲不如近邻,为一口之食,犯不着哩!"红头蜈蚣精道:"今日之事皆是那玄天子所起,如若给不出交代,这蜈蚣山岂不是乱了套。倘若就此放过,岂不是失了威风,吾等日后又如何立足?"老妪道:"所言极是,吾且唤那小妮出来,斟茶三杯,磕头赔礼,不知可好?"

黑头蜈蚣精听罢,久思不决,只听青头蜈蚣精道:"此人履险如夷,如此不惧,定有些本事。若是硬来,吉凶难测,倒不如将计就计,引那玄天子出来,借个不注意,擒来便走。"黑头蜈蚣精道:"此计甚好!"

那老妪果真唤了玄天子出,烧了柴,煮了茶,那茶果真是:

> 玉蕊金芽真绝品,周家制造甚功夫。
>
> 仙茶自合桃园种,增添清气入肌肤。

令玄天子呈上,说道:"老身早年与家夫久居山中,养得这青罗茶,此茶初饮,虽淡苦无色,却入喉甘甜,有清凉除浊之效。"那三怪哪来闲情品茶,只管一咕噜地倒进去,呛鼻倒嘴不说。见老妪正兴致之时,那黑头蜈蚣精撩起玄天子转身急奔逃去,青红二怪摆阵护法,那老妪一时近身不得。

话说这三怪正兴风得意,神气活现,突感肚肠不适,须臾阵痛袭来,片刻便倒地难耐。遂暴怒折回,叫嚣道:"你这老婆子使得甚法术,快快解咒。"老妪道:"尔等饮吾青罗茶,不曾言谢,如今体身有恙,却怪起吾来,老身可担不起这个罪名。"这边说那边听,玄天子偷声怪笑,道:"善恶终有报,佛祖慈悲哩。"真是:

> 这边是蜈蚣三怪黑红青,那边是老妪青罗周庄主;一个是夺人显威风,一个是救孩心更切;院前摆阵逼良人,青罗直下惹祸身;今朝斗出赢与输,明日好做王和霸。
>
> 一看鬼挝杀气逼,二顾龙刀绕回铡,三睹琵琶音似箭;再见老妪身退去,又闻院中掀翻起,后瞪房舍一字平。斗一斗,看看本事谁家大;休一休,实在肚疼撑不住。

见三怪正要齐身施法,那老妪腾飞半空,手中突现一法宝,看似金钵,又如水碗。须臾,只见那三怪虽万般折腾,却乖乖落入法宝之中。玄天子惊奇不已,道:"老君,这是甚宝物,如此厉害?"老妪道:"此物唤作火笼,每至冬夜,捡些烧炭放置其中,便可取暖。"玄天子道:"如此奇物,可否赐予吾,免得日后再受欺凌。"老妪道:"你这小妮,今日救你一命,不思报恩,反倒诐吾。"玄天子道:"老君莫怪,小孙子自在山中修行,本根情缘断,无奈这些杂碎纠缠不清,轻者难以清心,重者只怕性命之忧。老君法力神通,如此法宝多是摆设,何不成人之好,馈赠于吾。"老妪道:"虽是狡辩贪图之词,倒也说得实在。既是如此,且应吾一事,吾便赐你法宝,如何?"

玄天子听罢,甚喜万分,道:"莫说一件事,就是百件事也是可以的,老君不妨细细说来。"老妪道:"那白衣书生遭此劫难,却无性命之忧,日后定当龙门跃起,朝廷登科。只是其脾性多有偏扭,恐不顺耳,故而必惹事端,灾祸亦是难免。吾令你护佑左右,不得怠慢,待其封官归乡,便可自由。你看如何?"玄天子心想:竟是这般杂事,路途多寂寞,闲来更无聊。念其可赠宝贝,倒不如先行答应了去。待赴京的路上,奈他个凡人,一无腾云驾雾之功,二无降妖除魔之力,借个事溜走便可。遂道:"老君所托之事,小孙子自当铭记。"

这边说,那边要宝心切。无奈老妪不从,道:"常言道,心急吃不了热豆腐,看吾如何变化。"说罢,见其默念法咒,那火笼中炭火烧起,不到一杯茶工夫,那三怪早已是一命呜呼,又见三怪化成三根铁针,通红焰紫。道:"这火笼之火非寻常之火,平日里拿些树枝拌灰寻火,无奈烧个全无,多无管用。吾且取这黑红两根,用来搅灰挑火之用,另一根且赐予你。"玄天子一听,闷声道:"原以为老君将这火笼赐予吾,怎不知送吾一根破针。老君有所不知,小孙子满身便是针,唤作金银穿骨针。"老君道:"你那金银穿骨针,若是遇见不知好歹的人,可防身一二,若遇妖怪显灵,多是碍事之物。这火笼之针乃真火锻造,自然非寻常之针,甚是厉害,日后便知。"玄天子道:"常言道,溪里无鱼虾也贵,既是如此,老君自当告知,那白衣书生今在何处?"老妪道:"且往官道去,自然遇见。"说罢,又变了细锁链,将那黑红二针插在火笼一侧,离去,不言。

那边二仙困于玄光洞,待小喽啰饱醉倒头之后,便使了伎俩,脱身出来。喇嘛老者道:"方才听那小喽啰酒话,这白衣书生不见于洞中。只是这洞口把门得紧,奈他虫子都飞不出去。白衣书生乃肉身凡体,断无变化之功,如何就没了哩。"王重隐道:"老者智明,那白衣书生上无飞天之法,下无遁地之术。左右虎口,进退不得。"喇嘛老者道:"军师之言,莫不是高人相助?"王重隐道:"吾自在松山寺修道百年，寒武大神算此一劫，故而令吾前来搭救，只是这蜈蚣山中有何高人，断然不知。"喇嘛老者叹道："这山东西之大，南北之阔，该如何找寻？"王重隐道："所言极是，老身也不知何处寻去哩。"

正说之际，那外头奔来一人，道："只怕是青石板上种葱，活不了哩。"王重隐笑道："玄天子可好？"玄天子道："莫急！莫急！且看这些小喽啰平日里狗仗人势，威风不已，今日吾便一咕噜地收拾了。"说罢，甩起身子，只见万针穿心，死的死，伤的伤。余下的跪地求饶，到处乱窜，真可谓树倒猢狲散！

王重隐道："玄天子法力渐长，可喜可贺。"玄天子道："道长果真有谋，先是要吾引路，再诱吾引开三怪，真是卖糖带看戏，一举两得哩。"王重隐道："玄天子莫怪，自古言福祸相惜，如今可谓是福不是祸。"玄天子道："是也罢，非也好。如今奉老君之命，护送白衣书生进京赴考，可随了你意。"王重隐道："既是道仙安排，自然功德无量。"玄天子道："少些啰唆，那白衣书生现在何处？"喇嘛老者道："吾等未曾寻得。"玄天子道："都是耍些嘴皮子，活生生的一个肉身难不成被黑白无常收了不是？"喇嘛老者道："不知玄天子有何计谋？"玄天子道："吾与那三怪恶斗，尔等找人不得，倒是问起吾来了。"喇嘛老者笑道："吾等愚昧，吾等愚昧！还望玄天子赐教一二。"玄天子道："老君曾言，且往官道去，自然遇见。"王重隐道："既是老君所言，自然不假。玄天子既有护身之任，还望同行。"玄天子道："只怕同路不同道，扫了兴。"遂同去，不言。

话说三人过了下徐村，再走华峰。一路来，可谓是饿殍枕藉，四处苍凉。玄天子道："昔日这山中无食，吾便下山到那城里，可谓是灯火辉煌，地上天宫。却不承想这村野之中如此惨相。"喇嘛老者道："圣人曰，不患寡而患不均，不患贫而患不安。贫富悬殊，只怕世道不稳哩。"王重隐道："老者所言极是，古有言，国之将兴，必有祯祥；国之将亡，必有妖孽。世传人间正道无存之时，便是魔族重生之日，只怕天灾人祸不久矣！"玄天子道："你这老道士，尽说些听不懂的行话。只不过是饿死些人，古来有之，何须如此大惊小怪。"二仙听罢，皆笑不语。

　　正说之时，忽现一人，见其裹四带巾，着圆领衣，穿靿靴。浓眉长须，轻身健体。玄天子道："你又是何人？"那人道："老身姓柴名成务，本地人士，今日闻得众仙君在此，特来恭迎。"玄天子急道："可是那土地老儿？"柴成务道："非也！"玄天子道："不是便最好。"正说之际，只见二仙上前揖行礼道："拜见文曲星。"玄天子疑道："文曲星又是何神仙？"众仙哗笑，柴成务道："方才听玄天子所言，为何如此惧怕那土地神？"玄天子叹道："神君有所不知，但凡吾们这等为妖的，天地正道不容，邪师钟馗不收，只得在这深山老林处安身。不想那土地老儿闲来无事，便找些麻烦，要些好处。想来无处申冤，只好委屈了去。可谓叫天天不应，叫地地不灵。苦哩！"柴成务道："若有委屈，可呈报灶王爷。灶王爷自当为尔等申冤，何足惧也！"玄天子道："灶王爷早被土地老儿收买了去，都是穿一个裤衩的。再者吾等小妖，何德何能能见上灶王爷一面？莫惹事，莫惹事！"听罢，众仙半晌不言，只是点头。

　　喇嘛老者道："嘴偏话岔开了题，正事还没说哩！"王重隐道："极是，极是！"柴成务道："不知三位神君今日到此所为何事？"二仙见文曲星全然不知，遂一一道来。柴成务笑道："三位神君莫忧，且看。"说罢，拂袖做法，只见那江甫倒在石阶处。须臾便醒来，作揖行礼道："多些神君搭救。"王重隐笑道："文曲星有心，吾等备感钦佩。"柴成务道："军师莫言谢，只因老身修了一座状元坊，欲寻那文曲之星，无奈世人多为金银迷惑，怎会苦读诗书，登科造就。那日吾正巡游蜈蚣山，见此人聪慧刚烈，有文曲之像，遂搭救之。"喇嘛老者道："如此，这白衣书生定当独占鳌头，大魁天下。"柴成务道："老者错矣，文曲星乃天地所赐，如若过得了这状元坊，定当是祝染梦榜，心想事成。若过不了这状元坊，亦是命无此福，淡然相待。"

　　玄天子道："四处看去不见一门，哪来的状元坊，分明是唬人。"三神君听罢，皆笑。柴成务道："玄天子有所不知，此状元坊逢状元而开，吾等皆无此缘分。"江甫道："吾亦是看不得这门在何处，自当不是状元之才，文曲之星。如此好生惭愧。"柴成务道："先生乃文江学海、满腹经纶之人,莫要妄自菲薄,自可就此北去。"江甫听罢,依言而行。
不言。

　　欲知结果如何,请看下回分解。

# 第二十三回　须冉洞里救家师　龙灵洞内起风波

怜女犹弱乞报恩，苦行修道上松山。

今有姐妹舍身义，取水回道救严君。

话说金花仙子取了冲霄泉，詹妙容即时护佑，不离半寸。都说修道成了仙，腾云驾雾，一宵经过，便到了须冉洞，已是午夜初长，黄昏已半。只见那虾兵把守，蟹将巡逻。詹妙容道："多亏凌云童子好生安排，只是不知家师伤势如何？"说罢，已是悲悲戚戚，泪下沾襟。花姑子道："仙子莫忧，常言道，吉人自有天相，严君子定当吉祥无恙。首当之际，早些见得家师，服用圣水，再叙旧情不迟。"紫薇童子道："此话有理，姐姐几般周折，若是这般哭泣，怠慢了大事，真不知何处说理去了哩。"

众仙俱进不言，只言那严君子卧榻难起，罗帐未升，好一般忧弱相。詹妙容道："好妹妹，快快现身！"说罢，只见那金花仙子回了人形，果真是纤弱无力，不断如带，又见薄嘴吐水，柔荑端捧，急忙送服。

须臾，众仙家急顾切盼，那严君子方杳眼亮光，芳馨满体。詹妙容俯伏叩拜，呜咽道："师父受苦，徒儿有罪。"严君子道："无罪，无罪！归来便好。只是连累众仙家，愧不敢当。"紫薇童子道："严君子言重了，吾等本是仙道之人，荷蒙天恩，理应不负，自当鼎力相助。"凌云童子笑道："师妹平日粗言滥语，今日竟是这般能言巧说，真是刮目相看。"话未毕，只见紫薇童子一脚跟下去，那凌云童子惨叫一声，道："师妹如虎，近不得，近不得！"遂二人追跑了出去，众仙家皆笑不语。不言。

不觉光阴荏苒，已过半月之久。正值中秋，清影十分圆满，桂华玉兔交馨。严君子已是凤体安康，精神抖擞。詹妙容伺候左右，未曾怠慢。窗外日光弹指过，席间花影坐前移。只听得江城音鼓初敲，已

218

是一更时分，严君子道："自徒儿归来，照顾为师，可谓是无微不至，细心有加，却时而呆滞，久于沉思，为师想来，定是有些心事。"詹妙容俯伏叩拜道："徒儿当日松山寺取水，寒武大神曾下法旨，须往龙门峡谷取三神珠。可徒儿心念师父安危，愿终生伺候，故而心神不定，不知如何是好。"严君子点首嗟叹，道："徒儿糊涂，你可知那寒武大神是何方神圣？"詹妙容道："徒儿不知，只知这一路来皆是寒武大神好生安排，徒儿才可保全性命，修得法术，得道成仙。"严君子道："你既知那寒武大神有恩于你，为何知恩不报？"詹妙容道："非徒儿不思报恩，只是师父待吾恩重如山，徒儿岂能就此离去，若是夜半凉生，没个人榻前提被，炉中生火，岂不是折煞了徒儿。"

严君子道："你本是瑶池仙花，王母恩宠。只因久未感化，故而下凡受难，且如今得了正道，本应无所欲念，聆听法旨。却不想念恩情难舍，迟迟不去。"詹妙容道："师父莫不是要赶徒儿走？"严君子道："你心存杂念，为师即便呵斥你走，又有何用？"说罢，只见那严君子叹息三分，道化成像，立于江边。詹妙容见状，泣道："徒儿谨遵师命。"再拜。

话分两边说，这边众仙家拂尘进峡谷，在路行程非止一两日，过了岭洋，走了西坑，一路饥餐渴饮，朝行紫陌，暮践红尘。降下云来，徒步径走，只见花开两边去，云从半山来，果真是藏龙之地，好一番：

柔水潺潺日夜流，芳草绵绵铺锦绣。

瑞气重重半遮天，娇花袅袅斗春风。

花姑子道："此山此景可比那天界山？"紫薇童子道："比不得，比不得。吾那碓边山灵气遮天，祥光覆地。"凌云童子道："花姑子说笑了，这龙门峡谷乃龙族气脉孕育而成，岂敢亵渎。"金鼻鼠听罢，傲道："这龙门峡谷也好，那天界山也罢，都比不上吾那嵩峰山无底洞，住着舒坦，滚着无边。"金花仙子笑道："常言道，龙生龙，凤生凤，老鼠生的儿子会打洞，果真不假。"众仙家听罢，不免嗤笑。那金鼻鼠气不过，遁了地，现个无影。詹妙容道："莫要取笑，往里走便是。"

说来也怪，道来不奇。众仙家入了峡谷，只见花草徐徐，树木茂盛,啼鸦唤春,杜鹃叫月,却不见机关悬洞。道一声:"何处寻去?"又走半个时辰,不胜困乏,只好寻个草密之处,躺卧歇息片刻。正迟疑间,忽闻声从远处来,众仙家寻声而去。须臾,于茂林处只见一樵夫,左手持弓弩,右手拎一畜生。乍一看,原是那金鼻鼠,只怪好吃懒做,栽了跟头。只见那樵夫怒道:"老夫寻山半日,寻思猎虎擒豹,却被你这怪物惊扰。今日便拿你当下酒菜。"紫薇童子道:"好大的胆子,只怕你磕坏了牙,都不曾撩得一根毛。"说罢,急冲而去:

一个是道中急性子,一个是山中砍柴夫。这边是达摩扇开山劈石,那边是强弓弩穿心破肺。这边要问为何动吾人,那边说来此山皆吾财。

此处不罢休,那处不过瘾。斗来斗去,你说一句,吾听一言;一时占上风,又时拜下来,急忙抽身,比来比去,你进一尺,吾得一寸。

二人来回几十回合,只见那樵夫抽身,道:"好不痛快,再打百回合。"说罢,默念法咒,只见腰间处现一法器,是个葫芦。那樵夫道:"小小娜妮,可知这是何物?"紫薇童子道:"你一山里的樵夫,土鳖的模样,指不定是何妖虫,有何宝物?"说罢,又扑身而去,那樵夫不慌又不忙,道一声:"收。"顷刻间,那紫薇童子硬是被收了进去,掉进了葫芦底。

众仙家是见在眼里,慌在心上,嗟叹道:"是个难对付的霸子。"只见那樵夫叹道:"竟这般不经打,不过瘾,不过瘾。"那紫薇童子更是气不过,使了法子,欲想捅个窟窿,坏了这东西,无奈迈不开步,使不开劲,莫想动得分毫。心里没了算计,便骂道:"臭老头,放吾出去,若是敢困本仙在此,定让你难堪。"那樵夫听罢,呵笑一番,不语,便急身离去,化一瑞气,散于半山之中。众仙抱石头砸天,心中无计,只好山中寻去。不言。

寻里去,不见樵夫身影,众仙疑,詹妙容道:"此人法力了得,能化无形于山中,吾等须小心为上,不可鲁莽行事,再被那葫芦收了去。"凌云童子道:"都怪师妹性急不思索,如今不知何况,着实令人心忧。"詹妙容道:"常言道,生成的性,钉罢的秤。凌云童子莫怪。如今还是想个法子救人才是上上之策。"花姑子道:"姐姐,妹妹倒是有一计,不知可否?"詹妙容道:"妹妹且说来。"花姑子道:"姐姐可曾记得,那日尔等要逼吾现身,紫薇童子火烧了娘子坞?"凌云童子听罢,欣喜道:"花姑子真是聪慧过人,吾等使上一把火,那樵夫自然无处可躲,必然现身。"詹妙容道:"妹妹此计虽好,只是这龙门峡谷乃仙灵之地,若是闯了祸,只怕讨不到好果子吃。"花姑子道:"姐姐放宽心,虽说是龙族之地,倒许魑魅魍魉横行,不准吾等降妖除魔? 若是闯了祸,惊扰了天庭,指不定谁遭天谴哩!"

詹妙容思虑三分,道:"如今之计,也只好如此。"金花仙子道:"姐姐且看这龙门峡谷天然滋润,雾气弥天,凡火别说烧山了,只怕点个柴火都费劲。到头来硙糠作坝,白费了心机。"凌云童子道:"这个倒是不难,待吾行那赤心火,纵使铁打的,也经不住。"詹妙容道:"那日紫薇童子所用之火乃丹心火,乃寒武大神悟得阴阳相生之道而创,不知何为赤心火?"凌云童子道:"仙子有所不知,这阴阳相生相克谓之道,师妹所使乃相生之火,吾所使乃相克之火。"说罢,运功布施一番,可谓是:烧! 烧! 烧! 火似通红布,烧来连成片,都说那山红花开,不见焦泥土,烧得满山的豺狼虎豹无处躲,鸟兽虫鱼尽磨灭。须臾,只见空中彩云涌现,云深处泉水如布,遮天盖来,片刻,火熄烟散。凌云童子见罢,道:"这妖怪好生厉害,能灭吾赤心火者,数不出几个来,不知是何年修的道,哪年成的精?"说罢,又施火一通,焰如金光罩,围成煅烧炉。

话说那樵夫回了山洞,话说那洞唤作龙灵洞,可谓是:

> 岩前花木,舞春风暗吐清香;
>
> 洞口藤萝,披宿雨倒悬嫩线。
>
> 飞云瀑布,银河影浸月光寒;
>
> 峭壁苍松,铁角岭摇龙尾动。

提了葫芦,起了木勺,到缸里打了酒,道一声:"你这畜生,不好修道,惹是生非,今日让你醉一通,好醒个明白。"又捆了金鼻鼠,藏在洞中。回了洞房,躺下呼呼大睡。片刻,只见洞中惊现一人,那樵夫自然醒来,兴会淋漓,道:"哥哥此番云游甚是久矣,可算是回来了,弟弟好生想念。"那人道:"弟弟分明是山中逍遥,洞中清静。岂会思念为兄?"那樵夫道:"哥哥此话何来?"那人道:"吾且问你,今日你可否祸事矣?"那樵夫道:"自哥哥云游离去,吾便守山持道,可谓是避樊笼而隐迹,脱俗网以修真,倒也无一毫之挂碍,无半点之牵缠,恰巧今日洞中无事,便把了弓箭,在山上寻猎。不曾祸事。"

那人听罢,正迟疑间,那樵夫道:"哥哥,今日山中狩猎,见一鼠,状如三个月大的婴儿。见其遁地之时,吾便路中设一铁匣子,那鼠便蹿了进来。吾已将其捆进洞中,不敢独享。好在哥哥今日归来,便可早些享用,要不然捆久了,皮粗肉瘦,吃得不悦。"那人惊讶一番,道:"这鼠口不过盏大,身不如棍粗。弟弟何处擒来这等上色?"那樵夫道:"哥哥若是不信,不妨洞中一看。"说罢,二人洞中寻去。

那金鼻鼠见二人,长吁短叹一番,道:"二位大爷多多行善,小的误闯宝地,多有得罪,还望刀下留人。"那樵夫道:"吾等非佛陀,不吃斋,不行素。既已在吾手中,此乃命中注定,怨不得人。"金鼻鼠听罢,又是一阵哀求,道:"小的皮粗肉糙,吃来口中塞牙,咽了肚里难受。"那樵夫道:"常言道,椰干归牛嘴,进来了就别想出去。且让你清清肠子,好做了下酒菜。"金鼻鼠道:"既是如此,二位大爷可否告知姓甚名谁,好叫吾死个明白。"那樵夫道:"告知你也罢,吾乃东海九太子龙州,边上之人便是东海八太子龙炳。"说罢,二太子出了洞,正兴喝酒,龙炳道:"方才归山,见几个妖人在山中放火行凶,弟弟可曾知否?"

不问倒好,一问着实惊吓。那九太子深知原委,心想定是那伙人所为,又想那葫芦里还藏着个人,再不捞起来,不醉死也怕是被那葫芦给消化了,倘若告知兄长何为,怕责怪下来,吃不了好果子。一时心下踌躇,坐立不安,便道:"哥哥有所不知,那山中妖怪得知哥哥外出游历,见愚弟一人闭门不出,故而行乱于山中。"龙炳道:"贤弟既已知此事,为何不将那些妖怪降服?"龙州道:"哥哥说得极是,愚弟本想教训一番,只是念及上苍有好生之德,不忍杀害。"龙炳听罢,大悦,道:"贤弟近来修道有进,可喜可贺。今日游历归来,多有发闷,贤弟且打些酒来,你吾一醉方休如何?"龙炳见其未起疑心,便暗自庆幸,笑道:"甚好! 甚好!"

二人如何醉酒不言,只怪那夕阳虽美,日却不长。龙炳道:"贤弟可知吾那宝贝现在何处?"龙州听罢,汗毛倒竖,苦笑道:"哥哥放心,你那宝贝自在洞中无恙。"龙炳道:"贤弟可否取来?"龙州心想莫不是哥哥信不过,要吾取来一看,这可如何是好? 正疑间,龙炳醉醺醺道:"贤弟若是不便,哥哥自当去取。"说罢,起身寻去,龙州急忙拦阻,强颜欢笑道:"哥哥这是哪儿的话,弟弟自当效劳。"说罢,迟疑着来到洞中,见那葫芦挂在石壁之上,却影映在水中,苦思片刻,便有一计,依样画葫芦。那九太子便照着葫芦样在石板之上涂了一个,置些碎石于其中,道一声"变"。顷刻间,果真与那墙上葫芦一般无二样,笑着捧了出去。

话说这龙州画了葫芦,瞒了兄长,二龙自在洞中说笑。片刻,只见洞外浓烟熏滚,蛇虫鸟兽净往洞中逃来,龙炳酒醒三分,拎了个心智健全的,问道:"洞外是何妖怪,竟在龙门之地撒野。"那小妖那敢欺骗,道:"龙太子有所不知,今日不知何处来的妖怪,喷火如云,压阵而来,这峡谷已是火海,吾等无处可去,只好逃此避难。"龙炳听罢,怒道:"今日归来,尔等山中作乱,本尊心善,只是灭了火,不曾怪罪。尔等不思悔改,火烧吾龙门之地,伤吾山中子民,扰吾龙族清修,今日便收了尔等。"说罢,收起葫芦,冲了出去。

八太子洞中速来,见那凌云童子云中吐火,怒道:"妖怪,报上名来。"凌云童子道:"妖怪,快些放人,若要敢讲个不字,定叫你金身化焦土。"八太子道:"你这小妖,道行不深,却是满口大话,你可知此地是何处?"凌云童子道:"且管你何处,定与那樵夫是一伙的。若不放人,看吾如何烧了你老巢。"说罢,口吐烈火,如星云般盖来。

八太子见状,道:"且看吾的宝贝。"说罢,托起葫芦,道:"收!"见那凌云童子依旧威风,八太子再道:"收!"这山中寻常如旧。心想:莫不是那妖怪藏匿云中,距此甚远,这葫芦法力难及。遂起云追去,至跟前处,又道:"收!"葫芦果真是葫芦,收不得人。见势不妙正要逃去,凌云童子猛火喷来,乖乖,烧得那八太子脸黑毛焦,活似个炭棍。

凌云童子见八太子逃去,心想定是回巢闭门,若不及时追赶,恐躲了起来,找寻不得,岂不是白费了功夫。遂降下云去,与众仙家一路寻来。至洞前,道:"那妖怪定在此洞中,吾等只需破门而入,便可擒住那妖怪。"詹妙容道:"凌云童子莫急,那妖怪宝物甚是厉害,紫薇童子便是一时心急,落了圈套,被那妖怪拿了去。"凌云童子笑道:"仙子长了别人的威风,方才那妖怪手拿葫芦,本要收吾,无奈惧怕吾也,别说那葫芦不显灵了,连那妖怪都差点被吾烧成了烤猪。"说罢,抢起达摩扇,何须一回,只见洞门如飘叶,风吹便无踪。

众仙家进了洞,只见那烧黑的妖怪滚倒地上,呼应不得。花姑子道:"待吾心算一卦。"正要掐指念语,只听得那洞中传来一声:"算甚哩! 隔堵墙,能躲哪儿去? 快些救吾,快些救吾。"凌云童子道:"莫不是那金鼻鼠?"花姑子笑道:"论灵光,谁能与金鼻鼠比?"遂寻声而去,见那金鼻鼠被倒挂于火炉之上,果真差点被煮了。那金鼻鼠闻众仙赶来,顿生万千之喜。詹妙容道:"花姑子,吾与凌云童子到他处寻去,着你救下金鼻鼠如何?"花姑子道:"谨听姐姐吩咐。"

詹妙容与那凌云童子他处寻去,金鼻鼠便急道:"花姑子,快些救吾!"花姑子一听,嗤笑一番,默念一语,只见那炉下生火,水沸气腾。金鼻鼠见状,疑道:"花姑子这是何为?"花姑子道:"传言金老弟遁地之术世上无双,天下无二,今日倒想见识一番。"金鼻鼠笑道:"常言道,虎落平阳被犬欺,此话果真不假。花姑子想必是要落井下石,折腾吾一番?"花姑子道:"岂敢! 岂敢! 只是这好好的一锅水,好不容易烧开了,金老弟不沐浴一番,岂不可惜了?"金鼻鼠道:"本尊谅你不敢。"花姑子道:"为何不敢?"金鼻鼠道:"你好生修来的福分,得善德真人收留。今日若是闯此大祸,只怕怪罪下来,看你如何交代?"花姑子道:"金老弟果真聪慧,也罢! 念你是昔日的邻居,吾便不为难你。"说罢,上前解了绳索。那金鼻鼠得意嗤笑,说道:"识时务者为俊杰,花姑子真是学聪明了。"

话未言尽,只见花姑子两手一松,那金鼻鼠一不留意,掉进了锅中。顷刻间，神嚎鬼哭，凄凄厉厉。花姑子又一把拉了绳索，那金鼻鼠这才避难脱险，一溜地蹿走。见其疼痛难耐，花姑子暗笑一番，金鼻鼠怒道："花姑子，你好生恶毒。"花姑子笑道："吾救你水深火热，反倒怪起吾来了。"金鼻鼠道："方才分明讲好不为难于吾，却这般使诈，何来的救，简直是恶人。"花姑子道："你这小妖物，若不是你好吃懒做这般肥胖，便不至于落水遇难；若不是吾急中生智，拉绳救你，恐怕这会儿你已是那锅中佳肴，汤中鲜味了。"金鼻鼠道："罢了，罢了，唯女子与小人难养也，近则不逊远则怨。躲开便是，躲开便是。"说罢转身哀叹，托身离去。花姑子听罢，暗笑一番，不语而跟其后。不言。

话说救了金鼻鼠，紫薇童子不知去处。众仙子查寻未果，便出了龙灵洞，径直往深山处找去。凌云童子道："二妖害人不浅，今日烧了此洞，好无处藏去。"说罢，赤心火起，草木灰飞，岩石尽裂。须臾，那龙灵洞已是山石崩塌，没了模样。

话说那二太子逃至山中，见洞府尽毁，八太子怒道："今日若不是吾那宝物失了灵气，哪叫尔等猖狂？"九太子道："哥哥莫要生气，你那宝物失了灵气，吾那宝物可未用上场。"八太子听罢，甚感有理，叹道："弟弟快取宝物来，降服了这等妖怪。"只见那九太子默念法咒，手中惊现一物，乃质如轻云色如银，袍以光躯巾拂尘。道："哥哥，且看吾如何施法。"说罢，飘然而去。

众仙子正值不知何处寻去，突闻那深云高山处降下一人，正是那个樵夫九太子。金鼻鼠见了就怕，缩了头，拨风似也，钻了地。只见那九太子挥拂尘而来，众仙子一边闪躲，九太子见扑个空，便鹞子翻身，已是脚踏五行，横扫千军。善德真人抽出玉女剑，提膝平展，仆步下压，那九太子侧翻身，白鹤探水驾彩云，黄龙游身连环掌。正打得兴起，那凌云童子怎不着急，轻松猿臂，款扭牛腰，转了达摩扇，好一招神扇穿雾，蝶影飞花。顷刻间，三仙大战龙门峡谷，上下两百回合不分胜负。这边九太子行步撩衣，太公坐昆仑，挥尘如剑；那边善德真人带剑前点，形如飘云；更有凌云童子开合兼举，如云穿月。

这边打斗无输赢，那边八太子可心生着急，道一声："不好，中计

了。"便急身坠下山来,凌空提起九太子,后退百十丈。道:"弟弟莫要
再斗,这群妖仗势欺人,见你独身,便火拼于你,虽有力,长远难熬,怎
生费了这么多精神?"九太子道:"哥哥怕甚,这二妖虽有些法术,倒也
是本事不在行,虽斗不过,倒也能应付。"八太子道:"莫要纠缠,快速
离去,待吾寻得灵葫芦,再来算账可好?"说罢,二龙欲走,凌云童子叫
道:"妖怪,休走!"八太子怒道:"你这妖怪好不识礼数,此山乃吾龙族
仙山,尔等闯山在先,毁吾洞府在后。如今不与尔等纠缠,尔等却要
刁难,是何居心?"凌云童子道:"好个冠冕堂皇之词,分明是尔等掳人
在先,吾等相逼在后,怎么就问起是何居心了?"九太子见势不妙,生
怕揭穿了,被哥哥责骂,怒道:"妖怪,休要狂言,识趣的快些退去,要
是敢讲个不字,定叫尔等葬在此山。"

八太子听罢,轻声言道:"弟弟莫要激怒这群妖物,若是风发了,
吾等今日无宝物,只怕吃不了好果子。"九太子道:"哥哥怕甚,若是不
敌,吾等便将其引入玄门之中,那玄门上下九千层,吾等藏于其中,这
群妖怪若是不知死活,硬闯了玄门,就愁伪善魔没个伴。"八太子道:
"弟弟所言极是,只是那玄门久封三百年之多,若贸然开关,只怕那伪
善魔趁机溜走,吾等可要遭天罚的哩。"九太子道:"哥哥多虑,那伪善
魔岂会知得吾等今日开关。"八太子道:"只好如此,不然只怕这群妖
物不知吾龙族之人厉害。"

正商议间,凌云童子道:"妖怪,快些放吾师妹出来。"八太子道:
"这群风发的,若是胆大的,随吾来。"言罢,二龙便施法腾云而去,众
仙子见状,紧跟其后。须臾,便追至龙灵洞前。二龙施了法力,那洞
门重开,二龙便进了洞。众仙家正要进洞探个究竟,那金花仙子起了
疑心,道:"莫乱进,只怕是陷阱。"凌云童子道:"仙子长了别人威风,
那二妖敌吾不过,这才行了缓兵之计,如今无处可去,只好钻进这洞
中藏匿起来。那洞府早已是满目疮痍,难不成行空城之计不成?"花
姑子道:"小心驶得万年船,还是谨慎些好。"凌云童子道:"即便是奸
计,吾等人多,怕甚。"遂直冲洞门之内。

众仙子入了洞中,端详已久,不见二妖,甚是奇怪,只见那凌云童

子挥使达摩扇,狂扫一番,那洞中碎石乱飞,一片狼藉。顷刻间,只见洞壁裂开,内设一门,众仙子相顾失色,惊讶不已。近些看去,只见上头刻有小篆,唤作玄门。凌云童子正要推门,金花仙子急声而道:"童子不可!"凌云童子道:"那妖怪定在这洞中,此门看去并无不当之处,何须惊怕。"金花仙子道:"童子有所不知,此门唤作玄门,乃天地之门,世间传言此门若开,可通天地,可超生死。"凌云童子道:"如此,那二妖定是逍遥了去。若是上了天庭,害了法度,只怕牵连吾等,还是早些除了好。"金花仙子道:"玄门上下九千层,意喻九天九地,每层皆是劫难,无上上之德,怎能得道升天? 只怕那二妖早知此门,故而引吾等入此洞中,从此困于玄门之内。"凌云童子道:"仙子竟是吓唬人,也罢! 尔等洞外候佳音,且看吾如何收拾这二妖,救吾师妹也。"

凌云童子如何进洞不言,只言玄门又无门,门中皆是门。四顾而去,渐觉昏暗,只见一团妖气缠绕而来,凌云童子道:"都是些唬人的把戏,本童子虽生性温存,却也不是好惹的人。识趣的现身,不然拔牙挑筋,挖心穿骨,定叫你求生不能,求死不得。"

那妖气闻声,更是化作云雾缠身而来,凌云童子见状挥使了达摩扇,十个来回,那妖气甚是厉害,随风而走,躲在扇后。凌云童子怒道:"你这妖怪,使得甚法术?"那妖气渐成人样,道:"修道之人,如此性不定心不诚,何日是个头?"凌云童子道:"你是何方妖怪? 莫不是那二妖帮凶。"那妖人道:"老道可不是那行凶的角,乃这玄门之主,唤作太元真人。"凌云童子道:"既是这山中仙灵,为何助纣为虐,任那妖怪行凶害人?"那妖人道:"那二妖并非在吾洞中。"凌云童子道:"那二妖现在何处?"那妖人道:"知得又如何,那妖物有一灵葫芦,可尽收万物。若是碰见了,只怕你有去无回。"凌云童子笑道:"仙家有所不知,吾与那二妖打斗一番,那妖怪曾架了葫芦要收吾,只是那葫芦见了吾不灵验了,二妖便逃落此处,吾这才寻来。"那妖人道:"果真如此?"凌云童子道:"这有何假?"那妖人道:"那二妖甚是狡猾,虽说宝物不灵验,却躲藏起来,纵使天大的本事,也是找不得。"凌云童子道:"仙家所言极是,这般行凶,那般怕死,这可如何是好?"那妖人道:"老道知那二妖身在何处。"凌云童子道:"还望仙家指点便是。"那妖人道:"那深藏之处绝非三言两语可知,待吾出此洞门,同你寻去便可。"凌云童子听罢,甚是欢喜,道:"如此甚好,就去!就去!"

欲知结果如何,请看下回分解。

# 第二十四回　玄门三珠破洞出　今生有情恨无期

野牛共恶魔同行,吉凶事全然未保! 话说那凌云童子玄门洞中出,不期回头朝顾,只见那妖人迟步缓行,瞻前顾后。凌云童子道:"仙人行走这般散漫,莫不是故居久住,有些不舍?"那妖人道:"莫乱说。吾自舍生修道,不打算出此洞门,今日且助你降妖,这才斟酌良久,缓步随行。"凌云童子道:"仙人心如海阔,术盖天地。区区那二妖,定只需半盏茶的工夫,便可打道回府。不多久,不多久!"那妖人道:"吾只言如何助你寻得那二妖,不曾应你释厄降妖。"凌云童子听罢,心想:那二妖虽无赢的本事,却有诈的本领。常言强龙压不过地头蛇,若是再会,那二妖使了奸计,恐遭毒手。何不请求仙人,施法降妖。遂道:"仙人何不助吾一臂之力?"那妖人道:"绝非老身不施手相助,只是没有像样的法器,施展不开来。"

凌云童子听罢回复道:"这可如何是好?"那妖人道:"此门唤作玄门,上下九千层,上上之层有一法器,唤作方天画戟。若能取得此法器,便可助尔降妖。"凌云童子道:"如此,还请仙人快些取去。"那妖人笑道:"老身与你素不相识,今日见你温性纯良,便豪言助你降妖。且不知你有何本事,能否耍上两回,取下那方天画戟,如此辨你忠良,识你强弱。"凌云童子道:"仙人今日降尊救吾,小生自当效劳,待吾去取。"

说罢,纵身跳起,念一口诀,那达摩扇置于脚下,犹如祥云,护送那凌云童子至上上之层。凌云童子抬头望去,果真有一法器立于中央,便跳下扇来,行至跟前。松筋甩手,拔出那法器,正要骑扇下去,正见那二太子眼前现。

真是冤家路窄,又道狭路相逢。凌云童子二话不做一言,挥使那方天画戟劈头砍去,二太子避开身去,可谓是:

都是仙,不一样,说起来都是冤。这边是寒武座下真性子,那边是东海龙王俏太子。都有随心变化功,今番相遇争强壮。刃刃道道如光刺眼,拂尘丝丝如剑逼喉。痴痴恨恨各无情,恶恶凶凶都有样。那一个当头手起不放松,这一个架丢劈面难推让。

看三仙斗经五十回合,不见输赢。见二龙脚退崖边峭壁,凌云童子更使十二分力,刀劈半边天,只见那二龙应声坠了下去,那玄门更是开了一半。又见一道祥光自那玄门内照射出来,见一白衣女子悬空飞落,两袖脱出,将那二龙掀起抱住。那二龙停当,作揖行礼道:"拜见金凤仙子。"

那白衣女子果真是金凤仙子,可谓是:

星眼光还彩,蛾眉秀又齐。金钗斜插挑日月,翠袖巧裁笼瑞雪;

樱桃口密浅,春笋手似半。纤腰袅娜绿罗裙,素体轻盈红绿衫。

金凤仙子道:"处事须存心上刃,修身切记寸边而,常言刃字为生意,但要三思戒怒欺。"凌云童子道:"你是何人?"未及金凤仙子答复,只见那九太子道:"真是有眼不识泰山,有珠不图圆滑,此乃金凤仙子。"凌云童子道:"岂有仙子帮妖的,分明是诈吾,这般欺人太甚,管教尔等今日喝个饱。"说罢,挥起方天画戟,直脸劈去。那金凤仙子可谓躲闪如流星,快如掣电,凌云童子转身一个回马,横扫如风,又见那金凤仙子急纵自如,挪移如影。凌云童子见金凤仙子躲远不及,便转头怒道:"妖怪,还吾师妹来。"说罢,猛刀直下,正架住九太子脖颈,那九太子见凌云童子誓不罢休,惴惴不安道:"吾早已放了那妖怪,你自行寻不得,何来怪吾?"八太子见形势如急,道:"尊驾息怒,愚弟几时掳了你家师妹?乞为明示,吾好裁处。"

那九太子见事已败露,自当不好再隐瞒,便说了原委。不说倒好,一说倒是惹怒了八太子,道:"愚弟糊涂,竟这般莽撞,快还吾灵葫芦,待吾放了紫薇童子。"那九太子应声便道:"那灵葫芦吾自藏在腰胯下,这就取来。"说罢,抬手摸了摸胯,惊叫一声,道:"那日分明将这灵葫芦拴在腰胯,为何不见了哩?"凌云童子道:"莫要诓吾,分明是藏了起来,找打。"那九太子见状,怜道:"着实不敢隐瞒,此事误犯虎威,多有得罪,还望尊上饶命。"

众仙愤怒未消,只见那金凤仙子幻化而来,挥了衣袖,只见那方天画戟不听使唤,狠狠地脱了手,扎立在地上。凌云童子道:"你这妖怪,真不长记性,方才几刀还不够,"说罢挥使了达摩扇,顷刻间,狂风乱如魔,满洞皆是轰。

且不说凌云童子这般浑打乱缠,又侧身夺了宝刀,挥斩了过去,倒惹了仙子,只见金凤仙子娟绣千祥,瑞光如芒。须臾,那方天画戟幻化蛟龙,腾空而去,那凌云童子更是应然倒地,如痴如哑,金凤仙子怒道:"龙门清修之地,岂容你放肆。你究竟是何人?斗胆毁玄门,坏吾大事。"

正说间,只见那洞外来一行人,正是那善德真人三人。金凤仙子道:"尔等又是何人?"善德真人三步并作一步,连跪带拜,道:"仙子息怒,吾那哥哥不知尊卑,冲撞了仙子,罪该受罚。"金凤仙子道:"龙门之地岂能容尔等放肆,快些离去。"凌云童子道:"那二妖掳吾师妹,今日若不还吾师妹,吾便不走。"金凤仙子听罢,着请二龙放人,未果。凌云童子道:"都是穿一个裤裆的,演的这般囫囵戏,瞒不过吾。"

众仙子集思不解,想来无方。那凌云童子更是急得生吞蜈蚣,百爪挠心。道:"方才那仙人今何在?"八太子听后起疑,问道:"尊上所说之人可是那伪善魔张荽?"凌云童子道:"只知是个得道的仙人,不曾问其姓甚名谁。"九太子道:"如此说来,那灵葫芦果真被那伪善魔盗了去。"想来若是逃出龙灵洞,定被善德真人三人遇着,未闻遇及之事,定是躲藏在玄门之中。九太子便起身默念法咒,手执拂尘,左右各甩三下,只见那玄门深处现一股暗气,未等辨清,那妖气"嗖"的一声,冲出门外,顷刻间,只见那暗气中三道祥光跟随而去。众仙闻风跟来,已至洞外,见暗气自往峡谷峭壁去,更是紧追不舍。

话说那暗气飘至峭壁处,现了原形,形容丑恶,貌相凶顽。道:"得来全不费工夫,不枉吾三百年苦守,无方天画戟也罢,夺此三神珠,便可登天入仙班。"说罢,双手转乾坤,运功转神珠,运至一半,只见善德真人一行追来,便急忙收了三神珠。

　　凌云童子道:"你这妖人竟敢戏弄于吾?"伪善魔笑道:"你本是那碓边山一头蠢牛,是非善恶不分,今日为吾所用,乃你之福分,何来的戏弄?"凌云童子听罢,暴怒,道一声看招,正欲挥使达摩扇来,只见那伪善魔拎起灵葫芦,至悬崖处,道:"凌云童子真是威武,张某万般钦佩,更是胆战心惊,如若稍有差池,这灵葫芦翻倒过来,那紫薇童子掉落出来,摔落悬崖峭壁处,可如何是好?"凌云童子见罢,即刻收了架势,不敢再言。

　　金凤仙子道:"念你三百年修行不易,今日若是交出神珠,本座可饶你性命。"伪善魔道:"如今神珠在手,吾岂会怕你。今日不与尔等纠缠,来日得了超生,再来算账不迟。"说罢,纵身跃下,落入万古悬崖中,匿迹于万丈云烟里。众仙家一时不知所措,只好回府再行商议。

　　话分两边说,这边善德童子道明了来历,说清了缘由,那二龙自当悔过不已,纷纷谢罪,不言。只言那悬崖唤作绝情崖,高一万三千丈,峭壁如屏,云烟遮半。崖谷唤作清风谷,尖石如林,鸟尽兽灭。花姑子道:"既无人烟,又无鸟兽,为何唤作清风谷?"八太子道:"仙子有所不知,那清风谷原居住一仙人,唤作青藤仙子。那清风谷日吹微风,万物生机,故而唤作清风谷。十六年前,青城山千年蛇精白素贞与凡人许仙生情成姻,金山寺法海捉拿妖孽,那青白二蛇便水漫金山寺。江浙东西两路尽数被淹,生灵涂炭。青藤仙子为救苍生,引水入谷,这才使龙门峡谷幸免于难。只可惜清风谷毁于一旦,花红柳绿不在,蛇虫鸟兽无声。"金花仙子道:"如今那伪善魔深藏不出,吾等又不知何处寻去,若是久些时日寻得,那紫薇童子岂不化成了浆液。"

　　凌云童子听罢,急得他心头撞小鹿,面上起红云,急抽身便走,不见了踪影,就跑了个野牛疯。正所谓是:为思佳偶情如火,索尽枯肠夜不眠。说来便是来,至悬崖峭壁处,见万丈悬崖迷烟雾,伸手不见两指头。心头这般似火烧,怎奈天地不知情深处。再看那峭壁如刀,谷深如海。想那师妹定是有凶无吉,怎叫一个生不如死,又奈何无计可施,只好垂头乱发,闭眼闷牙,一声不语。众仙追来,无计可施,只好立于山尖之上,权作慰藉,想来紫薇童子定是凶多吉少,心中暗自伤感，泣不成声。须臾，见那山石滚动，又听得"轰"的一声，顷刻间，山体开裂，硬是开出个洞来。再细看，只见那金鼻鼠大摇大摆，晃荡而来，头顶一个脓包，惹得众仙捧腹大笑。金鼻鼠道："这山谷实在太深，石头实在过硬。莫要笑，莫要笑。"众仙子哪有心思这般理会，一伙儿直往洞里钻去，溜个把时辰，滑入谷底。

那边伪善魔跌落悬崖处，好在三神珠护佑，保全了性命。只见这深谷：

> 淅凛凛寒风扑面，清凌凌恶气侵人。
>
> 皆不能开花谢柳，多暗藏岭怪山精。

伪善魔寻一处运功疗伤，怎奈那灵葫芦不听使唤，便是那葫芦中人不安分，伪善魔便甩了甩葫芦，须臾，见那葫芦再无不定之象，笑道："晕了吧！"说罢，将那三神珠塞进拂袖中，灵葫芦挂在腰胯中，径直往深谷去。

片刻，那伪善魔口干舌燥，正要寻水喝，却望眼欲穿，不见山沟涧里有甘泉，岩尖石缝有露珠，甚是恼火，道："甚个清风谷，分明是火焰山，这是要渴死人哩。"正发愁憋屈，倒头坐立那泥灰中。忽听得那灵葫芦有叫声，原是那紫薇童子知得这伪善魔口渴难耐，便急中生智，说道："妖怪，若要水喝又有何难？"那伪善魔听罢，定知是诡计，想来无聊，便道："莫不是紫薇童子有那三十六般变化，生出水来？"紫薇童子道："小女子可不是那猪刚鬣，纵无三十六般变化，若是论起生水的功夫，倒是不在话下。"伪善魔笑道："怪不得这灵葫芦奈何不了你，要是换作他人，早已是成了浆水。"紫薇童子道："不知仙人可否引吾出来？"伪善魔道："可不要哄吾，若是放你出来，你便撒腿跑了。"紫薇童子道："仙人说笑，吾手无缚鸡之力，身无匹夫之勇，怎敌得过你。再言害吾之人乃是那九太子，你吾本是同仇敌忾，何来的撒腿不顾一说。"

伪善魔本是个奸诈滑头的角，定然识破这等小计，怎奈这骄阳似火，身如火烧，熬将不住。若再无甘泉，只怕力不支身，武不敌幼。遂想倒不如放这仙子出来，生个水，饮个痛快，此谷甚深，谅逃脱不得。

遂道："你本是那山中精灵，怎奈那恶龙害你，今日得吾手中，实属机缘，今日放你，便是你的救命恩人。"遂盘了腿，双手护来，那灵葫芦悬在空中，倒立过来。

怪了！悬了！那紫薇童子果真从那葫芦口中逃脱了出来，回了真身。伪善魔道："吾既放你出来，当思救命之恩，变法弄点水来，以解吾心渴之难。"紫薇童子道："这就生水！这就生水！"说罢，佯装施了技法，须臾仍不见滴水，伪善魔疑道："仙子莫不是无那生水的本事，这般卖弄，可骗不了吾。"紫薇童子道："尊上莫急，只是吾所变之水，乃天之甘泉，落地即化，须寻一物盛之。"伪善魔道："这可如何是好？"紫薇童子道："尊上手中有一物可与吾盛水。"

那伪善魔听罢，心知是那灵葫芦，想来：紫薇童子定是想骗取灵葫芦，将本尊收了去，好在这灵葫芦有一口诀，若那紫薇童子知得这口诀，何必到今日。且给她摆弄，看她如何生水。遂将那灵葫芦给了紫薇童子。只见紫薇童子拎起灵葫芦直往那空中甩去，又掏出金刚圈，横空劈了过去。金光一闪，好端端的灵葫芦变成了两半葫芦瓢，只教伪善魔傻了眼，不知所措。

紫薇童子收了葫芦瓢，暗自笑道："看你如何再困得住吾。"遂转身说道："尊上莫急，只管端好这葫芦瓢，小仙这就生水。"说罢，自个儿立在空中，手持金刚圈。不时，乌云卷来，雷电交加，雨水倾盆而至。喜得伪善魔合不拢嘴，道："好水！好水！"正欢呼雀跃，想来兴奋，只见空中一箍横来，细看分明是金刚圈，伪善魔急抽身，扔了葫芦瓢，转身化作一股邪气，脱身而去。金刚圈紧追而去，逼至山谷处，伪善魔急处求生，怎奈无处可逃，只好认命等死。

紫薇童子见伪善魔已如笼中困兽，道："害人的便是妖精，今天便结果了你。"说罢，挥起金刚圈而下，只见那三神珠威力四射，将金刚圈弹了回来，紫薇童子道："真是个三圣佛，不保佑光害人。"说罢，又一金刚圈直挥而下，再被弹了回来。伪善魔见状，顾盼自雄，说道："仙子莫要劳力，到头来瞎子点灯白费蜡。"说罢，抽身化影而去，紫薇童子哪肯放过，抢起金刚圈，只见那金刚圈一生二，二生三，三生万，团团将伪善魔围了个水泄不通,金刚圈散发金光,刺眼扎耳,伪善魔着实难受不堪,惨叫不已。

正是:草迷四野有精灵,奇险惊人多鬼怪。片刻,那深谷处显一女子,其蛾眉紧凑,粉面低垂,泪眼挽珍珠,香肌消玉雪,常言道若非雨病云愁,定是怀忧积恨。只见纤手一挥,万千泥石滚来,千百巨树砸去,硬是将那金刚圈阵破了个底朝天,紫薇童子急忙收了圈,怒道:"你是何人,姓甚名谁?"那女子道:"贫道无姓无名。"紫薇童子笑道:"笑话了去,莫不是无爹又无娘?"那女子道:"原是青藤树所化,修道山中,人称青藤仙子。"紫薇童子道:"原是个树精子,倒以为是什么妖精。今日本仙子降妖,却遭你为难,念你无知,不再怨恕。本仙子自当收了这妖,你且闪边去,莫要被吾这金刚圈锐气伤着了。"说罢,默念法咒,那金刚圈连环成阵,将那伪善魔紧紧捆住。

须臾,那金刚圈忽然没了法力,收了回来。紫薇童子疑惑不解,再看那青藤仙子正施法,怒道:"本仙子念你修行不易,不想收你,你却从中作梗,助纣为虐。"青藤仙子笑道:"仙子,此妖已然知错矣。常言道,持道之人,道心不缺,善念常随。仙子何不放过一马?"紫薇童子道:"妖精就是要害人的,何来饶恕?本仙子是替天行道,若是再为难,连你一起收了。"青藤仙子道:"仙子当真要将此妖伏法。"紫薇童子道:"定是。"青藤仙子道:"仙子何不将此妖交付于吾,待吾助他消除魔性,与吾一道,运阴阳而练性,养水火以胎凝?"紫薇童子道:"这妖魔性难改,乃无心向善之辈,有意作恶之妖,久之不除,酿成大害。"青藤仙子道:"仙子果真大话,岂知此妖日后定会生事,想必认定了是妖,故而水火不容。"紫薇童子道:"本仙子乃寒武大帝座下弟子,岂会滥杀无辜?"青藤仙子道:"仙子今日闯吾山中,自当礼节于吾,何不应了吾,好做个善。"紫薇童子道:"这降妖除魔岂是生意之事,谈论价钱。"说罢,抢起金刚圈挥了过去,青藤仙子更不示弱,捡了根树干,权作一把利剑,急架相迎:

一个是寒武大帝真性徒,一个是龙门峡谷闲仙子。一个率性而为,一个怨恨油然;金刚圈真个利器,老树干更显神气。你看紫薇童子法力神通,吾观青藤仙子本事广大。只杀得满空中雾绕云迷,半山里崖崩岭炸。

二仙子杀来半空,斗上云霄,一个腾云驾雾,一个青藤架桥。只见紫薇童子翻个跟头,现了原形,银鹿金角,朝敌撞来。青藤仙子见状,念个口诀,变化成一张网,网口如碗,伸展自如,这网可下五洋捉鳖,可上九天揽月。只见紫薇童子正撞个正中间,叫你何处逃去。伪善魔见状,极凶怒目,罗鞭挥使过来,径往死里抽去,不下三鞭紫薇童子已是魂散一半,命去半条,悲哉!悲哉!那伪善魔鼓吻奋爪,道:"叫你满心的套路,打脸了哩!"说罢,又是一顿恶鞭,怎叫个命苦。

正行恶,只见那峭壁处撞裂开来,原是善德真人一众。伪善魔心想:纵有万般变化,天大本事,也敌不过这人多势众,三十六计,走为上上之策。遂提空而起,罗鞭划空,一时间,扬尘播土,倒树摧林,风大可掀山。众仙着实冲不上去,纷纷退下阵来,拂袖遮眼,足开稳身,待回过神来,伪善魔早已声销迹灭,不知去了何处。青藤仙子见状,一把抓住,直往洞府藏。

都怪众仙跟得紧,不曾探路寻根,未及明辨真伪。这谷唤作清风谷,这洞自然唤作清风洞,只是洞有风,路不稳,众仙颠簸难行。正叫道:"妖怪哪里去?"只见伪善魔半空杀来,罗鞭斩天地,通途变天堑,地泉喷涌如白布,横挂山谷间。正着急,那空中祥气瑞起,众回头,只见凤凰展翅,冲天而起。再看已是惊艳其首,顾盼生姿,凤鸣彻谷,火焰划空。

伪善魔目瞪口呆,急抽身随了洞府去。金凤仙子回了原形,道:"只怪火身不由己,过不得这凶水阵。"花姑子道:"仙子莫虑,且看吾如何变化。"说罢,腾空而起,巨蟒遮天,身如皇梁龙宫柱,白如青天桂花云。抖一抖,震一震,往那水墙撞,只撞个窟窿,挑个明白。众仙叹,更吓了金鼻鼠,可谓是抱头鼠窜,钳口挢舌道:"这是吃甚了,这般变化,昔日一指蚯,今日粗麻花。"果真应了士别三日,当刮目相待。

说来也奇怪,此山是神秘,那恶水阵果真退去。众仙飞的飞,跳的跳,过了深沟,直往洞府追来。见青藤仙子如蜘蛛网一般,攀壁附

236

岩，死死压着紫薇童子，可谓是严阵以待。那伪善魔更是手捏三神珠，嘴如鹰，目如鹞，道："若要再前一步，定叫人毁珠灭。"凌云童子道："就看你是何来的本事。"说罢，达摩扇挥将去，伪善魔罗鞭横抽来，可谓是：

一个是混元麾下大魔将，一个是天界山底一神牛。这个非得躲珠成天就，那个誓要救妹成双美。仙魔阵前把脸变，千般恶斗心不善。这边达摩扇起风来，那边鬼罗鞭劈天地。自来恶战不寻常，斗罢果真更蹊跷。这般打斗，几十回合不分上下。都说那魔诡诈，也言这牛蛮横。说来谁没有谁赢，论起皆是不吃亏。

只见那紫薇童子昏死难醒，只眼见兄长与那魔斗，更是怜惜难言，力不支身。善德真人见状，暗自泣道："妹妹苦命，这般受害。"说罢，跳将出来，挥使虎鞭，都是鞭：刮地遮天暗，愁云照地昏。一个是仙气降临凡，一个是咬牙发狠凶。两个悬空斗鞭法，其实论胜要走心。这场争斗有来由，但看形势如此恶。伪善魔终不敌，落魂着地，惊慌不已，舍了三神珠，掷给青藤仙子，这一计果真好，一箭双雕。

那青藤仙子忙接珠，又见众仙跟前来，只怕不敌，好在曲突徙薪，遂了原形，果真树大参天，根粗如柱，撑破了洞府，盘旋于天地之间。又见地脉开裂，怨沟成深渊，深不见底超万丈，宽难飞跃鹏自哀。众仙俯首看去，那渊下皆是火，火中都是尖，一时无措，惊呆不已。又见那青藤仙子念一口诀，那深渊出横出一石柱，挑一根树藤，左挂紫薇童子，右悬三神珠，道："请君自酌！"金鼻鼠道："众仙子莫忧，待吾行遁地之术，救下仙子便可，去去就来。"说罢，肥尻一翘，鼠头朝地，犹如旋风一般，扎了进去。怎想好似碰了金刚罩，硬是弹了回来，头顶一个大脓包，晕乎乎！

青藤仙子笑道："莫要痴心妄想，此渊乃本尊千年怨气所生，唤作临渊阵。能破阵者，非极阳即至刚之人，尔等修为，只怕门不着边。"众仙听罢，再三贪看，此阵甚是惊心骇目，怪气凌人。一时不知何计可破，又见那紫薇童子已是奄奄一息，无不心急如焚，暗自叹泣。

话说寒武大神曾赐那廖大夫仙草三株，有起死回生之功。廖大夫遂将那仙草一株运功送入紫薇童子体内。须臾，紫薇童子稍有气缓，色有所转，见自悬于临渊阵中，心急气躁，怎奈全身无力，只好收了脾性。又见众仙立于岸边，凌云童子更是六神无主，十万火急，心中甚是安慰，想来更是不枉一遭，死也愿了！

凌云童子见师妹稍有转好，更是喜忧参半，不忘作揖行礼，道谢一番。想来师妹一路曲折，皆是念及一人。今陷危难而不能施救，实为糟心！沉吟半晌，心想：七尺之躯，乃有何用？遂怒道："妖精，有本事的，且斗战一场，做不得这肮脏的事儿。"青藤仙子道："紫薇童子于你一往情深，三神珠又系天运，情理不能兼得。闻言凌云童子乃重情之人，更是忠义之辈，今日吾便要见识见识，选情择理，且看你如何决断。"

话说到此，众仙无措，只好再看一番，皆是摇头悲叹。善德真人道："舍生取义皆般死，倒不如就此取义舍身？"众仙无不赞同，齐上阵来。青藤仙子果真藤精，万千子孙，千条枝臂，莫说你三五仙子，纵使十万天兵，也是应对自如。再有天堑护佑，众仙近不得身。紫薇童子见状，泣道："众仙家莫要再斗，只怪本仙子命薄无福，天不恩赐，今日丧殁于此，皆是天命使然。"凌云童子听罢更是怒火中烧，气冲牛鼻。

须臾，临渊阵火烧愈旺，紫薇童子甚是难熬，已是气弱身虚。廖大夫便又送出一株仙草，为续其命。金凤仙子叹道："纵有千颗仙草，也经不起这般消耗。若能得安娘庇佑，方可化险为夷，只可惜安娘早已仙逝，魂魄归天。"紫薇童子见廖大夫赐仙草，甚是感恩难言，心想：仙草可续命一时，不可续命一世，拿来无用。遂运功又将那仙草送回了去。花姑子叹道："如今之计，只可取其一。"金鼻鼠念道："不忍之心，人皆有之。救人一命，胜造七级浮屠。"九太子道："若能一命相抵，自愿往矣！"八太子道："吾也愿往矣。"凌云童子听罢，无不感恩涕零，致谢万分。却又不知如何是好，难以抉择。紫薇童子见状，思虑三分，道："兄长莫忧，只管救下师妹便可。"

凌云童子听众仙言，又念师尊他日教诲，心如昆蟥抓心，情义自难断。心想：今生难续前缘，只得阴间相伴同行。遂道："妖精，吾若择其一,你可守其诺?"青藤仙子道:"自当信守承诺。"凌云童子听罢,双膝垂地,泪下如雨,作揖叩拜,暗自说道:"师妹于吾情深义重,吾自当不可辜负。如今共赴黄泉,若不拜了天地,岂不负了真情。"拜毕,起身说道:"且将三神珠还于金凤仙子。"

　　且不说恶语伤人六月寒,这般绝情更是大于心死。紫薇童子听罢,双眼紧闭,心痛如刀割,泪流满面。沉默片时,怒道:"恨君无绝期!"说罢,奋力一搏,扯断了那藤索,掉落深渊之中,恩爱付于流水,身死不如禽兽,万劫不复。

　　欲知结果如何,请看下回分解。

# 第二十五回　京都会识结忠义　金枪者取生辰纲

宣和元年(1119)，江甫赴京都应考，自蜈蚣山来，路程颠簸，多有匪患，好在玄天子多有护佑，算是平安。

不日，入开封，至街市，繁华不已。些许饥饿，便投一店家，置放了行李，便下楼点酒菜吃。席间，只见堂内有一人，手持绫绢扇，正襟危坐，书言："话说太祖欲收燕云十六州。遂建封桩库，积存金银超三五百万者，便以赎之。若契丹不允，当用以招募勇士，以武取之。后有太宗兵攻北汉，胜之。有殿前都虞侯崔翰进言：所当乘者，势也；不可失者，时也。挟战胜之余威，取燕云之故地。"

话说到此，台下自有听之入胜者，欢呼道："说得好，打赏。且不知后来如何？"那说书者道："正所谓偏听则暗，太宗自以为辽兵据险自保，不敢用兵。便日夜攻城，围城三匝，穴地而进。却不知已轻军冒进，乃兵家之大忌也。"众人问道："后来如何？"说书者道："辽将耶律休哥亲率大军以驰援，先令五千残兵以诱之，再以三千精兵绕道南侧以攻之，席卷而北。宋军不敌，太宗腿受两箭，遂仓皇逃至涿州，因伤下马，换驴南去。"

这说书者所言到底有几分真假不言，倒也使得客官停留一时，多吃些酒菜，酒家自然高兴。正说间，有一大汉，二十出头，身材魁伟，风骨伟岸，稳坐一角，所见之人无不谓之：真英物也！只见其眉头紧皱，略有沉思，欲言而不语。旁侧有一随从，问之："韩五哥为何如此焦虑？"那大汉道："方才说书者所言，太宗败走高粱河，杨弟可知兵败缘由？"那随从道："太宗轻军冒进，又无援军，岂有不败之理。"那大汉道："其败有三：其一，出兵北汉，遂得小胜，却已疲惫劳顿、粮草匮乏，如此轻率疲惫之师，断无取胜之机；其二，屯兵坚城，成无援之兵，敌内外夹攻，此乃兵败之兆；其三，纪律不严，军心涣散，甚者，俘掠民女,以当军慰,故而民心尽失,岂有不败之道。”

那随从道:"何为取胜之道?"那大汉道:"为将者,不可好刚使气;为勇者,不可优柔怯战。"正说间,有一占卦之人落座,二人甚疑,随从便叫道:"请问先生何人? 这番无礼。"那占卦之人说道:"老道姓席名三,乃清涧城人士。"那大汉道:"道仙也是绥德之人?"席三道:"正是。"二人一听是同乡者,喜出望外,那大汉起身行礼,道:"晚生姓韩名世忠,字良臣,此乃军中小弟杨科,方才多有不敬,还望见谅。"席三起身回礼,道:"将军乃朝廷栋梁,如今北境不安,理应挺身执戈,捍卫疆土,为何安身于京都?"杨科一听,急声轻语,道:"道仙莫要嚷嚷,吾家将军戍边有责,百忙无一日之闲,只因恩公陈豫府遣使捎信,说陈老恩公近来身体不适,已是重病缠身。吾家将军思念不已,彻夜难眠。想来近日无吃紧的战事,便与督军告了个假,骑马日夜兼行。昨日已至陈府探望,今日欲归。途中有些饥饿,便下马吃些酒菜。"

席三听罢,笑道:"将军情深义重,乃真豪杰也! 何不算上一卦,定个前程?"韩世忠素来不信卜算一说,奈情面难却,只好道:"何须劳烦道仙,若不嫌弃,共饮一杯如何?"席三道:"老道卜测,将军日后定当位列三公。"杨科听罢,怒愁参半,气愤不已,道:"你这臭道士,虽是同乡,却这般口无遮拦,羞辱吾家将军。"席三并未受惊,又道:"赠将军四句偈言,你可终身受用,计取今日之言。"韩世忠再拜谨受,席三道:"边戍是家,京都是祸。以和为贵,老来寿终。"

说罢,拂袖而去,不言。莫问偈言何意,细细推详,穷究幽微,终是莫解。须臾,只听得酒楼之下有吵闹者,人烟拥挤,聚集不散,韩世忠见之,唤来小二,查问缘由,只听那小二言,说有一书生,来京都赶考,只因身无分文,给不起酒家钱。今又偷食,被官家捉住,游街惩戒哩! 韩世忠道:"那学子姓甚名谁?"小二急忙答道:"小的不知,只知那囚车告示唤作方十三,睦州人士。"杨科道:"堂堂一书生,尽行盗窃之事,乃读书人之耻!"韩世忠道:"天下学子皆清高,行此盗窃之事定有缘由。"遂吩咐杨科前去探个究竟。

话说江甫听罢,亦感有理。心中肃然起敬,倒想结交这两位好汉,遂上前作揖行礼,道:"先生乃真豪杰也。"韩世忠起身回礼,上下打量,道:"先生可是来京赶考?"江甫道:"正是!"韩世忠道:"愚虽一介武夫,倒喜欢结交文人墨客,今日与先生相识在这京都之地,酒楼之上,何不痛饮三杯?"江甫道:"先生果然豪爽,小生正有此意。"二人相扶而坐,痛快饮酒,相谈甚欢。玄天子见罢,遂上前旁坐,只顾吃酒不语。

正言家国之事,那杨科打听归来,报禀:"所囚之人姓方名腊,睦州人,今年二十有三。"韩世忠问道:"所犯何事?"杨科道:"这厮昨日游逛街市,巧遇一大户人家欲寻贤婿,命其女立在翠苑楼上,盖着红盖头,抛一绣球,若有接球者,则入赘为婿。"玄天子听罢,捧腹大笑,笑道:"定是那书呆子运好,绣球正砸了他胸脯。官家老爷看不上,遂报了官,抓了人。"杨科道:"错矣!错矣!那厮虽是寒门学子,身无分文,倒也长得俊俏。官家老爷得此良婿,自当喜出望外,遂即日完婚。正所谓,春宵一刻值千金,怎奈那厮金头挑红盖,挑出一个丑八怪来。着实吓昏了过去,遂连夜逃走。官家老爷自然不肯,故而报了官,抓了人。"韩世忠道:"依大宋律令,此事不应问罪。"杨科道:"那官家老爷舍些银两,买通了官家,安了个盗窃之罪,游街惩戒,以泄私愤哩。"韩世忠道:"官家无道,徇私枉法。"江甫道:"先生乃军中之人,见此甚是惊讶,吾等生在江湖,却早已是司空见惯。如今朝上权臣当道,蛊惑圣聪,谗言献媚,吾皇无有不从,不念国危,不系民苦;朝下则决疽溃痈,民怨四起,兵戈抢攘,动荡不安。"

说罢,众人无不心中大怒,钳口不语。须臾,韩世忠起身怒道:"那方腊现在何处?"杨科道:"正游街哩!"韩世忠道:"随吾前去,叫个不平,看那官家要些把子?"遂结了酒钱领着众人,问了方向,朝前追去。

话说那押解的衙厮有些疲倦,遂将那方腊架了枷锁,锁了脚链,扣在垒台柱子上,一时众人竞来观看,挨肩并足。衙厮便买了些酒,躲在阴暗处,正乘凉吃酒。韩世忠一众见此,蔽在屋角处,正要拔刀相助,那杨科急忙拦住,道:"韩五哥,不可动怒。"韩世忠问道:"此二

242

小卒，何足为惧？"杨科道："那二小卒倒是不惧，只是你吾皆是官身，今日微服出营，倘若不慎，现了身份，只怕救人不成，反受牵连，惹来麻烦，不好脱身，还是小心为上。"韩世忠听之有理，左右为难。江甫见状，心生一计，道："先生莫虑，小弟有一计不知可否？"韩世忠道："先生请讲。"江甫本事一介书生，手无缚鸡之力，身无寸箭之功，能有何计？且看如何行事：

只见那江甫唤来玄天子，耳根细语一番。须臾，玄天子退至一隐蔽处，念一咒语，遁地而去，没了影子。这一遁，着实吓坏了那两厮，举指咬唇，惊吓难言。江甫见状，嬉笑道："二位兄台莫慌，都怪小弟行事仓促，未来得及禀报。吾这小弟唤作玄天子，本是那蜈蚣山修炼的道者，多少学了一些障眼之法，请勿怪罪。"二人听罢不语，再看那玄天子如何施计搭救。

只见玄天子变化成财主模样，径直朝那两衙厮，大摇大摆地走来。那二衙厮喝住去路，问了明细，玄天子自报家门，道："小爷吾府上是京都大户，有良田万千，金银无数，闲来无事，特游逛至此。"那二衙厮上下打量一番，半信半疑，左衙厮道："公子口说无凭，如何叫人信得过？"说罢，玄天子摸出两锭银子，摆弄着，那二衙厮早已口水直流，目不斜视。玄天子道："交个朋友如何？"右衙厮急上跟前，笑道："岂敢！岂敢！还望公子爷多多照顾。"玄天子笑道："你吾三人今日有缘，便将这锭子赠送你二人。"说罢，将那锭子扔了过去，那两衙厮急忙接住，塞进袖中，嘴里却说："使不得，使不得。"

玄天子道："今日小弟有一事相求，不知二位兄台可否答应？"左衙厮道："公子爷尽管吩咐，吾等定当尽力而为。"玄天子道："二位兄长有所不知，今日看押之人乃吾远房亲戚。今日所犯之事，倒也有三分冤屈。不知二位兄台可否高抬贵手，早些放了？"二衙厮一听，顿时醒悟，纷纷退了银子。右衙厮道："兄台不知，那官家老爷命吾等看押这厮游街，乃命令所在，身不由己。今日所托之事，只怕为难了吾等。"玄天子见状，不觉点首叹曰：这官家老爷真是可恶，岂是要这书生游街，分明是要命。遂道："不知二位兄弟游街之后，该如何处置？"

怎知那左右衙厮止口不应，两眼只盯着银锭子。玄天子自当领会，便在袖中又抽出两张银票，道："二位兄台职责所在，小生断断不敢为难。吾与这书生虽是亲戚，倒也多年不相往来，只是其家中老母拜门恳求，不好推辞，只好答应周全。如今这番回去，若是家中问起，小生着实回不上话，惹个不尽情义之罪，实在是冤枉。若是二位兄台告知后果，这银票便是二位兄台的。"右衙厮道："公子爷当真只是回府复命，不惹是非？"玄天子道："那书生家道贫寒，无利可图，何须招惹麻烦？"那两衙厮思量左右，道："公子爷有所不知，官家老爷千金昨夜已是香消玉殒，官家老爷本要这书生做阳间的贤婿，如今只好凑个阴婚，好让闺女黄泉路上有个伴。"玄天子道："天子脚下，那官家老爷不怕王法？"左右衙厮笑道："这天下大乱的，谁还管这事，作死一人如掐死猫狗。"玄天子道："既如此，又为何游街示众呢？"左右衙厮道："虽说无人管辖，倒也不能凭空杀人，惹一身不干净。官家老爷要这书生游街示众，待其疲倦不堪，夜半三分之时，再令人做些手脚，结果了这厮。"玄天子道："结果了又如何？"左右衙厮道："结果后，官家老爷便令人将其与女合葬。那时，人家只会说官家老爷是那慈悲的菩萨，哪管这厮如何死法。"

话说这玄天子本就是那劫富济贫之人，怎看得过去，不承想世间如此险恶，道一声作妖快活。遂心生一计，道："二位兄台，昨日吾在那水仙楼与豪友相聚，得一戏法，故而赢得手中的银票，今日若是赠予二人，众目睽睽，只怕不妥。何不将这戏法传授于二位，你二人相互比试，赢者得此银票，如此即可掩人耳目，又可解看人之乏。"二衙厮深知天上掉不得馅饼，只好应了，道："不知是何戏法？"玄天子道："这戏法说来容易，唤作惯说，曰'吾爹是吾爹，吾儿是吾儿，吾的爹是吾爹，吾的儿是吾儿'。二位兄台可轮流唱着，若无误者便是赢者。"说罢，左衙厮笑道："这有何难！"便转身对着右衙厮道："吾爹是吾爹，吾儿是吾儿，吾的爹是吾儿，吾的儿是吾爹。"话未说完，众人嗤笑，左衙厮这才悔悟，错把儿当爹。右衙厮得意万分，笑道："你爹是你儿，你娘又是何人？"说罢，众人又是大笑一番，那左衙厮怒气三分，道：

"你且说来,看你如何一句不差!"右衙厮听罢,思虑一番,道:"吾爹是吾爹,吾儿是吾儿,吾的爹是吾爹,吾的儿是你爹。"俗话说当局者迷,这厮口出狂言,却悠然不知,那左衙厮却早已怒目切齿,指着道:"小儿戏吾!"遂操起衙棍一路打了过去,右衙厮得知口误,来不及辩解,便操棍相应。都说礼尚往来分外清,恶斗相怒难言事,须臾,这二厮便扭打在一起,追赶不止。

二衙厮如何争斗不言,只言玄天子念个咒语,松了枷锁,解了脚链,撩起方十三直往众人而来。那方十三早已是舌干唇焦,嗓门冒火,说个谢字都是费劲。众人忙找些水来,帮其解渴,须臾,才见舒缓。再看这方十三,样貌堂堂,谦谦有礼,眼看是个纯厚之人。众人欣喜,作揖还礼。方十三道:"众位兄长搭救之恩,小弟没齿难忘。"韩世忠道:"小弟不必言谢,路见不平,自当拔刀相助。"江甫行礼道:"方兄言过矣!你吾皆是寒门学子,若有登科之日,你吾便是天子门生,同供朝堂,还需多多照应呢。"方十三听罢,莞尔而笑,又敛色屏气一番。众人诧异,韩世忠道:"方兄,你吾皆是兄弟,若有心中不悦,大可畅所欲言。"

见方十三不言其由,江甫便解围道:"今日有缘,你吾兄弟三人何不酒楼一叙,总好过立在这烈日骄阳下,再晒只怕屁股都臭了哩!"众人听罢,甚欢,遂找一酒家,点了些酒菜,畅饮一番。席间,方十三闷而不乐,韩世忠道:"兄弟若有烦心事,可否诉于吾等?"方十三道:"吾等寒窗苦读十年,本想求一功名,造福社稷。贤王治天下,应天二顺人,言听于文官,计从于武将,此乃安民治国之道。可如今奸臣当道,内忧外患。不比韩兄,可戍边杀敌,报效朝廷。"江甫道:"方兄所言不差,如今朝堂昏暗,江湖更是险恶,官官相护,贪赃枉法,巧取豪夺,欺善行恶,正所谓朱门酒肉臭,路有冻死骨。凡历朝历代,有如此者,乃不祥之兆,只怕大宋王朝气数不定哩!"韩世忠道:"二位兄弟,愚以为不尽其然。虽说王星黯淡,朝野偏废,但北有十万雄兵拒辽于长城之外,内有尔等忠诚志士报效于社稷,大宋何愁亡国之忧。"方十三道:"蛮夷可服,人心难平。"江甫见众人不乐,笑道:"吾等皆是赤诚之心,定能感召天地,佑吾大宋。"韩世忠道:"正是!正是!吾等虽无血亲之缘,倒也意气相投,不如结拜,做患难的兄弟如何?"方十三、江甫齐声应道:"如此甚好!"

说罢,三人奔至后院,唤来酒家,摆了供台,添置香炉,奉上贡品。三人焚香三拜而说誓曰:"念韩世忠、方十三、江甫,虽是异姓,既结为兄弟,则同心协力,救困扶危,上报国家,下安黎庶。"再拜,韩世忠道:"不求同年同月同日生,只求同年同月同日死。"方十三道:"皇天后土,实鉴此心!"江甫道:"背义忘恩,天人共戮!"誓毕,再拜天地。后三人重整杯盘,再备酒肴,豪饮一番,醉醒天晓。真是:

**三杰缘逢京都遇,情投意合成兄弟;**

**不求山高月明日,只叹时光催人老。**

次日,三人再豪饮,正是无话不谈,无酒不欢。正说间,那酒楼外冲来一伙府兵,领头的是个大胡子的押司,霸气傲天,目中无人,人称霹雳虎徐三霸。只见其抬脚搭桌梁,拔刀横桌间。拎了前来伺候的小二,蛮横道:"今日这酒楼爷包了,快清理干净,若是伺候得舒服,银两不差,若是敢蹦个不字,就怪不得爷拆梁解瓦了。"

来者便是客,那店家老爷哪敢得罪这等官爷,急忙跟前伺候,摇扇纳凉,奉承道:"小的遵命便是!遵命便是!"又瞪了个眼,命店小二只好打发了客人。又听得那店家老爷问道:"官爷,不知今日领了何等的皇差,如此舟车劳累?"徐三霸道:"算你识相,吾等奉梁大人之命,押解生辰纲进京。"店家老爷笑道:"哎哟!小人命薄福浅,未曾见过生辰纲。就不知官爷今日所押之物源自何处,是何宝物?"徐三霸听罢,怒道:"大胆奴才,胆敢滋事!"正命人捆了,那店家老爷吓得两腿直哆嗦,尿湿裤裆,道:"官爷,小的哪敢?只是好奇一问,惹怒了官爷,还望饶恕!"徐三霸这才消气,道:"就知你没这个胆,告诉你也无妨,此物名曰千金叶,产之睦州。此物乃无价之宝,高三丈二,宽两丈八,却薄如烟丝,其色润而蜜,白里透红,如妇人樱桃,红叨叨的。"店家老爷道:"此物现在何处?"徐三霸道:"正外头押着!"那店家老爷不敢多问,便逢迎一番,唤几个小二好生伺候,便退了去。

话说众人听言,皆是咬牙切齿,愤恨不已。方十三道:"两位哥哥可知千金叶是何宝物?"众人硬是二十岁做媳妇,哪来得知。方十三道:"谪仙人曾有诗曰'天生吾材必有用,千金散尽还复来'。这千金叶原是睦州有学之士,集万贯钱财,取天地重金,令百年铁匠,锻造七七四十九天而成。自唐便始,供奉于庙堂之高,祭祀于天地之间,至今有三百年之久。"韩世忠道:"是何用处?"方十三道:"虽是名贵之物,价值连城,实乃百无一用。"韩世忠道:"既是百无一用,亦非私人之物。如今缴之,归了朝廷,以充府库,便可散金于社稷,乃幸之。"方十三道:"哥哥错矣!如今之朝廷,宗庙屠毁,巨奸携国,江山沦丧,日月早已无光。那梁大人便是梁中书,乃蔡太师之婿。蔡太师对上曰:国之钱币多达五千万缗,和足以广乐,富足以备礼。遂建天成、圣功二桥,大兴土木徭役,服役者不计其数。为讨其丈人之欢,借六十大寿之名,敛夺江南宝物,成批往京都蔡府里送,故而唤作生辰纲。"旁席杨科听罢,嚷道:"这女婿倒是孝顺!"众人嗤笑。须臾,韩世忠起身,怒道:"如此,便是伤天害理的勾当。"

话休絮烦,却说那店家赶人,众客被逐了出来。店小二见韩世忠、杨科等高大魁梧,又身带佩剑,遂不敢造次,请来店家。那店家亦是好商好量,劝说一番,只怪韩世忠那武人的脾气,硬是不允。店家只好作罢,叮嘱了一句:"客官珍重。"便回了里屋,再也不语。

那徐三霸与武快三人吃酒一番,不经意间,瞧见韩世忠一众正相谈甚欢,怒气冲上喉来,不吐不快。遂前来呵斥一番,众人未答应。只见那徐三霸唤来兵士,团团围住,一时间,可谓是剑拔弩张。韩世忠道:"都说那生辰纲乃不义之财,今日吾便要取此宝物,还于民众,二位贤弟,意下如何?"方十三起身行礼道:"哥哥若能取之,乃天下苍生之福,吾睦州子弟定当感激不尽!"江甫见兄弟情投意合,又恐京都之地甚危,劝阻道:"哥哥,这几十兵士倒不在话下,只是天子脚下,若是与这厮扭打起来,只怕细作报官,吾等不免惹怒了蔡太师,招来麻烦。"

话未言尽,只听得那徐三霸怒吼一声,众兵士正围了上来。韩世忠、杨科冲身在前,拔剑相抗,其他一众便只身在后,一时刀剑相交,敌意难消。只听得酒家里屋有击掌之声,道一声:"好极了!"一眼看去,只见里屋走出一人,正是那店家老爷。徐三霸道:"你来做甚?"那店家老爷道:"今日官家老爷在吾店里喝得不痛快,老朽哪敢怠慢,故前来为官家老爷排忧解难。"徐三霸道:"区区几人,都不够塞牙缝的。你且备好酒菜,待吾结果了这厮,好与众兄弟喝个痛快,消消这晦气。"那店家老爷道:"官爷真当区区几人?"徐三霸道:"此话何意?"

正说之时,只听得那店家老爷击掌三下,那伙房内冲出一伙人,都是烧饭端菜的伙计,手持兵刃,堂前一排站候,徐三霸道:"大胆狂徒,吾乃梁中书府上公差,今日奉命行事。尔等蓄意挑事,意在劫公,此乃犯法之举。待吾一并拿下,交于梁中书请功!"说罢,持刀拼杀而来,一时厮杀不已。

却说这般打斗,所掀桌拆椅,捣板毁梁。正值晌午之时,街上吵闹不已,故而不曾惊动了护宝的兵士。那店家老爷是何等人不知,只是早知今日,已是蓄谋已久。徐三霸虽霸气外露,终究没有什么干活,终被店家老爷拿下。那徐三霸倒也有骨气,宁死不从。店家老爷只好绑了身子,塞了嘴包,令人拖至后堂,再行收拾。见韩世忠三人坐于席间,边前来作揖行礼,道:"今日之事与诸位无关,烦请诸位速速离去。"方十三道:"怎的无关?那千金叶本是吾睦州之物,今日吾等便要取了,择个日子归还。"那店家老板听罢,惊讶万分,一时难以应答。江甫见状,道:"兄台是哪里人士?为何今日冒此风险,行这等犯法之事。"那店家直言道:"吾本是歙州人士,以凿石刻壁为生,姓王名寅。"韩世忠道:"兄台可使得钢枪?"王寅道:"早些年,家父嫌吾无事,便给吾请了一个师父,教授枪法。"韩世忠道:"兄台莫不是人称索鬼金枪者?"王寅道:"早年使得一条金枪,道上的兄弟抬爱,故而赐得此名号。"

杨科见王寅两手空拳,支吾道:"也没见得有枪哩?"王寅道:"那徐三霸虽作恶多端,已是罄竹难书,实则狐假虎威,手脚无力。要撂倒他,使些小把戏便可,何须用枪?"韩世忠道:"早年听闻,先生漠北抗敌,久闻大名,不期今日此处得会,幸哉!只是不知英雄今日为何来了京都?"王寅道:"说来话长,今日多有不便,来日细说。吾等这就去取了那生辰纲。"方十三道:"那门外几百兵士,如何取得?"王寅听罢,命下人进屋取出钢枪,道:"凭此钢枪,可在敌军中行走自如。"说罢,提了枪,领着三五手下冲了出去。

如何与百名兵士缠斗不言,直言那王寅枪法精湛,如妇人细针,挑脉刺心,枪枪要命。只见其虽在百人群中,却能左右开路,前后自由,兵士多不敢靠近,只好死死围住。

话说那韩世忠,武人的脾性,怎见得这般寡不敌众,手脚早已是瘙痒万般。说时迟那时快,早已一个轻步飞云,落入敌群中,厮杀成一团。王寅见状,行礼道:"兄台,你吾素不相识,今日为何拔刀相助?"韩世忠道:"王兄武艺超群,自当应付。只是这些兵士多不与你交战,只将你团团围住,只怕是以逸待劳。"王寅道:"该当如何?"韩世忠道:"好汉不吃那眼前亏,先行退去,再行良策。"二人与众随从遂逐一开了路子,退下阵来。众人便退却至一山中,已是天色渐晚,可谓是:

> 落日带烟生碧雾,断霞映水散红光。
>
> 溪边钓叟移舟去,野外村童跨犊归。

众人随着那山路寻去,走不得半里,抬头看时,却见一所败落寺院,已有年代,仔细看来,虽是大刹,却好生崩损,可谓是:

> 道路尽长苍苔,佛门都生碧藓。
>
> 檐下鸟雀营巢,梁上蜘蛛结网。
>
> 近看没头罗汉,远观金刚折臂。
>
> 香积厨藏兔穴,龙华台印狐踪。

一小沙弥在门前清扫。众人见天色已晚,只好借宿一晚,遂奔至门口,那看门的沙弥问道:"尔等是何人,日晚来吾寺作甚?"江甫上前作揖行礼,道:"小兄弟,吾等本是这过路的生意人,赶不上进城,欲在贵寺借宿一晚。"方十三道:"小兄弟,吾等的确是那贩卖布匹之人,行走一日,腹中早已咕噜,胡乱借宿一晚,好让吾等烧柴点火,做饭下肚。"那沙弥见众人狼狈相,心生疑问,便想着一番打发,遂挥起扫帚,道:"快走,快走!"众人只好退去,果真是:虎落平阳被犬欺,人到空门无门空。正要离去,见寺里走出一老和尚来。

众人行礼,道来缘由。那老和尚道:"既是城里来的人,随吾进来。"众人跟着那老和尚行至殿内,那老和尚便自报家门,道:"老僧法号远觉,俗家姓邓,乃这清风寺的住持。方才门前小僧不知众位来意,故而作寻常一例相看。"众人再拜礼,江甫道:"吾等方才鲁莽,冲撞了贵寺,还望见谅。"远觉法师道:"先生哪里的话,且管住下,粗茶淡饭,莫要嫌弃。"众人再拜谢。不言。

欲知结果如何,请看下回分解。

# 第二十六回　江甫金銮殿夺魁　玄天子狱中相救

话说众人在那清风寺小住一夜,自当不敢多加打扰。翌日,天色未明,吃些粥食,便起身要走。只见那住持携众僧七八个,沙弥几十人,前来送别。众人大吃一惊,昨日寺里四风凋敝,今日为何这众甚多,果然印证那言:人不可貌相,庙不可丈量。

众人一阵别言,不再久留,自离去,恐追兵把守道口,走的山路。又找个小茶馆,乔装打扮一番,混进城中,歇进一酒楼。那王寅唤来二人,一个号称过街老鼠张三,另一个叫青草蛇李四。打听那生辰纲的去向。二人道那生辰纲已被护送进京都府,府尹将生辰纲押在虎牢内,派重兵把守。王寅吩咐一番,那张三、李四便退去。不言。

话分两边说,这边张三、李四二人离了酒楼,直奔京都府衙而来,只见那李四拿绳索捆绑了张三,气势汹汹,直往里走。见差役不允,只好鸣鼓喊冤。遂惊扰了京都府尹,升堂问事。只见吏兵沉重,阶级严威,执藤条祗候立阶前,持大杖离班分左右。那府尹姓王名虚,乃京都梁大人亲信,这才午睡三分,听得擂鼓,甚为暴躁,便怒道:"何人击鼓?有冤诉来,无冤退堂。"李四、张三二人跪拜堂前,李四上前诉道:"大人明镜,念小民负屈衔冤,小人李四,东街巷人,为的是邻街张三昨夜盗吾家中雏鸡二十六只,今日特押他来问堂,望大人为草民申冤做主。"王虚道:"你既言张三偷你家中雏鸡,可曾亲眼所见?"李四道:"张三乃是惯犯,作案手段高超,加之昨夜夜黑风高,草民未曾见得。若是见得,何须大人辛苦,吾且打断了他的骨头。"府尹王大人道:"既然不曾见得,可有其他证物可呈堂?"李四道:"大人,没得证据。"府尹王大人听罢,可谓是四方民父母,一堂栋梁官,哪容得这般欺凌,道:"大胆!既无十足的证据,便肆意污蔑他人,戏弄本官,杖责二十。"

遂命差役押了李四，令其趴倒在四角凳上，脱了裤子，正要开打。只听得那差役中撒来一响屁。李四见机，喊道："大人，公堂之上理应肃静，竟有这般响屁，依大宋律，当罚。"府尹王大人听罢，见堂外众人议论纷纷，只好秉公处理，道："是何人撒的一响屁？"话既一出，更是人声鼎沸。李四见状，便笑道："不知大人该如何断案？"话未落音，只见那张三怒道："大人，这厮多半是挑衅滋事，你且拿屁来与他一论。"府尹王虚听罢，暴怒道："来人，取屁来。"这不说还好，一说倒是惹来哄堂大笑，但凡是总角的孩子皆知屁是一阵风，吹散没影踪，叫手下如何拿得。李四便跟风道："大人威武，尔等差役竟是这般不听命，小心府尹大人杖罚。"众差役只好散开来，找屁去。须臾，见风吹东南，落进了后堂。张三叫道："大人，小人闻得这屁被风吹进了后堂，望请大人准许小人前去捕捉。"府尹王大人见势难收，这张三自告可捉屁，待其捉不住，便可治罪，此来可息事收场，道："当真？"张三道一声果然，往后堂寻屁去了。

片刻，只见张三拎着一包物冲了出来，府尹王大人神疑色惊，问道："果真捉了屁？"张三呈上手中之物，献道："屁原是一阵风，难以捕捉，小人费了九牛二虎之力，这才捉拿归案。特请大人查看。"府尹王大人道："你且打开与本官一看。"张三道："大人，这屁就是个气，无声无色，无影无踪，还请大人贴近了看。"说罢，将那一包之物递至府尹王大人手中，府尹王大人将信将疑，揭开包物，顷刻间，臭味扑鼻而来，乍一看，竟是粪屎一坨。暴怒道："竟敢戏弄本官。"张三急忙回道："大人息怒，小人无能，正犯已是逃之夭夭，如今只好拿得家属在此，还请大人对其严加审问，想必无须多久，定然晓得那响屁身在何处？"果真是自作孽不可活，哪容得这张三、李四二人这般戏弄，府尹王大人命人捆绑，一顿毒打，押进了大牢，自个儿回了后堂，查看了皇历，今日是个不祥之日，遂闭门谢堂，不言。

那边众人堂中议事，江甫道："昨日本是一介书生，今日竟成了强盗劫匪。真是节物风光不相待，桑田碧海须臾改。"王寅道："良臣乃吾大宋勇将，本不该牵涉今日之事。还望速回大营，以防金人南下，占吾国土,侵吾大宋。江甫小弟饱读诗书,学富五车,他日定能高中状元,效力社稷,还望开导吾皇,造福百姓。"方十三见韩世忠一众不愿离去,深知情深义重,道:"二位兄长,你吾三人因缘相聚,结拜成亲兄弟,本应朝夕相处,荣辱共进,只因乱世当道,你吾各负其责,不能日夜相伴。"韩世忠道:"贤弟言重,吾等结为兄弟,当患难与共,岂可背信弃义。再者这生辰纲乃不义之财,取之何碍?"方十三道:"两位兄长志高远大,他日必是朝廷股肱之臣,社稷栋梁,切不可因小失大,白白断送了前程。待吾等劫得那生辰纲,护送回乡之后,定来找寻二位兄长。"江甫道:"三弟聪明睿达,颖悟绝伦,若能与吾一道赴考,定能金榜题名,讨一官职。待时机成熟再秉承皇上,讨回千金叶,如此岂不是甚好?"方十三笑道:"小弟虽不才,但有自知之明,生来一身傲骨,不服权贵,到头来只怕是一片忠心,半生赤胆,遭来横祸。吾意已决,待智取了这千金叶,便在家中设一学堂,教书识字,权作生计罢了。"

韩世忠、江甫见方十三决绝难劝,只好作罢。韩世忠道:"三弟心意已决,吾等不再强人所难,只是这千金叶被那京都府尹锁在大牢之中,如何智取?"王寅道:"二位不必担心,吾已巧施妙计,安插有人进了大牢。"众人不解,王寅遂将命张三、李四二人设法进牢一事说了一遍。众人皆言妙哉!方十三道:"何日可取?"王寅道:"今日是初十,本月十二乃殿试之日,殿试三天后,朝廷便会在金銮殿上宣读三甲,赐以官职。那时京都凡五品以上官员皆要入朝聆训,吾等便可乘其之虚,将千金叶盗取出来。"方十三听了大喜,攥着脚道:"如此,劳烦王兄。"不言如何细谈智取之计,只言排定了圈套。次日,更不言怎的打点,几时起身,众人一一告别。韩世忠、杨科启程北去,江甫唤了玄天子馆中等待,自个儿入场待考。方十三与王寅一众在京都府周围做了部署。

话休絮烦。那江甫本是状元之才,文曲星的命,果真一考即中,得了状元。待至日晡,百官始齐集朝门,左右分立。天子驾坐文德殿,文武齐班。宣命:

自朕登基以来,国泰民安,四方同贺。虽以仁义以治天下,行礼乐以变海内。但求贤之心未尝少怠,爱民之心未尝少佚。今开科取士,意在得国家之栋梁,社稷之股肱。

再行旨:

奉天承运,皇帝诏曰。宣和元年四月十二日测试天下贡生江甫等一百二十六名,众生才华横溢,心系社稷,朕心甚悦。此次恩科殿试赐第一甲于进士礼贤江甫,第二甲于进士亳州屠方,第三甲于进士苏州杨进。特赐昭示。

众生、文武百官一齐叩拜,曰:"吾皇万岁!"天子道:"天生烝民,树之司牧。吾大宋自太祖以来,上承继天命,下抚恤民心,如今举国繁盛,万国来朝。朕望尔等不负圣命,廉洁自好,日后必当重用。"说罢,百官中来者一人,此人却是蔡太师,叩拜天子,道:"吾皇万岁!今天下才子尽数归于吾朝,乃吾皇再造之恩。还望皇上恩赐官职,使其效力社稷。"天子道:"待琼林宴毕,再赐官职。"说罢,朝退,众臣退出文德殿。

江甫只朝外门里去,只见蔡太师将其喝住,与群臣一众,上前仔细打量一番。江甫行礼,深知蔡太师乃朝廷重臣,势焰熏天,岂敢怠慢了,若有差讹,其害非小。遂急忙行礼。蔡太师道:"果真是英年才俊,乃吾大宋之幸,社稷之幸。"江甫道:"太师之言,令小生诚惶诚恐,不知如何是好。"蔡太师道:"不知状元郎可有妻室?"江甫一听,急忙行礼,道:"江甫出身卑微,家境贫寒,不曾娶妻。"蔡太师道:"甚好,甚好!今日皇上将大摆琼林宴,欲授予官职,如若再赐良缘,可真是双喜临门。"江甫见蔡太师有意拉拢,虽耻于与之为伍,却是不敢多有得罪,只好强颜欢笑一番,道:"太师见笑了,赐婚之事断断不敢奢求。只是小生性情耿直,来日若有不周之处,还望见谅。"蔡太师道:"江贤弟忠肝义胆,豪气冲天,吾等惭凫企鹤,望尘莫及,何来怪罪一说。"说罢,拂袖而去。江甫目送毕,收礼回气,只见掌心汗积成珠,背儿透心凉。心想:果真是一品大员,其势压群雄,区区片语,便令吾等汗颜,若是他日不留神得罪了,真教个死得难看。

254

情知语是钩和线,从前钓出是非来。

再看那琼林宴,果真是气派恢宏,后人多加赞赏,文人孙曾有诗曰:

奉诏新弹入仕冠,重来轩陛望天颜。

云呈五色符旗盖,露立千官杂佩环。

燕席巧临牛女节,鸾章光映壁奎间。

献诗陈雅愚臣事,况见赓歌气象还。

大宴已成,众乐齐举。主上无为千万寿,天颜有喜万方同。席间,天子召见状元郎,待状元郎行至殿前,便自俯伏。蔡太师恭迎而上,道:"禀皇上,新科状元江甫,年方二十有四,至今未曾娶妻生子。皇上何不锦上添花,赐一良缘,成人之美?"天子道:"太师所言甚是!只是这婚姻之事,本是父母之命,媒妁之言,若是家中早已许婚,朕再赐婚,岂不是拆了鸳鸯?"江甫听罢,已是以眼观鼻,鼻口于心,见天子询问,便叩拜行礼,欲说因果。只见蔡太师抢了先,道:"状元郎乃寒门一学子,寒窗十年,誓要一腔热血报效朝廷。故而这儿女情长之事,还未曾打算。"天子见江甫不言,只好问道:"状元郎,太师所言,可属实?"

十年寒窗今朝梦,一笔写尽心酸苦。

莫问前程在东西,琼林宴上圣赐述。

金榜题名花自开,洞房花烛夜自来。

愁上眉头难开言,莫敢想起自家人。

江甫心事难言,自然是诚惶诚恐,便再拜,奏陈详情道:"禀皇上,微臣自小无父,家母素来身子骨弱,重病缠身,微臣整日榻边伺候,不离左右。遂心中发誓,待饱读诗书,博取功名后,定要还乡报恩!"天子道:"尽于事亲,而德教加于百姓,刑于四海。故天子至庶人,孝无始终,而患不及者,未之有也! 状元郎之孝乃吾宋人之典范。"江甫道:"十月胎恩重,三生报答轻。微臣德薄能鲜,受之有愧。"蔡太师见状,心思一密,道:"皇上,状元郎至孝至才,若能赐一官职,日后定能建功立业,匡扶社稷。"天子自知蔡京之意,一时却不知何职称心,便问道："蔡太师以为何职可赐？"蔡太师道："微臣昨日问于吏部，正好这礼贤县缺一知县，只是这礼贤县乃状元郎老家，依大宋律，乃需避之。"天子道："县丞一职可有空缺。"蔡太师回禀："空缺。"天子道："状元郎孝义铭天，朕若赐予他职，行公于他处，使得状元郎难以行孝，岂不是朕之过也。今赐礼部侍郎，领礼贤县县丞一职。"江甫听罢，欣喜万分，叩谢天恩。

怎知那蔡太师哪肯放过，行礼上奏："皇上，微臣膝下有一侄女，温文尔雅，又自幼学读诗书。平日里闺中刺绣，房里作画。家中多次为其举亲寻媒，无奈其只愿堂前端茶，屋里送水，说来至亲至孝。这每逢冬寒之夜，皆是暖了父母的被褥，烧了炭火，才安心回房入睡。"蔡京一言，果真是喜动龙颜，拍案称好，可谓是天作之合，羡煞旁人，遂即下旨，赐等良缘。

都说金榜题名时，洞房花烛夜。奈那状元郎心有所属，自是不敢消受，又畏天威，只好祈求，道："小生才疏学浅，未效功劳，岂敢贪此艳福，何德何能。望请皇上另赐良缘。"这不说倒是气氛融洽，这一说果真是惹来众怒。那蔡太师即刻闻言色变，怒道："状元郎好大的口气，果真是文曲星下凡来，瞧不起这人间的货色。"江甫哪敢得罪蔡太师，急了个抽身，跪拜在前，道："蔡太师赎罪，只因家中有一病母，还需伺候，不论年月，难定时辰，恐误了小姐终身，岂不是罪过。"

话糙理不糙，蔡京自是无话可怼，却是心中难平。巧的是有一耳目前来禀报，果真是那蔡太师遣人去往礼贤抄了个底，问了个细。行人做事岂无把柄，更何况欲加之罪，只见那蔡太师呈报天子，道："禀皇上，状元郎定是家中有所心仪，吾等何必为难，只是不知何时何处行婚，吾等也好凑个热闹，讨一杯喜酒。"果真是朝中老臣，话虽平风，却有暗箭。那天子怒道："状元郎，朕念你孤苦，特赐良缘，却不受恩惠，今太师不降罪，朕自不怪你。你且起身退去，择日赴任。"那江甫听此圣言，道一句圣明，又急张拘诸，便欲拜退。

古言曰："祸不单行。"那蔡京喝住江甫，怒道："状元郎，本太师且问你，你现家住何处？"江甫自是不知意欲何为，诡从何来，便实话说了去，道："小生家住礼贤县凤林。"此话一出，宴席哗然，议论纷纷。天子更是勃然大怒，再问："家住何处？"这文曲星虽说博览群书，却不知避讳之理，再拜，道："小生家住礼贤县凤林。"蔡太师怒道："好一个文曲星，龙凤乃皇家所有，你既受天恩，却说家住凤林，竟有谋逆之心。"遂命人拿下，按压在地，不由得辩解。蔡太师启禀天子，意欲降罪。只见那众臣中有一人上奏，正是枢密使寇准，道："启禀皇上，吾朝自太祖以来，以宽厚为本。今状元郎虽不明避讳之礼，却也坦诚。如今正是社稷用人之时，切不可以因一言之误，舍了栋梁之材。望皇上厚其忠心，怜而赦之。"那蔡京自然不饶恕，便起了争执，天子见众言难息，心中早已烦倦，又碍蔡京虎威，遂命府尹解去府衙，推问勘理，明白处决。那府尹便是王虚，遂将那江甫推入牢里监下。

如何枷了枷杻不言，只言那江甫银铛入狱，押那牢中。只见二人面熟，走近看时，却是张三、李四二人。李四嗤笑道："饶你奸似鬼，吃了洗脚水。"江甫生疑，问道："何来洗脚水一说。"张三道："江兄有所不知，那蔡京本要你做了他女婿，故意拉拢你。可你死活不答应，虽不拿婚事议论，看似护着你，却知你坦诚，便是下了个阴棋，问你家住何处。你倒好，两言不三思，应了去，触了避讳，怒了天子，这才这般下场。"江甫道："吾自知官场险恶，却又不明白，吾与那蔡太师无冤又无仇，为何如此下作，伤了和气。"

正说时，那牢役二人，端来些粗饭烂菜，直丢进牢框里来，瞥了一眼，横了刀家伙，道一声："围着作甚？都散了去，休得闹事，惹个不清静。"那李四自是绿林好汉，岂受这小厮作孽，吼道："有胆量的进来拳脚会会。"那牢役二厮自然是吓破了胆，不敢多言。张三问道："你这二厮好生怠慢，为何吾等饭菜甚是差些？如今状元郎在此，尔等可知？"那二厮听罢，嗤笑一番，见张三、李四生威，只好如实报来，道："圣上有旨，新科状元江甫，不听圣言，不避皇讳，有谋逆之嫌。待应天府查明真相，再做定论。"

江甫见牢役一番羞辱，自是心中不满，待那二厮离去，并前来行礼。一番絮烦，这才知晓原委。江甫问道："两位英雄好汉智勇超群，只是这虎牢坚如磐石，即便是进得来，又如何出得去？"张三道："状元郎所言不差。"江甫更是百思不得其解，追问一番，这二人却左右支吾，不肯道出实情。那江甫只好作罢，一声不语，念己之遭遇，想来悲愤不已。本是一朝登科，光宗耀祖，如今却是银铛入狱，成了天子囚徒，只怕余生无望，只等困死囚笼，故而叹息不已。

夜近黎明，未闻鸡声，只见那虎牢漆黑不见丝光，二牢役早已瞌睡如泥，狱中囚徒个个早已入睡。江甫却被一阵嘈杂声惊醒，四处不见人影，张了两手横空摸去，嘴里念叨着："好汉！"不时摸着了好汉脸颊，惊吓一跳，那二好汉自然好生宽慰。张三道："状元郎莫要惊慌。"又见那李四早已点了蜡烛，三人影在墙上，这才舒心。李四道："先生莫慌，待吾使个伎俩，偷了那牢役的钥匙，开了门，且管救你出去。"江甫自然疑惑，道："不知两位好汉使得甚伎俩，可取了那牢役钥匙。即便取了这钥匙，这虎牢乃是朝廷关押重犯之地，必是重兵把守，只怕是插翅难飞矣！"

那张三、李四听罢，只得闷声嘻笑，李四道："状元郎有所不知，吾等本是这京都盗犯，别说这幽深虎牢，即便是那繁华街市，欲要得一物，便如同探囊取物。"说罢，只见那李四顺手掏出个金丝链，链头带个勾，如同飞镖一般甩了出去，一把钩住了那牢役裤腰的钥匙，正好不偏不倚。江甫生怕惊扰了那牢役，到头来出不了牢狱，还挨一顿揍，岂不是鸡飞蛋打，吃了个苦活，便急忙劝阻。

这边烦言相劝，那边早已身手不凡，那李四袖子里跑出来一只老鼠，膘肥得很，都说这牢狱害死了忠臣，养活了鼠耗，果真不假。见这鼠顺着链子跑去，一口咬住了裤腰带，来回地撕扯。真别说这鼠牙那是个尖，顷刻间便咬断了。李四收个手，钥匙便早已在手中，只是这调皮的老鼠顺着牢役的脸凑过去，又撒了泡尿。这可惊吓了众人，好在那牢役睡得沉，转了个身继续睡去。这三人出了房门，张三和李四合计一番，一个朝着牢头大门寻去，一个径自找寻千金叶去。只落个这孤苦书生，不知去向何处，思来想去，只好跟着那张三去。片刻便盗了那千金叶，正要离去。

话说那只鼠定是贪吃之辈,见那桌子上有些残羹,便赖着偷吃,发出唧唧声。这可惊醒了牢役,撞了个正着,掀了桌子,抽了家伙,极恶凶煞,围将过来。张三急了个抽身,躲在了状元郎身后,道:"且替吾收拾了这两个恶棍。"江甫只是一介书生,哪会这等武艺,支支吾吾道:"好汉,吾只是文状元,可不是那武状元哩!"

　　那二牢役怎管这等啰唆,挥刀直扑了过来,那是左一刀,右一刀,硬是没长眼睛一般的,刀刀狠下来。这二人只好东躲西藏,避之不及。只见一刀横飞而来,原以为这回真成了冤死鬼。顷刻间,突闪一人,这人便是那玄天子,使了定身计,那牢役自然是动弹不得。这又吓傻了那张三,上前捉摸一番。江甫见玄天子前来搭救,有惊无险,自然喜出望外,连声致谢。玄天子倒是不买账,道:"吾本是那山中逍遥子,无奈生性重义,护送先生赴京赶考。前些日子,闲来无事,游玩街头,见那城墙张榜,这才得知先生高中。只是后来得知先生得罪蔡京蔡太师,这才落了个阶下囚。先生果然真性情,乃吾太祖皇帝开朝以来,直面圣上第一人啊!"江甫听罢,自然是惭愧难当,道:"玄天子这般笑话于吾,叫吾岂不汗颜?"玄天子道:"先生既容不得吾这般笑话,且只管在这牢中听候天子降罪,吾自可回吾那蜈蚣山去。"说罢,欲要离去,见那江甫自觉理亏,不敢多言。心想吾若是这般离去,这定身术不过个把时辰,待这二牢役禀告了上去,只怕状元郎人头不保,难免一死。若是带其离去,必是震动朝野,朝廷发榜悬拿,那时只怕天地再大,也无处容身。遂道:"状元郎果真不走?"江甫:"吾辈非贪生怕死之人。"玄天子笑道:"若不是贪生怕死之辈,方才这二厮如此行凶,为何吓得这般左右躲藏?"江甫不知如何辩解,道:"古语有言,君子不立于危墙之下。"玄天子道:"若是天子降罪于你,斩你于午门,亦是不惧?"江甫道:"君要臣死,臣不得不死!何来的苟且偷生?"玄天子道:"先生果真是忠义双全。吾定要想个法子,保你周全。"江甫:"不知有何良计?"

　　玄天子思虑一番,道:"先生尽管离去,吾且在此周全。"江甫生怕玄天子伤天害理,道:"这二牢役虽要置吾于死地,却是职责所在,切不可伤及性命。"玄天子道:"不伤害,不伤害!"说罢,护送这二人出去,一路使了定身术,算来也是平安出牢狱。

自玄天子送江甫出了牢狱,又念若是天子晓得这状元郎逃狱而去,岂不龙颜大怒?故而解了定身术,自个儿钻进牢房之中,又扎了草人,变化成张三及李四模样。那牢役自然没有察觉,便依旧倒头大睡,不问人事。

待天明,来二差使,威严怒目,自当令人惊悚。玄天子心想:这人间朝堂果真黑暗,虽说那状元郎笨头笨脑,但也是文曲星下凡,好歹是半个仙人。这皇帝不辨是非,草菅人命,此乃气数将尽,天命使然。便打起坐来,故作镇定。却不料那二差使不是来问斩,而是奉旨诏命:新科状元江甫任礼贤县丞一职,即刻赴任,不可有误。那二差使宣读毕,便开了牢门,往前来恭迎,恰似变了一个人,左一个卑躬屈膝,右一个点头哈腰。玄天子自当领了圣旨,大步走出牢门。随同差使一同去宗人府取了信印。

那边江甫与那二人盗了千金叶,直奔南郊离去。方十三与那王寅早已备了马匹,恭候已久。众人相会,自当庆喜。只因千金叶乃蔡太师喜爱之物,此番盗取,岂能不被知晓,想必追兵定是满城搜索,故而些许告别便匆忙离去。不言。

玄天子自宗人府出来,便直奔南郊而去,见江甫早已于亭中等候多时。想来这般辛苦,便点些草木为兵,自个儿乔装了一番,直奔追来,刀架在脖子边。那江甫哪经得住这般吓唬,只好跪地,不敢吭声。玄天子道:"可是那窃取蔡太师生辰纲之人?"江甫道:"回禀大人,正是小人。"玄天子道:"既是你所为,你可知罪?"江甫:"小人知罪。"玄天子道:"既已知罪,将那生辰纲交出来,好饶你一个全尸。"江甫道:"回禀大人,小人原为新科状元,只因皇上听信奸臣所言,吾惨遭陷害,只好窃取这生辰纲,置了当铺,换取了一些银两,好做回途的盘缠。只是这荒郊野外,匪患甚多,不料山中被劫,如今空空如也。"玄天子听罢,心想:这书生骗起人来也不脸红,便哈哈大笑。江甫道:"不知大人为何发笑?"玄天子道:"你且抬起头来,瞧瞧吾是谁?"江甫

260

道："小的不敢，大人官颜神威，岂是草民所能窥探。"玄天子道："你山中被劫是假，拖延时辰，好让同伙走远是真，可有此事？"江甫一听，原来早已被识破，一时不知如何回答，再三磕头，道："大人冤枉，吾本是一介书生，怎会结交绿林之人？望明察。"玄天子笑道："你本是新科状元，不做天子之臣，却为劫匪同党，若是将你缉拿归案，定是死罪一条。"江甫道："罪臣虽有负皇恩，却不违逆，若大人硬要捉拿吾，小生一来无缚鸡之力，二来更是无话可说，请大人自便。"

　　玄天子听罢，顷刻间恼怒起来，道："愚忠，愚忠！如今朝堂已是荒淫无度，天子滥任奸臣，你虽不负朝廷，却负了士子之心。"江甫道："大人所言，令小生惭愧！"玄天子见这般书呆，不想再戏弄，只好化回了原形，那些士兵成了一些草木，江甫这才醒悟，虚惊一场，道："原来是玄天子，今日多亏相救，容小生拜谢。"玄天子道："你虽是贪生怕死之辈，倒也忠义两全，也不负吾一番苦心，拜谢便是免了，你素秉忠良，真心为国，今生好生做官便可。"江甫道："玄天子笑话，吾此番入狱，已被削去功名，别说入朝为官，只怕性命难保。"玄天子见江甫这般沮丧难堪，只好兜出圣旨印信呈上。那江甫见是圣旨，甚是惊奇，整了衣袖，振作精神，细细品读，才知皇天眷顾，感恩涕零，面朝北处，磕头三下，道一声："吾皇万岁！"玄天子见此，冷笑一番，道："你乃当朝状元，本应许你一个侍郎，少的也是一个知府县令，如今只赐予你一个县丞，你倒好，好似捡了珍宝，这般喜悦。"江甫道："此乃天恩，岂能不敬？吾江家世代为农，如今一朝登科，终可光宗耀祖，此乃天下学子所翘首期盼之事，自当朝怀报主之恩，暮思酬君之德。"遂收拾行装，与那玄天子朝南离去，不言。

　　欲知结果如何，请看下回分解。

第二十六回　江甫金銮殿夺魁　玄天子狱中相救

# 第二十七回　众仙大战清风谷　金刚圈困秋千君

**吾与君本相守矣,奈何天命难违哉!**

**清风谷下绝情乎? 此生不见恨难见。**

话分两边说,这边自那紫薇童子绝言一别,凌云童子亦是哀莫难言,心想:劫难自有祸害生,若是这般随了师妹去,岂不是便宜了那祸害。遂而操起了那达摩扇,一顿横扫了过去。顷刻间,一场恶战。

那青藤仙子自不是凡夫俗子,这般千年的修为,岂容这般放肆。只见又摆起了阵,此阵非彼阵,乃刚烈玄火阵,阵有七十二法,法门无相,烈火无火,烧得草木枯焦,土地分裂。凌云童子急着冲入阵中,使了定元法,好在保住了真身。那达摩扇也非寻常物,排风散火,一时不分上下。众仙子见状,惊叹此乃怪阵,却想不出破阵之计。

凌云童子见阵法偏弱,便抽身而去,悬于空中。又默念法咒,顷刻间大了真身。这身高如一柱擎天,阔能填海塞谷。只见那牛腿抬起,一脚直压了下去,那青藤仙子未及顾得,硬是被踩在脚下不得动弹。众仙嗟叹:"阵法虽好,不敌牛腿功。"

世事岂能这般如意,只见那牛腿脚下竟是长出了青藤,原是那青藤仙子化回了原形,顺着牛腿一路攀爬了上来,一时已是藤条死死地绑住,不管凌云童子如何变化大小,那藤条都能顺应。众仙见势不妙,纷纷摆开阵来,施展了法力,都言低估了这妖怪,又恐法力不当,伤了自家人,果真是常言道:"床底下使锄头,用不上力来。"

矮子打娇妻难脱手。众仙大战百来回合亦是难分胜负,只见那青藤仙子又默念法咒,清风谷悬崖峭壁处,一支支藤条破土穿石地长了出来,蔓开了去。只需片刻,早已编织成网,如渔夫撒网,层层相叠,死死捆住。只怕众仙即便赢了这阵法,也休想轻松逃离了出去。

那边王重隐与那喇嘛老者别了柴成务,直奔龙门峡谷来,腾云驾

于上方。见乌云遮天,天地混沌,一时辨不得去路。喇嘛老者笑道:
"莫不是军师贵人多忘事,忘了这龙门峡谷的去路。"王重隐再探一
番,道:"道家说笑,龙门峡谷乃龙门祥地,本应风清气正,日月呵护,
可如今这般浑浊,真叫人真假难辨。"喇嘛老者道:"先生所言,一语道
破天机。"王重隐道:"何来天机?"喇嘛老者道:"龙门峡谷乃道仙圣
地,二龙在此镇守,虽说道行有些浅薄,倒也降得住这凡间妖灵。如
今却是山体崩塌,万物凋零,只怕是魔怪作乱,意欲窃取三神珠。"王
重隐听罢,如醍醐灌顶,道:"世事因缘而生,缘聚缘散,起于善恶,终
于是非。此乃天命劫数,只怕此难此灾因吾而起,由吾来灭。"二人遂
扒开云雾,径直朝龙门峡谷来,只见那青藤蔓延,定有动作,便施展了
法力,那青藤本是妖怪所作,道行不深,只好退走了去。

　　王重隐适逢青藤仙子,急着拳头拍掌,沉思忧惧,喇嘛老者惊问
是何缘故。王重隐哪来得及答话,便迎上阵去。那青藤仙子正与诸
仙混战,亦是顾不得是何路神仙前来搅和,只管一路接招。好在王重
隐拖了个身,侧翼翻身过去,挡住了架势。

　　本是久别重逢,无奈这般难堪。金凤仙子见是王重隐,便召集众
仙退下阵来。青藤仙子一见是昔日故人,本应休兵罢战,却甚是五灵
神暴躁,三昧火烧胸,直面扑来。王重隐见状,只好来回周旋,不与之
交锋。青藤仙子见王重隐不与之斗,怒道:"你这粗鲁野夫,竟是这般
不自量力。吾本想修炼出山,便去找你算账。你倒好自个儿找上门
来了。"王重隐道:"仙子且息怒,重隐自有难言之处。"青藤仙子:"莫
要狡辩,常言道倪死打板壁,迟了哩!"王重隐:"仙子心中委屈,重隐
岂有不知,是重隐未能替仙子如愿,自当有罪。仙子若是怪罪,重隐
自当无话可说,恳乞莫伤了这些孩子。"

　　青藤仙子听罢,变了个身,现在王重隐身后,道:"军师这两百年
来甚是潇洒,何曾记得吾昔日搭救之恩,恐早已抛掷脑后哩。"王重隐
道:"重隐不敢!"青藤仙子道:"莫要废话,今日吾便要尔等尝尽滋味,
以偿吾这百年孤独!"王重隐道:"仙子道风悠然,不可逆天道而行。"
青藤仙子道:"天道?吾苦修一千多年,只愿修炼成道,可上天何曾怜

悯?"王重隐:"修道本是苦行之事,其意在心而不在行!"青藤仙子道:"老媪吃柿子,说得倒是轻松。想当年法海水漫金山寺,吾救万千难民于洪魔之中,本以为天庭有知,吾可成道。可却换来妖身依旧,家园尽毁,千载丹心,竟成冰冷。"

不一时,青藤仙子抽个身,腾于半空之上,只见其施展魔咒。顷刻间,万千藤条,如金枪火剑一般,直面刺来,可谓是椰干归牛嘴,有进无出。众仙使尽了本事,只可保住了自身,再寻脱身之计,已是无计可施。却见青藤仙子妖光渐长,依旧精神。众仙不知阵法怎解,终难抵挡,败下阵来,已是元气大伤。

正值千钧一发之际,只见有道光一闪,再看原是那三神珠神光发亮,光如雷电,破了恶阵,直叫青藤仙子失了神,跌入谷中,凌云童子见势,达摩扇横挥了过去。青藤仙子恍惚之余,未曾防备,竟被打破了元神,命悬一刻。王重隐见状,即刻护佑,凌云童子见状,收了达摩扇,急抽了个身。

青藤仙子本是清风谷魂,今日元神损伤,自然地动山摇。金凤仙子见势收了三神珠,藏于腹中,又挥使了方天画戟,撑住了清风谷,道:"此地不宜久留,吾等须速速离开。"众仙便依次退出了谷中,只是那王重隐扶青藤仙子于山谷之中,为其运功疗伤。善德真人欲劝离,却被喇嘛老者拦住,道:"军师本是信义之人,只因变故,无奈失信于青藤仙子。今日搭救于她,为其疗伤,以鉴赤诚之心。仙子何不成人之美?"善德真人甚感有理,便只好作罢。遂离去,不言。

待众仙行至山脚下,却不知何处落脚。金鼻鼠道:"如今三神珠已取得,却不曾见得妖魔何在? 此事如何是好?"花姑子道:"原本想你这鼠精道行甚浅,觉悟尚低,说不出这大道,今日可是刮目相看。"金鼻鼠道:"莫要激将于吾,这仙有仙道,鼠有鼠道。如今见不得这妖魔,天下太平,吾才不与你这臭蛇为伴哩。"花姑子一听,怒气横生,道:"还嫌上次没煮熟了你,竟是这般嚣张!"那金鼻鼠哪听得这般理论,憋了个气,冲进地里去,道一声:"妖魔作乱之时,便是吾匡扶正道之日,再会!"随声远去,已是无影无踪。善德真人道:"如今何去何从,还听金凤仙子吩咐。"

金凤仙子早已眼观四方,思索良久,道:"吾观南处,有一峰,至高处阳,仙气萦绕,定是非凡之地。何不奔那儿去,寻个落身之处。待天地有变,再计行事?"众仙皆赞成,欲驾祥云而去。只见那八太子、九太子执念不走。龙门峡谷乃龙族仙地,自当守土有责,只因一时糊涂,酿成大错,又见这般凄惶,自是不忍见,遂愿留于此处,再造天地。众仙不予勉强,只好离去。

话说这仙气萦绕之地便是太阳山,何为其名,太为极,阳为一,乃天地正气齐聚之地。众仙不敢驾云,徒步行进,一路上夜住晓行,真是朝登紫陌,暮踏红尘。不日,行至距此山十里之处,探得地名,唤作琚岭。此地四面环山,处山谷之中,倒也平整,住着三两户人家。此刻正是黄昏之时,众仙也正饥饿难耐,再看前路,两山夹其道,雾气弥天。

众仙合计找一人家留宿一晚,只是自带仙气,穿着不凡,若似这般打扮,定是吓坏了村民。金凤仙子道:"如今如何是好?"金花仙子道:"吾等一行七人,即便村民留得,也着实没有那么多客房,这如何睡得?"花姑子道:"吾辈素来不住瓦房草屋,找个洞大的,便是穴。"凌云童子自那紫薇童子诀别,已是苦情疼切,泪如瓢泼,凄凄惨惨,岂会思虑安身之处,道:"吾本是碓边山下的野牛,习惯了露天宿地,众仙家尽管安歇,吾自于门前守护。"善德真人道:"如此五人,虽说不多。若是村民问起因何而来,去向何处,该如何作答?"喇嘛老者道:"老身倒是有一计,不知可否?"金凤仙子道:"且说来听听。"喇嘛老者道:"善德真人温柔敦厚,廖大夫亦是尽诚竭节之人,何不假做了少夫妻,吾与金凤仙子且做了公婆,金花仙子化作那伺候的丫鬟。若是村民问起,只说探望远房的亲戚,因多年没了来往,记不得路,走错了道,这才误入宝地,因天色已晚,故借宿一宿,好明日精健赶路。"

众仙听罢,皆言妙计,看善德真人摇身一变,成了一个良家妇人。只是苦了廖大夫,本就是个凡人,虽有些道行,却无这等变幻之术,着实为难。金凤仙子道:"且容吾试试!"说罢,默念口诀,道一声"变",

乖乖！这耳顺之人竟成了一个少年，众仙一瞧，皆言妙哉！廖大夫却是忸怩不安，难以为颜。金花仙子道："吾这姐姐本是王母座下芙蓉仙子下凡，这要是换了人间，可是当今郡主，难不成还嫌弃不成？"说罢，众人嗤笑。廖大夫已是羞赧不已，惭愧道："不敢，不敢！这人间女子长得极色的，众人皆夸如仙女下凡。善德真人本就是仙女，定是美极了。只是老汉已活六十余载，未曾娶妻生子，今日何来的福分，能与善德真人做了夫妻。"金花仙子笑道："瞧廖大夫傻样，定是当真了。"喇嘛老者道："金花仙子莫要取笑，日色将暮，还是速速变身，早些寻个农家借宿为好。"

那金花仙子自然不敢怠慢，摇身一变，成了扎着两条辫子的丫鬟，俏皮着行了礼。金凤仙子、喇嘛老者遂变成了一对老夫妻，七人径往农家走去。那金花仙子走在前头，见屋里点着灯的，便敲门呼唤。只是一连问了几家，都是闭门不开，好生奇怪。不一时，一阵黑风倾压而来，压得众仙睁不开眼，隐约可见一黑影悬于空中，众仙因天色已晚，看得不甚分明，便躲于一处，欲探个究竟。

只见那黑影怪现了身，四处找寻，嘴里念着："翠兰，翠兰！"更深夜静，人言甚是明白，众仙听此，便私下嘀咕："翠兰是何人也？"再看那黑影怪心急火燎，见无人应答，便找了一家农户，拽破了门，疯闯了进去。见这一家人，大小俱在那里吃饭。黑影怪走到跟前，大声嚷嚷道："尔等将吾家翠兰藏于何处？"这一家人早已是吓得面无人色，都挤紧在一处，战战兢兢，说不出话来，那黑影怪便发了疯似的乱砸东西。众仙家早已看不过去，纷纷闯将进来。那黑影怪转身见了众仙家，更是暴怒，道："尔等是何人？速还吾翠兰来。"金花仙子道："你是何方妖怪，胆敢害民？"那黑影怪道："尔等是何人？可是友人否？如此无礼。"众仙家惊愕，擒妖未成，竟成了不速之客。金花仙子道："但凡俗人，岂会妖术，吾等乃修炼的仙子，速速拿命来。"

众仙家本以为这黑影怪有多大的本事，遂摆开阵势，只见那黑影怪见了仙气，已是形如流水，溃倒在地，作揖跪拜，求饶性命。众仙家将信将疑，朝前探个究竟，却不想那黑影怪溜了腿间，冒烟般逃走了。

众仙家欲要追赶，只见那农户上前急止道："众位神仙，莫要追杀。"金花仙子道："尔等莫要害怕，这等小妖，有甚法术，待吾等擒拿归来，好还众生太平。"那农户道："仙子有所不知，这妖怪擒拿不得。"喇嘛老者见事有蹊跷，便惊奇问道："为何擒拿不得？难不成是你亲戚？"那农户道："亲戚倒不是，只是这妖怪本是善良之辈。原是那会司人，姓黄，唤作黄阿牛。去年这时，因媒人说婚，欲娶横路底一女子。不知何时起，这途经何庄之路，竟被一条溪流阻隔，水流倒是不湍急，只是来回不方便。那黄阿牛是个孝子，便在此溪之上搭板修桥，乡里乡亲称之为贤婿桥。又不知何时地，每逢十五夜，这桥好似被野兽猛击似的，自那以后，众乡亲再也不敢过桥。黄阿牛便行至桥下探个究竟，不承想，那河面顷刻间呼来一阵风，黄阿牛被吹入溪水中，众乡亲再去救时，已见黄阿牛成了这般怪模怪样。"廖大夫道："世间竟有这般异事？"花姑子道："常言道无风不起浪，定是妖怪作乱。"善德真人沉思半晌道："吾等皆是成仙修道之人，岂容妖怪这般作乱。平日里只怕遇不着，今日撞上了，何不就此擒拿，也算本分之事。"

　　众仙听罢，皆言施展。善德真人思索片刻，道："吾等不可一同前往，一来打草惊蛇，二来若是那妖怪设个圈套，岂不将吾等一锅端了？花姑子深通水性，只与吾去。"说罢，告别众人，随影急追，似电走云飞。

　　话说那黄阿牛遭了惊吓，一路奔颠至贤婿桥下，哭泣不得。不一时，只见水中旋涡处，一个身子奔了出来，及至看时，哪是什么妖怪，竟是一个清秀俊逸的白衣男子，手持榫子扇，丰姿清秀，相貌稀奇，活生生一个傅粉何郎。

　　黄阿牛见这白衣男子，惊吓得心慌，那白衣男子却奸笑无比，道："吾交付于你之事，办得如何？"黄阿牛道："不曾办得。"白衣男子面如金纸，赶上前，道："分明是偷懒，定是寻你家娘子去了。今日不怕告诉你，你娘子在吾手中，藏在何庄瀑布下。"黄阿牛道："圣君高抬贵手，吾那娘子自幼惧寒，那何庄瀑布所流之水乃千年冰川所化，若是安放在那，娘子可真是命苦。"言罢泪如雨下。

不一时,那善德真人、花姑子疾奔而来,见那黄阿牛与一白衣男子俱在桥下,心想:莫不是这黄阿牛心急了要杀生,竟把这白衣男子掳至桥下?又恐遭受埋伏,遂不敢轻举妄动,只得行行且止。花姑子道:"且看吾如何行至跟前,听个详细!"言罢,幻化为原形,匍匐前进,簌簌作声。善德真人见状,想来花姑子可化作长虫,自己也能变化,便灵机一变,化作只鸟,拍了拍翅膀,往前飞去。

那白衣男子见事不如愿,早已火从心上起,怒向胆边生。却又暗自镇定,以显风度。究竟所为何事,竟是这般难为,只因这白衣男子不知是何所变,独种无二。只见白衣男子撩起衣袖,卷走了黄阿牛,直往何庄瀑布去,那二仙虽未言语,自然心往一处想,紧跟了去。

不一时,白衣男子便将黄阿牛捆缚在那樟树下,自个儿拍了拍衣裳,自言自语道:"这人间果真肮脏,险些弄脏了羽毛。"言罢,只见其跳入潭中,欢快游玩。顷刻间,红气冲霄,神风架起。善德真人、花姑子自在岸边察看,见这般情景,甚是惊讶,这妖一不吃荤,二惜身洁,究竟是何神物?

话不多说,眼见为实。且看那白衣男子游得好似不自在,便腾跳起来,又一头钻进水中,水花四溅,潭中开了个洞。须臾,水波散去,水面如镜,只见露出一个头来,真是不见不知道,一见更是匪夷所思,这怪不是那千年的妖魔,也不是山中的幽灵,竟是寻常百姓家的一只鹅,怪不得不食荤,爱惜白。唤作秋千君。

世人都言:"嫩鹅毒,老鹅良。"秋千君早已发觉了二仙,便使了隐身术,竟然踪迹全无,不知何处去了。善德真人、花姑子自是无处找去,惊讶不已,只好提防三分,四处察看。善德真人见黄阿牛被捆缚在树上,已是气消力尽,商议道:"你吾道心,无处不慈悲,何不救他一救?"花姑子道:"姐姐言之有理,不可迟误。"遂使了定身术,将黄阿牛定住,再解开绳结,那黄阿牛疲软于地,支吾道:"烦劳二仙救吾娘子。"

果真是打水还不忘洗菜。善德真人急忙问道:"你娘子身在何处?"黄阿牛道:"那鹅精说,将吾家娘子藏于瀑布里。"花姑子道:"这倒是简单，稍等片刻，吾速速救你娘子与你团聚。"善德真人道："妹妹且慢。"花姑子道："姐姐莫不是担心这其中有诈？"善德真人道："吾本是肉体凡身，历经磨难，修道至今，这不管凡夫庶子，还是幽灵精怪，都会使些骗人的把戏。虽说这黄阿牛是个孝子善人，但那鹅精不免会使诈。若是附身于他，骗吾等误入这瀑布之中，岂不坏了事。"花姑子道："姐姐说得极是，方才那妖怪神不知鬼不觉地消失，想必定是察觉到了吾等。见吾等搭救了黄阿牛，不能甘心。"

善德真人遂问道："你家娘子如何叫唤？家住何处？"黄阿牛道："翠兰，家住横路底。"善德真人道："何时娶进门？"黄阿牛道："不曾娶进门。"花姑子道："活生生的一个负心汉，竟是这般不老实，嘴里叫着娘子，却言不曾娶进门来。"黄阿牛道："仙子有所不知，这姻缘自古乃父母之命，媒妁之言。吾自幼无父又无母，只因丈人见吾勤恳老实，甚是喜欢，故而找了媒人说了这门亲事。丈人见吾家境贫寒，省了礼数，少了嫁妆。虽说没有拜堂成亲，小人却早已将翠兰视为娘子，将丈人认作亲父。"花姑子呵呵一笑，道："话都让你说了。"黄阿牛跪拜道："小人句句属实。"善德真人道："也罢，如此诚心，信你不假。你且在此稍候。"言罢，善德真人、花姑子一念口诀，遁入瀑布之中。

话分两边说，这边黄阿牛见二仙如此相助，自是感激不尽，俯首叩拜。不一时，哪知秋千君竟躲在身后，只吓得黄阿牛魂丧魄消，喏喏而退。秋千君道："吾虽掳你，但不曾伤你，更未扬言吃你，比起这山中的幽灵野兽来说，也算是待你不薄，你却忘恩负义。"黄阿牛早已两腿直哆嗦，道："大王息怒，小人不识这二仙。"遂把事情原委说了一遍。

正说话间，善德真人、花姑子分水一跃，跳上岸来。秋千君笑道："吾倒以为是谁呢？原来是两个貌美如花的小娘子。"花姑子道："放肆，你可知这位仙子是谁？"秋千君道："不知两位俏娘子是何方神圣？家住何处？改天提了聘礼，好上门讨个婚事，过个快活日子。"花姑子道："真是个不知天高地厚的东西，吾家姐姐可是天降的仙子，人间的菩萨。"

本以为多少能吓坏这妖怪，不承想那妖怪却手舞足蹈，道："配，配，绝配了！真是天生地造的一对。"花姑子道："这脸皮厚的见多了，这般厚的，倒不多见。"说罢，抢起欢瑟琴，这还没耍起来，眼看琴飞了出去，转眼便到了秋千君的手上。

那妖怪哪肯还琴，自当欢喜，胡乱弹奏了起来。花姑子是一时无措，善德真人道："妹妹莫慌，待吾与他一斗。"说罢，抽出了虎鞭，一鞭叫你胡作非为，二鞭让你不知礼数。那秋千君哪肯顺意，将那欢瑟琴一吹，变成了绣花针一般大小，塞进了身子，笑道："今日爷爷就陪你们玩玩。"说罢，默念咒语，幻化了原形，成了一只巨鹅，高六十丈之多。

只见那鹅精伸长了脖子，以迅雷不及掩耳之势咬了过来，善德真人、花姑子脱开身去，滚倒在地，又见那鹅精朝花姑子咬了过来，也难怪，俗话说：鹅的情面欺不得。花姑子只顾狼狈逃窜，久失元气，化回蛇身，匍匐爬行。只怪那鹅颈长，一把叼住，咬在空中晃荡。善德真人见状，抽了虎鞭，直往鹅身挥去。那鹅精甩了个头，一头将善德真人撞了回去。善德真人稳了身，抛出虎鞭，双膝打坐，心念口诀。虎鞭像是活了，自个儿与那鹅精盘旋纠缠。须臾，善德真人又使出金刚圈，那金刚圈化有形为无形，一把套住了鹅颈，那秋千君自然是动弹不得。善德真人再使虎鞭上下左右抽了鹅头四鞭，鹅精自然是受不了了，张开嘴扔了花姑子，四处急窜，一时乱哄哄。

善德真人收了虎鞭，再念口诀，只见那金刚圈越缩越小，死死套住了鹅精。鹅精窒息不已，直往水里钻，花姑子见状笑道："蠢材，五形有常，火克金，这水如何克得这金。"须臾，那鹅自是难耐，冲出了瀑潭，跪倒在地，一心求饶。诚所谓是头世未盖面纸，真不要脸。花姑子一把掐了鹅颈，道："你倒是凶哩，就你脖子长。"善德真人见状，不免嗤笑，道："妹妹莫要戏弄，且叫他还了黄阿牛真身。"

秋千君自是不敢怠慢，念了口诀，只见那黄阿牛褪去黑影，逐现真身，二仙子自当喜悦。秋千君道："两位仙子，这真身已还，可否饶恕了吾，这圈子真是勒得吾喘不过气来。"善德真人念其没有杀生，欣喜之余,念了松圈语。

不承想这妖十分狡猾,缩了脖子逃脱了去,再回首看时,又不见了踪影。花姑子道:“不好! 这黄阿牛的娘子还没找到哩。”善德真人这才悔悟,只怪自己太过善良,只好问道:“方才吾等飞入这何庄瀑布之中,不见你家娘子,想来定是那妖怪糊弄于你。如今这妖往东面去了,你可知这妖怪去向何处?”黄阿牛道:“仙子,那妖怪此去之地乃太阳山。”花姑子道:“这太阳山有何惊奇之处?”黄阿牛道:“二位仙子有所不知,这太阳山上有个寺,唤作岱岳寺,有个神仙,唤作泰山娘娘,传言乃天仙圣母碧霞元君转世。凡欲求子之人,只许上山许愿,皆能灵验。”

二仙子一听是仙山,还住着神仙,自然有些忌惮。花姑子道:“这泰山娘娘乃修佛之人,六根清净,四大皆空,如何还养些牲畜?”善德真人道:“妹妹莫要胡说。这牲畜也有心存佛性之辈,且看这鹅精一不杀生,二不吃荤,想来是出家修佛之类。”花姑子道:“这可如何是好? 若是这畜生到了泰山娘娘那里告吾等一状,那可真是恶人先告状,吾等面见了泰山娘娘,如何说得清楚。”善德真人道:“吾虽不是佛门中人,也多少知晓,这佛门向来门规森严,岂容这鹅精这般胡来。定是这鹅精瞒着泰山娘娘,私自下山来,寻欢作乐。”花姑子一听,倒是明白了个彻底,道:“姐姐可曾记得,方才吾言姐姐乃天山的仙子,人间的菩萨,那妖怪一口的说是绝配,由此说来,那妖怪定是佛门中人。”善德真人道:“这太阳山乃佛家圣地,吾等不可造次,先行回去,从长计议。”遂回,不言。

那边众仙自在农户家坐立不安,久不见二仙子回来,焦虑万分。金花仙子道:“姐姐如今久而未归,乃不祥之兆,这可如何是好?”喇嘛老者道:“仙子莫虑,二仙自会平安归来。”正说话间,只见善德真人、花姑子、黄阿牛归来,一身疲惫。众人端茶送水,好生安顿,待平复,善德遂将此行之事从头说来。众仙皆言不易,那黄阿牛更是抽泣不止,万分哀求:“各位神仙,恳求救救吾家娘子,吾愿做牛做马,报答你们。”众仙允诺,必分清白,以正天道,不言。

翌日,众仙吃了斋饭,不做打点,急急早行,免生他变,随着石阶山路上了山。

欲知结果如何,请看下回分解。

# 第二十八回　群雄睦州举忠义　方腊巧施连环计

有诗曰：

风水人间不可无，也须阴骘两相扶。

时人不解苍天意，枉使身心着意图。

方十三一众自与韩世忠、江甫京城一别，即刻纵马前行，登山过岭，赶往睦州，行至睦州。这睦州民丰物阜，市井安闲，坐买做卖，和容悦色。一众歇马安顿一番，闲来无事，行至街头，忽见一书生，唤作郑钧，正聚文武讲论治国安民之道。方十三颇有兴趣，便往前挤了进去，只见这郑钧绝不是文弱书生像，倒像个土匪般，高坐在八仙桌之上，二腿晃荡着。不一会，跳了下来，身长不足桌高，着实是个矮瘄子。

郑钧正眼瞧了瞧方十三，唱道："今吾大宋危矣！"众人不解，道："何来此说？"这话也是，如此妖言惑众，坏了大宋的安宁。郑钧辩解道："如今大宋北边吃紧，吾等虽是大宋子民，不思安邦定国之策，却行偷鸡摸狗之事，岂不是败坏法纪，扰朝廷之安宁？"话至如此，众人不解，道："竟是胡说矣！光天化日之下，何来偷鸡摸狗之人。酒醉哩。"众人散去不言。

方十三见郑钧如此无礼，道："不知先生方才所言，所指何人？"郑钧道："远在天边，近在眼前！"方十三道："既是近在眼前之人，何不指出来？吾等好将其捆去府衙，换几个酒钱，岂不是甚好？这一来行忠义之事，二来也算是为民除害。"郑钧听罢，转个身，抽了一把剑架在方十三肩上，道："这偷鸡摸狗之人可分两种。"方十三笑道："自古人分忠奸，却不曾听闻，这梁上君子也可分为两种，还请先生指教。"郑钧听罢，走上前来，道："你行的好事，尚在此巧语花言。"方十三道："吾与先生素不相识，先生为何害吾。"郑钧道："吾与你相交不到两

273

语,自然不会害你,只怕你做了违背天道之事,这天要谴你。"方十三道:"以先生之言,方某究竟所犯何事?"郑钧道:"你可知那生辰纲?"

真是平地起风波,郑钧一言,方十三惊慌无措,辩解道:"何为生辰纲?"郑钧见方十三不老实,只好作罢,挑了一壶酒喝着,笑道:"吾本认你是个男子汉,怎奈你敢做不敢当。"方十三道:"先生莫不是酒吃多了,认错了人,才这般胡言。不扰先生雅兴,告辞!"说罢,抽身离去。郑钧见其离远,道:"多是沦落人,自会再相逢!"

方十三急忙赶进了客栈,招来了众人,说了此事。众人听罢,皆言此地不宜久留,遂收拾了行装,正要结账离去。一群官差冲了进来,趁个不注意,逮了个正着。王寅道:"吾等所犯何事?"那领头的军爷道:"吾等奉命羁押,至于所犯何事,待上公堂理论不迟。"遂将一伙枷镣枉械,押至大堂。

话说敲鼓升堂,县令威坐,敲了案头,道:"据人所报,尔等乃是朝廷钦犯。"王寅道:"大人何出此言?吾等不过是贩卖点织布生意,如何变成了朝廷钦犯,请大人明察!"县令吕师囊:"来人,将所搜之物呈上来。"话毕,只见左右将那千金叶端了上来,吕师囊道:"果真是生辰纲,尔等好大的胆子,竟敢私窃朝廷之物。"方十三见事已败露,思来定是街头书生报的信,自是悔恨不已。道:"启禀大人,窃取生辰纲乃小民一人所为,与其他人等毫不相干,还望大人明察,宽恕了他们。"吕师囊怒道:"是何人所盗,本府自会查个水落石出,先行押入牢中,待查明是由,再报朝廷不迟。"遂令将众人捆至牢中,不言。

吕师囊命人取来了画像,这画像正是蔡太师通缉方十三一等所画,遂水落石出,写了奏折。奏折自流入蔡太师手中,蔡太师命人另起了一个奏折,奏于殿上,请了圣旨,降了死罪。不日,刑部核验,即日斩首。

一日,牢中来人,端来烧鸡,备了清酒。众人一看,原是断头宴,都说牢中无一餐可饱,更别说如此佳肴,只是这一顿后,便要奔赴黄泉路,哪还有这般心情品尝。只见王寅怒道:"吾不喝酒,且拿茶来。"方十三道:"王兄真英雄。只是王兄平日里好酒,为何今日却要一杯清茶?"王寅道:"方兄有所不知,俗话说,宁喝阳间的清汤茶,不喝阴间孟婆汤。此生能与方兄做兄弟,乃万般有幸,只是世道不济,只愿来世你吾兄弟且能再聚义!"方十三听罢,扼腕叹息,莫知所为。众人则是群情激昂,皆言:"今生虽是两家姓,来世定为一娘胞。"

翌日,天地黯然,秋风肃杀,众人被押赴市曹,行刑示众。众人围观上来,刑吏依次查验无误,报于县令,吕师囊见午时三刻不及,心想:这等滔天大罪,何须等到午时三刻,只此时开斩,又不合法度。遂命人将其他无关紧要之人先行斩首。只见:

痛填心兮不能语,天阴雨湿润忠魂。

恨他三千又如何,血染苍穹伤无痕。

正悲痛忧伤之时,只见一人,似曾相识,混在人群中。方十三道:"王兄,你可知那人是谁?"王寅道:"何人?"方十三道:"那人便是郑钧,定是这厮颠唇簸嘴,报的信,恨不得吾等生则斩首,死则鞭尸。"王寅道:"这厮是何来头,莫不是方兄哪里得罪了他?"方十三道:"吾与他只是一面之缘,何来的得罪?"王寅道:"吾等义举,窃取生辰纲,惹怒了蔡太师,蔡太师请旨朝廷,下令州府捕拿吾等,遂粘贴画像于城门,重金悬拿! 想必这厮见财思异,报于官府。再与你纠缠,延误时机,好让府兵前来捉拿,自个儿便可领赏去了。"方十三道:"今朝蒙难,只因这厮作怪。只是既已领了赏,为何还来观斩?"王寅道:"这厮果真是恶事做绝,世人难料!"

不时,刑吏仰观天象,见午时三刻已到,遂报于吕师囊,吕师囊便传令开斩,刽子手摘去枷锁,扔了亡命牌,举刀问斩。方十三见众人无动于衷,道:"吾堂堂七尺男儿,饱读诗书,立志匡扶社稷,报效天子,不想朝野昏暗,赍志而没。如今百姓屡遭欺凌,吾等挺身而出,行侠仗义,却招来横祸,今日便要成了孤魂野鬼。不甘心哩!"

吕师囊见方十三慷慨激言,怒气横生,遂招来刑吏,道:"今日不知为何,左眼皮子跳得厉害,快快行刑,免生事端!"刑吏传令一声,只见刽子手手举刀落,正要斩了下去。顷刻间,飞来一箭,将刑刀击落在地。众人皆愕然,吕师囊怒道:"何人所为?"只见众人中走来几十便衣武士,操刀挥斧,个个铜头铁额,虎虎生威,领头的便是那郑钧。

　　吕师囊甚局蹐,道:"你是何人?"郑钧笑道:"小民郑钧,今日特来劫此法场。"说来这郑钧虽不是达官显贵,亦不是乡贤名流,但其平日里多论治国之道,如说书的一般,吕师囊多少有些耳闻。见其如此放肆,无法无天,甚是不解,道:"大胆刁民,本官见你平日是个读书人,知书达礼,温文尔雅,今日是受何鬼差使,这般大逆不道?"郑钧道:"吕大人,此话说到哪里去了? 小民今日之举只是替天行道,无不妥当。"吕师囊道:"你可知这受刑之人乃朝廷钦犯,理当处斩。尔等不知天子威严,不识法度不阿,胆敢如此行径,岂不拿你?"说罢,命众将士抢起兵器冲了上来,一时间刀剑相交,混乱一片。

　　不时,身后一人松了缧绁,回头看去,正是那郑钧。那郑钧杀开一条血路来,救了众人性命,跑出十里开外,这才甩了追兵,逃至清溪,停下歇息。郑钧查看来路,不见追兵影子,这才宽心,遂急步上前,行礼道:"见过哥哥! 哥哥辛苦!"方十三怒气未息,又一时愣住,可谓是百思不得其解,心想:这厮分明陷吾于牢狱之中,险遭砍头。这回似变了个人,虚言庆慰,却是为何? 道:"你这是何意?"郑钧道:"哥哥莫要怪罪,那日见哥哥闲走街头,虽不觉异样,实则早已被朝廷耳目盯了去,吾不便与你说,只好做个腔,激你一方,好劝哥哥早些准备。只是这官兵抢先一步,哥哥这才招来无妄之灾。"方十三道:"你吾二人,素未谋面,又无恩情,此番搭救已是犯了死罪,不值得哩!"郑钧道:"哥哥说笑,吾等虽素未谋面,小弟却早已听闻哥哥壮举,且有一人,想必哥哥定是熟悉。"方十三道:"既是如此,是何神人,快给吾引荐,好叫吾磕头谢恩。"

　　正说间,闻得不远处传来笑声,乍一看,果真是熟悉之人。这人便是那清风寺住持邓元觉大师。郑钧道:"哥哥有所不知,邓元觉大师是吾救命恩人,大师算此劫难,故而书信于吾,若有牢狱之灾,定要设法施救。"两拨人相见,一时痛快! 遂找一荒野客栈,痛饮了三百杯,这才稍有停歇。方十三走于跟前,单膝垂跪,道:"大师今日相救,方十三无以回报。"邓元觉道:"施主莫要客气。施主虽遭此劫难,但尽显英雄气概,乃忠义之辈,日后若图大业,必能有所成就!"方十三道:"大师言重了,小生只是见苍生蒙难,自己也看不过,心上好不快活,这才做了盗匪。"邓元觉道:"自古以来,凡成大业者,均系民苦。施主今日所举,实则王之所为。"郑钧道:"大师所言极是,王侯将相,宁有种乎?如今朝廷决疽溃痈,世道混沌。前些日听闻,水泊梁山,义士集聚,就有一百单八将,兵士无数。哥哥何不今日举事,吾等兄弟愿誓死相随!"说罢,众人下跪请意!

却说这方十三,本无意于此,今日众兄弟所请,实则是赶鸭子上架。又见众人推诚相见,欲竭力虔心,共图大业,便不好推辞,只得应承。众人甚是欢悦,你一言吾一计,无不相谈。须臾,见一哨子前来禀报,道:"吕县令率府兵前来追杀,当下如何?"郑钧道:"所带几人?"哨子回报:"几百号人有多!"方十三道:"吾等不过三五十人,如何敌得过?"郑钧道:"哥哥莫虑,擒贼先擒王。"王寅道:"所言极是,待那吕县令杀来,吾便冲上阵去,先行将其拿住。"此计甚好,众人掩刀藏身,闪在隐处,以此等候。不言。

话说那吕师囊领着众人杀将而来,只见客栈空无一人,捉了店家,那店家早已吓得愚笨痴呆,一问三不知。正疑间,只见两侧山头杀来一伙人,领头的便是那王寅。王寅跳将起来,飞至屋顶,跑至梁肩处,刀劈瓦梁,再跳入屋内。待兵士尚未回神,已是一手擒住吕师囊,将大刀牢牢架住,怒道:"谁敢动粗试试!"众兵士见状,不敢造次。

王寅捉拿吕师囊有功,方十三喜忧参半,这人是抓住了,如何处置,倒是个难题!王寅道:"倘若放虎归山则留后患,不如一刀毙命,以绝后患!"方十三道:"其余兵士如何处置?"王寅道:"其余之人,愿随哥哥的,留之。不愿的,一概杀之。"郑钧道:"不可!吾等忠义起事,岂能如此残暴?"王寅道:"成大事何拘小节,若是其中一人,将今日之事报于州府,日后朝廷必然派兵镇压,吾等岂不是陷入绝地。"方十三心中难定,手拿不稳,只好问计于邓元觉。邓元觉道:"吕县令虽愚钝不开,倒也听讼明决,雪冤理滞,民安盗息。其历任县令已是多年,只是官星不显,今日又飞祸相侵,实属不愿。他与吾等道不同,自然不相与谋。今日且放他过去,算是吾佛慈悲!"王寅道:"如若这厮不念恩情,开端惹祸怎么办?"邓元觉道:"岂知人有百算,天只有一算。若这厮再造事端,定不赦免。但是息事宁人,愿其自求多福!"方十三听罢,思虑三分,道:"就依大师所言,且叫这些兵士扔下兵器,可自行离开,其后再放吕县令归去不迟。"说罢,依计行事不言。

话分两边说,这吕师囊虎口脱险,心有亏虚,心想:方十三一等虽为贼寇,倒也忠义。今日能保得全身,系于其君子所为。只是这群贼寇几十号众,一无钱,二无粮,只怕进城搜刮,且送些钱粮去,一则免其患,二则也尽不杀之恩,从此再无瓜葛。遂命县丞着人备办粮草百担,深夜送出城去。附上一信,可谓是临行费尽叮咛语,只为当初受德深。那县丞闻言要送粮给贼寇,自是百般不愿意。火气无处撒去,心下好生不乐。又觊觎县令之位已久,遂一边送粮出城,一边差一信使报奏朝廷。

不日,朝廷大怒,遣中郎将颜坦率三军讨伐,因边关吃紧,北方事多,合计三万军马奉旨南下。不料那县丞朱勔报奏朝廷,污蔑吕县令拜送军粮,投敌叛变,睦州已成敌寇据点。遂三军合围睦州,战鼓震天,万箭待发。那吕师囊坐镇城头,见宋家军旗,可谓是喜忧参半,喜则大军可保睦州安宁,忧则大军为何不去攻打行义军,却围起睦州来了!须臾,见军中一人,便是那县丞朱勔,朱勔道:"吕师囊枉你刚正不阿,不过是徒有虚表。朝廷待你不薄,你却私通贼寇,赠送军粮。今日朝廷率威武之师,讨伐与你,若是知个深浅的,快些开城受罪,使得城中百姓免受涂炭。"吕师囊怒道:"本县令昔日待你不薄,为何今日污蔑于吾?"说罢,心想若是开了城门,料那朱勔肯定给了好处,中郎将未必听信于吾;若是不开城门,身为大宋臣子,已是大逆不道——横竖都是死!遂一时焦灼,十万火急。

那边方十三、郑钧、王寅、邓元觉起事以来,响应者上千余众,号称行义军。此时正帐中商定行军之事。郑钧道:"自起事以来,响应者千余众,已成威武之师!"王寅道:"真是如此,则可挥师北上,直捣东京。"郑钧道:"吾军虽具规模,但未成气候,且军械粮草匮乏,正所谓兵马未动,粮草先行,不可意气用事!"王寅道:"如何是好?不如攻进睦州,抢些粮草,再着人打造些军械,如此一来,占据城池,也好有个安身之处。"方十三道:"此事万万不可!睦州民安物盛,先前虽与吕师囊有旧恨,吕师囊也赠送粮草,化干戈为玉帛。再行讨伐,只怕损兵折将是小,伤了吾军忠义威名是大。"众人无计,只好作罢。

正说间,帐下来报宋军围攻睦州一事,方十三道:"吕师囊虽为宋臣,却遭受如此陷害,说来吾等也脱不了干系,理当率军搭救。"郑钧道:"将军不可,那围城宋兵达三万之多,且是精兵良将,吾等将士加起来不过三千余众,如若解睦州之困,只怕也是杯水车薪。"王寅道:"所言极是,当务之急,应整饬军队,筑寨存粮。"方十三听罢,沉思良久,道:"宋军虽受奸人挑拨,围攻睦州,但岂容吾等安于一隅。待攻城之后,必全力攻打吾军。"邓元觉道:"将军所言不差,此乃唇亡齿寒之道!"众人听罢,皆言有理。方十三道:"吾有一计。"遂附耳一一相告。不言。

却说大军围城逼将,传言若不开城门,待城破之时,便是屠城之日。一时人心惶惶,吕师囊不忍见百姓临难,痛哭失声,道:"今日奸人挑唆,意在取吾性命,断无害民之心。众将士无须执念,打开城门去,任他千刀万剐。"众将士听罢,无不泣诉。吕师囊威立城头,道:"若开城门,须应吾一件事。"宋军中郎将道:"何事?"吕师囊道:"吾身为县令,上不负天子恩威,下不欺睦州百姓。碧血丹心,日月可鉴。今日之祸,因吾而起。虽是蝼蚁之命,城中军民多忠义于吾,但请将军网开一面,进城之时,安抚军民,不可伤害。"中郎将道:"那是自然。"吕师囊听罢,心有所安,即下城去,着人大绳捆绑,又命人打开城门,放了吊桥,径直往城外走去。

朱勔见吕师囊自缚前来,自然喜悦,又恐夜长梦多,心生杀意,遂报于中郎将,道:"将军,叛逆贼子,当即处斩,以定军威。"中郎将道:"此事事关重大,当报于朝廷,待天子定夺。"朱勔道:"将军,自吕师囊任县令以来,贪赃枉法,草菅人命,鱼肉百姓,若今日不给城中百姓一个说法,大军难进城不说,只怕些许刁民不念将军仁慈,与叛军里应外合,岂不招惹祸端?"中郎将听之有理,遂命人待吕师囊步入军中,乱箭射杀。

正当吕师囊走出城门,只听得宋军后方有拼杀声。中郎将急询传信官何故,传信官道:"后方遭袭。"中郎将道:"何人所为?"传信官道:"不知何人,只见得旗面打着行义军三字。"朱勔一听,甚是愤怒,道:"将军有所不知,方十三自起事以来,诱惑百姓入伍,号称忠义之军。今日定是那吕师囊面上与吾等周旋,实则暗通叛军,陷吾军于两面夹击之中。此等奸计,可见狡猾!"中郎将听罢,道:"吕师囊无缚鸡之力,吾军拿下睦州易如反掌。当务之急,大军回头,全力围剿叛军。"遂下令三军齐整,反守为攻,清剿行义军。

两军阵前对峙,行义军领军之人便是索鬼金枪王寅,手持金枪,枪须更映夕阳红。中郎将手持一大刀,称饮月刀,道:"来将通名。"王寅道:"歙人王寅是也!"说罢,将帅纵马飞出,可谓是:

一个是天朝强将,一个是忠义之士。这边探风饮月,那边金枪索鬼。一个要马上立功显忠良,一个要临危受命救恩人。刀不论来者何人,枪何惧魑魅魍魉。厮杀!厮杀!杀他个天昏地暗,杀他个气血狂飚。

二将马上斗个几十回合,且不论胜负。只见王寅手提金枪,催马上前,枪若闪电,更似流星,人马枪混如飞龙横空。听得两刃双击,响彻八方,声闻于天。自古将帅出民间,王寅自然略胜一筹。忽一时,放个空枪,提了马,带着兵士扭头就跑。中郎将正大战在兴,见王寅提枪脱阵,哪肯罢休,遂率几十轻骑直追。

话说这都是计,那中郎将素来只在营中排兵布阵,从未上得战场,论计谋不过是纸上谈兵。这一时,几十轻骑追入山谷之中。谷深千丈,高有百丈。郑钧见敌入穴,格外惊喜,道:"吾军正缺良马,将军此计果然精妙。"

中郎将虽觉异样,却为时晚矣,只见郑钧率将士前后包围,没得退路。中郎将道:"你是何人?"郑钧道:"睦州郑钧是也!"话未休矣,只见前后将士万箭齐发,将几十轻骑乱箭射死,留下几十战马毫发无伤。郑钧得知王寅下令，气得直跺脚，怒道："匹夫，容你阵前威风，不许吾耍一把！"说罢，命人收了战马。不言。

却说兵者，诡也！大军留守，副将自然不安，见中郎将久去不回，心有疑虑，问及朱勔如何？朱勔，此等小人，只知阳奉阴违，挑拨离间，哪会研判军情，自然是不知所措。副将只好率军跟去，待行至山谷处，只见中郎将已经死于乱箭之中，一时束手无策，只好收尸，鸣金收兵。须臾，朱勔惊叹，道："中计哩！好一个诱敌深入。"再回想，道："又中计哩！想必贼人已然将吕师囊救走，好个声东击西之计。"副将哀叹道："行义军中竟有如此高深之人！"遂回军驻扎，报于朝廷，再行定夺。

话说邓元觉趁两军交战之时，早已护送吕师囊出城，至行义军军帐中。方十三、郑钧、王寅已然坐于帐中。吕师囊上前叩谢，道："多谢将军救命之恩！"方十三忙起身，将其扶起，道："吕县令言重了，区区小事，何足挂齿！"遂请入座。

坐毕，方十三见吕师囊心神不定，道："吕兄怅然所失，这是为何？"吕师囊道："将军巧施连环计，救吕某于危难，吕某感激不尽。只是吕某人尚有家眷住在睦州城中，县丞朱勔见吾侥幸逃生，必愤然大怒，迁怒于吕某家眷，只怕是凶多吉少！"说罢，额蹙心痛，泣不成声。方十三听罢，大笑一番。吕师囊甚是惊讶，问道："将军为何发笑？"方十三道："吕兄，若是吾等设法将你家眷救出睦州，使你家人团聚，你可愿留吾军中效力，共赴大业？"吕师囊听罢，起身叩拜，道："若能保全一家老小，吕某人愿赴汤蹈火，辅佐将军。"方十三道："好！"说罢，对侍从使了个眼色，侍从急匆匆出了帐。

须臾，只见那侍从领来一群老小，果真是吕师囊家眷。吕师囊喜出望外，感激不尽，众人自然喜悦。方十三走上前来，道："从今往后，你吾兄弟同甘共苦，荣辱与共可好？"吕师囊见众英雄豪杰，雄心壮志，无不激动，道："雁归湖滨，鸡落草棚，男儿志在四方。今日愿归将军门下，共谋千秋大业！"方十三一时惊喜欲狂，道："有吕兄相助，何愁大业不定？"遂命人好生安顿吕师囊家眷，又拉着吕师囊帐外吃酒去,王寅紧跟其后。郑钧见状,道:"将军果真是神人矣!"邓元觉听罢,起身问道:"何出此言?"郑钧道:"将军巧施连环计,便退了兵,收了吕师囊。"邓元觉道:"此言差矣!"郑钧不解,疑道:"大师以为不然?"邓元觉道:"方将军外露王者之风,内藏王者之道。虽巧施连环计,退敌兵,收吕师囊不假,但不过是计谋而已。如今,一则与吕师囊结交兄弟,二则安顿其家眷在军中,令吕师囊死心塌地,誓死效忠,这才是将军高明之处。"说罢大笑,退出帐外,不言。

欲知结果如何,请看下回分解。

# 第二十九回　方腊征讨白沙关　方天定得天符牒

却说方十三大败中郎将,举行义旗,布施仁政,一呼百应。不过旬日,聚众数万,从者如云,攻城夺池,自号圣公,建元"永乐"。拜郑钧为师,封八大将:有邓元觉,号宝光如来法师,持金光大禅杖;有王寅,号元道神枪王,持钢枪;有方杰,号鬼神人,持方天画戟;有厉天闰,号镇国夫子,持青龙刀;有庞万春,号神射手,持大力弓箭;有吕师囊,号小儒生,持丈八蛇矛;有司行方,号方舟子,持震天锤;有石宝,号黑影人,持披风刀。另有二十四大员:厉天佑、吴值、赵毅、黄爱、晁中、汤逢士、王绩、薛斗南、冷恭、张俭、元兴、姚义、温克让、茅迪、王仁、崔彧、廉明、徐白、张道原、凤仪、张韬、苏泾、米泉、贝应夔。

宣和二年(1120)十二月初,攻克睦州,占据寿昌、分水、桐庐、遂安等县。又西进攻下歙州,东进攻克富阳、新城,直趋杭州。

一日帐中议事,方十三道:"汝等既受重爵,务必赤心报国,休得怠慢。"众臣叩拜。邓元觉道:"圣公,吾等自起事以来,举行义旗,布施仁政,百姓爱戴,四方英雄慕名而来,地有五十余县,人有百万之多,声势日益壮大。末将以为,当择一显神之地,祭天名义,开国定都,以安天下军民。"郑钧道:"大师所言极是,请圣公承帝王位,另立新朝,以定千秋大业。"众百官附议。

方十三沉思良久,疾言厉色道:"不可!吾等兄弟因何起事?"见众百官未应,答道:"当朝赋役繁重,官吏侵渔,农桑不足以供应。且土木、祷祠、甲兵、花石靡费之外,岁赂西、北二虏银绢以百万计,此皆吾东南赤子膏血也!吾等兄弟无奈,只好落草为寇,然官不知民苦,反倒派兵围剿,故而在此起事,建立如此不朽之功。此功为众兄弟之功,岂能吾一人独占。众兄弟力劝顺天意,安民心,要吾登了皇位,实则置吾于不仁不义之地。故而继承皇位之事莫要再提!"说罢,出行宫,众百官闻之,愈加敬重。不言。

话说圣公之意难测,只有宝光如来法师知晓。不日,方十三武场检阅将士,其子方天定、众大员跟随。忽一时,下人来报:"宝光如来大法师求见。"方十三准见,下人随即引宝光如来大法师前来拜见,圣公赐座,道:"昨日来报,王寅所部攻入杭州,杀死两浙路制置使陈建、廉访使赵约,知州赵霆逃走。军民甚欢,掘了蔡京父祖坟墓,曝晒其骨。法师以为如何?"邓元觉听罢,双十合一,道:"阿弥陀佛!"

方十三道:"宋廷岂能偏安,不日定率大军前来讨伐,梁山众义士又受了招安,封官许愿,吾军中将士议论纷纷,军心不稳!"邓元觉道:"圣公何不效仿之?"方十三道:"自古忠义两难全,若能为忠,善莫大焉。只是宋庭诏安是假,离散是真。梁山众义士奉旨抗北,只不过是宋庭借人之兵,以绝后患!"邓元觉笑道:"圣公心如明镜,想必心中早有了打算。"方十三道:"浙南有一显神之地,名曰礼贤,自古就是兵家必争之地,吾意已决,着郑钧南下衢州,攻克礼贤,以此建都,与宋分庭抗礼。"邓元觉听罢,起身叩拜,道:"圣公英明。"

二人正说间,三百里急报。方十三念毕,顷刻间哑口无言,面如土色,悲愁垂涕,邓元觉正要询问其故,只见方十三口喷鲜血,顷刻倒地。众人立即扶至卧榻,大夫把脉问诊。

片刻,大夫回禀:"请各位大人放心,圣公只是一时性急,血气攻心,调养几日便可痊愈。"众人听罢,皆叹有惊无险。方天定泣不成声,道:"父王为何今日如此伤心,险些害了身体。"邓元觉道:"方才三百里加急,算此行程,应是黟县一带,想必军情危急。是何详情还须圣公醒来,方能知晓。"方天定道:"来人,呈上急报!"邓元觉见状,即可劝阻,道:"公子不可!"方天定道:"有何不可?急报虽系父王基业,可身为其子,不能为父分忧,何以为子?"邓元觉道:"公子既为圣公之子,更应遵从法度,此等急报,未经圣公应允,任何人不得窃视。"话未言毕,只见圣公醒来,怒道:"无妨,只管看去。"

众人见圣公龙颜应现,跪倒在地,无不叩拜。方十三道:"郑钧三百里急报,宋庭命边关守将韩世忠,亲率十二万大军讨伐,现已兵临芹城白沙关。按急报所属日期,应是前日发出,如此算来,想必韩世忠已经拿下白沙关,以逸待劳。"方天定听罢,炸开了锅去,怒道:"父王,容吾亲率大军讨伐韩世忠。"方十三大怒,切齿大骂道:"你知韩世忠是何人?"方天定硬是被吓得魂不附体,支支吾吾道:"是何鸟人?"方十三道:"昔日在东京,韩世忠曾救为父一命,为父与那韩世忠、江甫意气相投,结为异姓兄弟,算来还是你伯伯哩!"方天定道:"既是如此,父王可写一封家书,恳求韩世忠退出白沙关,不要与父王为敌。"方十三道:"军国大事,岂是儿戏? 黄口小儿,莫要大言!"

邓元觉见方十三一筹莫展,道:"此事恐从长计议。"方十三道:"法师有何妙计?"邓元觉道:"解铃还须系铃人。"方十三道:"法师高明。"遂命各路大军固守城寨,所得财物依份分发将士,分毫不多,分毫不少,令郑钧自黟县率军南下,自领亲兵,奔赴白沙关,邓元觉同往。不言。

乱世当道,如今虽说义气兄弟,到底有个散场。这边郑钧驱兵大进,大军分三路屯于岭南、婺源、马金。那边韩世忠据守白沙关,设伏兵于白石界、苏庄、张湾、引浆。

翌日,方十三领亲兵至白沙关下,忽见一兵士骑马前来。话说这方天定护父有责,上前拦住,道:"来者何人?"那兵士行拜,道:"报禀圣公,吾家将军烦请圣公移步董家坞,将军于此相迎。"方十三道:"你且引路,吾等随你去赴会。"方天定道:"恳请父王三思。韩世忠料吾等孤军深入,亲兵不足百号人,此番引父王赴会,定是途中埋伏,或调虎离山。"方十三道:"两军相交,不免诡计。只吾兄弟三人情逾骨肉,且韩世忠乃一介君子,焉能诈吾? 即便索吾命,亦是抵命罢了!"遂率众兵士驱马前进。

话说董家坞有一亭,名曰望风亭,嵌在山尖处。只见韩世忠正坐亭内,备酒等候。侍从引方十三、邓元觉、方天定入亭就座。二人相见,热泪纵横。须臾,纷纷引坐,韩世忠示意众侍从退下,蘸酒不语。方十三见状,亦是嗟叹不语。韩世忠道:"贤弟近来可好?"道:"哥哥挂念,一切都好!"说毕,二人举杯共饮。饮毕,方十三道:"韩兄近来可好?"韩世忠道:"贤弟挂念,一切都好。另有一事,不知贤弟知否?"方十三道:"何事?"韩世忠道:"二弟大魁天下,领礼贤县丞,不日到任。"方十三沉思良久,道:"江兄不易,前路艰辛!"韩世忠起身道:"军务在身,不便久留,贤弟保重!"方十三道:"韩兄保重!"二人遂就此告别,各自回营,此等赴会,虽说嘘寒问暖一番,着实忠义难全,心底无奈。

方十三回营,郑钧来请。方十三道:"韩世忠多少人马?"郑钧道:"据细报,城里驻军五千,战马两千,悉数甘南带来。另有白石界、苏庄、张湾、引浆伏兵千余人。"方十三道:"吾军布置如何?"郑钧道:"吾军共计四万,分别驻在岭南、婺源、马金,由厉天佑、吴值、赵毅各自领兵,就等圣公军令。"方十三道:"如若攻城,胜算几何?"郑钧道:"如若攻城,分三路军马,一路点兵一万,开赴白石界、苏庄、张湾、引浆,拔掉据点,二路点兵两万,直面攻城,三路点兵一万,以备后援。"方十三听罢,未下军令,道一声:"晓得哩!"遂命众将士退出营帐,独留方天定、邓元觉。

邓元觉见方十三举棋不定,道:"郑元帅乃千古未有一遇之将才,排兵布阵更是稳操胜券,圣公疑虑难断,是何缘故?"方十三道:"以四万敌一万,此战吾军必胜,韩兄必败。"邓元觉道:"圣公之意,放韩将军一生路?"方十三道:"即便是吾等攻城之后,放其归去,只怕天子受人挑唆,咎其领军不力之责,恐性命难保矣!"邓元觉道:"贫僧有一拙计,不知可否?"方天定见邓元觉隐晦不明,甚是着急,道:"法师,父王如今陷于忠义两难之地,你就别卖弄关子了哩!"

方十三道:"休得无礼。"邓元觉作揖行礼,道:"圣公,两军交战,定有损亡,必伤和气,唯有止戈休武才是上上之策。"方十三一听,满腹狐疑,道:"两军对峙白沙关,如何止戈休武?"邓元觉道:"吾军于北直逼杭州,宋庭着兵二十万,封朱勔为征讨大将军。此人无领军之本领,安定之能耐。若此时吾驻北将士发起佯攻,朱勔必惊慌失措,报于宋庭,告知吾等大军压境,杭州乃江南重镇,宋庭必不会坐视不管。"话未言毕,方天定急着跟话,道:"那时,宋庭必派雄兵虎将前来助阵,而北边战事吃紧,唯有韩将军就近领兵。定下旨调韩将军合兵北上,如此,吾等两军无须交战,也算父王还了一份恩情。"方十三笑道:"妙哉!妙哉!吾儿有长进,但且说来法师用的是甚计谋?"方天定道:"两军并未交战,不算声东击西,合计是个围魏救赵!"方十三道:"如此,可保忠义两全。"遂命郑钧合兵婺源,让出北上之要道。着方天定领兵两千,绕道至杨林镇,烧毁宋军粮草。料定韩世忠北上必经黟县、天目山,下令沿途军民不得与之战,着邓元觉沿路备办粮草,以供其需。各路依计行事,不言。

约莫数日,方天定率军经新岗山、李宅至板大,话说这板大与杨林镇相距不过五里,大山相隔,各处僻静,易于屯兵存粮。方天定领亲兵至黄花岗岭,望东而去,细探来报:"兵马钱粮俱在!"方天定大悦,道:"多少人马?"细探报:"约八百人马,领兵将领唤作小霸虎杨科,乃韩世忠帐下副将,此人英勇善战,不可小觑!"方天定听罢,心想:父王临行叮咛,不可滥杀,如今小霸王杨科守仓,戒备定是森严,如若强攻,必定伤亡惨重。思来想去,只好智取。遂着令回营,再商良计。

话分两边说,这边方天定回营,令各部将领军中帐议事,有王绩、薛斗南、冷恭、张俭、元兴、姚义众将。方天定道:"各位将军,此战如何取胜?"王绩道:"杨林镇四面环山,东面仅有一个谷口,末将以为,宜火攻!"薛斗南道:"待火攻之时,弓箭齐发,敌军必然阵脚错乱,无反击之力。"冷恭道:"杨科乃韩世忠帐下虎将,若能将其斩首,吾军定能军威大增,所向披靡。只是火攻之时,其定然殊死一搏,从路口处逃生,故火攻之时,应派重兵截断谷口,以逸待劳!"方天定:"众将先去安排。"遂散了去。又唤张俭、元兴、姚义三将重回帐中议事,道:"父王临行之时,嘱咐于吾,若两军交战,务必保全杨科性命,不得伤害。"三将听罢,茫然无措。方天定道:"众将有所不知,昔日那杨科曾是父王救命恩人,今战场相峙,实属迫不得已。今攻其粮草,乃是尽忠,保全其性命,乃是至义。"张俭道:"将军,若如放杨科走,只怕众将不服,军中生乱。"

方天定道:"张俭、元兴、姚义三将,圣公昔日待尔等如何?"三将哪经得起这般打问,个个半膝叩拜,道:"圣公待吾等恩重如山!"方天定道:"何以为报?"三将皆言:"以死相报!"方天定见三将决心毅然,便急身上前,谆谆嘱托一般,不言。

翌日,方天定召集三军帐下听令,命王绩备办火药于山尖处,分南、北、西三面。命薛斗南领弓箭手藏身于山坳之处,待火攻之时,万箭齐发。命冷恭领军埋伏于池淮,堵却谷口。

那边杨科坐于帐中,心生疑虑,副将娄鹤问道:"将军为何闷声不乐?"杨科道:"韩将军素来仁厚,今下白沙关,可谓爱民如子。只是敌军将至,兵力悬殊,只怕撑不得几时。"娄鹤道:"将军何忧?吾乃王者之师,行义军若是胆敢犯吾,定叫他有去无回。"正议时,军中急报:"敌军来犯!"杨科急道:"从何而来?"兵士道:"只见三面火石滚下,火箭四射。"杨科道:"距粮仓几步?"兵士道:"三百步!"杨科道:"弓箭射程最多可达百步,如今仅差二百步。"遂传令,所有将士佯装溃逃,退至东面。

却说宋军溃逃,方天定甚悦,道:"敌军不堪一击,为今之计,需全速进军,免得敌军烧了粮草。"遂令三军冲下山去,包围粮仓。不时,只见东面宋军围攻上来,火箭齐发,均往粮仓射去。原是杨科料定行义军定袭宋军粮草,故将火油浇于稻米。一时,粮仓都着火了,乱乱杂杂,火势冲天,行义军十伤八九,伤者无数。方天定见状,痛哭失声,道:"奸计!奸计!这等贼子是要烧死吾,亏得吾还藏兵救他哩!"遂令残兵退至山顶。须臾,行义军奔波于山腰之时,宋军又引兵追来,火箭齐发而来,山腰竟早已埋下地雷,只见地雷一齐突出,轰声连片,山野尽成火场。行义军仓皇而逃,落荒乱窜,你吾不相顾。

却说杨科见行义军溃逃,遂令将士退出杨林镇,直奔池淮而去,又见冷恭领兵在此设防,故整饬三军,拼死相斗。正斗间,只见张俭、元兴、姚义三将赶至,竟投于宋军,背后偷袭冷恭所部,致冷恭所部兵败溃逃,冷恭趁势逃脱了去,直奔张湾而去。

方天定率残部逃至一山尖处,见杨科出了池淮,痛心疾首,便一病不起,死声咆气道:"吾欲忠义两全,此一战,将士冒死血战,却死于非命,乃吾之不忠。父王系重任于吾,如今功亏一篑,乃吾之不孝。众将士随吾出生入死,今日葬于吾手,乃吾之不仁不义。何以颜面,苟延残喘!"众将士无不抱头痛哭。真是:

**劝君莫言生与死,自古忠义两难全。**

约莫个把时辰,冷恭率部与方天定汇合,其部拼死逃生,不足百余人,伤亡过半。众将士战战兢兢、惴惴不安。正一时,张俭、元兴、姚义三将领兵归来,冷恭未及方天定召见,便与其起了冲突。可谓:人情若比初相识,到底终无怨恨心。

方天定闻声,急趋而去,追问其故。见众将士心中不平,沉思良久,当即命人绑了张俭、元兴、姚义三将,道:"尔等不服军令,私下叛变,有何话说?"张俭、元兴、姚义三将本是忠诚之人,知得其意,遂道:"末将无话可说。"方天定道:"果真无话可说。"三将斩钉截铁道:"无话可说。"方天定心想:此三将忠于吾令,本无过,却受了这等杀头的冤屈。又见众将士怨入骨髓,不杀不足以定军心,故难宽恕。腹中虽如此踌躇,却是说不出的话。遂令兵士端来清酒,呻吟道:"尔等追随圣公多年,忠肝义胆,可谓是甲马丛中立命,刀枪队里为家。今日受奸人所害,忠义难断。喝此清酒,黄泉路上,一路走好!"三将听罢,皆铭感五内,何谈荣辱,一饮皆干。又自愿请死,斩首示众。

方天定见大势已去,欲领兵奔回大营,行至一处,辨不得方位,问及众将士,众将士更不知,只好往高处寻去。不一时,行至一山尖处,众人见一洞府,洞壁刻一小篆,名曰麟游洞,洞内奇光异闪,众将士不得其解,纷纷点了火把,行至洞内,听得泉水叮咚,丝丝凉意,不觉异样。方天定道:"此洞甚是奇怪。"左右问道:"怪在何处?"方天定道:"凡洞穴之类,皆处于山谷深处,此洞府居山尖之上,且有流水,这流水从何而来,莫不是天河之水?"左右听罢,颇感有理,纷纷议论,皆言乃仙人之洞,理当敬畏。

众将士径直往里走,火光照去,竟有一条小径下行,乃凿壁而成,宽仅三尺之多,一人可行。方天定自小生得清秀,更资性聪明。着人取出一根绳索，似打结，依次捆绑，沿壁而下，如此，若有一人不慎跌入，众人可救之。这话略过不提。

约莫半个时辰，石阶行尽，见平地处，黑不着际。须臾，只听得呜呜声，仔细听去，却辨不得何处传来，众将士无不心神慌张。方天定道："此地妖气甚重，不宜久留，速速离去。"众将士得令，纷纷退去。

忽一时，只听得石壁崩塌，石阶坠落，众将士一时难以回神，爬得高的，都摔死了。方天定见状，暴怒，道："何处妖孽？"说毕，又听见呜呜声，甚是凄凉，如冰块凉透心窝。须臾，只见四周有个鬼影来回晃动，方天定抓过一个火把，对准扔了过去，却打不着。又着弓箭手射箭过去，仍射不着半根毛。为保众将士周全，方天定命众将士围成一圈，静坐不语。

不时，只见一鬼影轻步走近，见其青脸獠牙，暴睛圆眼，好似飞天夜叉模样。此鬼唤作白食鬼，乃饿死之人所化，因其素性不念恩情，故魂魄难回六道，日不敢面世，夜不能行凶，唯独躲在极幽暗之处，才可保身。

话说这千军万马不惧，只是见鬼倒是第一次。众将士无不毛骨悚然，坐地哆嗦，皆恐其贴近身来。方天定问及左右如何是好。左曰："将军，鬼魂多怕童子尿，何不撒上一泡，叫它吃饱？"方天定听罢，将信将疑，遂令将士之中，凡是童子之身的，皆卸下头盔，尿在盔中，继而抛洒出去。只见那鬼影子即刻停了呜声，一动不动，众将士皆言妙哉。

正高兴时，那鬼影子不知抽了什么筋，又狂躁一番，众将士急忙提了裤子，抱成一团，不敢转脑袋，只能两眼斜瞪着。方天定问及左右如何是好。右曰："鬼属阴，人属阳，可喷其金津玉液，将其制住。"众将士无他计，只好照做，对准了鬼脸喷去。只见那白食鬼抓了一把往嘴里溜着，好不恶心。

众将士也是无可奈何，只好认命，个个哀泣不止。须臾，那白食鬼乱舞一般，正要享用，只听得见外来一声雷，白食鬼一溜地掩耳跑了。原是那雷乃阴阳合之物，万物幽灵惧怕。

却说众将士起身，着了火，难辨出处，往前寻去。须臾，只见前有一石门，门刻六字真言，分别是唵、嘛、呢、叭、咪、吽。方天定上前，字字吐来，那石门自开了去。众将士紧挨着走了进去，只见偌大个世界，高山流水，佛塑金身，万光普照，众将士无不瞠目结舌。方天定道："这石门之上有些爪印，定是这白食鬼原想推开此门。不想开此门须有暗语，便是唵嘛呢叭咪吽。此六字乃观世音菩萨心咒，微妙本心，世间妖魔鬼怪皆惧怕，哪敢再念之。即便如此，莫不是法力高深的魑魅魍魉，见如此佛光，亦是灰飞烟灭。"

话说这佛乃天冠弥勒菩萨，众将士虔心膜拜，无不畏惧。须臾，站起身来，瞧见佛肚处有金物，闪闪发光。方天定施施而行，见那金物好似文牒，刻有三字，曰：天符牒。方天定遂将其拿至手中，问道："何人可知这是甚物？"有一兵士道："将军，天符牒相传乃鸿钧老祖之物，此物系载天地，分定三清。具此者，可降天下妖魔鬼神，故而三教之人，无不喜欢。"方天定笑道："此物果真如此神奇，吾看他不过是一片金子罢了，当不得几个钱，还不够吾等兄弟三日酒钱哩。"众将士听罢，皆欢笑不止。

都说这方天定生来聪慧，便持着天符牒走了回来，道："恶鬼，天符牒在此，若不现身，定将你挫骨扬灰。"须臾，那白食鬼果真屁颠跑来，见天符牒，怂怂睚睚。方天定道："你是何妖魔？"白食鬼道："吾原是凡间饿死之人，唤作白食鬼！"

方天定道："你可知这出去的路？"白食鬼道："此道无路！"方天定一听，怒道："来都有路，那去没有路的，为何诓吾？"说罢，举起天符牒，着实吓得白食鬼瘫倒在地，道："佛爷爷饶命！佛爷爷只要将拿天符牒放置胸口，默念六字真言，那天符牒便与佛爷爷融于一体，自然看得这出去之路。只是佛爷爷要受那挫骨削皮之痛。"

白食鬼说完，便要溜走，方天定道："哪里去？"白食鬼道："小鬼哪见得了这金光万丈。"说罢，灰溜溜地跑了，躲得无影无踪。方天定将天符牒按在胸口，正要念那六字真言，左右见白食鬼心不诚实，鬼话连篇，皆劝阻一番。好在方天定决心已定。众将士便不好劝慰，只好跪拜。不言。

理说这六字真言,意寓诸佛无尽之加持慈悲,为十方诸佛所赞叹。念之,三世业障悉得清净,了脱生死,究竟成就,且能断无明,开智慧,消灾延寿,增富救贫,救百千苦难,摧灭贪嗔痴,闭塞轮回路,历代眷属俱得超生,腹肠诸虫亦得正果,又具无量三昧法门,日日得具足六波罗蜜功德,遂一切金刚护法天龙八部无不欢喜拥护。

金光闪现,犹入阿鼻地狱,九曲回肠,苦难深重。须臾,只见幽暗中辟开通道,众将士无不欢喜,方天定着令众将士退出洞穴,自身压后。白食鬼见状,装了像,哀求道:"佛爷爷可否造吾重生?"方天定道:"如何造你重生?"白食鬼道:"佛爷爷有所不知,你与天符牒浑然一体,便有了无比的法力。只需将佛掌置在吾头颅上,默念六字真言,吾便可脱去鬼魂,有了真身。"方天定心想:这鬼素性贪吃,不念回报。今日若是救他出去,哪日与他不合,翻脸不认人,出去祸祸去可如何是好?便道:"吾虽有法力,但不知如何应用。今日救你,倘若你有负于吾,又如何治得了你?"白食鬼道:"佛爷爷笑话了去,这天符牒在身,只要心念谁栽,谁还能直?"方天定一想,所言不差,遂照其所说,施法一番,果真应验了去。方天定甚悦,道:"今日多亏有吾,不然这昏天暗地何时是个头?你且追随吾,助父王征讨天下,成万世基业。可好?"话未言毕,只见白食鬼手舞足蹈,道:"甚好!甚好!"二人便随道出了洞穴,直奔白沙关去,不言。

却说杨科领兵出了池淮,过了张湾,张湾本有伏兵,遂将两军合为一处,直奔白沙关。韩世忠得知粮草尽毁,痛不能言,道:"杨科无过,只怪兵力悬殊,防不胜防。"遂令三军齐集,弃城北上。不承想尽在方十三统筹之内,一切顺利,过了黟县,直奔杭州,与朱勔汇合。不言。

欲知结果如何,请看下回分解。

# 第三十回　六彩温泉鸳鸯浴　天山洞揭天山印

话说伪善魔见众仙大战清风谷,见乱而逃,躲在那幽暗处。须臾,又见紫薇童子扯断了那藤索,掉落深渊之中,心想:该是何等怨恨,这般绝情。若能施恩于她,他日定有用处。遂搭了把手,于山谷深渊处将其救下。不言。

伪善魔背着紫薇童子至一山谷处,好生安顿。过了个把时辰,紫薇童子有些清醒,一见伪善魔,心中便来恨。遂欲念来金刚圈,只因摔入谷中,多有损伤,元气难聚,施不了法力,只好咬牙切齿,怒火心底烧。伪善魔见状,甚是兴奋,跳至空地处,哈笑一番,道:"仙子可是要你那金刚圈。"说罢,从裤腰带扯了出来,来回晃荡,道:"金刚圈在此。"紫薇童子怒道:"你这臭皮囊,还吾金刚圈。莫等吾前来讨要,不然定将你生剥了去。"伪善魔笑道:"仙子清风谷一绝,可谓惊天地泣鬼神,如此痴情,好似孟姜女,宛如白素贞。只可惜一个死在幽州北,一个锁于雷峰塔。仙子如此有情,可那情郎却无义。今日吾且救你一命,仙子不思报恩,却要吾命,敢问仙子,你吾前世无仇,今生更无怨,何来如此不平?"

紫薇童子听罢,冷笑一番,道:"吾是仙,你是妖,本是水火不相容,宿敌无商量。你说岂能共生?"伪善魔道:"仙子此等一番话,只怕是自欺欺人。"紫薇童子道:"怎个自欺欺人?"伪善魔道:"仙子虽说位列仙班,享无限之极乐,却不能心存思念,存续姻缘。今逢薄情之郎,清风谷一绝,想必定是万念俱灰。吾等虽是山中妖魔,福祸不定,生死难测,倒也活得真潇洒。仙子何不与吾一起,清闲山中,享福人间?"说罢,蹦跳出去。

都说月老定姻缘,红绳牵三生,慈眉一点,有情人终成眷属,却不知乱搭一线,今生前世皆造孽! 紫薇童子见伪善魔离去,独留洞中,倒也清静,一边运功疗伤,一边心乱如麻。想来原被师父点化鹿,本可在那碓边山逍遥自在,无拘无束。只因师兄仁德厚道,关爱有加,遂心生念想,情定长久。无奈愿不随人,天意不测。既是天意,何不就此作罢!不如归隐山中,潜心修道。

不时,那伪善魔自去山中摘些果实充饥,回来时兜里塞了几个。见紫薇童子身形娇弱,便将野果子粗洗一番,送了过去。紫薇童子本不予理睬,无奈饥渴难耐,见伪善魔无恶意,也就随便吃些。正吃时,天色渐暗,微风渐起。伪善魔见紫薇童子气色不佳,心生一丝善念,便为其运功疗伤。

翌日,太阳初升,鸡鸣山谷。紫薇童子气色稍佳,睁开双眸,见伪善魔侧卧一旁,累心休憩,紫薇童子见此恶魔,心想如此恶贯满盈,倒不如一掌结果了他,再点个火烧尽了就好。遂举手过头,又忽然间心生念头:这魔虽作恶多端、两面三刀,却实心对吾,若就此了结了他,岂不是忘恩负义?正犹豫难断,那伪善魔渐醒过来,未见其异样差色,嘴角带笑,道:"仙子伤势如何?"紫薇童子见伪善魔已醒,只好作罢,不予理睬。欲起身离去,却四肢乏力,难以支撑。伪善魔好心搀扶,不足十步,已是气尽力竭。

伪善魔道:"仙子今日去向何处?"紫薇童子道:"本仙子去哪里岂会告知于你?"伪善魔笑道:"小生自是无福知晓,只是仙子伤势未愈,恐难远行。你吾虽说仙魔不是一家,倒也是有缘落难于此,也算是缘分。"紫薇童子道:"即便是因缘而聚,也顶多是个孽缘。"伪善魔道:"是善是孽,皆是天意。小生以为,若能协助仙子恢复法力,重振雄风,便是善缘;枉顾仙子一片痴情,决然不理者,此乃孽缘。"

紫薇童子听罢,念起往事,心生怒气,却想这厮之言颇有道理,如今深陷老山丛林,难见天日,又法力尽失,别说降妖除魔,即便是山中野兽,也是抵挡不过。这魔虽恶,却处处护佑,何不许个良愿,协助出山。遂道:"若能助吾出山,吾定在恩师面前许你恩惠,教你修道。"伪善魔听罢,甚是激动,道:"仙子再造之恩,小生没齿难忘。"

且说这魔真情假意不得而知,只是甚勤快。那山尖壁峭处摘灵芝仙草,这岭谷石涧里挑玉水金液,日夜相伴,不离左右。过了数日,那紫薇童子渐趋康复,能行走自如,便招来伪善魔。那伪善魔自然不敢怠慢,跟前跪听。紫薇童子道:"这些日来,多有你细心照顾,身体已无大碍。明日出山,前往天界,找寻恩师,还愿于你。如何?"伪善魔听罢,自然欣喜,叩拜谢恩。紫薇童子道:"自来山中,终日疗伤,此番模样,没了打扮,即便去了天界,见了恩师,也是无颜以对,怕恩师笑话。你且为吾找寻温泉,待吾沐浴更衣一番,好做打扮,再行出发。"那伪善魔答应了去,便在山中找寻。不时,只见一处,果真有一温泉,此泉有六色,乃紫、棕、黄、白、茶、绿,乃天地奇观,世间鲜有。

都说温乡易淫。那伪善魔想那紫薇童子年轻貌美,冰肌玉骨,若能在此共浴鸳鸯,岂不艳事一桩。又想这紫薇童子虽仙姿映丽,却性情暴躁。若有不得,岂不是坏了大事哩。思来想去,心生一计,且在那温泉中做了把戏,便回去答复。

紫薇童子听得有一六彩温泉,自然喜悦不已,便跟随前来,果真不假。伪善魔道:"仙子有所不知,这温泉自古有活血通络,祛风除湿之效。今日这六彩温泉实属罕见,唯有仙子可沐浴之。"紫薇童子听罢,欣喜一番,道:"你且退避百尺之外,替吾把风。若敢进半步,吾定挖了你的眼珠子,教你求生不得,求死不能。"那伪善魔故作不敢,急速奔走。不言。

话说这六彩温泉似那天河弱水,轻柔如丝,宛如乳汁。紫薇童子自然沉浸,沐浴一番。须臾,忽感睡意浓浓,眉眼难支,又心窝荡漾,妩媚妖娆。伪善魔早已窥探许久,见良机到矣,便化作一美男子,跳入池中,这番:

这琼浆,那玉液,惹人心扉。沐浴了随风往事,了却了爱恨纠缠。

这孤男,那寡女,自然生情。将就了你情吾意,却定了今世尊缘。

从来情者性之动也。性发为情,情由于性,而性实具于心者也。都是梦中人,却有梦醒时。紫薇童子见伪善魔赤身裸躺在侧,炸开了锅去。那伪善魔见紫薇童子暴跳如雷,也跟着跳了起来,装作不知何故,跪求道:"仙子饶命,仙子饶命!"紫薇童子抽泣道:"你这魔果真是无恶不作,如今欺负吾身,教吾败节损名,如何苟活?"说罢,唤了金刚圈,一圈扣在伪善魔头上,那伪善魔挣扎在地,果真是求生不得,求死不能,百般哀求,假意撇清,道:"仙子错怪小生也!方才仙子指示,吾在百步之外,一心留守,绝无欺负之意。须臾,仙子唤吾前来,将吾拉入水中,与吾苟欢。吾欲不从,奈何仙子真情所至,这才玷污了仙子。望仙子饶命。"

都说恶人不要脸,竟是这般无耻!紫薇童子想来方才确实有失礼数,难不成真是主动所为?罢了!罢了!都已经失了身,败了节,多说无益。便解了金刚圈,抽身离去。那伪善魔急速跟去。紫薇童子回转身,道:"你若再进半步,吾要你死!"见伪善魔不敢再跟,又掩口飞奔离去。不言。

不日,紫薇童子便行至碓边山下,动了感伤之念,不觉滴下几滴泪来。忽时,又听得身后吱响,一时,竖目扬眉,忍耐不住。道:"莫要做那缩头乌龟,快出来受死。"那伪善魔见藏身尾随之事败露,只好现身,急忙献笑,道:"仙子莫要错怪,小生一路跟随,担心仙子路上有所不适,好上前服侍,别无他意。"紫薇童子听罢,一把揪住伪善魔的耳朵,道:"竟说些恶心的话,无事献殷勤,非奸即盗。你若再不走,休怪吾无情。"伪善魔见紫薇童子无杀意,便道:"吾与仙子虽说仙魔有别,却患难相知,那日机缘巧合,你吾情意如水,也算得一日夫妻。仙子本可将吾碎尸万段,却念吾可怜,饶吾狗命。如此大恩,若是不报。如何苟活?"

都说女人心软,怎经得起这般甜言蜜语。紫薇童子道:"吾曾许愿于你,教你修道,你却不真心,欺负吾身,做下坏事,吾本可绞杀了你,以解吾心头之恨。如今你虽罪孽深重,却也有情有义,寻机报恩,实属难得。且跟随吾一路上山去,看你造化。"遂二人径直往山上去,不言。

时至晌午,紫薇童子、伪善魔二人行至碓边山腰处,正要过那仙意桥,忽见二人桥前拦路。此二人乃寒武座下玄徒,乃樟树修炼所得,各持万花枪,左一个唤作天魁子,右一个唤作天罡子,天魁子上前问道:"来者何人?"紫薇童子上前作揖行礼,道:"师兄,师妹傅岚是也!"那二人仔细一瞧,果真是紫薇童子。二子甚是惊讶,天魁子道:"闻得师妹受师命,助那善德真人詹妙容得道,今日为何归来?"紫薇童子道:"此间诸事一言难尽,师妹今日归来,一来思念恩师,二来那詹妙容已然得道,吾便完成师命。"天罡子道:"既已功成,为何不见刘师弟?"紫薇童子道:"刘师兄心高志远,吾怎知晓他身在何处?"说罢,领着伪善魔上山去,二子意欲阻挠,紫薇童子道:"师兄,此人乃吾救命恩人,吾俩情投意合,特上山来,向师父讨个婚事,烦请师兄通融。"二子诧异,支支吾吾,不知如何是好,只好准许进山。

须臾,伪善魔见那二子退去,便急跟而来,笑道:"不知寒武大神座下多少弟子?本事如何?"紫薇童子道:"你问此作甚?"伪善魔道:"仙子有所不知,方才仙子说要在恩师前讨个吾俩的婚事,吾便心猿意马,想问个清楚,到时相见,免得失了礼数。"紫薇童子道:"如此戏言,你也当真。吾若不如此回复,恐你进不得山门来。吾那师兄好说的话放你出山,不好说的话,使出照妖的本事,叫你原形毕露。"伪善魔听罢,献笑唯诺一番,道:"今生得仙子再造,实数万幸,断不敢有非分之想,吾原是那山中小妖,不知仙界礼数,认识的,还好应付,不认识的,冲撞了都不知道哩!"紫薇童子一听,再看一眼那伪善魔,规矩了很多,便笑道:"家师乃东海神州寒武大帝,奉玉皇大帝旨意,搬下天界将混元魔压在此处,想来已有二百多年。家师座下有一百单八个徒弟,有三十六樟树子,七十二桂花仙。取三十六天罡、七十二地煞得名。"

却说这三十六樟树子,各自有:

天魁子 天罡子 天机子 天闲子 天勇子 天雄子 天猛子 天威子

天英子 天贵子 天富子 天满子 天孤子 天伤子 天玄子 天健子

天暗子 天佑子 天空子 天速子 天异子 天煞子 天微子 天究子

天退子 天寿子 天剑子 天平子 天罪子 天损子 天败子 天牢子

天慧子 天暴子 天哭子 天巧子

七十二桂花仙,各自有:

地魁仙 地煞仙 地勇仙 地杰仙 地雄仙 地威仙 地英仙 地奇仙

地猛仙 地文仙 地正仙 地辟仙 地阖仙 地强仙 地暗仙 地辅仙

地会仙 地佐仙 地佑仙 地灵仙 地兽仙 地微仙 地慧仙 地暴仙

地默仙 地猖仙 地狂仙 地飞仙 地走仙 地巧仙 地明仙 地进仙

地退仙 地满仙 地遂仙 地周仙 地隐仙 地异仙 地理仙 地俊仙

地乐仙 地捷仙 地速仙 地镇仙 地稽仙 地魔仙 地妖仙 地幽仙

地伏仙 地僻仙 地空仙 地孤仙 地全仙 地短仙 地角仙 地囚仙

地藏仙 地平仙 地损仙 地奴仙 地察仙 地恶仙 地魂仙 地数仙

地阴仙 地刑仙 地壮仙 地劣仙 地健仙 地贼仙 地戚仙 地狗仙

伪善魔道："既是如此,不知仙子位列何尊?"紫薇童子道："你这厮竟是笑话于吾,吾只是家师点化成的鹿罢了,哪敢与众师兄师姐相比!"伪善魔听罢,心里一阵酸凉,惊叹:这紫薇童子且这般厉害,若要是与众徒打起来,岂不是自寻死路?遂要问个清楚,道："不知这些高徒闲居何处?在哪修炼?"紫薇童子道："家师曾言,混元重生,人间定遭劫难,便派众徒下山,至于现居何处,就不知了。"伪善魔听得此言甚悦,便不多言。

须臾,二人行至寒武殿。只见传来神音,道："孽障!"传音之人便是寒武大神。紫薇童子扑地跪拜,哭泣喊道："师父,师父!"只见寒武大神尊坐于殿上,挥动衣袖,冰剑齐发,将伪善魔击倒在地,满口黑血。紫薇童子见状,上前求饶,道："师父高抬贵手。"寒武大神道："你可知他是何人?"紫薇童子道："弟子知得。"寒武大神道："自古仙魔不一家,为何今日将其带入师门?"紫薇童子道："师父有所不知,这厮虽作恶多端,但有心改过,于吾有救命之恩,更有夫妻之实,请师父网开一面,教化于他。"寒武大神道："凡恶心之鬼,终归成魔,魔乃天性,岂能改之?"紫薇童子道："师父,虽前路漫漫,徒儿愿往矣!"寒武大神见紫薇童子心坚意定,一片赤诚,道："也罢!教化他人便是教化己身。你若能教化此魔,也算善事。"遂唤来天魁、天罡二子将伪善魔、紫薇童子锁在地牢之内,冰寒极致。

常言道:在他矮檐下,怎敢不低头!伪善魔打坐暖身,却愈感冰寒，道："这地牢为何如此冰寒？"紫薇童子道："此牢唤作寒墨牢。乃采千年冰山之石筑成，坚硬无比，冰寒极致。"伪善魔道："吾本想潜心修道，无奈却要冻死在这哩！"紫薇童子道："若是能冻死，就不是冰寒极致哩！"伪善魔道："何出此言？"紫薇童子道："凡深处冰寒之人，无须半个时辰，便可中毒，唤作冰毒。"伪善魔道："毒性如何？"紫薇童子道："此毒传言不伤人命，却能刺人心，生不如死。"伪善魔听罢，甚是毛骨悚然，战战兢兢，心想紫薇童子乃寒武大神之徒，寒武大神断然不会加以伤害，若能依傍紫薇童子，或许能活命。遂假情假意道："仙子何须害怕，且看吾如何为你运功取暖。"说罢，运功用法，将暖气送于紫薇童子。

人非草木，孰能无情。紫薇童子见状，且不知是否真心，已是感动不已，泪流两行。忽然，只见那伪善魔就地倒下，狰狞不堪。紫薇童子见状，急忙将其抱入怀中，伪善魔还是疼痛难耐，紫薇童子道："冰毒攻心，只怕是一时好不了了。"须臾，只见那紫薇童子眼孔黯淡，吓得伪善魔面如土色，心惧念空。紫薇童子道："冰毒如刺，中者先全身抽搐，再双目失明，后精神错乱。"伪善魔泣道："可有良方？"紫薇童子思来想去，心生一法，便起身欲走。伪善魔哪肯依，纠缠住紫薇童子，问道："仙子意欲何为？"紫薇童子道："解铃还须系铃人，这冰毒之法乃家师所创，其定有解毒之法。"

正说间，只见天魁、天罡二子前来，见伪善魔倒地狰狞，笑道："祸福无门唯人自召，善恶之报如影随形。"紫薇童子听罢，一把扯住天魁、天罡二子，泣道："恳请师兄于家师面前求饶，赐解毒之方，留吾夫君之性命。"天魁子道："师妹糊涂，吾等仙辈以降妖除魔为己任，今日岂可助你救魔。"天罡子道："何为魔？那魔生性是魔，师妹鬼迷心窍，何尝不是魔哩！"天魁子道："师妹莫要执迷不悟，此时不回头，更待何时？"紫薇童子听罢，转身见那伪善魔已是呕心抽肠，形销骨立。心想："既是夫妻，便要一心，岂能弃其而去，做个始乱终弃的勾当？"道："师兄莫要相劝，师妹并非中魔，只是吾与夫君结下姻缘，自当相依为命，今日即便一死，也应生死相许。"那二子本是好心相劝，怎奈无果，只好拂袖而去。

伪善魔见天魁、天罡二子远去，心想：这仙子果真痴情一片，此时告知良方，必舍命求取。遂道："仙子可知，传言这天界山上有一印，唤作天山印。"紫薇童子道："岂有不知？"

话说寒武大神奉玉帝法旨，压混元魔于天界处已有二百多年，此间经唐、五代，时至宋，虽朝野更迭，天、地、人三界却也太平。只是这混元乃截教阴气所聚，凡世道混沌之时，愈加聚重。混元魔本可破界重生，无奈那天界处有一印，名曰：天山印。此印乃元始天尊封印魔窟之物，后授予寒武大神，将其供奉在天界处，以镇魔王。

正言间，紫薇童子心头一震，眉间一紧，果有良方，笑道："天山印可解此冰毒。可你吾深陷寒墨牢，如何出得去？"伪善魔道："方才天魁、天罡二子劝慰仙子，要你弃暗投明，仙子何不将计就计？"紫薇童子听罢，欣喜万分，道："妙哉！妙哉！"说罢，高声喊叫，唤来天魁、天罡二子，道："吾与这魔虽说是夫妻，却是他强暴于吾，这才拖吾下水。如今更是猫鼠相憎，狼羊一处。就此一别两宽，各生欢喜！"天魁、天罡二子听罢，喜形于色，激动不已，皆言："就好，就好！"说罢，去了法印，开了牢门，将紫薇童子放了出来。

话说紫薇童子直奔天界山而来，行至山底，见此山无草木，更无飞禽走兽，就是一个荒凉。正叹之时，传来话语，道："来者何人？"紫薇童子愣是呆住，答不上话来。那传话之人便是混元魔，压在天界山达两百多年，苦在天山印封住法力，不得动弹。今日见有人前来，自然欣喜万分。

紫薇童子只知天山印放置在天界山，至于何处却无从知晓，只好就此探问，道："尊上何人？"混元魔道："无名无姓尔！"紫薇童子道："莫不是混元魔尊？"混元魔道："姑娘果然聪明，今日到访，所为何事？"紫薇童子道："寻天山印一用。"混元魔道："天山印乃元始天尊之物，其威力无比，无上等法力之人，只怕利用不成，反受其害！"紫薇童子听罢，心生疑虑，道一声如何是好。混元魔道："姑娘取天山印所为何事？"紫薇童子道："救吾家夫君一命。"混元魔道："姑娘救夫心切，本尊愿为效劳。"

　　紫薇童子一时好不高兴,正要开口,又愧心复萌,想道:想吾仙界位列尊贵,自是看不起这魔族一辈,今日却有求于魔,如何开口? 如若不求,自然取不得天山印。思来想去,事已至此,只得老着脸,上前作揖道:"烦请魔尊相助。"混元魔自然甚欢,道:"天界山北面山脚处有一洞,唤作天山洞,洞中摆一香台,台上供奉元始天尊像,天山印便在神像身后。姑娘只需扯一黑布,盖神像之上,吾便助你取得天山印。"

　　紫薇童子依计行事,果真寻得天山洞,行至洞中,见元始天尊神像,作揖叩拜三下,说一通莫怪之言,便挑了黑布将元始天尊神像盖住。忽时,只见天色昏暗,日月无光,天地之间雷电交加,风雨袭虐。天界山更是地基开裂,山石崩塌。紫薇童子急忙行至神像身后,见天山印供奉在香盒之内,便伸手去取。果真如混元魔所言,天山印自是法力四射,紫薇童子取印不成,倒被击弹了出去。忽时,只见一阵黑风吹来,如同大衣,裹着天山印出了洞。紫薇童子见黑风卷走了天山印,便起身抽了黑布,追出洞外去,一时天地间又安静了下来。

　　这边黑风卷印而出,那边寒武大神与天魁、天罡二子正赶来。只见寒武大神心念口诀,四处起风,将黑风团住,那黑风原地打转,天魁、天罡二子便上前取印,正那时,只见天界山山崩地裂,犹如神斧一劈,两半对开。天魁、天罡二子立不住脚跟,纷纷倒在一旁。只见那山心眼处跑出一阵黑风,只见一人飘浮空中,便是那混元魔。

　　寒武大神见状,心嘘惊叹,道:"此乃天意!"遂唤来天魁、天罡二子,道:"混元出世,天下大难已至,尔等依计行事,不可耽误。"那天魁、天罡二子听罢,便化作一缕青烟,嵌入土中。寒武大神见二徒已去,又见混元魔直冲而来,便施展法力,大战了起来。

　　欲知结果如何,请看下回分解。

# 第三十一回　文曲星收幽冥虎　四曹君活捉众仙

话说公元前 306 年,越王无疆北上伐齐,固听信田姓说客的计谋,率领大军调头攻楚,不料中了埋伏,兵败身亡。后族弟争权,分崩离析。公元前 222 年,秦军降越,置会稽郡。鲁厉王得道,金身成仙。其有一坐骑,原是怀玉山脉的岭南虎。鲁厉王巡游时,将其收服,传其道行,配紫金袍、玉铃铛,唤作幽冥大王,圆头方面,金睛黄牙,声吼如雷,眼光如电,但行处,百兽心慌;若坐下,群魔寒战。此虎奉鲁厉王之命,修炼法术,守土护江,保一方风调雨顺,已有千年之久。

一日,幽冥大王率一众小妖巡游灵山江,此江横卧兰溪、龙游境地。下有小妖来报,对岸处来两人,一人金光熠闪,另一人妖气横天。幽冥大王木讷三分,道:"仙妖同伙,怎么的个套路?"遂自个儿急奔江岸欲探个明白,只见果真有二人渡江而来,吩咐小的道:"来者不明,须当谨慎。待吾前去瞧一瞧。"说罢,奔了起来,直冲江面。

此二人便是江甫、玄天子。话说方腊起义,江浙一带落入行义军之手,江甫自东京而来,途经富阳、临安、诸暨、婺州。二人为避战祸,隐姓埋名,不曾走官道,只穿穷山、爬峻岭,行至兰溪处,正要入龙游,无奈灵山江看似风平浪静,实则暗流涌动,两岸多是激流险滩。虽是文曲星下凡,但世道凄凉,无人可应,只好削木成筏,与玄天子一同渡江。

玄天子本是野参精,多系水润,故而时不时捞水擦拭身子。忽时,玄天子被拽进水中,无影无踪。江甫见状,栗栗危惧,其深知这世间无奇不有,今日行此,肉眼凡胎,识不得这道上的主,自然礼数不周,恐早已结下了祸根。再探水面,不见玄天子踪迹,又无水下功夫,只好快些划桨,仓皇逃去。须臾,便撑船至岸头,不料被围将上来的小妖们一顿捆了去。

是何水下之物,竟是这般猖狂?却说那玄天子被掳了去,绑在洞中。幽冥大王着小的看着,自个儿围坐高台,靠着把椅。见玄天子双眼睁开,想必是醒了,便行至跟前,道:"你是何人?"玄天子见是一水妖,高大威猛,定是有些本事,道:"大胆妖孽,你可知罪?"幽冥大王听罢,惊讶不已,道:"好大的口气,分明是只妖,竟学那神仙话语。今日你未经通报,不曾献礼,便擅闯灵山仙地,你是个妖,神气个甚?"玄天子道:"果真是狗眼看人低。你可知那舟筏所乘是何人?"幽冥大王道:"莫要狡辩,吾已吩咐下人,待那妖行至岸边处,便将其捆住,前来堂上论理。"玄天子道:"枉你做了这地的主,竟干个三流的勾当。要是比斗一番,还不知谁大谁小哩!"幽冥大王道:"常言道,水不流要臭,刀不磨要锈。吾且与你比画比画,教你输个心服口服,免得等下煮了你,一口闷气坏得肉紧绷,吃起来塞牙缝。"说罢,令小喽啰松绑,自个儿找个空地,摆开了阵势。玄天子见状,忍俊不禁一番,又笔直地站着,双手置后。故作阵势,实则手里早已握紧了金银穿骨针。

说时迟,那时快。幽冥大王挥拳过来,那拳如沙包大。玄天子腾空而跃,一招反客为主,直冲幽冥大王天灵盖,使出金银穿骨针刺了过去。幽冥大王扑了个空,抬头见玄天子压了下来,急忙侧身支开了去,这一回算是个平手。只见幽冥大王站稳了脚跟,心想:这妖身板子小,若是跟他比快,只怕占不了上风,何不以逸待劳。遂两脚八字开,扎开马步,两拳胸前比画。只见玄天子使出金银穿骨针,这针如剑,快如流星。幽冥大王见针直冲脑门来,弯腰急闪躲过。那针滑落过去,只挑破了脑皮,可谓有惊无险,这回算是下风。幽冥大王岂肯服输,只见其双目紧闭,默念法咒。忽时,脖颈多了一串金铃铛,又见幽冥大王使劲摇头,叮当作响。玄天子见状,笑道:"乖乖,羊痫风犯了,倒以为是个甚东西,不过是个犬儿。"正说间,忽感头晕目眩,使劲晃荡下脑袋,更辨不得东西南北。须臾,就感腿脚发麻,身子骨绵软不支。幽冥大王见状,挥使着就一拳头,便叫玄天子吃个饱,这一回算是漂亮了。

幽冥大王命人将玄天子捆将了去,唤了一众小喽啰,道:"饿净了肚皮再煮,免得脏了吾等肚子。"正说间,那玄天子化回了原形,乍一看,却是支千年的人参。幽冥大王怒道:"本以为可饱餐一顿,不承想是支人参。也罢,扔进酒罐子里去,补补身子,去去寒。"说罢,便使个法术,蹿出水面,朝岸上去了。

话说文曲星被生擒,醒来已是深陷幽洞之中,洞内黑黝黝一片,一时惶恐不安。忽时,灯火通明,只见一众前来,为首那人便是幽冥大王。只见一小喽啰指着文曲星,道:"大王,此人便是。"幽冥大王听罢,眉间一紧,心下一想:昨日此人金光熠闪,今日为何黯淡无光?莫不是使了妖法,今日将其收服,吓坏了胆子,威风不起来了。便顾盼自雄起来,撩起胡子,单手晃荡,行至跟前,道:"你这妖是何物,不在山中修炼,跑到人间来祸害,今日便结果了你,免得祸害人间。"遂着小喽啰递上一凶器,正要行凶,只见七个影子从天而降,吓得众小喽啰失魂落魄,这七人便是七元解厄星君,唤作天枢宫贪狼星君、天璇宫巨门星君、天玑宫禄存星君、天权宫文曲星君、玉衡宫廉贞星君、开阳宫武曲星君、摇光宫破军星君。只见天枢宫贪狼星君喝道:"大胆妖孽,此乃文曲星,新科状元是也,还不快快松绑。"幽冥大王见众仙列阵,无不吓破了胆子,如临深渊一般。急忙上前松了绑,只管跪着等死。

江甫见七星君前来搭救,不胜感激,上前作揖,行礼拜谢。只见天枢宫贪狼星君上前喝道:"文曲星、幽冥大王听旨。"二人岂敢不从,跟前听拜。天枢宫贪狼星君道:

"玉帝法旨,今世道混沌,混元重生。文曲星江甫乃千担佛转世,须助善德真人詹妙容,护佑三神珠脱胎为人,诚心辅佐三郎化山镇魔。幽冥大王原是鲁厉王座下神虎,今降妖除魔之路艰辛,少不了道路坎坷,命你为文曲星座下一骑,待大功告成,赐你金身,归列仙班。"

二人领旨,七星君回天庭复命。幽冥大王叩拜文曲星,道:"星君在上,今日不识星君真身,多有冒犯,还望恕罪。"江甫道:"虎兄多虑,你吾既受法旨,本就应同心同德,不必说此两家话。"正说间,那江甫虽说是千担佛转世,乃今世的文曲星,终归是凡夫俗子,两日未进食,早已饥肠辘辘，腹里打鼓，引来众小妖发笑。幽冥大王遂命小喽啰备好酒菜，一番款待，相谈甚欢，真可谓不打不相识。

二人酒足饭饱，正聊得甚欢。忽时，江甫惊跳起来，幽冥大王急忙服侍，问道："星君所为何事？"江甫道："与吾同来有一人，唤作玄天子，昨日捞水饮渴之时，不知水下何来的怪物，将他掳去。吾本想下水搭救，怎奈是个旱鸭子，又恐那妖一同将吾掳去，便心生一策，先行靠岸，再行良策，不料今日与虎兄误打误撞一番，竟忘了此事。"幽冥大王急忙道："坏了！坏了！"江甫道："虎兄所为何事？"幽冥大王哪敢隐瞒，将掳走玄天子一事细说了一遍。又急忙说道："那玄天子化为原形，吾叫小的们泡在酒罐子里，不知道醉没？"遂命人将酒罐子抬了上来，倾倒而出，玄天子果真化为原形。

话说这人参本是人精，虽属草木，却能直立行走。只见玄天子醉醺醺地跳了起来，将须根狠狠地直往幽冥大王脸上甩去，见幽冥大王不还手，又挺起身子，再给他一回。文曲星急忙劝阻，批点一番，道明原委，玄天子这才罢休。幽冥大王遣散众妖，一把火烧了洞府，同文曲星、玄天子一路出龙游进高坪，过石佃、翁源、里坞，至岭洋，宿于琚源寺。次日天明，吃些斋饭，便朝太阳山行去。

却说秋千君自逃脱了金刚圈，心魂未定，时而惊呆，只好上山逃难去了。这太阳山果真是仙山：

> 山岭巍巍如沧海，灵峰矗矗冲霄汉。
>
> 怪石堆砌显神威，苍松雪披尽仙性。
>
> 幽鸟声啼如娇语，奇花崖前异香浓。
>
> 涧水潺流软细绵，巅云就恋重重顾。

说来这妖本是泰山娘娘养的一只牲畜，本应在那岱岳寺好生参悟佛道，却心生尘缘，正当泰山娘娘闭关修佛之时，偷了仙丹，暗自服下，这才增了法力，变化成了人形，下山逍遥去了。此番归来，生怕被发觉，又惧怕山下仙子，只好潜身归来。

正行时，只听得峭壁崖深处，有一人呵斥，道："来者何人？"秋千君正眼细探，原是同门师哥，唤作春晓君，便稽首道："师哥莫要惊慌，乃师弟是也!"春晓君见是秋千君,咨嗟长叹,道:"师弟好生糊涂!"秋千君道:"师哥何出此言?"春晓君道:"你此次未经师尊应允,便无故下山,若是让师尊知道了,岂不要你没好果子吃。"秋千君见春晓君言之凿凿,想来师尊往日确实苛刻严厉,道:"师兄有所不知,并非故意下山,只因师尊待吾等恩重如山,无以回报,便寻思找寻奇珍异宝,赠予师尊,以谢光华普照,慈悲广度。"春晓君道:"此话甚是可笑,师尊乃天仙圣母碧霞元君转世,今为广元正德菩萨,富有宇宙,藏有未知,岂会看得上你等寻来的货色?"秋千君道:"师兄所言极是,下山之时,已是懊悔不已,欲要归来,不承想又遇妖怪缠身,只身难脱,这才狼狈。"春晓君道:"你自行下山,遭此劫难,该属活该。只是你有无报山门,哪里的妖这般无惧?"秋千君道:"师弟自愧师门,哪里还敢报出师门,原以为惹不起便躲开了去,不承想那妖孽见吾好欺负,一路追杀,这才一路颠簸,归来甚迟。"春晓君道:"你不遵师言,妄自背道,师尊自会降罪于你。若如你所言,果真有妖作乱,吾等自当匡扶正道,除妖去魔。"

秋千君一听,正中下怀,暗自欣喜,道:"那些妖怪好不凶恶,已追杀而来,如何是好?"春晓君听罢,思虑三分,道:"吾佛慈悲,理当降妖。只是此事甚大,须唤来二师弟、四师弟共商之。"遂抽出摇铃,往空一展,朝南方摇了两下,再朝北方摇了四下。再看,那南方来一者,唤作赤人君;北方来一者,唤作寒留君。正是春夏秋冬四曹君齐聚也!遂将妖孽作乱之事道了一遍。不表。

赤人君气冲牛斗,道:"贤弟莫忧,量这等妖怪无甚本事,只要吾这吼功一发,定叫他们魂飞天外,魄散九霄。"秋千君复前执手低言道:"二师兄,这般所言,弟感激不尽。"言毕,四君速奔而来。

四君如何飞奔而至不言,只言众仙一路奔来,多有疲劳,故而暂作歇息,围席而坐。金花仙子道:"传言喇嘛老者善能风水,又识阴阳,可占卦演数,今日吾等久寻妖孽未果,已是惆怅不已。即便是寻了妖孽,怕有神灵护佑,凶吉难测。若能为此行占上一卦,及时趋善避之,岂不善哉?"喇嘛老者笑道:"仙子所言,令老身惭愧难当,若是真来一卦，也算娱乐大家而已。"花姑子道："一路行来，多是发闷，若是占得一卦，讨得吉彩，岂不欢喜？"

喇嘛老者取出铜钱三枚，铺开卦单，手捏铜钱一晃，抛掷空中，任其掉落，还未正眼察看，那金花仙子急视，道："如何，如何？"善德真人道："阴阳之理，自有定数，岂能不准？先生只管据数推演即可。"喇嘛老者细看卦象，再三琢磨，喜上眉梢道："老身此卦为善德真人所占，以卦象所示，此为喜兆。"众仙听罢，不知喜从何来，张口结舌。金凤仙子道："魔王将世，大敌当前，如此却有喜兆，真是匪夷所思。"喇嘛老者道："依卦所言，善德真人将得三子。"

此言一出，众仙愕然不已，分明是修道访真的仙子，何来的姻缘，怎生的孩子？喇嘛老者道："先天神农、伏羲演成八卦，定人事之吉凶休咎，非吾捏造。老身只言玄妙一团理，不说寻常半句虚。"金花仙子道："你说是个准卦，吾等皆是不信。得子之卦太长远，你且卜个近卦，看是否应验了？"喇嘛老者听罢，遂再据数推演一遍。花姑子道："此卦如何？"喇嘛老者道："灾至难逃。"言未毕，只见风吹四起，分明是东方扶晓，赤日逐生，这一会儿却云遮半边天，黑气压来。

果真是四季曹君，正驾一祥云腾在空中，众仙抬头望去，果真是个个显精神。只见春晓君手持七音孔笛，此笛唤作姑苏凤鸣笛。笛声一作：

> 两岸青山雨飘雾，花褪残红绿春浓。
>
> 露垂枝叶留不住，飞鸟晨鸣幽深谷。

正值秋飒之季，恍变春天，又见赤人君，手拖七尺六寸的麻袋，此袋唤作七情六欲袋，袋口一松，一阵烈风吹来，天色骤变：

> 云尽日烈蝉声叫，双眸压低似午梦。
>
> 看尽山花正向日，低头已是泪如流。

桃花未开，春水未流，已是赤日炎炎，酷暑难当。那秋千君幸灾乐祸，笑道："众位哥哥，且看吾本事。"说罢，手拿大枫叶，此叶唤作金枝玉叶，见其微吹三两下，秋风不觉而至：

> 梧桐叶下老昏鸦，一声道来晚如秋。

> 寒风萧萧独自凉,夜雨偏打落草木。

不见雁南归,不逢菊花盛。寒留君手抓铜钹,此钹唤作草子钹,饰金黄飘丝带。分为两片,双击碰奏,已是改天换地:

> 夜半冰冻天地裂,崖壁几度梅花出。
> 层层茫雪复满山,沟涧无水百丈冰。

都说四季谓之一年,寒来暑往,皆有征兆。却不料,这四君何来的本事,竟能变化自如,出人意料。众仙虽说肉身成仙,无惧风雨。却不想这本是迷幻之术,四季如刀枪剑戟,不经意间,已是身受残害。须臾已是浑身酥软,神魂颠倒。四君见状,自然是威风凛凛,只见那赤人君念一声"收",众仙便进了袋中,常言道:牛角塞进门槛里,一时难脱也!四君不言,打道回去。

话说这太阳山自古只有一条路上山,此路唤作千层阶,意历尽千辛万苦,方可苦尽甘来。四君自山下来,一路大笑。秋千君道:"今日多亏三位师兄弟鼎力相助,助吾降妖。"三君回礼,道一声不言谢。春晓君道:"这等小妖,何足挂齿。只是三师弟私自下山,到师尊那里不好辩说。"赤人君道:"若是师尊怪罪下来,就说听闻山下妖孽作乱,祸害百姓,吾等为降妖,才下的山,如何?"四君皆言妙哉。寒留君道:"师尊神通广大,还是谨慎些好。"赤人君道:"师弟莫忧,只等上了山,张开这七情六欲袋,往金鼎炉中一倒,瞬间化作灰烬,再至寺中回禀师尊,师尊自然是无据可查,无事可究。"听此一言,四君自是无虑可忧,扬长而去。

其实不然,这话早已被听了去。只见那泰山娘娘自在那宝光寺中禅坐,念佛看经,果真是:清虚灵秀地,无尘佛家风。须臾,步阶之下来一小僧者,此僧唤作司晨子,专职啼晓,居菜刀峰。泰山娘娘道:"何事?"司晨子遂将四君如何降妖及设计诓骗一事道了一遍。泰山娘娘道:"孽障现在何处?"司晨子道:"正从山下走来。"泰山娘娘听罢,礼拜多陀阿伽陀佛,至香堂内,拔出一根香,交与司晨子,嘱咐几句。那司晨子领了香,径直朝着金鼎炉奔来,将香插于此中,便躲藏了起来。

不一时,只见四季曹君偷偷摸摸地行来,四处查看,不觉异样。赤人君便张开七情六欲袋,两手一抖,众仙果真掉进香炉中,道:"无须半炷香的工夫,定叫这群妖孽灰飞烟灭。"秋千君道:"师兄,这香炉是何来头,竟是这般厉害。"春晓君道:"师弟有所不知,相传姜子牙归国封神,命人铸鼎拜天,取天山稀铜,煅烧七七四十九天,炼化而成。后因周朝末年,诸侯争霸,礼道不存,故此鼎流落民间。好在娘娘点化,化作香炉,至今已有千年。如今已是吸收日月精华,练就丹心赤火。别说这幽灵鬼怪,只怕真是成道的神仙,都要往生超度哩!"

秋千君听此,其心方遂。道:"尔等妖孽,不在山中修性,作乱凡间,险些害吾性命,鬼知尔等做了甚恶事,又道貌岸然,妄称仙子,虽灭你魂魄,却不足以尽其辜。"说罢,伸长了脖子,睁大鹅眼珠子,想探个究竟。片刻之余,不见异样,甚是奇怪。再往里看,不知哪来一阵风,香灰随风飘起,秋千君吸了一口,顷刻间打了个喷嚏,沾了一头的香灰,乖乖,白天鹅成了黑水鸭哩!

就说这一脸土灰样,逗笑了司晨子。四君子见状,齐刷刷地过去,将司晨子一把拎住,扯到香炉边,道:"你这孽徒,这么不光明磊落,藏在暗处,意欲何为?"司晨子遇着恶人,莫敢谁何,只得应承:"小僧不敢。"秋千君:"吾等方才将一群妖孽投进炉中烧来,本来只需半炷香的工夫,就可令其挫骨扬灰。可今日不见异样,定是你使了奸计。你若从实招来,吾便不拿你是问,若是敢说个不字,吾等必在娘娘面前礼请佛法,惩戒于你。"司晨子道:"出家人不打诳语,小僧何来的法力?"赤人君道:"果真是卯日生的,克己克人。你且道来缘由,若是再生事端,定叫你打不了鸣!"司晨子顿足叹道:"四曹君有所不知,娘娘早已知晓今日之事。"话未言尽,赤人君、寒流君痴惑不已,道:"何时下的山?"秋千君一时眉锁春山,愁容难消,道:"这司晨子根源浅薄,妄为出家之人,竟在此离间吾等兄弟,定要拿他见娘娘,方能与吾明白。"司晨子道:"见了娘娘看你如何说?"寒流君道:"若是吾师兄没有下山一事,你当如何?"司晨子道:"倘若果真没有此事,吾可做牛做马,任秋千君差遣。"赤人君笑道:"见你如此猖狂,今日便去娘娘面前评个理,且论个真假,好叫你做牛做马也无怨无悔,免得传了出去,说吾等欺负了你。"司晨子道:"若是此事为真,该当如何?"

秋千君心虚难言,见春晓君一言不发,更是心如火烧,面已通红,支支吾吾道:"若如你所言,吾愿做牛做马于你,如何?"司晨子道:"君子一言,驷马难追!"说罢,前头领着路去了,四曹君跟其后,进了寺中,只见红光缭绕,紫雾纷飞。司晨子、四曹君依次拜见。

司晨子遂将事情原委说了一遍,泰山娘娘见秋千君躲躲闪闪,问道:"可有此事?"秋千君道:"娘娘莫要听信司晨子所言,小徒从未离山,有春晓君、赤人君、寒流君作证。"司晨子道:"此三人与你兄弟情真,如何做证?"秋千君道:"吾等兄弟情真不假,你说吾下山去,有何可证?"司晨子一时答不上话来,吵嚷起来,道:"就是下的山,好歹是个天神,竟是这般诓人!"四曹君跟着吵嚷起来,一时难休。

泰山娘娘自是听不下去,怒道:"休得在此喃喃讷讷地怨怅,絮絮聒聒地搬口。你这说谎孽障,你下山去作甚?"秋千君道:"娘娘明察,小徒不曾下山去。"泰山娘娘道:"佛道自古不犯,尔等本应秉教沙门,皈依善果。却不料犯了门规,害了真仙,他日若是玉帝问罪起来,该如何辩驳?"说罢急抽身出了寺门。

话说泰山娘娘行至炉前,施法解咒,这才将众仙救下。见众仙安然,娘娘合掌当胸,一一拜见,众仙回礼。泰山娘娘道:"门下弟子不懂规矩,险些伤了众仙子,众仙子莫怪!"善德真人道:"佛道本是一家,今日可谓是不打不相识,只是天灾将至,吾等无处可去。只好讨些不便,落个安身之处。"泰山娘娘听罢,忙命人打扫清房,点些斋食,请众仙凉亭落座,道:"混元乃截教阴气汇聚而生,不死不灭,寒武大神奉旨将其压在碓边山下已有数百年。如今世道不济,厄运将至,混元转世,乃是天数。"善德真人道:"既是不死不灭,魔难不除,如何是好?"泰山娘娘道:"混元魔乃阴气所聚,需寻至刚极阳之物予以降伏,方可破除魔难,拯救三界。"花姑子道:"莫不是金凤仙子腹中的三神珠?"泰山娘娘道:"正是!"善德真人道:"寒武大神赐吾等法器,命吾等寻得三神珠,以镇魔王。只是如何降妖除魔,不曾言及。"泰山娘娘道:"待魔王将至,定有降魔之道!"众仙不言,就此安下。

不日,正值四更之夜,众生万物皆在沉寂之中。忽见西方魔光冲来,司晨子见势不妙,本想喝声,奈何未到五更,鸣不出声来,万分着急,不知所措。须臾,只见一个黑影随风飘来,司晨子怒道:"你是何方妖怪,竟敢擅闯太阳山?"

那黑影怪化了原形,此怪便是白食鬼,自归降方天定,有天符牒护身,可行走日月。原是那方天定见礼贤城南北有山脉相护,地形易守难攻,便令白食鬼前来探路。白食鬼一路探来,竟闯进了这太阳山。只见其撩了一把口水,笑道:"吾乃忠义军帐下白食鬼,今日鬼爷爷在此,乳臭小儿,还不磕头行礼?"司晨子哪知这黑影怪只是先行官,只以为就这一妖怪,道:"倒以为是什么妖孽,原来是饿死的冤鬼。"白食鬼道:"饿死的冤鬼是不假,只怕抖一抖威风,让你魂无所依,魄无所倚。"说罢,白食鬼手持宝剑劈面砍来,司晨子让过,抽身逃进洞中,取了宝叉。白食鬼又一剑劈来,司晨子用叉架住,口称:"有惊无险!"怎奈这白食鬼平日多吃丧食,身猛体壮,司晨子招架不住,用叉将剑撇开了去,支身跳将出来,遂来回冲突,翻腾数转,剑叉交架,未及数回合,司晨子已是气喘吁吁,无力可支,怒道:"你这挨千刀万剐的,生你甚事,造了何孽,这般不依不饶的。"

司晨子沉思半晌,计上心来,见白食鬼洞外寻来,便喝住道:"吾是山中的精,你是饿死的鬼,你吾不相识,更无仇。今日你截杀于吾,想必是饿了,吾这山中无他,野果子甚多,你尽可拿去享用。"

白食鬼一听有果子,又是口水直流,按捺不住,满地捣鼓着,四周翻颠着。司晨子心想这鬼吃饱便可没事,见其吃相,像猪拱似的,傻傻嗤笑一番。片刻,那白食鬼吃得撑肠挂腹,司晨子料应无事,歇在山尖处。忽一时,那黑影怪冲上山头来,横头就是一剑,乖乖!白食鬼果真是名不虚传,毫无良心之说。

欲知结果如何,请看下回分解。

# 第三十二回　混元魔火烧天界　金鸡报晓太阳山

**天裂阳不足,地动阴有余。**

却说混元魔天界山重生,仙魔大战碓边山,可谓是:

一个是东海天神,一个是截教余孽。一个是奉天降魔,一个是逆天诛仙。看似手中无兵器,却是斗智又斗法。这边飞沙走石乾坤暗,那边播土扬尘日月愁。誓要斗个胜负,争个是非。

仙魔大战三百回合,紫薇童子更是看呆了眼,未曾见过如此仗势,见天山印悬浮空中,心下一想:不知自己是吃了迷魂药还是得了失心疯,竟闯下这般祸害,怎生奈何? 遂冲进阵中,欲取那天山印。混元魔见状,心下一狠,默念法咒,只见雷电一闪,紫薇童子随声倒下,面容失色,命悬一线。寒武大神急抽了个身,将紫薇童子捞起。说时迟,那时快,混元魔便一掌横来,余波可震天。寒武大神应接不及,飞将出去。混元魔更是得意不止,便摆开了阵势,此阵名曰浑天阵,阵有七七四十九道门,凡闯门者,不论神仙佛陀,皆是九死一生。寒武大神见状,运功吐气,口中吐出仙丹一枚,将其送入紫薇童子口中,又运气三分,将紫薇童子推了出去,只见那紫薇童子飘出十里之外,不知去向。

寒武大神即刻化成龙,又大战三百回合,不分胜负,难定输赢。混元魔急回身往里就走,寒武大神厉声高叫道:"妖魔,那里走?"说罢,急冲了过去。须臾,只见那混元阵四十九门化作一道门,自将仙魔两隔。

却说这是个计,那混元阵本是截教阴气所聚,吸收天地之阴气,毁天地之阳气。寒武大神冲进阵来,那阵门有九九八十一条铁锁链,将寒武大神缠住。只见混元魔行立跟前,化作道气,冲进寒武大神体内。须臾,只见寒武大神魄散魂飞。原是那混元魔练就百年神功,成就了这混元阵,可锁住他人功力,逼走元气,寒武大神这才败下阵来。混元魔虽说吸了寒武大神千年功力,却阴阳不调,似如万条裸虫体内骚动,加之刚获重生,丹田难稳,自运不足,耳红面赤,脑涨头昏,只好运功调理。可谓是:

**魔王凶恶丹不熟,心无清静道难成!**

话说那紫薇童子自落在一山脚处,醒来已是天地昏暗。急忙冲上山去,行至天界山,只见那魔王洞前养伤,打坐运功,却不见家师在何处,心下一想:莫不是这魔加害了师父。咬响口中牙,发起心头火,道:"混元魔,家师何在?"混元魔见有人打搅,甚是恼火,道:"你家恩师尽在吾体中,与吾同命,与日月同寿。"紫薇童子听罢,暗自悲伤,又暴跳如雷,道:"还吾师父来。"遂拿起了金刚圈,此番誓要报得血海深仇,无奈早已是天命使然。

混元魔见紫薇童子金刚圈使来,如此雕虫小技,定然不会放在心里,只见其双眼紧闭,待千钧一发之时,魔眼一开,一道黑气将紫薇童子围在中间,那黑气像是黑绳索,越捆越紧。须臾,紫薇童子便烟消云散,化为乌有。果真是:

**情乱性从因爱欲,神昏心动遇魔头。**

**道高一尺魔高丈,痴情无功惨冤死。**

过了个把时辰,那混元魔运气调息,已是血气通畅,竟哈笑一番,道:"吾若成佛,天下无魔,吾若成魔,能奈吾何?"急转身,见天界山尽毁,更是邪恶痴笑。只见其双手托起,再看世间万物,山崩地裂,飞禽走兽相残。混元魔再使些法力,那礁边山地动山摇,礼贤县好似杯具在盆中托着,晃动不已,城中更是墙倒柱折,瓦落门毁。

却不想那寒武大神算得此遭,早已令其一百〇八个徒弟,化作钉柱,扎在土中,自北向南,具址布在:

天魁子猪母山　天罡子石井口　天机子纱帽山　天闲子鸡笼山

天勇子乌石山　天雄子三官岭　天猛子竹公坞　天威子新塘底

天英子余塘头　天贵子七塘坞　天富子桃墈头　天满子下石埠

天孤子天苍岭　天伤子百岭背　天玄子玉坪山　天健子畚箕空

天暗子小仙坛　天佑子樟塘坞　天空子白连床　天速子红桥头
天异子南青垄　天煞子雷公山　天微子背头坞　天究子古麻山
天退子三铺岭　天寿子里安屋　天剑子五间头　天平子高埂力
天罪子凤凰山　天损子黄金山　天败子叶家源　天牢子鸣坞冈
天慧子岭脚底　天暴子西坑坞　天哭子米筛尖　天巧子朱家渡
地魁仙碓沚山　地煞仙西塘排　地勇仙煤山坳　地杰仙窑坞窠
地雄仙詹马弄　地威仙荷花塘　地英仙黄泥坝　地奇仙罗汉坞
地猛仙血青坞　地文仙大东源　地正仙大埂头　地辟仙琚坞坑
地阖仙鱼山嘴　地强仙鳌头坞　地暗仙后洋畈　地辅仙袁青口
地会仙楼梯底　地佐仙田青坞　地佑仙各廷排　地灵仙破塘溪
地兽仙大龙山　地微仙马落塘　地慧仙莲花山　地暴仙何家山
地默仙山川坛　地猖仙陈家安　地狂仙草纸蓬　地飞仙后席温
地走仙长坑尾　地巧仙苦叶田　地明仙门田后　地进仙陈家湾
地退仙白福坞　地满仙坟安屋　地遂仙社屋底　地周仙龙井顶
地隐仙塘源口　地异仙毛家山　地理仙梅树岭　地俊仙仕阳尾
地乐仙王家坝　地捷仙郑塘底　地速仙雷牛塘　地镇仙大乌垄
地稽仙下连口　地魔仙柿树底　地妖仙上百桥　地幽仙社山底
地伏仙朱家坳　地僻仙神仙掌　地空仙佛堂村　地孤仙严麻车
地全仙石排山　地短仙毛家温　地角仙东山头　地囚仙花园岗
地藏仙金交椅　地平仙柴谷岭　地损仙福石岭　地奴仙金山口
地察仙新塘边　地恶仙花坟湾　地魂仙半爿地　地数仙师公山
地阴仙田垄咀　地刑仙清水桥　地壮仙三卿口　地劣仙火烧岗
地健仙紫金山　地贼仙裴家地　地戚仙小竿岭　地狗仙野猪湖

　　混元魔撼山不得，只得踏一丝乌云下山去，只见那伪善魔关在寒墨牢内，原是见那紫薇童子不回来，使得等候多时，一时闹闹闷闷，便俯了下去，行至洞口，笑道："此冰寒之毒虽要不了你命，却叫你生不如死，当是你该走此一遭。"伪善魔一见混元魔，喜出望外，道："魔尊在上。是小的知晓魔尊被寒武大神压在天界山，便就此设计，施法搭救魔尊。那山上有天山印，印前有元始天尊神像，吾等魔族不可靠近,遂以苦肉之计,叫那紫薇童子舍身取天山印,以此搭救魔尊。"混元魔心下一想:若不是这厮今日设法搭救,恐要重生还需时日,且日后复仇,也无人手。遂道:"你这厮,背信弃义于吾,吾本要屠杀了你。念你助吾重生有功,功过相抵,死罪可免。且随吾重振魔业,扬吾魔威,吾自教你极乐长生,自在逍遥,与天同寿。"伪善魔连声跪谢,只见混元魔单手一挥,那洞门自开,伪善魔溜了出来,道:"碓边山那天界圣地,自与天相息,何不就此烧毁此山,日后行事,天庭自不会知晓,就算知晓,已是晚矣!"混元魔听罢,心下一想,此言得理。遂运化神功,只见地吐阴火,忽时已是满山烈火,熊熊不已。二魔领着妖禽怪兽,鬼魅精魔数百号,投下山去,待行至礼贤城西山处,那碓边山已是一片火海,生灵已然涂炭。

话说西山有二仙,唤作清虚道人、紫极宫仙子。二仙本是那新塘边恩深人,自幼青梅竹马,互生爱慕。无奈清虚道人得黄大仙指点,生恋道术,舍家入观,一心修道。紫极宫仙子痴情不已,便暗下跟随。遂随其入道,却心生隔阂,终日不语。

二仙见碓边山熊火漫天,想来定是妖魔作乱,便行至山头,只见那混元魔、伪善魔正立山头,二仙虽是不语,却是同仇敌忾。清虚道人道:"混元魔,你本是道中之人,理应好心修道,为何死性不改,屠灭生灵?"混元魔道:"论起辈分,你都不知差哪儿去了,还不行礼做拜,反倒这般侮慢!"清虚道人道:"似你有无量神通,竟是这般猖狂?"说罢,那清虚道人飞起在空中,单手一定,捡了一根枝条,摆开了阵势。

原是这清虚道人练就天地合一之术,虽是枝条,却是法器。伪善魔嘻嘻笑道:"瞧你的穷酸样,一件趁手的兵器都没。"说罢,抡起罗鞭直冲而去。一个是守山地仙,一个是奸恶妖孽;一个誓要力挽狂澜行正道,一个誓要威风凛凛建功业。只见那伪善魔罗鞭挥下,清虚道人将那枝条抛在空中,那枝条一生二,二生三,三生万,着实令伪善魔眼花了去。本想罗鞭捆枝条,怎奈枝条倒打罗鞭,那罗鞭被甩在空中,失了着力。清虚道人道:"你这厮,凶心不息,罪恶贯盈,当受诛戮!"

伪善魔见机要跑,清虚道人道一声:"哪里跑?"说罢,只见那枝条汇成一道剑光，冲向伪善魔。伪善魔逃得狼狈，嘴里喊着："魔尊救命！今一旦诛戮，可怜吾千年功行，付于流水。"混元魔见状，起手一挥，那枝条便好似没了法力，掉落了下来。混元魔呵呵笑道："雕虫小技，不足挂齿！有甚本事，都给本尊耍出来！"

清虚道人自视清高，怎肯低头，便腾在空中，运功造法。不一时，狂风大作，走石飞沙，播土扬尘。须臾，只见尘飞如雾，漫天铺地，火石如雨，击打过来。一时千石红焰，呼啦啦，犹如万道金蛇。霎时间，山红土赤，万物齐崩，且看那草木焦成灰，禽兽随风散。清虚道人化作一巨火石，飞驰电掣，不亚巴山虎，犹如出水龙。混元魔接招过来，仙魔便大战几十回合，无奈魔王魔性深，道人道行浅，那清虚道人斗法不过，败下阵来。混元魔施法将其拖在空中，口吹一股阴气，打散了魂魄。紫极宫仙子见状，飞将过去，一把拖住清虚道人，缓行落地，依偎在怀里，那清虚道人尚存一丝气息，道："今生有负于你，来世再续前缘。"说罢，只见仙气飘然，化为乌有。紫极宫仙子悲痛万分，声泪俱下。

混元魔笑道："既是今世的鸳鸯，何不成全了尔等？"说罢，施法念魔咒，紫极宫仙子像是被捆住一般，挣扎不得。须臾，只见皮肉消瘦，白发丛生。伪善魔见状，蹦跳起来，道："这哪是高贵仙子，分明是个白发的魔女，魔尊神功也！"混元魔道："非吾神功，吾这功唤作情仇结，又唤神仙索。紫极宫仙子与清虚道人爱慕百年，只因生性不合，爱恨藏在心中，日久便生怨气。今将其束之，其恩怨之气倾吐之，便黑发成了白发，心竭力衰，岂不老去，如此一来法力自无，仙气不再，说来也是情之所至，也算个了结。"说罢，只见那伪善魔行至紫极宫仙子跟前，咬牙切齿，凶恶万般。挥鞭而来，将紫极宫仙子鞭打一番，又默念法咒，只见地动山摇，地上硬是开出一个深渊大洞出来。伪善魔顺着一脚，将紫极宫仙子踢了下去，呵呵笑道："不尝永不超生之苦，怎知吾魔族超生之乐也。"

此话不提，只提混元魔、伪善魔径往太阳山来，行至山脚之下，已是卯时。忽见山中二人缠斗，便躲在一处，静观其变。此状便是司晨子大战白食鬼,这白食鬼吃宽力大,极其凶残,道:"且告知吾这进山之路,若道半个不字,就断送了你的残生。"司晨子怒道:"小小修行,竟如此狂言,今日不了结你,能做得这山中仙灵?"说罢,只见这司晨子幻化原形,可谓是:

**司晨啼晓有黄仓,性正修持不坏身。**

**今遇忘恩负义鬼,冠簪挂袍镇山河。**

只见司晨子尖嘴如刀剑,俯首啄鬼。白食鬼揉眉擦眼,着实吓坏了去,急忙招架,林中来回逃窜,失神落魄。不时窜进了一个洞中,笑道:"看你如何拿吾?"忽见洞外轰隆声,原是司晨子将洞啄了个千疮百孔。眼看洞塌门毁,白食鬼又神速一般,蹿了出来,化作一缕烟,钻进竹筒之中。司晨子四处查看,见一竹摇晃,伸了爪子,将那竹连根拔起,啄在嘴边,来回晃荡。那白食鬼自在竹筒里摇得头晕目眩,经不住这般折腾,偷溜了出来,幻化了原形,从千层阶跑了下去,可谓是:人走上坡路,鬼顺下坡梯。司晨子张开羽翼,左右扇动,如那铁扇公主芭蕉扇,一时风起山中,那白食鬼本是幽灵之物,没些重量,经不起这风吹,滚落了下去。说时迟,那时快。只见混元魔急冲了上来,一道五彩金光冲司晨子打去,伪善魔急跟着下了千层阶,救走白食鬼。

司晨子见混元魔横眉瞪目,呲血劂牙,心下一想:此等妖魔,法力如此深厚,定是混元魔。此乃天数,厄运将至,还须急告诸仙,免得措手不及,遂急奔菜刀峰去。不时行至峰顶,正值卯时,只见司晨子朝日晨啼,其声彻山谷,震天地。混元魔见状,怒火中烧,一掌将那司晨子击落峰谷,转身冲向太阳山。

话分两边说,这边江甫、玄天子、幽冥大王一路行来,可谓是:可叹行人难进步,皱眉愁脸把头蒙。行至山脚下,腹中饥饿难耐,玄天子纵起云头,半空中仔细观看,一望尽是山岭,莫想有个人家。便收云落下,道:"一眼望去尽是崇山峻岭,见不得半缕炊烟,闻不到一丝饭香,还是早些赶路,省得夜半被野兽叼了去。"

卯时,三人行至太阳山,见山顶处有一寺庙,无不喜悦。正兴时,忽见林中四人，正是四曹君子，唤作春晓君、赤火君、秋千君、寒留君。春晓君道："来者何人？"江甫上前作揖行礼道："吾等原是行脚商人，只因乱民暴动，劫吾等钱粮。官军见吾等轻壮，要吾等充军，吾等本是家中子弟，不曾识得兵器，拿不动棍棒，吃不起军营之苦，便趁夜出逃。无奈路有拦虎，便只好行此山路。今无意闯贵寺山门，还望见谅。"春晓君道："既是行归之人，就此南路可去。"江甫道："吾等已是昼夜行走，腹中饥渴，可否讨一歇脚处，吃些斋饭，袋中尚有些碎银，可作饭钱。"春晓君道："吾佛慈悲，你既有心向佛，着你寺中歇息片刻，待脚力稳当了，即刻下山。"遂领三人行至宝光寺，玄天子见佛门金灿，心潮澎湃，遂连蹦带跳，像个孩童一般，不料抖出了那吏部谕册，正被四曹君瞧见。玄天子正要捡起，却被秋千君拿了去。

秋千君见玄天子形迹可疑，道："是何宝物？"玄天子拑口难言，摇着头，摆着手道："算不得宝物，算不得宝物！"遂伸手拿去，二人拉拉扯扯。秋千君使了脱身之计，跑在台阶之上，将那谕册之内容念叨而来。不时，念毕，便问道："尔等适才所言是那行脚商人，为何持有这吏部谕册？"赤火君道："此谕册乃天子所授，天下之宝，独此一物。持册之人，定是万般呵护，岂能轻易弃之。想必尔等便是一伙马贼，劫了谕册，杀人灭口，欲要冒充，走马上任。又惧途中遭受盘查，故而行此山路，可有此事？"江甫听罢，到底是个凡人，惊吓得腿脚发软，玄天子口内不言，暗自怨道："常言道，天道忌巧。此番看你如何脱身。"

正言间，幽冥大王暴躁，道："臭和尚，出家之人不劫他人之物，哪来这等扯来扯去，快些归还，否则敲碎了你脑壳子。"说罢，横冲而上，一时缠斗了起来。江甫见状，上前拦住，却不料被仙气震了回来，甩在那香炉之上，晕了过去。幽冥大王怒火冲天，幻化了原形，寒流君笑道："孽畜，今日佛祖慈悲，教你六道轮回。"说罢，四曹君摆开阵来，此阵唤作玄风阵，正要结果了他。忽见一道金光将玄风阵打散了去，原是那泰山娘娘领着众仙前来，喝住四曹君休得无礼。

一叶浮萍归大海，
人生何处不相逢！

318

詹妙容见是江甫，急忙抽身将其扶住。话说这二人此生有一段情缘，自峡里洞一别，已是寒来暑往，这般久别，二人自是情愫绵绵，眼注微波，相见之间，痛哭了一场。江甫自叹曰："小生不才，虽有文曲星护佑，得中榜首，却不善言辞，得罪了蔡太师，只好领了谕册，归来上任。不料忠义军占据金杭，阻却去路，只好走此山路，狼狈不堪。"詹妙容道："公子遭此劫难，定是天数，大难不死，必有后福。"遂转身将事情原委禀于泰山娘娘。泰山娘娘道："大水冲了龙王庙，这恶魔未至，自家人倒是打起来了。"言毕，众人笑不语。

正说间，只听得菜刀峰传来悲悯之声，众人不解，泰山娘娘久思不语，猜得七分，道："苍生罹难矣！"遂嘱金凤仙子好生保护三神珠，一行南走，自有高人相助。待众仙下山，泰山娘娘领着四曹君闻声而去。不言。

那边混元魔正赶来，见泰山娘娘领着四曹君，止住步伐。伪善魔道："是何人物？"混元魔道："此乃天仙圣母碧霞元君，为东岳大帝之女，系盘古之后。"伪善魔道："法力如何？"混元魔道："其修天地之气万年之久，法力自然高不可测。"伪善魔："若是一战，可否取胜？"混元魔道："胜算不知。"又说泰山娘娘见混元魔立在山头，领四曹君摆开玄风阵，春晓君道："师父，混元魔头有甚法力？"泰山娘娘叹道："此魔集天地阴气于一身，若无天地纯阳之气，恐难收服此魔。"赤火君道："师父所言，此战恐凶多吉少哩！"正说言间，只见那混元魔驱云而来，五仙迎战而去。这一战：

这边是玄风吹起，亮霍霍似电掣金蛇；那边是黑光巨闪，幽惶惶如黑龙出海；这边四圣摆阵尽显威风，那边魔王口喷紫气盘烟雾。斗一斗，才知道义何在；比一比，方显神仙气概。曹君使法飞沙石，混元争强播土尘。妖魔欺正道，仙人护神珠，崖前峭壁天地暗，飞沙走石海江混；两个相持数百回，一般本事无强弱，相遇这场无好散，不见高低死不休。

混元被飞沙迷目，见五仙围将了过来，慌得他将身一纵，跳在浮上一层，未曾立稳，又见泰山娘娘金光普照，誓要将你心底频频除，尘情细细除。却不知混元魔吸了寒武大神寒元之气,法力自当倍增,只是未曾施展,不知威猛。只见:世界朦胧天地暗,长空迷没太阳遮。可比太上老君一气化三清,今有混元魔障镇乾坤。只见玄风阵散,四曹君化气而没,泰山娘娘化作石像,混元魔坠下山崖,不知踪影。

欲知结果如何,请看下回分解。

# 第三十三回　神珠避难化三石　雌牯山三郎转世

话分两边说,这边伪善魔、白食鬼见众仙逃下山去,便尾随其后,待其行至山脊处,魔施魔法,鬼行奸计,一时鞭打剑劈,朝着众仙顶上来。众仙来不及接招,各自避散。金凤仙子与凌云童子逃至一处,唤作尖嘴崖,自是一条死路。凌云童子未见魔鬼,便扶金凤仙子坐于一棵松树之下,权作休息。不时,忽见一影闪过。凌云童子喝道:“何人?”那影又晃过,凌云童子急忙追赶而去。

须臾,凌云童子追至一山谷处,不见那影,心下一想:坏了!坏了!中计也!便扭头就回,说时迟,那时快。伪善魔早已布下罗网。凌云童子掉进深坑之中,铁索相捆,难施法力。只见坑外伪善魔、白食鬼飞将下来,怒道:“小鬼,快些放了爷爷,不然崩了脑浆子,脏了爷爷衣身。”伪善魔道:“倒以为是什么货色,竟是个薄情郎。”凌云童子道:“量你有何本事,竟如此狂言。”伪善魔道:“尔等仙族,果真是人面兽心,紫薇童子痴情于你,你却一心求得正果,清风谷下见死不救。”凌云童子道:“尔等孽障,怎知大义?”伪善魔道:“果真是情真意切,却不想紫薇童子与吾成了夫妻。”凌云童子听罢,迟疑一番,问道:“此话何意?”伪善魔道:“当日清风谷一战,紫薇童子自绝跳崖,被吾所救。紫薇童子身负重伤,命悬一线,好在吾仔细照料,这才保全了性命。紫薇童子念吾救命之恩,与吾情投意合,喜成连理,共赴爱床,可谓天赐姻缘。”凌云童子道:“师妹心正意坚,岂会与你狼狈为奸,定是你下了圈套,陷害于她。”伪善魔道:“终日好茶好饭,去讨好她,好言好语,去温暖她。情爱之事,多是你情吾愿,何谈陷害?只可惜娘子为救吾于寒墨牢,前往天界山取天山印,不承想放出混元魔。”凌云童子道:“又如何?”伪善魔笑道:“寒武大神与混元魔大战碓边山,可惜斗不过混元魔,仙归混沌,紫薇童子更是惨死在混元手下。”话未言毕,凌云童子早已心如刀绞，哭断衷肠。怒道："天狂必有雨，人狂必有祸！尔等魔道，终究被灭，休得猖狂！"伪善魔道："如今混元重生，天道不在，如何被灭。你既心有所念，今日便成全你，教你师兄妹阴间相聚。"说罢，只见挥手一掌，打在凌云童子天灵盖上，直教个魂飞魄散。真是：

**雄心匡道真君子，痴心真情傻小子。**

**惆怅楚云留不住，谁慰黄泉一片心？**

且说伪善魔、白食鬼藏在尖嘴崖暗处，只见伪善魔化作凌云童子模样，朝金凤仙子走去。金凤仙子见凌云童子归来无恙，便心里落个石头，道："方才是何物？"伪善魔笑道："仙子莫惊，不过是山中一个修炼成精的狐妖，吾已将其打死。"金凤仙子道："不知泰山娘娘与那混元魔斗法如何？"伪善魔道："泰山娘娘乃天仙圣母碧霞元君，三界之中，论其法力，自是无人可小看，吾等且寻一避处，安心等待便是。"金凤仙子听罢，感知有理，便盘坐修行，只言不语。伪善魔道："仙子，混元魔此番前来，凶猛无比，莫不是与那众仙有何冤仇？"金凤仙子道："魔族之人，身受万劫而不复。若得三神珠，便可脱去魔身，不受万劫之苦。"伪善魔道："三神珠果真有此神力？"金凤仙子道："三神珠原是天地元气所化，神力自然无比。"伪善魔道："三神珠现在何处？"金凤仙子道："吾奉安娘之命，护佑三神珠，无奈恶魔当道，只好将三神珠藏于体内。"伪善魔道："小生自幼拜师寒武大神，却不曾见过如此世间奇物，可否一看。"

飓风起于萍末！金凤仙子听罢，见凌云童子诚心诚意，便不好推辞，便运功施法，将三神珠逼出体内，拿在手上。伪善魔早已垂涎三尺，伸手要拿。金凤仙子忙将手伸了回来，道："只可一看。"伪善魔作笑，趁个不注意，抢了三神珠，转身便跑。金凤仙子一时没有回过神来，见伪善魔抢了三神珠，便前去夺珠，不料白食鬼早已藏在崖壁之下，见金凤仙子冲来，往其背后刺上一剑，这一剑，刺穿了心堂。金凤仙子应声落下山崖去，见伪善魔正要逃走，挥出乾坤绢，犹如金刚锁链，将伪善魔捆得紧紧的。伪善魔慌忙不已，极力挣扎。不料手中一滑，三神珠掉落崖下。

莫言糊涂,世间都是聪明人!白食鬼见三神珠落入崖下,并挥着宝剑直奔而下。伪善魔怎肯罢休,急跟着去。金凤仙子甩了乾坤绢,将伪善魔扔在半空,又甩在石壁之上。来回几下,伪善魔已是惨不忍睹,求饶道:"莫甩了,再甩就没命了。"金凤仙子道:"你是何人,为何扮作凌云童子模样。"正说间,伪善魔化回了原形,果真是魔鬼作乱心不死。金凤仙子将伪善魔绑在巨石之下,急奔崖下。不言。

却说白食鬼飞至崖下,四处找寻,见山脚处金光发亮,便随光寻去,果真见三神珠金光熠闪,正要着手拿去。却不想,三神珠似三岁小孩般调皮,将白食鬼撞倒,呼的一声跑走了。不时,三神珠落在山涧处。白食鬼张大两手,身子扑了过去。三神珠又腾跳而去,白食鬼扑了个空,一头栽进水里。这鬼好生暴躁,取出宝剑,朝三神珠砍去。三神珠时而绕山沿壁,时而穿土流水,捉起了迷藏。忽见白食鬼一剑劈来,三神珠钻进丛林中。白食鬼岂肯放过,追进丛林中。三神珠见白食鬼持剑而来,不知何处可躲,便化作三爿石,落在峭壁处,教那白食鬼不知何处寻去。可谓是:命里无时终是无,命里有时终须有!

那边泰山娘娘大战混元魔,元气消尽,化作石像。混元魔跌落深渊处,已是元气尽损,歇在山腰处。忽闻有声传来,睁眼看去,只见詹妙容一众仙正仓皇逃来,遂摇身变作一个凉亭。众仙见有一凉亭,又感疲倦,便合议亭中歇息一番。

众仙皆入亭就座,玄天子、幽冥大王紧跟其后。忽时,幽冥大王拦住玄天子,疑道:"吾自来有双怪眼,能辨得凶与吉。见此亭妖气甚重,恐有不祥。"玄天子道:"你这厮,竟是大惊小怪。这一众仙,法力皆在你吾之上,只独你看出端倪?"说罢,仰摆着坐进亭内。幽冥大王说辞不过,只好跟着进去,有道是:情知不是伴,事急且相随。

却说众仙落入圈套深不知,幽冥大王左右不适,江甫问道:"虎兄为何如此站坐不安?"幽冥大王道:"此亭甚是古怪。"说者有心,听者更有意。喇嘛老者能知先天神数,善晓吉凶,慌取金钱占一课,便是知晓。课毕,众仙问其如何,喇嘛老者道:"此卦不祥,已有灾祸!"说时迟,那时快。只见那亭子晃荡不止,又闻鼓瑟之声,闻之,无不神魂颠倒。幽冥大王唤出铃铛，以消其音。詹妙容取出玉女剑，向上一剑，冲出亭中。见众仙困在亭中，怒道："是何妖孽？速速现身。"混元魔幻化为原形，将众仙一掌推出，众仙受伤落地。

混元魔笑道："竟是一群乌合之众，岂能成大事。"话未言毕，只见其七窍流血，跌倒在地。花姑子道："此魔七窍流血，想必深受内伤，何不合力，将其铲除，以绝后患。"说罢，众仙摆阵，与混元魔大战一场。可谓是：

天界正道众仙，截教门徒混元。这边是魔王重生要换天地，那边是三神五仙誓立道功。齐将法力施，各把神通用。一边是冲天占地吾最大，一边是碍日生云要你死。往往来来招数多，去去回回本事强。

这一斗，又是上百回合，斗得狂风声吼吼，恶气混茫茫。可谓是愁云遮日月，惨雾罩山河。混元魔得寒元之气护体，众仙败下阵来。正所谓：魔头泼恶欺真仙，真仙温柔怎奈魔。众仙见混元魔法力难消，今日难除，便使了障眼法，逃了去。混元魔却是法力尽无，魔性殆尽，只好放过众仙，寻一幽静之处，护功疗伤。

众仙直奔太阳山而来，只见泰山娘娘已化作石像，无不声泪俱下。须臾，金凤仙子急冲而来，见众仙，未及道明详情，便倒地将死。廖大夫慌取仙草让其服下，三神珠也入金凤仙子体内，才见起色。金凤仙子作揖行礼，拜谢廖大夫，又将伪善魔残杀凌云童子，扮相偷抢三神珠之事一一告知。众仙无不心酸难咽，苦楚难消。俟夜静更深，齐下山去。不言。

只言众仙径往山下去，行至一平地处，却是迷雾漫天。再往前走，见有一桥，桥头有一石碑，碑刻草书三字，唤作："洪公桥。"须臾，只见一樵夫正要过桥，廖大夫上前问道："老人家，不知此处是何宝地？"那樵夫道："此处唤作洪福村，过了桥便是。"喇嘛老者道："自生无量便是洪福，吾等今遭大难，又遇洪福，此乃祥瑞之兆。"众仙遂过桥，径往村里而去。

不时，只见：

顶巅松柏接云青,石壁荆榛挂野藤。

苍苔碧藓铺阴石,古桧高槐结大林。

　　约莫半个时辰,忽见一座桥,往前细看,也有个石碑,碑有草书三字,唤作:"洪公桥。"众仙诧异,不知所措。花姑子怒道:"这分明是走了回头路,定是那打柴的老头,是个十足的骗子。"詹妙容道:"那樵夫心慈目善,绝不是诓人不实之辈。此地乃无量生福之地,其中必有玄机。"江甫道:"小生倒有一计,可解此难。"詹妙容道:"公子有何计策?"江甫道:"吾等行走,每走十步,便着地画个圈,见圈不走,如此便能不走回头路。"众仙皆言妙计,遂依计行事。

　　约莫半个时辰,忽见一座桥,往前细看,也是一个石碑,碑有草书三字,唤作:"洪公桥。"玄天子叹道:"这路必是那妖怪设的圈套,要吾等饿死在这儿,渴死在这儿。不走嘞! 不走嘞!"正说言间,只见花姑子单手推了过来,将玄天子推下桥去。只见玄天子"扑通"一声,溅起好些水花。只听得其嚷嚷道:"哪个天杀的? 净使坏!"众仙大笑,花姑子道:"坐不改姓,行不改名,真小姑姑吾推的,你又能奈吾何? 这回好教你吃个饱,免得渴死饿死哩。"玄天子心里甚是不悦,嘿嘿无言,暗自说道:"莫叫吾逮住你,管教你粉身碎骨,方消此恨。"却被花姑子听了去,笑道:"吾与你作笑耍子,你怎么就变脸了呢?"此话不提。

　　众人说笑间,喇嘛老者却占卜算卦一番,道:"此村因其地形成九宫八卦状,故而福气无量,取名洪福村。"廖大夫道:"何为九宫八卦?"喇嘛老者道:"太极生两仪,两仪生四相,四相生八卦。分乾、坤、震、巽、坎、离、艮、兑,对之天、地、雷、风、水、火、山、泽。这洪公桥地处坎水位,只因阴阳更迭,方位错乱有序,故而吾等原地打转。"金花仙子道:"可有破解之法?"喇嘛老者道:"天地定位,山泽通气,雷风相薄,水火不相生。须往离火处行去。"众仙一听其言,更是懵住,皆言:"何处是离火。"喇嘛老者笑道:"卦曰:乾兑之金旺于西方,次转为离火旺于南方。南处便是离火之处。"

　　正说言间,忽见一老者行来,众仙见其神气不凡,便作揖行礼。

那老者道："老朽恭迎众仙子。"喇嘛老者道："尊者有礼，受吾等一拜！"众仙再拜。喇嘛老者道："吾等自太阳山来，路过宝地。昼夜奔走，甚感疲倦，望借宿一宿，吃些斋饭，舍下暂憩。"老者道："莫言客气话。老朽世代久居洪福村，姓洪名范，村里人都唤吾洪太公。昨日右眼皮直跳，想来有贵客上门，便在此恭候已久。若不嫌寒舍简陋，可随吾来。"话说众仙有伤在身，连夜赶路，更是身心俱疲。一听其言，无不欢喜。遂随老者，一路南走，不言。

翌日，金凤仙子自在房中疗伤，忽感体内神珠异常，便运功将三神珠逼出体外。三神珠上下跳动，好似俏皮的谢妮鬼。金凤仙子心下一想：混元重生，魔王称霸，应是三神珠转世在即，可如何点化成人，却从无知晓。便招来众仙，说明了原委，众仙一筹莫展。须臾，金花仙子道："三神珠乃天地元气所化，故而坚如磐石，自然须吾等运功施法，将其破开。"众仙皆言有理，便各展法术。些许良久，见三神珠未有异样，想必此法不通。玄天子道："三神珠个个圆润光滑，好似那母鸡刚下的蛋，莫不是要孵上一孵？"花姑子掩着口，"格"地笑了一声，道："三神珠乃天地元气所化，须非寻常之功。你这厮，真是眼孔极浅，想出此等肮脏之法，虽是得道之物，终是个畜类。"

须臾，闻得门外有声，众仙生疑，便开门探视。只见洪太公在院子里耍拳，虽年事已高，却拳拳得法，无不有力。洪太公见众仙围观，便收拳息法，笑道："众仙昨夜休息如何？"喇嘛老者道："此地无量洪福，房舍风气通畅，吾等昨夜浓睡，今早神清气正。感天高海阔之大恩，仰地厚山高之大德。"洪公笑道："既睡意香浓，为何不多睡些？"喇嘛老者道："吾等要事在身，自然赶路要紧。"洪太公笑道："是何要事，可否说与老朽一闻？"

说与不说，众仙一时无措。喇嘛老者道："但说无妨！"詹妙容便将前因后果一一告知。洪太公一听其言，道："果真神人也！"众仙蒙住，皆问何故。洪太公道："昨夜老朽梦得一得道高人，于吾二句言，一言雌牝山三神珠转世，二言要吾传授洪拳于三郎。待梦醒之时，以为是胡乱梦得，便未记在心头。今仙子一言，这才记起梦中之事。"喇嘛老者道："那梦中托言之人，必是得道高仙。吾等既无破珠之法，何不依此言而行之。"众仙皆应。忽见金凤仙子神色全无，原是旧伤新痛，众仙将其扶进房中。金凤仙子道："今得高人相助，切莫错失良机，烦请善德真人携珠上山，乞求高仙，点珠成人。"詹妙容道："小仙何德何能，堪此大任。"金凤仙子道："善德真人莫要推辞，此事非你不可。"詹妙容道："仙子所托之事，小仙自然竭力。只是雌牯山地处何处，小仙着实不知。"洪太公道："雌牯山距此百里，往此西北方向，过张村便有一溪，唤作张村溪，溪北之山便是雌牯山。"詹妙容道："如此，事不宜迟，这就别过。"说罢，作揖行礼，相告而辞。金花仙子道："姐姐带上吾。"詹妙容道："混元魔虽与吾等大战一番，元气尽失，但其乃不死不灭之身，更有寒元之气护体。吾今赴雌牯山，烦请众仙好生护佑金凤仙子。"遂接过神珠，送入体内，离去。

不言詹妙容如何寻得雌牯山，只言其径直往雌牯山去。忽闻身后有人，转身一看，便是那白衣书生江甫。詹妙容问道："公子不好生待着，为何独自前来？"江甫道："仙子一人前往，小生着实心里不放心。"詹妙容道："吾欲访高仙，得破珠之法，如何不放心？"江甫道："话虽如此，只是恶魔凶性，天尚且有不测风雨，还是多一人为好。"詹妙容感其恩情，万般思量，噙着两行珠泪，道："公子真情，小仙无法报答。既来之，则安之，随吾一同上山便是。"正所谓：

**天生与汝有姻缘，**
**今日同行岂偶然。**

话说雌牯山峭壁丛生，行走艰难。江甫虽是千担佛转世，今朝文曲之星，却乃一介书生，无缚鸡之力。这等险山恶峻，可谓步步为难。二人挽扶左右，相互照理，你来吾往，秋波频送，自然情意心窝藏，温柔百般出。

不时，只见山中悬崖处一洞，行上前去，见洞顶处刻有三字，唤作黄风洞。江甫道："此洞唤作黄风洞，好生妖气，莫不是有妖怪住在洞里。"詹妙容道："公子所言甚是，你吾小心便是。且洞内一看，若有高仙，自当膜拜；若是有妖，吾等退出来便是，免得节外生枝。"江甫道："仙子机智!"二人遂入洞观察一番,只听得传来一声,道："来者何人?"詹妙容、江甫自然惊吓一番,稍作镇定。只见洞中有一道士,眼如迷雾,须若凝霜,非是天上金星,必是山中高人。

只见道士正打坐念经,念的正是道德经。詹妙容作揖行礼,道:"小仙詹妙容拜请高仙。"那道士道:"方才何人嘀咕,言吾洞穴有妖气哩?"江甫道:"方才小生拙见,还请高仙莫怪。"道士道:"不怪,不怪,这洞原本便是妖狐所居之地,吾见妖狐害人不浅,此洞又据风水,便收了那妖狐,将此洞占据,以便修炼之用。且吾本家姓黄,便未改洞名。"詹妙容道:"今日吾等莽撞,叨扰了高仙修道,望请见谅。"道士道:"尔等今日上山所为何事?"詹妙容道:"高仙昨夜托梦于洪太公,言雌牡山三神珠转世。吾等便因此寻山而来,恳请高仙赐吾转世之法。"道士道:"何等高仙。岂可托梦相告?老道可无那托梦的本事。"詹妙容见高仙不相认,便跪拜道:"今混元重生,天下大难,恳请高仙念苍生之福,授吾破珠之法。"道士道:"老道着实无这破珠之法,今你一言,给了吾一个好大的锅,如何背得?"

江甫见苦求无果,心生愤怒,扶起詹妙容,道:"高仙身怀神功,却不念苍生之苦,见死不救,与魔道之人有何区别?"道士一听其言,见此书生言之有理,无以辩驳。叹道:"老道确有破珠之法,只是此法恐老道一人难成吉祥。"詹妙容道:"三神珠乃天地纯阳所化,将其点化成人,定要那上乘法力,无量神功。"道士笑道:"无须上乘法力、无量神功。"詹妙容道:"既无须上乘法力、无量神功,以高仙之法力,何言一人难成吉祥?"道士道:"万物苍生皆为孕育而生,育之以父,孕之以母。三神珠乃天地纯阳所化,肉身凡胎不可为之载。"詹妙容道:"这可如何是好?"道士道:"卫道之人,见魔难当头,该当如何?"詹妙容道:"卫道之人,当慷慨以赴,降妖除魔,万死不辞。"道士道:"如此,只需烦劳二位成天地之良缘,孕育三神珠转世成人。"江甫一听其言,急道:"不可,不可! 姻缘之事岂是儿戏,仙子高贵,无天高地厚之功德,焉能配哉!"詹妙容沉思,心想:皆言婚嫁之事,女儿家推三阻四的,这痴呆书生倒是说起遮羞掩愧之话了。如今大难临头,又负除魔之任,

无须凡俗礼节,只问情深何处。遂道:"公子在上,自与公子峡里洞相
识,便对公子心有所念。这些日来,公子待吾如卿,照料有加。今陪
同上山,得遇高仙指点,更是缘分所致。如若公子有情与吾,望请莫
推,与吾结成良缘,孕育神珠。他日若是不适,公子可来去自由,无牵
无挂。"江甫道:"仙子煞吾矣!小生早已定情于仙子,只是不知仙子
意下如何,故而不敢开口,免得损你威严。"道士见这般缠缠绵绵,起
了鸡皮疙瘩,道:"易求无价宝,难得有情郎。"江甫笑道:"自古有言,
姻缘之事,父母之命,媒妁之言。吾与仙子今能结此良缘,乃高仙之
功,却不知高仙道名?待平定磨难,定请高仙堂前就座,拜茶一杯。"
道士一听其言,嗤笑一番,作揖行礼道:"吾老道竟成了媒人!本是丹
溪黄初平,号赤松子。"詹妙容道:"原是赤松大仙,适才冲撞,还望见
谅。"赤松子道:"无妨!无妨!仙子大义!"可谓:百年好事从今定,一
对姻缘天上来。

话说詹妙容、江甫各自打坐,詹妙容将三神珠逼出体外,置在空
中。赤松子道:"今运功造人,已背轮回之理,当损你二人光阴二十
载。"詹妙容、江甫齐声道:"无妨!无妨!"遂运功施法,二人与神珠浑
然为一体,精华相融,以缔三郎。须臾,只见三神珠金光万道,点化成
人,竟是三个十七八岁的俊俏小子,看去果真是面如桃蕊,眼有光华,
丰姿俊雅,仪表非俗。詹妙容、江甫果真苍老了许多。三郎齐声跪拜
父母,道一声阿父,叫一声嬷嬷。詹妙容、江甫齐将三郎扶起。

天下父母皆慈心!詹妙容喜极而泣,虽不是九月怀胎,一朝分
娩,也算是精血所铸,骨肉相传,道:"三郎转世不易,还须起个名字,
日后好生呼唤。"江甫笑道:"娘子所言极是。只是不知你们那一个为
大,应有个伯仲之分。"只见其一宽胖者立于前头,作揖行礼道:"阿
父,吾为大!"江甫道:"为父姓江,何不叫江峰?"江峰叩头拜谢。只见
其一精瘦者立于前头,嘻哈一番,叫道:"吾最小,吾最小哩!"江甫笑
道:"古灵精怪,唤一个灵字。"江灵蹦跳一番,笑道:"阿父疼爱,吾有
名字了哩!"江甫见还剩一者,清秀儒雅,斯文不语,便道:"且唤你一
个秀字如何?"江秀应声致谢。三郎跪拜,皆道:"感念再造之恩,定当

竭尽忠孝,以报天泽。"

话说三郎转世,原是功德一件。赤松子见此一家团圆,自然欢喜。道:"混元魔虽受重伤,元气尽损,但其不死不灭,凶残至极,定会再惹是非。洪福村有一练拳者,使得一套洪公拳,此拳威猛。三郎可拜其为师,习练拳术。待精益之时,便可打通任督二脉,得惊天神功。若遇劫难,自可来盖仙山寻吾。"说罢,驾云而去。詹妙容一众跪拜,行礼告别。须臾,携夫带子下山去,不言。

欲知结果如何,请看下回分解。

# 第三十四回　洪福村三郎学拳　文曲星礼贤上任

　　三郎本是纯阳造，神珠转世今骄子。

　　苦练巧熟洪公拳，誓把混元化山灭。

　　却说詹妙容一众下山来，行至洪公桥，见洪太公正桥头练拳，詹妙容心下一想：赤松大仙所言，洪福村有一练拳者，莫非便是洪太公。遂作揖行礼，拜见洪太公。洪太公见三郎转世，自当欣慰。詹妙容道："赤松大仙曾言，要三郎习练洪公拳，待精益之时，便可打通任督二脉，得惊天神功。适才见洪太公在此练拳，敢问所练何拳？"洪太公道："老朽所练之拳便是洪公拳。此拳乃祖上所传，皆为强身健体之用，说不上神功哩。"江灵道："吾等要学的便是洪公拳。师父在上，受徒儿一拜！"说罢，三郎叩头行拜师之礼。洪太公见三郎心诚，想来一生练拳，膝下无子，也并未收徒，何不就此收下三徒儿，他日归西，有人披麻戴孝，承继心志，流传拳术。便欣然回礼，一同归去。不表。

　　话说这洪公拳可谓：

　　　　混元一气吾道成，道成莫外得真形。

　　　　真形内藏真精神，神藏气内丹道成。

　　　　丹田呼吸气流通，肚腹腰肢渐渐充。

　　　　一往一来须着意，心归到处气归宗。

　　　　白云盖顶单叉步，金鸡独立三摇手。

　　　　反身海底捞金月，垫步搋手迎面撒。

　　　　气欲足兮精为本，神光无滞天地春。

　　　　四肢鼓荡皆符道，力量增加要日新。

　　约莫数日，三郎习练有进，欲试身手。三郎齐声发拳，拳风正劲，将房舍震倒一半。不料众仙皆被压在房舍之下，闯下了祸害。只见幽冥大王掀开了瓦梁，众仙这才慌忙逃出，一脸惊愕。三便径往福石岭去，欲寻山野僻幽处再试身手。

话分两边说，这边三郎登顶福石岭，远见一瀑布，甚是惊喜，便轻功跃行，见有一老者，居于瀑布之中，手持道须，打坐在那儿。江峰见状，作揖行礼道："晚辈江峰、江秀、江灵拜见前辈。"老者道："来此山之中，所为何事？"江峰道："前辈容禀，吾等是洪福村洪太公座下弟子，因习练洪公拳，有些长进，兄弟为此商量，寻一僻静之地，切磋研讨一番，不承想惊扰了前辈修行，望请见谅。"那老者道："竟是黄口小儿，不知长进。"

兄弟三人听罢，皆感尴尬。江灵甚是不服气，道："你是何人？难不成这山这水是你家的？若是你家，亮出地契，若不是，烦请莫要多言，省的惹恼了吾等三兄弟，教你没了黄牙吃饭。"那老者笑道："此山乃吾山，此水乃吾水。若在此戏耍，还须过吾关！"江灵道："好你这个老匹夫，你可知吾等何人，敢这等戏弄？"那老者按语不言，自在那瀑布中饮酒作乐。江灵自是气不过，冲了进去，只见那瀑布犹如铜墙铁壁，将江灵弹落水中，把水打了一个窟窿。江灵儿就是个旱鸭子，不识水性，见其在水里扑通着，大郎、二郎急跟着落水相救，这才保全了性命。

江峰心下一想：上善若水，水善而利万物。这瀑布似如铜墙铁壁，定是这老者施了法力，想必是山中高人，得道的行者。遂即跪拜，道："老者在上，受吾兄弟一拜。"江灵见状，愤道："哥哥此般为何，这老者不允吾等在此切磋，吾等自可去别处，这等作践自己是为何？"江峰喝道："二弟、三弟莫要多言。且随吾跪拜便可。"江秀只听大哥的话，应声跪拜，江灵百般不情愿，见兄命难违，只好硬着头皮，嘬着嘴跪下。

却说这老者见三郎山下跪拜，嬉笑一番，又作镇定，道："尔等可是师从洪范？"江峰抬头应答，道："正是！"老者道："学得甚？"江峰道："洪公拳深妙，吾等三兄弟资历尚浅，学得不过是皮毛而已，何足挂齿？"老者听罢，应了个身，便跑到三郎后面，捡了根树枝，往三郎顶上敲去，江灵气不过，起身怒道："你这老道，好生无礼。今日念你岁长，

不然抡了拳头,你说吾欺负你。"老者笑道:"老骥伏枥,志在千里。老
道虽年数已高,已有两百来岁,区区小儿,过个三五招,还是应付得了
的!"江灵听罢,气昏了去,见大哥、二哥久跪不言,更是火冒三丈,道:
"你这老道,为老不尊,吾大哥、二哥生性温顺谦恭,被你这般欺负。
换了爷爷吾,可是个躁脾气。"说罢,摆开了拳头,一路找打。

江秀见江灵鲁莽,欲要上前拦住,却被江峰拦住。江秀疑问道:
"大哥,灵儿生性调皮,只怕闯下祸端来,如何向嬷嬷交代?"江峰道:
"灵儿拳法虽说不压你吾,只是在老道这儿,恐怕吃不了好果子。"江
秀听罢,颇感有些道理,便与江峰一同观战。

俗话说:姜还是老的辣! 果真不假,江灵不下五招,便滚倒在地。
只见那老者行至跟前道:"虽有长进,实乃皮毛!"江灵怎肯善罢甘休,
正要磨拳再试,却被江峰、江秀拦住。江峰急忙上前行礼,道:"适才
小弟不知天高地厚,冲撞了尊者,还望海涵。"老者听罢,嬉笑一番,转
身离去。江峰追了上去,道:"尊者留步!"那老者道:"又为何事?"江
峰道:"不知尊者大名?"老者道:"无名无姓!"

江峰见老者不予道明,忽念起洪师父厅堂之上有一挂像,挂像之
人与这老者有八分相似,此人莫不是洪太师。对错与否,一问便知。
遂道:"晚辈拜见洪太师。"老者听此一言,甚是惊讶,道:"吾与尔等素
不相识,怎地识吾?"江峰便将洪家所挂神像之事一一道来。

原是这老者原名洪大有,乃洪拳十二代传人,因痴迷洪拳,成亲
得子后,便归潜山林之中,从此一心修炼拳术,其妻抑郁而终,其子练
得拳术,传至其子。想来这老者是那洪师父的老祖父。只见老者抚
须叹道:"习拳之人需心无杂念,参透阴阳之道,一招一式皆是精理所
在,尔等虽学得这招式,却不曾悟出心得。所用之招虽无破绽,却力
不着处,只能薅人之皮毛,伤人之筋骨,仅为防身尔。"江峰道:"前辈
有所不知,吾等本是三神珠转世,只因混元乱世,需吾三兄弟修得千
年奇功,方可降妖除魔。今日洪太师在上,可否收吾三兄弟为徒,传
上上之拳术。"老者笑道:"练拳之人,需心无旁骛,专心习练。"江秀
道:"洪太师若能收吾等为徒,吾等必将潜心修炼,不负师恩。"

洪太师犹豫不决,见江灵跪在一旁,斜眼相瞪,便沉默不语。江峰心知其意,便抖了抖江灵,江灵见大哥、二哥皆要拜臭老道为师,不好辩驳,只好叩拜,道:"吾随大哥、二哥便是。"江峰、江秀听罢,喜出望外,再行叩拜,齐声道:"徒儿拜见师父。"洪太师自在山中修炼百年,参透拳术,早已至巅峰。山中无人,甚是寂寥,这才收了三徒弟,日后生活打理不说,也有个说话的人,教些拳术,权作打发时间,便喜不自禁,道:"徒儿免礼,快快随吾进山。"

不时,洪太师领着三徒行至住处,乃一山尖处,有一巨石壁,压在山顶,形成蚌壳之状,可容百人,可谓是:虽由人作,宛自天开。人居其中,四季不着雷雨,却春风拂面,甚是僻静。洪太师笑道:"此处便是练拳之地。"江灵左右查看一番,呵呵笑道:"闻得修炼之人,皆久居深山洞穴之中。你这甚破地,一不挡风,二不遮雨,要是劈个雷,都能将你劈黑了哩!"老者笑道:"斯是陋室,唯吾独尊!"说罢,扬长而进,江峰、江秀急跟着进去,江灵只好跟着不语。

话说这居处果然有玄妙之处。只见洪太师念一声咒语,那峭壁处开出一道石门。再往前行,只见群山尽在脚下,可谓是:一览众山小!洪太师单手挥袖,只见那尖峰处立了三个木桩。三郎甚疑,江峰便问道:"师父,这木桩所为何用?"洪太师道:"这三道木桩仅为练拳之用。"江峰道:"师父,徒儿有一事不明。"洪太师道:"说来无妨。"江峰道:"凡练拳之人,需根稳身正,最忌虚浮不定。此木桩不过三寸之宽,单脚难立,如何练拳?"洪太师道:"如要练得上层拳术,还需另辟蹊径。只管练来,自有收获。"说罢,哈笑而去。不言。

只言三郎腾空而起,悬在木桩之上,双眼紧闭,双手伸开,习练拳法。正所谓:

**气愈下兮身愈轻,神居上兮心生灵。**

**精常固兮法术行,形自空兮玄妙通。**

不觉光阴瞬息,岁月如流,三郎来此山中练拳已有半月。江灵自是抱怨已久,道:"在此习练已半月之久,不曾见那老道身影,莫不是要笑吾等。"江峰道:"三弟莫要多言,只管潜心习练。"说罢,单脚踩地,腾飞在木桩之上。只见其一拳挥出,拳风如流,又似蛟龙,击中山体,巨石崩塌。江秀、江灵顷刻蒙住,瞠目结舌。江秀道:"大哥拳技与日俱长也!"江峰道:"不知为何,今日习练拳术,似有股涌潮心头澎来,浑身气血通畅,身心有力。"江秀、江灵听罢,早已是跃跃欲试。便齐上桩来,只见江秀挥拳一出,只见百尺之外,地动山摇。又见江灵挥拳一出,群岭山崩地裂。

三郎练就此神拳,甚欢不言。江灵暗自笑道:"世间竟有如此拳术,可撼山撬地。且看吾如何施展。"说罢,悬在空中,挥起拳头,一顿横打,弄得是天地晃荡,峻岭摇摆,一时山石滚落,林木折腰。忽见洪太师从石堆里跳了出来,怒道:"哪个天杀的,扰吾好梦?"再见蚌状石壁竟塌成一堆,更是哽咽,骂道:"造孽!造孽!"

三郎闻得洪太师泣骂,这才收了拳头,急忙行至跟前,见洪太师撒娇不起,不免好笑。笑罢,齐声跪拜,叩头行礼,道:"师父!"洪太师见三徒心诚忠厚,便起身道:"混元乃天地阴气所致,有不死不灭之体。尔等习练洪拳,尚不可将其收服。"江峰道:"望请师父指条明路!"洪太师听罢,将三徒扶起,手指前方,道:"请看。"

话说洪太师所指之处,忽见三条瀑布,三泉倾泻而下,水雾蒙蒙。江峰道:"师父,吾等在此习练半月之久,不曾见此瀑布,不知这瀑布从何而来?"洪太师道:"此瀑布唤作三叠泉,喝此泉水者,可得不生不灭之体。只因三泉藏于山体之中,无人可见。方才你兄弟三人挥拳击中山体,巨石滚落,这才见得庐山真面目。"江灵道:"如此,吾等便可得此泉水,换得不生不灭之体。"洪太师道:"此泉之下有一潭,名曰回龙潭,潭下有一龙,若能战胜此龙,才可得此泉水。"江灵道:"区区小龙,何足挂齿?"洪太师道:"为师已将洪拳尽数教授尔等,望你兄弟三人齐心协力,学得通天本事,降妖除魔,匡扶正道。"说罢,驾云而去,三郎再拜,不言。

话说这回龙潭下果真有一条真龙,此龙不识荤,不吃素,只喝三叠泉之水。三郎行至潭边,不见真龙,江峰道:"虽不见真龙,吾等可饮此泉水,但需小心为好。"江灵笑道:"当是,当是。大哥如此一说,小弟倒有些渴了。"说罢,江灵趴下身去,舀水就喝。正喝间,只见潭起旋涡,呼风而来,顷刻间,便将江灵卷进水中。江秀伸手扯住江灵双脚,跟着被卷了进去。一时间,只见水波依旧。

江峰探头细看,未见破绽,怒道:"泼虫,快快放吾二弟、三弟出来。敢说个不字,定扒皮抽筋。"言未说尽,只见潭水溅起,"轰"的一声,那龙腾在空中,见额下两爪,这一边抓的是江秀,那一边抓的是江灵。江峰道:"快些放人!"那龙并不回应,将江秀、江灵抛上空中,张开了龙口,一口顺溜地吞了进去。江峰勃然而怒,道:"今日吾扒了你的皮,抽了你的筋,皮给嬷嬷做件御寒冬衣,筋给阿父做件袖带。"说罢,跳在空中,直冲而去,挥手就是一拳。那龙急闪而过,回身甩出龙尾。江峰抽身不及,摔落在地,正要起身,又见恶龙直冲而来,便两脚一撑,跳了出去。见恶龙未抬头,遂只身扑下,一拳击中龙头,将恶龙打出了一个包。那恶龙疼痛不已,癫狂发作,不停地甩着身子。江峰只好躲开,伺机跳起,骑在龙背之上,又是一拳,将龙角打得稀碎。正行间,忽见恶龙腹处破开,原是江秀、江灵各一拳将龙身打破,逃了出来。须臾,恶龙将死,鲜血喷射,掉入潭中。三郎惊吓一番,喝了些血水,径往山下去。不言。

那边洪太公自城中归来,神色匆匆,唉声叹气。江甫问道:"太公为何如此扼腕长叹?"洪太公道:"今日下山卖柴兑盐,见城里慌乱,百姓四处逃散。寻问一人,这才得知,自忠义军起事以来,声势渐起,今已南下,攻城拔寨,烽火连天,两军交战,置百姓于水火之中,苦难不已。"江甫一听其言,深感惭愧,道:"如今礼贤城危,百姓罹难,哀声彻野,其心何忍?吾既受命县丞一职,自宜尽臣子之节,不负皇恩,救万民于水火之中。"詹妙容道:"夫君心怀天下,忠心报国,可昭日月。只是此番前去,必与方腊为敌,如何是好?"江甫听罢,忽念起三兄弟东京结拜一事,如今却要各自尽忠,相互为敌,不免感伤。叹道:"自古忠义两难全!"詹妙容道:"夫君所言甚是,只是自古以来,朝野更迭,自有命数。如今宋廷之上,奸臣蛊惑天子,巧闭圣聪。朝野之中,官腐兵弱,内有乱民起事换天地,外有强弩侵扰伤国脉。今有忠义军起事,已兵至常山。夫君与方腊本是结拜的兄弟。若不前去,是为不忠,征讨方腊,是为不义,左右为难,恐无两全其美。"江甫道:"娘子一眼可看天机,可知天命。再言为臣之人,自古何为忠,何为义?"詹妙容道:"夫君执意要去,小娘子自当陪同,同风雨、共患难便是。"江甫摆着手,摇着头道:"不可,不可!"詹妙容道:"夫妻本是同命,自当甘苦同享,有何不可?"江甫道:"吾儿转世,虽长大成人,却无降妖除魔之本事。今拜师洪太公,一心学拳,还需娘子及众仙点拨,照料日常。"说罢,伤感备至。

常言道:心去意难留,勉强终非好结果。詹妙容不好强留,送君至洪公桥。江甫道:"娘子留步,江甫蒙娘子抬爱,不期有今日之别。此番前去,定是凶多吉少,若有他日,必报娘子恩泽。"说罢,同玄天子、幽冥大王下山去。不言。

却说江甫、玄天子、幽冥大王打点起行,一众径直朝南门来,只见路有奔逃百姓,皆是那礼贤城中来,男女悲哭之声,纷纷载道。只听得一人劝道:"公子莫去,忠义军已兵至常山,过了大陈岭,礼贤便不保。闻言忠义军虽号称行忠义之事,却烧杀抢掠,无恶不作,快些逃去吧!"

江甫好生劝慰,终究无果,只好前行。不时,行至城头,只听得哄哄人语,扰攘之声。玄天子拨开人群,却见一老者在算命,玄天子心下一想:待吾与他推算,看他如何。变化作一个妇人,身穿重孝,扭捏腰肢而言道:"列位让一让,妾身算一命。"礼贤人老实,两边闪去。却说幽冥大王跟随其后,见此老者蹊跷,便定睛观看,认得是个妖精,心下一想:好孽畜,光天化日之下,竟敢在此为祸。今日不除妖怪,等待何时?又见众人围观,若是下手,恐害及无辜,只好静观其变。

话说这老者怎识得高人,请玄天子坐下,道:"小娘子,借右手一看。"玄天子道:"先生看命,难道也会风鉴?"那老者道:"先看相,后算命。"玄天子暗笑,把右手递与那老者看,老者把手闭目,道:"老朽虽年事已高,却命理最精,只是无处开一命馆。"玄天子笑道:"老先生如若算得精准,讨得银两,开一间命馆自然不在话下,何出此言?"那老者笑道:"小娘子定是那城外人,怎知这城中事?"玄天子道:"如此说来听听。"

那老者正要阔言相告,只见幽冥大王用手抓起那桌案上砚台,照着老者头顶上,响一声,打得脑浆喷出,血染衣襟。玄天子见状,瞪目结舌,怒道:"这老者好心与吾算一命,你却将他打死,所为何事,竟是下得如此狠手?"幽冥大王道:"玄老弟不知,那老者手把脉门,正收你元气,若不止住,恐你早已元气尽失,成了僵尸。"

正说言间,两边人大叫:"打死人了。"重重叠叠围住了这三人,要问个说法。不一时,几个衙役打路而来,问道:"为何众人喧嚷?"众人齐道:"此间一老者城头算命,适才有三人前来问命,算命人替一重孝娘子把脉,另一人执砚将老者打死,可怜那老者血溅满身,一命呜呼!"衙役见众口一词,大怒,道:"拿来!"遂将三人绑赴堂前,有干系之人一同前往。

却说礼贤县令唤作李保究,闻怨鼓作响,便命人升堂,见衙役将一行三人捆跪堂前,便问道:"是何缘故?"左右答道:"此等三人不知姓甚名谁,只知今日城头算命,不给命钱,却将算命的打死,这才抓了回来,以正王法。"李大人怒道:"看尔等面慈心善,如何不知国法,城头算命,本是自愿,命钱不付,却要人命。且详细说来,为何将算命的打死,好勘问明白,以正王法。"玄天子急着脱干系,道:"老爷在上,容吾秉明。吾本是这山野村妇,近来先夫无故得病,撒手人寰。想来这家中必有邪气,闻得这城头有一算命人,命理最精,便尽早来算一命,不想这厮无端将那算命的打死,想来此事因吾而起,小妇望乞怜赦,饶恕罪过。"李大人听此一言,见此妇人苦苦哀告,心生怜悯,道:"丧夫之妇,天地尤悯,其言必善,断无罪过!"再问幽冥大王,道:"那算命的可是你打死的?"幽冥大王道:"正是。"李大人怒道:"如此草菅人命,可有王法在心头?"幽冥大王道:"容秉大人,绝非枉杀无辜,蔑视王法。只那老者非人,乃是妖精。望老爷细察,给小人一条生路。"正是:

城头除害为民安,不明事理皆妇心。

只愁公堂有明镜,不惧民间有鬼奸。

话说这朝堂之众皆是肉眼凡胎,岂能辨得人妖,哄笑一番,李大人更是笑得腰疼,道:"你且说来,是何妖精?"幽冥大王道:"小人虽有两只怪眼,善观世上吉与凶,却道行不深,只知是妖,不知是何化成。"李大人道:"满嘴巧言,定是江湖术士,见算命的营生好,便起了杀念,逞凶打死。如今公堂之上遮掩狡辩,蔽惹众人,岂能容你?"

江甫见李大人拿人不放,焦急万分,道:"李大人息怒,且听吾一言。"李大人道:"你是何人,为何替他辩护?"江甫道:"小人江甫,乃新科状元,受天子之命,领礼贤县县丞一职。"李大人一听,心下一想:前些个月,确有吏部来文,天子授命新科状元为本县县丞。此人久不来任,倒以为死在了忠义军手里。一时不知所措,唤来左右询问如何是好。左右道:"凡朝廷命官,皆有吏部谕册,且叫他出具核验。若是出具不得,定他个盗官欺爵之罪。"李大人一听,果真妙计。遂道:"你既说是受天子之命,定有吏部谕册,不妨出具,以便核验?"江甫道:"容秉大人,确有吏部谕册,只因途经洪公村,不慎掉落河中,不曾捞起。"李大人听罢,怒道:"吏部谕册乃天子所授,你却轻视待之。说你是天子授命,领本县县丞一职,叫吾如何信得过?"江甫道:"请大人明察。"李大人道:"本县县丞乃天子所授,岂能与杀人犯聚在一起,尔等分明是妖言惑众,且杀人之实经目可证,一并收监,待明察清楚,证据确凿,论刑定罪,以正国法。"

江甫、玄天子、幽冥大王一行三人皆被下狱关押,玄天子化为原形,更是闷闷不乐,撒气道:"你这蠢货,自己惹的祸,却要吾背黑锅。"幽冥大王道:"那算命的确是个妖精,此妖山中不修炼,人间来祸乱,岂能饶恕。"玄天子道:"你可辨阴阳,善识妖魅不假。行事却也要讲个场合,当众之下打死一个算命的,那些肉眼凡胎者,皆以为你行的是谋财害命的勾当,如何辩驳?"如此一说,幽冥大王无言以对,自认理亏。不言。

话说那算命之人原是一只九尾狐妖,修炼千年,食纯阳之体,吸元神之气。不承想幽冥大王有怪眼,将其识破,使其功亏一篑,心生怨恨,便连夜化作那看守的衙役,潜入牢房之中。只见三人酣睡,便要了一根绳索。见江甫是个白衣书生,细皮嫩肉,定无缚鸡之力,便用绳索套住江甫脖颈,悬空吊起。江甫噩梦中醒来,双脚挣扎。狐妖掏出尖锥,正要行凶,只见幽冥大王醒来,虎声一吼。那妖退却三分,怨气难消,又惧怕这只猛虎,知其不好惹,只好作罢,飞出窗外,径往礼贤府衙去。

欲知结果如何,请看下回分解。

# 第三十五回　王俊欣魂归章家　妖狐献计害江甫

话说方天定火烧粮草有功，封为少公。方腊升方天定为上郎将，郑钩为副将，领十万大军开拔南金，兵至常山。

一日，帐下议事。少公道："礼贤城三面环山，东西狭城，南临岭南山脉，北有须江隔断，地形易守难攻，是军事要塞，兵家宠地。只吾军自起事以来，多是平原作战。为今之计，将如之何？"副将郑钩道："末将以为，可兵分两路，自东西相向，合围礼贤，阻断逃难之路。待兵临城下，可不战而屈人之兵。"左将王绩道："自古分兵乃兵家之大忌。"少公道："尔等以为如何？"中将薛斗南道："吾等以为，当用兵一处，经青石镇，屯兵大陈岭，再寻良机。"右将冷恭："礼贤空空如也，依俺之计，只需带上几十个兵士，待夜静更深之时，擒住李保究，正所谓，擒贼先擒王。"少公一时计策难定，着各将安营扎寨，听候调遣。

不时，宝光如来法师邓元觉帐外求见，少公恭请议事。邓元觉道："少公忠义双全，此战着实为难。"方天定道："不知法师有何良计？"邓元觉道："礼贤县丞江甫乃新科状元，若能将其擒住，必振军心。只是其乃圣公结拜之兄弟，若是将其斩杀，背负不仁不义之罪，恐损忠义军之名。"方天定道："法师之意，当取郑钩之策？"邓元觉道："礼贤自古显圣，此番之战，定有妖魔作乱，神仙相助。贫道以为，一者令郑钩为先锋，占据大陈岭；二者令白食鬼绕道，南下探路。待无后顾之忧，再行定夺。"少公道："就依法师所言。"邓元觉道："少公，郑钩素有鹰眼狼顾之相，恐据礼贤而自拥，今若纵之，恐蛟龙得云雨，终非池中物也。望少公熟思之。"少公道："吾亦有所耳闻，只知是相传之言，便不足以信。法师以为然，可有破解之法。"邓元觉道："贫道以为，少公只需命其据守大陈岭，再收其兵符，令王绩、薛斗南、冷恭监视。如此郑钩一无调兵之能，二无僭越之举。如此，可镇此猛将，以安军心。"少公一听其言,甚感有理,便命郑钧入帐听令。须臾,郑钧帐外奉命,前来受令。

郑钧奉命入帐,只见邓元觉旁前站立,便心中忐忑,疑惑丛生。少公道:"礼贤自古显圣,乃兵家之重地,须择一良将,才可驾驭三军,旗开得胜。吾与法师商议此事,法师力荐将军,可担此重任。"郑钧一听其言,心下一想:法师多谋善言,今日尽心推荐,适才嘀咕,误会了他。遂行礼道:"承蒙法师抬举,末将感激不尽。"邓元觉笑道:"贫道只是据实而论,并无夸谈之言,将军勇谋,可冠三军,今此大任,非将军莫属。"少公见状,开怀大笑,道:"文有邓元觉,武有郑钧,礼贤何愁不收,天下何愁不复。"郑钧遂得令自去。

邓元觉见郑钧退下,便惊疑不定,问道:"方才少公为何不言兵符之事?"少公道:"法师有所不知,吾军此行,须经一处,此处唤作青石镇。此镇三面环山,朝北一缺口。吾军若要占据大陈岭,必先过青石镇。此镇虽无宋军守门,却有百姓据关。领头之人,唤作烟枪鬼王俊欣,此人世家习武,又懂兵法,擅山地作战。郑钧此行若无兵符,再遇强敌,恐领兵不得法,交战不得胜。"邓元觉道:"少公果真胸怀韬略,贫道敬佩不已。"说罢,退下。不言。

话说这青石镇,自古便是礼贤北处要塞,太平之时,商贸盛行,匪患猖獗。镇上有一王家,在镇上开一酒馆,却屡遭山匪打劫。王家管事之人唤作王俊欣,见匪患难除,便报于官府,官府却以无据可查为由,搪塞了之。王俊欣便出外拜师习武,一年半载,便练就一身武艺,学成归来,号召百姓,组成义军,与匪相斗。山匪头子唤作封山神刘保忠,见义军勇猛,自感难胜,便下山谢罪。王俊欣念山中多有猛兽出没,又无捕捉之能,便与刘保忠结拜了兄弟,令其守山护民,收过路之钱,以此安身,兄弟情深义重,自然不在话下。

今逢忠义军南侵,刘保忠急忙下山,直奔酒馆,商议大事。刘保忠道:"如今朝野昏暗,世道混乱,官如匪,兵成患。何不同道,以成万世之功。"王俊欣道:"刘弟此言差矣!方腊何许人也,恐刘弟有所不知。此人欺世盗名,不学无术。唤得一群江湖术士,散播不忠之言,以取万民之仁义。今虽拥兵十万,占据江浙,实则暗怀不轨之心,有改朝换代之意,非百姓之福,苍生之德也!"刘保忠道:"眼下该当如何?"王俊欣道:"朝野昏暗,愚民生非,吾辈虽说是江湖之人,不问天下之事。可城下之危,岂能坐视不管?"

正说言间,堂内有一女子,双手遮住王店家双眼,笑道:"猜猜是谁?"王俊欣:"念慈莫闹。"那女子正值妙龄,未曾出嫁,是王俊欣之女。看去真是:

蛾眉带秀,凤眼含情,腰如弱柳,面似娇花。

念慈道:"阿父,你与刘叔叔商量甚事,为何如此发愁?"王俊欣道:"胡闹,见了刘叔,为何不拜?"念慈一听其言,想起方才只知捉弄阿父,不曾行礼,便撅着嘴巴,向刘保忠行礼。刘保忠笑道:"免礼!免礼!"上下打量一番,道:"念慈今年可有十八?"念慈笑道:"刘叔叔牵挂,念慈今年正好一十有八,过两日便是念慈生日哩!"刘叔叔连叫诧异,道:"好!好!念慈乖巧,听你阿父讲,你是琴棋书画,无样不通。"念慈道:"刘叔叔与吾阿父情同手足,患难相知。今晚何不饮酒一番,念慈愿为父叔舞剑作乐。"刘保忠听罢,甚是欢喜,道:"念慈虽是女儿之身,却是文武双全,巾帼不让须眉。"王俊欣道:"刘弟莫怪,这些年只顾打理酒馆生意,念慈嬷嬷死得早,便无人管教,只好请了师父,教些拳脚功夫,了了她心愿,权作防身罢了。令郎神风子刘已近来可好?"刘保忠道:"吾那犬子一无修学之心,二无习练之趣,整日荒废,惹是生非,只怕将来闯出祸端来。"王俊欣道:"刘弟多虑了,儿孙自有儿孙福。"

不时,只听得酒馆喧闹,三人便走出内堂,只见一众酒徒闹事。王俊欣唤来酒保,究察其情,问其缘故。酒保道:"方才有三两酒徒,席间酒兴大发,议论国是。只因意见不一,便打骂起来。"刘保忠怒道:"尔等不思报国,竟在此撒野,好不知耻!看吾如何收拾?"说罢,便纵身一跃,跳下楼去。见酒徒依旧打骂,愤怒不已,便施展拳脚,将酒徒分开了去。这些酒徒自是打不过,不敢出声。刘保忠生来土匪,见一人行来魁岸之容,面带风尘之色,便命三五人围来,问道:"姓甚名谁，为何在此撒野？"那人道："小人姓汪，单名一个青字。吾本今日在此饮酒，那厮却言不忠之事，搅了爷几个的酒兴，看不过去，便想揍打一番。"王俊欣道："那厮所谈何事，竟惹扰于你。"汪青道："那厮言贼军将至，礼贤无御敌之兵、保家之人，便教唆众人，归降贼军，保全性命。"

王俊欣听罢，欣然一笑，道："小伙子，你可知吾是何人？"汪青疑惑不定，道："小人拙眼，不曾识得。"王俊欣道："吾便是那贼军攻城先锋，郑钧是也！"本想这厮定是吓得惊魂落魄一般，不料这厮像似吃了药，狂躁起来，道："逆贼，看吾不将你碎尸万段。"王俊欣道："你吾不曾相识，未结怨仇，为何如此恨吾？"汪青道："吾祖上本是徽州世家，以做面粉营生，不料尔等贼军军粮不足，便进城哄抢，一旦有不从者，便要灭口，此乃天人共怒。"王俊欣道："此话当真？"汪青道："大丈夫一言既出，驷马难追。"王俊欣听罢，急忙扶起汪青，将谎称郑钧一事告知，问道："后来如何？"汪青道："汪家世代蒙受皇恩，今贼军叛乱，岂可坐视不管。家父不与贼军苟合，烧毁粮仓，将面粉分于灾民。无奈贼军无恶不作，只好携一家老小前来避难，安顿在大陈岭。前些日，家父命吾前来青石镇打探贼军消息，这才落此酒馆，悉听详情。"王俊欣听罢，暴怒，一掌拍碎了桌板，气道："贼军休得猖狂！"又见汪青被人打得鼻青脸肿，便将其扶进内堂，施药擦伤。

正说言间，听得下人来报，道："方天定命郑钧为先锋，领两千兵马，兵临青石镇。现已杀进来，该当如何？"王俊欣道："青石镇地形开阔，毫无障碍，吾义军不足三百人，以一敌十，只怕玉石俱焚。"遂令义军撤出青石镇，退至章家。郑钧拿下青石镇，见百姓奋力抵抗，誓死不从，便下令抢夺粮草，挨户搜查，凡有敌意者，一律斩杀。

翌日，王俊欣与刘保忠合兵一处，计五百余人。却说章家呈峡谷之状，易守难攻。王俊欣令众将士分兵埋伏，欲要全歼贼军。却说郑钧久经沙场，自然不会轻易进谷，只是徘徊于谷外，一时成胶着之势。

刘保忠见贼军不进，甚是恼火，道："吾欲领军杀出谷外，与贼军决一死战。"说罢，便要冲出帐外。王俊欣急忙止住，道："不可！郑钧据谷不进，定疑谷中有诈。其按兵不动，欲要查探究竟。如若此刻出兵，两军交战于开阔之地，吾军必败无疑。"刘保忠道："既然如此，如何将贼军引入谷中？"王俊欣道："吾领三两义军，扮成商客，出入谷中。郑钧见商客往来自如，定然以为谷中无险，杀将进来，刘弟便可依计行事，吾等自会于乱中逃离。"说罢，退出帐外，做一番吩咐。不言。

只言郑钧于谷外山头站立，见深谷处有一众人，便令兵士将其捉来，问道："尔等何人？"王俊欣道："禀告军爷，吾等乃贩盐之人，行商路过此地，不想冲撞了军爷，还望饶命。"郑钧道："吾且问你，这谷中可有异样？"王俊欣道："谷中并无异样。"郑钧怒道："你这厮诓吾，谷中分明设有埋伏，敢说无异样。"王俊欣不敢相争，诺诺道："小人句句属实，望请军爷放吾等离去。"郑钧道："既是无异样，可否领吾等前去，若是安然，定有重赏。"王俊欣一听其言，深感郑钧奸诈诡异，只好欣然许之，前头引路，缓进山谷之中。

只见贼军入谷，刘保忠左右徘徊，心下暗叹：王兄深陷谷中，与敌军距离不足五步之远，若是依计行事，王兄定是凶多吉少，这如何是好？故而一时举棋不定。王俊欣见刘保忠按兵未动，心中有知，便急个转身，冲了上去，飞一脚便将郑钧踢下马去。郑钧倒扑在地，急忙逃窜。王俊欣急跟上去，正要结果了郑钧，却被贼军围住。郑钧慌张不定，口里念叨着："杀！杀！杀！"王俊欣见枪剑围了上来，纵身跳起，旋腿将围上来的兵士打得滚倒在地。又脚尖挑起一杆枪，双手拿住，正要刺向郑钧。说时迟，那时快，贼军万箭齐发，将王俊欣乱箭射杀，王俊欣身中数箭，鲜血直喷，仆地而亡，可谓是天地英雄气，大义尚凛然！

刘保忠见王俊欣惨死谷中，悲痛欲绝，令将士向谷中扔下巨石火球。须臾，谷中火海一片，郑钧险些丢了性命，骑上马冲出谷去，领着残兵逃至马车村。刘保忠领兵随后追击，两军交战于下姜山，可谓两败俱伤。直至昏暗之时，这才鸣金收兵，各自归营。

子时，刘保忠命人夜行，将王俊欣尸首抬回，供奉于军帐之中。

念慈闻阿父遇害,可谓摧心剖肝,灵前哭泣。刘保忠见义军死伤过半,只好安葬了王俊欣,领着义军躲进山寨之中,从长计议。无奈念慈悲痛过度,病倒卧床,一时不见起色。刘保忠命其子刘已好生照顾,刘已生来顽性,不从管教,奈父命难违,只好榻前虚慰,照料之事权由下人一应做去。

不日,念慈见刘已酣睡一侧,便起身掀起被盖,往刘已身上盖去。不料惊醒了刘已,刘已急忙将念慈扶至床前,道:"承蒙姑娘关爱,小生只是小睡,不觉有凉,无须被盖。倒是姑娘久病初愈,经不得风吹寒侵,望请姑娘好生躺下,好生休息。"念慈道:"近来多扰公子伺候,小女子心下感激,却因重病缠身,无奈只好心中感怀,无以回报。"刘已道:"姑娘言重,阿父命吾照料姑娘,只是生来衣食不愁,岁月无忧,故而不知如何照顾,如有不周之处,还请姑娘见谅。"念慈道:"公子可否告知姓名,小女子日后便于报答。"刘已道:"小生姓刘,单名一个已字,人称神风子。"念慈禁不住一笑,刘已痴问:"姑娘为何发笑?"念慈道:"公子相貌堂堂,儒雅俊俏,为何唤作神风子,不知情之人,还以为是神疯子哩!"刘已笑道:"姑娘抬爱,吾生来顽皮,不服管教,多惹是非,整日形影无踪,故而被唤作神风子。再言,多日与姑娘相处,却不知姑娘芳名?"念慈道:"小女子姓王,名叫念慈,今年一十有八。"刘已听罢,长吁短叹一番。念慈见状,道:"公子为何叹气?"刘已道:"念慈妹妹可爱,心生怜悯,愿日日相处,奈男女授受不亲,恐日后久别,生疏了去。"念慈道:"刘已哥哥唤吾为妹,不如你吾结拜兄妹如何?"刘已一听,眉开眼笑,道:"吾阿父与你阿父本是结拜兄弟,今日你吾结拜成兄妹,此乃亲上加亲,岂不妙哉!"二人至此甚是欢喜,更是惺惺相惜,日日相处。

话说礼贤府衙内,李保究于内堂休息。其有一妻,唤作王夫人。王夫人正端着碗前来,行至廊亭,忽一人将其双眼蒙住,王夫人抽身一转,将其推开,忸忸怩怩道:"大胆奴才,竟这般无礼,若是让下人看了去,报于老爷,教你吃不了兜着走。"这人便是那郑官人,自徐来死后,便独掌徐家,下药毒死了张婆子。又高攀了王夫人,暗中送暖,奸情日盛。今日本想捉弄王夫人一番,不料王夫人故作姿态,只好行礼拜见,道:"不知夫人此去何为?"王夫人见郑官人一本正经,不免嗤笑,道:"老爷近来公务缠身,吾便命下人煮了参汤,盛了一碗,正要前去服侍。"郑官人听罢,甚是欢喜,便开了碗盖,抿了一小口,道:"果真鲜美。"正要再喝一口,王夫人急忙端着碗转身,道:"且稍等片刻,自有你的份。"说罢,转身而去。郑官人拍着手掌,欢呼雀跃,跑去厨房。

常言道:隔墙须有耳,窗外岂无人。这番甜言蜜语被那九尾妖狐听了去。九尾妖狐见王夫人进了内堂,便急跟了上去,使了一阵风,便附在王夫人身上,芙蓉笑靥,妖媚万分,更是异香扑鼻,透胆钻肝。见李大人忧思不断,便问其缘由。李保究便将今日之事一一告知。九尾妖狐心下一想:那伙贼人,坏吾大计,今日何不借他人之手,害他一遭,以报此仇。便道:"那江甫虽是新科状元,如今得罪了朝廷重臣,想必是不通情理之人,今日公堂粗口顶撞,冒犯堂威,可降其罪。"李保究道:"夫人所言极是,只是罪不至撤官免职。"九尾妖狐道:"依老爷之意,该当如何?"李保究道:"江甫乃本县县丞,此为天子所授。日后吾等同朝为官,抬头不见低头见,日后若要好生相处,只能内训一番,就此作罢。"九尾妖狐道:"老爷仁慈,自然不会将今日之事挂在心上。只是那江甫,本就小气之人,今日之事,必将耿耿于怀,铭记在心。他日老爷若有不周之处,定然陷害于老爷。"

李保究本是优柔寡断之人,夫人之言,令其左右不安,便问道:"依夫人之意,如何是好?虽说有杀人之嫌,却无确凿的证据,总不能坐假人命事,问成死罪在狱!"正说言间,屋外一下人冲进堂内,倒身下拜,支支吾吾道:"忠义军挥师南下,先锋将领郑钧已兵至大陈岭。"李保究肝胆俱裂,站立不起。这李保究一介书生,庸儒无识,素不习武,怎会带兵打仗,泣道:"礼贤城外无天险相阻,内无强兵良将,如何破敌?"王夫人道:"妾身倒是有一两全之计,不知可否?"李保究道:"夫人有何计谋,快快说与吾听。"九尾妖狐道:"如今贼军兵临城下,势必得志。如若与之对敌,必败无疑,若不与之对敌,他日贼军败退,朝廷追究起来,必降老爷谋逆叛敌之罪。"李保究道:"夫人说得极是,还请夫人献计,救吾一命。"九尾妖狐道:"江甫乃本县县丞,何不命其领兵抗敌,若能击退敌军,其功归于老爷。若是拒敌不力,其过归于江甫,老爷自然脱身。"李保究道:"夫人所言之计,虽说妙不可言,只是有些不近人情,恐他人多言。"九尾妖狐道:"老爷尊为县令,他人岂敢多言?"李保究道:"情势所迫,就依夫人所言。"说罢,令府衙提江甫一众堂前跪审。

话说江甫一众堂前跪拜,不知所为何事。须臾,见李保究升堂高坐,玄天子道:"一人做事一人当,那算命之人被这蠢人所杀,与吾无关。"李保究道:"大胆泼贼,竟藐视公堂,看吾如何打烂了你。"说罢,只见众衙役将玄天子压在三角凳之上,一顿廷杖。玄天子本就山中修炼的幽灵,使了一个障眼之法,棍棒之下,竟偷偷乐笑。

须臾,李保究叫停,怒道:"来人,掀开此人裤衩,看看是否已是皮开肉绽?"众衙役齐上阵,拨开一看,竟是白润润的。众人一时诧异,想来蹊跷。李保究心想:此人定是有些法术,恐难制服。常言道:柿子捡软的捏。江甫乃一介书生,必不会有错,何不就打他。遂道:"江甫,你可知罪?"江甫道:"小人何罪之有?"李保究道:"你伙同杀人,是共犯也!"江甫道:"小人与这二人虽深交好友,却不曾杀人,还请大人明察秋毫,还吾等一个清白。"

李保究一听其言,不知所措,心下之意,更难开口,便退下堂来,请教夫人。九尾妖狐听罢,笑道:"老爷不必忧虑,你自去堂前再问,那江甫必然如实招供。"李保究重回堂前,九尾妖狐便脱身王夫人,化作一缕青烟,附身在那江甫身上。李保究问道:"江甫,你身为朝廷命官,不知法度,纵容好友杀人,可有此事?"江甫道:"小人知错,望请大人恕罪。昨日这厮将算命之人打死,小人目睹,可作人证。"玄天子、幽冥大王见江甫从实招供,心生惊疑,一时有口难开。玄天子呵呵笑道:"乖!乖!这回栽了!"李保究道:"念你从实招来,本官可轻饶于你,只是这厮杀人无疑,定当报请刑部,秋后问斩。"江甫道:"虽说杀人偿命,但吾这兄弟实属以为那算命之人乃妖怪所化,误将其杀害,还请大人饶命。"李保究道:"杀人之实岂可辩驳?不过倒可将功赎罪。”江甫道：“如何将功赎罪，请大人明示。”李保究道：“如今方腊起事，兵至大陈岭，礼贤危矣！城中无人可领兵拒敌，本府见你三人忠肝义胆，豪气干云，只是一时失手，酿成惨案，不忍于心，便望尔等领兵拒敌，将功赎罪，不知可好？”江甫道：“此乃莫大洪恩也！”李大人听罢，欢喜不已，道：“江大人，望你不负圣恩，抗拒贼军，保吾礼贤太平！”说罢，退堂而去，九尾狐妖亦是脱身离去。

玄天子见江甫精神恍惚，道：“莫不是妖怪附体，才这般瞎话？”幽冥大王道：“定是那算命的妖怪，昨夜寻仇不得，今日便附身报仇。”江甫有气无力道：“方才何事？”玄天子道：“县丞大人威风，将领百万雄兵，征战沙场，浴血抗敌，建立丰功伟业。”说罢，起身离去。江甫道：“玄天子此去何为？”玄天子道：“吾本奉老君之命，护你进京赶考，如今你已金榜题名，衣锦还乡，要吾何用，还请放吾归去，山中自在悠闲。”说罢，蹿出门去，不见了踪影。江甫一脸懵然，幽冥大王见状，便将方才情形告知，江甫这才懊悔不已，又念百姓安危，身为县丞，事在自己身上，亦是推脱不得。

欲知结果如何，请看下回分解。

# 第三十六回　大陈岭血写忠义　刘保忠兵败降贼

　　话说江甫身受妖狐作乱，临危受命，奉令拒敌。想来无兵无将，便问李保究讨要兵马。李保究道："江大人有所不知，自太祖开朝以来，奉行重文轻武之策，凡地方署衙皆无战备，何来兵马？"江甫道："强敌逼近，却无兵马，如何是好？"李保究道："素闻江大人文武双全，更是结交修道之人，定然逢敌无忧，所向披靡。"李保究见江甫着实无策，心下一想：若是令其自备兵马，断然无果，此番恶战，无异等死。那时朝廷怪罪下来，只怕有所牵连，何不助其一些府兵钱粮，好应付朝廷之追究。便道："也罢！常言道，巧妇难为无米之炊。本府有衙役二十余人，可予你差遣，另拨些钱粮，便你招兵买马。"说罢，着人唤齐衙役，聚于一堂，并领白银五十两，道："礼贤安危全系江大人一身，望请不负众望，率军凯旋。"说罢，拂袖而去。

　　凡世道之人，好的自己播扬，恶的推于别人。江甫见李保究有意加害，却难推辞，只好领着二十余人出礼贤，行至大陈岭。因兵寡将缺，只好埋伏两侧，以待机变。又遣幽冥大王深入敌营查看，至今未归。江甫见众人卧在丛林中，低迷浅睡，暗自叹道：今日众兄弟与吾一同抗敌，知其死路一条，却视死如归，可谓忠义之极。然为将者，深知其害而难止，见死难而无衷，实为不仁不义之道。其下一人见其哀叹，深知其意，道："吾等愿与将军誓死守城，将军无须自责。"江甫惊道："壮士所言，慷慨激昂，甫心感敬佩，只是今日一战，敌众吾寡，兵力悬殊，如何与之战？"那壮士道："将军只知吾等二十余众，却不知礼贤人户有万余之多，皆恨贼军。今吾等虽拒敌于城门之外，实乃先锋矣。"正说言间，只听得身后有声响，众人回头顾去，只见千余人正奔赴前来。江甫疑道："来者何人？"千余人众之中有一老者，手持木杖，道："老朽愿与大人共生死矣！"江甫跪拜行礼，百感交集，道："甫何德何能？使众英雄好汉与甫同生死共存亡。"老朽道："贼军谋逆,涂炭苍生,吾辈岂能坐以待毙？望大人好生领军,即便玉石同毁,亦是天命使然！"江甫见众人拥护,将士一心,遂再拜,叹道："自古成大事者皆民众也！"

江甫令众将士藏于峡谷两侧,按兵不动,自领二十余众,伏至岭头,居上往下,只见幽冥大王从中蹿来。江甫问道："敌情如何？"幽冥大王道："敌军有两千余众,屯于马车门一带。将士死伤甚多,想必刚经恶战。"江甫道："妙哉！若此时出兵,定能将其一举歼灭。"幽冥大王道："不可！不可！敌军虽军力有减,然敌众吾寡,如何与之硬拼？"江甫道："虎兄有所不知,且随吾前来。"江甫领着幽冥大王往深处寻去,指着山中伏兵,笑道："吾已有将士千余众。"幽冥大王道："真是异事也！如此可与贼军一战。"江甫道："贼军长途跋涉,若贸然进军,必经大陈岭,吾军自可在此伏击,如此天时地利人和。"遂伏兵以待,不言。

却说军中自有奸细,群聚拒敌之事早已传入李保究之耳,李保究甚欢,与夫人自在堂内,备酒以庆。九尾妖狐见此,口中咬齿,随即附身于王夫人身上,见李保究讨要酒喝,便斟酒奉上,道："大人今日喝的甚酒？"李保究道："夫人有所不知,礼贤有救矣！"九尾妖狐道："大人目下逢危,却这般兴头,诚不知也！"李保究一听,困惑不已,道："夫人何出此言？"九尾妖狐道："江甫得兵千余人,与贼军势均力敌。若是败了,贼军定将礼贤屠城,问起罪来,首当其冲的便是大人。若是胜了,江甫拥兵自重,那时岂有大人甚事？假借一事,便可将吾等草芥了。"李保究一听其言,一时汗流浃背,不知如何是好。叹道："养虎为患矣！"九尾妖狐道："妾倒有一计,不知可许否？"李保究道："如今大难临头,夫人何必卖弄关子,快快说来。"九尾妖狐道："大人乃礼贤县令,江甫乃礼贤县丞,官居大人之下。大人可令其领军回城,固守城墙,其若从之,可收其兵权；其若不从,可上书朝廷,弹劾其谋反,如此一则可固礼贤城防,二则可解当下之危。"李保究听罢,大言妙计,遂依计行事,遣人送书令至大陈岭,督军回城。

话分两边说，这边江甫备战在即，却府令难违，一时不知如何是好，叹道："吾自忠于朝廷，并无私心。今日唇亡齿寒之境，何必你争吾夺？"幽冥大王道："将在外，军令有所不受。何不趁机灭了郑钧，再上报朝廷，以降李保究守城不力之罪，以其人之道还治其人之身。"江甫道："唯有如此。"正说言间，只见送令者喝道："将军，李大人令将军率军援城，为何迟迟不发兵？"江甫呵斥送令者，怒道："箭在弦上，如何收得？今两军对峙，如何退兵，望请回禀李大人，吾军欲与贼军决一死战，若是败了，则甫之过；若是胜了，则功归大人，可否？"送令者无言以对，只好回城复命。

李保究得知江甫不从令，大怒，道："反了！反了！这可如何是好？"心下一想，计谋出自夫人，夫人定有破解之法，便跑去问夫人。那夫人自然没了心智，全是九尾妖狐作乱。见李保究怒气横生，笑道："这有何难？"李保究抱拳行礼，道："还请夫人明示。"九尾妖狐道："只需断其粮草，将参与此战而不听从号令者之家眷一一抓捕，逼迫其归来。"李保究道："夫人果然诸葛在世！"遂命人依计行事，再遣人行至大陈岭，传令众将士归城。

那边郑钧自章家一战，已是损兵折将，暂且息战多日。见粮草补充不济，后又有追兵阻截，只好命将士一鼓作气，整饬兵器，向大陈岭进发。不时，见山岭处伏兵四起，惊讶何来敌军，慌忙令将士冲上阵去，两军陷入战乱之中，厮杀一番。只见郑钧手持大刀，骑马朝上而去。见江甫正站立山尖处，遂横刀砍去，正所谓擒贼先擒王。幽冥大王抢先冲上阵来，挥拳挡了过去，竟将大刀打出了齿印。这一个是为礼贤以身报国，那一个是争世界岂肯罢休！郑钧哪肯罢休，跳将起来，刀纵劈来。幽冥大王也跟着跳了起来，飞脚便将郑钧踢了出去。郑钧扑倒在地，忙骑上马去，又见幽冥大王挥拳，将马打死在地。郑钧狼狈不堪，只好逃走。

兵法有言：军以将为主，将衰则军无战心。郑钧战败，忠义军锐气已坠，纷纷败下阵来。江甫见势，便击鼓冲锋。不料来一人，大声喝住。此人便是李保究遣来的送令者，见江甫欲要率军剿灭敌军，怒道："大人有令，全军回城。"江甫道："贼军已然溃败，何不一鼓作气将其剿灭？"送令者道："小的只传李大人之令，望将军不要为难小的。"幽冥大王听罢，遮不住暴性子，一把揪住送令者。送令者急声呼道："大胆逆贼，竟敢违抗军令。若是杀了吾，尔等众将士家眷皆吉凶难测。"江甫问道："此话何意？"送令者道："李大人已将众将士家眷一一关押，今调令回城，若有不从者，视为叛贼，其家眷一律法办。"江甫听罢，怒道："狗贼，竟陷害吾等于不忠不孝之地。"幽冥大王道："将军，该当如何？"江甫沉思良久，道："若听从调令，率部归城，敌人得以喘气，必如虎扑来，致百姓于危难之中，此为不忠；若违令不从，令将士厮杀，众将士家眷必受祸害，此为不义。"说罢，令幽冥大王放开送令者，击鼓一番，道："小哥，你姓甚名谁，家住何处？"送令者道："本人姓倪名阿牛，家住乌木山。"江甫遂唤来兵士，叮嘱一番。笑道："你姓甚名谁，家住何处，方才吾已告知众将士。"送令者一脸懵然，道："将军这是为何？"江甫道："吾告知众将士，是你献计于李大人，关押家眷胁迫众将士回城。若是众将士家眷有个不测，定拿你是问。"送令者气道："行此奸计，加害于吾，此乃小人也！"江甫笑道："尔等陷吾于不忠不义之地，又如何说。"说罢，抽出刀剑，冲进阵营之中，领着众将士杀敌。

话说江甫乃一介书生，岂会战场杀敌，须臾，已被贼军围住。众将士施法援救，幽冥大王更是纵身跳进阵营中。说时迟，那时快，贼军乱箭射来，江甫胸部中箭，侧倒在地。幽冥大王急忙挡箭，江甫倚枪站立，怒道："尔等贼军，休得过岭。"说罢，应声倒下。幽冥大王急中生智，幻化原形，虎威震天地，贼军落荒而逃。

江甫中箭难治，众将士无不悲泣，江甫令幽冥大王领兵归城，道："众将士随吾出征，血战大陈岭，好在天佑大宋，将士一心，敌军败退。无奈奸臣当道，欲要害吾，累及将士，于心不忍。今唯有一死，此事可休矣。望请虎兄率将士归城，固守礼贤，以待援军。"说罢，便就此西去，天星陨落。幽冥大王遵从号令，率军回城。郑钧领着残部逃退至马车门，安寨扎营，以图再进。

却说刘保忠整饬兵马已有数日,誓要杀贼报仇,终日习武练操。一日,帐下来报,郑钧兵败于大陈岭一事,无不惊叹,道:"礼贤并无兵马,何人挂帅,竟能击败贼军?"帐下道:"李保究命县丞江甫,领衙役二十余人奉命阻击贼军于大陈岭。"刘保忠道:"二十余人如何击败贼军千余众?"帐下道:"大人有所不知,礼贤百姓同仇敌忾,集千余人前来助阵,这才击败贼军。"刘保忠一听其言,甚是惊讶,道:"果真如此?"帐下道:"据实相报,绝无虚言。"刘保忠道:"自古有言得民心者得天下。想必这县丞江甫深得民意,如此,礼贤安矣,贼军可退。"又心下一想:何不助其一臂之力,两军呼应,成犄角之势。如今贼军败退,定过雪坑口,早晚将至,何不在此伏击,一鼓作气,将其歼灭。遂下令众将士兵伏雪坑口,又派使遣书信一封,往礼贤去,商议共击贼军一事。刘保忠之子刘已闻得伏击之事,便前来帐下请令,愿为先锋。刘保忠见其子不同往日,一改前非,故而大悦,命刘已领上百义军屯军砚瓦山口,里应外合,使心设计。行前叮嘱:"尽诱贼军入谷中,再行包围,不可擅自追击。"刘已领命退去,伏兵于砚瓦山口。

翌日,雾,刘已见郑钧一众行至砚瓦山口,不足百步之远,心下一想:阿父多虑矣,如此残兵,何须合围,只需万箭便可将其射杀,遂下令众将士拉弓射箭。一时箭如雨落,声响彻谷。郑钧惊慌摔下马来,着令众将士退却两百步,逃至大坞岭。刘已见贼军死伤甚多,且败退无序,甚悦,道:"贼局已不成器,何不就此掩杀,好立大功,报于阿父。"遂击鼓进军。

兵法云:穷寇莫追!不知其者,必受其害矣!不料郑钧早已布军于大坞岭,待刘已孤军深入,命将士齐杀出阵来,合围了刘已部,终擒刘已。郑钧下令,除刘已外,其余一律斩杀,并将尸首暴露在谷底,以震军威。

话说刘保忠得知刘已兵败被擒一事,痛惜不已,心力交瘁,正所谓:仰面告天天不语,低头诉地地无言。泣道:"吾儿生性单纯,若从吾言,未必被擒。今日兵败,实属贼军奸险。膝下独子,如何是好?"念慈见刘保忠悲痛难掩,道:"刘叔叔何不向贼军讨还?"刘保忠道:

"大势已去矣！方才使者来报，大陈岭一战，礼贤县丞江甫深陷敌阵，不幸战死，众将士奉李保究之命，回城布防，不允吾之所请。如今贼军兵锋正盛，士气高昂，这且奈何？"念慈道："郑钧杀人不眨眼，乃恶魔也！急需将刘已哥哥救出，不然性命堪忧。"刘保忠道："也罢！刘家世代单传，老夫今独有其子，若有差池，以何颜面见祖宗。"遂令众将士，齐杀入砚瓦山口。

　　不时，行至砚瓦山口，见将士尸骸曝晒于两侧，众义军无不寒战，又见贼军刀枪闪烁，剑戟森严。遂不敢再进。忽听得谷中传来声气，道："久仰刘大王之名，今日得以相见，实属三生有幸。"刘保忠怒道："贼子，速速来降。"郑钧道："令郎已归降于吾，刘大王何不就此罢手，归顺吾忠义军，共赴大业。"刘保忠道："犬子何在？"郑钧道："方才交战之时，令郎刚劲勇猛，杀吾将士甚多，故而自受轻伤，正于帐下疗伤。刘大王如若不信，可只身前来，一探究竟。"刘保忠思子心切，不知是计，欲要前往。念慈急道："莫要中贼军奸计！倘有差失，悔之不及。"刘保忠道："无妨，若是奸计，你可领众将士齐杀入阵来，勿念吾等生死。"说罢，只身入营。

　　话说郑钧之人，生性阴阳两面。今行此计，欲要刘保忠归顺于他，自然好生应对。刘保忠见刘已正卧躺养伤，泣泪不止，斥道："你怎么总是干兀突事？"刘已道："今日之事，实属吾一时性急，这才中了贼军奸计，请阿父恕罪！"刘保忠道："事已至此，又能如何？"父子相抱，悔不当初。须臾，郑钧见父子二人情深义重，心知事已成半，心中自悦，道："刘大王父慈仁爱，刘已兄弟年少有为，何不归顺吾忠义军，与圣公同道，共襄大业！"刘已怒道："匹夫，休想！今日犹死而已，无须多言。"郑钧道："刘已兄弟果真豪杰，吾忠义军向来敬佩忠肝义胆之人，若不逢乱世，你吾必是一见如故，定成世交。如今朝廷失政，大变伦常，各处慌乱，刀兵四起，天降不祥，祸乱已现，吾等虽满腔热血，却报国无门。只好暗怀救世之心，举忠义之旗，以匡天下，和平海内。"刘保忠听罢，深知郑钧诡计，又暗自感叹：自古朝代更迭，此乃天数。今日若是以命相搏，料不能取胜。故此何不降他，免得空丧性命无益。遂道:"若吾父子降你,可否保吾义军性命?"郑钧一听降言,心中甚欢,乐道:"刘大王识大体,末将佩服。如若归顺,吾必上书少公,封刘大王为吾军副将,令郎为先锋,原有将士依旧归刘大王统领,如何?"

刘已见阿父有意降贼,心中不满,道:"阿父,自古忠义有节。今日虽败,死则死耳,何惧之有。反复无常,岂是君子之所为?"刘保忠道:"吾儿莫要狂言,听从便是。"刘已深知父命难违,又深陷虎牢,只好不言,暗自叹道:"此正天数难逃,吾命所该!"遂降。

须臾,帐下来报,帐外有一女子,乃烟枪鬼之女,如何处置?却被刘已听了去,怒道:"不可伤她!"郑钧笑道:"刘兄弟如此关切,吾等岂会为难于她。你父子二人在此歇息,且容吾调整军防,再与二君畅饮一番。"说罢,退出帐外。

俗话说:斩草不留根。郑钧岂容念慈苟活,遂令兵士将其捆住,绑赴谷崖,欲要扔下去摔死。不料丛中来一人,蒙着面,甩出飞镖,将两名兵士杀死。此人便是汪青,自刘保忠率军来战,便尾随其后,以观其变,得知刘保忠降贼,深知念慈凶多吉少,便埋伏左右。今见兵士捆绑念慈至谷崖处,心知其意,便出手相助。

念慈见是汪青相救,不胜感激,道:"汪哥哥今日相救,小女子无以回报。"未及言毕,汪青便捂住念慈的嘴,道:"姑娘莫要出声,郑钧正在谷底瞧着,若是今日不将你扔下去,定不罢休。"念慈道:"这可如何是好?"汪青道:"姑娘且脱下衣裳,与兵士相换,吾等扮成兵士,推一死人下去,以此糊弄。"念慈一听其言,急忙调换了衣裳,依计行事,郑钧见谷崖处落下一人,自以为是烟枪鬼之女,便不再深究,又恐刘保忠父子二人起疑心,便急回帐中。

话分两边说,这边汪青、念慈一路逃来,见西城门紧闭,只好往山里去。无奈西山峭壁悬崖,攀爬甚是艰难。不时,念慈脚力不济,踩空一处,掉落悬崖,汪青含泪道:"承蒙王英雄抬举,本一心跟随,奈自古英雄命短,不能遂了心愿。如今本想救念慈出险境,却不料摔死在此山中,此乃吾之罪过,今生无念,倒不如一死了之。"说罢,便挣脱了绳索,跳将下去。

不言这二人如何掉落何处,只言醒来之时,却安躺在石床之上。睁眼瞧去,好似龙宫,二人一时目瞪口呆。正疑间,只见一人走了进来,罩一领赤焰焰的丝袍,手持七星剑,此人便是夜莺子。二人急忙起身,行礼致谢。夜莺子道:"二位不必客气。此为东宫口,吾乃夜莺子,与父王老道子奉龙王法旨,在此值守。今日巡游之际,见二位漂浮于泉口,尚有一丝气息,便将尔等拖至内房,服下草还丹。"念慈道:"多谢公子相救,只是不知令尊现在何处,可否引见一番,吾等好生拜谢。"夜莺子道:"父王昨日前去东海龙宫启奏要事,过些日子才回来,望请二位恕罪。"汪青道:"承蒙神爷相救,吾等心存感激,岂敢怪罪,只是多有打扰,还望见谅。"夜莺子道:"吾自幼便在此宫中,父王三申有令,不准出此泉口,故而人间甚模样,亦是不得而知。只是之前有一女子从泉口处掉落下来,父王命吾引其入洞。父王称那女子为上仙,赐予水参,延其性命。自那仙人以后,再见不得人哩。"

念慈听罢,念起阿父之死,悲伤欲绝,泣道:"公子乃水底的神仙,自然觉得人间处处是风景,却不知世人贪欲横祸,不守忠义,不知名节,如今早已是草木皆衰,万物凋零矣!"夜莺子甚是糊涂,一时不解,只好傻笑道:"姑娘自然不会诓吾!"

正说言间,老道子正从那幽道中来。三人急忙拜见,一一行礼。夜莺子讲明了来龙去脉,老道子只得抚须哀叹,摇头不语。夜莺子问道:"父王今日为何如此闷闷不乐?"老道子道:"大难矣!"夜莺子道:"福有所依,祸有所据。不知这难从何而来?还请父王明示。"老道子道:"那日贫道正巡游山中,一时不知为何,天地昏暗,山体崩塌。便游出泉口,一探究竟。只见那清虚道人正与混元魔大战,一时不分胜负。"夜莺子道:"后来如何?"老道子道:"混元魔乃天地阴气聚集而成,有不生不灭之体,又得寒元之气,自然法力高出一等,将清虚道人打散了魂魄,与伪善魔径往太阳山去了。吾深感大难将至,便去往龙宫,报于东海龙王。"夜莺子听罢,激愤难耐,跪拜在老道子跟前,行礼道:"父王,请容许孩儿提剑降魔,替天行道。"老道子道:"孩儿莫急,一切自有天数。"夜莺子嘟着嘴,说道:"如此一来,又不得出去耍了。"老道子笑道:"为父倒有一事,须差人往人间走一趟,不知吾儿可有兴趣?"夜莺子听了,心中欢喜,求道:"孩儿愿为父王效劳!"

　　老道子听罢,笑而不语,见念慈、汪青侧立不语,便行至跟前,问道:"不知二位日后有何打算?"汪青道:"如今吾等身系国恨家仇,若能再回人间,定当报此一仇。"老道子道:"二位一无绝世之功,二无通天之术,如何报此仇?"二人深感有理,多是无奈,只好低头叹气。老道子道:"大宋自太祖以来,已有百余年。虽朝野腐朽不堪,百姓怨声载道,然气数未尽,天命未绝。此番方腊举事,难成气候。吾辈修道之人,自当匡扶正道,顺应民心,驱逐贼人,以安天下。"夜莺子道:"父王,孩儿该当如何?"老道子道:"郑钧生来争功好胜,不日便可占据礼贤,只怕其残暴不仁,生灵涂炭。故而命你三人就此往礼贤走一遭,捕杀郑钧,驱逐贼子,护佑礼贤,还百姓之安宁。"三人领命,正要离去,老道子道:"修道之人,切忌枉杀!"三人出了泉口,径往礼贤去。

　　欲知结果如何,请看下回分解。

# 第三十七回　虎王降妖化虎山　郑魔王血洗礼贤

　　话说幽冥大王奔回城内，严行扼守。郑钧领军逼近，困守城门。幽冥大王遂令将士编木为栅，致使敌军难以翻墙入城，但凡靠近木栅者，趁机射杀。郑钧苦于无计，只好帐下冥思。正思间，少公来使，郑钧帐外恭候，来使道："郑将军龙骧虎步，荡平贼寇，居吾军南下首功，已启表上奏圣公，予以褒奖。今闻郑将军所率其部与敌周旋，多受重创，将军亦是满身是伤，特令王绩、薛斗南、冷恭三位将军前来助阵。不日攻下礼贤，吾必携美酒前来恭贺众将军。"郑钧领过军令，暗自叹道：说是前来助阵，其实监视罢了！

　　正忧思之时，王绩、薛斗南、冷恭三将已领兵前来。郑钧出帐迎接，笑道："烦劳众位将军！"王绩道："将军此番立功，吾等早已羡慕不已，按捺不住了，就想与将军一起杀敌，攻城拔寨，以立新功。"郑钧心中不平，却不好发作，赔笑道："若论战功，此功劳自当归于少公。若无少公英明决断，末将岂能破敌。"众将皆言有理，遂入帐。

　　却说九尾妖狐得知江甫战死，心中欢喜，又忧幽冥大王日后算账，心下思定：斩草便要除根。遂附身于王夫人之身，朝着内堂行去，行至厅堂，又见郑官人贴上脸来，便心生一计，俏皮郑官人一番，道："今贼军逼城，你不与大人商议破敌之策，跑这里来作甚。"郑官人道："夫人何出此言也？吾正要去内堂，请示大人如何应对哩！"九尾狐妖笑道："郑官人风流倜傥，整日沉迷酒色之人，也关心起国事来了，真是破天荒，头一回见！"郑官人笑道："夫人说笑，莫不是为夫人着想，何须如此周折？"九尾狐妖道："当真是为吾？"郑官人见王夫人不信，便拍拍胸膛道："当真是为了夫人！"九尾妖狐道："你既是为吾，今又欲寻大人，想必心中早已有了良策，何不与吾说。待到了内堂，见了大人，也好有个方寸。"郑官人自然欣喜，道："小人早已与郑钧暗通，若是李大人束戈卷甲,止戈休兵,便可保吾等性命无忧,享尽荣华富贵。"九尾妖狐呵斥道:"你这是甚破计?大人日思夜想破敌之计,你却暗通贼军,私藏祸心,与吾大人面前说理去?"说罢,急拉着郑官人手,往内堂去。

郑官人见事已败露,不好收场,便心下置疑,夫人好像变了个样,昔日娇柔温纯,今日为何如此凌然凶煞,便委实相告,道:"夫人好生糊涂,若不是大人指点,小人岂敢犯此杀头之罪。"九尾妖狐一听是李保究所指使,心下一震,暗叹道:"这李保究虽迂腐至极,却也是儒生出道,读的是圣贤之书,行的是君子之道。但凡读书之人,遭逢乱世,须以身死社稷,这刀还未架在脖子上,却软了膝盖骨。也罢,李保究既已弃节投敌,自然不容奋死之人,吾便顺其心,借其手,结果了那幽冥大王,好自由痛快去。"

九尾妖狐领着郑官人入来内堂,见李保究正坐立难安,便问道:"老爷为何如此不悦?"李保究道:"夫人明知故问!"说毕,又见郑官人侧旁站立,遂悄声问道:"本府交代你之事办得如何?"郑官人道:"启禀大人,一切皆已办妥。倘有疏失,甘当重罪。"李保究一听办妥,稍许安然。

九尾妖狐见李保究心事已定,便欲催火,问道:"大人有所不知,江甫虽死于敌手,但其部下皆以为乃大人所害,私下皆言要报仇,正愤愤不平哩!"李保究一听甚怒,道:"何人造反?"九尾妖狐道:"能有何人,必是那江甫跟从。"李保究道:"此人虎体熊腰,恐难制服。"九尾狐妖道:"大人只需召其入府,命几十壮士将其按住,再行捆住,此即大功告成!"

李保究思来想去,着实无他计谋,只好传人招来几十壮士,令壮士埋伏,又命将幽冥大王召入,正所谓:金风未动蝉先觉,暗送无常死不知。幽冥大王闻李保究传唤,心中大怒,叹道:"若不是这厮三番五次传令撤军,动摇军心,文曲星岂会死于非命?此仇不报,有何颜面苟存于世?且听令前去,待一良机,结果了这厮,直奔洪福村,找众仙去。"

李保究见幽冥大王前来,备加慰劳。不料幽冥大王一把将李保究抓住,又扔了出去,李保究大惧,半晌才道:"兄台这是为何?江县丞英勇善战,死于敌手,你吾更应同仇敌忾,拒敌于城门之外。"幽冥大王那听得这般闲说,抡起李保究,甩出大堂之外,撞在墙柱之上,口吐鲜血,一命呜呼矣!正所谓:秀才遇莽夫,有理说不及。郑官人见抵挡不过,忙命几十壮士一拥而上,将幽冥大王按住。郑官人见幽冥大王一时动弹不得,急身抽了一把剑,刺向幽冥大王。

且说幽冥大王乃仙灵之物,何惧刀剑,硬生生将刀剑折断。起身推开众壮士,将断剑掷了出去,一把插进郑官人脑尖上,一时血喷,正应了诗言:赌近盗兮奸近杀,古人说话不曾差。九尾妖狐急冲了上来,施展妖法,幽冥大王一时抵挡不及,退了阵来。怒道:"果真是妖孽,今日便除了你。"说罢,现出虎威,扑身压了过来,九尾妖狐抓起几个壮士扔了过来,转身翻墙逃走。幽冥大王空中接住,落下地来,怒道:"妖孽休走。"便急追了出去。

九尾狐妖逃至一山脚处,见幽冥大王追赶而来,便摆开阵,使出妖媚之法,此法唤作离心法,入此阵者,皆会心神混乱,神志不清。幽冥大王陷入阵中,一时不得自拔,颠倒左右,难辨前后。九尾妖狐见状,心中自喜,摆出九尾,伸张过去,将幽冥大王颈手足一一捆住,欲要掐死。幽冥大王气息难通,手足难动,只好坐下运功,保存体力。

不时,忽听虎铃响起,震彻双耳,破了离心阵。九尾妖狐见此法高强,深知抵挡不过,只好逃去。幽冥大王尾随其后,一路追杀。须臾,追至一山脚处,不见妖孽踪迹,便四处找寻。只见有一排洞口,数一数,洞有九个。幽冥大王心想:此妖定藏于此洞之中。便向前探个究竟,行至一洞口,见内乌漆抹黑,只得徐步前行。忽见洞外一物甩了过来,将幽冥大王打倒在地。幽冥大王急忙起身,追出洞外,只见那物缩进另一洞中。幽冥大王紧跟冲了进去,正要寻个明白,又见一物从洞外甩来,将幽冥大王击倒在地。幽冥大王甚是愤怒,冲了出来,朝各洞一看,着实瞧坏了。九洞各有那物,原是九尾狐妖有九条尾巴。幽冥大王手中无像样的兵器,便拔了根绵竹,削成尖,刺了过去。无奈刺了这头,那尾巴缩进去不说,其余八条尾巴便甩打过来。幽冥大王避身不及,击打不得,便歇在一处,暗自感伤,道:"自灵江一别,子孙尽散,洞府也烧了。如今文曲星已死,着实无颜面再赴洪福村见众仙,如何是好?"久思未定,又见狐妖作乱,若是今日不除,日后定生祸害。遂运功施法,魂魄驱身,化入山中,只见山体下压,碾碎了狐妖。后人为念其功,感其恩泽,唤此山为老虎山。

话说王绩、薛斗南、冷恭三将见郑钧迟未攻城,众将心中不解,暗下商议:若是少公问起,不知如何答好。何不问个清楚,免得葫芦里卖药,不知情。薛斗南道:"将军雄兵在握,久居城下,为何至今不发兵攻城?"郑钧呵呵笑道:"众将军与吾皆为少公帐下,此等破城之功,郑某岂能独享? 前夜梦见雄星聚灿,深知定有贵人相助,不料今日果然应验。礼贤城深墙高,敌军又设栅于城墙头,吾军半步进不得,实属难以破城。"冷恭道:"这有何难,吾等将士有上万之众,齐发攻城,即便贼军有数万箭,也来不及发,将军何惧之有?"郑钧道:"不可,不可,如此一来,吾军必是伤亡惨重,待进城之后,还须剿敌守城,何来的人手?"王绩道:"将军之意,该当如何?"郑钧见众将皆是莽夫,说起破城杀敌,着实无招,只会平日里溜须拍马,私通阴谋,便笑道:"老夫已有破城之计。"众将无不惊愕,问道:"是何良计?"郑钧笑道:"当用火攻。"众将皆言妙哉,急书上表破敌之计。不言。

只言郑钧分遣兵士,每人二炬,俟夜静近栅,乘风纵火,万炬齐发,烈焰冲霄,各栅均被烧着。城头守军见火起,急运水浇灌,竟做无用之功。见栅已烧尽,郑钧擂鼓催军,待军马齐备,正要进发。王绩、薛斗南、冷恭三将上前阻挠,王绩手持军令,道:"奉少公之命,待郑钧据岭破城之时,收其兵符,由王绩执掌。郑钧等人,若能归令,则随军入城,若违抗不尊,就地斩杀。"说时迟,那时快。郑钧急冲下阵来,取一刀剑将王绩杀死,薛斗南、冷恭二将吓退。话说郑钧平生性急,喜杀戮,众皆畏惧,莫敢向前。郑钧令人捆了薛斗南、冷恭二将,正要斩杀。帐下谋臣道:"二将攻城有功,若斩二将,恐降者人人自危。望将军恕之。"薛斗南、冷恭二将见郑钧犹豫,慌忙跪拜施礼,皆言愿效犬马之劳。郑钧怒道:"尔等死罪可免,活罪难逃,军杖一百,以观后效。"

今有刘保忠父子降贼,实属无奈,见郑钧破城,愈加悔过。刘保忠泣道:"郑钧乃是一魔头,破城必屠,如何是好?"刘已道:"阿父糊涂,郑钧生性残暴,此番攻城之后,必定斩杀吾等。"刘保忠道:"既已如此,该当如何?"刘已道:"当剿无道以正天下,此亦万民之心也。吾等趁两军交战之时,寻机逃脱便可。召回义军,里应外合,此亦歼敌之策。"刘保忠道:"就依此计。"遂不言。

话分两边说,这边汪青、念慈、夜莺子闻得贼军兵临城下,遂趱程而行,赶至府衙,却见李保究暴死,汪青道:"佛家有言,善有善报,恶有恶报。这厮作恶多端,糊涂判案,刀下皆是冤魂,今日死有余辜。"正说间,府外几十残兵冲了进来,见县令横死,三人都在,以为县令乃其所杀,心想定是贼军奸细,便抽刀加害。夜莺子持剑相斗,不过三招,便将兵士打退。汪青道:"众将士莫慌,李大人并非吾等杀害,此事蹊跷,还当仔细查明。现今情势危急,当同心抗敌,莫要自乱阵脚。"几十残兵自思商议,道:"蛇无头而不行,军无主则乱!吾等已无将帅,贼军正杀来,如何保身?此三人实情相告,又打斗不过,何不归顺,寻个安处。"便齐声道:"吾等追随江县丞,与贼军血战大陈岭,不料江县丞英雄命短,战死沙场。吾等便只好回城守家,奈贼军火烧攻城,终难敌过,这才溃逃来此。"汪青道:"溃逃兵士有多少?"一兵士道:"有百余众。"汪青道:"贼军上万,锋芒正盛,不可与之交锋。如若信得过小生,便听令于吾,教尔等全身而退。"众兵士齐声道:"愿随公子,听候差遣。"汪青道:"烦请清点兵马,退至城南,往和睦去。"众兵士疑,问道:"吾等虽不敌贼军,却非贪生怕死之辈。公子为何令吾等退至和睦?"汪青道:"兵法有云:一鼓作气,再而衰,三而竭。贼军兵气正盛,吾等只需敌来吾退,待盛气退却,再行破敌之策。正所谓留得青山在,不愁没柴烧。"众兵士得令,退去。留有夜莺子、念慈在城内,好做接应。

那边郑钧攻进城中,令兵士分东、南、西、北四路,紧闭城门,严威监视,尽封府库,查抄府衙。又道:"今城内多有逆民,内藏凶器,置身暗处,实为卧榻之危。今令每户上缴铁器,有不从者,就地斩杀,概不留情。"

翌日,郑钧见无人敢反,自乐不已。阶下一人来报,道:"少公传令使已行至城外,见与不见?"郑钧问及薛斗南、冷恭二将,意欲探底。二将深知其意,安敢违拗,道:"将军居盖世之功,何不自立为王,吾等愿誓死追随。"郑钧听罢,呵呵笑道:"末将何德何能,敢教众将士与吾戎马征程,打拼天下。"冷恭听罢,知郑钧将威依旧,意欲讨好,便抽出剑,将方字旗斩断,喝道:"违逆者,如此旗。"郑钧见二将皆无叛心,心才稍宽,着人引送令使入城,暗地里给勒死了。须臾,阶下又一人来报,道:"刘保忠、刘巳父子二人不知去向。"郑钧怒道:"匹夫,安敢造反耶?"令薛斗南、冷恭二将领两千军马,城中搜查。

话说薛斗南、冷恭二将本是心中不满,搜查之事自是敷衍。三日过去,走街串巷,未有结果,只好低声来报。郑钧十分愤怒,命薛斗南、冷恭二将各领军杖一百,再去搜查。薛斗南、冷恭二将见郑钧生性残暴,暗自叹道:"受他两百军杖,已是腚子开了花。此番若是空手复命,指不定又是一百军杖,活活被打死,如何吃得消?"遂掀了房盖,推了灶台,细心搜查。正查时,只见两个黑影子窜了过去,薛斗南、冷恭二将断定此二人便是刘保忠、刘巳父子,便领兵直追。

不时,刘保忠、刘巳父子二人蹿进一弄堂处,着实无出路。刘保忠道:"后面追兵将至,如之奈何?"正说言间,薛斗南、冷恭二将果真追到,缓行逼近。刘保忠、刘巳父子抽兵对峙良久,便厮杀开来。忽见墙外一人飞至,此人便是夜莺子,伸手将刘保忠、刘巳父子抓起,直往外逃走。薛斗南、冷恭二将急忙调头追了出去。

须臾,夜莺子领着刘保忠、刘巳二人行至须江江头,见有一石像,下刻一行小篆,曰严君子神像。话说严君子治河降妖有功,擢升天庭,位列仙班。留此神像,以供后人祭拜。夜莺子作揖行礼,道:"今贼人相逼,仙子莫怪。"说罢,便躲于神像之后。

薛斗南、冷恭二将领兵前来,见此神像,威严自在,像下焚香设火,便心存敬畏,不敢冒进。薛斗南道:"礼贤自古显圣,吾等不可造次。若得罪了上仙,只怕没好果子吃。"遂留兵把守,余众退去,行至府衙,报于郑钧。郑钧疑二将不力,便亲往之。

不时,郑钧一众行至神像前,郑钧一看,叹气不已。遂唤来二将,怒道:"此等神像不过是糊弄愚民的把戏,有何灾祸?"遂令众将士齐推倒之。薛斗南、冷恭二将急声阻拦,道:"将军不可!"郑钧怒道:"有何不可?"薛斗南道:"此像之人唤作严君子,乃须江江神所化,立像在此,可保风调雨顺,可安黎民百姓。"郑钧笑道:"依你之意,本将保护不得黎民百姓,本将可招来天灾人祸?"薛斗南、冷恭二将一听,深知话重得罪了郑钧,便叩首跪拜,齐声道:"将军英勇盖世,礼贤百姓尊将军为神,无不拥戴!"郑钧道:"既奉吾为神,又何必多此一神像?此处风光无限,景色怡然,可造一行宫,供众将士观赏。"遂又命人用绳索捆绑神像,推倒在地。

却说夜莺子、刘保忠、刘已三人正躲藏于神像之下,听得郑钧之言,欲要推倒此像,甚是愤怒。见郑钧兵将甚多,故而不敢吱声。须臾,忽见将士持绳围将过来,不好藏躲,只好挺身迎敌,将三五兵士打得落花流水。

郑钧怒道:"汝等二将,劝吾勿要推倒神像,实则包藏贼人。"说罢,令几百兵士刀剑相加,棍棒互使,将神像敲打粉碎在地。夜莺子携二人逃走。郑钧着薛斗南、冷恭二将前去捉拿,自思:"贼民甚多,若不斩草除根,日后定有忧患。却不知这一干百姓,何人是忠,何人是奸?"忧思一番,苦于无计,只好作罢,挥师回至帐中。

正忧思间,帐下来报,说有一人求见。郑钧疑虑三分,便召见此人。此人入帐,跪拜行礼。郑钧道:"你是何人?"那人道:"小人姓曾单名一个多字。"郑钧一听,笑道:"不多,不多。"又呵斥道:"吾与你素不相识,见你着装,非吾忠义军,今日擅闯本将军营,所为何事,如实招来。"

郑魔王果真是喜怒无常,捉摸不透。曾多早已吓得腿脚发颤,额头冒出珠大的汗,道:"小人本是李府用人,主司文书之职。李保究偏爱郑官人,故而不受重用。现如今将军威武,收复礼贤,乃礼贤百姓之福。今日求见将军,望请将军不计前嫌,留吾在府中行事。小人定当鞠躬尽瘁,死而后已。"

常言道:无事献殷勤,非奸即盗。郑钧自然是信任不过。问道:"你既为大宋子民,为何投效于吾?"曾多道:"将军所言差矣!"郑钧道:"差在何处?"曾多道:"将军不知,朝代更迭,自有天数。今宋廷根基动摇,民心思迁,此乃大势所去也。吾等有心效力社稷,忠于君王,奈报国无门,投诚无路。而圣公义举,效仿汉高祖,志在推翻暴政,取天下而王也!自古有言:识时务者为俊杰。今日前来,非为别事,愿投靠将军,鞍马效劳,共赴大业!"郑钧道:"区区一个府衙用人,竟有如此大志。也罢,吾自入城以来,府中上下之事,急切要寻个老成帮手。奈愚民刁蛮不从,今一园瓜,只看得你是个瓜种。"曾多道:"小人愿为大人差遣!"

郑钧喜得一心腹,却不知此人有何本事。此间多有愚民作乱,却捉拿不得,即便有捉住的,也是不肯招认,着实忠奸难辨。何不说与他,看他如何处置。便将此事说了。曾多听罢,道:"此事好说。"郑钧听罢,甚喜,问及何法,曾多便俯首帖耳,细说一番。郑钧听罢,笑道:"妙计,妙计!"

话说礼贤百姓,无不信奉严君子,今闻郑魔王推倒神像,敢怒不敢言,只好夜间烧香点烛,朝须江叩拜,悲痛难耐。正思念间,忽见几百兵士围了上来,持兵列阵,举着火把,照个通明。原是曾多献计郑钧,夜间只需江头一行,便知孰忠孰奸。

曾多见众多百姓江头祭拜,若是全部斩杀,恐激起民变,惹起是非,便道:"尔等皆是礼贤忠义之士,郑将军正招贤纳士,爱惜贤才,诸位何不投靠于郑将军帐下,效力忠义军,共创大业。"其间有一老者,站出位来,喝道:"普天之下,莫非王土;率土之滨,莫非王臣。你既为大宋子民,不思报君,却公然谋反,逆天道而行,实乃罪恶滔天,当灭九族。"曾多笑道:"老者莫要伤了和气。今朝堂昏暗,贪官污吏横行,百姓民不聊生,如此之朝廷,倘若效忠,岂不为朝廷之犬儿,暴君之爪牙,欺凌百姓,残害众生。"老者道:"匹夫,你是何人,读过几年的圣贤书,竟然口出狂言,蛊惑众人。"曾多道:"鄙人生在贫寒之家,莫说这读书识字了,能吃饱穿暖已是万幸。然鄙人深知百姓之苦,愿为天下苍生谋一太平盛世。"老者道:"黄口小儿,简直大言不惭。老夫且问你,何为忠义?如何为天下苍生谋一太平盛世?尔等贼军入城,不念百姓之苦,烧杀掠夺,草菅人命,无恶不作,又推倒神像,亵渎神灵,当受天罚。此等行当,如何称之为忠义,如何为天下苍生谋得一太平盛世?老夫虽腐朽,却也不糊涂,岂会受你蛊惑!"说罢,转身跳进须江。众人见老者赴死如归,刚毅不悔,便跟随了去。

曾多见众人跳江自尽,便回府复命。郑钧甚怒,道:"愚不可及。"遂在鹿溪路口,着人依照自个儿模样,打造一尊神像。又传令全城百姓,每日早晚一拜。若有不从者,男者充军劳役,女者作践为娼,老少不从者,就地斩杀,凡所涉之人,其财帛充公,房舍烧尽。一时,礼贤血流成河,四处皆是断壁残垣。正所谓:

**江山风景依然是,**

**城郭人民半已非。**

又说薛斗南、冷恭二将奉命捉拿夜莺子、刘保忠、刘巳三人。不日,出城,追至乌金山。乌金山因有乌金而得名。夜莺子、刘保忠、刘巳三人行至一岭处,不慎跌进一洞中,刘巳本想一把拉住刘保忠,用脚勾住岩石。岩石尖处甚多,刘巳脚力不及,一同滚了下去。

三人掉进洞中,刘保忠、刘巳父子虽未摔死,却也伤了筋骨,动弹不得。夜莺子只好助其包扎,安顿平地处,暂作歇息。须臾闻得洞外有声,断定是薛斗南、冷恭二将追来,便又行至阴暗处,捡一些腐枝,盖在身上,权作蔽身之用。薛斗南、冷恭二将见有一洞,洞口处尖石之上挂有一块粗布,便知三人滚落此洞之中,又往下探去,不见底处,薛斗南叹道:"此洞约莫十丈之深,此三人虽有些武艺,若掉落下去,也是送了性命的。"冷恭道:"此乃天助吾也。此三人命丧于此,吾等便可回去复命,休得再折腾。"薛斗南道:"为以防万一,何不命人扔干柴下去,烧他一通。这三人若是摔死了,也算送他往生,免得让虎豹叼了身子去,好不体面;若是没摔死,也得烧死了,即使烧不死,也得熏死。"冷恭道:"妙哉,妙哉!"遂令人扔下干柴,一把火把洞烧得通红,冷恭合十拜道:"今日非吾兄弟要你三人之命,实乃天意所然。若有冤苦的,尽管找郑钧去。"说罢,二将率兵回城,报于郑钧。

夜莺子见火势甚大,难以脱身,便运功调息,使出圣水决,只见洞壁处冒出水汽来,挡住了火势。上面火蛇冲底,下面水龙翻天,真是水火两重天。须臾,水汽退了烈火,夜莺子查看刘保忠、刘已二人伤势,见无大碍,这才安心。刘保忠道:"多谢壮士相救。"夜莺子道:"不必言谢,此番救你二人,乃受人之托。"刘保忠、刘已父子听罢,甚是惊讶,一时不知是何人大德。刘保忠便道:"吾父子二人,前有作奸犯科,残害百姓,后有投敌叛变,败坏忠义,实乃当诛,无人可怜。故而不知是何人,念吾父子命薄,特请壮士一救。"夜莺子道:"恩公何人,不便说与你,他日故人相见,自当知晓。"刘保忠道:"壮士所言极是,今吾父子二人苟全性命,得于壮士舍身护佑,实乃惭愧。不知壮士雅称,好叫吾父子二人铭记于心,日后好图恩报。"夜莺子道:"小生唤作夜莺子。"刘保忠、刘已父子二人再拜言谢。不言。

只言夜莺子虽是修道之人,会些法术,飞出洞外,自然不在话下,只是刘保忠、刘已父子二人,乃凡夫俗子,又伤筋断骨,不便行走,更难攀岩出洞。夜莺子只好先行离去,潜入城中报于念慈。念慈得知,便备了干粮、绳索,一道出了城,行至乌金山。夜莺子将绳索一头捆住杉树,一头放了下去,刘保忠、刘已父子借着绳索攀爬了上来。

欲知结果如何,请看下回分解。

# 第三十八回　众仙恶战混元魔　大郎五显岭学艺

　　话说三郎练得洪公拳，径往山下来，拜见嬷嬷，詹妙容道："为母在家，晓夜不安，恐三儿嬉戏顽皮，惹下祸端。"金花仙子道："养子不易，为娘的为尔等悬心吊胆，废寝忘食。"三郎再拜，以示罪过。詹妙容道："今日见吾三儿，吾心方落，不知吾儿所为何事，今日才回？"三郎遂将事情原委说了一通。洪太公知是祖父，朝山拜去。江灵道："为何今日不见阿父？"詹妙容便将江甫赴礼贤上任一事告知三兄弟。江峰叹道："古有孝子，闻父母有疾，不敢舒衣安食。阿父此去，凶险难测，人子何以得安？"詹妙容听罢，心中七上八下，道："吾等久住于此，有些时日。混元魔自与泰山娘娘一战，元体损伤，然其有寒元之气护体，不日便可痊愈。那时，混元魔必是要祸害人间，颠倒乾坤。"花姑子道："混元魔乃阴气所聚，有不死不灭之身，为何不潜心修道，偏要时不时捣乱，危害人间？"喇嘛老者道："花姑子有所不知，道生一，一生阴阳，阳者，久存世间，为正大之光明。阴者，为世间贪欲、怨气、仇恨所聚。故而世道泯灭之时，便是混元重生之日。故其不死不灭，又时隐时现。"金凤仙子道："两百多年前，混元魔贪欲难足，而欲要夺取三神珠，位列仙班，奈元体未正，被寒武大神压在天界山。现如今混元重生，元体纯正，又得寒元之气护体，恐难将其制服。"江灵道："吾三兄弟已经习得洪公拳，又得三叠泉，练就不死不灭之身，何惧也？"江峰道："三弟休得狂言，且听嬷嬷计议便是。"众仙大笑。

　　正说言间，见一鸦自北南飞，连叫三声而去，金花仙子问道："此何祸福？"喇嘛老者觉而有警，占卜一卦，掐指一算，皱眉不语。众仙知得喇嘛老者善相，遂诧异，问卦何解。喇嘛老者道："昨夜夜观天象，北星陨落。今逢黑鸦南飞，定有灾祸。"詹妙容道："天道不济，人间遭难，此番夫君下山本是凶多吉少，今遇凶兆，恐难逃此灾也！"说罢,悲声咽咽,清泪如珠。江峰泣道:"阿父本是千担佛转世,又有文曲星护佑,忠厚老实,并无欺妄,本可有一番作为,做成事业,奈世道浑浊,造此陷阱之灾。"江灵道:"事已至此,哭泣有何用处?倒不如下山擒住贼人,碎尸万段,以报杀父之仇。"说罢,转身欲走。

说时迟,那时快。只见福石岭塌陷了下去,众仙愕然不已,洪太公道:"此岭曾有一石,唤作转运石,相传唐时,此地天灾不断,水旱交错。有一仙居真人,化成转运石,驱灾消祸,保一方风调雨顺,故而唤作福石岭。"金凤仙子道:"真人大义矣!"说罢,唉声不语。喇嘛老者道:"依太公所言,今福石岭遭此劫难,必有恶魔相侵。"洪太公道:"正是!"詹妙容道:"恶魔必是混元,此番作乱,如何是好?"金凤仙子道:"吾等协力,定除混元。"众仙皆赞同,共赴福石岭。

话说混元魔运气调息,法力渐复,行至岱岳寺,见泰山娘娘化作石像,便运功摧毁之。伪善魔、白食鬼紧跟其后,径往福石岭,未见众仙踪迹,便心火躁起,掀岭倒山,可谓是地动山摇。

三魔正要问罪洪公村,只见众仙已摆阵在前。詹妙容道:"混元魔,你作恶多端,该受天谴。"混元魔笑道:"吾既为天,敢问仙子,如何受得天谴?"江峰怒道:"混元魔,休得狂言。"混元魔乍一看,正是三郎俊俏在前,疑道:"莫不是三神珠转世为人也!"江秀道:"正是。今日吾等三兄弟便是来取你性命的。"混元魔道:"寒武大神尚奈何不了吾,况尔等杂货。"江灵道:"恶魔,看拳。"说罢,跳身飞起,挥拳而出,似如旋风。混元魔道:"招式倒是好看,却不中用。"说罢,双手一转,面前立一冰障,任凭拳力如何厉害,都被挡了回来,打在自己身上。江峰、江秀见三弟败了下风,便齐声助阵。

混元魔见三郎协力相助,急忙招架,变换阵法,只见那冰障成了冰球,护着魔身。三郎挥拳击球,却力不着点,好似打偏了去。众仙见状,便纷纷助阵来。伪善魔见喇嘛老者从左边攻来,使出罗鞭,一鞭抽打过去,喇嘛老者急避身,伪善魔又顺着一鞭挥打过来,喇嘛老者又跳出阵来,急忙逃脱。伪善魔笑道:"一筐的萝卜,就你好啃。"遂紧跟其后,鞭鞭抽来,喇嘛老者着实没些法力,只好仓皇逃窜。都说伪善之人,逢遇好捏的果子,便是异常的凶煞。只见伪善魔飞至跟前,一鞭捆住喇嘛老者,甩了出去。喇嘛老者悬在空中,未及喘息,伪善魔又挥其罗鞭,甩向峭壁。如此往复,折腾得喇嘛老者骨散皮绽,没了气息。伪善魔又挥使罗鞭,捆住一尖石,扔了过去,将喇嘛老者钉在峭壁上。喇嘛老者无力支撑,魂飞魄散。又见黄鼠狼精、狐娘跳脱了出来,往岭下直奔而去。伪善魔见是两只小妖,便放了,急身回去。

话说白食鬼见魔阵威猛,不敢靠近,只得在旁侧扇风,敲鼓助威。花姑子见其嚣张,一时看不过去,便跳出阵来,摆开了古琴,琴声如剑,剑剑刺来,白食鬼未见如此阵法,心生胆怯,便化作一股烟溜了,花姑子正要追,见众仙难敌混元魔,便回身跳进阵中。

混元魔见众仙四面八方破阵,即使破了阵,也占不得上风,便气定神和,运转冰障,一时间冰障又似火球,破开了去。原这冰障乃是魔族众蘖,此番阵法,便是千万魔蘖聚力而成。众仙见冰障退去,便齐冲了上去。不料那冰障化作魔军,冲杀上来,一时混战。混元魔笑道:"都是些皮囊,什么零碎,尽管使来。"金凤仙子、詹妙容听罢,跳出蘖丛,冲杀混元魔。混元魔拂袖施法,只见半边天都黑了。雷鸣电闪,天地混沌。一时,一魔二仙恶战百回合,果真是:

势镇群山,威慑瑶海,杀气倒乾坤;遍地征云,红尘荡荡,轩昂耀正途。一个是截教残徒,两个是护道小仙。这边偷日换月要做主,那边舍命拼杀安天地。混元网罗密布,要你众仙陷沉疴;二仙施威弄法,斗得天地又方圆。

话说混元乃是纯阴之体,二仙与之战,起初犹可,向后难敌。混元魔将手伸长,欲掐住二仙。二仙避身回转,上下攻去。混元魔急身离去,二仙紧跟而去,一路追杀。不时,二仙追至一处,落下地来,见尽处是绵竹,阴风吹冷。再左右顾盼,不见魔身,好生奇怪。二仙寻得一高处,只见山岩峭壁,凹陷进去,似如一大门。二仙见甚是奇异,便行至峭壁之下,一探究竟,原不知此处便是石大门处,乃魔窟之口。

二仙正探之时,又见岩口落下瀑泉,挡住了出口,二仙甚感诡异,正要拼杀出去,只见石门开两边,落下一声:石门为君开!二仙转身,只见门内金光闪烁,心想不知何方大仙在此修道,何不拜请,好问个魔王去处,便徐步踏进。

古语云:不管闲事终无事,只怕你谋里招殃祸及身。待二仙入洞,石大门便紧闭难开,二仙便是中了圈套。说时迟,那时快。魔孽群杀了过来,一时抓住了二仙,用幽魂索捆住,绑了进去。

果真是混元设下的圈套,见小喽啰们捆了二仙进窟,自当甚喜,道:"二仙可好?"詹妙容怒道:"杀剐随便,休要羞辱吾等。"混元魔道:"二仙乃吾窟中贵客,今日到访,岂能怠慢。"金凤仙子道:"你意欲何为?"混元魔道:"吾知二仙清高,看不上吾这魔窟。今日便要委屈二仙,尝尝为魔辛酸。"说罢,命小喽啰将二仙推进无间地狱。

无间地狱原是恶魂散魄永不超生之地,地狱分十八层,每增一节,便增苦二十倍,直至十八层地狱,受尽脱皮露骨,折臂断筋之痛。混元魔怒道:"你可知本尊为何要夺三神珠,只因吾魔族之人藏于无间地狱,不见天日,永不超生。若能得三神珠,便可消除吾魔族灾难,重见天日。尔等仙人断不知这苦难。今日二仙有幸到此,何不感受一番?"说罢施法一番,只见水、火、电、雷、土五行相击,二仙受尽煎熬,一时苦不堪言。须臾,又见伪善魔闯进窟中,道:"众仙正朝石大门追来,如何是好?"混元魔怒道:"竟是一群不知死活的愚笨之人。"说罢领着魔孽冲出魔窟。

话说众仙追来,见混元魔、伪善魔立在石大门处,不见金凤仙子、詹妙容二仙,深知混元魔的厉害,便不敢轻举妄动,只围住魔窟,以待其变。三郎甚是火急,找不见嬷嬷,心烦意乱,不知如何是好。混元魔见众仙严阵以待,笑道:"素闻众仙大义,赴死护道,今日为何如此胆小,到了吾家门口了,何不进来叙旧一番?"江灵道:"混元魔,速还吾嬷嬷来,不然定掏了你老巢,将你的子孙灭尽。"混元魔道:"黄口小儿,竟是如此狂言,论起辈来,吾乃是你的祖师爷。"说罢,使了个眼色,欲要伪善魔先杀上去。

伪善魔岂有不从,便挥使罗鞭冲杀过来。金花仙子道:"看吾金花阵。"说罢,摆开阵来,将伪善魔卷进阵中,一时大战几十回合,不分胜负。众仙见混元魔身后有一门开,料定必是魔窟口,二仙定困在窟中,何不引开混元魔,适机救出二仙。遂商定计策,三郎冲杀上去,缠住混元魔,花姑子、金花仙子冲进窟中,只落个廖大夫旁侧观阵。混元魔岂会上当,这边周旋三郎,那边调转过来,封住了窟口,金花仙子、花姑子被震倒在地。混元魔正要擒杀二仙,三郎急冲上来。混元魔见难脱身,便退出阵来,摆出混元阵。此阵乃混元之气所化,又合寒元之气,二气相合,阵法无敌,众仙被打散了去,掉落山崖处。混元魔见三郎落在和岩,便俯冲下去,一掌打下去,将山夷为平地,三郎未及避退,被震开了去,各自零散了去。那边,伪善魔见金花仙子滚倒在地,便飞天一脚踢了过来,廖大夫见状,挺身护了过去,受了一脚,血喷当场。伪善魔怎肯罢休,罗鞭抽打了过去,将金花仙子擒住,掳进窟中,扔进了无间地狱,使得三仙共受磨难。见三仙煎熬难受,自然欢喜跳跃,便要再去擒拿其他仙子,却被混元魔拦住。伪善魔不解,混元魔道:"如今三仙在此,三郎岂肯罢休,定会前来相救,何不以静制动,来个瓮中捉鳖。"说罢,静坐不语,伪善魔只好作罢。

常言道:塞翁失马非为吉,宋子双盲岂是凶!三郎失散,大郎落在天萝坞,已是法力尽失,身体难支。口中饥渴,便匍匐至溪沟边舀水喝。正喝时,忽见一恶犬,垂涎怒视。江峰却因手脚疼痛,难以起身。说时迟,那时快,顷刻间那恶犬扑了过来。一时善人恶犬扭打了起来。恶犬撕烂了江峰身上衣服,一口将江峰小腿咬住。江峰疼痛欲哭,欲使一拳将恶犬打死,无奈真气不存,法力全无,更招来那恶犬疯狂。江峰深知今日欲要死在此处,便悲叹不已。正所谓虎落平阳被犬欺,果真不假。

江峰疼痛难耐,昏了过去。醒来时,见头顶上有一个鬼相之人,惊吓得急转身,原不知挂在树上,这一转身,竟掉落了下去。未及疼痛,那恶犬又扑了过来。江峰急忙倒退。正是险恶之时,头顶传来一声,江峰回头一看,适才那鬼相之人扔下一个藤索。江峰哪顾得三七二十一,顺着藤索攀爬了上去。拜谢道:"多谢高人相救。"鬼相之人道:"吾这般扮相,可曾吓到你?"江峰一听是个女声,支支吾吾道:"姑娘虽假扮丑相,却心善人好,人人爱之,岂会惧怕?"鬼相之人道:"家师有言,世道之人皆肤浅。不知公子是何方人士?"江峰道:"实不相瞒,吾本是女娲补天精灵石,今得善德童子、千担佛相助,化成真身人像,兄弟三人。今大战混元魔,因技不如人,这才潦倒于此。不知姑娘芳名,好叫吾日后心中感激。"那鬼相之人见江峰:堂堂相貌,生成出世之姿;落落襟怀,养就凌云之气。心中自然欢喜,笑道:"本家姓戴,名须女,乃东海龙王之女,自小拜师五显岭。你唤吾须女便是。"江峰道:"此山乃千年峻岭,非常人可久居。姑娘家师必是世外高人,可有通天的法术?"须女道:"公子为何如此相问?"江峰虽将三仙困在魔窟一事如实相告。

须女听罢,甚是感动,遂变化为原形,果真是:面似桃花含露,体如白雪团成。眼横秋水黛眉清,袅娜丰韵惹风流。见江峰一时惊呆傻愣,须女轻笑,道:"家师乃五显大仙,住在五显岭,虽有通天法术,却除吾之外,不曾再收徒儿。"江峰道:"即便不收徒,也愿见得尊师,给予小生指点一二。"须女见江峰生性淳厚,绝非浪荡狂言之人,动了怜爱之心,只恨无由厮近,便故作笑道:"公子心诚,想必家师定能收你为徒,只是你吾二人困在树上,下有恶犬相逼,如何下得去?"江峰见那恶犬恶狠狠盯着,不知如何是好,只好求于须女,道:"小生着实不知如何驱赶这恶犬,不知姑娘可有法子?"须女笑而不语,只见其打坐运功一番。须臾,只见其口中吐出一物,此物金光四射,似一颗神珠。须女道:"公子可将其服下,所受之伤即可痊愈。"江峰道:"不可,不可!如此贵重之物,小生万万收受不得,还请姑娘拿回。"须女见江峰死活不收,便默念法咒,只见江峰身子被定住,嘴巴张得大大的,须女呵笑一番,将神珠按进其嘴中。须臾,只见江峰真气聚集丹田,法力传遍四肢。须女去了定身术,道:"此珠乃吾双亲相赠,有驱妖除怪,安神护体之功。"江峰跪拜言谢,感激不尽。须女道:"公子肩负重担,自当志向远大,学得通天法术,降妖除魔,得盖世之功。"江峰道:"小生定不负姑娘所望。"说罢,跳下树来,挥拳将恶犬打死,又飞上树来,扶须女下来。须女领着江峰朝五显岭去。

二人行走数日,行至五显岭下。江峰一路照顾细致,须女形影不离,二人自生爱意。行至一处,曰五显桥。须女道:"哥哥在此等候,待吾容禀家师。"江峰道:"还请妹妹实情相告,容吾见得尊师。"须女遂走上桥去,行至桥中,好似进了扇门,不见了影子。江峰自叹:"果真是仙班圣地!吾自在此等候,不可造次,以免伤了和气。"遂找一空地处,打坐运功。

约莫半个时辰,只见一老者,丹凤眼、卧蚕眉、五绺长髯,仪容异相。唱着曲子走来,正要过五显桥。江峰见状,问道:"尊下何人?"老者道:"老朽以打鱼为生,今闻此处有鱼,便来此处捉鱼。"江峰一听其言,自思:这老头子莫不是糊涂了,此处群山峻岭,只有鸟兽,何来的鱼虾。笑道:"伯伯,此处一无汪洋,二无溪涧,别说鱼了,就是虾米都没有。"老者道:"也是,没有鱼,为何上山?"江峰道:"就是,伯伯,天色不早,何不早些下山。"老者道:"敢问公子为何上山?"江峰道:"不瞒伯伯,小生上山,欲拜五显大仙为师,学通天的法术。"老者道:"老朽自幼在此山长大,听闻五显大仙乃是得道的高仙,不曾开馆收徒。公子恐投错门矣!还是随吾下山去也。"江峰道:"不可,即便五显大仙不收吾为徒,吾也不走。"老者道:"不走如何?"江峰道:"吾便久跪不起,待精诚所至,五显大仙定能收吾为徒。"老者笑道:"既是精诚所至,还须金石为开。老者虽与那五显大仙往来不多,却深知一法,可使其收你为徒。"江峰一听,甚欢,道:"当真?"老者道:"当真。"

此乃天数所至,事到危急之处,定有高人相辅。江峰得知老者深谙五显大仙收徒之法,便作揖行礼,望请老者赐教。老者道:"此桥唤做五显桥,乃金木水火土相融而成,妖魔鬼怪近不得,不诚之人走不得。"江峰暗叹道:适才妹妹从此桥过,吾便知此桥厉害,果真不假。遂道:"如何验得吾心诚。"老者道:"此桥又唤作五行桥,五行相生相克,有润下、炎上、收敛、伸展、中和之功,练就五行阵,此阵有五行君把守,唤做岁星君、荧惑星君、镇星君、太白星君、辰星君。五行君位列此阵东、南、中、西、北。闯过此阵者,方可拜五显大仙为徒。"江峰道："拜师学艺，自当决心不改，只是如何入阵破解，还请老者赐教。"老者听罢，朝五行桥单手一挥，只见阵门打开，道："老朽只知入阵之法，却不知如何破阵，公子自求多福。"

江峰见阵门已开，自思：若破不得此阵，定不能学得通天的法术，遂跳进阵中。老者见江峰入阵，便关闭阵门。须臾，须女从山上下来，见五显大仙立在桥头，叫道："师父，今日为何这般打扮？"原那老者便是五显大仙所化，算得江峰此行，故而化身如此，点化江峰。五显大仙道："此般打扮如何不妥？"须女笑道："果真是丑，不知者还看你是个要饭的。"五显大仙一听，故作生气，敲了下须女的脑袋瓜子。须女喊着疼，背地里笑着。须臾，四处查看，不见江峰，问道："师父，可曾见一年轻小伙。"五显大仙故作不知，疑道："不曾见得。"须女看五显大仙面色通红，定知不实，便一把拉住五显大仙胡须，拉得大仙直叫疼。五显大仙一把撇开须女，道："为师哪知何人在此，你寻不得，便怪罪于吾，是何道理？"须女道："你若是不实言相告，吾便就此不理你，回吾龙宫去。"说罢佯作离去。

五显大仙一听其言，可吓坏了，原是这得道的真仙，延寿千年，独处深山。曾与东海龙王结拜兄弟，便讨要一女收作徒儿，有个做伴。此番言去，日后如何是好。便急忙拉住，道："输给你了！你那小哥哥正在五行阵中。"须女一听，深知五行阵法深奥，闯此阵者，必是九死一生，甚怒，一把拎住五显大仙左耳，来回拉扯，扭得血红红的。须女气道："你这老头子，久居山中，活成老糊涂了。五行星君身怀奇门阵法，哥哥本是上山学法术的，如何应付得来，这与送死何异？"五显大仙道："你那哥哥乃是女娲晶石所化，乃天地纯阳之气所聚。其入阵斗法，实为习得五行阵，练就奇门法术。怎会送死？"须女听罢，知是恩师有心栽培，自然羞愧，道："顽徒错怪师父，甘愿受罚。"五显大仙道："谢天谢地，你是吾师父。"

正言间，只见阵门打开，江峰从阵中走了出来，已深知事情原委，便跪拜跟前，道："徒儿拜见师父。"五显大仙笑道："五行阵阵法要诀可曾记住？"江峰道："已熟记于心。"五显大仙："此法甚是奥妙，练此之法,非一日之功。"转身见须女低头不语,道:"从今日起,你的哥哥要在后山习练阵法,着你好生照料。"须女一听,心下一想,可与哥哥朝夕相处,自然高兴,叫道:"谨遵师命。"说罢,急拉着江峰上山。见二徒离去,五显大仙急搓耳朵,叫道:"疼死了!"此话不提。

正是捻指光阴似箭,果然岁月如流。江峰自在五显岭学五行阵数日。一日,见春和景媚,柳舒花放,桃李争妍,只见五显岭:

**晴光蔼蔼景融融,幽亭绿绿花灿灿。**

**莺歌声声蝶弄弄,谷深蒙蒙空丛丛。**

江峰兴趣油生,立于五显岭之巅,见来:

**万里河山窥目下,方圆宇宙举目来。**

**浮云蔽日有高张,四野横空多寂寥。**

江峰展开步法,施功发作,只见万道金光,光彩四射,只见江峰双眼一睁,群山挪动,依照阴阳之理,成八卦之状。又见其单手一挥,只见谷峰错换,四季更迭。正行间,后有一影子晃动,江峰警觉,便单手一抽,那影子便拉至跟前。原是那须女见江峰在深处习练,不忍打扰,只好躲藏暗处。见江峰稍作歇息,正要暗行其后,想来个惊喜,不料却被江峰捉住,俏皮道:"哥哥好不疼人,抓得妹妹手疼。"

江峰见罢,急刻松了手,道:"方才不知是师妹,出手过重,请师妹莫怪。"须女见江峰好生道歉,本是开心之事,却不由心生烦事,默思久之,道:"恩师所授阵法,师兄可学精了?"江峰道:"虽无十分,七八分也有了。"须女听罢,撅着嘴道:"师兄何时下山?"江峰道:"明日拜别师父,便要下山。"须女道:"师兄身怀杀亲之仇,誓要降妖除魔,此男儿之大志也!"江峰道:"师妹竟是说笑,何来大志?"须女道:"师兄此话差矣! 古语有言,将相本无种,男儿当自强,学成文武艺,货与帝王家。"江峰道:"何德何能货与帝王家,只求降妖除魔,替天行道罢了。"

须女本想套他一番,不料这是人的身子,猪的脑子,气道:"师兄分明是忘恩负义之人。"江峰道:"师妹何出此言?"须女道:"吾且问你,吾于你可有救命之恩,你可曾有言,若是报得冤仇,必拜谢吾救命之恩?"江峰道:"师妹所言不差,吾言过此事。只是混元魔乃天地阴气所聚,法力自然高强,二弟、三弟又不知去向,仅凭吾一人之力,与混元魔相斗,恐打个平手,已是万幸。明日下山,恐与混元魔缠斗,性命悬着,自当不敢再言报答师妹救命之恩。"须女听罢,深感有理,心沉难言,道:"师兄可否允吾一事。"江峰道:"师妹说来便是。"师妹道:"晚些再与你说。只是人各有志,事干你身,各有想法。师兄若真允吾,可否对天起誓?"江峰一听,道:"吾阿父死于人祸,嬷嬷难于天灾,不报此仇,誓不为人子,若是师妹阻吾下山,吾定不答应。"须女道:"谁说要阻你下山了?吾只是要你下山前允吾一事便可。你既已说出口,吾便要你对天起誓,不可违背。"江峰道:"若非阻吾下山,吾便依你。"须女道:"师兄仁慈,吾岂会不信?只是还须起誓,好叫师妹心有所安。"江峰见须女不依不饶,只好抬头起誓一番。誓毕,须女笑之,遂退去。江峰笑而不语,转身运功,精炼法术。不言。

但凡世间之人,皆是劳人思情。须女跑进观中,见五显大仙正摆弄阵法,便徐徐行近。五显大仙早已察觉,惊道:"今日所为何来?"须女见被发觉,便急身上前,撒娇道:"师父偏心。"五显大仙道:"为师偏谁心?"须女道:"师父只知教得师兄通天法术,却不曾教吾半招。"五显大仙见须女面色羞红,深知七分,笑道:"你自小拜吾门下,吾曾教你各样法术,你生性贪玩,不学无术。今日你师兄习练法术,你却嫉妒起来了。孽障,你可知错?"须女急忙转身下拜,道:"弟子不敢!"五显大仙道:"今日前来,果真无他事?"须女道:"徒儿有一个不情之请。"五显大仙道:"你吃住在山中,逍遥自在,无拘无束,何事令你烦恼,有求于吾?"须女道:"徒儿自幼跟随师父,虽不上进,性颇轻佻,倒也乖巧,是与不是?"五显大仙道:"你虽无心学术,却也规矩,不曾捣乱,坏吾门规,又日夜服侍于吾,说来也算是乖巧的。"须女道:"方才师兄山后习练法术,吾便暗中观看,见其习练有道,精进迅速,恐不日要下山,与混元魔一决高下。"五显大仙道:"三郎乃神珠孕育,自当肩负正道之责,此乃天命。"须女道:"师父有所不知,徒儿这些日子与师兄朝夕相处,暗生情愫,心有爱意,原想朝夕相伴,再无多求,只是今日说起下山之事，心里空虚，独生悲凉。待其下山之后，必思之切骨，苦不敢言。"

五显大仙道："为师明了，你今日所求之事，便是允你与你师兄一同下山，是与不是？"须女跳了起来，笑道："望请师父成全。"五显大仙道："你若肯潜心修道，定能超出三界外，不在五行中，奈你无心学术，凡心思动，不知羞，说来情理之中。只是不知江峰心里所想，恐不得愿。"须女道："师父有所不知，师兄已允吾，这才报请于你。"五显大仙道："江峰既允你，为何不独与吾说，却要你一个姑娘家来说，好不知礼数。若是你父王得知为师如此惯你，定要问罪于吾。"须女道："师兄忠厚薄面，又得师父恩泽，自然不敢多求，望请师父莫怪。"五显大仙一听其言，甚感有理，便道："此去多灾多难，你若能相助，善莫大焉！"须女听罢，欣喜万分，但防他变，何不做足了绝后戏，便道："师兄脸薄，恐咽进肚子，不肯说，师父可否命他带吾下山？"五显大仙笑道："你这丫头，果真是古灵精怪。也罢，吾便将此事问与他。"

正说言间，江峰正走来，见五显大仙，作揖行礼，道："徒儿拜见师父。"五显大仙道："徒儿近日学术如何？"江峰道："师父所授法术，乃天地精炼之术，无不高深莫测。徒儿自知愚钝，天资不够，倒也勤奋，每日习练，自觉练得五分。"五显大仙道："徒儿莫急，习练法术，关键循序，莫要急功近利，不然易走火入魔。"江峰再拜，道："谨遵师父教诲。"

话说五显大仙乃得道的天仙，从未有过求人之事，自然问不出口。须女见五显大仙金口难开，扯远了话题，又不好自个儿开口，便使了眼色，做了个掐耳的姿势。五显大仙迫于无奈，只好开口，道："你师妹须女待你如何？"江峰道："师妹于吾有救命之恩，徒儿自上山学艺以来，师妹好心照顾，关爱有加，徒儿铭记于心。"五显大仙道："既受他人恩泽，当思报恩。"江峰道："徒儿铭记，若能报得冤仇，定归来报答师父再造之恩，师妹关切之情。"

江峰一言，情实可矜，将五显大仙堵了回去。五显大仙不知从何说起，一时左顾右盼，不知所措，果真是折煞了修道之人。须女道：

"师兄昧心之话，不足为信。"江峰道："师妹何出此言？"须女道："师兄可曾记得，方才后山允吾一事。"江峰道："岂敢食言。只是师妹不言何事，想必未到该言之时，便不好相问。"须女道："你若真心要报答吾，便允吾与你一同下山。"

江峰听罢，颤了下身子，道："此事万万不可。"须女听罢，气道："有何不可，难不成师妹连累了你。"江峰道："非也，非也！此番下山降妖除魔，生死不定。师妹乃龙宫公主，恩师高徒，岂能赴险？"须女道："世间万般哀苦事，无过死别共生离；吾愿与你同生死，你若不允吾此事，断然是无情无义。"说罢，转身不理睬。江峰一时难辩，只好低头不语。

五显大仙道："江峰，为师问你一言可否？"江峰拜道："谨听师父教诲。"五显大仙道："你可喜欢须女？"江峰道："弟子不敢妄言，师妹乖巧可爱，吾自当喜欢。"五显大仙道："既是喜欢，何不随其愿？"江峰不敢违拗师命，却也真心喜欢师妹，便不做推辞，须女自生欢喜。五显大仙道："此番下山，你兄弟三人降妖除魔，若无一件像样的兵器，怎能平息魔患？"须女听罢，道："师父已传授五行术，难道还斗不过那混元魔？"五显大仙道："若有兵器相助，更有胜算。且石大门乃混元集天地阴气所化，若无锋利兵器，如何劈开石门，解救三仙子，度化千万魔障？"江峰道："请师父指点，如何寻得趁手的兵器。"五显大仙道："吾算你二弟、三弟皆会逢凶化吉，你兄弟三人齐聚之后，往北百里，有一座山，唤作盖仙山，山有千丈之高，连接天地。山顶处有奇石，你兄弟三人可取奇石炼成劈天神斧，降妖除魔，拯救苍生。"江峰拜谢恩师，和须女下山去，不言。

欲知结果如何，请看下回分解。

# 第三十九回　方腊自刎帮源峒　江灵宜春楼杀贼

宣和三年(1121),宋韩世忠领军二十万自北向南,夺回建德、临安、富阳。其王禀部攻占青溪县。方腊领忠义军退守帮源峒。王禀、刘镇等各路宋军会合,层层包围。方天定得知圣父危难,领亲军自睦州东进,不日,却遭宋军阻截,兵败。只好领兵南下,迂回向东。

方腊聚兵屯于帮源峒,据史记载,其广深约四十里。两侧均为险峭山岭,易守难攻,可屯兵十万。其麾下死伤过半,余将各守关口,宋军一时不得进。韩世忠念兄弟情义,围洞不进,又上书宋廷,乞降招安。副帅朱勋贪功冒进,抗敌不力,宋廷表面去其职,却暗中密授督军之职。朱勋见韩世忠拥军不进,又知韩世忠与方腊原是结拜兄弟,便上书宋廷,告其为将不忠之罪。蔡京力挺朱勋,上书另选良将。寇准、岳飞以大战在即,不宜换帅,上书驳斥。宋徽宗见众臣意见不一,只好下两道诏书,一道招安令,令方腊一部弃械归降;一道进军令,限韩世忠部月内剿灭叛军,率部北上。

不日,诏书至,韩世忠接旨叩拜,帐中议事。王禀道:"方腊一众虽乃违逆之徒,却也是忠义之士,若能为朝廷所用,御敌北凶,当是极好。"刘镇道:"末将以为不然,方腊乃山间野匪,传言其脑后有反骨,天生反命,不可留其后患,望将军莫要念其兄弟情义,不顾社稷安危。"韩世忠对天愁望,如羊触藩篱,进退两难,自古忠义不能两全,情殊心痛。

正言间,家将报:"杨科将军率部归来。"韩世忠欢喜不已,召其入帐。杨科入帐拜见,详报军情,道:"吾军与贼军大战,现已收复天仙峒、月溪峒,正兵发灵山峒。"刘镇道:"将军当一鼓作气,剿叛除奸,清肃东土,事在燃眉,不可羁滞。"原这刘镇本是朱勋心腹,自当为难韩世忠,见机立功,以彰威武。韩世忠见众将意见不一,又实情难为,便命众将退下，见杨科事未尽说，便独留其帐中。杨科见众将一一退下，便上至跟前，道："将军，前日，方腊之子方天定得知方腊兵败溃逃，便率军回援，发兵义乌，吾军攻破义乌，其便领军去往寿昌。吾军又攻之，截住东逃之路，其率残部南逃衢州。"韩世忠道："虎父无犬子，若能招降，其为朝廷所用，必能与吾一道，荡除北寇，还天下之太平，社稷之安定。"杨科道："末将有一事不明。"韩世忠道："何事？"杨科道："两军交战之时，方天定部不敌吾军，便仓皇溃逃，途中有降者言，其逃时，皆携一口棺材。军中将士议其视死如归，末将以为不然，却不知何故？"韩世忠道："竟有此事？不知为何？如今三弟久困帮源峒，朝廷下旨招安，其若是不降，限吾月内剿除叛逆，率兵北上，吾若是不从，军法处置。"杨科道："将军以为，该当如何？"韩世忠道："三弟若能受安，兄弟重归旧好，善莫大焉。"杨科道："方腊乃傲骨之人，岂会受安，此事难矣！"韩世忠道："吾与他虽是两年对峙，却义如金石，为今之计，当派一人，前往帮源峒，劝其受安。杨将军以为何人可担此重任？"杨科沉吟良久，道："末将可往！"说罢，领了招安令，去往敌营。不言。

只言方腊置帐帮源峒，帐中惆怅，身心不安，睡卧不宁，自叹道："不知吾儿身在何处？"二太子方亳道："圣父莫虑，皇兄吉人自有天相，自当亲率虎狼之师，驰骋来援。"正说言间，帐下军情来报，道："灵山峒失陷，胡、祝二位将军兵败阵亡。"方腊听罢，惊疑失神，切齿伤心，道："可知吾儿下落？"帐下道："少公回援，与敌激战，至今下落不明。"方腊面红赤紫，怒发冲霄，厉声大叫道："贼军，吾与你势不两立。"正怒之时，家将来报，道："宋军遣一使来。"

方腊正无出头泄气之处，便令人将来使捆绑至帐内，见是杨科，怒道："你来有甚话说？"杨科道："奉韩将军之命，特呈朝廷招安令，望方将军顺应天命，顾三军之危，率众归降。吾家将军定向朝廷报禀将军忠义，忠义军威武。"方腊道："如今之朝廷，不修仁德，屠害百姓，恶贯天下，人人得乱臣贼子而诛之。吾等岂可违逆归顺，成丧家之犬，助纣为虐，以失信于天下，自取灭门之祸？"杨科道："方将军，可否移步一言?"方腊自思道:"此人奸猾,且听听有何伎俩。"遂喝令众将退下。杨科道:"将军与韩将军乃结拜兄弟,情深义重,不想兵起相戈,实属不情愿。韩将军念将军安危,力排众议,遣吾持朝廷招安令,劝你归降。吾家将军知得方将军忠肝义胆,豪气冲天,断不会归顺,故要吾告知将军,朝廷下令,若将军不降,吾军月内必伐。"方腊道:"吾军何惧?休要狂言。"杨科道:"将军有所不知,吾家将军断不愿与将军为敌,只是终日思念将军恩德,以泪洗面,莫不哀叹。吾家将军私下曾言,若非危世裁乱,定与将军把酒言欢,成世代交好。"方腊听罢,感伤不已,念想昔日三兄弟舍身互救,以命相待,今日却敌吾对峙,互成仇人。他日剑指咽喉,该如何取舍?遂道:"韩兄近来可好?"杨科见方腊心有微动,便急忙回应道:"韩将军近来寝食难安,心力交瘁,自言自语,愿为将军舍身赴死。"方腊一听,好生懊恼,平地风波,错怪韩世忠,悔之不及。

正言世间忠良,无奈小人作怪。只见家将闯帐进来,道:"圣公,大事不妙!"方腊道:"有什么事,报得这等凶?"家将道:"韩世忠令郭仲荀、刘光世、姚平仲三将领军逼近。"方腊拍案大骂:"韩兄负吾。"杨科道:"方将军,此事蹊跷,绝非韩将军所为。"方腊听罢,有所疑虑,问道:"军中挂何人旗号?"家将道:"贼军所挂便是韩字号。"方腊怒道:"杨将军,有何话说?"杨科极力辩解道:"绝非吾家将军所为,将军与吾家将军乃患难兄弟,若要攻伐,岂会遣吾来与将军商议,此事望请将军允吾汇报韩将军,查明实情,再来禀报。"方腊道:"尔等贼军无故恃强犯界,猖狂至极,非王者之师,仁义之辈。念兄弟情义,吾不杀你。回去好生规劝韩兄,尽忠可报国,处事须小心。"说罢,持剑出帐,下令三军,洞前摆阵。

话说朱勔得知郭仲荀、刘光世、姚平仲三将奉童贯之命,领十万军马,征伐方腊,便请命为讨伐大将军,与郭仲荀、刘光世、姚平仲三将一道伐来。方腊领众将阵前对峙。朱勔道:"方腊贼子,快快下马受死。"方腊怒道:"匹夫,休得狂言,看剑。"说罢,骑马冲入阵来,朱勔本是奸诈小人,怎会马上功夫,遂慌忙令郭仲荀、刘光世、姚平仲三将抗敌。郭仲荀、刘光世、姚平仲怎敢不从令,一时混战百十回合。

月末黄昏,方腊以一敌三,终不得胜,身心俱乏,只好扯马就回,王寅、方杰、厉天闰、庞万春、司行方、石宝六将急忙接应,郭仲荀、刘光世、姚平仲三将见人多势众,心想恐没有好果子吃,小战几十回合,便退回军中。朱勔甚怒,着令三军攻伐,一时大军混战至天明。

奈敌众吾寡,方腊领着残部退守帮源峒,庞万春、司行方、石宝三将阵亡,方杰、厉天闰二将负伤。方腊召集将士,欲要冲杀出去。宋军见忠义军回扑,万箭齐射,方腊见将士纷纷中箭倒下,急忙下马护救,却被箭伤。王寅见圣公中箭,极力掩护,中箭而死。方腊命将士退守洞中不出,命将士掩藏洞内幽暗处,持弓弩相峙。宋军几次冲进来,皆是损兵折将。

朱勔见方腊躲在洞中不出,只好使出奸猾计策,行至洞口,喊道:"方将军,你吾胜负分明,若是此时弃暗投明,归顺朝廷,吾保将军不死,众将士无忧。待北上抗敌建功,定可封官加爵,享尽荣华富贵。"方腊听罢,见众将士死伤残矣!叹道:"众将士随吾出生入死,腊若视尔等将死而不顾,何为忠义?众将士若家中有老小,或不愿再战者,可出洞归顺,吾定不降罪。"众将士齐声喊道:"吾等愿死不降!"方腊感激不已,叩拜众将士。

朱勔见忠义军不降,又不能攻入洞中,心生怒火。正愁之时,韩世忠闻得朱勔攻打帮源峒,心系方腊安危,便领军前来,口里虽不言,心中大恼:"也不等吾分清理浊,便胡乱持吾名号杀将起来,若是赢了,功劳归你,落吾不义之罪;若是输了,苦劳你得,落吾个不忠之罪,好不阴险。"又见方腊困守帮源峒,朱勔屡次攻打,均无果,心中百感交集。朱勔见韩世忠领军前来,便道:"韩将军可有破敌之策?"杨科道:"尔等奉谁之命,竟敢擅自攻打帮源峒。"朱勔道:"吾军所持旗号乃韩字号,自奉韩将军之命。"杨科道:"韩将军并未下令尔等攻伐,尔等为何违抗军命?"朱勔笑道:"韩将军仁慈,念往日兄弟情深,不愿兵刃相交,反目成仇。吾等深知将军为难,自当效力,剿除叛军,为将军建立不世之功。"韩世忠怒道:"尔等小人,陷吾不忠不义之地。"朱勔笑道:"今方腊贼子困在洞中,吾受督军之责,望请将军早日破敌。如若不然,末将只好上报朝廷,降罪于将军。"韩世忠道:"你欺人太甚!"

大概天道该是如此。韩世忠熟读兵法,早有破敌之计,却忠义两难。朱勔道:"将军乃朝廷之栋梁,若今日有负皇恩,有何颜立于人世?"杨科见难堵其口,蛊惑人心,便拔剑喝退。朱勔急命将士冲杀上来,捆绑了杨科。韩世忠见临阵逼将,怒不能放。朱勔喝道:"将军难不成不思尽忠报国,而成狼子野心,助敌声威?"韩世忠孤立难援,见一众将求功心切,又念皇恩难负,泪流满面,唉声叹气道:"若要破敌,当用火攻。"朱勔听罢,大赞妙计,命人洞前生火,浓烟滚滚,吹进洞中。忠义军将士难受不已,窒息欲死。原是韩世忠不愿手刃兄弟,只好用火计,逼方腊一众出洞,再寻机会,搭救一番。

不想方腊刚毅,不愿败降,知得韩世忠用此计之意,奈大势已去,绝无贪生之念。又念众将士安危,自思道:"众将士誓死相随,不愿降贼,可如何是好?"沉思良久,遂起身领兵朝洞外走去,众将士紧跟其后。

须臾,见方腊出洞,韩世忠上前行礼,道:"二弟久违!"方腊道:"韩兄情意,愚弟已领。"朱勔道:"方腊贼子,快快受降。"说时迟,那时快,方腊急抽身掳了朱勔,刀架脖子,怒道:"尔等可否应吾一事?"朱勔已是战战兢兢,瑟瑟发抖,求饶道:"好汉饶命,莫说一事,千事万事都应允你!"方腊道:"当今朝廷荒淫无度,天子不思朝政,百姓日夕劳苦,水生火热。腊乃睦州人士,平生大志,心系社稷,奈无报国之门,遂而起事至今。今败帮源峒,绝非尔等技高一筹,实乃腊命该如此,此为天命使然。吾部将士乃忠义之人,吾死后,若是归降的,可留其所用,征兵北伐,荡除辽夏;若有不归降的,可放其归去,不做为难。"朱勔连声道:"众将士乃英雄好汉,自当应允!"方腊见朱勔应允,便将其挟持至山岭处,一把推开朱勔,见韩世忠伤心不已,泣道:"韩兄,今生两家姓,愿来世一个爹娘!"说罢,自刎。韩世忠厚葬之,遣散其余将士,率军北归,此为一代良将耳!

却说郑钧拥兵自重,自在礼贤作威作福。奸佞之人曾多更是讨其所好,阿谀奉承。闻言城中有一妓院,唤作宜春楼,内女子尽是国色天香,艳丽无双。郑钧极思一见颜色,借慰渴念。却不知世人有言:

> 受用须从勤苦得,
>
> 淫奢必定祸灾生。

曾多领着郑钧进了宜春楼,正瞧见头牌姑娘揽客,果真是绝世无双。郑钧早已是口水直流,目不转睛。只见那头牌姑娘坐立堂中,姓姜名红霞,果真是面如白粉团,鬓似乌云绕。若得她近身时,魂灵儿都丢了。红霞见一嫖客扑了过来,自然不从,欲要作情一番,笑道:"尔等皆是读书之辈,可否与小女子对上一对?"其有一人道:"若是对上的,可有好处?"红霞道:"如答得来,方许与吾良酒共斟,美景同赏,度这春宵之夜,行云雨之事。"众人皆答:"愿闻!"红霞道:"柳色黄金嫩,梨花白雪香,问君爱否?"这一时竟是无人以对,抓脑捂嘴,沉思不语。郑钧怒道:"吾乃一介武夫,这等文绉绉之事,如何应付得了,倒不如令二人捆绑了,送入闺房,剥衣洗身,岂不甚好?"果真是淫恶之人,其正要命人,却被曾多拦住,郑钧怒道:"你要造反?"曾多道:"小的哪敢啊?只是这春芳之处,若是动了和气,伤了兴头,有何情趣?"郑钧道:"依你之言,这对不上,还绑不得,岂不是来看热闹?"曾多道:"小人有一下联,可与之对。"说罢,行至那女子跟前,笑道:"洞里乾坤大,壶中日月长,请汝莫怕!"

果真是对上了。郑钧性子急,一把抱起美人直往闺房送。房中,郑钧将此女放倒在床上,那女子故作妖娆,起身一躬见礼。郑钧跟着装模作样,稽首相还。红霞便起舞弄姿,一时转秋波,双湾活水,娇滴滴风情万种。把个郑魔王心猿难按,意马驰缰,欲火难耐,红霞故意起身更衣,道:"将军在此稍等,小女子更衣就来。"郑魔王怎挨得住,乘机将红霞手腕一捻,红霞喜色相迎,郑魔王魂灵儿都飞在九霄。郑魔王道:"春宵一刻,胜过千金,何不早些歇息,莫负情意。"说罢,乃以手游走上下,双手抱搂,云雨一番。如此数日,果真是:石榴裙下死,做鬼也风流。

386

却说那混元阵击散三兄弟，三郎江灵掉落在须江里，好在严君子托梦相救，江灵得以上岸还生。江灵心想：未得兄弟相逢，又见父子死别。杀死阿父之人便是那郑钧，此人便在城中，何不就此报得杀父之仇。遂潜入城中，探得郑钧纸醉金迷，梦死宜春楼，故而行至宜春楼。

约莫午后，江灵见宜春楼正开门，便冲了进去，却被老鸨拦住，老鸨笑道："呦！这是哪里的爷，这么急性子，这都还没开张哩！"江灵道："吾来此处寻人。"老鸨笑道："但凡来宜春楼的都是寻人的哩！"江灵生怕打草惊蛇，急道："你要甚，吾便给你。"老鸨笑道："公子真是说笑，来吾这里的，哪个不是寻欢作乐的？哪个不是掏金散银的？再说即便公子腰缠万贯，这姑娘们皆未起身，可伺候不了公子。"江灵问道："几时可以？"老鸨道："日落黄昏之时，公子再来不迟。"说罢把江灵给请了出来，江灵只好到对面茶馆坐下候着。

别说时光荏苒，等起来可久了。江灵久坐不安，打听得郑魔王日夜宿在宜春楼，凡军政要务皆在此楼商议，却不知宿在哪个房间，前无所往，退不所归，正在慌乱之间。忽见三两姑娘于门口揽客，心想该是营生的时候了，便冲到宜春楼门口，见众嫖客皆是款款入内，仪态大方，心想若是如此贸然进去，岂不被看穿，遂跟随他人，像模像样地进去了。

江灵一进宜春楼，好生惊叹，世间繁华皆藏于此，暗自叹道："奢靡至此，不亡何待？"忽见一姑娘，唤作小红，面带笑容，急跑了过来，迎面相笑道："客官请上座。"说罢，拉扯着进了闺房，斟酒送饮，客气一番。江灵酒量本不高，况兼正事在心，只吃半杯。吃了一会，便推不饮。小红姑娘见江灵傻愣地坐着，心想："你这官爷便是初次到访，好不适应，且让吾为你宽宽心，舒舒身子。"遂上前为其宽衣解带。江灵急忙跑开了去，强作笑道："姑娘且慢，何不与吾交谈一番？"小红姑娘更是好笑，道："公子爷为何如此害羞？只听说来的都是寻欢作乐，不就是喜欢往吾们身上爬一爬，摸一摸，从未见过花银子来交谈消遣的。"江灵道："姑娘莫要生气，小生初次到访此地，不知规矩，望请莫怪。"小红姑娘道:"也罢!拿人钱财,为人行乐,公子爷觉得乐便是。"
江灵见小红不生气,便急问道:"你可知郑将军宿于哪位姑娘的闺
房?"小红姑娘一听,原是打听金主的,叹道:"郑将军位高权重,自然
是红霞妹妹伺候着,自然在红霞妹妹房间。"江灵又问道:"不知红霞
姑娘闺房在何处?"小红姑娘听罢,心下一想:这些日来,好多嫖客都
是冲着红霞去的,姐妹们生意都淡了,怪来怪去,只能怪爹娘生了不
争气的脸蛋。叹道:"出门往东第二间便是。"江灵一听,甚是开心,正
要走,见小红姑娘闷气不乐,便掏出一锭银子,置于桌上,小红姑娘见
是白花花的银子,自当不计较,欢乐不已。

　　江灵顺着东面,行至第一间,心想:若是此时冲撞了进去,恐有不
妥,何不先躲藏起来,见机行事。遂顺了个门,藏进第一间。见桌上
茶水遂觉口渴,便倒起茶喝。正喝得起劲,忽闻得门外有人,正要进
来,便飞身跃起,藏在屋梁之上。

　　外来之人便是曾多,后面跟着几个兵士。这曾多本是外表忠诚,
内怀奸诈。曾多道:"将军在此歇榻,尔等要小心把守,不得有误。"兵
士领命退去,又唤来鸡婆,道:"将军今日酒菜可否配置妥当?"鸡婆笑
道:"官爷放千百个心,这就命人端来,如何?"曾多道:"快去,快去!"
鸡婆忙去命人端来。曾多将酒菜搁下,驱走送酒菜的小二,急关上了
房门。又从袖套里拿出一包药,倒进酒壶之中,笑道:"今晚便送你归
西,吾便做得青天大老爷。"正端起来要走,忽见茶具有热,晓得房中
有人。原是这曾多乃狡猾奸佞之人,此番察觉,竟不变颜色,一切如
旧,嬉笑着端了出去,走进第二间,放下茶水,便出门下楼去。

　　江灵跟着进了第二间,忽想起曾多往酒水里洒药,便掀了酒壶
盖,一闻得知是毒药,原来曾多是要毒死郑钧,倒也省事,正要离去,
忽见郑钧搂着红霞正门外闯将进来,江灵不好脱身,急思细想,躲进
了柜子中。

　　只见红霞为郑钧脱衣卸带,二人温柔万千,红霞正要给郑钧斟
酒,郑钧这淫魔岂可错过时机,一把扯住红霞往床上倒,一番云雨,概
不能喻。江灵见郑钧未饮酒,心生切齿之恨,正要推开门去,拔刀捅

杀。说时迟,那时快,只见房梁处落下一人影,手持一剑,挑开了罗帐,一剑刺杀下去。郑钧惊得心胆俱落,急转身,将红霞推将出来,自个儿往里头避开,红霞中剑倒地而亡。郑钧见状,跳下床去,抽了剑,怒道:"你是何人?"那黑影之人便是念慈,念慈摘下黑布,道:"魔头,你杀吾阿父,欺吾百姓,今日便结果了你,算你应得。"说罢,一剑又刺杀了过去。郑钧持剑相挡。念慈见未能刺中,便左一剑右一剑,打翻了灯盏,挑破了青纱帐,却未伤及毫毛。郑魔王见念慈累得气喘吁吁,便反剑刺了过来,念慈抵挡不过,便退后几步,二人围着圆桌打转。郑钧道:"坏吾好事,看吾今日不斩杀了你。"说罢,跳将起来,一脚踩在圆椅上,蹬身过来,剑指念慈胸膛。

却说江灵躲在柜子里,见刺客行刺不得,反惹性命之害,自思:虽不曾相识,却是同仇,何不助其一臂之力,将郑钧刺死,也不违嬷嬷之命。遂跳出柜子,挡住郑钧一剑。郑钧始料不及,被击倒在地,怒道:"你是何人?"江灵笑道:"吾是你爷爷!"郑钧道:"匹夫,休得无礼。"说罢,持剑相杀,江灵、念慈齐上。果真是:

**虽是男女身,皆报杀父仇。**

**怒剑相杀来,共报家国恨。**

自古有云:克念者,自生百福;作念者,自生百殃。念慈见郑钧暴死,心生痛快,起身稽首,道:"多谢公子相助。"言罢泪如雨下。江灵问道:"姑娘为何在此哭泣?"念慈道:"吾阿父本是那章家义士,济世救民,声名远播。不想贼军杀至,将吾父亲乱箭射杀。吾誓为父报仇,斩杀贼人。今得公子相助,亲刃仇敌,甚是痛快,又思念阿父,故而不禁而泣。"江灵道:"姑娘哭可,切莫大声,惹得外面的人嫌疑。要是几十号人冲了进来,能一时难以脱身。"念慈道:"今杀贼人,若死无憾。只是不慎杀了这青楼女子,罪过之至。"正说言间,果真是一众人冲了进来,领头的便是曾多,原是计中计。正所谓:海枯终见底,人死不知心。

曾多见郑钧惨死,心中自喜,故作悲泣,怒道:"尔等贼人,射杀郑将军。"说罢,命众人将二人围住。江灵一时避之不及,不知世间如此险恶,便被捆绑住。曾多将二人押至堂前审问,老鸨一干人等皆做证,言此二人行凶。曾多命人将其押至牢中,不日问斩。

　　欲知结果如何,请看下回分解。

# 第四十回　车家坞剿除贼军　五仙大战枇杷精

　　却说曾多夺了兵权,据守礼贤,恐有奸细进城探听,故门禁十分严紧,出入盘诘。一日,细作来报:"原守城义军屯于和睦,意欲造反。"曾多只好点兵三千,自清湖发兵,过航山、屋基,伏兵于观音堂,着细作潜入和睦探情。

　　话分两边说,这边夜莺子、刘保忠、刘巳三人自乌金山往北,晓行夜住,非止一日,欲要刺杀郑钧,不料闻得曾多背主求荣,无端夺位。念及百姓苦难,便计谋刺杀曾多。见曾贼发兵三千屯于观音堂,三人行至湖珠村,商讨计策。刘保忠道:"老夫已是有罪之身,生有愧于天下,死有辱于先人。今贼军残害百姓,吾岂能坐视不管,何不趁夜黑人静,偷袭营帐,刺杀曾贼,还天下安宁,了却吾恕罪之愿。"刘巳道:"阿父不可!"刘保忠道:"为何不可? 若此时不将功赎罪,待他日黄土掩身,该以何颜面对列祖列宗。"刘巳道:"阿父那日诈降,实无弃忠义之心,望请阿父宽心。只是郑钧之死,实属蹊跷,儿以为定是那曾多刺杀之。若是如此,曾多必然戒备,重兵防身。吾等三人,一无援兵,二无刀剑,如何刺杀,切不可以卵击石。"刘保忠听罢,深感有理,一时痛心,生不能擒贼,死不能尽忠,愧矣! 夜莺子道:"刘公子以为该当如何?"刘巳道:"曾贼发兵和睦,见其阵势,足有三千余众,且是精锐,想必城中兵力甚少。"夜莺子道:"如何?"刘巳道:"吾礼贤之人自古忠义,忠孝贤良者有,叛逆奸佞者无,可谓刚毅不屈,城中百姓苦不堪言,定是怨声载道,同仇敌忾。若此时乘虚潜入城中,揭竿呼应,城中军民必前后相拥,誓死相投,此为围魏救赵之计,一则可断其后路,二则可解和睦之困。"刘保忠听罢,喜道:"吾儿昔日喜怒无常,不问世事,人称神风子,今日却见大智大谋,令为父刮目相看。"刘巳道:"阿父恕罪,此番劫难,家仇国恨,吾等赤子岂能玩世不恭,逍遥自在?"夜莺子道："果真是忠义之辈。"说罢,三人绕渡船头,撑船过江,夜半三更,潜入城中。一日,举旗号召,城中军民一一归附。遂平息城乱,安定民心,救出江灵、念慈二人,列兵城南,以抗曾贼。

那边汪青帐中议事,忽听得报曾多伏兵观音堂,足有三千之多。一时寡不敌众,汪青心下一想:此番迎敌,若是相拼,定败无异。但须借助天时地利,方可以少胜多,便领兵南下,经东儒,行至山垄。众将士不解,问其何故。汪青道:"吾深知命理,此山有天兵天将二十万,足可破敌,不费吾一兵一卒。"遂过岭谷处,行至车家坞,排兵布阵,布开人马于两侧,备置巨石、火球、粗棍,当是伏兵之计,此话不题。

说来曾多岂是领兵之人,断无将帅之才。见汪青逃至山垄,喜出望外,道:"贼军望风而逃,此乃败兆。"遂率兵逼近,行至山垄处。话说这山垄左右皆是山岭,中间只有一狭窄之道,直通车家坞。曾多正要领兵入谷,家将来报,恐有奸诈。曾多遂令先锋先行探路,一路分兵把守。话说这先锋将士原是忠义军,今郑钧已死,曾多执掌,心中多有反心。此岭谷宜伏兵,凶多吉少,遂不敢深入,便谎报已探个清楚。曾多除贼心切,自不会多想,领三千将士冲进谷中。约莫个把时辰,曾多领兵出谷,沾沾自喜,笑道:"尔等莫要抬举了贼军,小看了自己。贼军见吾忠义军声势浩荡,必是闻风丧胆,断不敢苟存此地。"众将士听罢,皆赞其智勇双全。曾多遂令将士扎营安寨,暂作歇息。

原本汪青伏兵两侧,见贼军中计,即命众将士将巨石、火球、粗棍扔下。忠义军一时失了步数,砸死的砸死,烧死的烧死,苟活的慌忙躲避,余下的匆匆迎战。汪青又命将士从两翼包抄,一时杀得天崩地裂,鬼哭神愁。汪青冲入敌阵中,使开长枪,杀将而去。曾多见敌军杀来,左右夹攻,如何抵敌?眼张失落,毛发直竖。忙命众将士护身,汪青擒杀几十兵士,曾多慌忙逃窜。无奈将士不齐心,见大势已去,反心久矣,遂捆绑了曾多,前来诚降。汪青手提大刀,一刀劈了下去,奸佞小人身首异处,血染车家坞。汪青遂岭头宣张,贼军余众归降,合成义军,领兵北归。

却说夜莺子闻得汪青大胜,便打开城门,出城相迎,百姓纷纷献粮,犒劳三军,至此礼贤安矣!

话说金鼻鼠自与众仙一别,四处晃荡。一日,行至一处,果真是树木蓊郁,百鸟嘤鸣,甚是可爱。忽闻"扑碌"的一声,坠下一只鸟来,不歪不斜,正落在头上。金鼻鼠向前一看,乃是一只黄雀,笑道:"天上果真能掉吃的。"便拾起往袖口里藏。正要走,只见一少年,长得英俊,手执弹弓,怒目而视。金鼻鼠深知缘故,便故作不知,侧旁就走。那少年转身喊道:"这黄雀分明是吾打下的,你这贼眉鼠眼的,还不见还?"金鼻鼠一听,吓坏了,自思:此人如何知吾是鼠类。遂跳将起来,那少年见金鼻鼠要溜,便也跟着跳将起来,不料金鼻鼠头朝地,脚蹬天,钻进土中。少年落下地来,笑道:"雕虫小技!"说罢,飞了起来,跟着踪迹追。

金鼻鼠见那少年追着不放,便加速急奔,却不料一时顾不得看路,地底下本就是黑,一头撞在那花岗岩之上,疼得直起包,破土而出,呼呼哭叫。那少年遂从囊中取出一幡,名曰索魂幡。往空中一举,数道黑气,把金鼻鼠罩住,直往洞府去。

这少年原是面桶坞枇杷精,因面桶坞坐北朝南,日受烈阳沐浴,夜吸阴月之气,枇杷精该有一千年道行,化成人形,道法通玄。金鼻鼠醒来之时,已是捆在幽洞之中,再一看,黄大郎、花姑子、狐娘、玄天子尽在洞中,皆被绑了起来。金鼻鼠气冲肝腑,怒道:"是何妖怪,如此无礼?"花姑子道:"吾等不知是何妖怪,只知其是一个乳臭未干的小毛头。"金鼻鼠心想:方才所遇之人便是一个少年,莫不是同一人。此番被掳,真是莫大耻辱,断不可传扬出去,坏了名声。便道:"这妖怪定是修炼千年的黑山老妖。"正说言间,枇杷精冲了进来,笑道:"何人言吾乃黑山老妖。"四仙着眼看向金鼻鼠,金鼻鼠深知被出卖了,叹道:"果真不仗义。"枇杷精道:"看吾如何收拾你。"说罢,取出索魂幡,道一声:"变。"那金鼻鼠竟变成一个老头子,皮皱如树皮,眼凹如深渊,毛发如蚕丝。

常言道:君欲取乐,何物可辜!金鼻鼠金眼发怒,道:"天杀的,气死吾也!"枇杷精道:"如今尔等五仙齐聚,可遂了吾枇杷一族千年心愿。"花姑子道:"妖怪,意欲何为?"枇杷精道:"五位上仙,乃天地灵气所化,若能将尔等合成一气,可解吾族千年禁忌。"说罢,摆开索魂幡,将五仙收进幡中。走出洞外,正往面桶坞赶去。

无巧不成书!却说司晨子跌落峰谷,免于一死,却也负了伤,独自前行。正瞧见枇杷精,心想此处荒山野岭,正所谓:云山漠漠,鸟道逶迤行客少;烟岚蔼蔼,荒村寥落土人稀。何来的一黄衣少年? 便问道:"公子何往?"枇杷精道:"山花多艳如含笑,野鸟无名只乱啼。这世间仙有仙路,妖有妖路,何必问清来自哪里,去向何处呢?"司晨子道:"此山峻峭,猛兽甚多,还请公子速速下山,莫要走偏了路。"枇杷精道:"正是,正是,方才只顾欣赏山林景致,不觉天色渐晚,这就下山,这就下山。"司晨子道:"公子既是下山,吾亦要下山,何不一起,路上多个照应,不知公子家住何处?"枇杷精听得不耐烦,支吾不言,司晨子再问。枇杷精见机逃下山去,司晨子甚是奇怪,便紧跟其后,边追边赶。

须臾,枇杷精回头一看,那厮果真追了上来,自叹道:"这厮如此紧跟,岂不是坏了吾的好事,且教他吃吾一弹。"遂纵身跳至一棵树上,飞在其后,拉起弹弓,摸出弹子放上,弓开如满月,弹去似飞星。叫声"着"。司晨子不见枇杷精踪影,方才四处看去,听得弓弦响,弹中腔子,穿进内腹,司晨子失声嗥叫,负痛而逃。枇杷精跳下树来,笑道:"这回有你好受。"说罢,抖了抖索魂幡,径往山下去。

话分两边说,这边司晨子疼得叫爹娘,窜入山中,忽见佛光万丈,想必是哪里的佛陀,只好跪下叩拜,不敢多言。原是那普明佛,问道:"座下何人?"司晨子道:"太阳山司晨子。"普明佛道:"有何所求?"司晨子纳闷,心想"这佛好生奇怪,与他不熟,更未开口,竟问吾何求?也罢,那少年弹弓伤吾,有如此蛮力,绝非凡夫俗子,何不求赐一法宝,降住那少年,看是个甚东西。"便再拜,求道:"吾本是泰山娘娘座下弟子,只因混元魔施难太阳山,泰山娘娘与吾那四个师兄皆魂消命丧,好在吾保全性命。吾便下山,寻访众仙,不料被一少年作弄,弹弓伤害,至今弹子还在体内,难受得很!"普明佛听罢,一番嗤笑,道:"云开终见日,福寿自天成。"

这番嗤笑惹恼了司晨子,司晨子站起身怒道:"臭和尚,不与讲理便罢,莫要取笑吾!"普明佛笑道:"那少年乃是千年修炼成精的枇杷,道法自然在你之上。若要降住他,还需一件宝贝。"司晨子惊疑,问道:"是何宝贝?"普明佛单手往外一摊,只见手中立现一座莲花,顺手推了出去。司晨子接住莲花座,只见那莲花座变化核桃般大小。问道:"此宝贝如何用得?"普明佛道:"且教你一口诀,待那少年立在莲花座中,你可念口诀,便可降住他!"司晨子半信半疑,正要走,心下一紧,问道:"那少年道法厉害得很,适才被他算计,便不知他去向了,望求指点。"普明佛道:"礼贤城西有一处,唤作面桶坞,坞上有座山,名叫枇杷山。"司晨子听罢,自然高兴,道:"有劳尊者,功成再谢!"遂拜别普明佛,径往面桶坞去。

那边枇杷精回了洞府。此洞唤作千山洞,洞中摆一神像,原是枇杷王。上古传言,枇杷精灵一族,因身性松软,难修真气,只得取五幽灵真气,方可道化自然。枇杷精提出索魂幡,横置在神坛之上。点上三香,叩拜神灵,默念族语。须臾,只见五幽灵空中灵现,看去好似被捆住一般,万般难受。片刻,五幽灵被束缚在一块,动弹不得,各自真气腾出,聚集天灵盖,再汇聚一起,生成精球,如一个药丸大小。枇杷精见状,很是喜悦,笑道:"吾枇杷一族可超生矣!"说罢,倒吸一口气,那精球顺着气,正到嘴边。忽见洞外闯来一人,喊道:"妖怪,哪里走?"这人便是司晨子。

司晨子撬开洞府,闯将进来,惹恼了枇杷精。枇杷精怒道:"坏吾好事,找死!"遂转身,双手一晃,只见琵琶在手。此琵琶是利器,声有三响,一响,众生皆醉;二响,万物皆昏;三响,乾坤颠倒。司晨子横劈便是一掌打了过来,却被琵琶声弹了回来。司晨子跳起身,顺手推出莲花座。枇杷精怎肯放过,琵琶声如万箭,刺杀过来,司晨子被震得骨断脏碎。枇杷精恼羞大怒,正要结果了司晨子,只见那莲花座金光万丈,精球散去,真气归位,正是司晨子念了口诀。莲花座将五幽灵托起,围而居坐。须臾,花姑子、黄大郎、狐娘、玄天子、金鼻鼠五仙手执手,转了起来,冲天而去,把山体穿了个洞。枇杷精见珍宝没了,咬牙切齿,揪起司晨子,本想一口吞了,怎想不解气,便痛打一番,命小厮们捆绑起来,待夺回五幽灵,练得真气,另行算账。

五幽灵本是五行真气所化,孕育五仙。此番造化,该属天意。五仙练得五仙阵,分列金木水火土。相生而聚,道法玄通。五仙跳出莲花座,见那莲花座朝南而去,遂跪拜谢恩。花姑子道:"吾等经此磨难,练就五仙阵,当助三郎,降妖除魔。"黄大郎道:"花姑子所言极是,吾等即刻前往石大门,救出三仙子。"金鼻鼠道:"不可,不可!若不是司晨子舍身相救,吾等早已是那枇杷精腹中之物。司晨子与枇杷精此番恶战,恐难逃脱,凶多吉少,吾等岂可忘恩负义,就此离去?"玄天子道:"正是,当下之急,当合力铲除妖孽,救出司晨子。"说罢,五仙甚感有理,遂上山去。

此山唤作枇杷山,山中多是枇杷树。正值芒种,果真是枇杷果甜之时。五仙岂止得住,见枇杷,抢着吃,权作解渴。须臾,五仙腹中胀痛,如妇人怀胎十月,好气又好笑。金鼻鼠泣道:"想吾金鼻鼠英雄盖世,若是真生产下一个东西来,岂不惹人笑话,羞死吾哩!"说罢,用爪子抓挠着肚皮,怎知越抓越痛。须臾,只见五仙已是疼痛难耐,纷纷匍匐在地上,打滚嗥叫。不时,只见玄天子跳了起来,两眼瞪着肚皮,哭道:"破了,破了,要破了!"花姑子急中生智,心想定是妖孽所为,大喊道:"五仙归阵!"说罢,五仙围坐,施法驱邪。

约莫片刻,只见五仙腹部见小,似有一物经喉冲出,五仙齐张口,喷出一口黑血,原是五个小枇杷精跑了出来,窜进枇杷林中,变化作枇杷,长在了树上。五仙本想抓来教训一番,却不见踪影,只好作罢。

却说五仙继续赶路,往山中寻去。不时,五仙行至一处,金鼻鼠眼尖,一看地上,有五口黑血,叫嚷道:"走了半天,还是原归路,真是玄乎!"玄天子道:"为今之计奈何?"金鼻鼠笑道:"莫急,莫急!众仙在此稍候,待吾寻他一番。"说罢,遁入土中,不见了踪影。

四仙打坐静修,忽一时听见轰响,只见金鼻鼠蹿土而出。金鼻鼠仰天笑道:"本大王闻风知胜败,嗅土定军情。待吾回去告知四仙,也算是头功一件。"四仙听罢,默默作笑,狐娘道:"吾等五仙,已是同命相连,不知金鼻鼠大王去往何处?"四仙又是一番大笑,金鼻鼠火冒三丈,说不出话来。

正说言间,只见枇杷树精围了过来。忽见一树枝变作爪手,一把将狐娘抓住,往里拖。黄大郎着急不已,紧追了上去。又见三五个枇杷树精围了上来,缠住黄大郎。黄大郎难施展法术,一着急,蹦了个屁。忽见枇杷树精屁滚尿流,退却开来,片刻死去,原是枇杷乃精造之物,爱干净,黄鼠狼之屁多是污气,怎受得了。黄大郎急忙扶起狐娘,三仙紧跟而来。金鼻鼠笑道:"还是黄兄的屁蹦得厉害哩!"五仙遂往前赶路,枇杷树精不敢造次,纷纷退去。

须臾,便见一洞府,洞口处刻有三字,名曰千山洞。玄天子道:"此洞好生霸气!"五仙正要进洞寻妖,只见洞门紧闭。金鼻鼠气道:"分明是个穴,比不上吾那无底洞。"遂念一口诀,遁入土中,不一时又跳了出来,道:"果真是千山洞,地下皆是花岗岩。"狐娘问道:"这般铜墙铁壁,如何降住此妖?"黄大郎沉吟半晌,道:"吾等摆出五仙阵,看可否破此门?"说罢,五仙齐阵,化作真气,撞击石门,数次之下,果真破了洞门。果真是:天晴不肯走,只待雨淋头。

枇杷精见众仙闯洞,头发上指,目眦尽裂。冲出洞外,使出琵琶,以其声响当利器。五仙见状,摆开了五仙阵,施法相斗,正是:迷空杀气罩乾坤,遍地征云笼宇宙。约有半刻钟,见不得胜,便冲杀而来。枇杷精收了琵琶,逃回洞中,从另一个口子出去了。五仙追进洞中,见司晨子负伤,便将其救出洞外,找一僻处,为其疗伤。五仙不是郎中,只能各施其法,却不见好转。五仙一时不知所措,心急如焚。花姑子道:"司晨子为救吾等,今遭此劫难,若不能救活,恐难赎罪也!"正说言间,传来一声,道:"老夫可一试!"五仙齐眼往外看,那人便是廖大夫,自众仙大战混元魔,因无法力,便逃脱了去。花姑子道:"廖老先生别来无恙。"廖大夫道:"惭愧!惭愧!那日众仙大战混元魔,老夫却无缚鸡之力,帮不上忙,致使众仙蒙难。"花姑子道:"天数如此,廖老先生莫要自责。"玄天子道:"先救司晨子,闲话后续。"廖大夫急忙切诊。须臾,廖大夫诊毕,叹息不已,道:"若无仙丹,恐难活命。"黄大郎道:"三仙已被混元魔擒住,压在石大门内,如何找寻神仙,讨要仙丹?"

众仙正是眉头搭上双簧锁,腹内新添万斛愁。忽见廖大夫打坐在地,闭目念诀。众仙不解,心急火燎。金鼻鼠道:"常言道医者父母心,你这大夫见死不救,却有心打坐,真是不是自家事,不必上心头啊。"玄天子道:"人家是仙,吾等是妖,莫要胡说,要是被女娲娘娘知道了,吃不了兜着走。"话说女娲掌管妖界,妖灵精怪皆受管束,无不惧怕。金鼻鼠只好闭住口舌,瞪眼不语,叹道:"此正天数难逃!"须臾,五仙恍惚,只见廖大夫坐化成一道真气,流入司晨子体内。司晨子活了过来,尽数痊愈,毫无痛痒,问及缘故,五仙羞愧难当,遂将原委讲述。司晨子感激涕零,泪流满面。黄大郎道:"为今之计,当同心协力,剿除枇杷精,免生祸乱。"众仙皆同意,遂寻妖去。

欲知结果如何,请看下回分解。

# 第四十一回　二郎学得隐身术　司晨子化山降妖

话说江灵、念慈刺杀了郑钧又为夜莺子、刘保忠、刘已三人所救，便留城协助三人清理贼军。汪青领义军进城之后，众人汇聚，共商计策，治理礼贤，安定人心。汪青暗中命人去往章家，找得江甫尸首，安葬大陈岭，念王俊欣、江甫抗敌有功，遂建双塔于须江两侧。江灵、念慈得知，便辞别众人，前去打扫坟茔，好生祭拜，不言。

却说枇杷精自枇杷山一逃，径往城中来。一时腥风血雨，满城不得安宁。汪青苦于无策，心中闷闷不乐，日夕忧虑。夜莺子虽是道家中人，却也不知何故，百思不得其解。正时，又见帐下来报，城北有妖出没，五户人家的孩童皆被掳了去，汪青大怒，道："礼贤刚经贼军残害，吾等义军奋起反击，这才还礼贤百姓安宁，不承想天不福佑，妖孽作乱，这可如何是好？"刘保忠道："此妖何惧，不过是诓人的把戏，待吾识破，擒他回来，好抵吾父子二人降敌不忠之罪。"汪青深知刘老建功心切，今方贼已除，天下太平，朝廷必赏功罚过。此父子二人降敌已是杀头之罪，虽迷途知返，杀敌有功，但亦不足以抵过。故而心盼建功，望得自由之身。现如今妖孽作怪，来去无踪，正是要遣人探得个究竟，遂道："有劳二位，务必小心！"

刘保忠父子领兵三百，俟夜深人静之时，暗伏在街角。正值夜黑风高之时，枇杷精化作一阵青烟，在街道处游荡，寻觅哪家有孩童。刘保忠见状，按捺不住，即命众将士冲杀，一时喊声齐起，锣鼓喧天。枇杷精见几百兵士手持刀枪剑棍，虎虎生威，皆是纯阳之体，满心欢喜。遂举起手掌，托起下颚。口吹一道黑气，那黑气将几百将士团团围住。众将士一时不知所以然，皆是目瞪口呆。刘保忠怒道："妖孽，休得作怪。众将士只与吾拼杀，砍下妖怪首级，便可军前立功。"众将士得令，冲杀了去，那团黑烟散开了去。枇杷精再吹一气。一些将士浮在空中，双脚晃荡不得，足有十余丈之多，手中兵器都被夺了去，捏成了球团。众将士哭喊着，枇杷精又吹一口气，只见将士摔落在地，无不心碎脏破，奄奄一息。枇杷精运功，将这些将士的纯阳之气吸入口中，再运功一番，法术又增进一层。

刘保忠见将士折损，此妖甚是厉害，若是再与之斗，恐性命堪忧。道："老夫虽死不惧，只是将士无辜，白白舍了性命。"有一兵士惶恐道："老将军所言极是，此人妖术甚是厉害，吾等定不是对手，何不就此逃去，从长计议。若能请得高人，再来降他，实乃上策。"刘已道："阿父，孩儿断后，你与众将士先行退却。"刘保忠见建功无望，损兵折将，更无颜再见城中父老，便道："孩儿，你先与将士退去，为父压后。"刘已不肯，父子二人起了争执。枇杷精趁势追杀了过来，刘保忠一把推开了刘已，挡住了枇杷精一掌，喷血倒下。将士拉扯刘已，纷纷退去。枇杷精正要追赶，只见刘保忠一把扯住枇杷精双腿，枇杷精挣脱不开，见众将士逃远，心生怒气，咬牙切齿，一掌打在刘保忠天灵盖，骨碎人亡。枇杷精一脚踢开刘保忠，正要上前追赶，只见黎明将至，家鸡报晓，深知法术渐微，恐五仙寻踪追来，惹来麻烦，遂化了阵风，逃走了。

话分两边说，这边刘已领着残兵归来，将遇妖之事说了。汪青得知刘保忠殉难，无不悲痛，上表请功朝廷，以示嘉奖。汪青泣道："妖孽作祟，幻术杀人，百姓受难，吾等有护民之责，却是束手无策，这可如何是好？"夜莺子听罢，道："那妖有何幻术？"刘已泣道："此术甚是异常！但凡与其搏斗，他只用口吹一气，搏斗之人皆浮了起来。再吹一口气，搏斗者便摔了下来，不死便伤。"夜莺子听罢，面有忧色，惊叹道："此妖甚是凶恶，若是不除，必生祸害。"汪青道："已生祸害！那妖怪吃人，专吃孩童，数日以来，已有几十孩童被掏了心。"夜莺子沉思良久，道："小道心有一计，不知可否？"汪青道："夜莺子不妨直说！"夜莺子道："今夜三更，携一孩童置在鹿溪口，且等妖怪来吃。"汪青道："不可，不可！甚计？助恶为害！"夜莺子道："此妖仰仗变化，全无忌惮，若置一孩童在街头，此妖必出，那时吾将会他，再令人送孩童归来。"众人言之有理,遂依计行事。

那边五仙与司晨子自枇杷山寻来,为不扰城中百姓,只得自行寻找。见城北妖风四起,便随风追来。未见妖影,众仙困惑,金鼻鼠道:"莫慌!莫慌!世间鼠类皆是吾耳目。"遂念了个口诀,只见墙角道缝里,跑出几十只家鼠,金鼻鼠端下身子,嘱咐一番,那些鼠皆四下窜开,找寻妖怪去了。金鼻鼠道:"众仙家只与吾在此稍候。"须臾,果真来报。金鼻鼠道:"那妖正在郑家村行害。"说罢五仙齐去。不言。

枇杷精正在洞中修炼功法,闻得有孩童哭叫声,正是饥渴,遂起身闻声寻去。不时,见一孩童坐在山脚处,正悲声哭泣,遂化作一妇人,行走到孩童边上,问道:"小孩,你父母在哪里?为何在此哭泣?"那孩童断不敢出声,只知哭泣,原是夜莺子教他莫与他人言语。枇杷精笑道:"告诉姑娘,你家住哪里?吾送你回家。"那孩童只管哭泣,枇杷精满心欢喜,便单手正要从背后抓心。忽见夜莺子喊道:"何方妖孽?胆敢侵犯礼贤,自取死亡!"遂冲杀了上去,运功三分,一道水气将枇杷精与孩童冲开。枇杷精道:"你这才几年的道行,如此狂妄。"说罢,口吐黑气。夜莺子早已使了定身术。枇杷精未见夜莺子起身,知其不是凡人,怒道:"你是谁,在此兴风作浪,与吾为敌?"夜莺子道:"干系之事,都是往别人身上推责。分明是你这妖怪作乱人间,吾今奉天剿你,快快降来,免得死得难堪。"枇杷精笑道:"果真是狂妄至极,看吾如何堵住你的嘴。"说罢,掀风而来,仙妖大战几十回合。

**仙妖相逢礼贤斗,往来交战藏玄机。**

**自来恶战果蹊跷,二虎相争心胆战。**

那妖怪见夜莺子力战,自己前些日子大战五仙,已是负伤,遂找了个破绽,趁机溜走。夜莺子怒道:"妖怪,休走!"说罢,趁势追赶。那妖怪虽是带伤,法术却无损,见夜莺子缠斗,心下大怒,口里念咒,把口一吐,一道黑烟喷出,就化为一道网,夜莺子赶得急忙,未及辨识,便身在网中,左右脱不开身。枇杷精见夜莺子中了圈套,便高兴了起来,现身道:"还以为是何方神圣,竟是一颗老樟树精。"夜莺子道:"吾今被你所获,无非一死而已,何必多言。"枇杷精道:"看你道行不浅,修来不易,若是求饶,吾或饶你不死。"夜莺子道:"一死而已,岂能屈膝?"枇杷精道:"果真嘴硬,今日便结果了你。"夜莺子道:"但凭汝为,有甚闲说?"枇杷精见夜莺子不服,欲要行害,忽见身后有五影子,转身正要一看究竟,却不知五仙早已围攻了上来,枇杷精措手不及,便倒了身出去。枇杷精道:"同是妖类,如此决绝,那些仙人许尔等何好处?"黄大郎道:"你吾虽是妖类,却是道不同,今日你祸害众生,已违天道,吾等岂能容你。"说罢,摆开了五仙阵。

　　却说这枇杷精领教过五仙阵,知此阵甚是厉害,难以对付,枇杷精便跳出五仙阵,正要逃脱。黄大郎只身上前,一把抓住枇杷精,枇杷精使了诈术,黄大郎扑了一个空,反倒被枇杷精抓住。四仙见黄大郎被掳去,散开了五仙阵。枇杷精捉了黄大郎直往花坟头而去,众仙急追而来。枇杷精见前路是深谷,心下一想,擒了这黄鼠狼,也是脱身之用。现已安全,带着这黄鼠狼已成拖累,何不推下这谷底,好叫他们成不了五仙阵。遂正要将黄大郎往谷底推,只见那黄大郎危急之时憋不住,蹦了一个屁。枇杷精忍受不住,急忙抽身,捂着鼻子走了,这才脱险。

　　待众仙赶至,余臭未去。众仙只好掩着鼻子说话。金鼻鼠道:"这味谁受得了,不知这黄郎哪里好,狐娘这般痴情。若是不嫌弃,跟吾回无底洞,好过跟他受罪。"花姑子道:"这钟情之事岂是你鼠辈可知。"玄天子道:"如今可好,又走了那妖怪。"夜莺子初见众仙,一一拜见,道来家门。道:"此妖幻术了得,又捉摸不定,善于溜走,吾等当不可硬拼,需寻一计将其擒住。"玄天子道:"何等计谋可骗得过他?"众仙无计,一时只好作罢,先行回城。

　　夜莺子领着众仙回府,汪青门外迎接,一一会见,正说言间,只见一群衙役前来,中间有一人,好似宫中之人。只见那人问道:"汪青何在?"汪青道:"本人便是。"那人道:"汪青听旨。"汪青听罢,一时回不过神来,众仙提醒,这才急忙下跪。那人拿出一道圣旨,道:"奉天承运,皇帝诏曰:汪青平贼有功,特封礼贤县令,旨到即任。刘保忠父子虽降贼有罪,但念其杀敌有功,不予追究。钦此!"汪青领旨谢恩,领着官爷入堂，宴请一番。翌日，送官爷出城，这才松了口气。众仙前来庆贺，汪青拜谢，道："城中妖孽未除，百姓终日不得安宁，何以为乐？"众仙发闷，心中自然跟着不乐。

又说大郎于五显岭学艺，因祸得福、三郎江灵城中杀贼，替父报仇，各有归处。却不知二郎身在何处，更吉凶难测，生死不知。原是那二郎被击落在龙门峡谷处，化作精灵石，却被一只红嘴松鼠当作松子吞进肚中，这精灵石本是神珠，一般鸟兽岂能消受？那红嘴松鼠吃了精灵石，肚皮发热，身毛尽褪，口吐烈火，自燃枯焦而死。正燃间，空中有一雄鹰正翔，此鹰凶猛，有人之高，颇有灵性，见山下火星，便飞了下来，见一松鼠烧焦，焦灰里有晶石发亮，便啄来，吞进腹中，张开双翅，飞去空中。须臾，那鹰腹之中直捣鼓，疼痛万般，便坠了下来。雄鹰化作人身，打坐运功，将腹中晶石吐了出来。只见那晶石掉落在石壁上，依旧闪光发亮，雄鹰人正要拿了过来，只见那晶石竟会说话，原是那江秀，只是变作一颗石头罢了，问道："敢问鹰兄为何吃吾？"雄鹰人道："你这晶石果真神奇，还能说话，你既有灵性，当属宝物，若能食之，法力定增。"江秀道："鹰兄，吾乃女娲补天神石。"遂将前因后果——道来。雄鹰人道："与吾何干？"说罢，正要捉拿神石。江秀跳起来，那雄鹰人扑了个空，怒道："吃你是你的福分，怎这般不识抬举？"江秀道："鹰兄，并非吾不情愿，如今混元魔为害人间，吾大哥、三弟又生死未卜，着实死不得。"雄鹰人道："你口口声声言混元魔危害人间，想必其法术高超，吾今日吃了你，法力定大增，明日便去降妖除魔，了却你的心愿。"江秀道："鹰兄果真忠义，只是那混元魔乃贪欲、怨恨汇聚而成，不死不灭，又有寒元之气护体，恐鹰兄法术再高，亦是制伏不得。"雄鹰人道："诳人，不死不灭的是神仙。"说罢，一把抓住晶石，怒道："快到嘴里来！"江秀本是忠厚老实之人，此番法力毁损，回不得元身，只好任凭捉弄，道："鹰兄既然铁了心要吃吾，可否告知小弟，鹰兄大名。"雄鹰人道："吾乃龙门峡谷神鹰，外号灵英子。"

说罢，一把将晶石塞进了嘴巴，正要往里头咽，忽见二人飞来，原是那王重隐、青藤仙子。话说自清风谷一战，青藤仙子负伤，王重隐

好生照料,二人早已冰释前嫌,终日逍遥自在,谈诗论道,可谓是:

歌舞调弦成新声,品竹覆棋出押韵。

赋诗醉酒追风雅,沾墨把书画风情。

今日见山中有晶石闪光,惊疑不已,便见光寻来。方才见灵英子正要吞食晶石,这才现身,掷了个石子,打在灵英子喉结上,晶石又被吐了出来。王重隐见晶石乃神珠,只是不知何故,只有其一,流落在此,想必金凤仙子遭劫难,心中悲伤。灵英子见晶石落地,忙着捡起,王重隐见状,喊道:"且慢!"灵英子怒道:"你是何人? 休管闲事,不然连你一起吃了。"王重隐道:"吾二人乃山中逍遥之人,本不该打搅你,只是方才见你恃强凌弱,多少有点看不过去。"灵英子听罢,心中觉得三分理亏,支支吾吾道:"何来恃强? 哪里凌弱? 有何凭据? 最多不过是捡了巧罢了。"王重隐道:"这神石可与人言,想必是修道之物,只是不知何故,回不得人身。你不辨缘由,不凭本事,便要吃人家,岂不是恃强凌弱?"

灵英子辩解不过,怒道:"既然你要多管闲事,且叫他与吾比试一番,若是吾赢了,晶石归吾,若是吾输了,且放他一马。"王重隐道:"重隐在此谢过,三天之后,你二人在此一决高下。"说罢将神珠收进,与青藤仙子离去,灵英子正要追问,只见二人离去,只好赌气无语。不言。

只言王重隐将晶石护在手中,青藤仙子运功施法,为江秀疗伤。翌日,只见晶石金光重塑,变化成人样。江秀拜谢王重隐、青藤仙子。王重隐道:"吾与那灵英子有三日之约,后日便要决斗,以定输赢,若是输了,他还是要吃你。"江秀道:"小生在洪福村,曾得洪太公教诲,习得洪公拳。不知可否胜得了他?"青藤仙子道:"不知胜算多少,如何与他斗?"江秀道:"若是输了,自愿被他吃了,只是混元魔未灭,三仙子困在石大门中,大哥、三弟不知生死,如何安心?"王重隐见二郎心忧,道:"二郎莫虑,吾与青藤仙子今日练得一套隐身术,可教授予你,如此,即便斗不过那灵英子,也可逃去。"江秀听罢,道:"不可,不可! 二位绝学,岂可轻易传授于吾?"青藤仙子道:"吾二人乃世外野人,无事参悟这法术,想来也没有用处。你若能学得,助你降妖除魔,也算是一件幸事,无妨!"江秀见二位仙人执意,又念肩上重任,便再拜言谢。

话说这隐身术乃得道法术,习练之人须灵巧之身,该天数如此,江秀本是那精灵石,灵巧无比,学这隐身术只需一昼夜便可。有过一日,江秀就学会了,能在山林水冰之间来回隐身穿梭,无人能觉。江秀念恩,遂来拜谢。忽见灵英子空中冲来,江秀道:"见过灵英子。"灵英子本是傲世之物,怎看得起江灵,怒道:"闲话莫谈,且比试一番,教你乖乖降吾。"说罢张开羽翼,手握双锤,冲杀了过来。二人空中激战,来回几十回合。果真是:

这一个是女娲补天精灵石,那一个是峡谷傲世灵英子。一个修得千年人身,一个练得不输的脾性。高山顶上,洪拳生耀辉,震得石裂灰飞;峡谷深处,双锤动根基,响得地动山摇。这边轻移道步,脑后挥拳招招来;那边眼疾爪快,扑身投底飞冲天。些儿眼慢,目下葬身峡谷,身若不及,叫你尸骸分两半。

江秀见灵英子凶猛,便回身挥拳相挡,灵英子切齿怒目,又扑了过来,正一锤朝天灵盖打来,却打了个空,再回看,不见江秀人影,原是江秀隐身起来,躲在暗处。灵英子怒道:"快快出来,与吾决斗。"江秀现身于其身后,正要擒住灵英子。灵英子急转身,双锤打了过来,江秀又使了隐身术。灵英子便知这江秀可隐身,便怒道:"随吾来。"说罢,转身飞进丛林之中。江秀跟随其后,行入丛林里。

话说这龙门峡谷千年无人烟,枝叶铺地,干燥无比。灵英子躲在暗处,只听得"吱吱"响声,便冲杀了过去。原是灵英子使得计谋,江秀使隐身术,只可隐其身,却不能消其声,脚踩干燥枝叶,定能发出吱吱声。江秀见灵英子冲杀过来,急忙现身逃脱。灵英子紧追不舍。江秀急忙折了枯枝,隐身在暗处,见灵英子不注意,将枯枝扔向别处。灵英子以为江秀在那处,便扑身过去。原是调虎离山之计,江秀紧跟其后,一把抓住灵英子,现了原形,将其按住。灵英子动弹不得,身降心不服,道:"杀剐随便!"江秀道:"吾本是一颗石头,与你无仇,为何杀你？只因你要吃吾，吃吾不得，要与吾比斗。"灵英子道："果真不杀吾。"江秀道："道心慈悲，你可去也！"说罢，放开手去，灵英子急忙脱身而去。

江秀见灵英子走了，便回身要去拜谢二仙，正欲走，只见灵英子又回来。江秀惊疑，问道："你既输吾，为何纠缠不休？"灵英子道："小人愿做公子坐骑，以报不杀之恩。"江秀笑道："无须！无须！"灵英子道："公子此番降妖除魔，免不了劳顿，若得一坐骑，定能省些力气，也好与混元魔打斗。"江秀见灵英子长跪不起，心诚意坚，叹道："皆知此番吉凶难测，却要与吾共赴难，此乃大义。也罢，随你意，倘若有险情，你可去，自不必管吾。"说罢，二人去寻二仙，说明前后。二仙欣喜庆贺，二郎辞别离去，欲寻大哥、三弟，径往礼贤城中来。

不日，二人便行至礼贤城，正遇枇杷精逃窜而来。灵英子道："主人，此等妖怪，妖风厉害得很，定是有些道行。吾且与他斗上一番，你在旁观战，看出破绽，好将其擒住。"说罢，冲杀上去。枇杷精见半路杀出个程咬金来，一时惊慌，摆开阵来。灵英子挥使双锤，从天而降。枇杷精使了阵妖风，掀起狂风，似蛟龙冲天。灵英子硬是被吹了上去。江秀见状，急忙隐身，冲进阵中，将枇杷精一拳击倒。枇杷精倒地负伤，抬头又不见人影，果真是见鬼了。遂使了个晃身术，逃走了。

灵英子正要追去，却被江秀止住。江秀道："此妖法力高深，难追也！"灵英子只好作罢。二人急往城中寻去，行至堰塘，见一男一女正行来，好生熟悉。须臾，那二人行至跟前，才认得是自家的兄弟，这二人便是江峰、须女。兄弟二人大难不死，今朝重逢，别样滋味，细说详情，说来都是因祸得福，且不知三弟身在何处，只好即刻启程，入城寻找。

且说众仙正在府中商议计策，汪青着令义军城中警戒，提防妖孽祸害。刘已领兵城中巡逻。此时有家将来报，道："外有四人求见。"汪青道："何人求见？"家将道："小人问了，不言是何人，只叫小人传了一句话。"汪青道："何话？"家将道："混元重生天地乱，三郎转世正乾坤。"此话令众人皆是不知是何道理，独江灵听得清楚，激动万分，道："汪大人，来者便是吾兄长。吾兄弟三人原是女娲补天神石，因混元魔重生，吾三兄弟奉天道，于雌牡山孕育而生。只因混元魔作乱，将吾三兄弟打散了。还请汪大人允吾兄长进堂相见。"汪青道："既是你兄长，自当恭迎。"一头说，一头往外就奔，领着众仙出门相迎。

他乡遇亲人，道情难言心！三郎再会，眼泪夺眶而出，无比欢喜，无须多言，已是胜过千言万语。些许心情平稳，江峰将五显大仙之命传于二郎，欲要共赴盖仙山寻得兵器，降妖除魔，匡扶正道。汪青见三郎要走，急切道："如今城中有妖，祸乱百姓，众仙家可否助吾一臂之力，剿除妖怪，城中百姓定当感激不尽。"江峰道："是何妖怪？"夜莺子道："乃是一只千年的枇杷精，生性狡猾，几番逃脱。"花姑子道："此妖惧怕五仙阵，只要寻得此妖，将其围住，吾等便可将其降住。"黄大郎道："只是此妖与吾等几经大战，恐有所忌惮，不愿现身，如何是好？"众仙听罢，皆言无计可施。好在须女聪明伶俐，想出一计，道："此妖为何作乱？"汪青道："小人不知，只知这妖喜好掳走孩童。"司晨子道："那妖本想捉拿五仙，吸取真气元丹，修炼成人身，不惧纯阳。奈阴阳错乱，五仙练得五仙阵，便只好擒拿孩童，吸取阳气，增进法术。"须女道："此事好办，只需放置孩童在山脚处，那妖听得哭泣声，定会前来掳走，那时便可降住妖怪。"汪青道："此计不得，前些日，吾等施了此计，捉妖不成，孩童险被捉了去。这些孩童皆是父母的骨肉，如今城中百姓皆知此妖厉害，如何肯献出宝贝。"须女道："吾等可变作孩童，此计便可。"众仙一听，果真开窍，皆赞妙计，遂依计行事。

话说这枇杷精一路遭遇强敌，心神恍惚，终日难安。又身有伤情，法术渐失，若不得纯阳之气，恐难运功疗伤，又心惧仙人，不知如何是好，只好打坐运气。忽闻洞外传来孩童凄叫声，便好生新奇，追了出去，见三四个孩童正在扭打一个孩童，恐其中有诈，便窥视在旁。

这三五孩童皆是谢妮鬼，由五仙变化而成。花姑子见枇杷精不上当，便装足了戏，使劲往金鼻鼠屁股上踢，金鼻鼠只好忍气吞声，道："假戏真做，要不要这么认真？"花姑子笑道："若能降妖，你乃首功。"玄天子道："当真是！当真是！"说罢，四仙皆往金鼻鼠身上踩踏。

枇杷精见无异样，便化作一神仙模样，行至跟前。五仙见一神仙从天而降，吓得退缩一旁，黄大郎道："你是谁，为何在此山之中？"枇杷精道："吾乃山中神仙，见尔等在此大闹，烦吾清修，故而前来问个究竟。你四人打一人，所为何事？"金鼻鼠道："先生学堂测验，背诵四书五经，他四人背不过吾，遭先生责罚，心生怨气，便要打吾。"枇杷精道："如此，贫道明了。这读书乃是天赋，岂能为难？"玄天子道："以你之言，如何才能不被先生责罚？"枇杷精道："尔等在此山中玩耍，想必与贫道有些缘分。今日贫道便教尔等这读书背诵之法，得此法，可日背千语，夜读万卷。"五仙故作要学，枇杷精以为上当，正要上前一把擒住。

五仙幻化原形，将枇杷精围住，摆起了五仙阵。枇杷精施法破阵，一时胶着。却说三郎、夜莺子、司晨子已至，见五仙阵阵门紧闭，无法助战，只好在旁观战。枇杷精见五仙阵阵门难破，便使出全身法术，冲天而去，三郎见琵琶精欲走，岂能放过。只见五仙一时心急，一把扯住衣裳，扯得力猛，只听得哧喇一响，扯下一副衣裳，枇杷精索性把身一抖，卸下衣服，现出本相，冲天而去。

众仙也跟着冲天而去，一时空中激战。这枇杷精本有千年道行，三郎五仙齐上阵，这才是个平手。司晨子正要背后来袭，却被夜莺子拦住，道："非大丈夫所为！"司晨子疾恶如仇，哪里听得进去，念泰山娘娘仙逝，无心苟活，何不玉石俱焚，换人间太平？遂跳至空中，鸡鸣彻山谷，震耳欲聋。枇杷精退下阵来，恍惚中来不及抽身，只见头顶一道金光压了下来，原是那司晨子化作金山，从天直降。顷刻间将枇杷精压在山脚之下。司晨子化作金鸡山，立于城西，因此山，礼贤千百年再无妖怪作乱，后人为表其忠勇，唤作鸡公山，立庙祭拜于老虎山、鸡公山。

众仙见司晨子化山降妖，无不感慨万分，好在此妖孽已除，礼贤从此太平。不日，众仙辞别，共赴盖仙山，誓要降妖除魔，怎知山中鬼怪精灵，劫难更在后头。

欲知结果如何，请看下回分解。

# 第四十二回　白玺神假赐神斧　夜莺子魂送石门

却说盖仙山千峰排戟,万仞开屏。其山势雄峻,怪石嶙峋,如重楼复阁。或累叠为峰峦,或突兀如天柱;或似龙蛇,或似神鬼,形态万千。山下更是洞穴相通,盘绕曲折,堆石成洞。你道此山有多大?东西七百里,南北一百里,周围三百里,中有八十一峰,傲视三地,屹立乾坤。哪三地?礼贤、信州、浦城。

众仙自礼贤往南百余里,晓行夜宿,轻装兼程,行至枫林关,只见群山笼罩在云雾之中,好似仙境。金鼻鼠道:"此山不过是高耸而已,果真有仙石?"须女道:"家师道法玄通,执掌山川岭脉,何处有仙石,岂能不知?"金鼻鼠听罢,只好不言。

众仙齐上山来,行至岔路口,左右不知如何进退。但见两块石头立在一侧,横观侧看,好似月宫玉兔,江峰道:"此石果真奇异!"江秀道:"此石看似普通,异在何处?"江峰道:"二弟且看,此处草木丛生,山土细腻,绝无砂石,可谓是:异花奇草般般鲜,桧柏青松色色新。再看这二石,材质坚硬,乃是花岗岩,重达千斤,凡人有何力气,竟能将此等巨石搬上山来。"黄大郎道:"若是如此,此石莫不是从天而降,乃天山之物。"玄天子道:"乖乖!这奇山异石见得多了,这天降之石可是头回瞧见。"遂上前伸手摸了一把。金鼻鼠凑前问道:"如何?"玄天子道:"此石看似粗糙,摸来却很是舒服。"金鼻鼠道:"当真是仙石?"玄天子道:"你且摸摸看!"金鼻鼠也伸着手摸了上去。

正摸时,忽闻一声,道:"拿开!"玄天子、金鼻鼠一时惊慌,跳回原位,吓得跟猴子似的。众仙也甚惊骇,四处顾看,未见山中有人。江峰作揖行礼一番,道:"山中神仙,吾等今日上山,多有冒犯,还请恕罪。"又来一声,道:"所为何事?"江峰道:"混元重生,天地遭难。吾兄弟三人欲要讨取仙石,炼成劈天神斧,降妖除魔,肃清宇内,匡扶正道。"再来一声,道:"且往左上山。"众仙得知教诲,自然拜谢。便朝左上山去。

须臾,只见那仙石变化一番,竟成了一对人形,一公一母。原是盖仙山二仙石,采天地灵气,受阴阳精华,修炼而成的一对鸳鸯石。公的唤作清灵子,母的唤作阴灵子,二子好不恩爱。阴灵子撒娇道:"夫君,方才那二鬼无礼,摸了吾臀,吾已是名节尽失,无颜与你相见,为妻还是一死为好。"说罢,拔出身藏之剑,欲要结果了自己。清灵子道:"娘子不可!你吾修行不易,做得夫妻,为何贱视己身,枉送了性命,负了你吾千年的情意。"阴灵子听罢,怒道:"此番羞辱,得怪罪于那二鬼,再要吾遇见,定剁了他们的手。"清灵子道:"那二鬼虽是无礼,却不知吾等是人间仙人,山中精灵,常言道:不知者无罪也。娘子莫要与他们计较,坏了你吾乐趣。"阴灵子道:"焉有此理!吾乃盖仙山仙子,群山仙灵之中吾为最美,此事要是传了出去,岂不惹人笑话。好在吾机灵,方才那憨厚的呆子问起上山之路,吾便说了个谎,这路分明往右,吾偏说它向左。"清灵子道:"此等众人该不是哪里的神仙?主子命吾俩在此镇守门户,但凡有人寻访,定报于主子。娘子却诓人在先,若是主子怪罪下来,如何是好?"阴灵子道:"相公愚钝。那众人往左便是下了山,想来此山难登,自然不会再来,主子又岂会知晓?"清灵子道:"但愿如此,不然,你吾又该受罚了。"说罢,二人山中玩耍了去。不言!

话说众仙径往北面来,行至一处,云雾尽绕,可谓是:重重谷壑芷兰绕,处处砑崖苔藓生。众仙一眼尽看,竟有关隘,石子堆砌成墙,上头刻有三字,名叫仙霞关。众仙诧异。黄大郎道:"相传唐时,此地百姓多与南面贸易往来,然群山相隔,虎豹横行,道路艰难。时逢忠义王黄巢领军至此,令三军开七百里仙霞古道,设立仙霞关口。"三郎听罢,恍然大悟,齐身往前,跪倒在地,叩拜行礼。夜莺子道:"这是为何?"三郎遂备言前事于众仙。众仙听罢,尽皆感慨。

花姑子道:"事已如此,莫要闲讲了,且商量正务。"江秀道:"大哥,方才那山中的神仙定是诓骗吾等。上山之路该当往右。"须女沉思凝想了半日,道:"传话之人不见得是山中的神仙,此山怪石林立,多有妖怪出没。恐是妖怪作乱,吾等备当小心。"众仙听罢,深感这事真个有些奇怪。遂回头再往仙石处寻去。

不时,众仙再回仙石处,只见仙石已不知去向,金鼻鼠道:"须女果真机灵,仙石定是妖人所化。远见吾等回来追究,怕是逃之夭夭了哩!"花姑子道:"这妖人却也奸狡厉害的哩,把吾等戏耍一番!"江灵笑道:"且不知这妖是甚东西。"众仙闻言,尽皆摇首咋舌不知,径往右路上山寻去。不言。

约莫半个时辰,众仙行至一处,忽见云过处生风,风响处见一石洞,好生蹊跷古怪。众仙行至洞前,只见刻有三字:白垩洞。霎时风响,只听得狂风大作。黄大郎道:"妖孽作乱的,切莫大意。"正言说间,只听得一阵笑声传来。江灵道:"何方神圣?不妨现身!"又见一阵妖风直面扑来,众仙正要逆风探个究竟,又一时风平浪静。金鼻鼠道:"此山必有妖!"江灵道:"常言道:卖糖带看戏。倒不如一锅端了,也算功德一件。"说罢,众仙正要冲进洞中,又闻得一阵笑声,只见洞内走来一道人,道气逼人,众仙被逼退三分。道人道:"贫道白垩,居此山中千年之久,何言贫道是妖呢?"众仙本无凭据,又是外来之客,辩驳不得。江峰欲报来历,白垩道人便抢着说道:"女娲补天,精灵石化作人间神珠,如今孕育成人,可真是造化!"众仙惊骇,江峰问道:"仙人识得吾三兄弟?"白垩道人道:"三郎仙气不凡,贫道猜想定是保安龙王庙三神珠孕育而成,不料公子一问,果真是验实了猜想。"说罢,作揖行礼,三郎回礼。

话休絮烦,白垩道人遂引众仙入洞,分宾主而坐。正说间,只见清灵子、阴灵子正洞外走来,见众仙做客洞中,一时惊疑。白垩道人道:"孽障,还不拜见众仙家?"二子不敢违逆,作揖行礼一番。白垩道人道:"众仙家有所不知,此二人乃吾座下孽徒,左一个是清灵子,右一个是阴灵子,吾命其二人在山下守着门户。众仙家方才可曾见过?"阴灵子吞吞吐吐道:"师父,不曾见过。"这话不说还好,一说便破了音。金鼻鼠耳灵得很,道:"方才吾等上山来,有人传声,诳吾等往左上山,吾等听信于他,走错了路。好在及时察觉,便回头往右路上山。阴灵子一言,其声与那山下诓人之声乃属同一人。"白垩道人道:"竟有此事?"正要询问二徒。阴灵子见遮掩不过,笑道:"亏你寻到这里!"白垩道人道:"大胆狂徒,如此无礼!"见众仙不言,又道:"叵耐这孽畜无礼,众仙莫怪。"江峰起身,作揖行礼,道:"仙人大义!清灵子、阴灵子受仙人之命,有守护山门之责。见吾等一众上山,恐惹来是非,便诓吾等错路,想来也是情理之中,着实可谅!"白垩道人听罢,见众仙高风亮节,也只好不再责骂,纷纷坐下,款待众仙。

席间,江峰道:"仙人久居山中,恐不知混元魔重生,三界遭此劫难,更有三仙子被困于石门之中,望请仙人恩赐盖仙石,助吾三兄弟炼成劈天神斧,劈开石门,救出三仙,并降妖除魔,廓清三界。"白垩道人道:"巧了!贫道昨夜心血来潮,推算一卦,亦知原委。故而贫道昨夜取盖仙山仙石,施尽法术,炼成了这劈天神斧。"众仙听罢,得来全不费功夫,无不欣喜。金鼻鼠道:"既是如此,还望仙人取神斧与吾等,降妖除魔要趁早。"白垩道人笑道:"上仙莫急,这就去取!"说罢,命二徒至内堂取出。

须臾,只见清灵子、阴灵子抬出劈天神斧,只见金光生辉,熠熠灿烂。白垩道人道:"望请众仙,自取神斧,降妖除魔,匡扶正道。"众仙拜谢,径往石大门去。

却说方天定得知方腊败死帮源峒,悲伤至极,念及圣公教诲,更是心思绞痛,苦不能言。又一路遭宋军阻截,残兵多逃。方天定见众将士无力再战,念好生之德,遣散将士,归返睦州。自身已生无可恋,便往山中逃窜,将生死付之天意。

不日,方天定经大竹海,至紫薇山。话说这紫薇山丛林密布,妖怪频出。好在有天符牒护身,满身金光,妖怪近不得其身。正行间,闻得远处丛林吱吱响。方天定觉得惊疑,仗着天符牒护身,便上前一探究竟。拨开蓝衣,只见一鬼,蜷缩一角。原是那白食鬼,自太阳山一战逃走,生怕众仙追杀,又恐混元魔怪罪,只好藏匿于此。正所谓:

> 善恶到头终有报,
>
> 只争来早与来迟。

方天定问道:"你为何在此?"白食鬼遂将前因后果报来。方天定道:"你助纣为虐,残害众仙,该当如此。"白食鬼见方天定数落一番,黯然不语,心中甚是懊悔。方天定道:"奈临渴掘井,悔之何及。今父王战死,起事已败,吾已生无可恋。奈天符牒附身,此为上天恩赐,不容糟踏。你且引路,吾誓与那混元魔玉石俱焚,还天下太平。"白食鬼心想:天塌下来,自有长的撑住。遂跪拜道:"但有效劳之处,敢不从命。"说罢,往前带路,一路朝太阳山去。

约莫数日,行至太阳山下,打听一番,知得众仙遭难,混元猖獗,又朝石大门来。又过数日,二人行至理佘,天色已晚,红日衔山,感腿脚乏力,只好夜宿人家。却被宋廷细作探得,报于官府,领兵前来捉拿,领头的便是刘已。正所谓:隔墙须有耳,门外岂无人。刘已见是方天定,怒道:"狗贼,你杀吾兄弟,毁吾家园,拿命来。"说罢,命宋兵围住,刀枪齐进。白食鬼见宋兵杀来,欲要讨好方天定,便跳将出来,施法一番,双掌推了出去。

凡人岂能与鬼相斗?方天定正要阻拦,宋兵早已倒下,个个非死即伤。刘已道:"狗贼,你枉为人道,驱使妖鬼,祸害百姓。"方天定未及说来,白食鬼早已一把掐住刘已,方天定急声喝止,白食鬼一把推了出去,刘已飞倒在地,口喷鲜血。白食鬼正要撕了刘已一众,被方天定拦截住。方天定道:"吾既已流落于此,尔等何必赶尽杀绝?"刘已道:"尔等叛贼,祸国殃民,岂能留之?"方天定道:"我等起事,皆因朝廷昏庸,百姓罹难。我随父征战多年,不曾滥杀无辜,何来过错?"刘已听罢,心想有些道理,自思:此间礼贤城破,百姓遭殃,皆是郑钧所为,非他所使。今日贼军已除,他也丧父,流落至此,姑且留他性命。且今日有这鬼相助,恐拿他不得。遂道:"念你父子二人起事之初,有心向民,至忠至义。今日放你走,好自为之。"说罢,领兵归去。

方天定见刘已一众去远,这才松口气来。白食鬼道:"主人,你有所不知。常言道:放虎归山,后患无穷!"方天定自知刘已乃是一介君子,自然说话算话,白食鬼之言全然不理。遂径往前走,自思道:"自古忠义两难全,何为忠义?忠于民者为忠,义于民者为义!"

正是：

世事纷纷一局棋，输赢未定两争持。

须臾局罢棋收去，毕知谁忠谁是义。

话分两边说，这边众仙自盖仙山来，行至仙居寺，阴风习习，唯闻鬼哭神号，寒露蒙蒙，但见虎奔兔走。只见那伪善魔打坐于石门之中，好似练魔功，金鼻鼠道："众仙家在此稍候，待吾去探究一番。"说罢，速溜上山。玄天子笑道："看是你快，还是吾快。"说罢，遁地而去。须臾，只见金鼻鼠行至伪善魔跟前，见伪善魔肉色焦枯，皮毛皴裂。任他凶疥藓，只比三分，不是大麻风，居然一样。着实惊讶不已，叹道："丑便丑，何必糟践？"正言间，玄天子从地下蹿了出来，正好立在伪善魔跟前，一时呛住，原是这伪善魔魔爪十指带脓腥，龌龊一身皆恶臭。不料惊醒了伪善魔，伪善魔怒眼相视，魔爪围了过来。好在玄天子急身闪躲，又钻回地里去。金鼻鼠见状，正要逃跑，却不料伪善魔紧跟不舍。

三仙见二仙有难，急忙追来。伪善魔直冲了过来，黄大郎急转个身，蹦出一个屁来，果真是臭熏天塌，伪善魔被熏得逃走了。金鼻鼠道："黄兄神屁，救命之恩，日后相报。"黄大郎道："小事一桩，何足挂齿。"话说黄鼠狼腚子都蹦冒烟了，只是不好意思说，想是万不得已而然。

且说这一番打斗，可谓是吃力不讨好，打草惊了蛇。原是混元魔正在洞内闭关修炼，闻得洞外打斗，心下一想：定是众仙复仇来了。也罢，正要寻上门去，却自己找上门来了。说罢，施法打开了石大门，行至门口。见众仙驾云腾在空中，笑道："众仙家别来无恙！"江峰见是混元魔，开言骂道："混元魔，念你修行不易，速速放了三仙子，休叫吾等破了你洞门，教你的子孙无处藏去。"果真是：说时义胆阔天地，话起雄心震鬼神。伪善魔本是仗势的种，哼了一声，暴躁如雷，挥使罗鞭，劈头便打。且说这伪善魔经得混元魔指点，法术精进。五仙摆开了五仙阵与其打斗。一时打得：

五仙精灵种，邪族伪善魔。只为争输赢，相逢各施强。一边是要降妖除魔匡正道,一边是要龇牙咧嘴立自门。播土扬尘天地暗,飞沙走石鬼神藏。这个道:"你敢自闯鬼门关!"那个言:"吾本是拿命阎罗王!"一心只要杀,两边不相让。咬牙切齿气昂昂,道高一尺魔千丈。

却说仙魔奋勇争强,且行且斗,大战百回合,高低难分,不见输赢。混元魔闯进阵中来,一锤便破了五仙阵。魔光四射,五仙败下阵来。混元魔不知念个什么诀,手里兜着个魔袋,此袋唤作轩辕袋,原是轩辕帝降妖之物。只见魔袋张了口,道一声"收",五仙被吸了进去。混元魔收紧了魔袋,一把扔给了伪善魔。伪善魔背着魔袋,往魔窟里走。

三兄弟见状,情实着急。江秀道:"大哥、三弟,吾速速就来。"说罢,隐身了去。江峰、江灵心明意朗,原是江秀去救五仙。遂纵起云雾,冲杀而去。混元魔见二仙挥拳而来,便只身招架。二仙上下夹攻,相斗一番,又抽个身,将混元魔引至张家源。

却说伪善魔背着轩辕袋正往石大门走,忽见一人突立眼前,差点儿撞上了,这人便是江秀。伪善魔将轩辕袋收收口,扔在一旁。挥使着罗鞭抽打过来。一鞭下去,却不见了人影,伪善魔好生奇怪。正疑间,脑袋被敲了一下,疼得直叫爹娘。转身泼洒,却不见人影。伪善魔见江秀隐身难觅,若是打斗下去,定要吃亏,遂提起轩辕袋,往石门里走。江秀见伪善魔急走,便急追。伪善魔不知念了甚口诀,忽闻风声隆隆,山门豁然作响。江秀挥起一拳,将伪善魔打倒在地。伪善魔起身,恼羞成怒,目光睒闪,怎奈恐有灭仙法术,却不知仙在何处,只好挥使罗鞭四处乱使,倒使得江秀近不得身。

须臾,伪善魔自个儿累了,倚松靠石,气喘吁吁,头昏眼花。江秀见伪善魔愤愤不平,好生可爱。遂轻声走近,拉扯轩辕袋。奈伪善魔手拽着,紧而难松。江秀捡起石子,往边上打去。伪善魔如惊弓之鸟,急着起身,一鞭打了过去,一手持鞭,一手叉腰,原是生气的缘故,竟忘了轩辕袋还在地上。江秀又捡了些石子,四处扔去。伪善魔一时看不过来,急揉着眼。忽想起轩辕袋,急转身,果真不见了。

原是江秀偷走了,奈何身子可隐,袋子却不能隐,早被伪善魔瞧见。伪善魔急追身后，一把扯过轩辕袋，撒腿就跑。江秀郁闷不已，只好隐身追去。伪善魔正要急抽一脚，却跌倒了去，一个跟头摔得鼻青脸肿，满嘴是灰。江秀趁慌乱，抢了轩辕袋，往山下扔去，自个儿也跟着下山。伪善魔哪肯罢休，若是走了轩辕袋，混元魔降罪下来，打入魔窟生死劫，恐再无生还，遂急跟其后。

江秀行至山下，不见轩辕袋，原是适才只顾得往山下扔，一时慌张，不知扔哪里去了，一时找寻。伪善魔未见江秀影子，只见那枝叶无风却摇动，心想定是江秀经过所致，遂挥起罗鞭，朝头打去。江秀一心顾着找袋子，未曾防备，竟遭一鞭。这一鞭打得他滚落山下，现出真身，身受其伤，难以站立。却见得伪善魔双眼紧闭，口里念着口诀，轩辕袋果真从草丛中飞了出来。伪善魔一把抓住轩辕袋正要走，江秀忍着头痛，隐身追来，双手抓住轩辕袋。伪善魔急转身，飞起一脚往江秀身子踢去，一踢便是几脚，该是多大的仇恨，踢得狠心。伪善魔一边脚踢，一边双手拉扯轩辕袋。江秀一头忍受，一头紧拽着不放。忽闻袋中传来一声，原是袋中五仙，虽不能跳出轩辕袋，却能见得外头。黄大郎见江秀与伪善魔相斗，正拉扯着轩辕袋不松手，急中生智，道："二郎何不将计就计，松个手，这魔头必会大跌倒，趁其惶惑，再抢了轩辕袋。"江秀听罢，心想好计谋，便再用力拉扯，顷刻松之。伪善魔果真用力过猛，反受其害，跌倒在地，江秀急身冲了上去，抢了轩辕袋。伪善魔扯住不松，却事出紧急，未及防备。江秀又一松手，伪善魔跟着轩辕袋滚下山去。

这魔虽坏，滚起来倒像是个铁球，笨重得喜气。这石大门居高处，往下足有百丈，山坡之中多是绵竹。因日月风霜，魔气笼罩，多已枯死，留下竹根尖头。伪善魔滚下之时，撞在巨石之上，抛了出去，正脸朝下，竹尖插进双眼，顷刻暴血。伪善魔哭号不已，疼得急跳。江秀急夺轩辕袋，却找不到袋口。

轩辕袋本就不是凡人之物，没有袋口。江秀想来这伪善魔能念口诀，叫轩辕袋失而复得，定有法子开了这袋子。遂挑了根竹尖，按在伪善魔心口，道："若能开了这袋子，放出五仙，吾饶你不死。"伪善魔哀求道:"吾的爷爷哩！吾真是命苦,若是不允你,是死;若是允了你,也是死哩!"江秀道:"你若能迷途知返,归吾正道,混元魔能奈你何?"伪善魔道:"上仙有所不知,吾等魔族之人岂有如此福气,妖类尚可修道成仙,然吾魔族修道千年,不过是遏止魔性,却无出头之日。"江秀道:"也罢,你若能放出五仙,你可自去。"

常言道:好死不如苟活。伪善魔本是奸诈险恶之人,怎这般好死? 便念了口诀,忽见轩辕袋升至空中,似竹桶倒水,将五仙倒了出来。须臾,五仙复了原形,见伪善魔双眼瞎盲,便围了上去,忍不住嘻嘻冷笑,黄大郎蹦一响屁,花姑子吐一毒液,狐娘吹一妖气,玄天子刺个玄针,金鼻鼠咬一血口,尽是些畜生行径。

伪善魔疼痛难耐,蠕蠕伏行,果真是:惶惶如丧家之犬,急急如漏网之鱼。五仙心神意会,摆开五仙阵,正要结果了这魔。常言道:临死之人通神明。伪善魔急抽身,溜往山上去,开了石门钻了进去。江秀拦住五仙,道:"大哥、三弟为救众仙,正与混元魔大战,吉凶难测。"黄大郎道:"速去助战。"说罢,众仙离去。不言。

只言二仙大战混元魔,大郎摆开五行之术,混元魔败下术来,心想斗术斗不过,斗阵可未见得斗不过。遂摆开混元阵,一时阵术缠斗,旁人无法近身,夜莺子、须女、灵英子只得观战,徘徊其侧。江秀顾不得己身,冲入阵中,三兄弟齐战混元魔。江峰见混元魔,一时脱不开身,便掷下劈天神斧,须女一把接住。江峰道:"师妹,快去劈开石大门,救出三仙子。"须女、夜莺子、灵英子遂赶往石门。黄大郎道:"混元阵如此厉害,何不助三郎一臂之力?"说罢,五仙摆开五仙阵,共战混元魔。

须女、夜莺子、灵英子飞至石大门下,见石门紧闭,夜莺子疑道:"但凡是门,合上多能留缝,此门果真是石门,竟无缝隙,这斧子往何处劈?"须女听罢,笑道:"常言道:投石问路。今日便劈石问路!"说罢,腾空而起,一斧劈下。只见石门尽散魔光,神斧竟被击断,须女被弹了出去,摔下山崖,还好夜莺子及时搭救,这才稳住了身子,保全了性命。二仙站立石大门下,见石门丝毫未损,斧子却断成两截。须女怒道："三仙子尚困在门内,劈天神斧却劈不开这魔窟之门,该如何是好?"夜莺子道："果真是魔窟之门,连劈天神斧都难劈开。"

那边众仙大战混元魔,石大门一道魔光闪了过来,江峰见神斧折断,须女吉凶不测,一时分了心,失了心力,混元魔趁机施展十分法力,一股魔气推将过来,众仙难以应接,纷纷退下阵来,逃散了去。

江峰直奔石门而去,江秀、江灵也跟着去。江峰见须女身子虚弱,急忙搀扶住。江灵见劈天神斧断了两截,拿在手中,细致查看,道："此斧所铸之石与凡间之石无二样,岂可劈开魔窟之门?"江秀道:"依三弟之言,莫不是那白垩神诓人?"江峰道："此事蹊跷!吾等与白垩神不曾结怨,其若不相借,不至诓人,授以假斧,害吾等如此。"夜莺子道："劈天神斧乃世间神物,白垩神轻易相送,说来古怪哩!"江峰道："如此看来,还得往盖仙山走一遭!"正说言间,混元魔冲杀了过来,江峰摆开五行之术,挡住混元阵气,道:"尔等先行下山,好生照顾须女。"江秀、江灵见状,前来助阵,江秀道:"吾等本是三兄弟,同命同心,岂能弃大哥而去。"江灵道:"夜莺子,烦请你扶须女先下山!"夜莺子见三郎拼杀混元魔,自个儿法力微弱,恐帮不上忙,反倒连累。遂作揖拜别,欲扶着须女下山去。奈混元魔怎肯罢休,忽见其退了混元阵,一掌打向夜莺子。顷刻间,夜莺子仙魂消逝,化作浮烟飘然而去。众仙着实伤悼,吞声暗泣,两袖皆沾湿了。后人念夜莺子降魔有功,特建一塔安在虎山旁。

江峰急抽身,将须女拖住。三郎使了个障眼法,溜下山去。混元魔见三郎退去,原地哈笑,好不得意。伪善魔见众仙退去,凄凄惨惨地跑了出来,痛楚呻吟,邀功一番,道:"为何不斩尽杀绝,免除后患。解了吾瞎眼的心头之恨。"混元魔道:"此等人皆逃不出吾的魔掌!"说罢,转身回洞。原是两场打斗,混元魔也已身受重伤,见众仙退去,不好再追,只得回洞运功疗伤。不言。

三郎下山,恰巧遇见赶来的五仙,道明原委,齐赴盖仙山。

欲知结果如何,请看下回分解。

# 第四十三回　白垩神献五福石　江秀叠石寺出家

话说众仙齐赴盖仙山，未见二仙石。金鼻鼠道："此二妖知得吾等上山来算账哩！竟走了的。"花姑子道："能走哪里去，定在那白垩洞内。也罢，把师徒的账一起算了。"说罢，众仙往白垩洞去。

须臾，众仙行至白垩洞，只见洞门紧闭。众仙诧异不解。黄大郎道："那白垩神枉为仙灵，却不守仙道，害吾同道。今必知罪祸惹上门来，莫不是惧怕吾等，关起门来。"金鼻鼠道："看吾如何打破这洞门，揪出这群妖孽！"说罢，行至洞前，正要施法，却灵机一动，跑了回来，对着黄大郎呵笑，道："黄兄，你的屁奇臭无比，威力无穷，众仙家皆知。倒不如你蹦一个屁，破开这石门，但凡里头有小喽啰的，一道功夫崩死，免得收拾。"说罢，众仙家嗤笑不已。黄大郎见金鼻鼠如此狡猾，却有三分道理，便倒吸一口气，行至洞门前，转个身，翘个臀，只听得"轰"的一声，洞门炸开，屁风横扫洞内，草木皆枯死，山石也震颤。顷刻回了风，众仙家急闪。玄天子道："呜呼哀哉！呜呼哀哉！"

却说白垩神师徒三人不在洞中。众仙待屁味尽散，徐步入洞，未见妖孽。正愁之时，闻得洞外传来一声，原是白垩神，道："大胆狂徒，胆敢毁吾洞府，坏吾清修。"江秀知得这妖孽狡猾，便隐身出去，探个究竟。然众仙不知，要与白垩神辩个清楚，江峰道："尊者在上。混元重生，黑云蔽日，吾等欲要降妖除魔，故而诚借上仙神斧一用。奈那劈天神斧不知何故，难破石大门，反倒被折成了两段。"白垩神道："尔等诚心想借，贫道念及苍生疾苦，三界安危，将劈天神斧借于尔等。尔等不好生使用，却毁了神斧，该如何说？"

话未言毕，只听得"哐当"一声，原是江灵将神斧残具扔在地上，道："不知这劈天神斧是何物铸造？"白垩神道："劈天神斧乃取盖仙山仙石，经七七四十九天，炼化而成。"江灵呵笑道："上仙不妨一看，此神斧可曾认得?"白垩神听罢,现出身来,道:"此斧乃劈天神斧无假。"江灵道:"上仙可否近前一看,此神斧所用之石与凡石无异,不知何来仙石所炼?"白垩神一听,深知中计,心里暗叹:这三兄弟,大的憨厚,中的儒秀,唯独这小的机灵。遂道:"此神斧乃仙石炼化而成不假,其具灵性。然如草木,枯死则干。此斧已毁,断然无光,与凡石无异。尔等既借去神斧,定当有借有还,才不失仙风道骨!"花姑子道:"分明是栽赃,欲加之罪,何患无辞?"白垩神笑道:"此话怎讲?吾借尔等神斧降魔,尔等不感激便是,如今毁损了神斧,还要赖账,这天理何在?要是到了盘古大帝那里说理去,看尔等如何辩说?"金鼻鼠道:"枉你一道仙,竟如此下作,魔患何日能除?"白垩神笑道:"混元魔只与尔等为敌,与吾可无仇。"说罢,腾飞而去,众仙欲追,却不想那洞门复原,断了出路,霎时间洞内漆黑无比。黄大郎疾声道:"众仙家散开,待吾来破了这洞门。"说罢,背朝洞门,连蹦三个屁,未见洞门裂丝缝。众仙围着看去,惊疑不已。金鼻鼠道:"众仙家散开!"说罢,头朝地,往地下钻去。

须臾,忽听得咚的一声,金鼻鼠奔出地来,脑尖上起了个大包。众仙一时不知所措。江灵行至洞门前,细看一番,道:"此门乃凡石所造,无特别之处,为何如此难破?"江峰道:"莫不是有白垩神施了法术,摆下阵路。"花姑子道:"所言极是,看吾五仙阵可否破之?"说罢,五仙摆开五仙阵,一时相斗。

正斗之时,众仙在旁观战,江灵趁着五仙阵光,四处顾看,未见破绽,却瞧不见二哥,问道:"二哥何处?"众仙未见江秀,惶惶不安。须女道:"众仙家莫忧!方才吾等与白垩神周旋之时,想必二哥早已施了隐身术,逃离出去了。"众仙甚感有理,心中暗喜。约莫半刻,未见洞门异样,众仙施阵,多有些疲倦,便退下阵来。江峰摆开五行术,取木道以克之,却未见实效,只好收了五行术。忽见白垩神现身,洞内金光万道。白垩神摆开拂尘,地裂开一道,深渊万丈,此渊唤作万幽渊。众仙摇摇而坠,纷纷跌落。须臾,又见地道合上,白垩神眉目蹙然,神情可畏,道:"二郎不曾见得,去了何处?"说罢,念诀,开了洞门,径往外头出去。

却说江秀逃出洞外，只见清灵子、阴灵子门前站立，便现了真身，道："望请二仙子通报上仙，可否现身说话，好禀明原委。"清灵子道："尔等何德何能，能与家师一言。"江秀道："此话怎讲?"阴灵子道："家师不念尔等擅闯山门之过，借斧相助，尔等却不念报恩，毁吾洞门，败吾修行，好个恩将仇报行径。"江秀急声道："实情并非如此，此间多有误会，还请见谅!"清灵子道："借斧在先，破门在后，如何误会?"说罢，急冲了上来，一仙二妖缠斗一番。江秀挥拳相应，却招招避开，不敢实拳，恐伤了二仙子，惹出是非，就不好说了。二仙子怒目相视，怨气横生，岂会手软，招招相逼，回回绝路。江秀只好隐身逃走，二仙子见江秀逃去，喜不自乐，见家师出洞，便迎了上去，道了原委。白垩神道："为师已将众仙困在万幽渊中，插翅难逃。你二人看好洞府，不得有误，为师去去就来。"说罢，变化而去。不言。

却说白垩神乃同道之人，为何不念道仙之情，落井下石，囚众仙于万幽渊中，自然无从得知。且说江秀逃至一处，疲倦不堪，落在一巨石处，权作歇息。片刻，只听得一些嘈杂声，四处看去，不见山野猛兽，林中妖怪。抬头看去，不见雄鹰展翅，虫鸟嬉飞。复而闻声，低头看去，只见脚下碎石能自相撞击，发出脆响，果真稀奇。江秀叹道："世间之物，果真无奇不有，盖仙山果真是仙山之地。"正言间，那些碎石竟开口说话了，一石子精道："你是何人?"突来之声，着实要吓人心胆。江秀慌了神，摔倒下去，却全身浮在空中，往身子下一看，竟是数十个拳头大的石子托着，好不新奇。

江秀跳了下来，作揖行礼道："吾原是女娲补天精灵石，孕育成人身。今混元重生，三界临难，吾兄弟三人欲取盖仙山神石炼化劈天神斧。不料遇见白垩神师徒三人，借吾等假神斧，恶斗混元魔时，惨死同道在先，今上门问明，却遭囚困在后。故而吾逃至此处，如有得罪之处，望请恕罪。"石子精道："那白垩神乃原始真神，岂会助你?"江秀道："本是同道中人，为何不助?"石子精道："吾等道行浅薄，定然不知。若真要问个明白，还须上叠石寺，那有真佛，可知过去，你可一问。"江秀听罢，心想：白垩神困众仙于洞内，且法力甚是厉害，若是不知其来路，恐无应对之法，倒不如拜请真佛，问个清楚，再行对策。遂道："叠石寺在何处？"石子精道："且随吾来！"说罢，引路在前，江秀紧跟其后。

话说这叠石寺居群山之巅，道路险峻，路程艰辛。昼夜并行数日，才至寺下。只见：

> 苍崖郁郁长青松，曲涧涓涓流细水。
>
> 双双粉蝶宿芳丛，对对黄鹂栖翠柳。
>
> 云淡淡天边鸾凤，水沉沉交颈鸳鸯。
>
> 千年古刹多看罢，卷起丹青一幅图。

江秀跪拜在地，合十虔诚。再行至寺内，见寺中供奉燃灯古佛，江秀再拜。忽见佛光万丈，真是燃灯古佛降临，道："座下何人？"江秀道："弟子江秀。"燃灯古佛道："你本是女娲娘娘补天剩下的精灵石，供奉在龙王庙，为何今日在此？"江秀遂将原委相告。燃灯古佛道："白垩乃是混元浊世之石，曾遮天蔽日，致使三界无光。盘古大帝持斧开天辟地，白垩便掉落人间，修炼真身，拜鸿钧道人门下，习得通天法术。又趁天破之时，欲重返天界蔽日遮星斗，掌舵三界。然被女娲娘娘截住，无力回天，只好流落人间。你兄弟三人乃是补天精灵石，自然结仇。"江秀暗叹道：原来如此！遂拜道："吾佛慈悲！今混元魔重生，魔族为祸人间，吾等修道之人当责无旁贷，共赴降魔。只因那混元魔法术甚厉害，将三仙子困于石大门内，吾等竭力相救，终无功而返。望请佛祖指点，授降妖除魔之法，早些平定魔乱，还三界太平。"燃灯古佛道："你非吾门下弟子，不修禅道，不明佛理，如何授你佛门之法？"江秀道："佛祖若能传授降魔之法，弟子愿皈依佛门！"燃灯古佛道："世间之事，福祸相依。你兄弟三人此番劫难，乃是天数，不可转移。若能渡过此难，必得五福石。"江秀道："何为五福石？"燃灯古佛道："要炼化劈天神斧，当取五福石。吾授你炼斧之法，待你兄弟三人劫满之时，上天然居，借助日月神力，便可施法炼斧。"江秀听罢，无不感激，再拜。上前受点。须臾，已得真法，合十再拜，道："今

422

众仙困在白垩洞,吉凶不测。望请宽限数日,待救出众仙,定皈依三宝,潜心修佛。"燃灯古佛道:"出家人不打诳语。念你慈悲为怀,救人心切,可恕你三日,若是三日不归,定与吾佛无缘。"江秀再拜,离寺下山。

清灵子、阴灵子奉命守住白垩洞,自然不敢怠慢。阴灵子道:"但凡是神仙,皆清高自傲。这回栽了,落入师父万幽渊中,恐不得超生哩!"清灵子道:"就是!"阴灵子道:"最讨厌的便是这些神仙,个个道貌岸然的模样,如今困在万幽渊之中,无比解气!"清灵子道:"就是!"阴灵子道:"可怜了吾俩,要守在这里。"清灵子道:"就是!"阴灵子道:"脚酸腿麻,该如何是好?"清灵子道:"就是!"阴灵子:"师兄只言'就是',好生无趣!"清灵子道:"就是!"阴灵子一时气来,转身不理不睬。清灵子这才回过神来,万般歉意道:"师妹所言甚是,师兄无比赞同,故而只需言'就是'二字。不想惹恼了师妹,师兄给你赔不是!"正说间,只听得石子敲打之声。二人四处瞪去,未见异样。阴灵子又转身执拗了起来,清灵子百般讨好。忽闻石子敲打之声四处传来,愈来愈响。二人甚是诧异,左右看去,忽见一排石子,好似个人,站立在跟前,原是一群石子精堆积而成。清灵子全然无惧,怒道:"大胆妖孽,胆敢戏吾。"说罢,运功施法,只见其手中变化出一根石棍,阴灵子亦是手中变化出一石棍。这石棍本是一对,唤作鸳鸯棍。二人各路打去,那石子精不与之打斗,似水绵柔。二人打了好一会儿,却不曾一棍打着。

须臾,只见两排石子精左右逃走,二人各自追去,相距甚远,白垩洞无人看守。只见洞门前现出一人,原是江秀。说来全靠石子精相助,引开了清灵子、阴灵子。江秀见二子远去,这才现身,见洞门紧闭,不知如何打开?正愁时,一石子精道:"这有何难?"江秀道:"石子老弟,莫不是有开门之法?"石子精道:"此洞门遭白垩神封印,哪里的神仙妖怪都难开此门,唯独吾们石子能开此门。"江秀惊奇,问道:"但凭尔等法力,如何开得?"石子精道:"吾等法力甚微,自然开不得,然这洞门乃山中灵石所砌而成,与吾等是同类,自然惺惺相惜。"说罢,只见那石子精上前念叨几句，只见那洞门果真是开了。

江秀见洞门打开，便急身冲了进去，见金光四射，阵势威猛，叹道："果真是原始真神。"石子精道："此渊唤作万幽渊。"江秀问道："众仙困在万幽渊中，如何救得？"石子精道："若你三兄弟齐心，便可脱险！"江秀本是灵秀之人，也深知暗藏之机。见众仙家飘浮在万幽渊内，便喊道："大哥，三弟，众仙家可好？"金鼻鼠道："千不该，万不该，就不该蹚这一浑水哩！"玄天子道："竟说些丧气话！"江峰道："二弟，可有法子，救吾等出去？"江秀道："白垩神乃是混元浊世之石所化，与吾等精灵石相克，若吾三兄弟齐心破阵，定能逃脱劫难。"说罢，三郎运功施法，良久，只见万幽渊金光暗淡。众仙见渊门打开，便纷纷跳出万幽渊来。江秀见众仙无恙，对石子精抱拳相谢，道："今日吾等脱险，全凭石子兄弟相助，大恩铭记于心。"石子精道："吾等受佛祖旨意，前来相助，不必言谢！"说罢，众仙拜谢，石子精退去。

却说清灵子、阴灵子二人与石子精打斗一番，正要棍打半截，那石子精却散了去。二人深感奇怪，沉思良久，清灵子道："不好，中了调虎离山之计。"遂急忙奔回白垩洞，恰巧遇见众仙洞内出来。常言道：临崖立马收缰晚，船到江心补漏迟。清灵子、阴灵子撒腿便跑，众仙诧异，急追了去。须臾，追至一处，迷雾遮天，五尺开外便是朦胧。众仙防其有诈，徐步慎前。突见巨石破土而出，筑成石墙围住。石子精见状，急忙窜走了。江峰道："这等阵势，不知是何妖法，众仙家万分小心。"正言说间，只见巨石个个撞击了过来，似万箭齐发，威力极猛。众仙拼挡，一时混战。正一巨石击向须女，原是须女法力甚弱，难以抵挡。江峰见状，转身护着，巨石击中江峰后背，喷血负伤。须女扶助江峰，二郎、三郎护阵，五仙摆开五仙阵。

原是这些巨石皆已成精，此阵唤作巨石阵。巨石精见五仙阵威猛，只好退去，摆成了迷阵。众仙见巨石退去，这才稍作歇息，运功调息。须女见江峰面黄不语，闭目无言，遂悲痛不已，流泪不止。江秀道："当务之急，须尽快走出迷阵。"说罢，众仙径往前走去。

约莫半个时辰，众仙行至一处。原是金鼻鼠鼻子灵通，闻得血味,心忙意急,道:"栽了!此阵是个迷魂阵,吾等又回来了哩!"江秀道:"此话怎讲?"金鼻鼠指着地上一摊血,道:"这便是大郎方才所吐之血。"玄天子道:"乖乖!这巨石墙一个模样,尺寸大小分毫不差,这可如何是好?"花姑子道:"吾倒有一个法子,这巨石呈乳白之色,只需标记,便可辨识方向,走出迷阵。"江灵道:"标记须墨水。"玄天子道:"吾等皆是妖,妖不读书,何来墨水?"须女道:"可取枯枝烧着,再以水浇之,可取灰炭标记。"众仙家齐道:"妙计!"说罢,捡些枯枝,噼噼啪啪烧了起来。片刻,欲取水浇之,却不知哪里有水。花姑子道:"众仙在此稍候,待吾下山取水来。"正言说间,只见巨石阵移行换阵,横来一巨石,堵住了下山的路。众仙一筹莫展,金鼻鼠道:"众仙家把头转过去。"众仙家不知何意,也无取水之法,只好照着做。不想金鼻鼠解开了裤裆,一泡尿将火给灭了。众仙家不免发笑,金鼻鼠怒道:"笑甚?此乃木克土之道,降妖除魔一功也!"遂捡起炭枝走上前,一路画了过去。众仙紧跟其后。忽见巨石阵移动阵势,金鼻鼠指手怒道:"尔等再闹,看吾一把火烤了你。"这巨石精一听是火,想是火生土之道,不敢造次。须臾,迷雾尽散,巨石埋入土中。只见有一洞府,行前一看,刻一小篆,唤作仙丐洞。

　　白垩神正在仙丐洞运功,忽见二徒逃了进来,白垩神收了息法,心中大怒,道:"何事如此慌张?"阴灵子道:"师父,那众仙人猖狂至极,逃出了万幽渊。不念师父不杀之恩,反倒要上门来算账哩!"白垩神叹道:本想捉弄这等仙人一番,今反倒是被他们捉弄得这般光景,都是自取其祸。遂道:"无妨!"说罢,转身念诀,只见一石门打开,里头金光万丈,原是五福石。清灵子道:"师父,这五福石有甚用处?"白垩神道:"尔等不知,五福石乃是土精所成,土为坤,乾以易知,坤以简能。乃万物之基,有无穷之力,可破天地,可伏万物。为师有五福石相助,法力可与鸿钧道人不相上下,三界唯吾独尊。"阴灵子道:"有此神石相助,可直捣天庭,捉了天帝,降了太上老君。师父做了天帝,执掌三界。"清灵子道:"就是!"

　　劫数相逢亦异常!正言说间,忽见众仙冲了进来。白垩神道:

"尔等贵为仙子,如此无礼,甚非道家体面。"玄天子道:"妖魔作乱,尔等贵为天尊,却置之不理,如此不作为,甚非道家体面。"白垩神呵笑道:"三界神佛,可曾见一人来助?"

此时江峰已是回生,二目睁开,道:"降妖除魔乃是天神职责所在,岂能避之?事先多有得罪,望请上仙念在三界有难,不予计较。赐吾等五福石,炼化劈天神斧。"阴灵子道:"尔等仙子真是不要脸哩!借斧在先,降魔不成,又来借五福石,果真是贪得无厌。"江秀道:"若无五福石,自然炼不成劈天神斧,望请上仙念在三界安危,赐借五福石。"白垩神道:"吾若不借,你能奈吾何?"玄天子道:"你这臭神仙,敬酒不吃吃罚酒。若是不借,别怪玄爷爷不客气了!"白垩神听罢,喷口而笑,道:"这妖无千年的功力,这仙无通天的法术,尔等要造反?"五仙见白垩神如此嚣张,怎忍得了,摆开五仙阵。三郎见状,岂可旁观,各施展法术,一时中仙魔大战三百回合,真是:

> 降妖除魔真仙妖,原始天神假道人。
>
> 砂光直透三千丈,恶气冲破五云端。
>
> 摆动乾坤知道力,逃移换位有玄机。
>
> 金光闪烁众仙惊,地烈阵中施妙法。

仙妖混战,奈白垩神有五福石相助,众仙败下阵来。只见白垩神施法,一道金光冲了过来。须女见状,挺出身来,念一口诀,空中忽见一层水波,波滚雷鸣,挡住金光,此等法术乃是龙族水波阵,无奈须女自幼生性爱玩,未曾精炼。须臾,水波阵破,须女负伤倒地。清灵子、阴灵子二人见众仙败下阵来,清灵子笑道:"今日便结果了尔等。"正要施法,只见一道绿光冲杀了过来,将清灵子、阴灵子击出十丈之外。白垩神见此绿光,顷刻呆傻。只听得外来一声,声似雷鸣,道:"孽障!"白垩神已是吓得腿脚发软,跪拜在地,众仙见状无不诧异。白垩神求饶道:"大帝饶命!"原是这传声之人便是盘古大帝,众仙也跟着跪拜。盘古大帝道:"混元重生,三界临难。本座命你献出五福石,助三郎炼化劈天神魔,降妖除魔。"白垩神道:"谨遵大帝之命。"说罢,绿光闪去。白垩神自是无奈,见五福石,又是不舍,道:"当真有借有还?"玄天子一把夺过五福石,道:"盘古大帝法旨,命你献出五福石,可不是借。"白圣神见五福石被抢,眼眶湿湿,万般不舍,看似一把年纪,倒像是个小孩。

且说众仙脱险,又得五福石,可谓灾过劫满,无不欢喜。江秀忽念起叠石寺之言,便如实告于众仙。江峰道:"吾等贵为仙人,重在信义。二弟既许诺燃灯古佛,不可无信。"江灵道:"二哥若是入了沙门,做了比丘,将来如何娶妻生子?"说罢,众仙大笑不已。江秀道:"吾等三兄弟本是女娲精灵石,化作三神珠安放在龙王庙。只因魔族侵扰,祸害三界。先是欲夺吾等神珠,为魔族解咒,如今又重生,残害生灵,祸乱天地。吾等之使命便是降妖除魔,匡扶正道。常言道:盛衰有命天为主,祸福无门人自生。吾已看破红尘,性似浮云意似风,儿女之事,无须思之。"如此慷慨直言,众仙皆赞:

六根清净是为佛,

皈依原是更向前。

江峰道:"二弟所言极是。"说罢,众仙径往叠石寺来。江秀拜见燃灯古佛,剃度换服,香火灼戒疤。从此:宗风高禅任荣枯,今生缘会此生休。

不到一个时辰,众仙行至山顶。正所谓:天然居山巅,不见众山小。只见石子半空铺路,底下万丈深渊,云雾遮天,路尽处是一座宫殿。金鼻鼠笑道:"莫不是凌霄宝殿?"花姑子道:"尽想这些美事!"江峰道:"三仙困在石大门,吉凶难测。吾等速速上去,借日月神力,炼化劈天神斧。"说罢,众仙踩着石子路,径往天然居去,正行间,忽见身后一条长影飘了过去,回头时已不见踪影。花姑子道:"是何妖怪?"金鼻鼠听罢,浑身颤抖,四处张望,花姑子道:"常言道:胆小如鼠。果真不假。"金鼻鼠一听,知得是嘲讽,故作唉声叹气,道:"一朝被蛇咬,十年怕井绳。"众仙掩口而笑。江峰道:"赶路要紧!"众仙听罢,赶路不语。

欲知结果如何,请看下回分解。

# 第四十四回　天然居炼化神斧　龙王逼婚开海口

　　却说东海龙王正闲坐，忽心血来潮，问起公主近况，遂派虾兵蟹将前往五显岭一探。待虾兵蟹将至五显岭，五显大仙将须女下山助三郎降妖除魔之事说了一遍。虾兵蟹将不敢怠慢，急速回报。龙王听罢，拍案大怒，喊道："小女如此糊涂！"一目睁开，白光有二尺远近，只气得三尸神暴躁，七窍内生烟。自思自忖道："吾儿糊涂也！那混元魔乃阴气聚化而成，不死不灭，太上老君一气化三清，也不曾将他剿灭，三郎能拿他如何？此番交战，只怕凶多吉少。"正愁时，家将回报："公主与龟相大公子婚期将至，如何是好？"这不说还好，一说又是烦心事。正言说间，殿外虾兵来报，道："大王，龟相拜见！"龙王沉吟半晌，道："龟相莫不是知道此事？也罢！如今事已如此，且看龟相如何说。"遂传令其觐见。

　　龟相得令入殿，跪拜龙王，道："大王千岁。"龙王命人呈上美酒，满斟一杯，递与龟相，道："龟相今日前来所为何事？"龟相接酒，躬身奏道："大王念老臣诚心辅佐，曾许诺将公主许配犬子，今婚期将至，老臣特来报禀，望请大王体恤，令公主回宫完婚。"龙王道："龟相所言极是！令郎冰墨戍卫龙宫，劳苦功高。本王这就派人去往五显岭，召公主回宫，择日成婚。"龟相听罢，拜谢退去。

　　老龙王见龟相已去，这才松了口气，问及左右，道："公主今在何处？"家将回报不知。龙王道："请巫师来！"家将即刻去请。须臾，巫师入殿拜见，破帽无檐，伛偻形躯。龙王道："公主不知去向，还请巫师占卜，算出公主身在何处？"巫师领命，摆卦精算一番，正如诗言：

　　　　瞻乾象遍识天文，观地理明知风水。

　　　　决吉凶祸福入神，断成败兴衰似见。

　　见此卦象，巫师道："公主在盖仙山。"龙王遂派章鱼精领虾兵蟹将上千,前往盖仙山,恭迎公主回宫。章鱼精领着虾兵蟹将出宫去,势如风火。不一时,便驾云行至盖仙山,见公主正在天然居,遂降下云去。

话分两边说,这边三郎围坐,五福石置于其中。江秀念炼斧之法,只见圆月升起。章鱼精见状,叹道:"果真神力,竟可日月同时。"正叹间,又见圆月落了下去。原是三郎法力不足,五仙见状,心领神会,摆开五仙阵助力,独须女、灵英子旁观。此时圆月居中,与日同辉。日月汇聚神光,直射五福石。章鱼精道:"大王有言,若是公主不依,便要强行带走。众仙法力甚强,若是执拗起来,恐不得成。何不趁众仙摆阵施法,掳走公主,再向大王请罪。"遂令虾兵蟹将一哄而上,打个措手不及,捆了公主。见公主反抗,章鱼精作揖行礼,道:"大王命吾等请公主回去,事出紧急,多有得罪。"说罢,正要领兵归去。

众仙忽见虾兵蟹将捆了公主,欲要带走,却深陷阵中,一时脱不开身。江峰双锁眉尖,心急如焚,无施可计。江秀瞪了个眼色,灵英子化作雄鹰,飞在空中,朝着虾兵蟹将啄去。章鱼精见灵英子冲杀而来,手持宝剑,飞去直取。满空杀气,大战几十回合。章鱼精打不过灵英子,便用计拖住,待虾兵蟹将去远,这才败下阵来,使了个假把戏,慌忙急走。灵英子只好作罢,回了天然居,报于众仙。

众仙用心炼斧,只见五福石吸日月神力,变化出斧柄。众仙彼此庆慰,更用心炼斧。忽见一条虫子冲杀了过来,撞破了阵法,叼着五福石便走。灵英子见状,化了原形,追上天去,那虫子原是一条大蟒蛇,凶狠不已。蛇鹰空中悬战,一时缠斗在一起。只见灵英子尖嘴啄蛇身,蟒蛇长尾夹鹰身。灵英子双翅被夹住,动弹不得,便对准了蛇头,用力啄去。蟒蛇嘴口一开,将五福石吞了下去。金鼻鼠道:"这回可好,就等着拉出屎来了!"花姑子道:"众仙在此稍候。"说罢,腾空而去,乖乖! 化作更大一条蛇,一口咬住那蟒蛇尾头,顷刻便咬断。蟒蛇疼痛难耐,松了长尾,朝南游走了。江灵喊道:"大哥,二哥,小弟去去就来。"说罢,飞身出去,朝天一跃,右脚蹬天,头冲地,霎时间冲进了蟒蛇肚子里。

话说江灵冲进蛇身，见五福石俱在蛇腹中，便取来五福石，藏在身上。正要爬出蛇口，却被腹中黏液缠住，恐不出半刻钟，便被消化了。江灵灵机一动，挥拳暴打蛇腹，那蛇疼痛难耐，空中翻滚，张开了嘴。江灵见蛇口打开，便一跃冲出了蛇腹，飞了回去。那蟒蛇痛昏了过去。金鼻鼠、玄天子见状，即刻上前，正要结果了蟒蛇性命，却被花姑子截住，求道："吾与他本是同类，不忍心杀害，还请众仙宽恕，饶其性命！"玄天子、金鼻鼠听罢，思考三分，道："极是！极是！"果真是久伴善良心更善！

却说众仙再次运功施法，只见五福石金光万道，变化成劈天神斧。江峰手持神斧，空中呈祥。众仙皆喜。江峰道："师妹不知被何人所擒？"江秀道："看装扮，似龙宫之人。"江峰道："师妹乃是龙王之女，倘若那干人等是龙宫所派，岂能如此无礼？"黄大郎道："莫不是须女触犯天条，龙宫奉旨捉拿？"金鼻鼠道："非也！非也！若是触犯天条，当天兵天将前来捉拿，自己人捉拿，岂不有包庇之嫌？"众仙不解。江灵道："依小弟之见，那伙人来势凶狠，狡猾奸诈，绝非善类。须女此番被掳了去，定有前因后果，只怕吉凶难测。"江峰沉思良久，道："吾等须往龙宫走一遭，问个究竟。"说罢，急往东海去，金鼻鼠抱怨道："去作甚？去作甚？不降妖除魔，救三仙子了？真是有了媳妇忘了娘了。"玄天子道："果真鼠头鼠脑，事分轻重缓急，三仙虽困在石大门，一时倒也无碍。这须女被掳，事出突然，定有不祥之兆。"如此一说，金鼻鼠便无语，紧跟着去了。不言。

且说章鱼精将须女捆至龙宫，面见龙王，禀明详细。龙王倒也赏罚分明不糊涂，宽恕章鱼精不礼之过，嘉奖一番。章鱼精拜谢退去。龙王见虾兵蟹将退去，急忙松绑。须女气道："父皇好大的架势！"龙王委屈道："公主莫怪！你生性刚烈，只怕你不归，这才出此策。"须女道："父皇今日找吾，所为何事？"龙王道："十年前，龟相曾求恩于吾，要你下嫁龟相之子冰墨，今期已至，不可无信也！"须女这才顿悟过来，原是光阴迅速，过了秋冬，不觉春去夏来，十年如弹指，在五显岭一晃便过。自思自忖道："十年前，父皇逼婚，碍于父皇之面，许诺十年之后再婚,本是拖延之计。想十年期间,冰墨定然另寻他爱,自然退婚。不想十年如一日,心志如此坚定。"便转身撒娇道:"吾与冰墨公子不曾见过一面,一无识面之缘,二无真心情意,如何幸福?"龙王道:"常言道:父母之命,媒妁之言。龙族与龟相结姻,两家利好,美事一桩,岂会不幸福?"须女道:"此话甚是不假。只是吾与那冰墨公子素未谋面,不知心哩!难不成婚后干巴着,各回各家,各行各事?"龙王笑道:"此事多虑哩!只要这成了亲,缠了腰绳,同睡一榻,日后定会肤亲心系,情意自然滋生。"须女道:"女儿不嫁,愿终生服侍父皇、母后。"龙王见须女执拗,心生怒气,加以叱骂,道:"此事本王已上报天庭,不日玉帝定下恩诏,违逆不得!"

须女见龙王怒气横生,更是愤怒,道:"若要女儿出嫁,情愿一死。"说罢,抽了一把剑,架在颈上。龙王见须女寻死,心里哪肯,急忙道:"宝贝女儿,一切从长计议,切不可寻短见!"须女心下一想:父皇乃是龙宫之主,东海之王。正所谓:天子无戏言。要他收回旨意,实属困难。遂道:"望请父皇莫要相逼。"说罢,扔了剑,回自己宫殿去了。龙王见须女如此顽固,想来事出蹊跷,便唤来章鱼精,问道:"你在何处寻得公主,何人在其身旁?"章鱼精遂将众仙炼化劈天神斧一事说了一遍。龙王沉思良久,道:"请巫师!"章鱼精即刻出去相请。

话说须女回至宫殿,见巫师早已门外相迎,欣喜万分,道:"婆婆,近来可好?"巫师道:"大王对吾礼敬有加,一切都好!"须女听罢,哀求道:"婆婆,你可要帮吾。"巫师问起缘故,须女遂将龙王逼婚一事说了。巫师道:"别事犹可,这事只怕行不得。公主许诺十年之期,今期已至,岂能失信?损吾龙族威望,叫你父皇有何颜面于众人,此事切勿再言。"须女见婆婆不肯相助,便故作撒娇起来,道:"吾自在龙宫长大,婆婆待吾最好,如今婆婆弃吾而去,不愿帮吾,吾生有何意,倒不如一死算了,来世投在凡人之家,虽是几十春秋,却过得清闲自在。"巫师道:"公主此话真是娃娃之言。世人皆有烦恼,家家都有本难念的经。果真出生在凡人之家,柴米油盐酱醋,生计奔波,免不了烦心,岂会清闲自在?"须女道:"那便投胎做了猪狗,只知吃睡。"巫师笑道:

"公主幼稚！畜生乃是低贱之类,若非前世造孽,来生谁愿做畜生,由人宰杀烹烧。"须女见辩驳不得,气道:"吾心已有属,若是非嫁不可,情愿一死。"巫师道:"俗话说:好死不如赖活着！龟相之子乃是王宫贵胄,与公主配当的。这神仙佛陀不可思凡,三海龙王之子皆有家室,不知公主看上的是哪家的公子,姓甚名谁,家住何处,家里什么人,都是干什么的?"须女正要道来,却不知如何说,低头沉思。巫师见须女难言,便掐指一算,惊吓一跳,道:"女娲补天之时,留下三颗精灵石,已孕化成人,有大郎江峰、二郎江秀、三郎江灵,不知公主喜欢上哪个郎?"须女听罢,面带羞涩,道:"春风满面皆朋友,欲觅知音难上难。大郎忠厚,待吾至亲,自然喜欢了。"巫师笑道:"姑娘家也不知害臊。只是大王未必应允。若是执意你与冰墨成婚,该如何是好?"须女道:"婆婆最是疼吾,求求婆婆相助哩!"

　　巫师拗不过须女,便只好答应。道:"如今之计,当拖延婚期。"须女道:"巫师婆婆,如何延迟婚期?"巫师道:"公主,若是冰墨天生横祸,得病在床,你二人自然不能成婚。"须女听罢,嬉笑不已,霎时间又无奈至极,道:"不可！不可！吾虽不愿与冰墨做夫妻,倒也不想伤他。虽病有轻重,倒也是损伤元气。若是有个差错,惹吾心里不安宁。"巫师道:"公主且放心,婆婆自有法子。"须女问道:"不知婆婆有何法子?"正说间,巫师遂取出一草人,令人呈来笔墨,在草人身上写"冰墨"的名字,递于须女,道:"此法为落魂法。侯夜三更,你只需用针扎,冰墨定会全身疼痛,坐卧不安,如此日来疯癫,夜来不眠,神情恍惚,卧床休息。龟相见状,心生怜悯,必呈报大王,延迟婚期。"须女道:"好极了！好极了!"说罢,取出绣花针,一针扎在背处。巫师道:"公主且慢,若要此法见效,还须一物。"须女道:"何物?"巫师道:"须取冰墨身上一物,捆在草人身上。"须女沉思良久,道:"此事不难!"说罢,梳妆一番,跑出龙宫,径往龟相府来。

　　冰墨知须女前来,自是喜不自胜,门前相应,命人呈上果蔬,好茶相迎。须女道:"冰墨公子身居龙宫要职,今日为何如此清闲?"冰墨道:"不瞒公主,今日小臣不当值。"须女道:"混元魔重生,保不定侵扰龙宫。冰墨公子戍卫龙宫,当恪尽职守,寸步不离,岂能家中闲坐?"冰墨道:"公主说的是,小臣之罪,望请公主恕罪。"须女道:"也罢!今日到访,不提闲事,免伤了和气!"冰墨赔笑道:"正是!正是!"须女起身,盯着冰墨身子打量一番。冰墨一时诧异,不知缘故,问道:"公主,这是为何?"须女嬉笑道:"你吾既得父皇许配,结成连理,日后定要夫妻同道,永结同心。"冰墨一听,甚是欢喜,道:"小生何德何能,若公主不嫌,定当终生伺候,不离左右。"须女道:"今日前来,便是探明你心意。来前吾曾将见你之事报于父皇,父皇信不过吾,吾便说要取你身上一物,当作凭证,以示心意,不知公子可否赐一贴身之物于吾,吾好在父皇面前交差。"冰墨一听,乐开了花,道:"别说甚物件,就是这条命亦可拱手相送。"须女急声道:"那就烦借公子首级一用,用毕即还!"冰墨一听要其命,傻愣住了,笑道:"公主莫要诳吾,世人皆一个脑袋,若是摘了下来,哪里安得上去?"须女笑道:"何须公子首级,只需公子贴身物件便罢!"冰墨左右往身上打量,取下一玉佩,道:"公主,此玉佩乃是吾娘所赐,代代相传,你看可否?"须女道:"如此贵重,不可,不可!公子可否赐吾一撮细发,便足矣!"冰墨道:"常言道:发肤受之父母,贵重得很。今日公主要吾取发为信,小生当知心意。"遂取来剪子,咔嚓一下,再取绸布包裹好,双手递上。须女接过绸布,转身便走。冰墨心生欣喜,乐翻天了去。

且说谢妮有意,娜妮无心。须女跑进房中,打开绸布,取出龟发,用细绳捆在草人身上。正要玩弄,忽见章鱼精来报,只好藏了起来。巫师见是章鱼精,便躲到后头去。须女问道:"好大胆子,本公主宫殿岂由你随意进出?"章鱼精道:"事出紧急,请公主恕罪!"须女问道:"所为何事?"章鱼精道:"大王有令,请巫师。"须女道:"笑话!找巫师你可去巫师府找去,找到吾这里来,成何体统?"章鱼精道:"属下方才去了巫师府,巫师府下人言巫师今早知公主归来,早已来公主殿内候着,故前来传令。"须女见章鱼精不肯罢休,生怕看出异样,急忙说道:"巫师婆婆是曾来过,但先你一步,回去了。"章鱼精生来机灵,两眼四处瞪去。须女见状,怒道:"大胆!本公主身为女儿家,所住宫殿摆的皆是女儿家之物,岂容你窥视,再看一眼,挖了你双目,到父皇面前告你一状,将你押入水牢,教你死活不得!"章鱼精不敢造次,遂退去。巫师在后头听得一清二楚,待章鱼精退去,走出来,道:"大王特请,定有急事,不可怠慢,这就告退前往。"说罢,径往大殿去。

话说章鱼精来报,未见巫师,龙王正发怒。巫师竟来殿内,礼毕,章鱼精退。巫师道:"老身近来觉得身子湿气过重,故而宫中走动,不知大王今日请吾来,所为何事?"龙王遂将须女之事一一告知。巫师道:"老身适才见过公主,公主多少和老身说了些。"龙王问道:"不知那众仙炼化劈天神斧,巫师可曾算得,意欲何为?"巫师心下一想:方才只算得精灵石孕化三郎,未往下算。遂道:"待老身一一算来。"只见巫师占卜问卦一番,片刻,卦成。道:"原是混元重生,困三仙于石大门,三界有难,三郎炼化劈天神斧欲要降妖除魔。"龙王不知原委,急忙追问。巫师道:"道生一,一生阴阳。世间贪欲、怨恨聚化成魔族,混元魔便是魔族之主,有不死不灭之身。"龙王道:"依你之言,那三郎岂不是以卵击石,自找苦吃。公主切不可与之为伍,祸及龙宫。"正言说间,只见虾兵来报,道:"宫外有一众人求见。"龙王惊疑,心想:东海龙宫少与外人来往,来者何人? 遂令虾兵引进来。

一众之人原是众仙,见龙王正坐宝座,便作揖行礼,报上名来。江峰道:"大王可曾识得吾兄弟三人?"龙王本是不乐意见外人,面无喜色,答道:"不识得!"江峰道:"吾等本是女娲补天精灵石,化作三神珠,供奉在保安龙王庙,为大王点卯行雨之用。"龙王一时诧异,问及巫师,巫师道:"确有其事。"龙王道:"如此说来,尔等属本王帐下?"三郎齐声道:"正是。"龙王道:"今日前来所为何事?"江峰遂将须女被掳一事说了一遍。龙王拍案发怒,道:"何人将公主掳走?"江灵道:"吾等不知,故而特来报于大王。"龙王道:"众仙家先回去,本王即派虾兵蟹将前去找寻公主。"众仙不好再问,正要走时,巫师频眨眼,独江灵心领神会,知得深意。

众仙行至殿外,正愁之时,江灵道:"公主定在宫中。"江秀道:"三弟何出此言?"江灵遂将巫师眨眼传信一事说来。花姑子道:"吾等与巫师并无交情,定是须女所托,这才传信吾等,想必须女有为难之处。"江灵道:"吾等可潜在龙宫左右,待探寻详情,再做定夺。"说罢,众仙退去,潜藏于殿外。

话分两边说,那边龟相回府,冰墨将须女来见一事说与他听。龟相老谋深算,岂会相信,道:"吾儿生性淳厚,公主天生聪明,不要被她欺负了去。"冰墨疑道:"阿父之言,公主有意诓吾?"龟相道:"但愿不是。"又叫来门外心腹,问道:"天奴可曾回信?"心腹道:"天奴已至,只因龟相不在府中,特请天奴厅堂吃酒,好生款待着。"龟相听罢,喜出望外,疾步来到厅堂,拜见天奴。天奴道:"龟相放心,玉帝应允,为令郎与公主赐婚,特令吾传旨龙宫。吾与你交情深厚,先来你这里报喜,讨杯酒喝哩。"龟相道:"甚好!甚好!"忙命下人呈上奇珍异宝,以示恩谢。天奴收下,拜别,径往龙宫去。

须臾,便行至龙宫。龙王跪拜受旨,不觉大喜,宴请天奴。天奴道:"上仙有所不知,近来混元魔祸乱三界,天庭正调集十万天兵天将,镇守南天门。差各路神仙,各守属地,不得有误。"龙王起身,躬身领旨,道:"谨遵玉帝法旨!"龙王又问道:"不知天庭派哪路神仙制伏此等魔障。"天奴道:"上仙不知也!此混元魔乃天地至阴之物,不死不灭。论起辈分来,可与太上老君相当,想来没有哪路神仙有必胜的把握。唯有女娲补天精灵石可将其降住,天庭早在两百多年前已做部署,详细说来,老奴却不得而知了。"言毕,起身回了天庭,龙王送毕,回身坐下,独喝闷酒。忽见龟相父子进殿拜见,龙王告知玉帝赐婚之事,龟相父子本已知晓,话从龙王口中说出,更是欣喜万分。龙王道:"冰墨,混元魔作乱三界,玉帝命各路神仙守好山门,你身系戍卫之责,不可懈怠。"冰墨道:"末将愿誓死护佑龙宫。"说罢,退去。龟相见龙王闷闷不乐,恐事突变,遂道:"今玉帝恩赐,大王宠爱,犬子万幸,可与公主相配。还请大王择一吉日,令二人完婚,遂了一件心事。"龙王道:"爱卿所言极是,本王即令巫师占卜问吉。"龟相喜不自胜,拜退。不言。

这边巫师急忙朝须女宫殿来,已是夜晚。须女问及为何如此匆

匆,巫师遂将龙王诓骗众仙一事说了。须女掩泪凄楚,道:"吾与哥哥
咫尺之距,却不能相见,此去,更不知何年再会峰郎面,怕落得凄凄哀
苦痴女心。"正所谓:

乍别冷如水,动念热如火。

三百六十病,唯有相思苦。

巫师道:"众仙退去之时,老身眨眼传信,想必众仙未曾远去。"须
女听罢,万分欢喜,遂站起身来,正要冲了出去,却被巫师拦住。巫师
道:"你父皇命虾兵蟹将把守着,你去哪里,都是有人跟着的,如何与
众仙会面?"须女道:"这可如何是好?"巫师道:"冰墨戍卫龙宫,当夜
值守。你可针扎小人,令他神魂颠倒,再借机跑出去。"须女听罢,甚
感有理,遂取出草人,一针扎在腿上、臀上、背上。

且说冰墨值守龙宫,丝毫不敢怠慢。却感腿上、臀上、背上如针
扎,疼痛万分,扭捏身子,须臾,便滚倒在地。虾兵蟹将急忙赶了过
来,忙着搀扶。巫师、须女二人从后台慢步走来,巫师见虾兵蟹将围
着冰墨,咳了一声。虾兵蟹将见是巫师,急忙求助。巫师道:"冰墨公
子想必是和老身一样,久居水下,湿气过重,此病痛来难受,若不及时
治疗,只怕如羊痫风一般。"冰墨求道:"请巫师替吾治病。"巫师命虾
兵蟹将道:"外面水寒,快扶你家将军入殿,老身为其治疗。"虾兵蟹将
哪敢不从,急忙抬了进去。须女见殿门一时无人值守,便溜了出去。

恰巧遇见众仙围来,须女急忙领着众仙出了龙宫。出了海口,众
仙倚松靠石坐下。江峰问道:"方才见那宫中守将好似中了妖术一
般,疼痛不已,顷刻倒下。"须女听罢,轻笑不已,遂将草人扎针一事说
与众仙,众仙乐呵。江峰道:"吾等已炼成劈天神斧,当即刻奔赴石大
门,救出三仙子,制伏混元魔。"玄天子道:"正是,此去石门路途甚远,
还须快快赶路。"说罢,众仙急走。须女道:"莫急!莫急!众仙不知,
此处乃东海龙宫海口处,翻过这座山便是石大门。"金鼻鼠道:"竟是
诓人,石门与东海相距上千里,岂会在此有海口?"须女道:"东海龙宫
须受天命,奉旨降雨,凡内陆之地,雨从何来,便在地下造出海口,遇
降水时,可从海口处取水,一处在西山三叠泉,一处便在此。"江峰道:

"师妹乃龙宫公主,定然所言不差。吾等即翻过此山。"说罢,众仙径往石大门去。

却说虾兵未见须女,即刻上报龙王。龟相得知冰墨负伤,急奔大殿,得知须女逃走,便来问龙王。龟相道:"玉帝既已降旨,将公主许配犬子,公主为何违逆法旨,跟别人逃了去?若是玉帝怪罪下来,怕是祸及龙宫。"龙王听罢,十分暴躁,问巫师须女现在何处,巫师不敢违逆,只好道来实情。龙王令五万虾兵蟹将开路,出了海口,径往石大门,龟相父子二人、巫师一同前往。

却说众仙翻过山来,只见高山秀丽,林麓幽深,山中无风吹不断,飘然恋落沸穿石,只见一瀑布倾倒而下,水云烟雾甚是分不清,幽鸟啼声近,源泉响溜清。身临其中,犹如步入桃源,天堂在人间,此瀑唤作剑瀑。众仙落下,清凉一番,振作精神,正要前往石大门。忽见黑云压来,须女道:"坏了!"江峰问道:"何出此言?"须女:"父皇领虾兵蟹将来了。"众仙诧异,金鼻鼠道:"不过是出来透透气,你家老爷子为何如此兴师动众,莫不是得知吾等要降妖除魔,特来相助,领一份功!"须女见众仙误会,只好将前因后果一一道来。

正说言间,只见龙王、龟相父子、巫师降下云来,众虾兵蟹将围了上来。龟相道:"逆贼,胆敢挟持公主!"须女怒道:"今日是本公主自愿,与他人无关。"龙王道:"公主,快随本王回去。"须女道:"父皇,吾与大郎恩爱情深,若是强行拆散,吾愿一死。"龟相道:"大王,此等妖孽,蛊惑公主,只是公主鬼迷心窍,若今日不将公主带回去,如何向玉帝交代。"龙王听得玉帝一词,心中自然胆战,心下一想:三郎降魔,恐玉石俱焚。若是公主跟了大郎,岂不是要守寡,终日以泪度日。遂道:"尔等众仙身系降魔之责,本王不便打搅,只因公主年幼无知,还请众仙莫要阻拦,本王带公主回宫,从此互不来往。"金鼻鼠道:"臭龙王,枉你是东海宫主,得道仙人,如今魔难当头,只知保身,日后若是玉帝知道,看如何降罪于你?"龙王听罢,暴怒,心想:吾乃东海之主,三界之内,但凡神仙,都要礼让三分,别说这等妖孽。道:"尔等妖孽,假借降魔之事,祸乱三界,看吾如何教训尔等。"龟相见龙王发怒,高兴得不得了,道:"正是!正是!这群妖孽目中无人,给他一个教训。"龙王气在头上,又有龟相唆使,遂飞起身来,念一口诀,只见那山分开两半,海口打开,只见万丈洪水冲了出来,降在空中,海浪滔滔,烟波滚滚。龙王运功施法,只见海水翻波,旋风四起,风逞浪,浪翻雪练;水起波,波滚雷鸣。众仙一时不知如何是好。

欲知结果如何,请看下回分解。

# 第四十五回　三仙化山镇魔王　须女守望成佳话

却说龙王气冲牛斗，神目光辉，须发竖直。开了海口，掀起巨浪，形成道道水障，原是阵法，唤作金水阵。众仙着实骇然，俱是心寒，自叹如之奈何？五仙道："待吾等与龙王一决高下！"说罢，摆开五仙阵。龙王见五仙不惧死，道："尔等有何道行，敢来会吾此阵。"黄大郎道："此阵有何难破，聊为儿戏耳！"龙王笑道："这等无名小妖来破吾阵，枉丧其身。"只见龙仙大战，来回几十回合。

此事皆因须女起，解铃还须系铃人。须女见龙王怒气不息，又见五仙阵弱体虚，心下踌躇，沉吟半晌，心生一计，遂腾在空中，只见其念一口诀，变成一颗神珠，此珠乃是定海珠，须女本是定海珠所化。定海珠五色毫光，瑞彩千团，专破金水阵。龙王见定海珠，深知乃是须女所化，便驾云去夺，不承想定海珠威力四射，反被伤到。怒道："孽畜，如此大逆不道。"说罢，摆开金水阵，将众仙团团围住。龟相见状，自当呵笑不止，吩咐冰墨道："为父一片苦心，吾儿莫要辜负了。"冰墨笑道："等你十年，可知吾这十年如何过得？今日你悔婚无情在前，怪不得吾。"说罢，变化出金丝钩，此钩总一头，有七七四十九根丝，丝长一丈二，柔绵却坚硬，丝头挂一钩，此勾有拳头大。钩尖带鼻。冰墨冲进金水阵，见众仙悬在空中，好似不倒翁，便狠心一起，使出金丝钩，如老翁垂钓一般。众仙慌忙接招，一时躲避不及，均被钩了去。龙王见众仙负伤，无力再斗，长吁一叹，道："自作孽，不可活！"

须臾，只见冰墨将众仙扔出了金水阵，转身奔定海珠去。龙王急怒道："莫要伤害公主。"冰墨回头，呵笑道："龙王且放心，公主乃吾未婚妻，护佑还来不及，岂会伤害于她？"龙王遂变化为龙形，盘旋在空中，将定海珠围住。须女伤父，心中愧疚，众仙被掳，更是心急如焚。见龙王化龙盘旋围了过来，心念不忍父皇再被定海珠伤害，欲变回人身。忽见冰墨直冲了过来，趁定海珠法力回收之时，一口吞进肚中。龙王见状，咆哮发怒，道："逆子，你好大胆，竟生吞定海珠，犯下弥天大罪！"冰墨哀求道："大王息怒！公主生性执拗，不听你的话，恐日后犯下抗旨之罪，祸及龙宫。一时情急，便吞进肚中，待回龙宫之后，再吐出来，与公主赔罪，那时，还望大王多多劝慰。"龙王听罢，道："玉帝降下法旨，将公主许配于你，想来也是天意，望你好生珍惜，莫要伤害了她。"说罢，收了金水阵。

却不知冰墨吞了珠，心不甘休，见众仙被钩在空中，便飞了过去，拎起金丝钩，甩了出去。众仙身子一时被钩住，脱不开身去，施展不出法力。龙王见状，道："此事已了，莫添杀孽，众卿家与吾回宫。"龟相见龙王执意回宫，有心放过，便不敢造次，呼道："吾儿住手，莫添杀孽，快快回宫。"冰墨只好听命，收了钩，众仙摔落下去。

话说巫师旁观已久，看出事由，便向龙王报道："大王，众仙如今负伤在身，法力减弱，恐无力降魔。日后魔患三界，其过虽不在龙族，却恐天庭多加指责，四海神仙多有怪罪。"龙王道："依你之见，该当如何？"巫师道："老身以为，一则众仙负伤，急需疗治，老身虽无通天法术，却略懂玄黄之术，愿留此为其治伤；二则冰墨公子法力高于众仙，定能降魔，以建万世之功，那时，天庭必封官赐爵。冰墨公子便可飞黄腾达，如日中天。"龙王听罢，道："巫师所言实情实理。一则巫师出手疗治，众仙也情愧理亏，自然不会怪罪龙宫；二则冰墨若能降魔，也算是历练一番，可耀东海之威。"说罢，传命冰墨，就地降魔。说罢，班师回宫，不言。

话分两边说。众仙摔落在银台绝顶，只见肩部被钩穿了洞，元气外泄，真气无存，只好打坐疗伤。玄天子惨叫道："枉吾等一片苦心，历经劫难，欲要降妖除魔，以建奇功，便能得玉帝恩赐，修成正果，位列仙班。不想妖未降，魔未除，功劳被抢不说，倒落了个伤。"金鼻鼠跟着道："正是！正是！自古有言：红颜祸水。你偏不信，如今可好，赔了夫人又折兵，早做打算，散伙去，吾自回吾的无底洞，好生快活。"果真是：幸灾乐祸你皆会，替吾分忧半个无。金鼻鼠欲走，只见来一人，便是巫师。金鼻鼠冷笑道："恐今日命丧于此了哩！"巫师道："众仙家莫忧。吾乃龙宫巫师，龙王命吾前来，助尔等疗伤。"黄大郎道："用不着那老头好心，不伤吾性命，已是感激不尽。"巫师道："众位不知，冰墨吞珠，绝非一心护佑公主，而是另有企图。"众仙诧异。江峰问道："此话怎讲？"巫师道："冰墨身为龙宫贵胄，要是换在人间，乃是富贵子弟。如此之人生性花心，岂会静等公主十年？"金鼻鼠道："那是人家机灵，公主乃龙王之女，若能攀上这等亲事，别说是十年，一百年都等得。"巫师道："方才冰墨所用法器为金丝钩，将众仙钩住，欲置众仙于死地，好在龙王及时制止，众仙才可脱险。"花姑子道："约是冰墨要在龙王面前建功立业，剔除心头之患，以便日后与公主成婚，无后顾之忧。"黄大郎道："正是。公主逃婚，冰墨已是脸上无光，今日趁机泄愤，不足为怪！"巫师道："此言虽说不差，倒也蹊跷。冰墨公子向来生性懦弱，为何今日如何狠毒。方才老身占卜算得一卦，卦象说明公主有凶兆。"狐娘道："如此说来，冰墨绝非痴情人，而是祸害者。"巫师道："正是！公主非龙王亲生，乃是定海珠所化，此珠威力无边。冰墨公子夺珠吞进腹中，占为己有，恐欲借珠修炼法力。如此一来，公主恐凶多吉少。"江灵道："定海珠乃龙宫珍宝，龙王见冰墨吞珠，留有他用，岂会不知？"巫师道："龙王心爱公主，将公主许配于冰墨，心中实属无奈，若就此悔婚，恐天庭降罪。遂纳吾之言，一则命吾来为众仙疗伤，二来命冰墨制伏混元魔。"江灵道："龙王果然是老谋深算。"

江灵听罢，笑道："老龙王岂是老谋深算，简直阴险手辣！"玄天子道："此话怎讲？"江灵道："龙王布下金水阵，意在逼迫公主就范，做个场面活，却无意伤害吾等。然冰墨借机使出金丝钩，凶猛残忍，又夺珠进腹，老龙王早已看出端倪。此时巫师谏言，要冰墨降魔建功，便欣然应允。"金鼻鼠道："非也！非也！混元魔如此凶悍，吾等众力皆难制伏，那冰墨虽伤吾等，不过是取巧罢了！降妖除魔可糊弄不得。不过十招，必败下阵来。混元魔要是心一狠，将冰墨吃了，连人带珠进了肚中，如何是好？"江灵道："常言道：鹬蚌相争，渔翁得利。此处便是龙王高明之处，其命巫师为吾等疗伤，便是要吾等于危难之中救出公主。"江峰听罢,起身行至巫师跟前,道:"妹妹吉凶难测,魔王祸乱三界,请巫师为吾等疗伤。待吾等法力复原,降妖除魔,救出公主。"巫师听罢,取出丹药,道:"此丹可为众仙治伤,速速服下。"众仙取过丹药服下,运气助消,片刻,只见丹田饱满,真气归存,法力复原。众仙拜谢,巫师道:"望请众仙好生护佑公主。"遂去。众仙再拜,辞别,径往石大门去。

那边,龟相见龙王下令,不敢造次,待龙王班师回宫,怒道:"你这臭老龙,若不是要得定海珠,为吾儿修炼真身,岂会任你差遣。"说罢,转身,见冰墨收钩归来,笑道:"吾儿今得此珠,法力定倍增。"冰墨问道:"老龙王命吾等降住混元魔,当真听他的?"龟相道:"龙王奸细甚多,无处不在。若不做做样子,岂能骗过他。你吾这就前去石大门,与那混元魔过上三两招,若能赢他,定是极好的,若不能赢他,撒腿就跑,自有那众仙人与混元魔死斗。"冰墨道:"妙计!妙计!"遂二人径往石大门,不言。

且说二人行至石大门,见石大门紧闭,冰墨叫道:"魔障,快快现身,不然打碎了你的洞。"须臾,只见洞门打开,混元魔、伪善魔俱出。龟相喊道:"奉东海龙王之命,特来降你。"混元魔笑道:"区区东海,能奈吾何?"说罢,使出啰鬼锤,急冲了过去,顷刻间,一锤打了下去,将冰墨天灵盖打得稀碎,脑浆崩得无处可寻,只剩得一个身子转来转去。正所谓是:

是非只为多开口,

灾劫皆因巧弄舌。

龟相见状,哭号万分,见混元魔冲杀过来,急转身溜下山去。伪善魔见状,急追了过去。奈何龟相这般不知天高地厚,枉送了性命。混元魔见残身四处乱窜,心烦意乱,一把抓住,分撕开了去。只见四肢挂枝,五脏溅壁。混元魔正要开石大门回洞中,忽见金光闪烁,转身一看,原是定海珠浮在空中,混元魔不知何物,追上前去。须女化回原形,混元魔着实吓了一跳。须女趁机逃走。混元魔道:"定是这龟孙子吃进肚中的妖怪,虽不是同道,却也是和吾一样,苦命的种。"

442

说罢,入门不语。

　　且说伪善魔追着龟相下山,龟相胆怯万分,四处乱窜,一不留神,绊了个脚,摔倒在地,化回了原形,又踩空了一脚,滚落山下去。恰巧遇见众仙上山,求饶道:"方才犬子多有得罪,还望众仙莫要怪罪,救吾,救吾!"众仙见龟相如此狼狈,心中已知七分。江峰道:"冰墨现在何处?"龟相哭泣道:"犬子与魔王相斗,大战百回合,不想那魔王凶狠险诈,趁犬子不注意,一锤将吾儿打得魂飞魄散。无故遭殃,实为可恨!如今吾已是白发人送黑发人,凄凄惨惨戚戚!"话未言毕,五仙早已闷不住,发笑起来。龟相道:"老身趁混元魔不注意,便溜下山来。不想有一魔追着吾,一时慌张,这才滚了下来。"江峰道:"龟相莫忧,且先行下山去,吾等为你挡住来敌。"龟相一听,自当高兴,只是丧子之痛,犹如锥心,只好掩泪下山去。

　　正说言间,伪善魔杀至。五仙摆开五仙阵,一时困住伪善魔。伪善魔使出罗鞭,空中飞舞,大战几十回合。江峰念一口诀,只见其手持劈天神斧,腾空而上。五仙见状,倒吸一口气,使出全身法力,将伪善魔推举升空。江峰一斧劈了下去,顷刻间,将伪善魔劈开两半。伪善魔魔气尽散,魂魄不存。五仙撤下阵来,心中自喜。花姑子道:"佛家有言:因果自有报应。这伪善魔今日下场,皆是咎由自取!"说罢,众仙上山。

　　且说混元魔在石大门内,见三仙子困在地狱中,任魔障侵蚀,不动声色,闭目修道。混元魔道:"尔等仙子,采天地灵气,受日月精华。不曾尝得吾魔族之苦,今日便要尔等尝尝这生死劫。"说罢,摆开混元阵,只见三仙子万般难受,拼死挣扎,须臾便已是面如白纸,合目不言。金花仙子道:"要杀便杀,何来如此作恶?"混元魔笑道:"吾魔族之人藏在这地狱之中,生不如死,尔等仙子岂会知晓?本尊这就擒住三郎,为吾魔族解咒!"说罢,急冲了出去。混元魔这脚踏出石大门,那头众仙便至。魔仙大战几百回合,可谓是:

　　这一边乘烟飞腾起,那边驾云空中来。一众是从道良善世真君子,一个是惊世混元大魔王。神斧劈天地,啰锤震星辰。这一个丹心要降魔,那一个赤胆解魔咒。转身似猛虎摇头,起落像蛟龙出海。自古有福催无福,有道该兴无道忘。

混元魔见劈天神斧威力巨大,躲闪不及,只好掩虚就走,往石大门去了。众仙急追,冲杀了过来。混元魔念一口诀,躲进门中。江峰挥起劈天神斧,从天而降,一斧劈开了石大门。众仙欣喜,正要冲入门中,忽见门却合上了。众仙吐舌缩项,不知如何是好。江峰道:"这有何忧。"遂又飞腾在空,人斧俱下,石大门二开,众仙急忙冲去,却见门又合上了。金鼻鼠愤愤不平,道:"莫不是有机关?"黄大郎道:"众仙勿忧,烦请江峰再劈一次,吾等摆阵相助,待石大门打开之时,运行阵法,锁住石大门。"

江峰三劈石大门,五仙摆开五仙阵,石大门果真没有合上。三郎道:"有劳众仙家。"遂冲进洞中。只见魔障密布,幽魂丛生,阴森幽暗,皆是地狱。江峰道:"二弟、三弟,速救三仙子。"话未言毕,只传来一阵笑声,便是那混元魔。混元魔打开地狱,只见万千冤魂,手持锥心尖,飘然而出,将三郎围住。只听得"咻"的一声,冤魂冲杀了过来,三郎急忙应招。奈冤魂不定,力不着处。一时击杀,混成一片。

且说须女化回原形,见众仙聚在石大门,便折返助阵,冲进石大门中。五仙见众多冤魂飘散出来,一时心下忐忑,惶恐不安。花姑子道:"魔族因贪欲、怨恨而生。门内冤魂,怨气十足,若放其出去,恐祸害无穷。"玄天子道:"如之奈何?"花姑子道:"吾等先行退下阵来,将逃出去的冤魂捉回来。"说罢,众仙收功息气,退了五仙阵,只见石大门合上无缝。五仙急忙下山去,捉拿冤魂。

须女见冤魂缠斗不休,三郎拼杀不止,沉思半晌,心生一计。只见其一转身,化作定海珠,万千光芒直射。原是这定海珠乃至阳之物,能克冤魂。须臾,冤魂纷纷逃进地狱之中。须女化回原形,与大郎相会。

混元魔见冤魂尽散,惨然不乐,将三仙子从地狱中提了出来,困在半空中,手持啰鬼锤,喊道:"三仙子命在吾手,若是要其活命,还得乖乖听吾的。"江峰道:"混元魔,你本是道气元始,天下阴阳,你占其一,何故作孽,摆此恶阵?"混元魔道:"阴阳本是一体,独吾魔族幽困洞中,不见天日,受尽万般劫难?"江秀道:"福生无量天尊。若是潜心修道,定可修成正果。"混元魔:"吾岂能舍弃本族子孙,一人称道?"江峰道:"你意欲何为?"混元魔道:"要救三仙子,须一人换一人,你三兄弟本是女娲补天精灵石,乃天地纯阳之物,可助吾魔族解除魔咒,重见天日。"江灵呵笑道:"休想!"说罢,跳起身来,一拳挥打了过去,江峰见江灵冲杀过去,吉凶难测,念其安危,便摆开五行之术,手持劈天神斧,纵开身去,一斧砍了过去。江秀见大哥、三弟冲杀在前,便心生一计,念一口诀,不见了,只留得须女在旁观战。

江峰、江灵大战混元魔几十回合,好在有五行之术护身,劈天神斧力敌,各自胶着,占不得便宜。忽见江秀出现在魔王身后,一拳挥打在魔王背部。混元魔应招不及,口喷黑血,往前坠倒出去。江秀急忙救下三仙子,托付给须女,转身冲入阵中,助阵江峰、江灵降魔。

且说混元魔受了一拳,已是负伤在身,见三兄弟法力渐盛,便打坐运功,只见一道黑气,犹如闪电般,击穿了顶部,出现了一个大黑洞。混元魔纵身跃起,冲出洞外,往南边飞去,不见了踪影。

话分两边说,这边三兄弟急转身,前来拜见三仙子。詹妙容道:"吾等皆无大碍,只需调息,便可恢复元气。混元魔急蹿而去,必祸害三界,望吾儿速去降魔,耽误不得!"三兄弟听罢,甚感其言之有理,遂作揖拜别。须女搀扶三仙子起身,倚靠一旁。金凤仙子道:"这万千冤魂因生前怨恨而死,被混元魔掳来,囚禁在这幽暗地狱之中,历经百年,遂成了魔。若是放生出去,必将祸乱三界。"金花仙子道:"六道轮回,若能为其超度,将其魂魄送进鬼门关,转世投胎,便可化解其怨气。"詹妙容道:"如今三兄弟练就通天神功,又有劈天神斧相助,定能降妖除魔,厘清三界。"说罢,三仙子目视许久,大彻大悟,便牵手围坐一起,化作一道八卦阵,封住魔洞,有金光万道,超度冤魂。须女见罢,为之动容,正所谓:真大道,不多言。便从八卦阵中冲了出去。须女见五仙严阵以待于石大门外,便飞身下来,拜见五仙,将三仙道化八卦一事说了,五仙皆感佩不已。片刻,众仙径往南边去,不言。

只言方天定、白食鬼行至石大门下，见众仙正大战混元魔，意欲相助，便急奔上去。行至石大门下，只见三仙子道化八卦封住魔洞，众魔孽撞击石大门，方天定道："岂能跑了众魔孽，祸害三界。吾得天符牒在身，乃是前世修来的福分，今日便造就这桩功德。"遂双目紧闭，放出金光万道。白食鬼见状，问道："主人，意欲何为？"方天定道："你我皆是罪人之身，今日便化作真气护住这石大门，将魔孽封在门内，免得祸害三界。"白食鬼一听，把头缩了回去，缄口不言。方天定道："你这小鬼，今日能与我造就这等功德，也算你福气。在此修道千年，自然有你出头之日。"白食鬼想来甚是有理，支支吾吾道："从来做鬼的，都是没什么好下场的。今日主子有心栽培，小的自然高兴。"方天定见白食鬼应允，便双掌合十，只见二人化作二道光，一道金色，一道黑色，变作八卦象，封在石大门上。此后千年，再无魔孽作乱。

那边混元魔逃至海口处，只见九道金光闪现。混元魔惊讶不已，细细看来，见九道金光化作九龙，原是龙门峡谷龙王九子，大龙龙吟道："混元魔，吾等奉玉帝法旨，特来降你。"说罢，九龙各持法器，围攻了上来。混元魔急忙招架，龙魔大战一番。

正战之际，只见三兄弟前来助阵，混元魔仓皇逃窜，飞天上了九霄，朝下一看，未见众仙，这才宽了心。混元魔正要疲走，忽见祥云朵朵，金光四射，抬头看去，只见二郎显圣真君、普明佛、赤松大仙、五显大仙、仙居道人屹立云头。二郎显圣真君道："魔王，哪里走？"遂打开天眼，天光如闪电一般，堵住了去路。混元魔急纵身往下跳，该有十万八千里，一头钻进海口中，欲往东海处逃窜，忽见东海龙王、清风仙子、王重隐、樟树精浮在巨浪之上，风狂浪涌，大雨如注。龙王道："吾等奉玉帝法旨，在此截你，休走！"混元魔见众仙冲杀过来，知得东海龙王乃水下之主，与之争斗，吃不得好果子，便又两脚一蹬，钻出海口。

话说五仙、须女已追至，与三兄弟会合。忽见混元魔钻出海口，正要逃走，五仙摆开五仙阵围攻了上去，九龙各持法器锁住了去路，二郎显圣真君、普明佛、赤松大仙、五显大仙、仙居道人运功施法，封住东西南北中各口。混元魔四处碰壁，无处可去。三郎见众仙助阵，欲上前冲杀，只见东面处金光一道，显现四字：化山镇魔。江灵道："大哥，二哥，混元魔祸乱三界，残害众生，却不死不灭，天意要吾等化山镇魔，该当如何？"江秀道："降妖除魔本是吾等三兄弟之责，今日众仙相助，岂能功亏一篑，若再逃了混元魔，悔之何及？"江峰道："二弟所言极是，天命如此，你吾三兄弟即刻化作三爿石，将混元魔压在海口处。"说罢，三兄弟欲运功化山，忽见须女追喊道："大郎，莫要弃吾！"说罢，一头扑进江峰怀中，情意缠绵，悱恻不已。话说众仙见郎女情深，无不动容，掩泣不止。

生来背负众生所托，可怜今生有缘无分！江峰作别须女，牙咬脸绷，万般心痛，见混元魔正四处逃窜，深知大义，便转身，双掌合十。须臾，三兄弟化作三爿石，从天而降，将混元魔压在海口处，顷刻间，三峰矗立。五仙见状，便化作五山，依傍左右。九龙化作九道真气，护住三爿石。二郎显圣真君、普明佛、五显大仙、仙居道人四仙归去天庭复命。东海龙王见降魔之事已定，便运作一道真气，将龟相擒住。怒道："你可知罪？"龟相求饶知罪，泣道："罪臣知罪！"龙王道："念你丧子，深知过错，本王今日令你化作龟山，头朝三爿神峰，以示谢罪，若无本王旨意，不得回宫！"龟相谢恩，念一口诀，化作龟山，福绵四方，护佑山河，后世之人唤作龟山。

只见三爿石，屹立乾坤，烟霞散彩，可谓是丹岩怪石，峭壁奇峰。果真是：

**丹崖上彩凤双鸣，峭壁前麒麟独卧。**

**除魔匡道擎天柱，万劫无移大地根。**

话说须女见三兄弟化山镇魔，便日夜守望，泪积成湖，只身化作神像。

**湖边奇花布锦，像前瑶草生香。**

**青松翠柏长春，青烟浮云闲散。**

玉帝为彰众仙功德，特下法旨，赐黄大郎、狐仙、花姑子、玄天子、金鼻鼠仙禄，位列仙班。封须女为须女神。封三兄弟：

江郎传

　　　　惊天霹雳真神　　江峰
　　　　怀柔显圣使者　　江秀
　　　　道回灵精真人　　江灵

有道是：

　　　降妖除魔换太平，化山镇魔齐洪福！

弘祖一夜惊梦醒，再看三峰须女湖。

448

# 跋

现代文学家、诗人艾青说："为什么我的眼里常含泪水，因为我对这土地爱得深沉！"作者正是基于对家乡的热爱，呕心沥血十年，跋山涉水，查阅古今，写出了《江郎传》。

江郎山(三爿石)坐落于浙江衢州江山市境内，是世界自然遗产，是国家五 A 级旅游景区，更是作者从小长大的地方。小说就是根据江郎山神话传说"三兄弟化山镇魔"创作而成。小说正迎合和推动了文化与旅游相结合的新时代发展战略，对于江山乃至浙西南的文旅事业发展及江山传统文化的保护起到了不可估量的作用。

《江郎传》是一部长篇章回体神话小说。小说讲述了魔族祸乱三界，仙、人、妖齐心协力制伏魔王的故事。作者生在共和国和平年代，作为一个新时代的年轻人，作者在传统神话小说的创作规律和手法基础上进行了突破和创新。例如，在神话小说的外衣下，深藏着集体主义和人定胜天的哲学思维，强调女性群体和弱势群体同样拥有能力去改造世界和创造世界，这与《封神演义》中命运天注定及歧视女性的封建思维截然不同。作者坚信：一项伟大的事业需要几代人的共同努力和付出。

《江郎传》不同于其他神话小说，其更加注重挖掘、记载、传承和创新本地传统文化，作者用了六年的时间，查阅江山乃至整个浙江的古籍达 1000 多册，走遍了浙西南的山山水水，走访历史古迹，采访老一辈人，充分了解和掌握本地的历史、文化、地理、语言、建筑、服饰等知识。同时学习儒、道、佛三家思想，并在小说中充分地体现和演绎，这是一件很不容易的事情。例如江山的地名、俗语、谚语及方言在小说中得到了充分描述和体现。

　　作者为了生动地描写故事情节,采用了白话文的形式。通读下来,故事情节精彩,人物形象生动,体现出了作者高超的文学造诣和思想水平。小说分为四部分:黄巢开仙霞、詹妙容得道、平定方腊、化山镇魔。合计45回,共计约40万字。以地理学家徐霞客游江山后做了一个梦为故事的开端,小说中历史跨越将近两千年,着重突出了姑蔑、中唐、北宋三个时代,结合楚灭姑蔑、黄巢起义、方腊起义三个历史节点,描述了黄巢、方腊顺应民心揭竿起事,起义队伍发展壮大,最后失去民心而衰落的过程,向读者诠释了何为忠义。作者坚持历史唯物论观点,坚持"忠于人民为忠,义于人民为义"的思想理念。

　　作为一部神话小说,自然离不开对神仙、妖魔等虚拟人物的刻画。小说的道教思想体系与《西游记》《封神演义》一脉相承,同时又另辟蹊径。另外,小说突出各种忠义两难的情节、相爱相恨的情节,都是一些可塑为经典的桥段。尤其是江大郎与须女的故事,可以说是与白蛇传相媲美的爱情故事,这段爱情故事加入了大爱与小爱艰难抉择的元素,让爱情升华到另一个高度。

　　赤子之心,是对这片土地的热爱和执着;千言万语,都在书中一一道来。希望《江郎传》能得到大家的喜欢,能让更多的人了解过去、珍惜现在和展望未来!

　　赤子之心爱江山,三爿石下秋水长。

　　指为春毫掌当纸,子安情铸《江郎传》。

国家一级演员

中国民间文艺家协会民间戏曲艺术委员会副主任

浙江省文学艺术界联合会委员

2020.4.17.彭世湖